DROEMER

ANDERS
DE LA
MOTTE

SPÄTSOMMER MORD

KRIMINALROMAN

Aus dem Schwedischen
von Marie-Sophie Kasten

DROEMER

Die schwedische Originalausgabe erschien 2017 unter dem Titel
»Höstdåd« bei Forum, Stockholm.

Besuchen Sie uns im Internet:
www.droemer.de

FSC
www.fsc.org
MIX
Papier aus verantwortungsvollen Quellen
FSC® C083411

Deutsche Erstausgabe März 2019
Droemer Taschenbuch

Redaktion: Viola Eigenberz
Covergestaltung: Alexandra Dohse, www.grafikkiosk.de
Coverabbildung: Trevillion Images / John Race;
Shutterstock / BigganVi, Lana May
Satz: Adobe InDesign im Verlag
Druck und Bindung: CPI books GmbH, Leck
ISBN 978-3-426-30625-3

2 4 5 3 1

Für meine Jungs,
die eines Tages die Welt erobern werden

Die Kommune Nedanås und das kleine Dorf Mörkaby sind, genau wie Reftinge in *Sommernachtstod,* fiktive Orte. Inspiriert wurde ich allerdings von meiner Heimat im nordwestlichen Schonen, insbesondere von den Kommunen Bjuv, Åstorp und Svalöv, die an den schönen Hängen von Söderåsen liegen.

Den alten Steinbruch gibt es wirklich, und wie sein literarischer Zwilling ist er auf keiner Karte verzeichnet. Aber Generationen von sommerlichen Badegästen wissen, wo er sich befindet, und wir sind uns auch alle bewusst, dass das dunkle Wasser nicht einmal im schonischen Hochsommer wärmer als 20 Grad wird, weil es so tief ist.

The falling leaves
Drift by my window.
The falling leaves of red and gold.

I see your lips,
The summer kisses,
The sunburned hands I used to hold.

Since you went away
The days grow long
And soon I'll hear old winter's song
But I miss you most of all my darling
When autumn leaves start to fall.

Johnny Mercer

»Come little leaves«, said the wind one day.
»Come over the meadows with me and play.
Put on your dresses of red and gold.
For summer is gone and the days grow cold.«

George Cooper

PROLOG

Das Wasser begann seine Reise in der Finsternis, irgendwo tief unten im Berg. Es entsprang einer unterirdischen Quelle mit solch einem Druck, dass es nach oben gepresst wurde und sich Meter für Meter durch Gestein, Lehm und Moränen kämpfte. Der Bergkamm war über zweihundert Meter hoch, und ohne die Hilfe von Menschen hätte das Wasser irgendwann an Fahrt verloren. Es hätte sich abwärts gewandt und zwischen den Wurzeln der Laubwälder, die den Hang bedeckten, einen Weg ins Freie gesucht, als Bach in einer der steilen Schluchten geendet, die sich durch die Hügelkette zogen. Aber zu Beginn des 20. Jahrhunderts entstand mitten auf dem Bergkamm ein Steinbruch. Diabas und Amphibolit. Schwarze, harte Gesteinsarten, die sich gut für Grabsteine eigneten.

Gierig schlug und sprengte man sich immer tiefer in den Berg hinein, bis zu dem Tag, an dem der Schacht den Weg des Wassers kreuzte und ihm eine leichtere Passage zur Oberfläche ermöglichte. Und das Wasser dankte es dem Menschen, indem es mit einer Kraft hervorquoll, die niemand für möglich gehalten hatte. Ein halbes Jahr später wurden die Pumpen abgestellt, die Maschinen verfrachtet und der Steinbruch aufgegeben.

Danach geriet der Ort in Vergessenheit. Das Wasser verwandelte den Steinbruch in einen tiefen, kleinen See, an drei Seiten umgeben von dunklen, steilen Klippen und auf der vierten Seite von einigen Metern Sandbank. Der Wald verschlang die Zufahrtsstraße, und das Unterholz eroberte sich das Gebiet zurück, bis nur noch ein paar zugewachsene Ruinen der alten Baracken übrig blieben sowie eine Lichtung direkt an der Sandbank, wo die Steinscherben so dicht zusammenlagen, dass sich kein Leben hindurchzwängen konnte.

Erst in den Sechzigerjahren, als die Waldmaschinen neue Forstwege benötigten, wurde der Steinbruch wiederentdeckt. Obwohl der Zugang eigentlich gesperrt war, wurde der schöne, versteckt liegende Ort mit der Zeit zu einer beliebten Badestelle für die Dorfjugend. Ein guter Platz, um sich zu treffen und zu machen, was man wollte, ohne von beaufsichtigenden Blicken gestört zu werden. Zu dem Zeitpunkt wusste niemand mehr, wie tief der Steinbruch war. Einige behaupteten, dass das Wasser zwanzig Meter tief sei, andere vierzig. Manche meinten sogar, der Steinbruch sei bodenlos, wie auch immer so etwas möglich sein sollte.

Es gab viele Gerüchte darüber, was sich in der Tiefe verbarg. Autowracks, Diebesgut, Überreste von vor langer Zeit verschwundenen Menschen. Lauter Märchen, die man nicht überprüfen konnte und deshalb immer fantastischer klangen, je öfter sie erzählt wurden. Aber in zwei Dingen waren sich alle, die den Steinbruch jemals besucht hatten, einig: dass die Temperatur des schwarzen Wassers nicht einmal im schonischen Hochsommer über zwanzig Grad stieg. Und dass einer der jungen Männer, die an der hinteren Steilwand hinaufkletterten, um vom allerhöchsten Vorsprung hinunterzuspringen, früher oder später zu Tode kommen würde.

Vier Feuerwehrleute waren nötig, um den Körper aus dem Wasser zu hieven. Das Ufer war steil und voller spitzer Steine, die es schwierig machten, einen festen Stand zu finden. Ein paarmal strauchelte einer der Männer und verlor den Halt. Als ob das Wasser sich wehrte und versuchte, den Körper so lange wie möglich zu behalten.

Aus einiger Entfernung sah es aus, als würde der junge Mann schlafen. Er lag auf dem Rücken, die Augen waren geschlossen, und das bleiche Gesicht wirkte so friedlich, dass man glauben konnte, er würde jeden Moment aufwachen.

Aber als der Körper mit einem dumpfen, schrecklichen Geräusch auf der Trage landete, war die Illusion vorbei. Kaltes

Wasser rann aus den Kleidern und den langen, blonden Haaren des jungen Mannes, führte Blut von seinem zerschmetterten Hinterkopf mit sich und bildete rosa schimmernde Pfützen auf der Trage, bevor es genug Kraft gesammelt hatte, zwischen den Steinscherben auf dem harten Boden weiterzufließen und sich den Weg zurück in die Finsternis zu suchen.

Das Wasser sucht sich immer den niedrigsten Punkt, dachte der Polizist, der ein paar Meter entfernt stand. Er überlegte einen Moment lang, ob er diese Beobachtung notieren und die letzte Seite im Block aufschlagen sollte, wo er solche Gedanken festhielt. Kleine Reflexionen, die eigentlich nichts mit Polizeiarbeit zu tun hatten, die aber trotzdem niedergeschrieben werden mussten, vielleicht, um all das andere, was er schrieb, auszugleichen. Stattdessen verharrte er zögernd auf der Seite, die er gerade begonnen hatte.

Ort, Zeit und Datum hatte er nur wenige Minuten nachdem er aus dem Polizeifahrzeug gestiegen war, ganz oben hingeschrieben.

Steinbruch Mörkaby, 05:54, 29. August 1990.

Darunter hatte er Platz für die Namen der vier Jugendlichen gelassen, die mit bleichen Gesichtern vor ihm standen und versuchten, nicht zu der Trage hinüberzuschauen, aber trotzdem unwillkürlich dorthin starrten. Der Polizist kannte sie, wusste, welcher Jahrgang sie waren, ob sie auf dem Hügel oder unten im Dorf wohnten, und sogar, wie die Eltern hießen und welchen Beruf diese hatten. Normalerweise gefiel ihm das an der Arbeit hier draußen auf dem Land. Die Leute zu kennen, die Gemeinschaft. Aber an diesem Morgen wünschte sich der Polizist zum ersten Mal, er würde in einer Stadt arbeiten. Er notierte die Namen, einen pro Zeile.

Alexander Morell
Carina Pedersen
Bruno Sordi
Marie Andersson

Alle waren neunzehn Jahre alt, genau wie der junge Mann drüben auf der Bahre, und erst im Juni hatte er sie alle fünf bei ihrer Abiturfeier gemeinsam in einer Kutsche durch die Stadt fahren sehen. Sie hatten Dosenbier getrunken, in Trillerpfeifen geblasen, mit ihren weißen Abitursmützen gewunken und ihre Freude über die Zukunft, die sie erwartete, hinausgeschrien.

Simon Vidje schrieb er ganz unten auf die Liste und unterstrich die beiden Worte mit zwei schwarzen Balken. Er hatte schnell begriffen, wer das Opfer war, aber den Namen schwarz auf weiß zu sehen, machte die Situation aus irgendeinem Grund noch unangenehmer. Alle in der Kommune Nedanås wussten, wer Simon Vidje war. Ein Wunderkind. Einer aus einer Million. Einer, der die Welt erobern sollte, der fantastische Orte besuchen und sein Heimatdorf und alle, die dort lebten, mit auf die Reise nehmen sollte. Stattdessen endete seine Geschichte hier und jetzt. In einem kalten, schwarzen Wasser mitten im Nirgendwo, nur ein paar Kilometer von seinem Zuhause entfernt.

Der Polizist hörte das Funkgerät knacken, dann eine barsche, wohlbekannte Stimme mit Anweisungen, die er sofort quittierte.

»Dein Vater ist auf dem Weg«, sagte er dann zu einem der vier Jugendlichen, einem durchtrainierten Kerl mit abstehenden Ringerohren und breiten Schultern, dessen Name ganz oben auf dem Block stand. Er erhielt ein kurzes Nicken zur Antwort.

Der Polizist schaute die vier noch einmal an, runzelte die Stirn und schrieb eine Notiz unter ihre Namen.

Marie Andersson hat nasse Kleider, schrieb er. Die Kleider von Alexander Morell, Carina Pedersen und Bruno Sordi sind trocken.

Vielleicht war das nur eine bedeutungslose Beobachtung. Eine Tatsache, die nicht im Geringsten wertend sein sollte. Zumindest würde der Polizist das später behaupten, nachdem sich die Formulierung in den Polizeibericht geschlichen haben würde und die Leute anfangen würden zu fragen, was diese siebzehn Worte eigentlich aussagten.

Aber noch wusste der Polizist nichts von all dem Schwerwiegenden, das kommen sollte. Alles, was er wusste, war, dass er seine Arbeit zu erledigen hatte. Dass er Fragen stellen und Antworten auf die Seiten seines Blockes schreiben musste.

»Was ist eigentlich passiert?«, fragte er so behutsam wie möglich. Keiner der vier Jugendlichen antwortete. Ihre Blicke hatten aufgehört, sich zu wehren, und waren schließlich an der Trage hängen geblieben, wo immer noch hellrotes Wasser von Simon Vidjes zerschmettertem Hinterkopf rann, bis hinunter zum niedrigsten Punkt tief unten in der Dunkelheit.

1

HERBST 2017

Die lange, kurvenreiche Straße zum Bergkamm hinauf ist steil, gesäumt von Bachschluchten und hohen Laubbäumen. Glühende Farben, die sich im Autolack spiegeln, bevor sie in den weiten Himmel aufragen.

»Der schwedische Sommer wählt genau die richtige Art zu sterben«, sagte Håkan gerne. »Eine riesige Farbexplosion vor der ewigen Dunkelheit, that's the way to go. Oder nicht, Anna?«

Dann begann er, den Refrain von »Out of the Blue« zu pfeifen und Luftgitarre zu spielen, bis Agnes und sie so sehr lachten, dass sie fast keine Luft mehr bekamen. Håkan mochte den Herbst, er liebte es, draußen zu sein. Zelten, klettern, in den Bergen wandern. Sie waren noch jung damals, sie und er, sorglos. Agnes war noch klein, sie schaukelte leicht wie eine Feder in der Trage auf seinem Rücken. Fünfzehn Jahre sind seitdem vergangen, aber Anna kann die Erinnerung daran noch ganz leicht hervorrufen. Genau wie die Melodie.

It's better to burn out than to fade away, singt Neil Young.

Aber genau das hatte Håkan getan. Er hatte sich langsam verflüchtigt, out of the blue und into the black, bis alles, was von ihm übrig blieb, ein Flüstern in ihrem Kopf war.

Bitte, Anna, hilf mir!

Anna dreht den Sender mit der leichten Unterhaltungsmusik lauter, den Agnes eingeschaltet hatte, bevor sie wie gewöhnlich ihre gesamte Aufmerksamkeit auf ihr Handy richtete. Sie sitzen schon lange zusammen im Auto, beinahe sieben Stunden. Insgesamt kann ihre Mutter-Tochter-Konversation trotzdem nicht mehr als zehn Minuten gedauert haben. Anna umfasst das Lenkrad fester und richtet den Blick auf die Straße. Vermeidet es, die Bäume, den Himmel und die Farben zu sehen, die mitten durch sie hindurchschneiden. Rasiermesser in Rot, Gold und Blau.

Sie verabscheut den Herbst. Hasst ihn.

Drei Schlüssel hängen am Schlüsselbund im Zündschloss. Der erste gehört zum Haus in Äppelviken, das nicht mehr ihr Zuhause ist. Der zweite Schlüssel ist der Ersatzschlüssel zu Håkans Wohnung und hätte eigentlich letzten Winter zurückgegeben werden müssen, als die Wohnungsverwaltung die kleinen, tristen Räume leer räumen ließ. Schlüssel Nummer drei führt zu ihrem Büro bei der Bezirkspolizei in Stockholm. Sie weiß, dass sie ihn vorgestern mit ihrer Zugangskarte hätte abgeben müssen, aber sie hat ihn am Bund hängen lassen.

Denn wenn du den Schlüsselbund öffnest und anfängst, Schlüssel abzumachen, musst du es bis zum Ende durchziehen, flüstert Håkan. *Dann musst du alles wegtun. Nicht nur die Schlüssel, sondern auch die Schlösser, die Türen, die Räume – die Erinnerungen.*

Sie murmelt ihm zu, er solle die Klappe halten.

Die Natur oben auf dem Höhenrücken ist ganz anders als die unten. Die offene Landschaft ist einem Laubwald gewichen und kleinen hügeligen Wiesen, die von soliden steinernen Einfriedungen umgeben sind. Weiße Kühe glotzen sie an, als sie vorbeifahren. Fast als würden sie wissen, dass da Ortsfremde kommen. Die Landstraße, die über den Bergrücken führt, hat zwar eine Mittellinie, aber sie ist dennoch so schmal und kurvig, dass Anna automatisch abbremst, wenn ihnen andere Fahrzeuge entgegenkommen. Als sie sich einer Abzweigung nähern, scheint das Navigationsgerät zu zögern. Anna ist klar, warum. Das Gestrüpp links und rechts der kleinen Seitenstraße wurde kürzlich gerodet, und der Schotter ist dunkelbraun und neu. Das Blechschild mit der Aufschrift »Tabor« ist dagegen alt, sieht fast ein bisschen zerknittert aus, ungefähr wie wenn man ein Papier zerknüllt und danach versucht, es wieder glatt zu streichen.

Agnes hat Milo auf dem Schoß, und als die Landstraße im Rückspiegel verschwindet, legt der Terrier seine Pfoten an die Tür und drückt die Schnauze gegen das Seitenfenster. Der Schwanz wedelt eifrig, als würde der Hund etwas wiedererkennen, was natürlich unmöglich ist, weil er noch nie eine Pfote auf schonischen Boden gesetzt hat. Agnes schaut weiter nach unten, ihre Daumen fahren über das Handydisplay.

Anna wirft einen Blick auf die Uhr. Der Fluchtwagen ist eine gute Stunde hinter ihnen. Umzugswagen, korrigiert sie sich bestimmt zum fünften Mal. Das hier ist ein Umzug, nichts anderes.

Natürlich, feixt Håkan in ihrem Kopf. *Wem willst du etwas vormachen?*

Sie dreht das Radio noch lauter, um ihn zum Schweigen zu bringen. Sie kennt den Song, es ist einer der wenigen neuen, die ihr gefallen.

»Das Lied ist gut! Zara Lah–hrsson«, sagt sie, hauptsächlich in dem Versuch, die Stille zu unterbrechen, und geht dabei prompt in die Falle. Der Name bleibt in einem kleinen Keuchen hängen, und Agnes reagiert mit einem Geräusch, das eine Mischung aus Seufzen und Kichern ist, ohne auch nur den Blick von ihrem Handy abzuwenden. Ihre sechzehnjährige Tochter hat einige Methoden, um sie zu strafen. Ihre schönen Haare rosarot zu färben zum Beispiel, der Ring in ihrer Nase oder die fünf im rechten Ohr. Die kaputte Jeans, das dunkle Make-up, die Militärjacke, die ausgelatschten Converse, die ganze Rebellenuniform, die fast alle Spuren der Agnes ausradiert hat, die sie einmal gewesen ist. Gar nicht zu reden von ihrem linksrevolutionären Gehabe, dem Ultrafeminismus oder dem Aufnäher mit dem Spruch »All Cops Are Bastards« oder anderen hinterhältigen Tretminen, um die Anna herumnavigieren muss, damit nicht jedes Gespräch zwischen ihnen in einer Explosion endet. Trotzdem ist keine Bestrafungsmethode so effektiv wie diejenige, die ihre Tochter jetzt anwendet. Schweigen.

Normalerweise öffnen sich die Menschen Anna gegenüber. Håkan behauptete immer, es läge an ihrer Ausstrahlung. Aber der eigentliche Grund ist ihr Stottern. Sie weiß, dass es kaum merklich ist, ein kleines Hängenbleiben bei manchen Lauten, das manchmal vorhersehbar ist und manchmal nicht. Tatsache ist, dass sie das Stottern nicht als Problem angesehen hat, bis ihre Eltern sie irgendwann in der Unterstufe zu einem Logopäden schickten. Das Ergebnis war, dass sie anfing, das Sprechen zu vermeiden, und sich auf das Zuhören konzentrierte. Die meisten Menschen hören nur mit halbem Ohr zu, überlegen eher, was sie selbst als Nächstes sagen wollen, und bekommen daher nicht mit, was eigentlich gesagt wird. Dazu gehören nicht nur die Worte selbst und der Tonfall, sondern auch die unfreiwilligen Mikromitteilungen, die Menschen ständig von sich geben. Kopfbewegungen, Gesten, Grimassen, Pausen. Zeichen, die manchmal dem Gesagten widersprechen. Deshalb verstand Anna schnell, dass sich ihre Eltern scheiden lassen würden. Und dass Håkan sie betrog.

Agnes' Schweigen hingegen macht ihr jedes Wort und jede Silbe bewusst, die über ihre Lippen kommt, und irgendwie dringt dieses Gefühl zu ihrem Sprachzentrum vor. Dort wird es zu einer elektrischen Störung in der Kommunikation zwischen Hirn und Mund, wodurch Anna manchmal unsicher wirkt, was sie schrecklich findet, weil Stottern im Grunde absolut nichts mit Unsicherheit zu tun hat.

Atmen, atmen …

Sie schaut sich im Rückspiegel an und stellt fest, dass sie die Kiefer aufeinanderpresst, was sie überhaupt nicht mag. Die dunklen Haare und Augen hat sie von ihrem Vater geerbt, die etwas kantige Nase auch, aber diese bittere Miene ist definitiv die ihrer Mutter. Sie schüttelt den Kopf, um den Ausdruck loszuwerden, und redet sich dabei ein, dass es richtig ist, dem Rat des Schulsozialarbeiters zu folgen und Geduld zu zeigen, Konfrontationen zu vermeiden, was für ihn natürlich leicht gesagt war, weil er Agnes nur für eine Stunde pro Woche getroffen hat und nicht mit ihr leben muss.

Atmen …

Der Wald schließt sich immer enger um den Schotterweg, und Milo drückt sich weiterhin mit aufgeregt gurgelnden Lauten gegen das Seitenfenster. Der Hund war eine typische Håkan-Idee. An Agnes' vierzehntem Geburtstag stand er einfach mit dem Köter auf dem Arm im Flur. Sie hatten einander versprochen, nicht zu Stereotypen zu werden. Eine gemeinsame Linie beizubehalten und nicht das Scheidungspendant zu Good Cop, Bad Cop zu werden. Dennoch war es genau so gekommen.

Håkan bekam die Hauptrolle als lustiger, liebender Papa, während sie selbst, ohne richtig zu wissen, wie es passiert war, die klischeehafte Nebenrolle der frustrierten, freudlosen Mama zugewiesen bekam, die dauernd meckerte und von Regeln und Verantwortung sprach. Die Tiere so wenig leiden konnte, dass sie ihrer eigenen Tochter keinen Hundewelpen gönnte. Deshalb hatte sie nachgegeben. Hatte den Strolch ins Haus gelassen, nur um zu zeigen, dass sie auch cool und spontan sein konnte. Aber es hatte nichts genützt.

Milo gurgelt wieder, diesmal lauter, als würde er in den Schatten zwischen den Bäumen etwas sehen, was nur Hunde wahrnehmen können. Wahrscheinlich Kaninchen. Der dumme Hund ist ganz wild auf Kaninchen und kann sie stundenlang jagen, wenn es ihm gelingt zu entwischen, was ziemlich oft der Fall ist. Der Terrier ist sowohl hyperaktiv als auch verwöhnt, und außerdem behandelt er Anna wie Luft, ungefähr so wie Agnes. Aber es lässt sich nicht leugnen, dass Milo Agnes über alles liebt. Und sie ihn. Manchmal ist Anna geradezu eifersüchtig auf ihr Verhältnis, was natürlich lächerlich ist.

Die Straße windet sich immer weiter in den Wald hinein, das glühende Blätterdach schließt sich dicht über ihnen zusammen, und obwohl sie sich vor einer Weile fast sicher gewesen ist, dass sie den höchsten Punkt der Hügelkette erreicht haben, steigt die Straße weiter an.

»Hast du auch so einen Druck auf den Ohren?«, fragt sie, so neutral sie kann.

»Mm«, murmelt Agnes, noch immer ohne den Blick von ihrem Handy abzuwenden.

Nach ungefähr fünf Minuten fahren sie um eine Kurve und gelangen auf einen länglichen Vorplatz. Von beiden Längsseiten beugt sich der Laubwald vor, und die Baumkronen stehen so dicht beieinander, dass nur ein paar Meter Himmel zwischen ihnen bleiben. Ein lang gezogener Schuppen lehnt sich auf der linken Seite an die Baumstämme, und ganz hinten, am gegenüberliegenden kurzen Ende des Platzes, klettert ein schönes, altes Backsteingebäude den Hang hinauf. Ein dunkles Auto parkt genau vor dem Haus. Als sie näher kommen, sieht Anna, dass auf dem rotbraunen Backstein zwischen dem Erdgeschoss und dem ersten Stock eine rechteckige Fläche weiß verputzt ist. Links steht darin die Jahreszahl 1896 und daneben in schnörkeligen Buchstaben die Worte »Seht den Berg des Herrn«.

Der Platz und das Haus sind noch schöner als auf den Fotos, trotzdem ist Anna plötzlich nervös. Ein vages Gefühl der Unruhe, das sie nicht richtig fassen kann oder will, ist irgendwo in ihrem Inneren aufgetaucht.

Als sie vor dem Haus langsamer werden, geht Milos Gurgeln in ein aufgeregtes Bellen über. Er scharrt mit den Pfoten wild an der Tür und wirft sich gegen die Scheibe, als wolle er das Seitenfenster einschlagen.

»Was ist los mit dir, Junge?« Agnes versucht, ihn an sich zu ziehen, aber der Terrier wehrt sich. Er wirft sich wieder gegen das Fenster, diesmal mit einem hörbaren Knall, der einen großen Speichelfleck an der Scheibe hinterlässt.

»Aus, Milo!« Agnes versucht, ihn am Halsband zu packen. Der Hund wirbelt herum, faucht und fletscht die Zähne, woraufhin Agnes' Handy zwischen die Sitze fällt.

»Milo, pfui!«

Ihr entsetzter Ton scheint den Hund ein bisschen zu beruhigen. Er rutscht auf den Boden und verbirgt den Kopf hinter Agnes' Kameratasche.

»Milo hat noch nie nach mir geschnappt«, sagt Agnes und klingt beinahe, als würde sie gleich weinen. »Nie!«

»Er muss vielleicht mal«, sagt Anna. »Du siehst doch, wie er sich schämt. Lass ihn raus, dann wirst du schon sehen.« In dem Moment, in dem sich die Wagentüren öffnen, drängt sich der kleine Hund an Agnes' Beinen vorbei und verschwindet wie ein weißer Pfeil zwischen den Bäumen.

»Milo, Milo, komm her!« Agnes reißt die Kameratasche an sich und rennt dem Hund nach, sodass der Schotter um ihre ausgetretenen Sneakers aufspritzt. Anna bleibt neben dem Auto stehen. Heute hat sie keine Lust, hinter Milo herzujagen. Außerdem ist er, wie Agnes gerne kalt von sich gibt, nicht ihr Hund.

Sie hört den Terrier aufgeregt aus dem Wald bellen, dann, wie Agnes mit ihm schimpft. Ein bisschen schadenfroh verzieht Anna den Mund. Dummer Hund.

Sie sieht sich den anderen Wagen an. Ein ordentlich gewaschener Passat neueren Modells. Keine Kindersitze, keine McDonald-Verpackungen im Fußraum, kein Puh-Bär-Sonnenschutz an den Seitenscheiben. Eine Dose Ramlösa Mineralwasser im Halter zwischen den Sitzen ist das Einzige, was darauf hindeutet, dass der Wagen einen Besitzer hat.

Sie streckt sich, holt ein paarmal tief Atem. Die Herbstluft ist frisch und klar, duftet nach Erde und feuchtem Laub, verscheucht das unbehagliche Gefühl und macht einer gespannten Erwartung Platz. Sie sind angekommen. Sie haben ihr neues Zuhause erreicht. Anna stellt noch einmal fest, dass Tabor mindestens so schön wie auf den Fotos ist, was trotz

Agnes' schlechter Laune und Milos Versuch wegzurennen doch ein ganz guter Anfang ist für diese ganze ... *Flucht*, flüstert Håkan, bevor sie ihn stoppen kann.

Der Vorplatz ist ordentlich gerecht, und der Schotter sieht frisch gestreut aus, außerdem sind die Fenster, Türen und Dachgiebel am Haus kürzlich gestrichen worden. Manche Dachziegel sind heller, was bedeutet, dass sie ausgetauscht wurden. Das schöne, alte Backsteinhaus hat zwei Türen. Die eine befindet sich ganz an der Ecke zur rechten Giebelseite und hat zwei Flügel – was rein technisch gesehen heißt, dass es sich um ein Tor handelt. Ein Querriegel aus Metall mit einem großen Hängeschloss daran deutet allerdings darauf hin, dass es nicht mehr benutzt wird.

Die andere Tür ist links daneben, in der Mitte des Hauses, nur ein paar Meter von ihrem Standort entfernt. Sie ist grün und ruht auf einer einen Meter breiten Treppenstufe, die von Tausenden von Schritten blank gescheuert ist. Bevor Anna sie erreicht hat, öffnet sich die Tür, und ein Mann in ihrem Alter tritt heraus.

Er ist etwa einen Meter achtzig groß und hat eine Brille mit schwarzen Bügeln. Er trägt Jackett und Krawatte zu Jeans statt einer Anzughose.

»Ach, hallo, Sie müssen Anna Vesper sein«, sagt der Mann und streckt die Hand aus. »Lars-Åke Gunnarsson, von Gunnarssons Kanzlei. Wir können uns gern duzen, sonst fühle ich mich so alt. Und nenn mich Lasse, das machen alle hier.«

Sie erkennt Gunnarssons tiefe Stimme vom Telefongespräch am gestrigen Abend wieder, aber irgendetwas passt bei ihm nicht richtig zusammen. Nenn-mich-Lasse scheint ihr Zögern zu bemerken.

»Du hast jemand Älteren erwartet, nicht? Da bist du nicht die Erste. Die Leute hier in der Gegend haben angefangen, mich mit meinem Vater zu verwechseln, da war ich nicht mal dreißig. Dass wir die Kanzlei jahrelang zusammen betrieben haben, mit demselben Telefonanschluss, machte die Sache natürlich nicht besser.«

Er lächelt und zeigt seine Zähne, die, würde sich seine Kanzlei in Stockholm befinden, wahrscheinlich perfekt symmetrisch und weiß wie Porzellan wären, aber stattdessen für einen Mann, der auf die fünfzig zuging, völlig normal aussahen.

»Inzwischen spielt mein Vater auf Mallorca Golf, während ich den Laden am Laufen halte.« Er lacht auf, was ihr ein Lächeln entlockt.

Eigentlich kann sie Juristen oder Anwälte nicht besonders leiden, sogar mit ihrem eigenen kommt sie nicht so richtig klar. Aber Nenn-mich-Lasse hat etwas, das es schwer macht, ihn nicht zu mögen. Die schrägen blonden Stirnhaare, die wahrscheinlich nicht ganz natürlich sind, lassen ihn außerdem ein bisschen wie den Jungen auf der Kalles-Kaviar-Tube aussehen.

Sie schielt auf seine linke Hand. Kein Ehering, nicht einmal eine Druckstelle oder ein kleiner weißer Strich. Halb unbewusst fährt sie mit dem Daumen über die Innenseite ihres eigenen Ringfingers. Obwohl es schon zwei Jahre her ist, glaubt sie immer noch, die kleine Furche zu spüren.

»Wie schön, dass ihr euch entschieden habt, hier zu wohnen und nicht unten in der Stadt. Tabor ist etwas ganz Besonderes.«

Nenn-mich-Lasse lächelt und macht eine Handbewegung zum Gebäude hinter sich, als ob er Makler wäre und nicht Familienanwalt.

»Ich weiß nicht, ob ich es schon erzählt habe, aber das Haus wurde 1896 als Missionskirche gebaut. Es gibt eine alte Geschichte, nach der ein Missionspfarrer das kranke Kind des Grundbesitzers gepflegt haben soll, und zum Dank erhielt er daraufhin das Grundstück und das Baumaterial, aber das ist wahrscheinlich nur ein Märchen. Die Erweckungsbewegung breitete sich Ende des 19. Jahrhunderts überall aus, und in jedem kleinen Kaff entstand eine Missionskirche. Hier in der Kommune gab es noch drei weitere, aber Tabor ist die Einzige, die noch steht. Sollen wir reingehen?«

»Ich muss auf meine Tochter warten. Ihr Hund ist abgehauen.« Sie registriert, dass die Rufe und das Hundegebell während ihres Gesprächs nicht aufgehört haben. Wahrscheinlich sollte sie nachschauen, was los ist, oder zumindest ihre Hilfe anbieten, aber Tatsache ist, dass sie die kurze Pause von Agnes und ihrem passiv-aggressiven Verhalten ein Stück weit genießt.

»Wir können ja so lange in die Küche gehen. Ich lasse die Haustür offen, dann findet sie selbst rein«, schlägt Nenn-mich-Lasse vor, als hätte er ihren Gedanken erraten. Sie zögert noch einen Moment.

»Natürlich«, antwortet sie dann und erwidert sein Lächeln.

Sie betreten eine Diele mit mehreren niedrigen Türen und gehen nach rechts in die Küche. Tabor ist auch von innen schön. Dicke Ziegelsteinwände, Dachbalken, ein alter Holzboden und Sprossenfenster. Mitten in der Küche brennt ein alter Holzofen. Nenn-mich-Lasse muss schon eine Weile hier sein, denn der Raum ist mollig warm und duftet heimelig, was die beruhigende Energie, die das alte Gebäude ausstrahlt, verstärkt.

»Das Haus und das Grundstück wurden kurz nach dem Zweiten Weltkrieg von der Familie Vidje gekauft. Zu dem Zeitpunkt war die Erweckungsbewegung schon lange wieder abgeklungen und das Gebäude mehr oder weniger verlassen. Kaffee?«

Er zeigt auf einen nagelneuen Moccamaster auf der Küchenarbeitsplatte, wo der Kaffee gerade noch durch den Filter läuft.

»Ja, gerne.«

Er füllt zwei blaue Höganäs-Tassen, und sie erkennt, dass

auch die Küche komplett neu renoviert sein muss, genau wie die Außenfassade. Die Küchenschränke und die Arbeitsplatte sehen zwar antik aus, aber neben dem Duft, der vom Holzofen und vom Kaffee ausgeht, riecht es deutlich nach Sägespänen, Farbe und Leim.

»Tabor wurde viele Jahre lang als Arbeiterwohnung genutzt. Die Familie Vidje betrieb, genau wie heute, Forstwirtschaft und Obstanbau, also stellte man einige Saisonarbeiter ein, die zusätzlichen Wohnraum brauchten.«

Anna nimmt einen Schluck aus der Tasse und schaut durch eines der Sprossenfenster. Unten am Waldrand ist alles still. Ihr schlechtes Gewissen macht sich langsam bemerkbar, und sie wird unruhig. Warum hat sie Agnes nicht geholfen, diesen blöden Hund einzufangen? Tabor soll schließlich ihr neues Zuhause werden, ihr Neuanfang.

»... seitdem hat es, wie gesagt, über fünfundzwanzig Jahre als Künstleratelier gedient«, fährt Nenn-mich-Lasse fort, und Anna merkt, dass sie einen Teil seiner Ausführungen nicht mitbekommen hat.

»Du hast gesagt, dass du einen Karl-Jo zu Hause hattest, richtig?«

Sie nickt.

»Meine Eltern hatten eine seiner Lithografien in der guten Stube hängen. Manchmal schlich ich mich ins Zimmer und schaute mir das Bild an, weil ich es so schön fand.« Sie stoppt, atmet aus. Karl-Jo hat auch gestottert, hört sie ihren Vater sagen. Du siehst also, Anna, man kann es trotzdem weit bringen.

»Was ist aus der Lithografie geworden?«, fragt Nenn-mich-Lasse. »Sie könnte heute einiges wert sein.«

Sie zuckt mit den Schultern. »Meine Eltern haben sich scheiden lassen, als ich zehn war. Mein Vater hat sie mitgenommen, und ich habe sie nie wiedergesehen.«

Und ihn auch kaum noch, fügt sie insgeheim hinzu.

»Schade.« Der Jurist zieht Luft zwischen den Zähnen ein.

»Karl-Jo zählt heute zu den Besten seiner Generation, wie du sicher weißt, und die Preise für seine Werke sind ordentlich gestiegen. Eines seiner größeren Ölgemälde wurde dieses Jahr bei Bukowski für fast vier Millionen Kronen verkauft.«

Anna hört Motorengeräusche und sieht wieder hinaus. Ein Pick-up kommt langsam auf den Hof gefahren. Es ist ein älteres Modell, sicher zehn bis fünfzehn Jahre alt. Der Wagen bleibt am Waldrand stehen, wo Milo und Agnes verschwunden sind. Von dort sind noch immer Rufe und Gebell zu hören. Der Fahrer des Pick-ups springt heraus, aber er bewegt sich so schnell, dass sie ihn nur ganz flüchtig sieht, bevor er zwischen den Bäumen verschwindet. Ein Mann in Ölzeug, Gummistiefeln und Schiebermütze.

»Wie du schon auf dem Grundriss gesehen hast, den ich dir geschickt habe, gibt es zwei Schlafzimmer, Bad, Arbeitszimmer und ein Wohnzimmer hier unten im Erdgeschoss, aber ich dachte, wir beginnen oben im Predigtraum.«

Nenn-mich-Lasse scheint den Wagen nicht bemerkt zu haben. Er hat eine der Türen in der Diele geöffnet, hinter der sich eine steile Treppe verbirgt. Helles Licht fällt vom Dachgeschoss herab, sodass die obersten Stufen kaum zu erkennen sind. Der Anwalt macht eine einladende Geste, aber sie zögert. Es sind jetzt bald zehn Minuten, seit Milo verschwunden ist. Sie sollte wirklich rausgehen und sehen, wie es Agnes geht, vor allem jetzt, da ein Fremder aufgetaucht ist. Sie hört den Hund wieder bellen.

»Warte bitte kurz«, sagt sie, geht durch die geöffnete Haustür nach draußen und stellt sich auf die Treppenstufe. Sie schirmt die Augen ab und versucht, in das Halbdunkel zwischen den Bäumen zu sehen. Sie erkennt eine Bewegung.

Agnes kommt heraus. Neben ihr geht der Mann mit der Öljacke. Der Mann trägt Milo unter dem Arm, aber anstatt sich zu wehren, wie es der Terrier normalerweise macht, wenn jemand versucht, ihn festzuhalten, hängt er ganz ruhig da. Sie bleiben beim Wagen des Mannes stehen und reden miteinander. Es sieht nach einem lebhaften Gespräch aus, und nach einer Weile öffnet Agnes ihre Kameratasche, die sie über der Schulter trägt, und beginnt, den Mann im Ölzeug und den Hund zu fotografieren.

»Agnes!« Sie weiß eigentlich nicht, warum sie ruft, und bereut es, noch bevor sie den Mund geschlossen hat.

Zu ihrer Überraschung hebt Agnes die Hand und winkt. Dann schießt sie noch ein paar Fotos, bevor sie und der Mann im Ölzeug auf das Haus zukommen.

Ungefähr auf halbem Weg setzt der Mann Milo auf dem Boden ab. Anstatt sofort zum Wald zurückzustürzen, läuft der Terrier glücklich neben dem linken Knie des Mannes her. Sein Fell ist lehmig, das Maul steht offen, und die Zunge hängt seitlich heraus. Sein Blick ist auf den Ölzeugmann geheftet. Agnes macht immer noch Fotos von ihnen. Als sie näher kommen, versteht Anna, warum. Der Mann hat ein kantiges, wettergegerbtes Gesicht, das ihn in Kombination mit der Schirmmütze, dem Ölzeug und dem karierten Flanellhemd, das er darunter trägt, wie eine schwedische, etwas ältere Version des Marlboro-Manns aussehen lässt. Er wirkt, als sei er um die sechzig, sein Körper ist schlank, und er bewegt sich geschmeidig, wie ein Mensch, der es gewohnt ist, draußen zu sein. Aber etwas am Blick des Ölzeugmannes sagt Anna, dass er deutlich älter ist, als er scheint.

»Klein«, sagt der Mann, als sie die Tür erreichen. Sein Händedruck ist trocken und fest. Die Hände sind schwielig. Das Gesicht ist genauso sorgfältig rasiert wie das ihres Großvaters, man sieht nicht den kleinsten Schatten.

»Sieh dir Milo an, Mama.« Agnes zeigt auf den Terrier, der sich neben Kleins linkes Bein gesetzt hat und noch immer nicht den Blick von dem Mann abwendet. »So habe ich ihn noch nie erlebt.« Der Ton überrascht Anna. Agnes klingt beinahe … glücklich.

»Sie scheinen ein gutes Händchen für Hunde zu haben«, sagt Anna verwundert. Klein nickt. Sein Gesicht ist unnatürlich starr, fast wie eine Maske.

»Dann sind Sie also die Nachfolgerin von Henry Morell.« Der Satz ist eher eine Feststellung als eine Frage. Der Mann scheint noch etwas sagen zu wollen, aber Nenn-mich-Lasse unterbricht ihn.

»Klein, wie gut, dass du da bist! Ich wollte gerade den Predigtsaal zeigen.«

Der Anwalt wendet sich an Anna. »Klein ist der Verwalter von Elisabet Vidje. Wenn es mit dem Haus irgendein Problem gibt oder du etwas brauchst, dann ruf ihn an. Der Hof Änglaberga liegt nur einen guten Kilometer weg, die Hauptstraße entlang, er kann also schnell kommen, oder nicht, Klein?«

Klein grunzt etwas, das vermutlich Zustimmung sein soll, und schaut dann zum Wald, während Nenn-mich-Lasse sich Agnes vorstellt. Anna hört ihn sagen, dass er einen Sohn in ihrem Alter hat, bevor er sie zurück ins Haus führt.

»Seid vorsichtig, die Treppe ist steil.« Nenn-mich-Lasse geht voraus und geleitet sie die Holztreppe hinauf. Das Geländer ist auf der einen Seite so blank gescheuert, dass es sich wie lackiert anfühlt. Auf dem letzten Meter sind an der Unterseite der Stange ovale Farbflecke in vielen verschiedenen Nuancen zu sehen, und es dauert einen Moment, bis Anna realisiert, dass es Fingerabdrücke sind.

Das Licht von oben wird immer intensiver, und am oberen Ende der Treppe ist es so stark, dass alle vier einen Moment stehen bleiben, damit ihre Augen sich daran gewöhnen können. Der Predigtsaal ist zum Dachfirst hin offen und nimmt das gesamte Obergeschoss ein. Drei der Wände sowie der Boden, die Decke, der Kaminschacht und die alten Holzbalken sind weiß getüncht, und an der gegenüberliegenden Längsseite befindet sich ein gigantisches Bogenfenster, das den sakralen Eindruck noch verstärkt. Die Glasscheiben zwischen den Sprossen sind zwar nicht farbig, aber das ist auch nicht nötig.

»Seht den Berg des Herrn«, lacht Nenn-mich-Lasse und breitet die Arme aus.

Das Haus muss genau auf dem Rand einer Klippe thronen, denn Anna sieht keinen Garten unterhalb des Fensters. Es gibt nur Himmel und Baumkronen und deutlich weiter hinten Wälder, Felder und Dörfer in einem glühenden, herbstlichen Flickenteppich, der sich bis zum dunstigen Horizont erstreckt.

Anna hat die Aussicht bereits auf den Fotos gesehen, die der Anwalt geschickt hat, trotzdem überwältigt sie das Panorama. Es ist bald fünfunddreißig Jahre her, seit sie das letzte Mal zu Hause in die gute Stube geschlichen ist, um die Lithografie zu bewundern. Dennoch erkennt sie das Motiv sofort wieder. Die Farben, die Tiefe, das Gefühl der Ruhe. Der Geborgenheit.

»Wow«, seufzt Agnes und greift nach ihrer Kamera, und Anna ist sich nicht sicher, ob es der Tonfall der Tochter ist, das Licht oder die Farbexplosion in dem Panorama, das sich vor ihnen ausbreitet, was ihr die Kehle zuschnürt.

Es war richtig, hierherzukommen, denkt sie, während Agnes' Kamera eifrig zu klicken beginnt. Alles wird gut. In den letzten Wochen hat sie dieses Mantra oft aufgesagt. Aber zum ersten Mal glaubt sie beinahe selbst daran.

»Das Dach Schonens«, schmunzelt Nenn-mich-Lasse. »Bei richtig klarem Wetter sieht man mit einem guten Fernglas die Pfeiler der Öresundbrücke. Es sind über siebzig Kilometer bis dorthin.«

Er lässt Agnes ein paar Minuten die Aussicht fotografieren, bevor er den Rest des Predigtsaals zeigt. Er erklärt, dass die kleine Treppe, über die sie heraufgekommen sind, früher einmal der Schleichweg des Predigers in seine Dienstwohnung war. Dann zeigt er ihnen die heisere, alte Tretorgel auf der rechten Seite, die immer noch funktioniert, und die Eingangstreppe, die hinunter zum verriegelten Tor Richtung Garten führt. Agnes' Kamera nimmt jedes Detail auf, und Anna klammert sich an dem Gefühl der Geborgenheit fest. Sie versucht, sich einzureden, dass es da ist, um zu bleiben.

»Wie ich in der E-Mail geschrieben habe, ist Tabor eine der attraktivsten Immobilien in ganz Schonen«, sagt Nenn-mich-Lasse. »Elisabet Vidje hat im Laufe der Jahre massenhaft Angebote für das Haus bekommen, einer von ABBA war besonders hartnäckig. Aber Elisabet hat immer Nein gesagt, egal, welche Summe geboten wurde. Oder nicht, Klein?«

Der ältere Mann antwortet nicht. Er steht fast reglos neben der Treppe.

Nenn-mich-Lasse und Agnes gehen zur linken Giebelwand des Raums, wo einmal der Altar gestanden haben muss, und Anna beschließt, ihnen zu folgen. Klein dagegen steht noch an derselben Stelle und scheint nicht weiter in den Raum hineingehen zu wollen. Milo sitzt neben seinem linken Bein und starrt ihn weiterhin mit diesem unterwürfigen, bewundernden Blick an, den Anna noch nie an ihm gesehen hat. Klein sagt nichts, bewegt sich kaum. Dennoch ist etwas an seinem Auftreten, das ihren Polizisteninstinkt weckt. Als ob er sich sehr anstrengen würde, um etwas hinter dieser starren Maske zu verbergen.

»Was ist das für ein Gemälde?«, hört sie Agnes auf der anderen Seite des Raums fragen. »War es das Altarbild?«

»Nein, dieses Wandgemälde ist später entstanden. Kennst du Karl-Jo?«

»Karl-Johan Vidje?«, fragt Agnes und klingt fast beleidigt. »Natürlich. Wir haben alle großen Maler in der Schule durchgenommen. Ich gehe auf eine Schule mit künstlerischem Profil.« Agnes lässt die Kamera sinken und wirft ihrer Mutter einen bösen Blick zu. »Ging auf eine Schule mit künstlerischem Profil, meine ich.« Agnes' verärgerter Ton wischt die Illusion von Geborgenheit beiseite und ersetzt sie durch die gewöhnliche nagende Unruhe.

»Wie gut«, lacht Nenn-mich-Lasse, ohne Agnes' Tonfall zu beachten. »Dann weißt du vielleicht schon, dass Tabor Karl-Jos Atelier war, bis er zu krank zum Arbeiten wurde. Man kann seine Fingerabdrücke noch auf dem Geländer sehen.« Er deutet zur Treppe.

»Dieses Gemälde war das letzte, das Karl-Jo fertiggestellt hat«, fährt er fort, während Agnes' Kamera wieder zu klicken beginnt.

»Karl-Jo bekam eine schwere Augenkrankheit, wodurch er allmählich fast blind wurde. Aber er weigerte sich, von hier wegzugehen, bevor das Wandbild fertig war, obwohl er fast zehn Jahre dafür brauchte.«

Anna geht näher heran. Langsam, fast andächtig. Das Gemälde ist riesig, mindestens sechs Meter breit und drei Meter hoch, sodass es beinahe die komplette Giebelwand bedeckt. Das Motiv ist ein See, umgeben von Wald. Steinplatten und spitze Klippen, umschlossen von herbstlich gefärbten Bäumen vor einem unruhigen Himmel. Die Farben sind dumpf, die Wasseroberfläche schimmert dunkel. Weiße Regenspritzer sind hier und da zu sehen, stören die schwarze Oberfläche, brechen die Spiegelung des Blattwerks und der Klippen und verändern ihre Form. Wenn man näher herangeht, wechseln die Reflexe und lassen das Wasser beinahe lebendig aussehen. Anna weiß nicht viel über Malerei, aber sie kann sich denken, dass hinter diesem Effekt ein großes künstlerisches Geschick liegen muss. Fasziniert geht sie weiter. Die Illusion von Bewegung wird stärker, je näher sie kommt, während gleichzeitig ihre eigene Unruhe wächst. Sie bemüht sich aufs Äußerste, dagegen anzukämpfen. Sie will nicht hören, was dieses Gefühl ihr zu sagen hat.

Ein leises Geräusch lässt sie einen Blick über die Schulter werfen. Klein hat ein paar Schritte in den Predigtsaal hinein gemacht. Er wendet sich dem Wandgemälde zu, die Hände vor sich gefaltet, fast wie zum Gebet. Seine Kiefer sind zusammengepresst, seine Augen dunkel. Die Haut über Stirn und Wangen ist dünn, wodurch die Knochen deutlich hervortreten, genau wie bei Håkan in seinen letzten Wochen.

Liebe Anna, hilf mir!

Hilf mir!

Die Unruhe bricht sich einen Weg durch ihre Verteidigung hindurch, zieht durch ihr Bewusstsein wie ein herbstlicher Windstoß und flüstert in ihrer eigenen Stimme, dass das alles hier – der Umzug, der neue Job, ihr und Agnes' neues Leben – ein einziger großer Fehler ist.

2

28. AUGUST 1990

Bruno und Alex waren wie immer zuerst da. Alex parkte seinen schwarzen Ford Escort an der Schranke, an der der kleine Schotterweg endete, und sie blieben ein paar Minuten bei laufendem Radio sitzen, das Dach und die Seitenfenster geöffnet.

Obwohl die Nächte immer kälter wurden und die Blätter hier und da gelb färbten, strengte sich der Sommer noch einmal an. Er stahl sich ein paar letzte Tage, bevor er vor dem Unausweichlichen kapitulierte. Was wiederum bedeutete, dass es höchste Zeit für ihr alljährliches Ritual war: das letzte Bad des Sommers an ihrer heimlichen Schwimmstelle im Steinbruch von Mörkaby.

Sie hatten mit Simon ausgemacht, dass sie sich um halb drei an der Schranke träfen, aber sie wussten, dass er nicht pünktlich da sein würde.

»Schon komisch, dass Simon sogar zu spät kommt, wenn er am nächsten wohnt«, bemerkte Bruno.

»Du weißt doch, wie er ist«, brummte Alex.

Brunos Vater sagte immer, dass derjenige, der zu spät kam, die Zeit der anderen Leute nicht respektierte, was der Grund dafür war, dass Bruno selbst immer mindestens fünf Minuten früher da war. Deshalb ärgerte es ihn, dass Simon nie pünktlich erschien, und fast genauso sehr, dass die anderen drei seiner Clique das offenbar in Ordnung fanden.

Sie drehten die Musik lauter, stiegen aus dem Wagen und rauchten jeder eine Zigarette, während sie an einen Baum pinkelten. Eigentlich rauchten weder Bruno noch Alex, die Zigarettenpackung im Auto gehörte Alex' Freundin Carina, aber das Rauchen war eine Art Ritual. Etwas, was sie an solchen Faulenzertagen wie heute zusammen machten. Als sie fertig waren und die Kippen im Kies ausgetreten hatten, beschlossen sie widerwillig, damit anzufangen, ihr Gepäck die letzten fünfhundert Meter, die zwischen der Schranke und dem eigentlichen Steinbruch lagen, hinaufzutragen.

Der schmale Schotterweg führte bergan, das Gepäck war schwer, und Bruno wurde es ziemlich heiß, bis sie alle Sachen zu der großen Steinplatte auf der linken Seite des Steinbruchs geschleppt hatten, die ihr üblicher Lagerplatz war. Alex dagegen sah wie immer aus, als hätte er sich kaum angestrengt. Früher hatte Bruno Alex beneidet. Um seinen Körper, der dem kleinsten Befehl gehorchte, sein Selbstbewusstsein und darum, wie andere ihn ansahen. Aber mit der Zeit hatte sich Bruno mit der Situation abgefunden. Immerhin war er Alex' bester Freund, was hieß, dass ein bisschen von dessen Status auf ihn abfärbte. Es machte Bruno zu einer soliden Nummer zwei in ihrer inoffiziellen Rangordnung. Zumindest sah Bruno es so.

Gerade als sie das erste Zelt aufgebaut hatten, tauchte Simons orangefarbenes Crescent-Fahrrad unten auf der Lichtung auf.

»Gutes Timing«, murmelte Bruno Alex zu, als sie ihn entdeckten.

Alex zuckte mit den Schultern, ohne zu antworten.

»Sorry, ich musste noch jemanden anrufen«, sagte Simon außer Atem, als er zu ihnen auf die Felsplatte hochkam, und befreite sich gleichzeitig von der Gitarrentasche, die er auf dem Rücken getragen hatte.

»Hast du die Abendzeitung mitgebracht?«, fragte Bruno sauer. Sein Vater benutzte diesen Kommentar immer, wenn man auch nur eine Minute zu spät kam. Eigentlich war es idiotisch, aber Bruno hatte schlechte Laune und ihm war heiß, und Simon sollte nicht wieder mit einer seiner miesen Ausreden davonkommen.

Zu Brunos Verdruss ignorierte Simon ihn.

»Wann kommen die Mädels?«

Alex schaute aus dem Zelt. »Carina hat um vier Schluss. Marie wollte sie abholen und direkt hierherfahren, sie werden also spätestens um halb fünf da sein.«

»Okay. Und wie war das noch mal, nur damit ich Bescheid weiß. Bist du mit Carina in den geraden Wochen zusammen oder in den ungeraden? Ich kann mir das nie merken …«

Alex antwortete Simon mit einem Grinsen und einem ausgestreckten Mittelfinger. Bruno versuchte es mit einem eigenen Witz.

»Furchtbarer Job, den Alten den Hintern abzuwischen, oder? Gefällt das Carina?«

»Immerhin ist es ein richtiger Job.« Alex klang unerwartet verärgert, was Bruno absolut nicht erwartet hatte.

»Was soll das heißen, ich habe schließlich den ganzen Sommer gearbeitet«, verteidigte er sich.

»Ja, im Restaurant von deinem Vater, das zählt nicht«, sagte Alex.

»Natürlich zählt das!« Jetzt war Bruno empört. Simon sollte doch eine Abreibung verpasst bekommen, nicht er.

»Das tut es nicht«, stimmte Simon zu. »Dein Chef ist dein Vater, also kannst du nicht rausfliegen. Und ich glaube kaum, dass er dich zwingen würde, jemandem den Hintern abzuwischen. Höchstens deinem fantastischen großen Bruder.«

Alex lachte laut auf und boxte Simon gegen die Schulter. Bruno fühlte, wie sein Gesicht heiß wurde.

»Mein Vater ist jedenfalls kein Irrer«, fauchte er. Aber sobald er es ausgesprochen hatte, sah er ein, dass er zu weit gegangen war.

Simon funkelte Bruno wütend an, sagte aber nichts. Ein kurzer Windstoß ließ einen losen Zeltzipfel aufflattern, dann verstummte das Geräusch wieder und wurde von einer drückenden Stille ersetzt.

»Hey, Mädels, sind wir nicht ein bisschen zu alt für dieses Mein-Papa-dein-Papa-Spiel?«, warf Alex ein, als das Schweigen etwas zu lang dauerte. »Ich dachte, das hätten wir schon im Kindergarten geklärt? Ihr wisst doch, dass ich sowieso immer gewinne, Henry ist nämlich größer und stärker als eure Memmen von Vätern. Und außerdem hat er eine Pistole, damit ihr's nur wisst«, fügte er mit kindlicher Stimme hinzu, bevor er kalte Bierdosen aus einer der Kühltaschen holte. »Hier, trinkt! Vertragt euch wieder!«

Die Dosen wurden mit einem Zischen geöffnet, und die Stimmung besserte sich.

»Sorry, bin zu weit gegangen …«, murmelte Bruno zu Simon.

»Schon okay«, erwiderte Simon. »Ich hab damit angefangen. Im Übrigen hat Alex recht.« Er machte eine ausholende Geste mit der Bierdose.

»Henry ist auf jeden Fall schrecklicher als unsere beiden Väter zusammen. Sieh dir nur diesen Höhlenmenschen an, den er großgezogen hat. Stiernacken, Gorillaarme, und mit einem einzigen Nackenhebel verpasst er dir Blumenkohlohren.«

Simon und Bruno grinsten sich an.

»Ihr könnt mich mal!« Alex leerte sein Bier und rülpste demonstrativ, bevor er aufstand und die Dose in der Hand zerquetschte.

»Kommt. Wir holen die restlichen Sachen aus dem Auto und bauen schnell Simons Zelt auf, dann haben wir noch Zeit, einmal ins Wasser zu springen, bevor die Mädchen kommen.«

Als Carina und Marie mit Rucksäcken und Plastikkisten unten auf der Lichtung auftauchten, waren die Jungs gerade dabei, sich ihre Badehosen anzuziehen. Alex hatte seinen großen Gettoblaster auf den Rand der Felsplatte gestellt, und Def Leppard dröhnte über den Steinbruch.

Bruno und Simon zogen sich schnell wieder an, drehten die Musik leiser und verließen den Felsen, um den Mädchen entgegenzugehen. Sie schienen froh darüber, nicht ins Wasser springen zu müssen. Der Steinbruchsee war sehr tief und die Wasseroberfläche klein, sodass das Wasser nie richtig warm wurde. Der Gedanke an die Kälte schien Alex dagegen nichts anzuhaben. Barfuß lief er den Pfad bis zum anderen Ende des Steinbruchs entlang. Dann begann er mit geschmeidigen Bewegungen, die steile Klippe hinaufzuklettern.

Während Bruno und Simon den Mädchen halfen, ihre Sachen auf den Felsen zu tragen, stand Alex auf dem allerhöchsten Klippenabsatz und wartete. Die Wasserfläche, die sich sieben oder acht Meter unter ihm befand, war dunkel und ruhig, die Nachmittagssonne beleuchtete die Steilwand und tauchte Alex' gebräunten, muskulösen Körper in Gold.

Bruno, Simon und die Mädchen blieben auf der Felskante stehen. Keiner von ihnen war jemals vom obersten Absatz gesprungen, nicht einmal von dem nächsthöchsten, aber sie wussten, dass unmittelbar unterhalb der Sprungklippe, nur wenige Dezimeter unter der Wasseroberfläche, ein Felsen emporragte. Genau wie alle anderen, die einmal im Steinbruch gebadet hatten, hatten sie schon Geschichten von Leuten gehört und weitererzählt, die sich bei einem missglückten Sprung von einem der unteren Absätze Arm oder Bein gebrochen hatten. Sie wussten, dass bei einem Sprung von der allerhöchsten Klippe, auf der Alex sich jetzt befand, der kleinste Fehler bedeuten konnte, dass man zu Tode kam.

»Spring doch!«, rief Marie. Alex rührte sich nicht. Offensichtlich wollte er den Moment so lange hinauszögern, wie es nur ging.

»Komm, spring, Alex!«, stimmte Bruno zu.

Carina drehte sich demonstrativ um, ging in die Hocke und wühlte in ihrem Rucksack nach Zigaretten. Aber ihr Blick richtete sich dennoch widerwillig auf Alex und den Felsvorsprung.

»Springen, springen ...«, begannen Bruno und die beiden anderen zu skandieren, und nach einer Weile gab Carina nach und richtete sich auf. Sie schirmte die Augen mit der Hand ab, sagte aber nichts.

Alex schien auf diese Bewegung gewartet zu haben. Er atmete tief ein, hielt die Luft an und streckte die Arme aus. Dann wippte er ein paar Sekunden auf den Zehenspitzen, bevor er sich kraftvoll abstieß und in die Luft warf. Genau am höchsten Punkt der Sprungkurve faltete er seinen Körper zusammen wie ein Klappmesser und fasste an seine Zehen. Unmittelbar bevor seine Finger das Wasser berührten, machte er sich wieder lang und zerteilte die Oberfläche mit kerzengeradem Körper. Der Einschlag gelang beinahe perfekt, verursachte nicht mehr als ein dumpfes Platschen und eine kleine Wassersäule, die schnell dunklen Kreisen wich, welche sich langsam bis zum schwarzen Rand des Steinbruchsees ausbreiteten.

Die vier Freunde oben auf der Felsplatte standen ganz still da, die Blicke auf die Mitte der Wasserringe geheftet. Alex war nicht zu sehen. Die Ringe dort unten klangen allmählich ab, und die Wasseroberfläche wurde ruhig. Brunos Magen verkrampfte sich.

»Glaubt ihr, dass er …?« Marie beendete den Satz nicht. Sie tauschte erst unruhige Blicke mit Simon und dann mit Bruno. Carina machte einen unsicheren Schritt auf die Felskante zu, dann noch einen.

»Alex!«, rief sie in den Steinbruch hinunter. »Schatz …«

Im nächsten Moment wurde die schwarze Oberfläche durchbrochen, und Alex' Kopf tauchte auf. Er holte geräuschvoll Luft, hob die Arme und gab einen Siegesschrei von sich, der zwischen den Wänden des Steinbruchs widerhallte.

Carina wandte sich Marie zu, während sie zugleich eine wütende Kopfbewegung Richtung Wasser machte.

»Was hab ich gesagt? Ein unreifer, blöder Idiot!«

Bruno schnappte den Kommentar auf. Er hatte Alex und Carina schon hundertmal streiten hören. Er wusste, dass Streitereien ein unvermeidlicher Teil ihrer Beziehung waren. Aber seit diesem Sommer registrierte er an Carinas Tonfall etwas, das er früher nicht gehört hatte. Etwas, das ihn beunruhigte.

3

HERBST 2017

Last one«, sagt derjenige Pole, der sich als Pawel präsentiert hat und der Chef zu sein scheint, während er den letzten Umzugskarton zusammenfaltet.

»Are you sure I can't offer you something?«, fragt Anna. Sie spricht extra langsam, denn sie weiß, dass das Stottern häufiger auftaucht, wenn sie nicht ihre Muttersprache spricht.

Der Mann hebt die Hände und schüttelt den Kopf. »No thank you. Mr Klein told us to go back when finish.«

»Okay. Thank you so much then.«

Pawel weist seine drei Kollegen an, sich in den kleinen Lastwagen mit polnischem Nummernschild zu zwängen. Anna steht noch auf der Treppe und sieht ihnen zu, wie die Rücklichter des Wagens vom Laubwald verschluckt werden.

»Was für ein Service«, bemerkt Agnes hinter ihr. Sie klingt unerwartet gut gelaunt, allerdings auf diese leicht ironische Art, vor der sich Anna immer in Acht nimmt.

»Ja, das war nicht schlecht.« Anna schaut auf die Uhr. »Die Möbel und Teppiche sind an ihrem Platz, alle Kartons ausgepackt und abtransportiert, und das noch vor dem Mittagessen. Auch noch an einem Samstag.«

Nachdem Nenn-mich-Lasse ihnen gestern Nachmittag die Schlüssel übergeben hatte, nahmen sie den Umzugswagen in Empfang und holten die Betten und das Allernötigste heraus, ohne viel zu sprechen. Nachdem der Wagen weggefahren war und sie mit allen unausgepackten Kartons und Möbeln um sich herum zu Abend gegessen hatten, schloss Agnes sich mit ihrem Laptop und Milo in ihrem Zimmer ein und kam nicht wieder heraus, bis Kleins Polen heute Morgen an die Tür klopften. Aber obwohl sie davon geweckt worden war, half Agnes auszupacken, ohne sauer zu sein oder zu meckern. Sie scheint sogar beinahe Annas Nähe zu suchen. Vielleicht ist das ein Wunschdenken, aber nach nur einer Nacht in Tabor kommt es Anna so vor, als habe sich ihre Beziehung zumindest schon ein bisschen verbessert. Als übe das Haus eine beruhigende Wirkung aus.

»Und sie haben auch alle Ikea-Sachen zusammengeschraubt«, fügt Agnes hinzu. »Ohne dass ein Haufen Schrauben übrig geblieben sind, wie wenn Papa …« Sie verstummt, schaut weg. Ihr Lächeln verschwindet. Eine versteckte Mine, die keine von ihnen ausgelegt hat, dennoch erstirbt das Gespräch.

»Hast du Hunger?«, fragt Anna und versucht, den fröhlichen Tonfall beizubehalten. »Ich dachte, ich fahre mal einkaufen.« Sie lässt die Frage im Raum hängen. Agnes antwortet nicht, geht stattdessen in ihr Zimmer und schließt die Tür hinter sich.

Anna bleibt mit ihrem Wagen oben an der Landstraße stehen. Wenn sie nach links fährt, braucht sie rund fünfundzwanzig Minuten runter bis zum Supermarkt im Hauptort Nedanås. Fährt sie stattdessen nach rechts, dauert es Nenn-mich-Lasse zufolge eine knappe Viertelstunde bis zum deutlich kleineren Ort Mörkaby, oben auf dem Hügel, wo es einen Dorfladen geben soll. Das Wort klingt so pittoresk und verlockend, dass sie beschließt, abenteuerlustig zu sein, und nach rechts abbiegt.

In der Nacht hat es geregnet, der Asphalt ist dunkel, und zwischen den Bäumen hängt der feuchte Herbstnebel wie ein grauer Schleier. Die Landstraße windet sich sanft durch die Landschaft, aber nach ungefähr einem Kilometer öffnet sich der Wald, vor ihr liegt ein Hochplateau mit offenen Feldern zu beiden Seiten der Straße, und der Waldrand ist durch den Nebel nur zu erahnen.

Vorne rechts sieht Anna eine lange Weidenallee und erkennt an ihrem Ende die Umrisse von Gebäuden. Gleichzeitig fährt sie an einem Schild mit der Aufschrift Änglaberga vorbei. Hier wohnt also ihre Vermieterin. Und offenbar auch ihr Verwalter Klein, aus dem Anna überhaupt nicht klug wird. Der Mann wirkte schroff, beinahe feindselig.

Ein paar Minuten lang geht die Ebene weiter, Anna entdeckt noch ein paar andere, kleinere Höfe, bevor sie in einen dichten Laubwald kommt. Die asphaltierte Straße schlängelt sich immer schmaler werdend hinauf, und hier und da tauchen aus dem Dunst kleine Abzweigungen auf, fast ohne Vorwarnung. Die meisten von ihnen sind nicht viel mehr als eine Reifenspur mit einem grünen Grasstreifen in der Mitte. Die kleinen Wege, der Nebel und die engen Kurven lassen sie vorsichtig fahren. Mehrmals wird sie von Einheimischen überholt, die einiges über der erlaubten Geschwindigkeit fahren und sich nicht um die Sichtverhältnisse zu kümmern scheinen. Der Letzte hupt sogar verärgert, als er an ihr vorbeirauscht.

Fast auf den Punkt genau fünfzehn Minuten nachdem sie ihren eigenen Schotterweg verlassen hat, sieht sie einen weißen Kirchturm aus dem Nebel aufsteigen. Kurz darauf eine kleine Ansammlung von Häusern sowie ein Schild, das zum einen verkündet, dass sie in Mörkaby gelandet ist, zum anderen, dass sich hier die höchstgelegene Kirche Schonens befindet.

Der Ort selbst besteht im Grunde nur aus einigen Häusern, die sich um eine Kreuzung drängen. Vor dem einen entdeckt sie einen holperigen Asphaltstreifen, ein paar Aushänge und eine Eisreklame. Das entspricht nicht wirklich dem Bild eines Dorfladens, das sie sich ausgemalt hat. *Was hattest du erwartet,* höhnt Håkan. *Bullerbü?*

Die Tür ist geschlossen, aber ein handgemaltes Schild verkündet, dass man auf eine Klingel drücken soll, wenn man etwas braucht. Nach ein, zwei Minuten erscheint eine ältere Frau in einer Strickjacke mit einem Firmenlogo darauf.

»Hallo!«, grüßt die Frau freundlich, während sie Anna aufschließt. Der Laden ist nicht viel größer als das Wohnzimmer in Tabor. Eine altmodische Kühltheke, ein paar Regale mit haltbaren Lebensmitteln, diverse Tabakwaren und ein Zeitschriftengestell. Die Luft riecht nach Linoleumboden.

»Suchen Sie nach etwas Bestimmtem?«, fragte die ältere Frau. Die Brille, die sie sich in die Stirn geschoben hat, steckt in den Haaren fest, sodass die Frisur ein wenig nach rechts verschoben ist. Die Frau zieht auf der anderen Seite an ihren acrylglänzenden Locken, damit die Perücke wieder richtig sitzt.

»Nur etwas zum Mittagessen.«

»Wir haben frische Eier. Direkt aus dem Hühnerstall.« Die Frau zupft noch einmal an ihrem Haar, dann scheint sie zufrieden zu sein.

»Meine Tochter ist Veganerin«, murmelt Anna. Einen Moment lang überlegt sie, ob sie erklären soll, was das bedeutet. Welche Einschränkungen Agnes' Diät für alle Mahlzeiten bedeutet. Ganz zu schweigen von den ständigen Auseinandersetzungen.

»Wir haben frische Rote Bete, wenn das etwas wäre?«, sagt die Frau. »Die kann man gut im Ofen backen und mit Schimmelkäse servieren. Ach, nein, wie dumm von mir. Eine Veganerin isst ja auch keinen Käse, stimmt's? Überhaupt keine tierischen Produkte.«

»Nein.« Anna schüttelt verwundert den Kopf.

»Meine Enkelin ist Veganerin«, sagt die Perückendame und zwinkert ihr zu. »Wir finden schon etwas, Sie werden sehen.«

Nach zehn Minuten haben sie einen Berg unterschiedlicher Wurzelfrüchte und Gemüsesorten zusammengetragen, von denen die meisten sicher in unmittelbarer Umgebung angebaut wurden. Außerdem frische Eier und ein Stück Speck, das verlockend duftet.

»Ich heiße Gunnel«, sagt die Perückendame. »Sie müssen die Mieterin vom Änglaberga-Hof sein, drüben auf Tabor, oder nicht?«

Anna nickt. »Woher wissen Sie das?«

»Wir bekommen hier oben nicht so viele neue Gesichter zu sehen. Und hören fast nie Stockholmerisch.« Gunnel sieht sie neugierig an. »Sie sind Polizistin, stimmt's?«

Anna nickt wieder, verwundert darüber, wie schnell die Buschtrommeln die Nachricht verbreitet haben. Der Job und der Umzug nach Nedanås stehen erst seit einem knappen Monat fest.

»Ja, wir waren alle ein bisschen überrascht, als wir gehört haben, dass Elisabet Vidje Tabor vermietet. Noch dazu an eine Polizistin«, fährt die Frau fort, während sie Annas Waren einpackt. »Tabor ist Elisabets Heiligtum, und sie steht mit der Polizei nicht gerade auf gutem Fuß, wenn man so will.«

»Warum nicht?«

Die ältere Frau hält inne, ihr Lächeln gefriert.

»Ach so. Ich dachte, Sie wüssten Bescheid. Hat Ihnen niemand davon erzählt?«

»Nein.« Anna runzelt die Stirn. »Wovon erzählt?«

»Von Simon. Dem Sohn von Elisabet und Karl-Johan. Der hier drüben im Steinbruch ums Leben gekommen ist.« Gunnel macht eine Geste Richtung Straße. »Das ist bald dreißig Jahre her. Eine schreckliche Geschichte.«

»Aha«, sagt sie neugierig. »Nein, davon habe ich nichts gehört.«

Die Frau wiegt bekümmert den Kopf.

»Armer Simon. Er war ein feiner Junge, und so begabt. Er sang und musizierte wie ein Engel. Neunzehn war er, starb gerade, als er den ersten Schritt in die Welt hinaus machen sollte.«

»Wie tragisch«, erwidert Anna und ahmt die Miene der alten Frau nach. »Was ist passiert?«

»Eine Clique von Freunden zeltete drüben im Steinbruch. Es war Anfang Herbst 1990. Ich erinnere mich noch daran, als wenn es gestern gewesen wäre.«

Die Frau senkt die Stimme.

»Åke und ich wachten davon auf, dass jemand bei uns an die Haustür hämmerte. Es war kurz vor fünf Uhr morgens. Es war Bruno, der Wirtssohn. Er war weiß wie ein Laken und wollte unser Telefon benutzen. Er sagte, es sei ein Unglück passiert.«

Gunnel schüttelt den Kopf und verzieht den Mund, als ob die letzten Worte ihr unangenehm wären. Dann beugt sie sich über die Theke und will gerade noch etwas sagen, als die Tür aufgeht und ein Mann in Fleecepullover und Arbeitshosen eintritt.

»Hallo, Gunnel«, grüßt er und geht mit zielsicheren Schritten auf den kleinen Kühlschrank mit Snus zu, der in der Ecke steht. Dabei sieht er Anna neugierig an.

Gunnel richtet sich auf und streicht mit den Händen ein paarmal über ihre Strickjacke, als wolle sie etwas Unangenehmes davon wegwischen.

»Kann ich sonst noch etwas für Sie tun?«, fragt sie etwas zu laut.

Als sie wieder auf Tabor ist, kocht Anna, während Agnes mürrisch den Tisch deckt. Nach einer Weile wird ihr die Stille zu viel, und Anna erzählt von ihrem Besuch im Laden. Sie berichtet, wie überrascht sie darüber war, dass Gunnel sich mit veganem Essen auskennt, erhält aber nicht die erhoffte Reaktion. Ohne darüber nachzudenken, gibt sie beim Essen schließlich das ganze Gespräch wieder, von der schiefen Perücke bis zu Simon Vidjes Unfalltod.

»Glaubst du, dass das Gemälde im Predigtsaal den Steinbruch darstellt?« Agnes schaut auf. Ihre Stimme klingt unerwartet interessiert.

»Ich weiß es nicht.« Anna versucht, nicht zu zeigen, wie

froh sie darüber ist, dass sie über etwas sprechen, egal was, das nicht mit Håkan oder dem Umzug zu tun hat. Ein sicheres Thema, frei von Sprengkraft.

»Aber wenn du willst, können wir ihn suchen. Gunnel zufolge liegt er hier in der Nähe.«

»Ich kann auf Google Maps nachschauen. Aber vielleicht sollten wir bis morgen warten, damit es nicht so neblig ist. Ich möchte Fotos machen, dann können wir sie mit dem Gemälde vergleichen.«

»Ja, klar.«

Agnes steht auf, hilft Anna beim Abdecken und spült sogar die Auflaufform ab, ohne darum gebeten worden zu sein.

Milo sieht verwirrt aus, ist Agnes dicht an der Seite und scheint nicht richtig zu wissen, wie er sich benehmen soll. Als würde die veränderte Stimmung ihn irritieren. Nach einer Weile springt er auf die Küchenbank und stemmt die Pfoten gegen ein Fenster, das auf den Hof hinausgeht. Er knurrt leise, als ob er draußen etwas sehen würde. Anna schaut hinaus, aber alles, was sie sieht, ist der große Platz, die Einfahrt und der Nebel, der zwischen den Bäumen hängt.

»Dummer Hund«, murmelt sie. Zur Antwort erntet sie einen bösen Blick.

Als sie mit dem Abwasch fertig sind, verschwindet Agnes oben im Predigtsaal, und Anna hört sie mit ihrer Fotoausrüstung hantieren: dem Stativ für die Kamera, dem Blitz, den Reflexschirmen, den Taschen mit den verschiedenen Objektiven. Sie weiß, dass die Sachen saumäßig teuer sind, und erinnert sich daran, wie sie und Håkan darüber gestritten haben.

Du kaufst ihre Liebe, ist dir das klar? Bringst mich in eine unmögliche Situation. Und wie kannst du dir das überhaupt leisten?

Im Nachhinein wirkt das alles so albern.

Eine Weile später steigt Anna die Treppe hoch. Oben

bleibt sie einen Augenblick stehen, als würde sie erwarten, dass Agnes sie anfaucht, sie wolle allein sein. Als das nicht geschieht, geht sie langsam auf das große Kirchenfenster zu. An der Aussicht kann sie sich noch immer kaum sattsehen, auch wenn sie ganz anders als am Vortag ist. Der Nebel hängt wie eine Glocke über den Bäumen, die Gipfel lassen sich nur als graue Silhouetten erahnen. Sie sieht eine Reihe von roten Lichtern in der Ferne, und nach einer Weile wird ihr klar, dass es sich dabei um die Positionsleuchten der Windkraftwerke draußen auf der Ebene handelt. Urzeittiere aus Metall, die im Takt miteinander blinken.

Agnes hat die Kamera vor dem Wandgemälde aufgestellt.

»Mama, kannst du mir das zweite Lampenstativ herbringen?«

Anna versucht, nicht zu zeigen, wie sehr sie sich freut, dass Agnes sie einbindet.

Kleine Schritte, denkt sie. Sie versucht, Håkan mit einzubeziehen, aber gerade jetzt schweigt er. Eigentlich ein gutes Zeichen, denkt sie. Trotzdem fällt ihr auf, dass ihr seine Stimme fehlt.

Sie reicht Agnes das Stativ und sieht zu, wie ihre Tochter es mit geübten Händen montiert. Dann schaut sie sich das Gemälde noch einmal an. Derselbe dunkle Himmel, die Klippen und der ruhig dastehende Wald. Der Herbstregen, der die Wasseroberfläche aufstört und die Spiegelbilder verzerrt.

»Ist das nicht schön!«, ruft Agnes aus. »Die Farben, die Stimmung, der Regen, alles. Ich habe die ganze Zeit das Gefühl, dass das Wasser ein Geheimnis in sich birgt. Dass da unter der Oberfläche etwas liegt. Ich bin gespannt darauf, ob es wirklich den Steinbruch darstellt. Wie der in echt aussieht.«

»Hm.« Anna legt den Kopf schief, studiert das Farbenspiel auf der dunklen Oberfläche.

»Ich habe Karl-Jos Gemälde gegoogelt«, fährt Agnes fort.

»Ich habe kein einziges gefunden, das diesem hier ähnelt, es scheint also noch nie jemand fotografiert zu haben. Vielleicht bin ich die Erste. In dem Fall könnte ich die Bilder in mein Portfolio legen.« Sie hantiert wieder mit den Lampen. Schnelle, zielgerichtete Bewegungen. Der positive Eindruck vom Mittagessen hält an und gibt Anna ein warmes Gefühl. Wir kriegen das hin, denkt sie. Alles wird gut. Håkan sagt immer noch nichts.

Am Nachmittag gehen sie eine Runde mit Milo. Sie überqueren den Hof und biegen rechts in den Wald ab, direkt vor dem Schuppen, wo ein kleiner Pfad beginnt. Der Boden liegt voll frisch gefallenem Laub. Ein knallgelber, weicher Teppich, der zusammen mit den Nebelschleiern das Geräusch ihrer Schritte verschluckt und sogar Milos aufgeregtes Gebell dämpft, als er zwischen den dunklen Baumstämmen herumrennt und Gerüchen und Sinneseindrücken hinterherjagt, die nur ein Hund aufnehmen kann.

Agnes hat natürlich ihre Kamera dabei. Sie fotografiert Milo, die Bäume, das gelbe Laubdach über ihnen. Alle paar Minuten muss sie stehen bleiben und die Kameralinse vom Nieselregen säubern, der so fein ist, dass man ihn kaum sieht.

Der Pfad führt sie zu einem seichten Bach. Milo trinkt von dem klaren Wasser, während er eifrig stromabwärts watet. Agnes folgt ihm am Ufer und schießt dabei klickend ganze Serien an Fotos.

»Milo, schau hier! Milo!«

Anna macht einen Fehltritt, plumpst mit dem einen Fuß in eine Pfütze neben dem Bach und erschreckt einen Frosch dabei fast zu Tode. Sie zuckt zusammen und verkündet, dass sie sich ein Paar Gummistiefel kaufen muss.

»Was glaubst du, wohin der Bach führt?«

Agnes' Wangen sind rot, ihr Blick ist wach. Anna würde alles geben, um sie jeden Tag so zu sehen.

»Bestimmt den Bergkamm hinunter.« Sie zeigt in den Nebel, in die Richtung, in der sie den Abhang vermutet. »Irgendwo da unten fließt ein Fluss.«

»Oder vielleicht führt er zu diesem Steinbruch.«

»Möglich. Hast du auf Google Maps nichts gefunden?«

Agnes schüttelt den Kopf. »Nein, auf der Karte ist kein Steinbruch verzeichnet.«

»Ist das nicht ein bisschen seltsam?«

»Vielleicht.« Agnes sieht nachdenklich aus. »Sollen wir dem Bach ein Stück folgen und sehen, wohin er führt?«

Anna schielt unauffällig auf ihren nassen Schuh. Der Strumpf ist klitschnass, und das Wasser ist ein gutes Stück das Hosenbein hinaufgeklettert. Aber Agnes spricht mit ihr, ist endlich mit etwas anderem beschäftigt als mit ihrem Handy oder dem Hund. Außerdem ist sie selbst neugierig auf diesen geheimnisvollen Steinbruch.

»Ja, warum nicht.«

Der Bach schlängelt sich zwischen den Bäumen hindurch, wird nach und nach breiter und lauter, je mehr er sich mit anderen kleinen Rinnsalen füllt. Agnes und Milo sind völlig mit sich beschäftigt, während Anna alle zweihundert Meter stehen bleibt, um sich zu orientieren. Sie versucht auszumachen, ob sie sich zu sehr dem Steilhang nähern. Wegen des Nebels sieht sie ihn nicht, weiß aber, dass er sich irgendwo dort befindet. Trotz der schlechten Sicht meint Anna, sich über die Himmelsrichtungen einigermaßen im Klaren zu sein. Die Gemeinde Nedanås liegt direkt am nordwestlichen Ausläufer des Höhenzugs. Es sind rund zehn Kilometer vom Stadtrand bis zu ihrem Haus hinauf, und jetzt im Moment gehen sie entlang des Bergkamms von Nedanås weg, was bedeutet, dass sie sich in südöstliche Richtung bewegen. Sie versucht, die Natur zu lesen, wie Håkan es ihr beigebracht hat. Moose und Flechten auf der Nordseite der Baumstämme, mehr herabhängende Zweige auf deren Südseite. Sie weiß, dass sich Ameisenhaufen fast immer auf der Südseite von Bäumen befinden, aber sie entdeckt keine, und nach einer Weile versteht sie, dass das nicht besonders verwunderlich ist. Es gibt keinen einzigen Nadelbaum hier, nur hohe Laubbäume mit Stämmen, die wie grünlich graue Säulen aussehen. Überall stehen sie dicht beisammen, bis sie zwischen den schwebenden Nebelschleiern verschwinden. Das Ganze wirkt unheimlich, fast gespenstisch.

Sie werden dich finden, flüstert Håkan ohne Vorwarnung. *Nicht einmal hier draußen bist du sicher. Du musst es ihr erzählen. Das hast du mir versprochen.*

Anna erschaudert, schüttelt das Gefühl und die Stimme von sich ab, und nach einer Weile gelingt es ihr, sich wieder darüber zu freuen, dass sie und Agnes etwas gemeinsam unternehmen.

Sie folgen dem Pfad den Bach entlang. Der kleine Wasserlauf gräbt sich allmählich in den weichen Boden ein, sodass das Ufer immer steiler wird. Anna schielt auf ihre Uhr. Es ist kurz nach fünf und noch eine Stunde bis zur Dämmerung, dennoch hat sie den Eindruck, dass das Licht schon schwächer wird. Der Untergrund ist leicht abschüssig, aber sie sehen noch keinen Schimmer von irgendwelchen Felsen oder Bodenveränderungen, die mit dem Gemälde übereinstimmen. Anna will gerade den Vorschlag machen umzukehren, als Milo plötzlich anfängt, laut und aufgeregt zu bellen.

Der Hund hat in der Uferböschung ein großes Loch entdeckt, und bevor sie ihn aufhalten können, ist er bereits mit über der Hälfte seines Körpers hineingekrochen. Dort drinnen bellt er weiter, und obwohl die Erde die Lautstärke dämpft, klingt er immer aufgehetzter.

»Milo, komm her!«, schimpft Agnes, aber der Hund kümmert sich nicht um sie. Seine Hinterpfoten stemmen sich kräftig gegen das steile, sandige Ufer, und plötzlich ist er im Loch verschwunden. Das Gebell wird noch lauter. Es vermischt sich mit einem anderen Geräusch von dort drinnen. Einem Grunzen, das in ein lautstarkes Fauchen übergeht, welches nicht von dem kleinen Hund stammt. »Milo!«, schreit Agnes. Sie versucht, zu dem Loch hinunterzukommen, aber verliert an der Böschung das Gleichgewicht und stürzt. Der Hang ist so steil, dass sie ein Stück hinunterrollt und auf den Knien im Bach landet. »Scheiße!«

Milo bellt weiter. Laut, gellend. Als wäre er zugleich verängstigt, wütend und aufgeregt. Anna macht ein paar Schritte den Steilhang hinunter. Sie streckt eine Hand aus, um Agnes auf die Füße zu helfen, als sie aus dem Augenwinkel plötzlich eine Bewegung wahrnimmt. Eine grüne Gestalt, die auf den Bach zustürzt und sich auf das Loch wirft. Es ist ein groß gewachsener Mann in Tarnkleidung. Er erscheint so überraschend, dass Anna und Agnes wie gelähmt sind. Der Mann taucht mit den Armen voraus in das Loch hinein, dabei stößt er sich mit den Füßen ab, bis fast sein halber Oberkörper in der Erde steckt. Sand und Steine fallen auf seinen Rücken hinunter, die Geräusche von innen sind noch ein paar Sekunden lang zu hören, und plötzlich ist der Mann wieder draußen. Sein Bart ist voller Erde, und er hält einen wild strampelnden und bellenden Milo an den Hinterbeinen fest, dann lässt er den Hund zu Boden und zieht aus dem Nichts einen schwarzen Revolver hervor. Milo sträubt sich, springt dem Mann ans Bein. Reflexartig schiebt Anna Agnes hinter sich.

»Nein!«, schreit Agnes, aber der Mann richtet die Waffe weder auf sie noch auf den Hund. Stattdessen taucht er wieder in das Loch ab. Von drinnen ist wieder ein Fauchen zu hören, ein scharfer Knall. Danach ist es still.

Der Mann drückt seine Knie in den Ufersand und kriecht rückwärts heraus. In der einen Hand hält er den Revolver, in der anderen ein großes, graues Bündel. Er steckt die Waffe unter die Camouflagejacke und hebt das Bündel mit beiden Händen hoch. Pfoten, Krallen, ein schwarz-weißer, dreieckiger Kopf. Entblößte Fangzähne und eine verzerrte Grimasse.

»Dachs«, sagt der Mann in einem breiten Dialekt, während er den Schmutz von sich abklopft. »Kann ’nen Hund totbeißen, wenn’s schlecht läuft.«

Er zieht ein Klappmesser mit einer breiten Klinge aus dem Gürtel und beginnt mit schnellen, geübten Handgriffen, das Tier auszunehmen, nachdem er eine ebene Fläche oberhalb der Uferböschung gefunden hat. Håkan hat Anna gezeigt, wie man es macht, und sie sogar dazu gebracht, es an einem Hasen einmal selbst auszuprobieren. Aber dieser Mann spielt in einer ganz anderen Liga. Er braucht nur wenige Minuten, um sämtliche Innereien aus dem Dachs zu schneiden, und als er damit fertig ist, hat er kaum Blut an den Händen. Seine Finger sind überraschend kurz und die Nägel bis zum Nagelbett abgekaut.

Agnes hat sich zu Milo hinuntergesetzt und hält ihn am Halsband fest, um ihn davon abzuhalten, die Schlachtreste zu untersuchen, während sie und der Hund fasziniert den Bewegungen des Mannes folgen. Anna ist dagegen vollauf damit beschäftigt, sich zu sammeln. Einen kurzen Augenblick lang dachte sie wirklich, dass der Mann in der Tarnkleidung die Waffe auf sie richten würde.

»Er ist mutig.«

Der Camouflagemann deutet auf Milo, während er sich mit der anderen Hand den Schweiß von der Stirn wischt. Seine Haare und sein Bart sind lockig, die Nase ist platt, und die Augen sitzen weit auseinander, wodurch er etwas seltsam aussieht, ein bisschen wie eine Figur aus einem Harry-Potter-Film. Der märchenhafte Eindruck wird dadurch verstärkt, dass er ein beinahe unverständliches Schonisch spricht.

»Nicht alle Hunde trauen sich, in ’nen Dachsbau zu kriechen.« Der Mann deutet mit dem Messer über seine Schulter in den Nebel. »Ich bin Mats Andersson, wohne auf Änglaberga.« Sorgfältig wischt er das Messer am Hosenbein ab, bevor er es zurück in die Scheide steckt.

»Aha, hallo Mats. Ich heiße Anna Vesper, und das hier sind Agnes und Milo. Wir wohnen …« Sie spürt ein Stottern im

Anmarsch und macht eine Sekunde Pause. Sagt man in oder auf?

»Auf Tabor«, sagt der Mann und rettet sie aus dem Dilemma. »Ja, ich weiß. Ihr seid gestern eingezogen. Ihr seid die Mieter von meiner Tante. Elisabet Vidje auf Änglaberga. Mein Vater ist Bengt Andersson.«

Er sagt den Namen auf eine Art, die andeutet, dass sie ihn kennen müsste, was nicht der Fall ist.

»Was ist denn das für 'ne Rasse? Skånsk Terrier?« Mats wendet sich Agnes und Milo zu.

»Eine Mischung aus Jack Russel und Foxterrier«, sagt Agnes.

»Er sieht verdammt nach Skånsk Terrier aus.«

Mats streckt die Hand nach Milo aus, der zwischen Agnes' Knien sitzt. Der Hund zieht die Lefzen hoch und zeigt seine Zähne, aber Mats scheint keine Angst zu haben, und nach einer Weile siegt Milos Neugier. Er schnüffelt an Mats' Hand und beginnt, sie abzuschlecken.

»Blutgeruch. Ein guter Jagdhund kann dem nicht widerstehen.« Mats krault Milo unter dem Kinn, während der Hund weiter an seinem Handgelenk schleckt.

»Darf ich ein Foto machen?«, fragt Agnes und hebt leicht ihre Kamera, die sie um den Hals trägt.

»Warum denn?«, will Mats wissen. Sein Ton bekommt etwas Wachsames, als hätte er den Verdacht, Agnes würde sich einen Spaß mit ihm erlauben.

»Ich mache einfach gern Fotos. Ich will später Fotografin werden. Außerdem hast du meinen Hund gerettet.« Agnes setzt dieses Lächeln auf, das bei Håkan immer gezogen hat. Bei Mats funktioniert es auch.

»Klar.«

Der große Mann errötet. Plötzlich sieht er wie ein schüchterner Teenager aus und nicht mehr wie ein Mann um die vierzig. Trotz Tarnjacke, buschigem Bart, Jagdrevolver und Messer hat er etwas Kindliches an sich.

Camouflage-Mats posiert gehorsam mit dem Dachs. Er zieht sogar die Lefzen seiner Beute hoch, um die starken Fangzähne zu zeigen.

»Die können Knochen brechen«, sagt er, während Agnes' Fotoapparat klickt. »Früher hieß es, man soll Eierschalen in den Stiefeln haben, wenn man auf Dachsjagd geht. Falls sie beißen. Die Leute dachten, der Dachs lässt von einem ab, wenn er das Knacken hört. So ein Quatsch.« Er grinst und bringt auch Agnes zum Lächeln.

»Kann man Dachsfleisch essen?«, fragt Anna.

Mats dreht sich um. Er sieht überrascht aus, als habe er vergessen, dass sie da ist. Dann grinst er noch breiter über die offensichtlich dumme Frage.

»Nein, auf keinen Fall. Sie können Trichinen haben. Ich koche das Fleisch normalerweise für die Hunde von meiner Schwester. Jetzt im Herbst sind die Dachse schön fett. Machen gut satt.«

Er wendet sich wieder an Agnes.

»Das Fell verkaufe ich. Aber das ist ein Prachtmännchen, da werd ich ihn wohl lieber herrichten.«

»Herrichten?«, fragt Agnes. Sie scheint ehrlich interessiert zu sein.

»Ihn ausstopfen. Ich hab zu Hause auf Änglaberga eine Sammlung. Komm vorbei und schau sie dir an. Dann kannst du noch mehr Fotos machen, wenn du willst.«

»Gern.«

Anna sieht auf die Uhr. »Wir müssen jetzt langsam nach Hause. Bald wird es dunkel.«

Agnes verdreht die Augen, protestiert aber ausnahmsweise nicht lautstark.

»Ach, weißt du, ob hier in der Nähe ein Steinbruch liegt?«, fragt sie. Ihr Ton ist genauso fröhlich und freundlich wie vorher, trotzdem verdüstert sich Mats' Gesicht.

»Nicht hier«, murmelt er leise. »Im Wald auf der anderen Seite von Änglaberga. Aber geht da nicht hin.«

»Warum nicht?«

Mats schüttelt den Kopf. »Ein furchtbarer Ort. Gefährlich.« Er verstummt, sieht aus, als wolle er dem Thema nichts hinzufügen.

»Okay, danke für die Warnung!«

Sie verabschieden sich und gehen den Pfad entlang zurück. Mats steht noch da, den toten Dachs zwischen den Füßen, und schaut ihnen nach. Als Agnes sich umdreht, hebt er die Hand und winkt.

4

28. AUGUST 1990

Sie lagen alle fünf auf ihren Handtüchern, ganz am Rand des Felsens, wohin die Nachmittagssonne gerade noch schien. Alex hatte widerwillig zugelassen, dass Marie die Musik, die aus dem Gettoblaster kam, austauschte. Ein Mixtape mit aktuellen Hits: Alannah Myles, Madonna, Cher.

»Scheiß Tussenmusik«, brummte Alex Bruno zu, aber diesmal erhielt er nicht die gewohnte Zustimmung. Bruno vermied es immer, ins Kreuzfeuer zwischen Alex und Marie zu geraten. Alex legte sich auf den Bauch und schloss die Augen. Nach ein paar Minuten fing er an zu schnarchen.

Die Mädchen hatten ihre Pullover ausgezogen und sonnten sich in Bikinioberteil und Shorts. Carina hatte sich mit irgendetwas nach Kokos Duftendem eingecremt, was ihre braun gebrannte Haut glänzen ließ. Marie war weniger kurvig und um einiges blasser als Carina. Auf ihrer Haut sah man ein paar Leberflecke, von denen Bruno wusste, dass sich Marie ein wenig dafür schämte. Ihm war das egal. Er fand sogar, dass sie ihr mehr Persönlichkeit verliehen. Nach einer Weile drehte sich Carina, um den Rücken zu sonnen. Sie knüpfte das Band ihres Oberteils auf und ließ es unter sich auf dem Handtuch liegen. Die Rundung ihrer Brüste war von der Seite deutlich erkennbar, besonders wenn sie den Kopf hob, um etwas zu sagen. Bruno versuchte, nicht zu ihr hinzusehen, was nicht gerade leicht war. Carina war hübsch, es gab keinen Jungen in der Gegend, der nicht wusste, wer sie war. Aber sie war Alex' Freundin, und das schon seit Beginn der Mittelstufe. Vielleicht sogar noch länger.

Simon dagegen war nicht so taktvoll. Bruno sah, wie er

immer wieder auf Carinas Körper schielte und sich auch nicht darum zu kümmern schien, dass man es bemerkte. Aus irgendeinem Grund störte es Bruno.

Er hatte ein paar jüngere Mädchen im Bus über Simon tuscheln hören. Nicht spottend, wie sie es noch auf der Grundschule gemacht hatten, als Simon ein dürrer Musiktrottel war, sondern auf eine neue Art. Eine Art, die Bruno nicht so richtig gefiel. Er drehte sich auf den Bauch und versuchte, den Ärger abzuschütteln, aber es gelang ihm nicht ganz.

Ein wenig später registrierte Marie Simons Blicke, knuffte Carina in die Seite und nickte vielsagend in seine Richtung. Carina schob die Sonnenbrille ein paar Zentimeter zur Nasenspitze herunter und zwinkerte Marie zu. »Pass mal auf«, flüsterte sie.

Carina stützte sich auf die Ellbogen und hob ein wenig den Oberkörper, sodass die Brüste fast ganz zu sehen waren.

»Simon«, sagte sie übertrieben sanft, während sie die Sonnenbrille ganz auf ihre Nasenspitze zog. »Kannst du mir und Marie etwas zu trinken bringen?«

»Klar!« Simon kam unbeholfen auf die Füße, aber Bruno war schon halb an der Kühltasche.

»Ich mach das«, sagte er schroff, während er Simon böse anstarrte und ihm zu verstehen gab, dass er auf seinem Platz bleiben sollte.

»Danke, wie lieb von dir.« Carina legte sich wieder hin.

Bruno ging zur Kühltasche, die sie in den Schatten hinter eines der Zelte gestellt hatten. Vom Wendeplatz unten war ein leises Brummen zu hören, und als Bruno über den Felsvorsprung schaute, entdeckte er ein Polizeifahrzeug, das langsam angefahren kam, wendete und dort unten stehen blieb, direkt neben Simons Fahrrad. Das Fenster auf der Beifahrerseite wurde heruntergekurbelt, und ein groß gewachsener Mann mit scharfen Gesichtszügen schaute heraus.

»Alex!«, rief Bruno und hob dabei winkend die Hand in Richtung des Mannes im Polizeiauto.

»Was?«, brummte Alex, ohne den Kopf zu heben.

»Dein Vater ist da.«

Alex seufzte und setzte sich auf.

»Na klar. Ich war so blöd, Henry zu fragen, ob ich den Schlüssel für die Schranke ausleihen kann. Er hat mir einen Scheißvortrag darüber gehalten, warum das nicht geht. Dass es eigentlich verboten ist, das Gelände hier oben zu betreten, und die Felsen gefährlich sind, blablabla. Aber offenbar ist es okay für ihn, den Schlüssel zu benutzen, um hierherzufahren und uns zu kontrollieren.«

»Sei froh, dass du einen Vater hast, der sich um dich kümmert«, murmelte Carina.

»Wir sind doch keine verdammten Babys mehr, oder? Was soll uns hier schon passieren?« Alex stand auf, ging zur Felskante und stellte sich neben Bruno. Dann winkte er verärgert dem Polizeifahrzeug zu. »Hallo, Henry«, sagte er so leise, dass nur die anderen vier es hören konnten. »Alles in Ordnung, du kannst jetzt wieder Leine ziehen.«

Der Mann unten am Wagenfenster winkte zurück.

»Passt ihr auf euch auf?«, rief er. Seine Stimme war rau und hallte zwischen den Felswänden wider.

»Selbstverständlich«, antwortete Alex, ohne seinen Ärger zu verbergen.

»Die übliche Clique?«

»Yep!«

Henry Morell blieb sitzen und machte keine Anstalten wegzufahren. Es dauerte einen Moment, bis Alex klar war, worauf sein Vater wartete.

»Oh, jetzt hau endlich ab«, knurrte er und drehte sich dann zu seinen drei Freunden um, die noch auf ihren Handtüchern lagen.

»Steht auf und winkt«, sagte er und wehrte ihre Proteste ab, indem er eine Hand hob, bevor irgendjemand etwas sagen konnte. »Ich weiß, aber das ist der einzige Weg, ihn loszuwerden. Sonst kommt er noch hier rauf.«

Carina, Marie und Simon standen von ihren Handtüchern auf und gingen an die Felskante vor.

»Hallo, Onkel Henry!«, rief Marie übertrieben munter, während die anderen nur wenig begeistert winkten.

Henry Morell winkte zurück und schien etwas zum Fahrer zu sagen. Das Polizeiauto rollte langsam über den schmalen Kiesweg davon, blinkte einmal mit dem Blaulicht auf, bevor es zwischen den Bäumen verschwand.

»Sorry«, sagte Alex. »Ihr wisst ja, wie er ist.«

»Kein Problem«, erwiderte Simon und klopfte Alex auf die Schulter. »Dass Henry vorbeikommt und nach seinem Goldjungen schaut, gehört doch zur Tradition. Er macht das noch, bis du fünfzig bist.«

Alex brummte etwas Unverständliches, nahm sich ein Bier und ging wieder zu seinem Handtuch. Simon wechselte das Tape im Kassettenrekorder.

»Nicht wieder Toto«, stöhnte Marie, als die neue Musik losging. »Was war an meinem Tape schlecht?«

»Michael Bolton«, antwortete Simon und verdrehte die Augen. »Muss ich noch mehr sagen?«

»Ja, was ist schlecht an ihm?« Marie schaute zu Carina, auf der Suche nach Unterstützung. Aber Carina hatte sich hingelegt und schien an der Diskussion nicht interessiert.

»Ja, was ist eigentlich schlecht an Michael Bolton«, äffte Simon sie nach.

»Du, manchmal kannst du echt ein Arsch sein, Simon. Nur weil du ein blödes musikalisches Wunderkind bist, macht dich das noch lange nicht zur Geschmackspolizei«, fauchte Marie.

Simon ging zu Marie, setzte sich neben sie und legte scherzhaft den Arm um sie. »Aber du verzeihst mir, oder, Cousine?«

Sie stieß seinen Arm weg, aber er legte ihn wieder um sie. Er gab nicht nach, bis Marie lachen musste.

»Arsch!«, sagte sie wieder, aber diesmal freundlicher.

Bruno nahm zwei Bier und eine Cola aus der Kühltasche und ging zu den Mädchen hinüber. Er versuchte zu lächeln, als er Marie die Coladose reichte, aber ohne die erhoffte Reaktion zu bekommen, weil Marie vollauf damit beschäftigt war, sich mit Simon zu kabbeln. Als sich Bruno auf sein Handtuch setzte und die Bierdose öffnete, stellte er fest, dass Simon wieder zu Carina starrte, und offenbar war es ihm egal, ob jemand das mitbekam.

Jemand müsste den Mistkerl mal zurechtstutzen, dachte Bruno. Er trank ein paar Schlucke Bier und lächelte in sich hinein, während er mit diesem nicht ganz unbehaglichen Gedanken spielte.

Simon zurechtzustutzen.

5

HERBST 2017

Anna ist schon seit halb sechs heute Morgen auf. Sie hat lange in dem neu gekachelten Badezimmer geduscht, bevor sie ihre Uniform angezogen hat. Die Hose, ein frisch gebügeltes Hemd und darüber den dunkelblauen Strickpullover mit der gelben Gradbezeichnung auf den Schultern, den normalerweise nur die Beamten im Büro tragen. Sie hat die Uniform schon seit Jahren nicht mehr angehabt, beim Landeskriminalamt waren sie immer in Zivil.

Montagmorgen. Wenn sie das Wochenende zusammenfasst, endet es immerhin mit einem schwachen Plus. Gestern war das Wetter noch schlechter, sodass sie und Agnes nicht aus dem Haus konnten, um den Steinbruch zu suchen. Stattdessen schloss sich ihre Tochter fast den ganzen Tag mit Netflix ein, während sie selbst ein paar Dinge zu erledigen hatte. Ein Teil von ihr hofft, dass Agnes die Lust an der Simon-Geschichte verliert und einsieht, dass der tragische Todesfall eines nur wenige Jahre älteren Jungen, in dessen Vaters Atelier sie jetzt wohnen, vielleicht nichts ist, worin man graben muss. Ein anderer, bedeutend stärkerer Teil vermisst schon jetzt die Gemeinschaft, die sie am Samstag verbunden hat. Ein paar kurze Stunden lang war alles fast … normal gewesen.

Als ihre Haare trocken genug sind, bindet Anna sie zu einem strammen Pferdeschwanz, schminkt sich dezent und rückt dann ihren Krawattenknoten zurecht. Sie begutachtet das Ergebnis im Spiegel und entdeckt eine Falte neben dem einen Auge, die vorher nicht da gewesen ist. Sie überlegt, ob sie den Versuch machen soll, sie zu überschminken, aber beschließt, es bleiben zu lassen. Schließlich ist sie bald sechsundvierzig, und sie will nicht am ersten Tag ihrer neuen Arbeit übertrieben geschminkt wirken.

»Zeit aufzustehen.« Sie klopft an Agnes' Tür. Milo liegt natürlich im Bett, obwohl er das nicht darf. Der Hund schaut sie trotzig an, als sie den Kopf zur Tür hineinsteckt. Er hebt ein wenig die Lefzen, wie um sie davor zu warnen, seiner Agnes zu nahe zu kommen.

»Gut geschlafen?«, wagt sie zu fragen, als Agnes sich ihre Jacke anzieht, um mit dem Hund rauszugehen. Ein Murmeln ist die einzige Antwort. Die gute Laune vom Wochenende scheint weg zu sein.

»Wann geht dein Zug?«

»Halb acht.«

»Okay. Dann müssen wir spätestens zehn vor sieben hier losfahren.«

Die Haustür schlägt mit einem Knall zu, direkt vor ihrer Nase. Sie holt tief Luft, versucht, sich nicht provozieren zu lassen. Heute ist Agnes' erster Schultag. Und ihrer auch, könnte man sagen.

Sie parkt den Wagen fünf Minuten nach der vereinbarten Zeit vor dem Polizeirevier. Der Nebel vom Wochenende ist immer noch da, fühlt sich hier unten im Dorf dichter an und setzt sich direkt in den Kleidern fest. Außerdem riecht er schlecht. Ein brennender, stechender Geruch, der in der Nase beißt. Früher hat sie nie besonders auf Gerüche geachtet. In ihrem Job hat sie viele von der allerschlimmsten Sorte erlebt, ohne sich weiter darum zu kümmern. Aber im letzten Jahr scheinen alle Gerüche stärker geworden zu sein. Sie weiß sogar genau, in welchem Moment das angefangen hat und was der erste Geruch war. Es war letztes Jahr, am Vormittag des zweiten November. Weiße Lilien. Håkans Beerdigung. Sie spürt, wie die Nervosität in ihrem Magen brennt, füllt ihre Lungen mit Luft. *Ganz ruhig, es wird schon gut gehen*, flüstert er. Sie scheinen jetzt wieder Freunde zu sein. Jedenfalls hat er keine Unheil verkündenden Warnungen mehr ausgesprochen.

Henry Morell kommt zur Tür heraus, bevor sie die Polizeiwache erreicht hat. Wahrscheinlich hat er direkt hinter dem Eingang gewartet, um sie abzupassen. Er ist ein stattlicher Mann, bestimmt über eins neunzig groß und mindestens hundert Kilo schwer. Ein Teil seines Gewichts befindet sich um die Taille herum, aber lange nicht so viel wie bei den meisten Männern seines Alters. Erleichtert stellt sie fest, dass er genau wie sie eine Bürouniform trägt. Am ersten Tag falsch angezogen zu erscheinen, wäre kein guter Start gewesen. Morells Rücken ist leicht gebeugt, und beim Gehen liegt sein Gewicht auf den Fußballen, was ihn in Kombination mit dem grauen Bart und den buschigen Augenbrauen wie einen alten Bären aussehen lässt.

»Henry«, sagt er und streckt ihr eine riesige Pranke entgegen. Er lächelt höflich, mehr aber auch nicht. »Willkommen in Nedanås. Die Luft ist heute ein bisschen rau, aber ich dachte, dass wir trotzdem mit einer kleinen Rundtour anfangen. Im Auto gibt es übrigens Kaffee.« Er zeigt auf einen Volvo, der schon von Weitem nach einem Polizeifahrzeug aussieht, obwohl er dunkelblau ist und keinen Schriftzug trägt. Im Auto riecht es nach Rasierwasser. Im Getränkehalter zwischen den Sitzen steckt ein Pappbecher. Höflich nippt sie daran, während er den Volvo auf die Straße lenkt. Der Kaffee ist lauwarm, das Schweigen im Auto wirkt angestrengt.

»Tut mir leid, dass ich etwas zu spät bin.« Sie bemüht sich, langsam zu sprechen. »Meine Tochter …« Sie spürt, dass sich ein Stottern ankündigt, macht eine Pause und wechselt die Taktik. »Es hat länger gedauert, vom Berg runterzufahren, als ich gedacht hätte. Die Kurven auf dem Weg nach unten sind eng, und bei dem Nebel …«

Er macht eine wegwerfende Handbewegung.

»Daran gewöhnst du dich. Ihr seid am Freitag angekommen, oder? Verlief die Reise von Stockholm gut?«, fragt er.

»Ja.«

»Und du und deine Tochter wohnt oben auf Tabor? Habt ihr schon alles eingerichtet?«

»Mehr oder weniger.«

Seine Stimme klingt neutral, weder freundlich noch unfreundlich. Sein schonischer Dialekt ist deutlich hörbar, aber leicht zu verstehen, nicht so breiig und guttural wie bei Mats Andersson.

»Ein schönes Haus. Eines der schönsten auf dem ganzen Bergkamm. Elisabet Vidje hat all die Jahre beharrlich daran festgehalten. Sie wollte nichts daran richten oder verändern. Und schon gar nicht verkaufen oder vermieten ...« Etwas an seinem Ton verrät, dass es zu diesem Thema noch mehr zu sagen gibt, aber Morell wechselt das Thema.

»Also, ich dachte, wir machen eine kleine Tour durch die Stadt, dann kann ich dir erzählen, wie die Dinge hier so laufen. Und außerdem können wir miteinander bekannt werden, bevor du das restliche Personal bei unserem Treffen um zehn Uhr kennenlernst.«

»Das klingt gut!« Die Worte kommen ein wenig zu fröhlich, was Anna verärgert. Sie sollte besser neutral bleiben, ungefähr so wie er, und nicht zu bemüht wirken.

Henry Morell biegt in die Hauptstraße ein, fast zwei Kilometer kerzengerader Asphalt, der nur vom Bahnübergang unterbrochen wird. Anna ist schon ein paarmal durch die Stadt gefahren und hat dabei festgestellt, dass die Hauptstraße mehrere Meter zu breit ist. Dadurch, dass sie außerdem so lang und gerade ist und von niedrigen Gebäuden gesäumt, wirkt sie öde, besonders an einem Morgen wie diesem, an dem wenige Leute unterwegs sind. Der Nebel hängt wie eine Glocke über der Stadt, aber man kann trotzdem den steilen Berghang erahnen, der sich wie ein Unglück verheißender, dunkler Umriss am westlichen Stadtrand auftürmt. Anna unterdrückt ein Schaudern.

Vor der Welt verborgen, flüstert Håkan. *So hast du dir das doch wohl gedacht?*

»Der Polizeibezirk besteht eigentlich, wie du sicher schon weißt, aus drei Kommunen«, sagt Morell. »Insgesamt wohnen hier etwa 25 000 Menschen. Der größte Ort ist Nedanås, mit rund 9000 Einwohnern, und hier passiert demnach auch das meiste.«

Sie nippt am Kaffee und brummt bei seiner Auslegung zustimmend, tut so, als hätte sie nicht schon alle Fakten gegoogelt, während sie ihn gleichzeitig heimlich beobachtet. Mithilfe der Gewerkschaft ist es Henry Morell gelungen, seine Pensionierung bis siebenundsechzig hinauszuzögern und das Äußerste aus seinem Vertrag herauszuholen. Er hat nie woanders als hier in Nedanås Dienst getan. Fünfundvierzig Jahre, im Prinzip genauso lange, wie sie selbst auf der Welt ist. Das ist kaum zu glauben. Viereinhalb Jahrzehnte mit den Problemen anderer Menschen, immer in derselben Gegend, hätten doch mehr als genug sein müssen. Dennoch klammerte sich Morell an seinen Schreibtisch, solange es irgendwie ging. Er musste seinen Job wirklich lieben. Und jetzt ist er gezwungen, ihn Anna zu übergeben, einer Fremden. Sie scannt seine Körpersprache und achtet auf seinen Tonfall, aber wenn Morell ihr gegenüber feindlich gesinnt ist, verbirgt er es gut. Der Kaffee war wahrscheinlich eine freundliche Willkommensgeste, allerdings war er lauwarm, daher kann sie im Moment noch nicht genau einschätzen, woran sie mit dem Mann ist. Und da sie nebeneinander im Auto sitzen, sind auch seine Körpersprache und sein Gesichtsausdruck schwer zu deuten. Vielleicht ist genau das seine Absicht? In dem Fall wäre er viel schlauer, als sie gedacht hätte.

Sie fahren langsam am Marktplatz mit dem Rathaus vorbei, und Morell zeigt auf die Polizeiwache, ein zweistöckiges Gebäude in gelbem Backstein, das wahrscheinlich irgendwann in den Achtzigerjahren erbaut wurde.

»Von hier aus sind wir gestartet. Insgesamt gibt es sechsundzwanzig Polizeibeamte, von denen einundzwanzig im Außendienst tätig sind. Zusätzlich haben wir momentan zwei zivil angestellte Damen, die sich um den Empfang kümmern. Wir werden sehen, wie es nach der neuen Sparrunde mit ihnen weitergeht. Aber das wird ja nicht mehr mein Problem sein …«

Sie achtet genau darauf, ob sie im letzten Satz Bitterkeit heraushört, kann aber nicht genau ausmachen, ob es der Fall ist.

Morell kratzt sich am Bart.

»Der Sauftreffpunkt«, sagt er, als sie an dem kleinen Platz vor dem Spirituosengeschäft vorbeikommen. »Wir haben eine Gruppe von Alkis und Junkies, die sich meistens hier aufhalten, vor allem kurz nachdem die Krankenrente überwiesen wurde. Aber das ist ein aussterbendes Geschlecht. In fünf bis zehn Jahren sind die weg.« Seine Stimme klingt beinahe wehmütig. Sie fahren über die Bahngleise. Das Gleis macht einen leichten Bogen, sodass die Schienen ungleich hoch liegen und die Stoßdämpfer des Wagens einen Schlag abbekommen.

»Ein bisschen holperig, was?«, sagt Morell. »Aber das ist der Preis, den wir für die Regionalbahn zahlen müssen. Einige Kommunen würden wohl mehr als ein paar Stoßdämpfer opfern, um die Zuganbindung zu haben. Es ist die Rede davon, dass wir nächstes Jahr sogar den Fernzug hierherbekommen, in dem Fall wird wohl eine Überführung gebaut werden.«

Ein älteres Paar auf dem Gehweg winkt, und Morell grüßt zurück. Weiter vorne macht ein Radfahrer das Gleiche. Es ist offensichtlich, dass die Leute hier den Polizeichef kennen. Der angebrannte Geruch, den Anna vorhin bemerkt hat, wird immer stärker.

»Lehmbrennerei«, sagt Morell und deutet auf den dunklen Umriss vor der Bergwand. »Glarea, die Kies-Gesellschaft der Kommune, betreibt direkt am Berg einen großen Tagebau. Neben dem Abbau von Kies und Schotter brennt sie Lehm zu Ofenziegeln.«

Anna erkennt den Namen wieder, dieses Firmenlogo stand am Samstag auf der Strickjacke von Gunnel, der Frau im Laden.

»An manchen Tagen riecht es stärker als an anderen«, fährt Morell fort. »Tatsache ist, dass ich kaum noch darauf achte, aber ein paar neu zugezogene Bürger haben bei der Umweltbehörde dagegen geklagt, deshalb wird Ende nächsten Jahres Schluss sein mit der Brennerei und auch mit den Sprengungen.« Morell zuckt mit den Achseln. »Die Zeiten ändern sich. Vielleicht ist das auch gut so. Auf jeden Fall wird es schön, dass man dann das Auto nicht mehr so oft waschen muss.«

Sie fahren langsam weiter durch die Stadt, und Morell zeigt ihr die Dorfkneipe, die Bücherei, die Schule, das Schwimmbad und den Supermarkt. Dann noch die Eisenwarenhandlung, den Schuhmacher, das Blumengeschäft und am Ende der ewig langen, geraden Straße schließlich noch die Feuerwehr und den hohen Wasserturm, der wie ein gigantischer grauer Betonpfifferling aussieht. Asphalt, Ziegel, dunkles Holz und schmutzig grauer Eternit, deren Farben durch den übel riechenden Nebel noch trister wirken. Nedanås ist nicht gerade eine pittoreske schonische Kleinstadt. Eher ein typischer Arbeiterort.

»Die Probleme hier sind wahrscheinlich die üblichen außerhalb von Großstädten. Einbruch, Trunkenheit am Steuer, unerlaubtes Fahren – ein paar Schmierereien oder Bushaltestellenhäuschen, die zerstört werden«, sagt Morell, während er sich wieder am Bart kratzt. »Ein paar notorische Fälle von häuslicher Gewalt, die wir ganz gut unter Kontrolle haben, dann vereinzelte Schlägereien, entweder im Flüchtlingsheim oder im Volkspark. Wir arbeiten also nicht mit besonders anspruchsvollen Sachen hier, vor allem nicht für so eine erfahrene Ermittlerin wie dich.« Der Satz bleibt in der Luft hängen, während Morell sich auf eine Linkskurve konzentriert. Anna ahnt, worauf er hinauswill.

Sie erreichen ein Industriegebiet am Stadtrand, kommen an einer Autowaschanlage vorbei und fahren in eine Sackgasse mit einer Reihe von gleich aussehenden Schuhschachteln aus Wellblech. Malerei, Lackiererei, eine Autowerkstatt und ein Reifendepot. Ganz am Ende, beim Wendehammer, liegt ein alter, verfallener Hof, der nicht zu den übrigen Gebäuden passt. Um das Haus herum wächst das Gras hoch. Fenster, Türen und Tore sind mit dicken Brettern zugenagelt. Morell hält an und schaltet auf Parken, bevor er sich zu ihr umdreht.

»Also, Anna. Um Klartext zu reden, dein Erscheinen hier kam für uns etwas …« Er macht eine Geste, als würde er nach dem richtigen Wort suchen. »Unerwartet«, sagt er schließlich. »Normalerweise gibt es nicht besonders viele externe Kandidaten für einen Job als Bezirksleiter in einem Ort wie Nedanås. Ein paar halbherzige Bewerbungen von Leuten aus den Nachbarbezirken, die versuchen, ihr Gehalt aufzubessern, oder ein ausgebranntes armes Schwein, das den Schichtdienst in der Stadt nicht mehr aushält. Aber nie von weiter weg, was ja an sich auch logisch ist. Wenn man innerhalb der Polizei Karriere machen will, zieht man in die Stadt, nicht von dort weg, oder?«

Sie nickt, spielt mit. Gleichzeitig macht sie sich Sorgen um das, was noch kommt. Was deutet er da an? Weiß er etwas?

»Normalerweise geht der Chefposten an jemanden, der bereits auf dem Revier arbeitet«, fährt Morell fort. »Jemand, der die ganzen Abläufe kennt und schon eine leitende Funktion hat. So habe ich selbst vor unzähligen Jahren den Job bekommen.« Er beugt sich etwas zu ihr vor. »Versteh mich nicht falsch, Anna, wir freuen uns natürlich sehr, so eine erfahrene Polizistin zu bekommen. Deine Beurteilungen aus Stockholm sind wirklich beeindruckend. Mordkommission, Gruppenleitung. Hohe Aufklärungsquote.«

Sein Mund verzieht sich zu etwas, das wahrscheinlich ein

Lächeln sein soll, aber eine halbe Sekunde lang wie eine entblößende Grimasse aussieht. Ein kurzer Mikroausdruck, der dem widerspricht, was er soeben gesagt hat. Jetzt ist Anna sicher. Genau wie sie es sich gedacht hat, will Morell sie hier nicht haben.

»Viele auf der Station dachten, der Job würde an Jens Friberg gehen, der Einsatzleiter ist«, fährt Morell fort. »Der Polizeidirektor und ich waren uns im Prinzip schon einig. Aber dann tauchte deine Bewerbung auf, wenige Tage bevor die Bewerbungsfrist auslief. Verglichen mit deinen Qualifikationen, hatte der arme Jens nicht viel zu bieten. Der Polizeidirektor war überglücklich.«

Er grinst ironisch, und sie verkneift es sich, etwas zu erwidern. Sie weiß, dass gleich noch mehr kommt.

»Die Frage, die wir uns hier alle stellen, Anna, ist also: Warum? Warum bewirbt sich jemand mit deinen Verdiensten und deiner steilen Karriere, ohne irgendwelche Verbindungen nach Nedanås oder Schonen, auf so einen Job? Warum bleibst du nicht bei der Mordkommission oder suchst dir einen Chefposten in Stockholm? Kurz gesagt: Was machst du hier eigentlich?«

Morell hält an der freundlichen Fassade fest. Aber er klingt hinterhältig, fast so, als wolle er etwas andeuten. Als wisse er die Antwort auf seine Frage bereits. Henry Morell war buchstäblich Annas ganzes Leben lang Polizist. Er hat bestimmt gute Kontakte zu allen möglichen Stellen. Weiß er etwas über die internen Ermittlungen? Über Håkan? Über sie? Die logische Antwort wäre Nein. Sie wurde noch keines Verbrechens bezichtigt und dürfte somit auch in keinem Register zu finden sein. Dennoch wird sie den Gedanken nicht los, dass Morell mehr weiß, als er sagt. Vielleicht will er aber auch, dass sie genau das glaubt? Es ist ein Verhörtrick, den sie selbst immer wieder benutzt. Ich weiß schon alles, du kannst es mir also genauso gut erzählen. Es gibt nur eine Möglichkeit, das herauszufinden.

»Wir brauchten einfach einen Umgebungswechsel«, sagt sie, ohne dass ihre Stimme zittert. Diese Äußerung stimmt schließlich. »Mein M-Mann …«

Sie korrigiert sich schnell und bügelt zugleich das ärgerliche kleine Hängenbleiben aus. »Mein Exmann, Håkan, ist letztes Jahr gestorben. Krebs. Das hat Agnes sehr mitgenommen. Sie hat Probleme in der Schule bekommen und ist in falsche Gesellschaft geraten. Stockholm kann ziemlich heftig sein …«

Sie verstummt, lässt Morell selbst die Lücken füllen. Eine gute Methode, um sich nicht in Lügen zu verstricken. Alles, was sie gerade gesagt hat, ist wahr. Sie hält nur ein paar Teile der Erzählung zurück. *Genau wie ich es immer gemacht habe*, flüstert Håkan in ihrem Kopf, wie immer mit einem unglaublich schlechten Timing. Sie ist kurz davor, sich auf die Lippe zu beißen, kann den Reflex aber im letzten Moment unterdrücken.

Morell nickt nachdenklich. Ein paar Sekunden sitzt er still da, während er ihr Gesicht studiert. Scannt er sie genauso wie sie ihn vorhin? Versucht er herauszufinden, ob sie lügt? Sie bewahrt die Maske, ändert nichts an ihrer Miene oder Körpersprache.

Er weiß es, flüstert Håkan. *Egal, wie weit weg du fährst. Du entgehst dem nicht.*

Morell sieht sie weiterhin an. Dann räuspert er sich.

»Ich … verstehe dich sehr gut, Anna.« Er holt tief Luft. »Tatsächlich war ich vor vielen Jahren auch in so einer Situation.« Morell kratzt sich unbewusst am Bart, an der linken Seite des Kinns. Die Haut darunter ist gerötet und schuppig, wie sie jetzt sieht.

»Eva-Britt und ich waren erst knapp über zwanzig, als wir Alexander bekamen. Die Geburt war schwierig, und es zeigte sich leider, dass wir keine weiteren Kinder bekommen konnten, dadurch haben wir uns vielleicht ein bisschen zu sehr auf ihn konzentriert.« Morell lächelt ein wenig verschämt, was Annas rasenden Puls dazu bringt, langsamer zu werden. »Ich war ein engagierter Vater. Elternabende, Training, Wettkämpfe. Dann wurde mir ein richtig guter Job in Helsingborg angeboten. Abteilungsleiter bei der Drogenfahndung. Höheres Gehalt, spannende Aufgaben. Für viele Polizisten ein Traumjob. Aber als ich eine Weile darüber nachgedacht hatte, kam ich zu der Einsicht, dass es für Alexander das Beste wäre, in Nedanås zu bleiben. Was tut man nicht alles für seine Kinder, nicht?«

»Richtig!« Sie nickt langsam und nachdenklich, so wie er es getan hat. Morell hält ihren Blick noch fest, aber seine Gesichtszüge sind weicher geworden. Die Stimmung im Wagen hat sich verändert, und Anna begreift, warum. Morell hat sie getestet, und das Testergebnis scheint sie seltsamerweise beide in etwa gleichem Maße zu erleichtern.

»Du fragst dich bestimmt, warum wir ausgerechnet hier angehalten haben, Anna.« Er zeigt auf den verlassenen Hof draußen. Sein Ton ist jetzt freundlicher, viel kollegialer.

»Vor ein paar Jahren haben wir herausgefunden, dass eine der großen Motorradgangs geplant hatte, diesen Hof zu kaufen und ihn in ein Klubhaus zu verwandeln. Stacheldrahtzaun, Kameras, Rund-um-die-Uhr-Überwachung. Absolut nicht das, was wir hier in der Kommune haben wollen. Aber Bengt Andersson, der damals Kommunalrat war, und ich haben schnell eine Lösung gefunden. Das Gesundheitsamt machte eine Besichtigung und entdeckte große Mengen an Gift in der Erde.«

Er verändert seine Tonlage nicht und malt auch keine Anführungsstriche um das Wort »entdeckte« in die Luft, trotzdem hört sie sie heraus. Außerdem hat sie den Namen Bengt Andersson schon gehört und kramt in ihrer Erinnerung.

»Das Grundstück landete auf der kommunalen Liste der verseuchten Gebiete, und die MC-Typen zogen sich zurück.« Morell grinst zufrieden. »Für den Grundstücksbesitzer war es natürlich ein bisschen schade, aber er wurde später entschädigt. Er hat einen Langzeitvertrag mit dem Straßenbauamt bekommen, glaube ich, also ist jetzt alles Friede, Freude, Eierkuchen.«

Sein Grinsen wird breiter.

»Bengt Andersson und ich kennen uns seit vierzig Jahren«, fährt Morell fort, während Anna einfällt, wo sie den Namen schon gehört hat.

»Ich glaube, wir haben seinen Sohn am Wochenende getroffen. Mats Andersson, der auf Änglaberga wohnt?«

Morell nickt. »Mats ist Bengts jüngstes Kind, und wie du sicher gemerkt hast, ist er ein bisschen speziell. Aber Mats ist ein guter Junge, vollkommen harmlos.«

Nicht für Dachse, denkt Anna.

»Bengt hat sowohl das Spirituosengeschäft als auch die Regionalbahn hierhergebracht. Und er verhandelt zurzeit auch wegen des Fernzugs. Außerdem ist er Vorsitzender von Glarea. Ohne Bengt würde sich Nedanås noch in der Krise der Neunzigerjahre befinden.« Morells Stimme hat jetzt einen leicht bewundernden Klang, so wie ihn nur Leute über sechzig bekommen, wenn sie über andere Leute über sechzig sprechen.

»Bengts Tochter Marie hat im Kommunalrat das Ruder übernommen. Ein schlaues Mädchen, mindestens so geschäftig wie der Vater. Sie hätte richtig Karriere machen können, aber stattdessen wollte sie lieber in Nedanås bleiben und sich für die Kommune einsetzen. Marie und Alexander sind Jugendfreunde, deshalb ist sie für mich fast wie meine eigene Tochter.« Seine Stimme wird ernster. »Verstehst du, worauf ich hinauswill, Anna?«

Sie nickt, obwohl die Frage rhetorisch gemeint ist.

»Was ich meine, ist, dass in einem Ort wie Nedanås die Polizei ein Teil der Gesellschaft ist, ganz anders als in der Stadt. Alles, was man macht oder nicht macht, hat Konsequenzen, manchmal auf eine sehr persönliche Art und Weise.« Morell verstummt, sieht aus, als würde er seine Worte genau abwägen. Dann beugt er sich so nah zu ihr, dass sie seinen Kaffeeatem riechen kann.

»In diesem Job geht es um Beziehungen, Anna. Darum, ein Teil der Gemeinschaft zu werden, zu verstehen, wie die Leute hier ticken. Wann es an der Zeit ist, dem Gesetz zu folgen, und …«

Und wann es an der Zeit ist, das zu tun, was richtig ist, flüstert Håkans Stimme ihr zu. *Denn du glaubst doch nicht, dass ich vergessen habe, was du mir versprochen hast?*

6

28. AUGUST 1990

Marie nahm einen gefakten Zug von der Zigarette, die Carina ihr gerade gereicht hatte. Rote Prince waren eigentlich viel zu stark, aber nach den vielen Jahren in der Raucherecke war sie sehr gut im So-tun-als-ob. Genauso beim Trinken. Normalerweise trank sie ein Glas Wein so langsam wie möglich und füllte es dann zur Hälfte wieder auf. Diesen Rest trug sie den verbleibenden Abend über mit sich herum, was ihr die säuerlichen Kommentare ersparte, dass sie langweilig sei. Carina war die Einzige, die wusste, dass sie bluffte, aber sie hatte ihr Geheimnis nie jemandem verraten.

Alex hatte gerade rechtzeitig zur Dämmerung ein Feuer anbekommen. Zuerst flackerten die Flammen hoch auf und warfen Schatten auf die Bäume und Steinwände, bis das Feuer herunterbrannte. Bruno hatte wie immer einen Grillrost aus dem Restaurant mitgebracht, und Alex hatte ihm geholfen, ihn über der Glut aufzuhängen. Währenddessen rollten Marie, Carina und Simon ihre Matten aus. Der Felsen war noch immer warm von der Sonne, aber die Luft wurde mit zunehmender Dunkelheit schnell feucht und kalt, und nach einer Weile zogen sich alle außer Alex Jeans und Jacken an.

»Trotze dem Herbst!«, lachte er, während er sich ein neues Bier aufmachte.

Marie schenkte sich und Carina je einen Plastikbecher Wein ein.

»Und, wie war euer Tag?«, fragte Bruno. Die Frage klang so, als wäre sie an alle gerichtet, aber Marie bemerkte, dass er sie ansah.

»Scheiße.« Carina blies cool Zigarettenrauch durch die Nase, so wie Marie es nie richtig hinbekam.

»Åke ist gegen vier Uhr besoffen nach Hause gekommen

und hat mich und Mama geweckt. Dann gingen die üblichen Scherereien los.« Sie verdrehte verächtlich die Augen, wie sie es immer tat, wenn sie von ihrem Vater sprach. »Ich hab die Kleinen auf dem Weg zur Arbeit zu meiner Oma gebracht, damit sie nicht alles mit anhören müssen. Dann hab ich für ein mieses Gehalt die Alten gefüttert, Klos geputzt und Windeln gewechselt. Wieder ein fantastischer Tag bei Familie Pedersen.« Carina schnitt eine ironische Grimasse und zog an ihrer Zigarette.

Bruno sah aus, als würde er es bereuen, gefragt zu haben, und Marie stellte fest, dass er ihr beinahe leidtat. Gleichzeitig merkte sie, dass ihr Magen knurrte. Sie war so damit beschäftigt gewesen, den Umzug nächste Woche vorzubereiten, dass sie nicht zu Mittag gegessen hatte. Jetzt hatte der Hunger sie eingeholt. Sie trank ein paar Schlucke Wein, um ihn zu unterdrücken.

»Deine Mutter sollte ihn anzeigen«, sagte Alex in einem Ton, der andeutete, dass er das Thema nicht mochte.

»Klar«, murmelte Carina. »Als ob das irgendwas nützen würde. Es gibt doch keinen in diesem Scheiß-Nedanås, der nicht weiß, dass Åke meine Mutter schlägt.«

»Und was ist mit deinen großen Brüdern?«, fragte Simon.

Carina schüttelte den Kopf. »Die sind vollauf mit sich beschäftigt.« Sie schnippte die Zigarette zwischen die Steine und schaute weg. Marie wusste, warum. Alle kannten Carinas große Brüder und wussten, dass man lieber nicht fragte, womit sie so beschäftigt waren. Marie trank noch einen Schluck Wein und stellte fest, dass der Becher beinahe leer war.

Als das Holz verkohlt und samten grau geworden war, grillte Bruno Schweinenacken und frisches Gemüse auf dem Rost. Es war ziemlich beeindruckend, wie er innerhalb weniger Minuten ein ganzes Festmahl zaubern konnte, aber alle Freunde hatten das schon so oft erlebt, dass normalerweise niemand mehr drauf achtete. Doch heute Abend beschloss Marie, das zu ändern.

»Das riecht aber gut, Bruno«, sagte sie. »Toll!« Wahrscheinlich lag es am Hunger oder vielleicht auch am Wein, den sie dummerweise auf nüchternen Magen getrunken hatte. Auf jeden Fall schien das Kompliment Bruno froh und ein bisschen verlegen zu machen. Marie wusste, warum er rot wurde. Simon hatte angedeutet, dass Bruno an ihr interessiert war, und obwohl sie nicht dasselbe empfand, hatte es sie gefreut, das zu hören. Sie war die vorhersehbare Rolle der hässlichen Freundin eines hübschen Mädchens, die sie seit der Unterstufe gespielt hatte, langsam ziemlich leid. Es fühlte sich gut an, begehrt zu werden, dass es jemanden gab, der sie der superhübschen Carina Pedersen vorzog, auch wenn es nur der alte, zuverlässige Bruno Sordi war.

»Friends forever«, sagte Alex und erhob die Bierdose. »Was auch immer passiert, oder nicht?«

»Hier!« Carina füllte Maries Becher nach. Ganz bis zum Rand. Wenn sie das austrank, würde Marie ihren gewöhnlichen Alkoholkonsum um einige Prozent überschreiten. Aber das hier war kein gewöhnlicher Abend. Das letzte Bad des Sommers war eine Tradition, die Alex erfunden hatte, als sie dreizehn waren, und der waren sie seitdem jeden Sommer treu geblieben. Zumindest bis jetzt. Der Sommer 1990 lag hinter ihnen, genauso der Schulabschluss, und Marie konnte jederzeit das prickelnde Gefühl der Vorfreude heraufbeschwören, wenn sie daran dachte, was jetzt alles vor ihnen lag. Jetzt würde das Leben richtig beginnen. Sie prostete den anderen zu und trank einen Schluck Wein, dann noch einen. Sie spürte die behagliche Wärme in ihrem Körper.

Nach dem Essen lagen alle fünf auf den Isomatten, satt, zufrieden, mit steigendem Alkoholpegel, und starrten in den Nachthimmel. Direkt über ihnen war er fast vollkommen sternenklar, aber weiter im Westen brauten sich Wolken zusammen. Sie bildeten eine dichte, schwarze Wand, die sich dem Bergkamm und dem kleinen Steinbruch langsam näherte. Simon schaltete den Kassettenrekorder aus, warf einige

Scheite ins Feuer und griff dann nach seiner Gitarre. Er setzte sich mit dem Rücken an einen Felsen und spielte ein paar Akkorde. Marie sah, dass Carina ihren Kopf an Alex' Brust gelehnt hatte und eine Zigarette mit ihm teilte, was wohl bedeutete, dass der Knatsch von vorhin vergessen war. Marie war ihre ständigen Streitereien gewohnt, hatte aber den Eindruck, dass sie im letzten halben Jahr häufiger geworden waren. Manchmal deutete Carina sogar an, dass sie ans Schlussmachen dachte. Daran, wirklich Schluss zu machen, nicht wie sonst immer, wo es ein Teil des Spiels zwischen ihr und Alex gewesen war. Und bis jetzt hatte Carina auch nicht vorgeschlagen, dass sie die Plätze tauschen sollten, damit sie und Alex zusammen im Zelt schlafen konnten. Nicht dass Marie daran dachte, dieses Jahr mitzumachen. Wenn sie und Bruno in einem Zelt schliefen, würde sie ein ganz falsches Signal senden.

Bruno hatte seine Isomatte direkt neben Maries gelegt. Sie versuchte, sich vorzustellen, dass sie beide zusammen wären, aber es gelang ihr nicht. Sie, Bruno, Carina und Alex kannten sich seit dem Kindergarten. Simon kannte sie sogar noch länger. Auf einem der ältesten verblichenen Fotos zu Hause im Familienalbum waren sie Babys. Sie lagen gemeinsam in einem Gitterbett auf dem Rücken, während ihre Mütter, Elisabet und Ebba Vidje, stolz und fein angezogen hinter ihnen standen. Simon und sie waren Cousin und Cousine, aber es fühlte sich fast so an, als ob sie Geschwister wären. Trotzdem konnte sich Marie leichter vorstellen, mit ihm zusammen zu sein als mit Bruno. Dem netten, vorhersehbaren Bruno.

»Ach, besser kann das Leben kaum noch sein«, seufzte Alex. Er nahm einen tiefen Zug von der Zigarette und reichte sie dann Carina. Simon spielte weiter. Sanfte Akkorde, die sich mit dem Knistern des Feuers vermischten. Ein plötzliches Geräusch aus dem Wald ließ Carina auffahren.

»Hat da nicht ein Zweig geknackt?« Sie klang ängstlich.

Bruno stand auf und starrte zwischen die Bäume. »Ein Reh«, sagte er dann. »Oder ein Hirsch.« Carina sah beruhigt aus, lehnte sich wie zuvor an Alex' Brust. Bruno setzte sich wieder auf die Matte, diesmal ein Stück näher bei Marie. Als er ihrem Blick begegnete, lächelte er verlegen. Marie dachte, dass sie seine Annährungsversuche wahrscheinlich abweisen sollte. Aber sie war etwas beschwipst vom Rotwein und fand, dass sie heute Abend ein bisschen Wein und Bewunderung verdient hatte. In einer knappen Woche würden sie und Simon in einer Wohnung in Lund wohnen. Sie hatte sich schon einen Teilzeitjob in der Parteizentrale in Malmö besorgt. Dass sie die Tochter von Bengt Andersson war, hatte ihr natürlich dabei geholfen, aber sie dachte nicht daran, sich deswegen zu schämen. Ihr Plan war glasklar: während ihres Studiums ein paar Jahre lang Protokolle schreiben und Kaffee kochen. Als etablierter, vielversprechender Name mit den richtigen Parteikontakten und dem richtigen Stammbaum ihr Diplom machen. Dann ein paar Lehrjahre in der Landespolitik, anschließend weiter in den Reichstag, rechtzeitig zum Jahr 2000. Diese Zahl klang so verlockend. 2000. Nicht noch mehr langweilige neunzehnhundertsoundsos. Sondern zweitausend. Die Zukunft.

Simon wechselte die Melodie, summte leise bei dem mit, was wahrscheinlich der Refrain sein sollte. Irgendetwas passierte mit der Stimmung, sobald Simon ein Instrument in den Händen hielt. Etwas, das sich immer deutlicher bemerkbar machte, je älter sie wurden.

»Habt ihr eigentlich mal drüber nachgedacht?«, sagte Carina und unterbrach Maries Gedanken. »Heute Abend ist vielleicht das letzte Mal, dass wir das hier machen.«

»Das vielleicht kannst du weglassen«, übertönte Simon die Musik. »Ich werde bei der Kälte komplett angezogen im Schlafsack schlafen. Ihr wisst, was ich vom Zelten halte.«

»So meinte ich das nicht«, sagte Carina und zog an ihrer Zigarette.

»Was hast du dann gemeint, Baby?«, fragte Alex und streckte sich nach der Zigarette, aber Carina tat, als würde sie die Geste nicht bemerken.

»Ich meine, dass das hier vielleicht das letzte Mal überhaupt ist.« Ihre Stimme klang wehmütig. »Alex rückt in zwei Wochen ein.«

»Militärdienst machen heißt das«, unterbrach er sie, aber Carina hörte nicht hin.

»Marie und Simon, ihr geht nach Lund.«

»Nächsten Donnerstag«, fügte Marie hinzu. »Übrigens, Simon, du hast immer noch nicht den Mietvertrag unterschrieben.«

Simon antwortete nicht, was Marie ärgerte. So war Simon immer, er kam nie pünktlich und schob alles bis zum letzten Moment auf.

»Es ist fast unmöglich, einen Studentenwohnheimplatz in Lund zu bekommen«, sagte sie genervt. »Und noch schwieriger, eine Wohnung zu finden. Papa hat einige Fäden gezogen, um das hinzukriegen.« Marie wandte sich an Simon, damit er es auch wirklich hörte. »Du darfst das nicht verbummeln. Ich komme morgen bei dir zu Hause vorbei, dann erledigen wir das, okay?«

»Hm«, murmelte Simon, ohne den Blick von den Saiten zu wenden.

Marie trank noch einen Schluck Wein, stellte fest, dass ihr Becher leer war, und streckte sich nach der Flasche.

»Ihr drei geht auf jeden Fall von hier weg«, fuhr Carina fort. »Und lasst Bruno und mich in diesem stinklangweiligen Nedanås allein. Dem Kaff der Käffer.«

»Na und?«, protestierte Bruno. »Ich habe meine Pläne. Die hast du doch wohl auch?«

»Klar«, brummte Carina.

»Pläne? Was hast du für Pläne, Baby?«, fragte Alex nach. Er klang amüsiert.

Carina nahm einen tiefen Zug. »Interrail, als Kellnerin auf

Ibiza arbeiten, von mir aus auch einen blöden Job als Au-pair, wenn ich einen finde. Irgendwas, was mich so schnell wie möglich von hier wegbringt.«

»Aber, Baby«, sagte Alex. »Darüber haben wir doch schon gesprochen. Du arbeitest Vollzeit im Altersheim, bis ich mit dem Militärdienst fertig bin. Wenn alles gut läuft, können wir nächsten Sommer eine Woche nach Kreta, wenn es nicht gerade mit meinen Wettkämpfen zusammenfällt.«

»Oder ich haue ohne dich ab. Jetzt gleich. Weg von Åke und Mama, von deinen Eltern und allen anderen, die mich schief angucken. Weg aus diesem verdammten Loch, in dem alle gleich sein müssen.« Carina zog ein letztes Mal an ihrer Zigarette und warf die Kippe ins Feuer.

»Klar, natürlich machst du das, Baby …« Alex strich Carina herablassend übers Haar. Sie schlug verärgert seine Hand weg. Dann setzte sie sich plötzlich auf.

»Habt ihr das gehört?«

»Was denn?«, fragten Marie und Bruno wie aus einem Munde. Simons Gitarre verstummte.

»Was ist es denn diesmal?«, lachte Alex. »Wieder ein Monsterhirsch?«

»Still!« Carina stand auf und starrte Richtung Wendeplatz.

Zwischen den Baumstämmen nährte sich ein einsamer Scheinwerfer, der vom dumpfen Brummen eines Motors begleitet wurde. Aus irgendeinem Grund schauderte es Marie bei diesem Geräusch.

7

HERBST 2017

Annas erster Tag in Uniform war der 25. Juni 1994. Sie kann sich immer noch an ihre Nervosität erinnern und daran, dass der Hemdkragen kratzte und der Waffengürtel ungewohnt gegen die Hüfte schabte. Wie sie feststellte, dass alle anderen im Konferenzraum einander in- und auswendig kannten. Die Stärken und Schwächen des jeweils anderen kannten, wussten, was man für diesen Job brauchte. Alle außer ihr.

Heute sitzt sie nicht still in der letzten Stuhlreihe, sondern steht ganz vorne, und alle Augen sind auf sie gerichtet. Trotzdem fühlt es sich ungefähr genauso an. Sechsundzwanzig Personen insgesamt, was im Prinzip das gesamte Personal ist. Sie ist keine natürliche Autorität wie Håkan. Ihre Stärke besteht darin, zuzuhören, nicht zu reden, deshalb hat sie ihre Rede wochenlang geübt.

»Dann begrüßen wir also unsere zukünftige Polizeichefin, meine Nachfolgerin Anna Vesper, und heißen sie hier in Schonen und Nedanås herzlich willkommen.« Henry Morell wendet sich an sie.

»Hallo, alle zusammen«, beginnt sie und bemüht sich, so viele Blicke wie möglich zu erwidern. »Ich bin, wie gesagt, Anna Vesper, bin 45 Jahre alt und komme, wie ihr hört, aus Stockholm, genauer von einem Dienst als Kommissarin in der Abteilung für Gewaltverbrechen, wo ich die letzten sieben Jahre gearbeitet habe.« Sie holt Luft, spricht absichtlich langsam.

»Aber ihr braucht euch keine Sorgen zu machen, ich habe als Kind ein paar Sommer bei Verwandten in Österlen verbracht, ich verstehe also Schonisch, auch wenn ich es nicht spreche.«

Sie lächelt, gewinnt ein paar der jüngeren Polizisten für sich. Aber die meisten im Raum verziehen bei dem Scherz nicht einmal den Mund.

Was habe ich dir gesagt, erinnert Håkan sie. *Humor ist nicht dein Ding. Halt dich an das, was du gut kannst, Trottel!*

Sie räuspert sich, vertreibt ihn aus ihren Gedanken. Tief Luft holen, nicht zu schnell werden. Auf keinen Fall hängen bleiben.

»Rein formell betrachtet, übernehme ich nächsten Montag den Dienst. Diese Woche findet zwischen Henry und mir die Übergabe statt. Ich werde in nächster Zeit auch versuchen, bei einigen Streifen mitzufahren, um das Einsatzgebiet besser kennenzulernen. In etwa zwei bis drei Wochen hoffe ich, mit jedem von euch ein Mitarbeitergespräch führen zu können, um ein Bild davon zu bekommen, welche Ziele ihr habt, mit welchen Herausforderungen ihr im Dienst konfrontiert werdet und wie ich euch als Chefin am besten unterstützen kann.«

Mit dieser letzten Formulierung ist sie besonders zufrieden. Eine Phrase aus dem Führungskräftekurs, die sie sich so lange eingetrichtert hat, bis sie sitzt. Sie spricht weiter, erzählt, dass sie eine sechzehnjährige Tochter namens Agnes hat, die gerade in die Oberstufe gekommen ist und davon träumt, Fotografin zu werden. Endet dann, ohne zu stottern, damit, wie sehr sie sich darauf freut, mit allen im Raum Versammelten zusammenzuarbeiten. Als sie fertig ist, regt Morell einen kurzen, höflichen Applaus an.

»Danke für diese Worte, Anna. Ich bin mir sicher, dass alle hier ihr Bestes geben werden, um den Übergang so geschmeidig wie möglich zu gestalten. Bevor ich an Jens weitergebe, möchte ich euch alle an die Abschiedsfeier am Freitagnachmittag im Rathaus erinnern. Ihr wisst, was ich von solchen Veranstaltungen halte, und es würde mich freuen, zwischen den ganzen Anzugträgern ein paar freundliche Gesichter zu sehen.«

Morells Scherz fällt auf deutlich fruchtbareren Boden als ihr eigener. Er wartet, bis das Gelächter verstummt ist, bevor er sich an einen uniformierten Mann wendet, der ganz außen in der ersten Reihe sitzt. »So, Jens. Du hast das Wort.«

Jens Friberg steht auf, wartet, bis Anna und Morell sich gesetzt haben, und schlägt dann den schwarzen Ordner auf, den er unter den Arm geklemmt hatte. Friberg ist in Annas Alter, auf sehnige Art durchtrainiert, was ihr gefällt. Seine Augen sind grau und erinnern an Håkans, aber sie haben nicht dieses Glitzern, das es so schwer machte, wütend auf ihn zu sein. Seine Haare sind dunkel und kurz geschnitten, das gut sitzende Uniformhemd hat schnurgerade Bügelfalten über Brust und Rücken, und die amerikanischen Fallschirmspringerstiefel, die Friberg trägt, sind blank geputzt. Sie sucht nach weiteren üblichen Symbolen. Überdimensionierte Taucheruhr, doppelter Satz Ersatzmagazine und Handschellen am Waffengürtel. Multifunktionswerkzeug, tief sitzendes Schnellziehholster mit Beinriemen. Sie fragt sich, ob er wohl eine militärische Tätowierung trägt, und wettet mit sich, dass die Wahrscheinlichkeit bei mindestens fünfzig Prozent liegt. Sie erhöht auf sechzig Prozent, bevor Friberg überhaupt angefangen hat zu reden, und muss innerlich lachen.

»Guten Morgen an alle. Das Wochenende ist folgendermaßen verlaufen …«

Sie hat schon oft Männer wie Friberg getroffen. Pin-up-Bullen, wie Håkan sie nannte. Das Lachen lässt nicht nach, und sie verzieht den Mund. Ihr Grinsen ist vor allem eine verspätete Reaktion der Erleichterung darüber, dass sie ihre Rede geschafft hat, ohne zu stottern, und sie unterdrückt es schnell, indem sie zu Boden schaut. Nach ein paar Sekunden schaut sie wieder auf und versucht auszumachen, ob Friberg etwas bemerkt hat, aber sein konzentriertes Gesicht verrät nichts.

Nach der Versammlung führt Morell sie durch die Polizeistation. Das Gebäude ist größer, als sie erwartet hat, es gibt Umkleideräume, ein Archiv, eine Garage und einen Fitnessraum im Keller, Empfang, Zellen und Rapportraum im Erdgeschoss. Das Büro genau gegenüber der Treppe im ersten Stock hat Glaswände. Darin ist ein großer Schreibtisch zu sehen, und die Wände sind voller Fotografien. Sie vermutet, dass dies Morells Dienstzimmer ist und somit bald das ihre wird. Er zeigt ihr die Teeküche und stellt ihr die Ermittler vor, die an der Längsseite des Flurs ihre Zimmer haben. Ganz am Ende bleibt er stehen und öffnet eine Tür an der kurzen Seite des Flurs.

»Das hier ist also dein Büro, Anna.« Der Raum ist groß und öde und riecht etwas muffig. Die Bücherregale sind leer bis auf eine halb volle Packung Kopierpapier, die Armlehnen eines Bürostuhls und ein paar alte Telefone. Die Fenster, an denen eine Jalousie fächerförmig verkantet ist, gehen auf den eingezäunten Parkplatz und die Garageneinfahrt hinaus.

»Ich dachte, dass ich dein altes Büro bekomme«, sagt sie verwundert.

»Tja, darüber wollte ich noch mit dir sprechen. Weißt du, die Polizeihochschule hat mich beauftragt, eines ihrer Lehrwerke zu aktualisieren. Führungsstil, Personalmanagement und solche Fragen.«

Morell lächelt, seine Stimme ist immer noch freundschaftlich. »Der Polizeidirektor hat sein Okay dafür gegeben, dass ich hier im Gebäude bleiben kann, und da wollte ich mit dir absprechen, ob ich nicht der Einfachheit halber mein altes Büro behalte. Es handelt sich nur um ein paar Monate, maximal ein halbes Jahr.«

Die Frage überrascht sie. Morell sieht immer noch so väterlich, gemütlich aus. Im Moment ist er außerdem ihr einziger Verbündeter. Also geht sie den einfachen Weg.

»Natürlich, kein Problem.«

»Vielen Dank, Anna«, lächelt er. »Das weiß ich wirklich zu schätzen. Wir wär's mit einer Einladung zum Mittagessen? Wir haben ein ausgezeichnetes Lokal hier um die Ecke.«

Das Lokal erweist sich trotz der düsteren Einrichtung als richtig gutes italienisches Restaurant. Die Speisekarte hat nicht die üblichen Rechtschreibfehler, die Dönerpizza glänzt durch Abwesenheit, und die Pasta ist genau al dente. Sobald Morell sie dem Restaurantbesitzer präsentiert, versteht sie, warum.

»Fabrizio Sordi, aber alle hier im Ort nennen mich Fabbe.«

Der Mann spricht perfekt Schwedisch, oder besser gesagt Schonisch, aber seine Satzmelodie ist typisch italienisch. Er hat dunkle Haare und eine Brille, scheint ungefähr in der gleichen Alters- und Gewichtsklasse wie Morell zu sein, nur zwei Köpfe kleiner.

»Fabbe ist achtundsechzig hierhergekommen, wie so viele andere auch, um bei Glarea zu arbeiten. Aber seine Talente waren in der Kiesfabrik vergeudet. Erzähl den Rest selbst!« Morell klopft dem anderen Mann aufmunternd auf die Schulter.

»Das Essen in Schweden in den Sechzigerjahren war ungenießbar. Braune Bohnen und Erbsensuppe. Ananas und Schinken aus der Dose. Ich musste die Verwandtschaft in Italien bitten, Pasta und Olivenöl zu schicken.« Fabbe macht eine Handbewegung Richtung Decke. »Ich habe am Wochenende hier in der Küche zusätzlich als Spülkraft gearbeitet, und ab und zu hat der Koch mich einspringen lassen. Er war ein Säufer, also kam das immer öfter vor.«

Der schonische Dialekt aus dem Mund dieses kleinen Mannes klingt so lustig, dass Anna lächeln muss.

»Fünfundsiebzig wollte der Besitzer verkaufen«, fährt der Wirt fort. »Also habe ich alles zusammengekratzt, was ich hatte, und habe zugeschlagen. Meine Jungs sind im Prinzip hier aufgewachsen. Das Kochen liegt ihnen im Blut. Mein ältester Sohn Dante ist Souschef im Noma in Kopenhagen. Zwei Michelin-Sterne!«

Morell klopft ihm noch einmal auf die Schulter, und der kleine Mann sieht aus, als würde er vor Stolz beinahe platzen.

»Dann hat er das hier nicht zubereitet?« Sie zeigt auf ihren Teller.

»Nein, das war mein jüngster Sohn, Bruno.«

»Aha, dann richten Sie ihm aus, dass es sehr gut war. Ottimo!«

Fabbes Lächeln wird noch breiter. »Tu parli italiano. Brava!«

»Nur ein bisschen, ich habe das meiste vergessen«, sagt sie auf Italienisch, bevor sie wieder ins Schwedische wechselt. »Ich habe Anfang der Neunziger ein halbes Jahr in Florenz studiert. Das war, bevor ich die Idee hatte, Polizistin zu werden.«

»Du sprichst sehr gut«, lacht Fabbe. »Warte einen Moment. Bruno! Bruno!«

Als er anfängt zu rufen, schauen die meisten Gäste auf. Ein Mann in Kochkleidung schaut durch eine Tür am anderen Ende des Raumes. Fabbe winkt ihn zu sich.

»Bruno, komm her und begrüße unseren Gast. Das ist Anna Vesper, unsere neue Polizeichefin. Sie hat mal in Florenz gewohnt und spricht Italienisch.«

Der Mann streckt seine Hand aus. Er ist ungefähr so alt wie sie und im Großen und Ganzen eine schlankere Version seines Vaters. Sein Haaransatz hat sich zurückgezogen, und er hat denselben Zug um den Mund wie Fabbe, aber seine Augen blicken ernster, und es fehlen die Lachfältchen. »Bruno Sordi«, stellt er sich vor.

»Hallo! Die Pasta war sehr gut.«

»Danke!« Er lächelt ein wenig und nickt seinem Vater zu. »Leider ist mein Italienisch ein bisschen schwach. Hat mein Vater die Geschichte erzählt, wie er sich quasi das Restaurant erspült hat?«

»Ja, gerade eben.«

»Und wissen Sie auch schon, dass mein Bruder Michelin-Koch ist?«

Sie nickt.

»Dann habe ich leider nicht viel hinzuzufügen.« Bruno grinst schief. »Ich bin nur ein kleiner Dorfkneipenkoch, und die Küche wartet. Wenn Sie mich also entschuldigen …«

»Wie geht es Marie?«, fragt Morell ein bisschen zu schnell, als wolle er nicht, dass Bruno schon geht.

»Gut, danke. Sie und Bengt sind bei einem Meeting in Stockholm. Du weißt, wie sie ist. Sie hat immer tausend Eisen im Feuer. Nedanås kommt nicht ohne sie zurecht.« Er macht eine spöttische und zugleich resignierte Handbewegung.

»Ich habe von Alex gehört, dass sich das mit der Finanzierung geklärt hat«, sagt Morell. »Wann plant ihr, da oben wieder loszulegen?« Bruno schielt zu seinem Vater. »Mal sehen. Bald, hoffe ich.«

Morell wendet sich an Anna. »Bruno ist mit Bengt Anderssons Tochter Marie verheiratet, der Kommunalrätin. Außerdem betreiben sie ein Bed and Breakfast im alten Haus von Maries Eltern, direkt hier oben auf dem Berg. Aber sie haben noch größere Pläne. Ein Konferenzzentrum mit Spa und Gourmetrestaurant. Die Firma von Alex ist dabei, das Wunderwerk zu bauen. Eine Anlage, die Nedanås bekannt machen wird, nicht wahr?«

»Das hoffen wir jedenfalls.« Bruno sieht peinlich berührt aus. »Ich muss zurück in meine Küche. Es war nett, Sie kennenzulernen, und schön, dass Ihnen das Essen geschmeckt hat. Wir sehen uns bestimmt wieder.« Er nickt seinem Vater und Morell zu und verschwindet Richtung Küche.

»Netter Kerl«, sagt Anna zu Fabbe, die glaubt, dass eine Reaktion von ihr erwartet wird. »Sie müssen sehr stolz auf Ihre Kinder sein.«

Der Wirt nickt. »Es sind gute Kinder. Bruno, Marie, Alex. Alle miteinander.«

Er und Morell sehen sich auf eine Art und Weise an, die sie nicht deuten kann. Und ohne richtig zu wissen, warum, hat sie das Gefühl, dass sich vor ihren Augen irgendetwas abspielt. Irgendeine Inszenierung, deren Sinn und Zweck sie nicht durchschaut.

8

28. AUGUST 1990

Das Motorrad kam aus dem Wald heraus, fuhr einen langsamen Bogen um den Wendeplatz herum und blieb bei Simons Fahrrad stehen. Marie konnte zwei Personen darauf erkennen, vermutlich ein Mann und eine Frau. Das Motorengeräusch verstummte, der Scheinwerfer ging aus und wurde einen Moment später vom Licht einer Taschenlampe ersetzt, das auf den Felsen gerichtet wurde.

»Hallo, da oben!«, rief eine Männerstimme.

»Hallo!« Carina, die ganz vorne auf dem Felsabsatz stand, winkte und schirmte dabei ihre Augen vor dem Schein der Taschenlampe ab, die auf sie gerichtet war.

Alex stellte sich neben Carina und versuchte, den Arm um sie zu legen, den das Mädchen aber von sich schob. Marie hielt sich im Hintergrund. Sie erkannte weder das Motorrad noch die Stimme. Der Gedanke an Fremde gefiel ihr nicht.

»Dürfen wir einen Moment hochkommen?«, rief der Motorradfahrer.

Alex wandte sich an Marie und hob fragend die Augenbrauen. Sie schüttelte den Kopf. »Das ist unser Fest«, sagte sie. »Unsere Tradition. Oder nicht, Bruno?«

Bruno nickte, ohne etwas zu sagen. Simon fing wieder an, Gitarre zu spielen.

»Wir haben Gras«, rief die Männerstimme vom Wendeplatz aus. »Meine Schwester und ich teilen gerne, wenn wir dafür ein bisschen was zu essen kriegen.«

Alex machte eine Handbewegung in ihre Richtung und grinste. »Komm schon, Marie, ein paar neue Leute sind doch geil.«

»Du willst doch nur kiffen«, fauchte sie.

»So what. Man lebt nur einmal, oder, Baby?« Er machte einen neuen Versuch, seinen Arm um Carina zu legen. Diesmal begegnete ihm weniger Widerstand.

»Klar, warum nicht?«, murmelte Carina.

»Und, was sagen die anderen? Sollen wir unseren Horizont ein bisschen erweitern?«, fragte Alex.

»Nein danke«, erwiderte Marie schroff. »Und Bruno ist meiner Meinung.« Bruno sah wieder weg.

»Zwei dafür, zwei dagegen«, sagte Alex. »Simon, deine Stimme ist ausschlaggebend.«

Simon schaute von der Gitarre auf. Er schien kaum mitbekommen zu haben, worum es bei der Diskussion ging. Marie suchte seinen Blick, runzelte die Stirn und schüttelte den Kopf. Zu ihrem Ärger ignorierte Simon sie. »Egal«, sagte er und zuckte mit den Schultern.

»Also, wie sieht's aus?«, rief der Motorradfahrer. »Findet die Party statt oder nicht?«

Alex grinste Marie an. »Kommt rauf!«, antwortete er. »Und vergesst das Gras nicht!«

Simon spielte einfach weiter. Schöne, traurige Akkorde, die von der Stille verstärkt wurden, die auf dem Felsplateau entstand. Marie verspürte plötzlich Unlust. Das Gefühl verschmolz mit der Erniedrigung darüber, überstimmt worden zu sein, und sie beschloss kurzerhand, nach Hause zu fahren. Sic stand auf und klopfte sich dic Hosc ab. Sie machte ein paar Schritte Richtung Zelt und merkte, dass sie schwankte. Sie blieb stehen, zählte nach und sah ein, dass sie zu viel getrunken hatte, um noch fahren zu können. Es war zwar nicht so weit bis Kuhtorp, und die Gefahr, angehalten zu werden, war minimal. Aber wenn etwas passierte? Die Leute oben auf dem Bergkamm fuhren wie die Irren. Ganz zu schweigen davon, was ihr Vater sagen würde, wenn sie mit dem Auto nach Hause kam und nach Wein roch. Ein einziger solcher Fehltritt konnte sie die ganze Karriere kosten, noch bevor sie begonnen hatte.

In dem Moment erreichten die beiden Neuankömmlinge den Platz.

»Hallo, zusammen!« Der Mann, der die Taschenlampe hielt, schien ein paar Jahre älter als sie zu sein. Er trug eine schwarze Lederjacke, ein weißes T-Shirt und Jeans. Er sah gut aus, seine Haare waren lang und zurückgekämmt, und sein Gesicht hatte scharfe, etwas gefährliche Züge.

»Ich heiße Joe, und das ist meine Schwester Tanja.« Das Licht der Taschenlampe huschte nur kurz über die Frau, aber Marie sah sofort, wie Alex sich aufrichtete. Toupierte Haare, kaputte Jeans, hochhackige Stiefel und ein ausgeschnittenes Top unter einer Lederjacke ließen Joes Schwester wie eine dieser trashigen, aber hübschen Bräute aus einem Rockvideo aussehen.

»Hi«, sagte Tanja kurz.

Alex ging auf die beiden Fremden zu, lächelte breit und streckte seine Hand aus.

»Ich heiße Alex.«

Joe leuchtete Alex langsam an. Von oben nach unten und wieder zurück.

»Hallo, Alex«, sagte er, ohne ihm die Hand zu geben. »Du bist also das Alphatier der Gruppe. Und wer sind deine Freunde?« Joe ließ die Taschenlampe weiterwandern.

»Das sind Marie und Carina«, erwiderte Alex, ohne auf Joes Kommentar einzugehen.

»Aha, hallo, Mädels«, sagte Joe. Einen kurzen Moment blendete das Taschenlampenlicht Marie, aber sie kam nicht dazu, ihre Augen abzuschirmen, bevor Joe den Schein zu Carina gleiten ließ. Dort ließ er ihn eine ganze Weile, bevor er weiter zu Bruno leuchtete.

»Und du bist?«

»Bruno.«

»Bist du fürs Essen zuständig?« Joe leuchtete auf die Aluformen mit Essensresten, die direkt neben ihm standen. »Meine Schwester und ich sind heute ziemlich lange gefahren, und wir haben Hunger. Wenn du bei ihr landen willst, wäre das ein guter Anfang.«

»Was?«

Bruno sah aus, als versuchte er herauszufinden, ob Joe einen Scherz gemacht hatte, aber in der Dunkelheit war es unmöglich, seinen Gesichtsausdruck zu deuten.

»Und hier haben wir einen Troubadour.« Der Lichtschein wanderte zu Simon hinüber. »Nein, nein, hör nicht auf zu spielen, kein Lagerfeuer ohne ›Blowin' in the Wind‹, oder?«

Marie wollte gerade etwas sagen und den unverschämten Fremden und seine trashige Schwester zur Hölle schicken, als Tanja ihr zuvorkam.

»Hör jetzt auf, Joe.« Tanja nahm die Taschenlampe an sich. Sie richtete den Strahl direkt in Joes Gesicht, genauso wie er es vorhin bei den anderen getan hatte.

»Ihr müsst meinen Bruder entschuldigen. Er kann ein richtiges Arschloch sein. Aber tief im Inneren ist er nur ein kleiner quengeliger Rotzlöffel mit niedrigem Blutzuckerspiegel.«

Joe versuchte, mit den Händen das Licht abzuschirmen, gab nach ein paar Versuchen aber auf und ließ lachend die Arme sinken. »Tanja hat recht. Ich bin ein Idiot. Ein hungriger Idiot. Sorry, wenn ich jemanden beleidigt habe.«

Tanja machte die Taschenlampe aus und wandte sich an Bruno. Das Licht vom Feuer erleuchtete ihr Gesicht. Sie war stark geschminkt, mit dunklem Lippenstift und schwarzen Strichen um die Augen, die von den Schatten, die das Feuer warf, noch verstärkt wurden.

»Wenn ihr noch was zu essen hättet, würden wir das tatsächlich zu schätzen wissen«, sagte Tanja und legte vorsichtig die Hand auf Brunos Arm. Marie spürte, wie sie erschrak.

Bruno räusperte sich. »Natürlich, kein Problem.« Er fing an, mit den Aluformen zu hantieren.

»Warte mal, Bruno«, unterbrach ihn Alex. »Ihr habt was von einem Tauschhandel gesagt?«

Joe grinste, steckte die Hand in die Tasche seiner Lederjacke und zog eine halb volle durchsichtige Tüte mit etwas Tabakähnlichem heraus. »Genug für alle«, lachte er.

Alex klopfte ihm auf den Rücken, holte ein paar Bier aus der am nächsten stehenden Kühltasche und reichte erst Joe, dann Tanja eins. Er hielt ihre Dose einen Moment lang fest, damit sie ihn ansah. Marie blickte zu Carina hinüber und erwartete, dass diese über die offensichtliche Anmachgeste wütend sein würde. Zu ihrer Überraschung sah Carina ziemlich gleichgültig aus.

Die beiden Fremden aßen, als hätten sie seit Tagen nichts mehr bekommen. Sie spülten alles mit einigen weiteren Bieren hinunter, während Alex, Bruno, Carina und Marie sie beobachteten. Simon war der Einzige, der sich nicht für die Besucher interessierte, er sah eher so aus, als würde er eigenen Gedanken nachhängen, während er zerstreut die Saiten zupfte.

Als das Essen vertilgt war, rülpste Joe laut und holte die Tüte Gras hervor. Er wühlte noch weiter in seinen Taschen und fand Zigarettenpapier und ein Feuerzeug. »Zeit für den Nachtisch, oder was sagt ihr?«

Joe gab Alex die Taschenlampe zum Halten, während er den Deckel einer der Aluschüsseln als Unterlage benutzte. Seine langen, schmalen Finger bewegten sich schnell und geübt und rollten drei Joints, während die Spannung langsam stieg. Joe zündete den ersten an, nahm einen Zug und reichte den Joint dann feierlich an Carina weiter.

»Hast du schon mal geraucht?«

Carina schüttelte den Kopf.

»Nimm einen tiefen Lungenzug und halte ihn, solange du kannst. Wenn du genug hast, gib den Joint an deine Freundin weiter.« Er nickte zu Marie hinüber. Joe steckte den zweiten Joint zwischen die Lippen und zündete ihn wie den ersten an. Er nahm einen tiefen Zug und rutschte näher zu Carina heran, während beide den Rauch inhalierten.

Carina musste husten und kicherte auf eine Art und Weise, die Marie nicht mochte.

»Ich bin dran«, sagte Alex und streckte die Hand aus. Statt ihm den Joint zu geben, nahm Joe noch einen langen Zug. Dabei knuffte er Carina leicht mit dem Ellbogen. »Der ist ganz schön heiß auf den Stoff. Ist er immer so?«

Carina kicherte wieder. Marie stellte fest, dass Alex sauer dreinschaute. Carina drehte ihm den Rücken zu und gab den Joint an Marie weiter. Sie versuchte, einen Fake-Zug zu machen, und behielt den Rauch ein paar Sekunden lang im Mund, bevor sie ihn ausblies, genau wie wenn sie normale Zigaretten rauchte. Das Gras schmeckte zugleich süß und beißend, es war tatsächlich besser als Tabak. Marie nahm noch einen kleinen Zug, zog den Rauch diesmal tiefer ein und erntete ein aufmunterndes Nicken von Joe. Irgendwas hatte dieser schmale Typ an sich. Es waren seine Augen. Er war offenbar schlau, vielleicht sogar auf ihrem eigenen Level, was eine nette Abwechslung wäre. Allein die Tatsache, dass er Alex als Alphatier bezeichnet hatte, bewies Humor und Intelligenz. Außerdem war er älter und reifer. Aber da war noch irgendetwas anderes. Etwas, das zugleich verlockend und ein bisschen unangenehm war.

»Komm schon«, stöhnte Alex an Joe gerichtet. »Gib endlich her!«

»Hier! Entspann dich mal.« Alex nahm den Joint entgegen, machte einen viel zu tiefen Zug und fing dann heftig an zu husten. Joe lachte und klopfte ihm ein paarmal auf den Rücken. Marie nahm noch einen vorsichtigen Zug. Sie zog den Rauch diesmal noch ein bisschen mehr ein. Ein weiches, behagliches Gefühl breitete sich langsam in ihrem Körper aus, verdrängte den Ärger und die Anspannung. Sie schloss die Augen und probierte noch einmal.

Joe zündete den dritten Joint an und reichte ihn Tanja. »Du kannst ja mit dem Troubadour teilen, Schwesterherz. Gitarristen sind doch dein Ding.«

»Halt's Maul«, schimpfte sie, ging dann aber doch zu Simon und setzte sich neben ihn.

Joe rückte näher an Carina heran. Dann machte er eine Geste Richtung Marie, die sie nicht richtig deuten konnte. Es dauerte einen Moment, bis sie feststellte, dass sie immer noch den Joint zwischen den Fingern hielt und beinahe zur Hälfte aufgeraucht hatte.

9

HERBST 2017

Anna hat ihr Bestes getan, um sich im neuen Büro einzurichten. Der Computer steht auf dem Schreibtisch, ein paar gerahmte Diplome verstecken die schlimmsten ausgeblichenen Stellen an den Wänden. Gesetzbuch, Ermittlungshandbücher, die Schirmmütze sowie ein Foto von Agnes sind an ihrem Platz im Bücherregal, und es ist ihr sogar gelungen, zwei hässliche Besucherstühle zu ergattern. Trotz ihrer Bemühungen sieht der Raum immer noch kalt und wenig einladend aus, und der stickige, muffige Geruch will nicht richtig verschwinden. Mit etwas Mühe bekommt sie ein Fenster auf und lässt etwas frische Herbstluft herein, dann setzt sie sich an den Schreibtisch, um die letzte Verbrechensstatistik und das Verzeichnis der offenen Fälle durchzusehen.

Sie kann sich nur schwer konzentrieren. Die Eindrücke der letzten Tage drängen sich auf. Tabor, Nenn-mich-Lasse, Klein, der Dachs, die Begegnung mit dem seltsamen Mats. Henry Morell und Jens Friberg, das Mittagessen im Restaurant von Fabbe und seinem Sohn Bruno, das aus irgendeinem Grund seltsam konstruiert wirkte. Ganz zu schweigen von dem Wandgemälde oben im Predigtsaal und der Geschichte von Simon Vidjes Tod. Es ist kaum vorstellbar, dass sie und Agnes am Freitagmorgen noch in Stockholm auf der Stadtautobahn im Stau standen. Ihr Anwalt hat auch noch nicht angerufen, aber es ist zu früh, um schon beunruhigt zu sein. Sie ist seinem Rat gefolgt, jetzt ist er an der Reihe, seine Arbeit zu machen.

Morells Beschreibung der hiesigen Polizeieinsätze war im Großen und Ganzen korrekt, allerdings hat er ein paar Sachen ausgelassen, die sie interessieren. Genau wie in den meisten Gemeinden gibt es einen gewissen Drogenhandel, und in den letzten Jahren hat man ein paar leer stehende Häuser gefunden, in denen Marihuana angepflanzt wird. Darüber hinaus haben einige lautstarke Aktionen von Umweltschützern stattgefunden, die sich gegen den Tagebau von Glarea richten. Sie schnüffelt kurz, aber heute riecht man nichts. Wahrscheinlich haben die Winde, die den Nebel vertrieben haben, dasselbe mit dem Gestank der Lehmbrennerei gemacht.

Nachdem sie ungefähr eine Stunde gelesen hat, steht sie auf, greift nach ihrer angeschlagenen Lieblingstasse mit dem Emblem der New Yorker Polizei und macht sich auf den Weg, um Kaffee zu holen. Bei der Landeskriminalpolizei haben ihre Kollegen und sie einmal nachgezählt, wie viele Tassen sie am Tag tranken. Sie kam auf sechs, womit sie nicht mal annähernd an die Top drei ihrer Abteilung heranreichte. Im Flur riecht es nach Kaffee, und als sie sich dem Aufenthaltsraum nähert, hört sie Stimmen. Jens Friberg sitzt dort, zusammen mit einer uniformierten Polizistin um die dreißig. Als Anna den Raum betritt, hören sie mitten im Satz auf zu sprechen.

»Hallo, Jens«, sagt sie und findet, dass das eine nette Art ist, ihm zu zeigen, dass er so wichtig ist, dass sie seinen Namen schon gelernt hat.

»Hallo«, erwidert stattdessen die Polizistin, eine ziemlich kräftige blonde Frau, etwas zu laut. Sie klingt beleidigt.

»Ja, entschuldige. Hallo. Wir haben uns gestern auch gesehen, oder?«

»Frida, und nein, das haben wir nicht. Ich hatte ein krankes Kind zu Hause.« Die Frau klingt jetzt noch säuerlicher, und ihre Miene verstärkt den Eindruck.

»Aha, okay. Es waren ganz schön viele neue Gesichter und Namen in der kurzen Zeit. Aber jetzt lernen wir uns ja kennen, Frida. Ich heiße Anna Vesper.«

Sie streckt die Hand aus, und es gelingt ihr, dabei nicht rot zu werden und Jens Fribergs Blick zu ignorieren. Dann dreht sie sich um und füllt ihre Tasse. Plötzlich erschüttert ein dumpfes Beben das Gebäude, und die Gläser im Schrank klirren. Sie zuckt zusammen und schüttet sich etwas Kaffee auf die Hose.

»Was w… w…« Anna spürt, dass sie hängen bleibt, die Vibration zwischen den Zähnen und der Unterlippe. Sie schluckt, ändert die Betonung im zweiten Wort ein wenig.

»Was waa-r denn das?«

Die beiden Polizisten am Tisch sehen erst einander an, dann sie.

»Glarea«, sagt Friberg. »Drüben im Steinbruch wird gesprengt. Nach ein paar Monaten gewöhnt man sich daran.«

»Aha, okay«, erwidert sie. Da sie nichts mehr hinzuzufügen hat, kehrt sie in ihr Dienstzimmer zurück.

»G-G-Glaubst du, sie b-bleibt so l-lange?«, hört sie die Polizistin lachend sagen. Fribergs Antwort hört sie nicht mehr.

Kurz vor der Mittagspause klopft es an ihrer Tür. Es ist Morell, und zuerst denkt sie, dass er sie wieder zum Essen einladen will, aber dann stellt sie fest, dass er nicht allein ist. Ein Mann in ihrem Alter, in Fleecepullover, Handwerkerhose und mit einem Werkzeuggürtel begleitet ihn. Er hat blonde Locken, eine breite Nase, einen kräftigen Nacken und leicht abstehende Ohren, wie sie Ringer oft haben. Früher hat er wahrscheinlich ziemlich gut ausgesehen. Eigentlich tut er das immer noch, auch wenn sich sein Haaransatz gelichtet hat und die Bartstoppeln langsam grau werden.

»Das ist mein Alexander«, sagt Morell. »Seine Baufirma kümmert sich ein bisschen um die Instandhaltung auf unserer Wache, deshalb habe ich ihn gebeten, nach deinen Fenstern zu schauen.« Er deutet auf die fächerförmige Jalousie.

»Aha, hallo. Anna Vesper.« Alexander Morell riecht leicht nach Schweiß und Arbeitskleidung, ein nicht ganz unangenehmer Geruch, jedenfalls bei einem bestimmten Typ Mann. »Ich bin die Nachfolgerin Ihres Vaters«, sagt sie, weil ihr nichts Besseres einfällt.

»Ja, ich weiß«, erwidert Alexander und lächelt etwas unsicher. »Nenn mich Alex, das machen alle außer meinen Eltern.«

»Anna und ihre Tochter sind oben auf Tabor eingezogen«, sagt Henry Morell in einem Ton, der andeutet, dass Alex das vermutlich auch schon längst weiß.

»Tabor, ja«, murmelt Alex. »Das schönste Haus auf den Hügeln.« Er sieht nicht so aus, als hätte er noch etwas zu sagen. Stattdessen geht er zum Fenster und beginnt, den Rahmen zu untersuchen. Er zieht einen Schraubendreher aus dem Werkzeuggürtel und nimmt mit ein paar einfachen Handgriffen die Scheiben auseinander. Dass er so zurückhaltend ist, wirkt sympathisch.

»Das Grundstück, auf dem Tabor steht, gehörte einem Verwandten von mir, bevor der alte Vidje es ihm abkaufte.« Henry Morells Stimme klingt fast wie immer. Dennoch glaubt Anna, eine gewisse Bitterkeit herauszuhören. »Das Haus ist vollkommen neu renoviert, oder?«

Sie nickt. Dann meint sie den Zusammenhang zu verstehen und wendet sich an den Mann am Fenster. »Ach, hast du das gemacht, Alex? Es ist sehr schön geworden.«

Alex schaut überrascht auf. »Nein, nein, das war ich nicht. Elisabet Vidje will mit mir nichts …« Er blickt verstohlen zu seinem Vater hinüber. Henry Morells Mund hat sich in einen harten Strich verwandelt.

Anna begreift, dass sie in ein Fettnäpfchen getreten ist, weiß aber nicht genau, wie. »Also, ich habe nur gedacht …«, sagt sie und wendet sich an Morell. »Weil ihr so viel über das Haus wisst und Alex d-doch …« Sie pausiert, holt Luft, um das Stottern zu verbergen. »Entschuldigt, wenn ich euch auf die Füße getreten bin.«

Morells Gesichtszüge werden wieder weicher. »Kein Problem.« Er beugt sich zu ihr vor, senkt die Stimme. »Leider ist Elisabet Vidje nicht gut auf unsere Familie zu sprechen.«

Er stoppt, sieht über die Schulter zu Alex hinüber. Dann kratzt er sich am Bart.

»Das ist eine alte Geschichte. Verstehst du, als mein Verwandter Tabor an die Vidjes verkauft hat, durfte er seine Jagd dort oben behalten. Es war eine Vereinbarung zwischen ihm und Elisabets Vater, eine Art Kompensation, weil der Preis so niedrig war. Ich und meine Cousins haben dieses Anrecht irgendwann geerbt, und Elisabet war damit einverstanden. Änglaberga hat einen Haufen anderer Jagdgebiete.«

Er kratzt sich wieder den Bart. »Aber in einem Herbst Ende der Achtzigerjahre hat einer meiner Cousins einen Hirsch angeschossen, der sich dann nach Tabor verirrte und dort auf dem Hof lag und brüllte. Wir haben ihn, so schnell wir konnten, abgefangen, aber leider hat Karl-Johan das alles mitbekommen. Er kam auf den Hof gerannt und schrie und weinte. Er war völlig außer sich. Es endete damit, dass wir Bror Klein rufen mussten.« Morell kratzt sich zum dritten Mal den Bart. Sein Ekzem ist heute deutlicher zu sehen, röter.

»Karl-Johan war immer schon sensibel. Ein typischer Städter, der es liebte, die Natur zu malen, ohne eine Ahnung davon zu haben, wie sie eigentlich funktioniert. Jagd ist Jagd, manchmal passieren solche Sachen.« Er schüttelt den Kopf.

»Jedenfalls, aus irgendeinem Grund hatte Klein Elisabet mitgebracht, obwohl wir ihn gebeten hatten, es nicht zu tun. Als sie Karl-Johan endlich ins Auto befördert hatten, zitterte der Kerl wie Espenlaub und war überhaupt nicht ansprechbar. Ich versuchte, mich zu entschuldigen, aber Elisabet wollte nichts davon hören. Stattdessen hat sie mich vor der gesamten Jagdmannschaft heruntergemacht. Hat Ausdrücke benutzt, die ich hier lieber nicht wiederholen möchte.«

Morell schüttelt wieder den Kopf. Aus einem Augenwinkel sieht Anna, dass Alex die Jalousie fertig repariert hat. Er steht mit dem Rücken zu ihnen, aber es ist klar, dass er zuhört.

»Zwei Tage später kam ein Brief von Gunnarssons Anwaltskanzlei. Die Jagdgenehmigung wurde mit sofortiger Wirkung gekündigt. Seitdem kommen Elisabet Vidje und ich nicht mehr klar, und leider überträgt sie das auch auf die nächste Generation.« Er deutet auf Alex, der sich wieder auf das Fenster konzentriert. »Hast du sie eigentlich kennengelernt?«

Die Frage kommt ganz beiläufig, dennoch ist Anna sofort davon überzeugt, dass Elisabet Vidje der wahre Grund für diese ganze Erzählung ist.

»Nein, nur ihren Anwalt. Und dann noch Klein.«

»Aha.« Morell nickt und wirkt erleichtert. »Bror Klein ist schon in Ordnung. Dank ihm gibt es Änglaberga überhaupt noch. Er hat das Heft in die Hand genommen, nachdem Karl-Johan den Hof heruntergewirtschaftet hatte.«

Er wird still, sieht aus, als würde er nachdenken, und schielt zu Alex hinüber.

»Elisabet Vidje wird dich aufsuchen, Anna«, sagt er mit leiser Stimme. »Sie wird eine alte Geschichte hervorkramen wollen. Eine tragische Sache. Du weißt ja, ihr Sohn Simon …«

Bevor Morell weiterreden kann, schlägt das Fenster mit einem lauten Knall zu. Anna zuckt zusammen und hebt neugierig den Kopf.

»So, fertig.« Alex steckt den Schraubendreher weg, zieht die Jalousie hoch, die jetzt funktioniert, wie sie soll, und wendet sich an seinen Vater. »Kannst du mir die anderen Sachen zeigen, die repariert werden müssen?«

Anna bleibt stehen und sieht Vater und Sohn Morell nach, als sich diese den Flur hinunter entfernen. Ihre Statur und ihre Bewegungen sind, von hinten gesehen, fast identisch. Unmittelbar bevor sie nach rechts abbiegen, um die Treppe hinunterzugehen, dreht Alex sich um und schaut in Annas

Richtung. Er zeigt ein kleines, schiefes Lächeln, das ihr gute Laune beschert. *Du magst ihn*, konstatiert Håkan, ohne eifersüchtig zu klingen. Sie brummt ihm zu, er solle den Mund halten, und kehrt zu ihren Berichten zurück. Aber nach einer Weile taucht wieder dieses Gefühl vom gestrigen Mittagessen auf.

Das Gefühl, dass um sie herum etwas vorgeht, etwas, das sie immer noch nicht richtig versteht.

10

28. AUGUST 1990

Carina nahm einen langen, tiefen Zug vom Joint, so wie Joe es ihr beigebracht hatte. Sie spürte seine Blicke auf sich, er war so nah an sie herangerückt, dass ihre Körper sich berührten. Sie versuchte, sich darüber klar zu werden, ob sie so sehr viel dagegen hatte. Joe sah gut aus, das ließ sich nicht leugnen. Außerdem war er ein paar Jahre älter und deutlich reifer als Alex. Und im Übrigen auch schlauer. Alex kapierte nicht, dass Joe sich über ihn lustig machte. Dass das mit dem Alphatier ironisch gemeint war und kein cooler Spitzname.

Eigentlich hatte sie gar keine Lust auf diesen Zeltausflug gehabt, auf die Streitereien mit Alex, darauf, in einem feuchten Zelt zu schlafen und hören zu müssen, was für unglaublich spannende Pläne alle außer ihr und dem armen Bruno hatten. Aber obwohl Alex ganz offen Joes Schlampe von einer Schwester anbaggerte, hatten die beiden Fremden auf jeden Fall dazu beigetragen, dass der Abend um einiges interessanter wurde.

Sie waren bei der zweiten Runde Pot angelangt, und die Stimmung um das Lagerfeuer herum war deutlich gestiegen. Marie, die offensichtlich high und betrunken war, sang laut und ziemlich falsch den Refrain des Songs mit.

»Ooh, baby, baby, it's a wild world …«

Simon spielte mit halb geschlossenen Augen, öffnete sie nur ab und zu, wenn Tanja, die neben ihm saß, ihm den Joint zwischen die Lippen schob. Simons Stirn glänzte, seine Finger tanzten über den Gitarrenhals. Heute war irgendwas mit ihm, dachte Carina. Er war irgendwie anders. Fast anziehend, was eine Eigenschaft war, die sie normalerweise nicht mit Simon Vidje verband.

Alex hatte sich auf die andere Seite von Tanja gesetzt und bemühte sich sehr um ihre Aufmerksamkeit, was Carina genauso ärgerlich wie vorhersehbar fand. Trotzdem war es erstaunlicherweise nicht das, was Carina am meisten störte. Ohne richtig zu wissen, warum, fing sie an, sich darüber aufzuregen, wie Tanja den Joint von ihrem eignen Mund zu Simons wandern ließ und wieder zurück. Weich, langsam, wie ein weitergereichter Kuss. Warum nervte sie das? Carina hatte keine Antwort auf diese Frage.

Bruno kam vom Pinkeln zurück. Er setzte sich direkt neben Marie und reichte ihr rücksichtsvoll eine Flasche Wasser. Marie schenkte ihm einen Blick, als ob er nicht ganz richtig im Kopf wäre, und trank stattdessen einige Schlucke aus einer Bierdose, die Joe ihr gerade gereicht hatte, obwohl sie sonst nie Bier trank.

Carina dachte, dass sie Bruno mit Marie wahrscheinlich helfen müsste. Dass sie Marie dazu bringen sollte, ein bisschen herunterzukommen und zwischendurch etwas Wasser zu trinken. Aber gleichzeitig war es ziemlich cool, die supertolle Marie Andersson mal so richtig besoffen zu sehen.

Das Lied war zu Ende, und Simon schien eine Pause machen zu wollen. Er lehnte seinen Kopf an einen Stein hinter sich und schloss die Augen. Tanja legte ihren Kopf an seine Schulter. Diese intime Geste regte Carina noch mehr auf, sodass sie fast nicht merkte, wie Joe seinen Arm hinter ihren Rücken schob. Sie ließ ihn erst mal machen.

»So, Kinder«, sagte Joe mit übertrieben erwachsener Stimme. »Ihr habt euer Abi gemacht. Das ganze Leben liegt vor euch. Alles ist möglich!«

Er zog noch einmal am Joint, bevor er ihn an Carina weitergab. »Also, wie sieht euer Traumleben aus? Was wollt ihr werden, wenn ihr groß seid?« Er zeigte auf Bruno. »Wir fangen mal mit dir an, Mr Küchenmeister!«

Bruno blickte verstohlen zu Marie, die aussah, als hätte sie Probleme, aufrecht zu sitzen.

»Ein eigenes Restaurant«, sagte er. »Nicht das von meinem Vater, sondern ein eigenes.«

»Aha, ein Koch. Ein ehrenwerter Beruf. Essen wollen die Leute ja immer, stimmt's?«

Bruno nickte unsicher und sah wieder so aus, als fiele es ihm schwer zu entscheiden, ob Joe sich über ihn lustig machte oder nicht. Carina wusste es besser. Zugleich genoss sie das alles. Dass sie die Einzige war, die begriff, was vor sich ging.

»Und du?« Joe wandte sich an Alex. »Mr Alphatier. Was soll aus dir werden?«

»Olympisches Gold«, antwortete Alex selbstbewusst und versuchte dabei, Tanjas Blick zu erhaschen. »Ringen. Ich bin auf Platz zwei in Schweden in meiner Alters- und Gewichtsklasse. 92 sind die Olympischen Spiele in Barcelona, und da werde ich ganz oben auf dem Podest stehen.«

Er zeigte sein breitestes Lächeln, reckte die Arme und zwinkerte Tanja zu. Carina schüttelte leicht den Kopf. Wäre dasselbe vor ein, zwei Jahren passiert, hätte sie ihm eine Szene gemacht. Aber sie war das Ganze leid. Hatte genug von diesem idiotischen Spielchen, das zwischen Streit, Versöhnungssex und Alltag hin- und herpendelte und dann wieder zurück zu Streit, ohne dass es zu irgendetwas führte.

»Nicht schlecht«, sagte Joe. »Und du, meine Schöne?« Er wandte sich an Carina.

»Egal, irgendwas, was mich von hier wegbringt«, murmelte sie.

»Wirklich, egal, was?« Joes Stimme klang sanft. Er sah aus, als wolle er noch etwas sagen, aber Marie unterbrach ihn.

»Politik!«, sagte sie laut. »Ich will ...« Sie stoppte, musste die Buchstaben zusammensuchen. »Politik machen. Reichstag. Aber zuerst studiere ich Jura in Lund. Simon und ich ziehen da nächste Woche hin ...«

»Jaja«, sagte Joe. »Und unser kleiner Troubadour, was wird wohl aus ihm werden?«

»Rockmusiker«, erwiderte Simon mit unerwartet fester Stimme.

»Rockmusiker, tatsächlich?«, kicherte Joe belustigt. »Kein schlechter Traum. Ein Leben in Ruhm? Sex, drugs and Rock 'n' Roll!«

»So in etwa, ja.« Simon hielt noch immer die Augen geschlossen.

»Ach, hör schon auf«, lallte Marie. »Simon fängt an der Musikhochschule in Malmö an. Wir werden zusammen wohnen. Mein Vater hat uns geholfen, eine piekfeine Wohnung mitten in Lund zu organisieren …«

»Nein«, sagte Simon und öffnete die Augen. Seine Stimme klang gefasst.

»Was heißt hier Nein?«, fragte Marie.

»Nein, ich werde nicht nach Lund ziehen.«

»Was?«

Carina richtete sich unbewusst auf. Merkte, dass sie damit nicht allein war. Sowohl Alex als auch Bruno taten das Gleiche.

»Ich werde mit einer Band auf Tour gehen«, fuhr Simon fort. »Ihr Gitarrist ist abgesprungen, und sie müssen ihn schnell ersetzen. Die Tournee startet in drei Wochen, deshalb fahre ich am Dienstag nach Stockholm.«

Um das Feuer herum wurde es totenstill, und einen Moment lang schien es, als würden alle darauf warten, dass Simon in Gelächter ausbrach und erklärte, dass es ein Witz war.

»Ernsthaft?«, fragte Bruno, als das Schweigen einen Moment zu lange gedauert hatte.

Simon nickte.

»Welche Band?«

»Talisman.«

»Was? Die haben wir auf dem Weg hierher im Radio gehört. Wie zum Teufel ist es denn dazu gekommen?«

Simon zuckte mit den Schultern. »Mein Gitarrenlehrer

kennt jemanden bei der Plattenfirma. Er hat mich empfohlen. Ich habe letzte Woche in Malmö ein paar Bandmitglieder getroffen, und wir haben eine kleine Jam-Session gemacht. Sie fanden offenbar, dass ich gut genug bin.«

Carina spürte, dass ihr Herz schneller schlug. Wie eine Mischung aus Freude und Aufregung sich in ihrem Körper breitmachte. Endlich passierte etwas. Endlich machte jemand mal etwas Unerwartetes. Zugleich verspürte sie einen Tick Eifersucht, beschloss aber schnell, diese zu unterdrücken.

»Aber das geht nicht, Simon. Wo willst du denn wohnen?« Maries Stimme klang schrill, beinahe weinerlich.

»Die Plattenfirma hat eine Wohnung zur Untermiete organisiert, während wir proben. Die Tour dauert vier Monate. Schweden, Europa und sogar ein paar Gigs in Asien. Danach sehen wir weiter. Ich möchte am liebsten meine eigene Musik machen, aber das ist ein guter Anfang.«

»Ich habe verdammt noch mal Möbel für uns bestellt.« Maries Stimme überschlug sich.

Gleichzeitig zog Joe seine Hand von Carinas Rücken weg und begann zu klatschen.

»Bravo, Troubadour! Deine Pläne lassen alle anderen wie einen Haufen Loser aussehen. Rockstar, da, liebe Freunde, da habt ihr einen richtig coolen Traum!«

Joe grinste und schob seine Hand wieder hinter Carinas Rücken, diesmal einige Zentimeter tiefer. Sie ließ sie liegen.

»Und du, was hast du denn so verdammt Cooles gemacht?«, fauchte Alex, der endlich zu begreifen schien, welches Spiel Joe trieb.

»Wow, beruhige dich, Mr Alphatier.« Joe hielt seine freie Hand hoch. »Wir sind doch auf derselben Seite. Ich bin auch total eifersüchtig auf den Troubadour.« Joe ließ seine Hand zu Carinas unterem Rücken wandern. Sie schob ihn beiseite, stand mit wackeligen Beinen auf, ging zu Simon und umarmte ihn.

»Wie cool, Glückwunsch«, sagte sie. »Endlich einer, der von hier wegkommt!«

Sie setzte sich neben Simon, sodass Tanja und sie jeweils auf einer Seite von ihm saßen.

»Und wann wolltest du uns das alles erzählen?« Alex klang immer noch wütend, obwohl er sich von Joe zu Simon wandte.

»Es hat sich gerade erst entschieden. Die Plattenfirma hat heute Nachmittag angerufen.«

»Und trotzdem hast du nichts gesagt?«

»Ich musste das erst mal ein bisschen sacken lassen. Außerdem habe ich es ja jetzt gesagt, oder nicht?« Simon klang nun auch verärgert. Die Stimmung um das Feuer herum hatte sich innerhalb weniger Minuten verändert, von entspannt über erstaunt zu angespannt. Carina spürte Joes Blick. Einen kurzen Moment lang hatte er die Kontrolle über seinen Scherz verloren und war von Simons Enthüllung genauso überrascht gewesen wie alle anderen. Aber jetzt sah Carina, dass Joe die fünf Freunde mit einem höhnischen Lächeln auf den Lippen studierte.

»Tja«, lachte er. »Es ist nicht ganz leicht, danebenzustehen, wenn sich die Träume eines anderen verwirklichen, oder? Vor allem nicht, wenn er einer unserer besten Freunde ist.«

»Halt's Maul«, sagte Carina und realisierte im selben Moment, dass sie genau in dieselbe Falle getappt war. Dass sie mit in dieses blöde Psycho-Spiel gezogen wurde, oder was auch immer das sein sollte, was Joe mit ihnen trieb.

»Können wir nicht was zu hören bekommen, Simon?«, fragte Tanja. »Einen von deinen eigenen Songs?«

»Also, ich weiß nicht …«

Sie beugte sich näher zu ihm, legte die Hand auf Simons Arm.

»Bitte. Mir zuliebe.«

Simon wurde rot. Er schaute sich schnell um, bevor er nach der Gitarre griff.

»Okay.« Er zog das Plektrum über die Saiten. »Das hier heißt ›Lonely Waters‹.«

Er spielte ein paar wehmütige Akkorde in einer schön fallenden Tonleiter. Dann begann er zu singen.

»I saw a friend today, someone I knew long ago. But I still recalled her name …«

Simons Stimme schwebte über das Feuer hinweg, und kehrte als schönes Echo von den Felswänden wieder.

»And she told me this. My friend from long ago. And things will never be the same.«

Simon sah noch genauso aus wie vorher. Das lange, helle Haar, das ihm bis zu den Schultern reichte, die spitze Nase, die schmalen Finger, die über die Saiten glitten. Carina hatte ihn schon hundertmal Gitarre spielen und singen hören, ungefähr so wie jetzt. Trotzdem kam es ihr vor, als würde er sich plötzlich verwandeln, ein ganz anderer werden.

»I'll see you by the waters. The dark and lonely waters.«

Nach der ersten Strophe fiel Tanja in den Refrain ein. Ihre Stimme war tiefer als erwartet, und Simon passte sich ihr schnell an. Er ging eine Oktave höher und sang die Oberstimme statt der Melodie. Die beiden unterschiedlichen Stimmen machten den Song noch schöner, sodass Carina und die anderen nur still dasaßen und zuhörten. Sogar Joe, obwohl er versuchte, seine ironische Miene beizubehalten. Simon und Tanja sangen weiter, ihre Stimmen verschmolzen und hallten durch den Steinbruch.

»The dark and lonely waters.«

Beim letzten Refrain versuchte auch Carina einzusteigen, aber ohne dass es ihr richtig glückte. Ihre Stimme klang neben den beiden anderen so schwach und spröde, dass man sie kaum hörte. Als das Lied zu Ende war, wurde es ganz still.

»Verdammt gut«, sagte Carina und nahm Simon in den Arm.

»Danke«, erwiderte er, ohne den Blick von Tanja abzuwenden.

Alex spuckte verärgert über die Felskante.

»Saugut«, sagte Bruno. Er schien noch etwas anderes sagen zu wollen, aber ein Blick von Marie brachte ihn zum Schweigen.

Joe stand auf, streckte sich übertrieben und zwinkerte Carina zu.

»So, jetzt wird mir langsam langweilig. Was haltet ihr von einem nächtlichen Bad? Oder seid ihr Kinder zu feige, um im Dunklen schwimmen zu gehen?«

11

HERBST 2017

Der Bahnhof von Nedanås ist ein hübsches Gebäude aus dem frühen 20. Jahrhundert mit hohen Säulen, verputzter Fassade und einem Uhrenturm mit einem großen Zifferblatt obendrauf. Im Inneren ist ein kleiner Warteraum zu sehen sowie der obligatorische Zeitungskiosk und ein großes Werbeplakat, das verkündet, dass hier bald ein Espresso House eröffnet wird.

Es ist beinahe fünf Uhr, und an der Bushaltestelle vor dem Bahnhof sammeln sich Menschen, die von der Arbeit oder aus der Schule nach Hause kommen. Anna hält in einer Be- und Entladezone, steigt aus dem Auto und versucht, Agnes zu entdecken. Die Luft ist voller Abgase und Zigarettenqualm. Agnes ist nicht zu sehen, also beschließt Anna, Richtung Zug zu gehen. Als sie den Gehweg betritt, hört sie eine Stimme nach ihr rufen.

»Sie können hier nicht parken!«

Ein Streifenwagen ist stehen geblieben, und das Seitenfenster wird heruntergelassen. Jens Friberg sitzt auf dem Beifahrersitz, und auf der Fahrerseite erkennt Anna die schnippische, kurzhaarige Frau aus der Teeküche.

»Hallo, Jens«, sagt sie. »Ich hole nur kurz meine Tochter ab.«

»Die Verkehrsregeln gelten für alle«, erwidert Friberg. »Außerdem hat es so ausgesehen, als wolltest du den Wagen verlassen. Wenn man das Fahrzeug verlässt, ist es geparkt.«

Anna bleibt einen Moment stehen, während sie überlegt, was hier vor sich geht. Ob das alles nur ein schlechter Begrüßungsscherz ist, wie sie ihn eine Zeit lang in Stockholm praktiziert haben. Aber sie findet davon keinerlei Anzeichen in Fribergs versteinertem Gesicht. Dagegen stellt sie fest, dass die Frau am Steuer alles andere als freundlich grinst. Es gibt genug freie Plätze vor und hinter Annas Wagen, was sie anmerken könnte. Aber sie überlegt es sich anders, denn sie weiß, dass es bei dieser Diskussion um etwas ganz anderes als die Verkehrsregeln geht. Aus den Augenwinkeln sieht sie Agnes, die mit ein paar Leuten in ihrem Alter spricht. Sie fühlt sich irgendwie ausgesetzt. Schließlich holt sie tief Luft. »Da kommt meine Toh-hochter«, sagt sie, und natürlich bleibt sie beim letzten Wort hängen.

Friberg sitzt reglos da, während er sie durch das geöffnete Fenster anschaut. Seine Augen blicken grau und kalt, sein Gesicht ist immer noch ausdruckslos.

»Gut«, sagt er dann und schließt das Fenster langsam.

Agnes ist im Auto nicht besonders redselig. Die offene, freundliche Version von ihr, die am Wochenende aufgeblitzt war, ist verschwunden, und wie gewöhnlich sitzt sie da und spielt an ihrem Telefon herum. Normalerweise hätte es Anna geärgert, aber diesmal ist es ihr recht. Das gibt ihr die Möglichkeit, sich zu beruhigen und zu analysieren, was gerade passiert ist. Je mehr sie darüber nachdenkt, desto überzeugter ist sie davon, dass Jens Friberg ihr von der Polizeiwache aus gefolgt ist. Dass er nach so einer Gelegenheit gesucht hat. Einer Möglichkeit, sie genau auf dem schmalen Grat zwischen Berufs- und Privatleben zu erwischen und ihre Autorität herauszufordern. Und seine alberne Kollegin würde garantiert dafür sorgen, dass die Geschichte, wie Friberg seine neue Chefin in die Schranken verwies, schnell die Runde machte. Sie selbst hat im Prinzip keine Möglichkeit, dem etwas entgegenzusetzen, das wird ihr ungefähr in dem Moment klar, als sie anfangen, den Hügel hinaufzufahren.

Erstens: Sie hat einen Fehler begangen, indem sie in einer Be- und Entladezone geparkt hat, und Friberg hat nur seinen Job gemacht, als er sie darauf hinwies. Er hat berufliche Integrität bewiesen, indem er sie wie jeden anderen behandelt hat.

Zweitens: Sie hat offiziell noch nicht angefangen. Morell und sie arbeiten diese Woche zusammen, wenn sie also sofort zurückschlagen will und Friberg für ein paar Tage ins Archiv schickt oder ihn Dienstautos schrubben lässt, dann muss sie Morell involvieren, was sich natürlich nicht machen lässt.

Drittens: Nach Morells kleiner Ausführung im Auto neulich ist klar, dass die Sympathien in der Station bereits auf Fribergs Seite sind. Wenn sie ihm eins aufs Dach geben würde, sobald sie nächste Woche den Chefposten übernimmt, könnte es so aussehen, als ob sie ihn dafür abstrafen würde, dass er mit ihr um den Posten konkurriert hat. Also muss sie die Zähne zusammenbeißen und die Sache billigen. Und auf die richtige Gelegenheit warten, den Kratzer, den Friberg gerade ihrer Autorität zugefügt hat, zu reparieren. Am besten sehr bald. Nachdem sie vorhin seinen Blick durch das Fenster gesehen hat, ist sie sich einer Sache ganz sicher: Dieses Ereignis war weder ein Zufall noch eine einmalige Angelegenheit.

Als sie das Schild mit der Aufschrift Tabor sieht, beschließt sie, die Arbeit ruhen zu lassen, jedenfalls für heute Abend.

»Mit wem hast du vorhin gesprochen?«, fragt sie.

»Niemand. Nur ein Mädchen aus der Schule. Wir sind mit demselben Zug gefahren«, murmelt Agnes, den Blick immer noch auf das Handy gerichtet.

»Wohnt sie auch in Nedanås?« Sie weiß, dass die Frage dumm ist, erwartet eine schnippische Reaktion, erhält aber nur ein neutrales »Hm« zur Antwort. Deshalb beschließt sie, sich noch ein bisschen weiter vorzuwagen. »Und worüber habt ihr geredet?«

»Nichts Besonderes. Am Samstag gibt es im Volkspark irgendein Fest. Caia Bianca kommt, deswegen sind alle ganz aufgeregt.«

»Wer?«

Agnes schaut auf und seufzt. »Ach, komm schon, Mama!

Caia Bianca. Sie ist ein Doku-Soap-Star, Bloggerin, Geschäftsfrau. Sie hat eine eigene Kosmetikmarke und sitzt in der Jury von einer TV-Castingshow.« Sie nimmt ihr Handy und zeigt Anna dann ein Foto von einer platinblonden Frau mit aufgespritzten Lippen, gelifteten Wangen und Botox-Stirn.

»Ach, die«, sagt Anna, die immer noch keine Ahnung hat, von wem Agnes spricht.

»Caia ist wohl in Nedanås aufgewachsen, aber sie scheint nicht sehr oft hier zu sein. Alle scheinen völlig hysterisch darüber, dass sie kommt. Sie haben im Zug von nichts anderem geredet. Das ist 'ne große Sache.«

»Aha. Tja, wir haben keine Pläne für Samstag, falls du hingehen möchtest?«

Agnes schnaubt verächtlich und wendet sich wieder ihrem Handy zu. »Ich glaube nicht.«

Anna parkt das Auto direkt vor dem Eingang. Milos Gebell ertönt aus der Küche. Er ist ganz aufgeregt und springt um Agnes herum, sobald die Tür aufgeht, dann rast er wie ein kleiner Pfeil in den Wald hinaus.

»Milo!«, ruft Agnes unruhig und sieht aus, als wolle sie ihm hinterherrennen.

»Lass ihn doch einen Moment«, sagt Anna. »Er hat seit heute Morgen nichts zu fressen bekommen, er wird also hungrig sein. Wir geben ihm zehn Minuten, und wenn er bis dahin nicht wieder da ist, helfe ich dir, ihn einzufangen, okay?«

Agnes beißt sich auf die Unterlippe, genau wie Håkan es immer gemacht hat, was in Anna eine heftige Sehnsucht hervorruft. Manchmal sind sie sich so ähnlich, dass es ihr wehtut.

Annas Vermutung erweist sich als richtig, es dauert nur eine Viertelstunde, bis Milo auf dem Hof auftaucht. Neben ihm auf der Treppe liegt ein totes Kaninchen. Milo ist ganz schlammig, und sie säubern ihn gemeinsam im großen Spülbecken. Der Hund schüttelt das Wasser von sich, dass es durch den ganzen Raum spritzt, was Agnes zum Lachen bringt. Anna genießt den Klang, genießt, wie normal alles scheint.

Das Gefühl hält im Prinzip das ganze Abendessen über, Agnes erzählt von ihrer neuen Schule und Klasse, zwar kurz angebunden, aber immerhin. Doch später, nachdem es dunkel geworden ist und sie sich vor den Fernseher gesetzt haben, geschieht etwas. Agnes hat ihr iPad auf dem Schoß, und Anna sieht die Nachrichten. Es gibt wieder mal einen Bericht über die schlechten Verhältnisse in den Krankenhäusern, und mitten in der Reportage wird plötzlich eine onkologische Abteilung gezeigt. Nebeneinanderstehende Betten, weiße Vorhänge, gelbe Bettdecken. Ihr Magen zieht sich zusammen, sie sucht nach der Fernbedienung, aber die ist zwischen die Sofakissen gerutscht, und es dauert mindestens dreißig Sekunden, bis es ihr gelingt, von den Krebspatienten zu einer ungefährlichen amerikanischen Sitcom umzuschalten. Viel zu lange, wie sich zeigt. Als sie zu Agnes hinübersieht, merkt sie sofort, wie sich die Stimmung verändert hat. Sie möchte etwas sagen, irgendetwas, was die Situation entkrampft. Aber sie schafft es nicht.

»Du warst doch da, Mama, oder?«, fragt Agnes leise. »Als Papa gestorben ist. Du warst doch da?«

»Ja«, antwortet sie, bevor sie Zeit gefunden hat, nachzudenken oder sich zu sammeln.

»Warum durfte ich nicht dabei sein?«

Agnes hat ihr die Frage schon öfter gestellt. Nicht mit Worten, aber mit Blicken, Gesten und langem, quälendem Schweigen. Und wie immer findet Anna keine Antwort.

Håkan will etwas darauf erwidern, sodass sie schnell den Fernseher lauter stellt, laut genug, um ihn nicht hören zu müssen.

Nachdem Agnes ein Gute Nacht gemurmelt und die Tür hinter sich geschlossen hat, geht Anna auf die breiten Eingangsstufen hinaus. Sie packt das tote Kaninchen an den Hinterläufen und hebt es hoch. Es ist leichter, als sie erwartet hat, aber sie erkennt schnell den Grund. Der Bauch des Tieres ist aufgeschlitzt, und Teile der Innereien fehlen. Zuerst denkt sie, dass Milo das irgendwie gemacht hat, und ekelt sich bei der Erinnerung daran, wie er Agnes' Gesicht abgeschleckt hat. Aber als sie das Kaninchen unter die Außenlampe hält, sieht sie, dass der Bauch mit einem gerade Schnitt geöffnet wurde und alles darin, Organe, Eingeweide und Darm, sorgsam entfernt wurde. Sie bleibt einen Moment lang stehen, während sie überlegt, was das zu bedeuten hat, findet aber keine gute Erklärung. Milo muss das Kaninchen irgendwo geklaut haben, vielleicht drüben auf Gut Änglaberga, auch wenn der Abstand und die Zeit nicht richtig zusammenpassen.

Sie trägt den Kaninchenkadaver zu den Mülltonnen vor dem Wirtschaftsgebäude, wählt nach einigem Zögern diejenige, auf der Restmüll steht, und wirft das Tier hinein. Es hat angefangen zu stürmen, die Bäume wiegen sich im Wind, und als sie dem Wald den Rücken zuwendet und zum Haus zurückgeht, überfällt sie wieder das Gefühl, das sie heute im Wald hatte. Sie weiß, woher es kommt, weiß, dass es mit Agnes' Frage und Håkans Flüstern zu tun hat. *Ist das weit genug weg? Glaubst du tatsächlich, dass sie dich nicht finden, wenn sie es wirklich wollen? Du musst es ihr erzählen, Anna!*

In der Nacht träumt sie wieder davon, zum ersten Mal seit Monaten. Das klaustrophobisch kleine Krankenhauszimmer. Sie auf dem Stuhl, er im Bett daneben. Die Luft ist trocken und riecht nach Antiseptika, das Licht ist gedämpft. Die Maschinen surren, Schläuche und Kabel winden sich umeinander wie Larven, und irgendwo darunter liegt ein zerbrechlicher menschlicher Körper. Ein Körper, der einmal

Håkan war und jetzt auf dem Weg ist, langsam zu verschwinden.

»Bitte, Anna, hilf mir«, flüstert er. Er hebt eine magere Hand und zeigt mit seinem knochigen Finger, der eigentlich einem viel älteren Mann gehören sollte, auf die Maschine neben dem Bett. Ein viereckiger Kasten mit Knöpfen an der Vorderseite. Eine Infusionspumpe, die leise surrt, während sie Morphium in sein Blut schickt.

Wie immer kommen ihr die Tränen, der Raum wird undeutlich. Sie hört seine Stimme.

»Ich will nicht sterben. Nicht so. Bitte, Anna, hilf mir.«

Neue Szene. Ein Verhörraum.

Zwei interne Ermittler auf der einen Seite des Tisches, sie und ihr Verteidiger auf der anderen Seite.

»Haben Sie es gemacht?«, fragt der eine Ermittler, und es dauert einen Moment, bis sie feststellt, dass der Mann Jens Friberg ist.

Sie erwacht von einem Geräusch. Oder zumindest glaubt sie das, denn plötzlich ist sie hellwach, und ihr Herz klopft wild in ihrer Brust. Sie liegt still da und lauscht. Das Zimmer ist pechschwarz, sie kann das schwache Geräusch des Windes draußen vor dem Schlafzimmerfenster hören. Sie setzt sich auf und greift nach dem Handy auf ihrem Nachttisch. Zwei Uhr nachts und noch rund vier Stunden, bis der Wecker klingelt. Sie muss mal und steht leise auf, um Agnes und Milo nicht zu wecken. Vor Agnes' Schlafzimmertür bleibt sie stehen und horcht, nur zur Sicherheit. Alles ist ruhig.

Sie schließt vorsichtig die Badezimmertür hinter sich, zieht die Hose runter und setzt sich auf die Toilette. Der Boden ist neu gefliest, durch eine Fußbodenheizung ist der Klinker warm und angenehm. Sie sitzt einen Augenblick still da, schließt die Augen. Ein Geräusch lässt sie die Augen wieder aufreißen. Ein leises Knarren, das vom Dachboden kommt. Sie steht vorsichtig auf, zieht die Unterhose und die

Schlafanzughose hoch. Dann öffnet sie die Badezimmertür leise einen Spaltbreit. Das Knarren vom Dachboden ist erneut zu hören, und diesmal ist sie sich sicher. Eine Diele. Jemand ist oben im Predigtsaal. Ein Einbrecher, ein Fremder in ihrem Haus, mitten in der Nacht, nur wenige Meter von ihrer Tochter entfernt. Auf Zehenspitzen rennt sie in den Flur. In einer der Schreibtischschubladen liegt der ausziehbare Schlagstock. Sie reißt ihn heraus und peitscht damit durch die Luft. Drei Stahlrohre fahren aus und fixieren sich mit einem metallischen Klicken. Anna dreht sich zur Tür des Treppenaufgangs und hebt den Knüppel in Verteidigungsstellung hoch über den Kopf. Das Gefühl des Gummigriffs in ihrer Hand dämpft ihre Panik allmählich. Sie lauscht zum Predigtsaal hinauf.

Der Einbrecher dort oben scheint still zu stehen, von den Dielenbrettern ist nichts mehr zu hören. Vielleicht hat er das Geräusch des Schlagstocks gehört. Sie hält die Luft an und lässt sie dann langsam wieder heraus, um einen klaren Kopf zu bekommen. Sie hat zwei Möglichkeiten. Sie kann Agnes und Milo wecken, sie ins Auto hinausbefördern, so schnell wie möglich wegfahren und die 112 wählen, wenn sie sich in sicherem Abstand befinden. Sie schaut aus dem Flurfenster. Der Vollmond beleuchtet den gesamten Hofplatz. Das Auto steht in der Nähe. Es sind nicht mehr als fünf Meter von der Haustür aus, aber der Fremde dort oben würde sie garantiert hören und wäre schon längst weg, wenn der erste Streifenwagen hier ankäme. Wieder hört man ein Knarren aus dem Predigtsaal. Es klingt nicht besonders bedrohlich. Eher abwartend, ein bisschen unsicher. Panikartig aus dem Haus zu fliehen würde ihr unten in der Wache keine Pluspunkte einbringen. Sie kann sich schon vorstellen, wie sie beim Kaffee über sie tratschen würden. Dass sie feige abgehauen sei, wie ein verschreckter Hase geflohen. Ihre zweite Möglichkeit ist es, gleich in der ersten Woche einen Einbrecher auf frischer Tat zu fassen. Genau diese Art von albernem Statussymbol könnte sie gebrauchen. Außerdem sagt diese Alternative ihrem Polizistenherzen sehr viel mehr zu. Sie umfasst fest den Knüppel in ihrer Hand und überlegt.

Das Überraschungsmoment ist wahrscheinlich immer noch auf ihrer Seite. Außerdem ist sie bewaffnet, ausgebildet und hat Erfahrung mit Handgemengen. Sie wühlt noch einmal in der Schreibtischschublade, findet das kleine Lederetui mit den Handschellen und stopft sie in die Tasche ihrer Pyjamahose. Dann öffnet sie äußerst vorsichtig die Tür zum Treppenaufgang und horcht nach oben. Sie nimmt ein Knarren wahr, ein schwaches Rascheln. Das Geräusch scheint vom schmalen Ende des Raums zu kommen, wo das Wandgemälde ist.

Sie setzt den Fuß auf die erste Stufe. Das Holz ist kalt an ihren nackten Zehen. Zweite Stufe, dritte. Sie lehnt den Schlagstock gegen ihre Schulter. Vierte Stufe, dann fünfte. Der Schlafanzug und die nackten Füße machen ihre Bewegungen beinahe lautlos. Sechste Stufe, siebte. Sie wird langsamer, lauscht. Oben ist alles still. Noch zwei Stufen, dann kann sie über den Rand schauen. Sie setzt den Fuß auf die achte Stufe und spürt die leichte Vibration am Fuß eine Millisekunde, bevor das Holz einen knarrenden Ton von sich gibt. Verdammt!

Sie bleibt abrupt stehen, hält die Luft an. Vom Predigtsaal ist kein Laut zu hören. Ist sie entdeckt? In dem Fall befindet sie sich am schlechtestmöglichen Platz. Der Einbrecher befindet sich irgendwo über ihr, die steile, schräge Treppe bewirkt, dass sie den Schlagstock nicht ideal anwenden kann, und außerdem besteht die Gefahr, dass sie nach hinten fällt. Vor oder zurück, sie muss sich jetzt entscheiden.

Sie holt tief Luft und springt die letzten Stufen hoch. Den linken Arm hat sie zur Abwehr erhoben, während sie zugleich den Arm mit dem Schlagstock über den Kopf schwingt. Aber es kommt kein Angriff. Sie stürzt in den Predigtsaal und versucht, den Einbrecher zu lokalisieren. Der Vollmond steht direkt vor dem großen Kirchenfenster und taucht den Saal in silbrig weißes Licht. Alles ist ruhig, kein Einbrecher ist zu sehen. Verstecken könnte man sich im Raum einzig auf der großen Treppe, hinter der Tretorgel oder vielleicht im Schutz von Agnes' Reflexschirmen. Anna umrundet die Orgel mit erhobenem Knüppel und schielt dabei über die Schulter, um nicht von hinten angegriffen zu werden. Der Puls dröhnt ihr in den Ohren. Der Platz hinter der Orgel ist leer. Sie dreht sich herum und stellt fest, dass das Gleiche für die große, nach unten führende Treppe gilt, bevor Anna langsam auf die Schirme drüben beim Wandbild zugeht. Sie sind das einzige Versteck, das noch übrig ist. Sie bleibt auf halber Strecke stehen und umklammert fest den Griff des Schlagstocks.

»Du kannst genauso gut rauskommen.« Ihre Stimme hallt gespenstisch durch den großen Raum. Nichts passiert. »Ich bin Polizistin«, sagt sie, etwas lauter. »Komm raus!«

Immer noch nichts.

Sie bewegt sich langsam durch den Saal, bis sie hinter den ersten Schirm schauen kann. Leer. Nur noch ein Ort bleibt – hinter dem Schirm, der in der anderen Ecke steht.

Sie bleibt wieder stehen, horcht. Alles, was sie hört, ist ihr eigener Atem. Ihr Mund ist ganz trocken, der Gummigriff ihres Knüppels klebt ihr in der Hand.

»Komm raus!«, sagt sie noch einmal. Keine Antwort.

Sie bewegt sich vorsichtig, streckt den linken Arm aus, bis sie den Rand des Reflektors ergreifen kann. Der Schirm ist leicht, besteht hauptsächlich aus Aluminium und Stoff. Sie reißt ihn an sich, zieht ihn zurück und lässt ihn dann los, um Platz genug zu haben, den Knüppel zu schwingen. Der Schirm balanciert einen Moment lang hochkant, bevor er langsam umkippt und mit einem Knall zu Boden fällt.

Die Ecke hinter dem Schirm ist leer. Anna lässt den Schlagstock sinken, atmet aus.

Kann sie sich alles bloß eingebildet haben? Kommen die

Geräusche, die sie gehört hat, nur vom Knarren des alten Hauses? Im Prinzip wäre das möglich, auch wenn sie noch nicht bereit ist, diese Erklärung zu akzeptieren. Aber wenn es wirklich einen Einbrecher gab, wohin ist er dann verschwunden? Sie geht die große Treppe hinunter und rüttelt am Tor, das auf den Hof hinausgeht. Es ist verschlossen und von außen verriegelt, genau wie erwartet, also geht sie wieder hinauf. Das Kirchenfenster mit der Aussicht lässt sich nicht öffnen, aber zur Sicherheit kontrolliert sie es. Das Panorama ist in der Nacht fast genauso schön. In weiter Ferne, über den Städten am Horizont, leuchtet der Nachthimmel rosa.

Etwas an dem großen Raum ist anders, und es dauert einen Moment, bis Anna identifiziert hat, was es ist. Ein schwacher Geruch, der nicht hierhergehört und den sie nicht richtig benennen kann. Er wird stärker, je näher sie dem Wandgemälde kommt.

Im Mondlicht sieht das Bild noch unheilvoller aus. Die Herbstfarben sind dumpfer, der Himmel dunkler, der Regen düsterer. Genau wie beim letzten Mal sehen die Spiegelungen auf der Wasseroberfläche fast lebendig aus. Und sie verändern sich, je näher sie dem Bild kommt. Sie teilen sich, verschmelzen miteinander, teilen sich wieder. Bilden neue Muster, neue Formen. Etwas, das aussieht wie …

Der Mond wird von einer Wolke verdeckt, sodass der Predigtsaal einige Sekunden im Halbdunkeln liegt. Anna bleibt abrupt stehen, wendet den Blick nicht vom Gemälde und ist so konzentriert, dass sie das leise Geräusch nicht hört, als sich jemand auf der Treppe bewegt.

Dann kehrt das Mondlicht zurück, und Anna stockt der Atem. Die Spiegelungen auf der Wasseroberfläche sind zusammengeflossen, bilden den hellen Umriss eines jungen Mannes. Die Arme sind über dem Kopf ausgestreckt, und das Gesicht ist zum Himmel gewandt. Die Haut ist blass, die Haare schweben auf dem Wasser und umgeben den Kopf wie ein Heiligenschein. Etwas unerhört Schönes liegt über der Szene, aber zugleich auch etwas Tieftrauriges. Denn es ist ganz deutlich, dass der junge Mann tot ist.

»Das muss Simon Vidje sein«, sagt Agnes hinter ihrem Rücken und erschreckt sie beinahe zu Tode.

12

28. AUGUST 1990

Carina sah, wie Simon aufstand, die Gitarre an einen Felsen lehnte und auf den Pfad hinter dem Felsplateau zuging. Sie wartete, bis niemand in ihre Richtung schaute, erhob sich dann und folgte ihm langsam. Eigentlich wusste sie selbst nicht genau, warum. Nur, dass etwas geschehen war und sie deshalb mit ihm reden musste. Zwischen den Bäumen war es dunkel, aber sie war diesen Pfad schon oft entlanggegangen. Der Pinkelpfad, wie sie ihn nannten, führte den ganzen Weg bis zu den Ruinen der Baracken, die einmal zum Steinbruch gehört hatten, aber niemand ging jemals weiter als bis zur Hälfte.

»Simon, bist du da?«, flüsterte sie. »Simon?«

»Hier!«

Sie hörte ein Geräusch von rechts. Dann sah sie ihn zwischen den Bäumen hervorkommen und an seinem Hosenstall herumfummeln. Sie blieben einander gegenüber stehen, ein bisschen näher, als sie es bei Tageslicht getan hätten. Als ob die Dunkelheit sie zueinanderdrängen würde. Die Nähe kitzelte Carina im Zwerchfell, was eigentlich lächerlich war. Das hier war Simon Vidje, den sie seit dem Kindergarten kannte. Und dennoch, auf seltsame Weise war es nicht derselbe Simon, sondern ein ganz neuer Mensch.

»Ja, also, ich dachte …« Sie stockte. »Verdammt cool, das mit der Tournee. Glückwunsch noch mal.« Das Gras, das sie geraucht hatte, machte die Worte ein bisschen undeutlich. Ließ sie verbrannt schmecken.

»Danke!«

»Wann haust du ab?«

»Jetzt, am Montag.«

»Aha.« Carina holt tief Luft, zögerte, wurde vom Geräusch eines Zweiges gestört, der irgendwo im Wald knackte.

»Was war das?« Sie zuckte zusammen.

»Keine Ahnung.«

»Glaubst du, da ist jemand?«

»Wer sollte das sein? Alle anderen sind doch wohl oben?« Er machte eine Handbewegung Richtung Felsplateau, wo der Gettoblaster wieder in Gang war.

»Nicht die. Jemand anderes ...« Sie standen einen Moment lang still da und lauschten, aber alles, was sie hörten, war ihr eigener Atem, dazu die Geräusche von drüben im Steinbruch. Carina schluckte.

»Bestimmt derselbe Mörderhirsch wie vorhin«, sagte Simon und grinste. »Wahrscheinlich fragt er sich, was zum Teufel wir hier machen.«

»Glaubst du?« Sie versuchte, die Angst abzuschütteln, aber sie hatte sich festgesetzt.

»Klar. Warum bist du eigentlich so nervös? Ist was passiert?«

Carina antwortete nicht, kaute nur auf ihrer Oberlippe herum, während sie immer noch in den Wald hineinhorchte.

»Eigentlich ist es albern«, murmelte sie. »Eine richtige Schnapsidee.«

»Was denn?«

Carina schüttelte den Kopf.

»Komm schon, sag's!« Simon nahm sie in den Arm. Die Berührung war nicht unangenehm, eher im Gegenteil. Carina holte tief Luft und hielt kurz den Atem an. »Also, in der letzten Schulwoche saßen Marie und ich im Bus auf dem Weg nach Hause. Uns war langweilig, und deshalb fingen wir an, darüber zu reden, welche Songs aus den 80ern wir mochten.«

Simon lachte. »Okay, und eine von euch hat ›Never Gonna Give You Up‹ von Rick Astley gesagt?«

»Hör auf.«

»Entschuldigung. Sprich weiter. Ihr habt im Bus über 80er-Jahre-Musik gesprochen.«

»Ich habe dann gesagt, dass eines meiner Lieblingslieder ›When Doves Cry‹ war.«

»Prince. Guter Song.«

»Ja, klar!« Carinas Gesicht hellte sich auf. »Auf jeden Fall haben wir angefangen, diesen Refrain zu summen, du weißt schon. Do do-do. Do do do-do. Nach einer Weile wurde das zum Spiel. Wir sprachen über was anderes, und dann fing plötzlich eine von uns an zu summen, und die andere machte mit. Do do-do, und dann mussten wir so lachen, dass wir uns fast in die Hose gemacht haben. Nicht besonders erwachsen, aber du weißt ja, wie es in der letzten Woche vor dem Abi war. Alles ist irgendwie von einem abgefallen.«

Simon nickte.

»Dann, am nächsten Morgen …«, sie hielt inne. »Du musst versprechen, dass du nicht lachst.«

»Scout's honor.« Simon hob die eine Hand zum Schwur.

»Also … Nein, ich hör schon selbst, wie bescheuert das klingt.« Carina spürte, dass sie rot wurde.

»Komm schon, jetzt sag es halt.«

»Okay, aber du darfst echt nicht lachen!« Sie riss sich zusammen. »Am Morgen nach der Busfahrt lag ein toter Vogel auf meinem Fenstersims. Eine weiße Taube.«

Einen Moment lang ist es still. Dann brach Simon in lautes Gelächter aus.

»Verdammt, Simon, du hast es versprochen.« Carina boxte ihm in die Brust.

»Sorry, sorry, das klingt nur so …«

»Dumm. Ja, ist mir klar. Ich bin eine bekloppte Blondine.« Sie verschränkte die Arme und drehte sich um.

»Nein, nein. Ich habe das nicht so gemeint. Entschuldige.« Er hörte auf zu lachen. »Du bist absolut nicht dumm, Carina. Aber glaubst du nicht, dass die Taube einfach gegen dein Fenster geflogen sein kann?«

»Nein, sonst wäre ich doch von dem Knall aufgewacht. Und der Vogel sah überhaupt nicht zerquetscht aus. Er lag einfach da auf dem Fensterbrett und sah aus, als würde er schlafen. Beinah schön, aber auf unheimliche Weise. Ich dachte mir, dass jemand uns zugehört haben musste und mir nach Hause gefolgt war. Seitdem bin ich total panisch.«

»Meinst du nicht, dass sich einfach jemand mit dir einen Spaß erlaubt hat? Wer war noch im Bus?«

Carina dachte nach. »Alex' Auto war in der Werkstatt, er und Bruno saßen weiter hinten. Dann waren da vor allem lauter Kinder, Maries kleiner Bruder und seine Klassenkameraden. Du warst auch da, aber du hattest wie immer Kopfhörer auf, deshalb hast du uns nicht gehört.«

»In diesem Fall ist Alex definitiv der Hauptverdächtige«, sagte Simon. »Du weißt doch noch, was er gemacht hat, nachdem wir auf Video den *Paten* angesehen hatten?«

»Er hat Brunos Kopfkissen mit Pferdeäpfeln gefüllt, das ganze Dorf hat diese bescheuerte Geschichte gehört.«

Simon grinste schief. »Er hat es ein Pferdekopfkissen genannt. Bruno hat zwei Wochen lang nicht mit ihm geredet. Kindisch, aber ganz schön cool.«

Carina sah ihn einen Moment lang an, dann seufzte sie. »Vielleicht hast du recht. Das könnte wirklich eine von Alex' blöden Ideen gewesen sein.« Sie versuchte, überzeugt zu klingen, aber täuschte nicht einmal sich selbst damit.

»Oder das Ganze ist einfach eine Methode meines zu Tode gelangweilten Hirns, das Leben interessanter zu machen.« Carina ließ die Arme hängen. »Manchmal bin ich alles so wahnsinnig leid, verstehst du?«

Simon nickte, ohne etwas zu sagen.

Eine Weile standen sie stumm da und sahen sich in der Dunkelheit an. Ihr Herz schlug immer noch schnell, aber nicht nur vor Angst. Heute Abend war Simon wirklich anders. Er wirkte so reif, so spannend, so …

Völlig impulsiv machte sie einen schnellen Schritt vor, legte die Arme um Simons Hals und drückte ihre Lippen auf seine. Ihre Zungen trafen sich, ihr Atem verschmolz zu einer erregenden Mischung aus Spucke, Gras und Alkohol. Ihre Körper drängten aneinander, und sie spürte, wie er sofort hart wurde.

»Nimm mich mit«, hauchte sie in sein Ohr. »Nimm mich mit nach Stockholm. Wir können uns eine Wohnung teilen. Ich habe Geld gespart. Nur du und ich, Simon.«

Sie versuchte, ihn noch einmal zu küssen, aber Simon zog sich plötzlich zurück. Er legte die Hände auf ihre Schultern und atmete tief durch.

»Und Alex?«

»Alex«, schnaubte sie. »Alex ist ein verdammter Idiot. Er wird nie von hier wegkommen. Olympia hin oder her, wann hast du jemals vom fantastischen Luxusleben eines Ringers gehört?« Carina stolperte über ihre eigenen Worte, spuckte die beiden letzten so aus, als sollten sie die anderen noch einholen.

Sie griff nach Simons Händen, schob sie sich an die Taille und drückte sich an ihn. Er war immer noch hart.

»Scheiß auf Alex, scheiß auf Nedanås, scheiß auf alles hier. Wir hauen von hier ab, nur du und ich.« Sie begann einen erneuten Versuch, ihn zu küssen, aber er hielt sie von sich weg, was sie nur noch wütender machte.

»Du willst es doch«, sagte sie und drückte sich fester gegen seinen Unterleib. »Ich spür doch, dass du es willst.«

Simon machte einen Schritt zurück, ließ sie los und hob die Hände hoch. »Carina, also. Ich kann nicht …«

Er wurde vom Geräusch schneller Schritte und von Kies, der den Hang hinunterrollte, unterbrochen. Der Strahl einer Taschenlampe blendete sie.

»Da seid ihr ja«, rief Bruno. »Was macht ihr denn, wir wollten doch baden? Wir haben Lampen und so weiter aufgebaut. Jetzt kommt!«

»Wir kommen.« Simon schirmte die Augen gegen das

Licht ab und schaute Carina an. Sein Gesichtsausdruck ließ sie nach Luft schnappen. Er zeigte keine Erregung oder gar Angst, dass Bruno sie entlarven könnte. Stattdessen etwas, das ihr in den Magen stach wie ein rostiges Messer. Mitleid.

Dieser verdammte Simon Vidje, dieser kleine, lächerliche Musikfreak, der ihr jahrelang hinterhergeschmachtet und ihretwegen zu Hause sicher mehrmals pro Woche feuchte Träume bekommen hatte, hatte Mitleid mit ihr.

Wie konnte er es nur wagen!

13

HERBST 2017

Als Anna Anfang der 2000er-Jahre einen Kurs für Ermittlungsleiter besuchte, hatte sie einen alten, erfahrenen Mordermittler zum Lehrer. Er sagte immer, dass das Gefährlichste bei einer Ermittlungsarbeit war, sich zu früh festzulegen. In dem Moment, in dem man das tat, begann das Gehirn automatisch, alle Informationen im Hinblick auf dieses Ergebnis zu deuten. Manchmal ließ es dann sogar Dinge völlig außer Acht, die eine andere Schlussfolgerung nahelegten.

»Hegt Zweifel«, sagte er stets. »Behaltet einen offenen Sinn. Das unterscheidet einen guten Ermittler von einem schlechten.«

Das Wandgemälde passt ganz gut zu dieser Überlegung. Wenn man sich dafür entscheidet, dass es einen kleinen, dunklen See inmitten von Wald und steilen Klippen darstellt, dann tut es das auch. Man kann vor- und zurückgehen, sooft man will, und nie etwas anderes sehen als Spiegelungen auf dem Wasser. Aber in dem Moment, in dem man begreift, dass es dort noch etwas anderes gibt, eine Gestalt direkt unter der dunklen Oberfläche, ist es unmöglich, das Bild anzuschauen, ohne diese Gestalt zu sehen.

Anna und Agnes haben den ganzen Morgen über Karl-Jo, Simon und das Bild gesprochen. Agnes war so bei der Sache, dass sie nicht nach dem möglicherweise eingebildeten Einbrecher gefragt hat, was Anna sehr gelegen kam. Sie will auf keinen Fall, dass sich Agnes zu Hause unsicher fühlt, vor allem jetzt nicht, wo sie endlich einen Weg gefunden haben, einander näherzukommen. Ein gemeinsames Interesse haben. Sie haben schon beschlossen, dass sie so bald wie möglich einen neuen Versuch starten werden, herauszufinden, wo sich der Steinbruch befindet, und dann dorthin fahren, damit Agnes ihn fotografieren kann. Allein der Gedanke an den Ausflug verleiht Anna gute Laune, trotz des tragischen Untertons.

Sie hätte den Morgen eigentlich damit beginnen sollen, sich auf das Konferenzgespräch mit dem Polizeidirektor vorzubereiten. Stattdessen füllt sie ihre Kaffeetasse, schließt die Bürotür und klickt auf den Wikipedia-Link, den Agnes ihr gerade aus dem Zug geschickt hat.

Karl-Jo wurde 1943 als Karl-Johan Pettersson in Malmö geboren. Ausbildung an der Kunsthochschule in Stockholm, dann ein paar Jahre Stipendium in Paris. Sein frühes Werk stellt Straßen, Taxis und Sacré Cœur im Gegenlicht dar. Ein vielversprechender Anfang, einigen zufolge. 1971, als Karl-Johan achtundzwanzig war, heiratete er unerwartet im Rathaus von Lund die dreiundzwanzig Jahre alte Elisabet Vidje, die er erst ein paar Monate zuvor kennengelernt hatte. Vielleicht fand er, dass Pettersson zu gewöhnlich klang, aus irgendeinem Grund wählte das Paar nämlich Elisabets Familiennamen statt des seinen. Im selben Jahr wurde auch ihr Sohn Simon geboren. Es gab kein Datum, aber die Eheschließung und die Geburt des Kindes im selben Jahr sowie die standesamtliche Trauung deuten darauf hin, dass die Hochzeit aus Notwendigkeit durchgeführt wurde.

Karl-Jo produzierte Anfang der Siebzigerjahre sehr wenig. Vielleicht kam ihm das Leben mit Kleinkind dazwischen, oder er verlor einfach seine Inspiration. 1975 kam er jedenfalls wieder in die Gänge, aber jetzt hatte er seinen Stil radikal geändert. Karge Hügel, schonische Äcker und Wälder, die immer etwas Melancholisches und Verträumtes hatten. Mit seinem neuen Stil gelang Karl-Jo der große Durchbruch, und seine Bilder waren in allen möglichen Städten zu sehen.

Als Anna einen der Bilder-Links anklickt, taucht ein wohlbekanntes Motiv mehrfach auf. Der Ausblick von Tabor. Morgens, tagsüber, nachts. Sie findet noch einige Bilder von kleinen, dunklen Seen, aber genau wie Agnes gesagt hat, stimmt keines mit dem Wandgemälde überein. Auch die Farben stimmen nicht. In den Siebziger- und Achtzigerjahren malte Karl-Jo hell und intensiv. Seine Bilder wurden immer besser, und Ende der Achtzigerjahre gewann er internationale Aufmerksamkeit. Er stellte in Berlin, London und New York aus und bekam gute Kritiken. Dann, genau wie Gunnel im Dorfladen erzählt hatte, bekam alles eine deutlich dunklere Wendung.

Karl-Jos und Elisabets einziges Kind, Simon, ertrank im Herbst 1990 bei einem tragischen Unfall nicht weit vom Haus der Familie entfernt. Im selben Jahr wurde bei Karl-Jo die Erbkrankheit Retinitis Pigmentosa diagnostiziert, eine Augenkrankheit, die den Betroffenen allmählich erblinden lässt. Obwohl Karl-Jos Popularität weiter zunahm und er als einer der wichtigsten Künstler seiner Generation galt, wurden in den 1990er- und 2000er-Jahren keine neuen Werke ausgestellt, und es ist unklar, ob überhaupt welche beendet wurden. 2010 gab ein Sprecher der Familie zu, dass Karl-Johan Vidje an Alzheimer erkrankt sei und sich völlig von der Malerei zurückgezogen habe.

Ein dumpfes Grollen lässt die Fensterscheibe klirren. Anna hat sich noch nicht so richtig an das Geräusch der Sprengungen drüben bei Glarea gewöhnt. Das Grollen hält an, wird zu einer Vibration im Boden, die sich bis zum Kaffee in ihrem Becher ausbreitet. Sie bildet winzig kleine Ringe auf der dunklen Oberfläche.

Anna beendet ihren Arbeitstag Punkt fünf. Agnes hat ihr eine Nachricht geschickt, dass jemand sie nach Hause bringt, also braucht Anna nicht am Bahnhof vorbeizufahren. Sie fragt sich, ob eines der Mädchen von gestern Agnes mitnimmt oder vielleicht jemand von den Eltern. Sie ringt eine Weile mit dem Impuls, sie anzurufen und es herauszufinden, aber der Sozialarbeiter hat deutlich gesagt, dass Agnes ihren Freiraum braucht, deshalb lässt sie es widerwillig bleiben.

Sie hat im Datensystem nach Simon Vidje gesucht, aber wie erwartet keinen Treffer gelandet. 1990 war das System noch nicht digitalisiert, wenn sie also die Ermittlungen nachlesen will, muss sie sich ins Archiv hinunterbegeben. Nach einer kurzen Überlegung kommt sie zu dem Schluss, dass es anderes gibt, worüber sie sich Gedanken machen sollte, wichtigere Dinge, die ihre Aufmerksamkeit verlangen.

Wie zum Beispiel, dass dein Anwalt noch nicht angerufen hat, flüstert Håkan. *Wir wissen beide, was das heißt. Nämlich, dass die interne Ermittlung weitergeht, dass es noch nicht vorbei ist.*

Dass es nichts genutzt hat zu fliehen …

Um ihn zum Schweigen zu bringen, beschließt Anna, durch die Wache zu gehen und ein bisschen mit dem Personal zu plaudern. Es klappt nur mäßig gut. Sie trifft zwar nicht auf Jens Friberg oder dessen unangenehme Kollegin, aber es wird ihr bald klar, dass der gestrige kleine Zwischenfall bereits die Runde gemacht hat. Die älteren Polizisten grinsen sogar ganz offen, als sie auftaucht, während die jüngeren immerhin so viel Manieren haben, dass sie höflich und neutral auf ihre Fragen antworten. Nächste Woche muss Anna eine Strategie finden. Um zu zeigen, wer hier das Sagen hat.

Auf der Fahrt nach Hause ist sie so in dieses Problem versunken, dass sie fast einen Unfall baut. In einer der schmalen Kurven, die den Berg hinaufführen, kommt ihr jemand entgegen. Sie bemerkt zu spät, dass der andere Wagen die Kurve schneidet und dabei auf ihre Fahrbahn gerät, und weicht erst im allerletzten Moment aus. Das rechte Reifenpaar kommt von der asphaltierten Straße ab, und eine prasselnde Ladung Schotter fliegt warnend gegen die Kotflügel, bevor Anna die Räder wieder auf den Asphalt lenkt. Sie wirft einen Blick in den Rückspiegel und sieht gerade noch die Rücklichter eines weißen Pick-ups mit dem Logo von Glarea und einer Art Teleskopkran auf der Ladefläche, ehe der Wagen um die nächste Kurve verschwindet. Der Hang zu beiden Seiten der Straße ist steil und voll dicker

Baumstämme, und ihr wird klar, dass die Situation richtig gefährlich hätte sein können, wenn sie über den Straßenrand hinausgefahren wäre. Sie schwört sich, in Zukunft sehr viel aufmerksamer zu sein.

Als sie schließlich wohlbehalten auf den Platz von Tabor einbiegt, steht da, wo sie normalerweise parkt, ein anderer Wagen. Ein Landrover, der bestimmt fünfundzwanzig Jahre alt ist, vielleicht älter. Der grüne Lack ist von der Sonne gebleicht und das Blech an mehreren Stellen geflickt und repariert. Trotzdem ist es kein Schrottauto, registriert sie, als sie daran vorbeigeht. Innen ist es sauber und aufgeräumt, und die Sitzbezüge sind gut erhalten. Wem auch immer das Auto gehört, er scheint es gut zu pflegen. Anna öffnet die Haustür, tritt ein und hört Stimmen aus der Küche. Ein Paar hoher Gummistiefel steht neben Agnes' Schuhen, und einen Moment lang glaubt Anna, es wären Kleins, sieht dann aber, dass sie nicht groß genug sind. Der Holzofen ist an, der Raum ist warm und duftet anheimelnd. Agnes sitzt mit einer Tasse Tee in der Hand am Küchentisch. Ihr gegenüber sitzt eine dünne Frau um die siebzig mit einer großen Brille und einem Tuch um den Kopf. Die Öljacke, die sie trägt, erinnert ebenfalls an Klein, und es gibt noch mehr Ähnlichkeiten. Auch der Gesichtsausdruck der Frau ist in etwa derselbe wie bei ihm. Zurückhaltend, beherrscht. Der Kontrast zwischen der älteren Frau und Agnes mit ihren löcherigen Jeans, dem rosaroten Haar und der übertriebenen Schminke könnte nicht größer sein. Dennoch scheinen die beiden gut miteinander klarzukommen.

»Das ist Frau Vidje«, sagt Agnes. »Sie hat mich nach Hause gefahren.«

Die Frau steht auf und streckt eine magere Hand aus, auf der die blauen Adern deutlich zu sehen sind. »Elisabet Vidje«, sagt sie. »Ich bin Ihre Vermieterin.« Die Worte klingen ein bisschen rau, wie bei einem schonischen Adligen aus einem alten Film. »Sie haben eine reizende Tochter.«

»Danke«, erwidert Anna. »Und danke, dass Sie sie nach Hause gebracht haben.«

»Keine Ursache. Wir haben uns zufällig am Bahnhof getroffen. Tabor liegt auf dem Weg.«

Elisabet Vidje sitzt ganz vorne auf der Stuhlkante und hält die Teetasse hoch erhoben, als wolle sie die Dinge nicht unnötig berühren. Ihre Stimme ist klar, und ihre Sätze wirken wie Feststellungen.

»Agnes hat erzählt, dass sie Fotografin werden möchte. Dass ihr Vater sie dazu animiert hat. Ihr Exmann ist tot?«

»Ja.« Anna ist sowohl über die Direktheit der Frau verwundert als auch darüber, dass Agnes sich bereits in dem Maße einer Fremden gegenüber geöffnet hat. Zugleich kann sie nicht umhin, sich darüber zu ärgern, dass wie immer Håkan der Held in Agnes' Erzählung ist.

»Wie ist er gestorben?«

»Krebs«, erwidert sie kurz und kommt um eine sichere Stotterfalle herum.

»Mein Beileid. Mein Vater ist etwa im gleichen Alter gestorben. Herzinfarkt.« Sie wendet sich an Agnes. »Mein Vater fand auch, dass eine Ausbildung wichtig war.« Sie trinkt einen kleinen Schluck aus der Teetasse. »Sein großer Traum war, dass meine große Schwester Ebba und ich in Lund studieren. Dass etwas aus uns wurde.«

»Wollten Sie das auch?«, fragt Agnes. »In Lund studieren?«

Elisabet Vidje legt den Kopf ein wenig zur Seite, ihr Mund wird noch schmaler. Anna setzt an, die Unterhaltung von den allzu persönlichen Fragen wegzulenken. Sie will eine entschuldigende Geste machen, die erklärt, dass Agnes noch ein bisschen zu jung ist, um das soziale Spiel immer zu beherrschen. Aber zu ihrer Überraschung ist Elisabet Vidje schneller.

»Ich las gern«, antwortet sie. »Ich war fleißig in der Schule. Ebba hatte es schwerer. Das Studium war nichts für sie, und stattdessen heiratete sie Bengt Andersson. Ihr war es lieber, umsorgt zu werden. Ebba war so ein Typ. Sie hatte Probleme mit den Nerven, wenn du verstehst, was ich meine.«

Die ältere Dame macht eine unzufriedene Grimasse.

»Ich selbst begann, Jura zu studieren. Aber dann starb mein Vater, und jemand musste sich um meine Mutter, Ebba und den Hof kümmern. Manchmal laufen die Dinge nicht ganz so, wie man es sich gedacht hat, nicht wahr?«

Elisabet Vidje nimmt einen Schluck Tee.

»Sie sind die Nachfolgerin von Henry Morell.« Wieder eine Feststellung.

»Ja«, antwortet Anna. »Ab Montag nächster Woche, rein formell gesehen.«

»Gut. Ich gehe davon aus, dass er Sie vor mir gewarnt hat. Dass er diese alte Jagdgeschichte hervorgekramt und behauptet hat, ich hätte nicht alle Tassen im Schrank. Nein, nein, Sie brauchen nicht zu antworten. Ich weiß, wie er denkt.«

Elisabet Vidje hebt ihre freie Hand.

»Henry Morell und ich kennen einander, seit wir jung waren. Er ist ein intelligenter Mann, und er kann auch charmant sein, wenn er möchte. Henry und mein Schwager Bengt Andersson haben zweifellos viele gute Dinge für diesen Ort bewirkt, und es gibt viele, die sie dafür bewundern.« Die Augen der Frau verengen sich. »Lassen Sie uns einfach sagen, dass ich nicht zu diesen Leuten gehöre, und das aus guten Gründen. Aber es geht dabei nicht um etwas so Banales wie einen Hirsch.« Elisabet Vidje sieht aus, als wolle sie noch mehr sagen. Dann wirft sie einen Blick auf Agnes und scheint auf andere Gedanken zu kommen.

»Ach, ich habe ja noch ein kleines Willkommensgeschenk im Auto. Könntest du es vielleicht für mich holen, Agnes?«

»Natürlich.« Agnes steht auf und geht in den Flur.

»Ich komme direkt zur Sache«, sagt Elisabet Vidje, sobald die Haustür hinter Agnes zugeschlagen ist. »Mein Sohn ist 1990 umgekommen, davon wissen Sie vielleicht schon?«

Anna nickt.

»Gut, das spart uns Zeit. Die polizeiliche Ermittlung kam zu dem Ergebnis, dass das Ganze ein Unfall war. Ich selbst glaube nicht daran.«

»Warum nicht?«

»Vor allem, weil – auch wenn der alte Polizeichef offiziell für die Voruntersuchung zuständig war – alle wissen, dass Henry Morell die Sache entschied. Sie verstehen ...«

Elisabet Vidje beugt sich über den Küchentisch. »Henrys eigener Sohn war an jenem Abend mit im Steinbruch.«

»Alex?«

»Dann haben Sie ihn schon kennengelernt?«

»Er war neulich mit Henry auf der Station.«

Die ältere Frau presst die Lippen aufeinander. »Bestimmt kein Zufall. Henry ist schlau. Er hat Ihnen sicher auch einige der drei anderen vorgestellt. Bruno oder Marie? Carina Pedersen?«

»Jaa ... Oder ... Ich habe Bruno getroffen, von seiner Frau habe ich nur gehört. Henry hat mich zum Mittagessen ins Restaurant eingeladen.«

Elisabet Vidje beugt sich noch weiter vor.

»Simons Tod war kein Unglück. Irgendetwas anderes ist an diesem Abend passiert. Etwas, das Henry, mein Schwager Bengt Andersson und vielleicht auch dieser kleine Restaurantbesitzer Sordi unter den Teppich gekehrt haben.«

Sie hören, wie die Haustür aufgeht und Agnes hereinkommt.

»Henry Morell manipuliert Sie«, flüstert Elisabet Vidje. »Wahrscheinlich hat er in dem Moment damit angefangen, in dem Sie ihm begegnet sind. Der Grund, warum Henry sich jahrelang an diesen Job geklammert hat, ist, dass die Wahrheit darüber, was mit Simon tatsächlich passiert ist, so niemals herauskäme. Aber ich möchte, dass Sie sie herausfinden, Anna. Finden Sie heraus, was wirklich passiert ist in der Nacht, in der mein Sohn starb. Versprechen Sie mir das?«

14

28. AUGUST 1990

Marie hatte oberhalb des Pinkelpfads mehrere Minuten lang ungeduldig auf Simon gewartet. Sie hatte Bruno und danach Carina die Böschung heraufkommen sehen.

»Was ist los?«, fragte sie, weil Carina äußerst wütend aussah, aber Carina schüttelte nur verärgert den Kopf und verschwand Richtung Zelt.

»Jetzt gehen wir baden«, hörte Marie Alex rufen, während er den Gettoblaster lauter drehte. Wieder Hardrock. Sie hasste Hardrock.

»Isch will mit dir rreden«, lallte sie und packte Simon am Arm, sobald er einen Fuß auf den Felsen gesetzt hatte. Maries Hirn war benebelt, und ihr Mund wollte ihr nicht richtig gehorchen. Manche Buchstaben fühlten sich zäh an, brauchten eine Extrahilfe von der Zunge, um an ihren Lippen vorbeizukommen. Ihr war klar, dass sie high war, oder betrunken, oder beides, aber das spielte keine Rolle.

Simon sah Carina nach und schüttelte Maries Hand ab.

»Nicht jetzt, Marie.«

»Doch, genau jetzt!« Marie stellte sich Simon in den Weg und bohrte ihm den Zeigefinger in die Brust. Sie war größer als er, ihre Finger waren stark.

»Au, hör auf!«

»Hör selber auf!« Sie drückte ihn noch mal, diesmal fester.

Simon schlug ihre Hand weg. »Was zum Teufel ist los mit dir?«

»Was zum Teufel ist los mit dir«, äffte sie ihn nach.

»Hör jetzt auf. Du bist total high, Marie!«

»Ja, das bin ich. Ausnahmsweise bin ich das mal. High, besoffen und stinksauer. Wie kannst du nur …« Sie spuckte aus, fuhr sich mit der Zunge über die Lippen. Die Wut machte ihren Kopf wieder klarer. »Wie kannst du nur einfach abhauen? Wir wollten das hier gemeinsam machen. Die Wohnung, Lund …«

Simon sah weg. »Das hat sich ja erst heute entschieden.«

»Aber du hast es schon gewusst. Dass du etwas anderes vorhast.«

Simon antwortete nicht.

»Wir kennen uns, seit wir klein waren, verdammt. Wir sind wie Geschwister …« Ihre Stimme schlug um, klang nicht mehr wütend, sondern jammernd, aber sie konnte es nicht ändern. »Und trotzdem hast du nichts gesagt.«

Simon warf die Arme in die Höhe.

»Passiert ist passiert!«, sagte er, und aus irgendeinem Grund machte die nachlässige Handbewegung Marie noch wütender. Sie hatte viel Zeit damit zugebracht, alles für sie beide zu regeln, und Simon hatte ihr dabei nicht das kleinste bisschen geholfen. Noch nicht einmal Danke gesagt. Und jetzt, gerade einmal ein paar Tage bevor alles losgehen sollte, ließ er sie fallen. Er kam nicht einmal auf die Idee, sie um Verzeihung zu bitten, sondern stand einfach nur da und sagte, passiert ist passiert. Plötzlich überwältigte sie die Lust, die selbstgefällige Wunderkindblase, in der er sich befand, zum Platzen zu bringen. Eine Nadel mitten hineinzustechen, damit er denselben Schmerz verspürte wie sie.

»Findet deine Mutter es okay, dass du abspringst? Dass du einfach nach Stockholm abhaust?«

»Papa unterstützt mich«, sagte Simon etwas zu schnell.

»Aber Tante Elisabet nicht?«

Simon wich ihrem Blick aus. »Wir haben es Mama noch nicht erzählt.«

Marie brach in Hohngelächter aus. »Weil Tante Elisabet will, dass du in Lund studierst, stimmt's? Examen machst.«

Simon versuchte, unberührt zu klingen. »Ich fahre auf jeden Fall. Egal, was Mama sagt.«

»Als würdest du es wagen«, erwiderte Marie abfällig. »Deine Mutter bestimmt alles, sieh dir doch bloß deinen Vater an, wie er da in seinem Haus sitzt und den ganzen Tag lang malt. Er hat zum Bauern nicht getaugt, also haben deine Mutter und Klein ihn auf Tabor eingesperrt ...«

»Halt den Mund.«

»Warum denn, es stimmt doch? Alle wissen, dass dein Vater nicht richtig im Kopf ist. Ein Irrer!«

»Er mischt sich jedenfalls nicht in mein Leben ein, so wie deiner«, zischte Simon. »Und sieh dir deinen armen kleinen Bruder an. Mats ist Bengt doch scheißegal. Nur du taugst was. Papas fleißiges kleines Mädchen ...«

»Du weißt bestimmt, dass deine Mutter und Klein was miteinander haben? Dass sie hinter Karl-Johans Rücken ficken.« Die Raserei und der Alkohol ließen die Worte einfach aus ihrem Mund hervorbrechen, und Marie wurde klar, dass sie zu weit gegangen war. Aber jetzt war es zu spät, einen Rückzieher zu machen. Passiert war passiert, genau wie Simon gesagt hatte. Sie hob das Kinn, erwiderte seinen Blick. Aber Simon reagierte nicht, wie sie erwartet hatte. Statt zu explodieren, schüttelte er nur sanft den Kopf und lächelte sie herablassend an, was sie noch wütender machte.

»Das ist wahr!«, rief sie. »Alle wissen es. Alle wissen, dass Karl-Johan von Tante Elisabet und Klein nach Tabor verfrachtet worden ist, damit sie ihre Ruhe haben. Die beiden sind schon zusammen, seit sie klein waren. Karl-Jo war nur ein Fehltritt, du warst nur ein Fehltritt!«

Simon sah sie an, ohne ein Wort zu sagen. Dann schüttelte er wieder den Kopf, diesmal eher betrübt.

»Marie ...«, fing er an.

»Hi!« Tanja tauchte aus dem Nichts auf und nahm Simon bei der Hand. »Ich habe mich gerade gefragt, wo du abgeblieben bist. Kannst du nicht noch ein bisschen was spielen?«

Marie warf ihr einen wütenden Blick zu.

»Du, wir haben gerade was zu bereden«, fauchte sie.

»Nein«, sagte Simon. »Du und ich sind fertig miteinander, Marie.«

Seine Stimme klang traurig, aber nicht so, wie sie es gewollt hatte. Nicht, weil er verletzt war. Nicht, weil sie seine scheiß Märchenwelt zum Einsturz gebracht hatte, sondern aus einem anderen Grund. Einem Grund, den zu erkennen sie zu betrunken oder zu zugekifft war. Was auch immer der Grund war, es machte sie nur noch rasender, und einen Moment lang dachte sie daran, Simon eine Ohrfeige zu geben. Diesen Ausdruck aus Simons Gesicht zu schlagen, bis sie sich sicher war, hundertprozentig sicher, dass er denselben Schmerz verspürte wie sie.

15

HERBST 2017

Der Aufenthaltsraum war still und leer. Der Fernseher, der in einer Ecke hing, war zwar an, aber jemand hatte den Ton abgestellt, sodass die Dialoge der Serie *Emmerdale* nicht zu hören waren.

»Also, das ist im Prinzip alles«, sagt Morell, als sie sich an einen Tisch gesetzt haben. »Gibt es noch was, worüber du dich wunderst? Etwas, was ich dir erklären soll?«

»Nein. Alles scheint in perfekter Ordnung zu sein.«

»Gut. Ich möchte den Kahn schließlich in gutem Zustand übergeben.« Er nimmt einen Schluck Kaffee.

Sie haben den größten Teil des Tages damit zugebracht, die Personalunterlagen der verschiedenen Mitarbeiter durchzusehen, und Morell hat bewiesen, dass er über fast jedes Detail Bescheid weiß, was Annas Respekt vor ihm noch erhöht hat.

»Die Verabschiedung wurde im Übrigen um eine Woche verschoben«, fährt er fort. »Die Landshövding, die Chefin unserer Regionalregierung, will kommen, sodass wir einfachen Staatsdiener keine andere Wahl haben, als uns ihrem Terminkalender zu fügen. Aber da dieser Freitag damit plötzlich frei geworden ist, haben Eva-Britt und ich uns gefragt, ob du und deine Tochter stattdessen zu uns zum Abendessen kommen wollt?«

»Gern!«

»Gut, sollen wir halb sieben sagen? Ganz familiär, nichts Feines. Ich kümmere mich ums Essen. Alexander und seine Mädchen kommen auch.«

»Halb sieben klingt gut.«

»Also abgemacht.«

Anna freut sich richtig über die Einladung, und sie schämt sich ein bisschen über ihre bisherigen Vorbehalte Henry Morell gegenüber. Abgesehen von den ersten abtastenden Momenten ihrer Begegnung, war er ihr gegenüber nie anders als freundlich und entgegenkommend, und jetzt hat er sie und Agnes sogar zu sich nach Hause eingeladen. Sie hat hin und her überlegt, ob sie ihm etwas von dem gestrigen Besuch sagen soll, und bereits zu Ja tendiert, aber die Einladung lässt die Waagschale jetzt ganz hinüberkippen.

»Elisabet Vidje ist gestern vorbeigekommen.« Sie lässt den Satz in der Luft hängen.

»Aha.« Morell lässt die Kaffeetasse langsam sinken. »Lass mich raten. Sie wollte über Simon sprechen.« Er seufzt tief.

»Tja, ich hätte dich wohl warnen sollen, Anna. Tatsächlich habe ich neulich schon daran gedacht, aber ich wollte diese alte Geschichte nicht vor Alexander hervorkramen. Er hat schon genug darunter gelitten, was passiert ist, als er gerade mal neunzehn war.«

Morell kratzt sich am Hals, seufzt wieder.

»Ich kann nur vermuten, was Elisabet dir gesagt hat, aber die Ermittlung ergab eindeutig, dass Simon Vidjes Tod ein reines Unglück war. Es regnete ziemlich in dieser Nacht, schlechte Sicht, und die Klippen oben im Steinbruch waren spiegelglatt. Wahrscheinlich ging er raus, um zu pinkeln, rutschte aus, schlug sich den Kopf an und fiel dann ins Wasser. Weil der Regen gegen die Zeltwand prasselte, hörten und merkten Alexander und die anderen drei, die dort schliefen, nichts. Aber Elisabet weigert sich, diese Schlussfolgerung zu akzeptieren. Sie ist davon überzeugt, dass einer oder mehrere verschweigen, was tatsächlich passiert ist, und dass ich an dieser Verschleierung beteiligt bin.« Er seufzt noch einmal und kratzt sich weiter am Bart. Die Geste kennt sie schon, trotzdem lässt etwas an seiner Körpersprache in ihrem Kopf eine Warnglocke ertönen.

»Elisabet hat im Laufe der Jahre sowohl an den Oberstaatsanwalt als auch an den Polizeichef und den Justizbeauftragten geschrieben«, fährt Morell fort. »Sie hat ihr Bestes gegeben, um mich von hier wegzubekommen. Hat sie auch von Bengt Andersson gesprochen?«

Anna nickt. Sie versucht, nicht zu zeigen, dass sie Morell genau beobachtet, als er weiterspricht.

»Das habe ich mir gedacht. Bengt ist Elisabets angeheirateter Schwager. Sie liegen miteinander im Clinch, seit Bengt Anfang der Achtzigerjahre ein Stück Land von dem Hof verkauft hat, den der alte Vidje ihnen gegeben hatte. Elisabets Einschätzung nach sind Bengt und ich für die große Verschwörung verantwortlich, wie du bestimmt gehört hast.« Diesmal malt Morell Anführungszeichen in die Luft. Sie hätte nicht gedacht, dass er so ein Typ ist, die Bewegung passt schlecht zu seiner sonstigen Art, sich auszudrücken, was die Warnglocke in ihrem Kopf lauter werden lässt.

»Es tut mir leid, dass du in diese Sache hineingezogen wurdest, Anna. Ich hatte das schon befürchtet, als ich gehört habe, dass du Tabor mietest. Simons tragischer Tod ist Elisabets Lebensmittelpunkt. Von der rein mitmenschlichen Seite her muss man natürlich Sympathie für sie haben. Sie und ihr Mann haben ihr einziges Kind verloren, und nur wenig später wurde Karl-Johan krank. Elisabet ist überzeugt davon, dass es einen Zusammenhang gibt. Dass der Kummer Karl-Johan blind gemacht und dafür gesorgt hat, dass er nicht mehr malt. Was sie dabei vergisst, ist, dass das, was passiert ist, nicht nur für die Familie Vidje eine Tragödie war, sondern für viele andere auch.«

Morell schüttelt langsam den Kopf, wodurch er wie ein trauriger, alter Bär aussieht. Sowohl seine Worte als auch seine Körpersprache scheinen echt zu sein, aber irgendetwas stimmt nicht. Es gibt eine kleine Dissonanz, die sich kaum fassen lässt.

»Verstehst du, Simon, Alexander und Bruno Sordi waren seit dem Kindergarten beste Freunde, und sie waren oft bei Eva-Britt und mir zu Hause. Die drei und die beiden Mädchen waren fast immer zusammen.«

Morell nahm einen Schluck aus der Tasse. »Schon im Kindergarten konnte Simon mehrere verschiedene Instrumente spielen. Ein Wunderkind, sagte der Musiklehrer. Einer aus einer Million. Als Simon älter wurde, trat er häufig bei Hochzeiten und Beerdigungen auf. Er spielte und sang so schön, dass es einem wehtat.«

Wieder das Trauriger-Bär-Kopfschütteln.

»Simon war an der Musikhochschule in Malmö angenommen worden, doch das war erst der Anfang. Alle wussten, dass aus ihm etwas Großes werden würde. Aber dann geschah das Unglück. Dass ein junger Mensch ums Leben kommt, ist an und für sich schon tragisch, aber dass es ausgerechnet Simon Vidje traf, machte den Schock nur noch schlimmer. Nicht lange danach schlossen übrigens die Post und die Bank, und im Jahr darauf legte die Konservenfabrik die Produktion nieder. Es war, als hätte Simons Tod die Luft aus ganz Nedanås gelassen. Die Arbeitslosigkeit schoss in die Höhe, die Leute zogen allmählich von hier weg, und die Immobilienpreise rutschten in den Keller. Es dauerte Jahre, bis sich die Kommune erholte. Einen großen Anteil an der Verbesserung hatte Bengt Andersson. Er war es, der neue Arbeitgeber hierhergelockt und den Nahverkehrszug hergebracht hat. Außerdem hat er dafür gesorgt, dass Glarea wieder schwarze Zahlen schreibt, und wir drücken die Daumen, was den Fernzug angeht. Wenn man dann noch das Konferenzzentrum von Bruno und Marie oben auf dem Hügel dazurechnet, sieht man, dass die Kommune wieder vor einem neuen, goldenen Zeitalter steht, ungefähr wie in den Sechzigerjahren.«

Er stellt die Tasse ab und wischt ein paar imaginäre Krümel vom Tisch. Seine Körpersprache ist jetzt anders, entspannter. Die kleine Diskrepanz, die Anna vorhin gespürt hat, ist verschwunden.

»Deshalb ist es in gewisser Weise doppelt tragisch, dass Elisabet Vidje stur an der Vergangenheit festhält«, schließt

Morell. »Es wirkt, als wolle sie alle an eine schwere Zeit erinnern, die wir anderen mühsam hinter uns gelassen haben.«

Er leert die Kaffeetasse und stellt sie mit einem kleinen Knall hin.

»Na ja, sollen wir weitermachen?«

Eigentlich möchte Anna mit dem Gespräch fortfahren. Sie weiß, dass außer Simon Vidje vier Personen da waren, als er starb. Alex, Bruno Sordi, Marie Andersson und dann noch eine Frau, deren Namen Elisabet gestern erwähnt hat. Karin oder so ähnlich, über die Morell aus irgendeinem Grund weniger gesprochen hat. Sie möchte nach dem Grund fragen, weiter in dem wühlen, was an seiner Geschichte nicht ganz stimmt, aber Henry Morells Ton macht deutlich, dass er genug zu Simon Vidjes Tod gesagt hat, also beschließt sie widerwillig abzuwarten.

Nach der Arbeit holt sie Agnes am Bahnhof ab und fährt, wie mit ihr ausgemacht, zum Zweiradladen. Sie hat Agnes ein Moped versprochen, eine von vielen Bestechungen, um sie im Hinblick auf den Umzug milde zu stimmen. Der Laden entpuppt sich als großer Hof am Ortsrand mit zwei umgebauten Ställen voller Fahrräder und Mopeds, in denen es statt nach Tieren jetzt stark nach Gummi und Schmierfett riecht. Agnes entdeckt fast sofort eine weiße Vespa, die derjenigen ähnelt, die Audrey Hepburn in *Ein Herz und eine Krone* fuhr und die natürlich eines der allerteuersten Modelle ist.

Selbstverständlich gibt Anna klein bei, der Preis ist eigentlich kein Problem. Das Haus in Äppelviken ist für den vierfachen Preis dessen, was Anna und Håkan mal dafür bezahlt haben, weggegangen, und außerdem hat sie eine ordentliche Summe durch die Lebensversicherung bekommen, die Håkan über die Polizei hatte.

Wenigstens kam etwas Gutes bei der Sache heraus, spottet er ganz hinten in ihrem Kopf. *Bestimmt hast du dich gewundert, dass du immer noch die Begünstigte warst, trotz unserer*

Scheidung. Wobei du den Grund kennst. Das war meine Art zu sagen, dass …

Sie schließt die Augen, reibt mit den Fingern einmal über die Ohren. Der Trick funktioniert, Håkans Stimme verschwindet.

Ein kräftiger, glatzköpfiger Mann mit riesigen Koteletten und einer ordentlichen Prise Snus unter der Oberlippe taucht auf und präsentiert sich als Ladeninhaber. Er ist auf eine Weise offen und redselig, wie es manche Vertreter sind, also lässt sie ihn eine Weile erzählen und ihnen noch Helm, Handschuhe und ein Schloss aufschwatzen, was sie sowieso kaufen wollte. Sie kontert, indem sie den Preis um tausend Kronen herunterhandelt, samt freier Lieferung nach Hause und einer Tankfüllung, woraufhin der Mann ein bisschen beeindruckt aussieht.

»Wir können es bis zum Wochenende fertig machen«, sagt er mit einem so breiten Dialekt, dass Anna Mühe hat, ihn zu verstehen. »Wo wohnen Sie?«

Sie nennt ihre Adresse und erntet einen verwirrten Blick. Dann erhellt sich das Gesicht des Kotelettenmannes. »Ach, dann sind Sie die Polizistin, die vom Änglaberga mietet.«

»Das stimmt. Kennen Sie Elisabet Vidje?«

Der Mann zuckt mit den Schultern. »Früher ja. Aber es ist lange her, seit ich mit ihr gesprochen habe. Bror Klein sehe ich dagegen ab und zu mal. Er kümmert sich um das meiste, das mit dem Hof und dem Geschäftlichen zu tun hat.«

»Und Karl-Johan?«

»Der arme Kerl hockt in einem Pflegeheim in der Stadt. Schon seit vielen Jahren. Soweit ich gehört habe, ist er nicht mehr ganz richtig im Kopf.«

Der Zweiradhändler schnalzt mitleidig mit der Zunge. »Aber Bror Klein kümmert sich bestimmt gut um Elisabet.« Er zwinkert bei dieser Andeutung und holt dann einen Rechnungsblock hervor. »Keine leichte Situation, in die Sie da geraten sind.«

»Warum?«

»Sie sind Mieterin von Vidjes und arbeiten für Morell.«

»Ich arbeite nicht für Morell, ich bin seine Nachfolgerin.« Anna merkt, dass sie ein bisschen verärgert klingt.

»Jaja, schon klar. Aber Sie wissen, wie die Dinge liegen?«

»Meinen Sie mit Simon Vidjes Unfall?«

»Ja«, sagt der Mann. »Oder was auch immer es war …«

»Sie glauben, dass etwas anderes passiert ist?«

Der Mann zuckt mit den Schultern. »Das Einzige, was ich weiß, ist, dass siebenundzwanzig Jahre vergangen sind und sich die Leute immer noch scheuen, darüber zu reden, wenn andere zuhören. Das muss doch was heißen.«

»Aber Sie haben nichts dagegen, darüber zu sprechen?«

Der Verkäufer grinst so breit, dass der Snus unter seiner Oberlippe zu sehen ist.

»Ich bin ein Hausierer, das haben Sie sicher schon gemerkt. So einer wie ich kann nie die Klappe halten, auch wenn ich es sollte.« Er beugt sich über den Rechnungsblock. »Bezahlen Sie eigentlich mit Karte oder bar?«

Sie hebt ein wenig die Augenbraue. »Gibt es wirklich Leute, die dreißigtausend Kronen bar bezahlen?«

Der Verkäufer lässt wieder die Prise Snus sehen.

»Fragt die Polizeichefin privat oder dienstlich?«

Anna grinst. »Mit Karte«, sagt sie dann.

Auf dem Weg nach Hause halten sie an, um im Supermarkt einzukaufen. Sie gehen an dem obligatorischen Bettler am Eingang vorbei, der Anna immer ein schlechtes Gewissen macht. Sie hat den Passat von Nenn-mich-Lasse auf dem Parkplatz entdeckt und trifft den Juristen tatsächlich bei den Milchprodukten, wo er zusammen mit einem Jungen steht, der höchstens ein oder zwei Jahre älter als Agnes ist.

»Hallo Anna, wie schön, dich wiederzusehen«, sagt Nenn-mich-Lasse und klingt dabei so, als ob er es meinen würde. »Das ist Erik.«

Erik sieht nett aus, er hat die Ausstrahlung und das Selbstbewusstsein seines Vaters geerbt. Er streckt die Hand aus und grüßt brav.

»Hallo, Erik. Ich heiße Anna Vesper, und das hier ist Agnes.«

Agnes wirft ihr einen Blick zu, der bedeutet, dass sie peinlich ist, aber sie kümmert sich nicht darum.

»Wie gefällt es euch auf Tabor?«, fragt Nenn-mich-Lasse ein bisschen zu munter.

»Danke, sehr gut.« Sie will sich gerade umdrehen, um Agnes ins Gespräch zu ziehen. Da bemerkt sie, dass Agnes und Erik einander verstohlen mustern, und beschließt, es bleiben zu lassen.

»Und findet ihr euch langsam in der Stadt zurecht?«

»Ja, wir haben Agnes gerade eine Vespa gekauft.«

»Ach, dann habt ihr Bekanntschaft mit Biker-Göran gemacht?« Offenbar sieht Anna etwas verwirrt aus, denn Nenn-mich-Lasse erklärt: »Der Besitzer, so wird er genannt.«

»Ach so.« Das Thema ist ausgeschöpft, und es tritt eine peinliche Stille ein. »Tja, wir müssen dann wohl …«, beginnt sie, wird aber von Erik unterbrochen.

»Kommt ihr zum Fest?«

»Fest?«

»Das Heimkehrerfest am Samstag im Park.« Die Frage ist an beide gerichtet, aber Erik sieht nur Agnes an.

»Na ja, eigentlich hatten wir noch nichts geplant …«, antwortet Anna.

»Natürlich kommt ihr.« Die Miene von Nenn-mich-Lasse erhellt sich. »Es kommen Leute von überall her. Es gibt Essen, Trinken – und auch Tanz, wenn man nicht zwei linke Füße hat wie ich.« Er lächelt, und genau wie beim letzten Mal, als sie sich gesehen haben, hat er etwas an sich, dass man einfach zurücklächeln muss.

»Ihr könnt sehr gern mit uns hingehen«, sagt Erik. Anna

wirft Agnes einen Blick zu. Sie weiß, dass ihre Tochter schon genervt ist, weil sie am Freitag mit ihr zu Morells gehen muss, und will gerade dankend ablehnen, als Agnes sie überrascht.

»Gerne«, sagt Agnes. »Wo und wann treffen wir uns?«

Im Auto auf dem Weg nach Hause sprechen sie tatsächlich miteinander. Sie haben sogar ein bisschen Spaß, als sie spekulieren, welcher Dresscode wohl bei einem Heimkehrerfest in einem Volkspark in Schonen herrscht. Agnes tippt auf Bluse und Jeans. Anna schlägt einen Fleecepulli vor, woraufhin ihre Tochter losprustet, sodass Annas Herz einen Salto macht.

Agnes wird still und sieht verlegen weg, als glaubte sie, etwas falsch gemacht zu haben. Anna möchte ihr sagen, dass es okay ist, dass es nicht verboten ist, fröhlich zu sein, auch wenn man trauert. Dass Håkan gewollt hätte, dass sie glücklich ist, dass sie selbst alles tun würde, um dieses Lachen jeden Tag zu hören. Aber wie gewöhnlich findet sie nicht die richtigen Worte. Stattdessen kommen sie auf das Wandbild und Karl-Jo zu sprechen, und nach einer Weile beschließt sie zu erzählen, was Morell und Biker-Göran über Simons Tod zu sagen hatten. Nach kurzem Zögern fügt sie hinzu, dass Elisabet Vidje sie neulich abends gebeten hat, noch einmal einen Blick auf den Fall zu werfen.

Agnes wird ganz aufgeregt. »Das musst du machen.«

Anna schüttelt den Kopf.

»Warum nicht?«

»Teils, weil schon mal ermittelt wurde, teils, weil alle möglichen Delikte außer Mord schon lange verjährt sind.«

»Aber wenn es doch Mord war? Was, wenn Elisabet richtigliegt und jemand ihren Sohn getötet hat? Ein Mörder, der siebenundzwanzig Jahre lang davongekommen ist?«

Natürlich sollte Anna ihr sagen, wie es ist, dass sie nämlich viel wichtigere Sachen im Kopf hat als einen alten Todesfall. Das Problem ist nur, dass sie Agnes immer noch nicht den wahren Grund dafür genannt hat, warum sie hier sind. *Die internen Ermittler vermuten, dass ich etwas mit dem Tod deines Vaters zu tun habe.* Selbstverständlich behält sie das für sich. Sie will um jeden Preis der Frage ausweichen, die sich daraus ergeben würde.

Also hält sie die Fassade aufrecht und freut sich erneut darüber, dass sie miteinander reden, ohne dass sie die ganze Zeit auf der Hut sein muss.

»Mal sehen. Hast du eigentlich herausfinden können, wo dieser Steinbruch liegt?«

Agnes nickt. »Ich habe ein Mädchen im Zug gefragt, das in Mörkaby wohnt. Sie hat gesagt, es ist die dritte Abzweigung nach links, wenn man von Änglaberga kommt. Es gibt dort wohl einen kleinen Forstweg mit einer Schranke.«

»Gut, dann können wir vielleicht am Wochenende mal hinfahren?«

Es ist dunkel, als sie nach Tabor kommen, und die Außenlampe brennt. Milos eifriges Willkommensgebell ist von drinnen zu hören, und Agnes läuft zur Haustür. Ein paar Meter davor bleibt sie überrascht stehen.

»Guck mal«, sagt sie und zeigt auf etwas.

Es liegt etwas Dunkles auf der Treppe. Ein totes Kaninchen mit einem Schnitt am hohlen Bauch.

16

28. AUGUST 1990

Alex hatte Joe geholfen, das Motorrad direkt ans Ufer zu stellen, sodass das Vorderlicht auf das Wasser fiel. Das Licht des Scheinwerfers schuf gespenstische Schatten auf den Steinwänden, als er und Bruno in Badehose und mit einem Handtuch über der Schulter den Pfad hinuntergingen. Carina kam hinterher und wirkte verärgerter als sonst. Alex wusste natürlich, warum. Sie war nicht mehr das einzige schöne Mädchen in der Gruppe, und das störte sie.

Die Nachtluft war kalt, sogar Alex fröstelte. Joe, der die ganze Sache mit dem nächtlichen Bad in Gang gesetzt hatte, war immer noch angezogen. Er stand auf dem flachen Stein, den sie Badefelsen nannten, einen Joint im Mundwinkel, und leuchtete mit der Taschenlampe. Auf Carina ließ er das Licht extra lange ruhen. Alex war sich noch nicht sicher, was er von Joe halten sollte. Joe spendierte Gras und fuhr Motorrad, was zwar cool war, doch er wurde das Gefühl nicht los, dass der Typ sie die ganze Zeit zum Narren hielt. Außerdem gefiel ihm die Art nicht, wie er Carina anschaute. Aber jetzt sah Alex endlich eine Chance, Joes hübscher Schwester zu imponieren. Er hatte Tanja beobachtet, seit sie aufgetaucht war, und fand, dass sie wie ein Mädchen aus einem Whitesnake-Video aussah. Alex machte ein paar rasche Schritte und schlug einen Salto direkt in das dunkle Wasser. Bruno tauchte unmittelbar nach ihm ein.

»Komm schon, Joe!«, rief Alex. Joe ging in die Hocke und testete die Wassertemperatur.

»Ah, kalt«, sagte er. Dann sah er zu Marie hoch, die den Weg zur Badestelle herunterkam. »Wollen die anderen nicht baden?«

Marie schüttelte den Kopf, zog Pullover und Hose aus

und kickte ihre Schuhe weg. Dann sprang sie in Unterhose und BH in den See, und ein paar Sekunden später folgte Carina.

»Leuchte mir, Joe!« Alex hievte sich aus dem Wasser heraus und begann, die Felswand hinaufzuklettern. Joe folgte ihm mit dem Lichtkegel.

»Hör auf, Alex, das ist zu gefährlich im Dunkeln!«, rief Carina, während sie und die anderen ans Ufer stiegen und nach ihren Handtüchern griffen. Alex kletterte weiter. Etwa auf halbem Weg zur höchsten Klippe blieb er stehen, von dort war er heute schon gesprungen.

»Traust du dich nicht höher?«, fragte Joe, aber Alex tat, als würde er ihn nicht hören. Er war zwar wild darauf, Tanja zu imponieren, aber er war nicht dumm.

»Trommelwirbel!«

Alex stellte sich auf den Absatz der Klippe und sah zum Felsplateau hinüber, wo Tanja, genau wie er gehofft hatte, bis an die Kante gegangen war. Er blieb noch ein paar Sekunden lang stehen, bis er sich ganz sicher war, dass sie zu ihm schaute, nur zu ihm.

»Geronimo!«, schrie er und sprang, vollführte die gleiche Klappmesserbewegung wie am Nachmittag. Diesmal gelang es ihm nicht so perfekt, stattdessen machte er einen Überschlag. Die Kälte raubte ihm den Atem, es fühlte sich viel schmerzhafter an als zuvor.

Nach einer Weile steckte er den Kopf aus dem Wasser, strich sich die Haare aus den Augen und sah erwartungsvoll zur Felskante hinüber. Tanja war verschwunden, und der Kassettenrekorder war verstummt.

»Was ist mit der Musik los?«, rief er.

»Tanja hat sie ausgemacht«, erwiderte Joe trocken. »Ich hab doch gesagt, dass sie auf Gitarristen steht. Hör doch!« Er hielt einen Finger hoch. Simons und Tanjas Stimmen waren vom Felsplateau zu hören. Dasselbe Lied wie vorhin.

»I'll see you by the waters. The dark and lonely waters.«

Alex fluchte innerlich, machte ein paar schnelle Schwimmbewegungen zum Felsen und zog sich ins Trockene. Carina warf ihm sein Handtuch zu, ohne ihn auch nur anzuschauen. Marie klapperte mit den Zähnen und versuchte, sich in ihren Pullover zu wickeln. »Es ist so kalt«, jammerte sie. »Können wir nicht zum Feuer zurückgehen?«

»Komm schon«, sagte Joe, während er den Schein seiner Taschenlampe sicher zum dritten Mal über Carina wandern ließ. »Einmal noch rein. Ich habe schließlich noch gar nicht gebadet. Und die beiden da oben auch nicht.«

Alex legte sich das Handtuch um die Schultern. Seine Beine zitterten ein bisschen, nicht nur vor Kälte. »Ja, auf, das ist das letzte Bad des Sommers«, rief er. »Alle müssen ins Wasser.« Er machte ein paar Schritte den Pfad entlang Richtung Felsen. »Simon!«, brüllte er. »Simon!« Das Gitarrenspiel hörte auf.

»Was ist?« Simon sah über die Felskante.

»Zeit zu baden.«

Simon verzog widerwillig das Gesicht. »Danke, nicht für mich.« Tanja tauchte direkt neben ihm auf, sie hielt einen brennenden Joint in der Hand.

»Komm schon, verdammt!«, sagte Alex wütend. »Du warst vorhin auch nicht im Wasser. Das ist das letzte Bad des Sommers, oder etwa nicht?« Er wandte sich an die anderen. »Komm schon, Simon!«, rief Bruno. Marie kam ihm zu Hilfe. »Jetzt spring ins Wasser, Simon. Das ist Tradition. Du kannst dich nicht einfach davor drücken.«

Joe richtete die Taschenlampe auf Simon und setzte einen Sprechchor in Gang.

»Simon, Simon, Simon …«

Simon sah immer noch widerwillig aus. Tanja flüsterte ihm etwas ins Ohr und schob ihm dann den Joint in den Mund. Er nahm einen tiefen Zug, und die beiden sahen sich einen Moment lang auf eine Art an, die Alex gar nicht gefiel.

Dann breitete sich ein geheimnisvolles Lächeln auf Simons

Lippen aus. Er ging den Pfad zum Wasser hinunter, zog den Pullover über den Kopf, behielt aber die Jeans an. Joe folgte ihm weiterhin mit der Taschenlampe, als wäre er ein Rockstar auf dem Weg zur Bühne. Der Sprechchor wurde lauter. »Simon, Simon, Simon!«

Anstatt auf den Badefelsen zu gehen, begann Simon zu Alex' Erstaunen, die Felswand hinaufzuklettern. Der Sprechchor sang weiter. »Simon, Simon«, und eine Weile machte Alex mit. Aber als Simon an der Klippe vorbeikletterte, von der er selbst gerade gesprungen war, und weiterstieg, hörte er auf. Der Sprechchor wurde leiser, die Stimmen wurden unruhig. Da begann Tanja, Simons Namen zu rufen, was die anderen wieder anstachelte. »Simon, Simon, Simon ...«

Simon stieg weiter hoch, die Taschenlampe folgte ihm wie ein Scheinwerfer. Meter für Meter kletterte er, bis er den allerhöchsten Absatz erreichte. Alex fühlte sich plötzlich schlecht. Der Sprechchor hallte zwischen den Felsen wider und kam als Kanon zurück, bis der ganze Steinbruch dröhnte.

»Simon, Simon ...«

Simon stellte sich auf die Klippe und sah hinunter. Joe hielt immer noch die Taschenlampe auf ihn gerichtet. Er beleuchtete seinen schmalen, hellen Körper hoch oben auf dem Felsvorsprung.

Alex leckte sich die Lippen. Er sollte etwas sagen. Simon war noch nie von der höchsten Klippe gesprungen, und es jetzt im Dunklen und betrunken zu tun, war absolut lebensgefährlich. Alex sah zu Tanja hinüber, sah, wie ihr Blick an Simon klebte, und spürte, wie es ihm einen Hieb versetzte. Es war ein unangenehmes, eisiges Gefühl, das er noch nie gehabt hatte und an Angst erinnerte, aber keine war. Simon sah unschlüssig aus. Er sah sich da oben auf der Klippe um, als wäre er wieder nüchtern geworden. Als hätte er realisiert, wo er sich befand und dass das gar keine gute Idee war.

Alex wusste genau, wie es sich anfühlte. Wie einsam man

da oben war. Simon würde sich nicht trauen. Alex spürte, wie seine Übelkeit nachließ und deutlicher Erleichterung Platz machte.

»Der traut sich nie und nimmer«, rief er laut genug, damit Tanja es hörte.

Simon zögerte noch, und der Sprechchor ließ nach, aber Joe stachelte sie wieder an und brachte alle dazu, im Takt zu klatschen.

»Simon, Simon, Simon …«

Simon holte tief Luft und sah ein letztes Mal zu Tanja. Schloss die Augen.

Dann machte er zwei schnelle Schritte und sprang mitten in die Dunkelheit.

Scheiße, dachte Alex.

Scheiße!

17

HERBST 2017

Der Traum ist wieder da. Das klaustrophobische Krankenhauszimmer. Der Geruch nach kommunaler Bettwäsche, Medizin und Tod. Das Surren der Infusionspumpe, die Linderung in Håkans Blut verteilt und das Unerträgliche etwas weniger unerträglich macht. Eine graue Box, deren flache Gummiknöpfe nur in einer bestimmten Reihenfolge gedrückt werden müssen, damit das Morphium frei fließt, ohne Beschränkung, und ihn in den ewigen Schlaf wiegt. Sie kann die Sequenz auswendig.

Drei, drei, sieben, fünf, neun, zwei. Select.

Mehr braucht es nicht.

»Anna, hilf mir!«

Irgendetwas am Traum hat sich verändert, stellt sie fest. Die Stimme vom Bett gehört nicht Håkan. Es ist nicht sein eingefallenes Gesicht auf dem Kissen, sondern das eines anderen. Ein junger Mann mit blonden Haaren, die wie ein Heiligenschein auf dem Kissen ausgebreitet sind. Die Augen starren an die Decke, die jetzt ein bleigrauer Morgenhimmel ist. Schwarzes Wasser tropft unter der Decke hervor, erst wie Rinnsale, dann immer stärker, bis der Bodenbelag ein dunkler See ist, der das Bett verschluckt. Die Gipswände verschwinden und werden durch Klippen und Bäume in Herbstfarben ersetzt.

»Hilf mir!«

Sie steht am Ufer des Sees. Das Wasser reicht ihr bis zu den Knien, noch ein paar Schritte, dann muss sie schwimmen. Simon Vidjes Körper schwebt dort draußen direkt unter der Oberfläche, genau wie auf dem Wandbild. Aber das Wasser bewegt sich, und die Veränderungen lassen das Gesicht immer wieder anders aussehen. Von einem blassen Jungen zu einem ausgemergelten, erwachsenen Mann, der sich mit letzter Kraft ans Leben klammert.

»Anna, hilf mir!«

Sie macht einen Schritt auf ihn zu. Der Grund besteht aus spitzen Steinen, sie strauchelt und ist kurz davor, das Gleichgewicht zu verlieren. Das Wasser reicht ihr bis zur Taille, die Kälte lässt sie nach Luft schnappen.

»Mama!«

Jemand ruft hinter ihr, und als sie sich umdreht, steht Agnes direkt am Ufer, mit Milo neben sich. Der Hund hat ein totes Kaninchen im Maul, und sie weiß bereits, dass es aufgeschnitten und leer ist. Die Bäume hinter ihnen bewegen sich sacht im Wind. Sie geben ein Rauschen von sich, das an das Surren der Infusionspumpe erinnert. »Manchmal muss man tun, was richtig ist«, sagt Agnes und zeigt über das dunkle Wasser zu dem Körper, der gleichzeitig Håkan und Simon Vidje ist.

»Versprich mir, dass du es machst.«

Drei, drei, sieben, fünf, neun, zwei.

Select.

Sie wartet bis kurz nach fünf, bevor sie ihre Bürotür abschließt und ins Kellerarchiv geht. Obwohl schon der ganze Tag dazwischenliegt, hängt ihr der Traum der letzten Nacht noch nach und lässt ihr nicht die Arbeitsruhe, die sie gerne gehabt hätte.

Morells Büro hinter den Glaswänden ist still und dunkel, und das Gleiche gilt fast für die gesamte Wache, genau wie sie gehofft hatte. Eigentlich braucht sie sich nicht zu verstecken. Ab Montag gehört das Polizeirevier ihr, und sie hat bereits jetzt das Recht, sich für alles zu interessieren, was sie will. Aber sie weiß, dass der Simon-Vidje-Fall heikel ist, und sie möchte sich keine Fragen anhören müssen, warum sie sich damit befasst. Vor allem, da sie keine gute Antwort darauf hat. Oder zumindest keine, die irgendwie vernünftig klingt. Benutzt sie ernsthaft einen fast dreißig Jahre alten Todesfall, um ihrer eigenen Tochter näherzukommen? Ist sie so verzweifelt?

Das Archiv liegt im Keller, an der einen Querseite, und um dorthin zu gelangen, muss sie am Umkleideraum vorbei. Alles ist still darin, das Radio im Fitnessraum ist ausgeschaltet, sodass das Geräusch ihrer Sohlen auf dem neuen Kunststoffboden besonders deutlich zu hören ist. Sie merkt, wie sie schneller geht.

Neben der Archivtür gibt es kein Kartenlesegerät, aber der Hauptschlüssel, den Morell ihr bereits am letzten Montag ausgehändigt hat, passt. Die Stahltür schlägt mit einem unnötig lauten Knall hinter ihr zu. Das Leuchtrohr an der Decke hat einen Bewegungsmelder und geht an, noch bevor sie im Dunklen nach einem Lichtschalter suchen konnte. Der fensterlose Raum ist staubtrocken und riecht nach altem Papier und Druckerschwärze. Sechs dicht nebeneinanderstehende Doppelregale sind alles, was es hier drin gibt. Jedes Regal hat an der Seite ein Etikett mit einer Jahreszahl und darunter ein schwarzes Rad. Das Regal, nach dem Anna sucht, steht ganz innen, und sie muss fest zupacken, um das Rad drehen zu können und die Regale zu bewegen. Sie geben schwerfällig einen schmalen Gang blauer Ordner frei.

Sie liest die Registernummern auf den Ordnerrücken, bis sie 1990 findet. Die meisten Ordner beinhalten mehrere verschiedene Fälle. Sie zieht aufs Geratewohl einen heraus. Der erste Eintrag betrifft Trunkenheit am Steuer, er ist vom Juli. Der zweite ist ein Einbruch, im selben Monat. Das Papier ist verblichen, der gesamte Text mit Schreibmaschine geschrieben. Sie nimmt einen anderen Ordner und stößt auf häusliche Gewalt, gefolgt von unerlaubtem Fahren, beide vom August 1990. Sie blättert vor, aber die drei übrigen Fälle in diesem Ordner haben ungefähr das gleiche Kaliber und sind nicht das, was sie sucht. Schon bevor sie den nächsten Ordner herausgezogen hat, weiß sie, dass es der richtige ist. Der Registernummer auf dem Rücken zufolge beinhaltet er im Unterschied zu seinen Nachbarn nur einen einzigen Fall. Der Ordner ist leichter, als sie erwartet hätte. Sie schlägt ihn auf.

Streifenwagen 3495 wurde in der Nacht auf den 19. August 1990 aufgrund eines Todesfalls zum Steinbruch in Mörkaby gerufen.

Bingo! Sie liest weiter, während ihr Puls immer schneller klopft.

Dort wurde der Körper von Simon Vidje auf dem Rücken im Wasser liegend vorgefunden. Vier Zeugen befanden sich unmittelbar vor Ort.
Alexander Morell, Bruno Sordi, Marie Andersson und Carina Pedersen, allesamt 19 Jahre alt und Freunde des Verstorbenen.

Carina, nicht Karin, so hieß die vierte Anwesende, oder fünfte, je nachdem, wie man es sah. Anna will gerade weiterlesen, als die Leuchtröhren ausgehen und der Raum in tiefster Dunkelheit daliegt. Der Bewegungsmelder befindet sich irgendwo an der Tür, und sie steht zwischen den Regalen versteckt, was bedeutet, dass die Vorrichtung dachte, der Raum sei leer. Ein kurzes Quietschen von Gummisohlen auf neuem Kunststoffboden. Sie bleibt zwischen den Regalen stehen und lauscht.

Ein Schlüssel dreht sich im Schloss, die Tür geht auf, und die Leuchtmittel erwachen zum Leben. Tauchen sie in hartes, weißes Licht.

»Was machst du hier?«, fragt Jens Friberg. Er klingt überrascht.

»Ich suche nach ein paar alten Akten.« Sie versucht, lässig

zu klingen. »Übrigens, gut, dass du gekommen bist.« Ein Stottern kündigt sich an, und sie wartet ab, bevor sie weiterspricht. »Die Lampen sind gerade ausgegangen, und ich hätte beinahe nicht rausgefunden.« Sie feuert ein Lächeln ab, das leider keinen Effekt zu haben scheint.

»Welche Akten, wenn ich fragen darf?« Sein Blick wandert zu dem Ordner, den sie unter dem Arm hält. Dann weiter zur geöffneten Regalreihe hinter ihr, wo die Jahreszahl deutlich zu sehen ist. Anna sieht, wie Fribergs Gehirn versucht, die Details zusammenzufügen, wie seine Augen sich verengen, als der Groschen fällt und er begreift, für welchen Fall sie sich interessiert. Sie drückt den Ordner fester an sich. Atmet tief ein.

»Also, danke für deine Hilfe, Jens. Ich wollte gerade wieder hoch …« Sie macht eine Kopfbewegung in Richtung der Tür hinter ihm.

Friberg unternimmt nicht den kleinsten Ansatz, aus dem Weg zu gehen. Stattdessen starrt er sie weiter an. Sie erwidert seinen Blick, bemüht sich, keinerlei Anzeichen eines Zögerns zu zeigen. Dann macht sie einen Schritt vor, sodass sich der Abstand zwischen ihnen reduziert und an die Grenze des Angenehmen stößt.

»Wenn du mich ent-schuldigst«, sagt sie, nur wenige Dezimeter von seiner Nasenspitze entfernt. Sie teilt das letzte Wort in zwei, um nicht Gefahr zu laufen, hängen zu bleiben.

Friberg bleibt noch eine Sekunde lang stehen und fixiert sie. In dem kleinen Raum scheint der Sauerstoff bald aufgebraucht zu sein. Anna hebt leicht die Augenbrauen, als würde sie sich fragen, was er da treibt. Fribergs Blick beginnt zu flackern. Dann räuspert er sich verlegen und tritt zur Seite.

»Einen …«, atmen, »schönen Abend noch«, sagt sie über ihre Schulter hinweg, als sie sich bemüht, mit ruhigen Schritten den Flur entlangzugehen, den Ordner immer noch unter den Arm geklemmt.

Zurück in ihrem Zimmer, verschließt sie die Tür, bevor sie

erleichtert auf ihren Bürostuhl sinkt. Sie gibt sich zwei Sekunden, um sich selbst dafür zu loben, wie sie mit Friberg und der ganzen Situation umgegangen ist, bevor sie sich über den Ordner mit dem Simon-Vidje-Fall hermacht. Genau wie sie schon festgestellt hatte, beinhaltet der Ordner nur eine Handvoll Dokumente, genauer gesagt, sieben. Die Anzeige an sich, verfasst von dem Polizisten, der als Erster vor Ort war und dessen Name ihr nicht bekannt vorkommt, danach vier kurze Zeugenaussagen, gefolgt vom rechtsmedizinischen Bericht und einer Erinnerungsnotiz.

Sie braucht nur wenige Minuten, um zu erkennen, dass die Untersuchung ihr nicht wesentlich mehr sagt, als sie bereits weiß, aber sie erhält wenigstens eine Zusammenfassung, die die losen Teile zusammensetzt, an die sie bisher gekommen ist. Simon Vidje und seine vier Freunde, Alex Morell, Bruno Sordi, Marie Andersson und Carina Pedersen zelten im Steinbruch von Mörkaby, oben auf dem Bergkamm. Alex und Bruno kommen mit einem Auto, die Mädchen mit einem anderen, und Simon, der nur wenige Kilometer entfernt auf Änglaberga wohnt, kommt mit dem Fahrrad. Das Zelten ist offenbar eine Art Tradition, etwas, das sie schon oft gemacht haben, was bedeutet, dass sie mit dem Ort vertraut sind. Sie zünden ein Feuer an, reden, trinken Alkohol und kriechen allmählich in die drei Zelte. Alex und Bruno teilen sich ein Zelt, Marie und Carina ein anderes, und Simon hat ein eigenes. In der Nacht beginnt es zu regnen, und genau wie Morell gesagt hat, macht das Wasser die Klippen glatt, und der Regen prasselt so laut auf die Zelte, dass alle Geräusche ertränkt werden. Früh am Morgen wird Simon dann tot aufgefunden, auf dem Rücken im Wasser liegend.

Der Obduktionsbericht weist mehrere unterschiedliche Wunden am Körper auf, die alle gut mit einem Sturz übereinstimmen. Die schwerste Verletzung ist eine am Hinterkopf, die dem Rechtsmediziner zufolge vermutlich unmittelbar zu Simons Tod geführt hat. Diese Schlussfolgerung wird dadurch verstärkt, dass die Lungen keine Flüssigkeit enthielten, was bedeutet, dass die Atmung bereits ausgesetzt hatte, als Simon im Wasser landete. Der Gerichtsmediziner betont auch, dass der genaue Todeszeitpunkt aufgrund des kalten Wassers schwer festzustellen ist, legt ihn aber zwischen ein und drei Uhr nachts.

Ein paar neue Informationen findet Anna aber doch. Zwei weitere Personen waren nämlich noch am frühen Abend vor Ort im Steinbruch, ein Mann namens Joe und eine Frau namens Tanja, beide einige Jahre älter als die Freunde und nicht aus der Gegend. Beide haben sich ein paar Stunden lang an dem improvisierten Fest beteiligt, haben aber, so die übereinstimmende Zeugenaussage, den Steinbruch per Motorrad gegen halb zwölf verlassen, als es anfing zu regnen. Eine kurze Notiz ganz hinten bekräftigt die vollständigen Namen und Identitäten der beiden. Dort findet sich auch eine Anmerkung, dass Joe kurz nach eins an einer Tankstelle im fünf Kilometer entfernten Reftinge in einen Streit involviert war und die Nacht in Polizeigewahrsam verbringen musste, was heißt, dass er zum Zeitpunkt von Simons Tod unmöglich im Steinbruch gewesen sein konnte. Mehr steht eigentlich nicht da. Die Zeugenbefragungen sind jeweils nur eine halbe Seite lang und die Texte beinahe identisch. Es fing an zu regnen, Joe und Tanja verließen den Platz auf ihrem Motorrad, und die anderen krochen gegen halb eins in ihre Zelte. Alle behaupten, tief und fest geschlafen und in der Nacht nichts gehört oder gesehen zu haben.

Marie Andersson war diejenige, die den Körper gegen fünf Uhr morgens fand, und sie rief sofort die anderen herbei. Gemeinsam versuchten sie, Simon aus dem Wasser zu bekommen, aber es gelang ihnen nicht. Daraufhin fuhr Bruno mit Maries Auto nach Mörkaby zum Dorfladen und benutzte Gunnels Telefon, um Hilfe zu rufen. Das erste Polizeifahrzeug war um 5:54 vor Ort, Feuerwehr und Krankenwagen folgten kurz darauf.

Anna schlägt die Mappe zu und lehnt sich auf dem Schreibtischstuhl zurück. Genau wie Henry Morell gesagt hatte, schien es hier nichts Ungewöhnliches zu geben. Regen, Dunkelheit und rutschige Klippen, vielleicht in Kombination mit Alkohol, waren eine ganz natürliche, wenn auch tragische Erklärung für Simon Vidjes Tod. Aus irgendeinem Grund enttäuscht sie diese Schlussfolgerung ein bisschen.

18

28. AUGUST 1990

Blasen. Überall um ihn herum. Sie bahnten sich ihren Weg durch die Kleider, die Haare, die Nase und den Mund wie kleine Silbersphären, bevor sie in der Dunkelheit verschwanden. Das Geräusch des Eintauchens klang noch immer in Simons Ohren nach, vibrierte in seinem ganzen Körper. Die Kälte drückte gegen die Haut, wodurch sich die Blutgefäße und die Lunge zusammenzogen und das Herz immer schneller schlug. Trotzdem bewegte er sich nicht, hing nur ruhig und schwerelos da. Er schloss die Augen und ließ sich von der kalten Dunkelheit umfangen.

Fühlt sich so Sterben an?, fragte er sich, während er allmählich begann, weiße Felder hinter den Augenlidern zu sehen.

Dann schlug er die Augen auf, bewegte die Beine. Einmal, zweimal, dreimal, dann halfen die Arme mit. Schneller und schneller auf das schwache Licht dort oben zu, bis sein Kopf durch die Wasseroberfläche brach. Er hatte es geschafft!

Simon schnappte laut nach Luft und schrie dann vor Freude auf. Sofort bekam er Antwort von Tanja, die oben auf dem Felsen stand, dann etwas weniger enthusiastisch von den Übrigen.

Bruno half Simon aus dem Wasser, bevor er von Marie beiseitegeschubst wurde. »Du bist doch total verrückt, Simon. Du hättest dich umbringen können!«, schrie sie ihm ins Gesicht.

»Ihr wolltet doch, dass ich ins Wasser springe«, sagte Simon mit einem breiten Lächeln. »Das letzte Bad in diesem Jahr, oder wie war das?« Den letzten Satz richtete er an Alex, der ein Stück weit entfernt mit über der Brust verschränkten Armen dastand. Es war einer ihrer üblichen scherzhaften

Seitenhiebe, dennoch bereute es Simon, sobald er den Mund zugemacht hatte.

Als Alex nicht antwortete, leuchtete Joe ihm mit der Taschenlampe mitten ins Gesicht. »Es sieht so aus, als wäre da jemand mutiger als du, Alphamännchen.«

»Hör auf!« Alex hob die Hand, um nicht geblendet zu werden, und drehte gleichzeitig den Kopf weg.

Tanja kam den Pfad zum Ufer hinuntergelaufen, drängte sich zwischen Bruno und Marie und ließ Simon sofort Alex und seine beleidigte Miene vergessen.

»Du hast es getan! Wie cool!«

Tanja schlang die Arme um Simons Hals und küsste ihn. Sie schmeckte süß, nach Gras, und noch nach etwas anderem. Etwas so Aufregendem, dass Simon sie sofort an sich zog. Das war sein zweiter Kuss innerhalb von nur zehn Minuten, und zusammen mit dem Adrenalinkick, den er nach dem Sprung erlebt hatte, ließ er seinen Kopf fast explodieren.

Ein kurzes, peinliches Schweigen entstand, während die anderen den Blick abwandten. Alle bis auf Joe, der den Lichtstrahl auf das Paar gerichtet hatte, das sich immer intensiver küsste. Als ob er sie dazu ermuntern wollte, auch hinzuschauen.

»Glückwunsch an Simon, den Gewinner des heutigen Abends!«, sagte Joe mit einer von Ironie triefenden Stimme. »Danke an alle, die mitgekämpft haben, und gute Nacht.«

Tanja löste eine Hand von Simons Nacken und zeigte ihm den Mittelfinger. Dann beendete sie den Kuss.

»Komm«, sagte sie zu Simon. »Wir müssen dir diese nassen Klamotten ausziehen.« Sie nahm ihn bei der Hand und zog ihn mit sich Richtung Felsplateau. Simon spürte, wie es in seinem Gesicht spannte, weil sein Mund zu einem breiten Grinsen verzogen war.

»Mir ist kalt«, hörte er Marie sagen, als sie gingen. Ihre Stimme klang kläglich.

Sie kamen zum Zelt, aber Tanja zog ihn weiter zur Rückseite des Plateaus. Sie begann zu kichern und brach dann in ein Lachen aus, das sofort ansteckend auf Simon wirkte. Seine Jeans waren durchnässt und kalt und klebten an seinen Beinen, als Tanja ihn mit sich den Abhang hinunter zum Pinkelpfad zog und dann weiter in den Wald. Sie stolperten über den unebenen Boden, und bei einer Gelegenheit stürzte Tanja beinahe, sodass er sie auffangen musste, bevor sie hinfiel. Aber trotzdem konnte keiner von ihnen aufhören zu lachen, bis sie zu einer großen Eiche kamen und Tanja die Arme um ihn schlang und ihn wieder küsste. Seine Hände entwickelten ein Eigenleben, erkundeten ihren Körper. Sie pressten sich aneinander, und ohne dass Simon richtig begriff, was geschah, hatten sie ihre Hosen ausgezogen. Tanjas Beine lagen um seine Taille, und ihr Rücken drückte sich gegen den Baum. Er spürte, wie sie ihn umfasste und in etwas Weiches und Warmes hineinführte, das ihn fast genauso umschloss wie die Dunkelheit im Wasser. Dann grub sie ihre Fingernägel in seinen Nacken und presste ihre Hüften gegen seine. Sie stöhnte laut und brachte ihn dazu, ihr in einem immer heftigeren Rhythmus zu folgen, bis sich die ganze Welt, oder vielleicht war es auch nur sein Kopf, in Atome auflöste.

19

HERBST 2017

Das Haus der Familie Morell ist ein einstöckiger Bungalow mit einem Keller aus weißem Backstein, wahrscheinlich in den späten Sechzigerjahren erbaut. Der Garten sieht unglaublich gepflegt aus, auf dem Rasen, in den Rabatten oder zwischen den Gartenfiguren ist kein einziges Laubblatt zu sehen. Anna zählt drei Zwerge, zwei Jockeys sowie eine ganze Rehfamilie, und das allein im Vorgarten des Hauses. Ein großer dunkelblauer BMW parkt vor dem Tor, und ein paar Sekunden lang fragt sie sich, ob er Morells Privatwagen ist. Dann sieht sie den kleinen Glarea-Aufkleber auf der Heckscheibe und folgert daraus, dass das wohl nicht der Fall ist.

Agnes war ein bisschen sauer darüber, dass sie mitkommen musste, aber sie ist nicht ausgerastet, hat keine Türen geschlagen und scheint die fragile Waffenruhe zwischen ihnen, die die Simon-Vidje-Geschichte mit sich gebracht hat, noch zu respektieren. Morells Frau Eva-Britt entpuppt sich als elegante, freundliche Frau um die fünfundsechzig, die humorvoll, aber bestimmt ist. Sie umarmt die beiden, als würden sie sich schon lange kennen, und schon nach wenigen Minuten bringt sie Agnes dazu aufzutauen, indem sie ihr den gleichen Drink anbietet wie den Erwachsenen.

»Henry mixt sowieso immer zu schwach«, flüstert Eva-Britt, während sie sie ins Wohnzimmer führt.

Im Haus riecht es fast genauso wie bei Annas Großeltern. Ein schwacher, aber unverkennbarer Geruch nach Schimmel, der sich in den Kleidern festsetzt und einen nach Hause verfolgt.

Das Wohnzimmer ist noch kühl, als ob die Heizung gerade erst angemacht worden wäre, und neben Henry Morell befinden sich zwei weitere Personen darin.

»Ah, du musst entschuldigen, Anna, aber Bengt und Marie sind eben aus Stockholm zurückgekommen und wollten dich so gerne kennenlernen«, sagt Morell, während er mit einem Nicken auf die unangemeldeten Gäste weist.

»Bengt Andersson«, sagt der Mann und streckt die Hand aus. »Herzlich willkommen in Nedanås.«

Anna hat ihn sich als typischen untersetzten, schonischen Kommunalbonzen vorgestellt, mit über die Glatze gekämmter Haarsträhne und einer gutmütigen Ausstrahlung. Stattdessen ist Bengt Andersson groß und mager wie ein Langstreckenläufer. Er hat zwar spärliches Haar, aber statt gegen das Unausweichliche anzukämpfen, trägt er das graue Haar kurz rasiert. Der Blick hinter der Designerbrille schaut wach, und der Anzug, den er trägt, ist nicht von der Stange.

»Danke«, sagt Anna, ohne richtig zu wissen, wie sie weitermachen soll.

Die Frau neben Bengt löst das Problem für sie.

»Marie Sordi«, stellt sie sich vor und drückt eifrig Annas Hand. »Wir freuen uns sehr darauf, mit Ihnen zusammenzuarbeiten. Sie sind wirklich ein Vorbild. Chefin, Mutter, Polizistin.«

Marie Sordi ist fast so groß wie ihr Vater und hat das gleiche lang gezogene Pferdegesicht. Die Brille und der dunkle Hosenanzug, den sie trägt, verstärken die Ähnlichkeit noch. Ihr Haar ist wahrscheinlich von Natur aus lockig, genau wie die wilde Mähne ihres kleinen Bruders Mats, aber Maries Locken werden von einer kurzen, modernen Frisur in Zaum gehalten.

»Ich habe Bruno im Restaurant kennengelernt«, sagt Anna. »Ihr Mann kocht wunderbar.«

»Wie schön«, erwidert Marie. »Warten Sie nur, bis er freie Bahn hat und nicht mehr die alten, langweiligen Rezepte seines Vaters befolgen muss.«

»Na ja«, lächelt Bengt. »Manchmal kann es ganz gut sein,

sich auf die Erfahrung der älteren Generation stützen zu können, nicht wahr?« Zuerst denkt sie, der Kommentar sei an Marie gerichtet, und versteht erst, als der Mann zwinkert und eine Kopfbewegung Richtung Henry Morell macht, dass er wohl mit ihr spricht.

»Henry war eine große Hilfe«, murmelt sie, woraufhin Morell zufrieden nickt. Sie will gerade noch etwas sagen, als sie an die Begegnung im Restaurant denken muss und an die mit Alex Morell wenig später. Das Gefühl ist immer noch da. Dieses scheinbar improvisierte Treffen ist arrangiert. Marie ist die Dritte der vier überlebenden Freunde vom Steinbruch, die sie innerhalb weniger Tage kennengelernt hat. Sie kann nicht umhin, Elisabet Vidjes Stimme zu hören.

Henry Morell manipuliert Sie!

»Sie waren also in Stockholm?«, versucht Anna, auf andere Gedanken zu kommen.

Marie nickt. »Ein Parteitreffen und ein paar andere Sitzungen. Ist es okay, wenn ich davon erzähle, Papa?«

Bengt Andersson nickt zufrieden.

»Es ist noch nicht offiziell, aber der Verkehrsminister hat den neuen Zugfahrplan für Südschweden abgesegnet«, berichtet Marie aufgeregt. »Ab Ende nächsten Jahres wird der Fernzug in Nedanås halten. Wir haben außerdem gerade eine Absichtserklärung mit einem der großen Onlinehandelsunternehmen unterschrieben, dass ein Logistikzentrum gebaut werden soll, voraussichtlich mithilfe staatlicher Entwicklungsgelder. Das bedeutet viele neue Arbeitsplätze. Neue Möglichkeiten für die Kommune.«

»Oh, Glückwunsch«, sagt Anna. »Was für Neuigkeiten!«

»Der Verkehrsminister und ich saßen früher zusammen im Ausschuss«, erzählt Marie. »Kontakte sind immer gut.«

»Marie saß auch eine Zeit lang im Reichstag«, unterbricht ihr Vater. »Aber es war schwer, das mit der Familie unter einen Hut zu bekommen.« Der Ton klingt beschönigend, ein kaum merklicher, unfreiwilliger Mikroausdruck ist das Einzige, was die unterschwellige Enttäuschung entlarvt. Anna sieht es deutlich und ist sich ziemlich sicher, dass Marie es ebenfalls tut.

»Wir haben es auch geschafft, ein paar Worte mit der Stockholmer Polizeichefin zu wechseln«, sagt Marie und tut, als ob nichts sei. »Sie hat sehr gut von Ihnen gesprochen. Sie meinte, Sie wären eine Bereicherung für die schonische Polizei und für die Kommune. Dass sie Sie in Stockholm vermissen würden.«

Anna spürt einen Stich in der Magengrube. Deutet Marie irgendetwas an? Etwas mit Håkan, mit der Untersuchung? Marie nippt an ihrem Drink, wodurch ihr Gesichtsausdruck schwer zu deuten ist. Stattdessen schielt Anna zu Bengt hinüber, findet aber keinerlei Anzeichen, die ihre Besorgnis bekräftigen.

»Wie schön«, sagt sie, kann die Unruhe aber nicht ganz abschütteln.

Nachdem sie noch ein paar Minuten Small Talk gemacht und Anna überredet haben, zum nächsten Rotary-Frühstück zu kommen, verabschieden sich Bengt und Marie höflich und fahren davon.

Inzwischen hat Eva-Britt offenbar Agnes unterhalten, und die beiden scheinen gut miteinander klarzukommen.

»Agnes hat versprochen, Henry ein paar Tipps zu geben. Er hat zum Fünfundsechzigsten eine richtig gute Kamera geschenkt bekommen, aber bis jetzt, zwei Jahre später, habe ich noch kein einziges Foto gesehen.«

»Irgendwas stimmt damit nicht«, brummt Morell, während er die Aperitifgläser wegräumt. »Die meisten Bilder sind unscharf.«

»Haben Sie versucht, den Autofokus einzustellen?«, fragt Agnes.

»Ja, ich glaube schon. Entschuldige, ich rufe nur kurz Alexander.«

»Ich glaube, Henry hat noch nicht einmal die Gebrauchsanweisung gelesen«, flüstert Eva-Britt, als er weg ist. »Im Moment ist ihm das ein bisschen peinlich, aber nach dem Essen wird er bestimmt einen Expertenrat haben wollen.« Die Frau zwinkert Agnes verschwörerisch zu.

Alex Morell und seine beiden Töchter kommen aus dem Untergeschoss herauf. Die Elfjährige ist neugierig und offen, sie fragt Agnes, warum sie sich die Haare gefärbt hat und ob es nicht wehtut, sich so viele Löcher in die Ohren zu machen, und Agnes antwortet ihr nett und geduldig. Die Vierzehnjährige schaut ein bisschen verlegen unter ihren Stirnhaaren hervor, scheint die meiste Zeit zu finden, dass alles furchtbar peinlich ist, aber nach einer Weile sitzen sie alle drei auf dem Sofa, die Köpfe eng zusammen, um ein Video auf Agnes' Handy anzuschauen.

Alex ist entspannter als neulich auf der Polizeiwache. Er riecht nach Kouros, trägt dunkelblaue Levi's und einen roten Lacoste-Pullover, der an den Oberarmen eng sitzt. Das kurz geschnittene Haar ist noch nass, und ein kleines Stück roten Toilettenpapiers am Hals, direkt über dem Kragen, zeigt, dass er es beim Rasieren eilig hatte. Sein eines leicht abstehendes Ohr hat ganz oben eine Art Blase, wie sie Ringer manchmal haben, und Anna findet, dass das eigentlich ganz attraktiv aussieht.

Alex sitzt neben ihr am Tisch, und Eva-Britt führt sie geschickt durch den einleitenden Small Talk, sie haken sowohl das Wetter als auch die Jahreszeit ab, bis der Krabbencocktail gegessen ist. Morell serviert ihnen Rinderfilet und Kartoffelgratin als Hauptspeise, während Agnes einen eigenen Teller mit veganem Essen bekommt. Die Stimmung steigt, sie sprechen über dieses und jenes, und Morell ist so großzügig mit dem Wein, dass Anna mehrmals darauf hinweisen muss, dass sie noch nach Hause fahren muss, was ihn aber nicht davon abhält, ihr Glas erneut zu füllen.

Alex Morell ist ein charmanter Tischherr. Er hat Humor und ein ansteckendes Lachen, und Anna muss den zurückhaltenden Eindruck, den sie neulich auf der Wache von ihm hatte, revidieren. Vielleicht liegt es am Wein, aber sie und Agnes haben es richtig nett.

Morell erweist sich als Gartenliebhaber, und gegen Ende seiner dritten Pflanzen-Anekdote sucht Alex ihren Blick und verdreht leicht die Augen, weshalb sie ihn noch sympathischer findet.

»Es sieht aus, als würdest du ganz schön viel trainieren, Alex«, sagt sie.

»Sooft ich Zeit habe. In den Wochen, in denen ich die Mädchen nicht habe, sind es drei- bis viermal.« Unbewusst fasst er sich an den leeren Ringfinger, und Anna merkt gleichzeitig, dass sie anfängt, an ihren Haaren zu zupfen. Was zum Teufel macht sie da eigentlich? Sitzt sie ernsthaft da und flirtet mit dem frisch geschiedenen Sohn ihres Vorgängers, kaum dass sie eine Woche hier ist? Sie lässt die Hand sinken, richtet sich ein wenig auf und beschließt, keinen einzigen Tropfen Wein mehr zu trinken, egal, wie sehr Morell sie drängt.

»Alex war ein sehr vielversprechender Ringer«, wirft Morell ein. »Er war kurz davor, ins olympische Team zu kommen.«

»Ach«, sagt sie. »In welchem Jahr?«

»1992 in Barcelona. Unmittelbar vor der Qualifikation habe ich mich am Knie verletzt, danach war die Chance verpasst.« Alex zuckt mit den Schultern. »Außerdem bin ich in die Baubranche eingestiegen und habe mir einen richtigen Job besorgt, was wahrscheinlich genauso gut war. Ich meine, wann hast du jemals vom fantastischen Luxusleben eines Ringers gehört?«

Die Worte klingen hart, als kämen sie von jemand anderem, und das Lächeln, mit dem er endet, reicht nicht bis zu seinen Augen hinauf. 1992, zwei Jahre nach dem Vorfall im Steinbruch, resümiert Anna innerlich.

Genau wie Eva-Britt vorhergesehen hat, holt Morell zum

Kaffee seine Kamera. Das Modell sieht aus, als wäre es ungefähr genauso exklusiv wie das von Agnes, und Anna fragt vorsichtig, wer Morell ein solch teures Geburtstagsgeschenk gemacht hat. Die richtige Antwort lautet Bengt Andersson. Er und Henry scheinen eng befreundet zu sein, genau wie Elisabet Vidje es gesagt hat.

Agnes setzt sich neben Morell aufs Sofa und beginnt mit geübten Handgriffen, die verschiedenen Raffinessen und Einstellungen an der Kamera vorzuführen. Anna nutzt die Gelegenheit, um auf die Toilette zu gehen. Sie ist besetzt, aber Eva-Britt zeigt ihr die Treppe ins Untergeschoss.

»Links, hinter dem Vorhang«, sagt sie.

Unten entdeckt sie einen Partykeller, ganz mit Kiefernholz ausgekleidet. Zwei Ledersofas mit der Patina mehrerer Jahrzehnte, ein Glastisch mit passendem Servierwagen und dann der obligatorische, etwas zu große Flachbildfernseher an der Wand. Sie folgt der Beschreibung, zieht einen Perlenvorhang beiseite und kommt in einen schmalen Flur. Der Kellergeruch nimmt zu und vermischt sich mit dem Geruch von Weichspüler. Die Toilette ist die erste Tür rechts. Die Wände sind grün gekachelt, und in der einen Ecke steht eine Dusche, in der eine blaue Doppeldusch-Flasche durch das immer noch beschlagene Glas zu sehen ist. Im Badezimmerschrank finden sich Fußcreme, ein Blister schon lange abgelaufener Ibuprofen-Tabletten, eine offene Packung gelber Einwegrasierer und eine billige Flasche Rasierschaum. Sie schämt sich ein bisschen wegen ihrer Neugierde, redet sich aber ein, dass es eine der Eigenschaften ist, die sie zu einer guten Polizistin machen. Diese und die Fähigkeit, Zweifel zu hegen. Tatsächlich ist sie allmählich immer mehr davon überzeugt, dass Elisabet Vidje nicht ganz unrecht hat. Dass Morell, vielleicht mithilfe seines guten Freundes Bengt Andersson, versucht, sie in eine bestimmte Richtung zu lenken. Sie dazu zu bringen, ihre Version vom Tod Simon Vidjes als die wahre anzuerkennen. Dafür kann es viele Gründe geben. Einer der wichtigsten und vollauf akzeptabel wäre, dass die Tragödie offensichtlich immer noch nicht richtig verarbeitet worden ist und man die Wunde nicht erneut aufreißen will, weder im Ort noch bei den vier Überlebenden. Zugleich lässt sich Elisabet Vidjes Kritik an der Ermittlung nicht von der Hand weisen, genauso wenig wie der Verdacht, dass Henry Morell sich vielleicht all die Jahre an seinen Posten geklammert hat, um sicherzugehen, dass die Wahrheit darüber, was wirklich mit Simon passiert ist, nie herauskommt.

Sie ist gerade auf dem Weg zurück in den Partykeller, als sie entdeckt, dass die Tür gegenüber der Toilette einen Spalt offen steht. Im Lichtstrahl aus dem Flur erkennt sie etwas, das wie ein Pokalschrank aussieht, und kann der Versuchung nicht widerstehen hineinzuschauen. Der Raum ist ziemlich groß, und genau wie der Partykeller hat er gefärbte Mosaikfenster direkt unterhalb der Decke. Drinnen ist es halb dunkel, aber das Licht aus dem Flur lässt etwa ein Dutzend aufeinandergestapelter Umzugskartons erkennen, und dahinter befinden sich ein Schreibtisch und ein Hi-Fi-Turm, der mindestens dreißig Jahre alt ist, mit Plattenspieler und Doppelkassettendeck. Ganz hinten ist noch ein schlampig gemachtes Bett zu sehen. Die Luft riecht nach einer Mischung aus Teppichboden und Kouros, was Anna unvermittelt an ein Klassenfest irgendwann gegen Ende der Oberstufe erinnert. Fummelnde Hände, der Geschmack von Hubba-Bubba-Kaugummi. »Take My Breath Away« auf dem Plattenspieler.

Zwei Sachen weiß sie bereits, bevor sie das Licht anknipst und es bestätigt bekommt. Erstens: Das hier ist Alexander Morells altes Jungenzimmer, und zweitens: Er wohnt hier.

Die Vitrine ist vollgestopft mit Medaillen, Plaketten und Pokalen, die allermeisten vom Ringen, auch wenn Anna ein paar von diversen Sport-Schulmeisterschaften aus den Achtzigerjahren entdeckt. Hinter dem Schrank hängen Fotos von jungen Männern in Ringertrikots und Popperfrisuren. Alexander Morell ist auf allen dabei, und Anna stellt fest, dass er als Jugendlicher sehr gut aussah. Auf fast allen Bildern lächelt Alex und schaut selbstsicher in die Kamera. Auf allen bis auf dem letzten. Hier sieht Alex fast abwesend aus. Sie schaut auf die Jahreszahl. 1991. Das Jahr nach Simon Vidjes Tod. Ein Jahr, bevor er sich verletzt und die Olympischen Spiele verpasst hat.

Das LP-Fach unter der Musikanlage enthält nur Achtzigerjahre-Rock. Bon Jovi, Europe, Bryan Adams. Weiter hinten ein paar härtere Sachen wie Iron Maiden und AC/DC.

In einer Ecke bemerkt Anna einen Glasrahmen mit einer Fotocollage. Junge Männer und Frauen in weißen Kleidern und Abitursmützen. Schilder mit der Aufschrift »Schulabschluss 1990«, vergrößerte Babybilder, Miniaturchampagnerflaschen und Blumenkränze um den Hals. Breites, sorgloses Lächeln, glitzernde Augen. Obwohl die Fotos fast drei Jahrzehnte alt sind, kann Anna die Jugendlichen beinahe rufen hören. »Wir haben das Abi-iii! Jippie!«

Ein Foto ist ein bisschen größer als die anderen. Es ist ein Bild von Alexander Morell im geliehenen Smoking, den Arm um die Taille einer kurvigen jungen Frau gelegt, die ein ausgeschnittenes Kleid trägt und blonde Locken hat. Anna vermutet, dass das Foto beim Abi-Ball gemacht wurde und die blonde junge Frau Alex' Freundin war. Vielleicht ist sie sogar die Mutter der Mädchen?

Ganz unten rechts in der Ecke klebt ein Gruppenfoto. Fünf Personen, drei Männer und zwei Frauen, alle in weißer Abiturskluft und mit Schirmmütze, haben einander die Arme um die Schultern gelegt und scheinen in die Kamera zu johlen.

»Friends forever« steht auf einer vorgedruckten, aufgeklebten Sprechblase, wie sie damals populär waren, als man Fotos noch als doppelte Papierabzüge entwickeln ließ.

Sie erkennt Alexander Morell sofort wieder, genauso wie

seine blonde Freundin in der Bildmitte, und sieht auch ziemlich schnell, dass der kleine Kerl daneben Bruno Sordi ist. Auf der anderen Seite von Bruno steht eine große Frau mit Locken und einem länglichen Gesicht. Sie trägt noch keine Brille und sieht als Jugendliche deutlich fröhlicher aus als jetzt, aber es besteht kein Zweifel, dass die junge Frau Marie Andersson ist, jetzt Sordi. Ganz links im Bild ist ein junger Mann zu sehen. Lange, blonde Haare schauen unter der Abitursmütze hervor und reichen ihm bis auf die Schultern. Er ist bleich, seine Haut wirkt fast durchscheinend, aber der Blick ist präsent und lebendig, und er sieht glücklich aus. Anna wird sofort klar, wer er ist. Simon Vidje.

»Ach, hier steckst du!«

Alex steht in der Tür, in jeder Hand einen Drink. Sein Ton und sein Gesichtsausdruck wirken belustigt, aber er hat eine kleine unzufriedene Falte zwischen den Augenbrauen.

»Ich habe den Pokal …« Sie unterbricht sich, verwandelt das Hängenbleiben in eine Pause. »… schrank vom Flur aus gesehen. Beeindruckend!«

Er entspannt sich, reicht ihr ein Glas.

»Ich habe meinen Eltern bestimmt hundertmal gesagt, sie sollen die Sachen wegräumen und den Raum als Gästezimmer nutzen. Meine Mutter hätte das wohl auch gerne getan, aber mein Vater weigert sich. Er will, dass alles genauso aussieht wie immer. Eine Zeitmaschine direkt in die Achtziger, stimmt's?«

»Und jetzt wohnst du hier?« Sie deutet mit einem Nicken auf die Umzugskisten.

Er errötet, was ganz süß aussieht. »Jossan wohnt noch bei uns im Haus. Wir dachten, dass es so für die Mädchen am besten ist. Es gefällt ihnen gut dort, mit Pool, Basketballkorb und allem Möglichen.«

Sein Gesicht verzerrt sich einen Moment lang auf eine Art und Weise, die Anna verrät, dass die Scheidung wohl nicht ganz einfach war.

»Ich bin gerade dabei, vier Reihenhäuser unten im Smedjevången zu bauen. Eins davon ist für mich. Aber das Projekt verzögert sich, also bin ich hier zwischengelandet, könnte man sagen.« Er macht eine entschuldigende Geste. Sein Gesicht ist immer noch ein bisschen rot.

»Auf die Zwischenlandung!«, sagt Anna und hebt ihr Glas. »Und auf die Achtziger.« Ein paar Sekunden später erhält sie ein schiefes Lächeln zur Antwort.

»Und auf den Keller der Eltern«, fügt er hinzu.

»Ich habe zufällig eure Abi-Fotos gesehen«, sagt Anna, als sie die Gläser wieder gesenkt haben. »Den Jungen, der du warst, verglichen mit dem Mann, der du geworden bist.«

»Und was heißt das?«

»Nichts Besonderes. Das habe ich nur irgendwo mal gelesen.«

»Aha.« Er verzieht unsicher den Mund. »Wie warst du mit neunzehn?«

Sie lacht. »Wahrscheinlich unausstehlich, waren wir das nicht alle in dem Alter?«

Er antwortet nicht darauf, stellt stattdessen eine neue Frage.

»Ist es so geworden, wie du es dir gedacht hast?«

»Was meinst du?«

»Das Leben, alles. Ist es so, wie du es dir als Jugendliche vorgestellt hast?«

»Ja und nein.«

Das Thema beunruhigt sie ein wenig, deshalb zeigt sie auf das Foto vom Ball.

»Ist das deine Exfrau?«

»Nein.« Alex schüttelt den Kopf. »Das ist Carina Pedersen. Wir waren seit der Mittelstufe zusammen. Alle haben wohl gedacht, dass wir heiraten werden. Aber dann war es vorbei, nach …« Die Pause ist kurz, aber hörbar. Wenn nicht sogar vielsagend. »… dem Abi«, beendet er den Satz, aber es ist nicht das, was er eigentlich meint.

Natürlich hätte sie schon selbst darauf kommen können.

Carina Pedersen, die Fünfte im Steinbruch. Fünf Freunde auf dem Gruppenbild, dieselben fünf Personen wie im Steinbruch. Sie schiebt es auf den Wein.

Alex lächelt wieder, und Anna spürt, wie es sie in der Magengrube kitzelt. Eine schwache Vibration, die weiter nach unten wandert. Sie schüttelt das Gefühl ab und versucht zugleich, die Spannung zwischen ihnen auszunutzen, um auf Simon Vidje zu sprechen zu kommen. Aber sie ist zu langsam.

»Du, ich wollte dich was fragen, Anna.«

»Was denn?«

»Also, morgen findet im Park das Heimkehrerfest statt. Talentschmiede, Buden und Jahrmarkt. Und bestimmt auch eine Hüpfburg, wenn du darauf Lust hast.« Sie muss mit ihm lachen. »Abends gibt es Essen und Tanz. Ich wollte dich fragen, ob du vielleicht Lust hättest, mit mir hinzugehen?«

Sie lässt ihr Glas sinken, will gerade antworten, dass sie gerne mitkommt, als ihr plötzlich einfällt, dass sie schon Nenn-mich-Lasse versprochen hat, mit ihm hinzugehen. Alex versteht ihr Schweigen falsch.

»Also, wenn du nicht möchtest, ist das kein Problem …« Er klingt verlegen.

»Nein, nein«, sagt sie. »Ich würde gerne mit dir hingehen. Ich habe es nur schon einem anderen versprochen. Nenn …« Sie unterbricht sich, versucht, sich daran zu erinnern, wie der Anwalt wirklich heißt. »Lasse Gunnarsson. Sein Sohn und Agnes kennen sich.« Das Letzte stimmt nicht ganz. Eine Notlüge, um Alex' Stolz zu retten. »Aber wir sehen uns hoffentlich dort?«

Er nickt, nippt an seinem Drink. Irgendwie wird sie nicht richtig klug aus Alex Morell. In einem Moment flirtet er, zeigt Humor und Selbstsicherheit, im nächsten wird er still und unsicher. Das kann natürlich an der Scheidung liegen. Männer kommen mit Trennungen deutlich schlechter zurecht als Frauen, und nach Hause in den Keller der Eltern zu ziehen, wenn man die fünfundvierzig überschritten hat, ist nicht gerade gut fürs Ego. Dennoch glaubt Anna nicht, dass das die einzige Erklärung ist.

Sie schaut verstohlen auf das Foto ganz unten im Eck der Collage. Die fünf jungen Freunde, die Arme umeinandergelegt, den Freudenschrei auf den Lippen, in diesem eingefrorenen Moment vor bald dreißig Jahren.

Friends forever.

20

28. AUGUST 1990

Als Simon und Tanja über die Kuppe verschwunden waren, blieben die Übrigen noch auf dem Pfad zum See stehen. Carina schaute die drei anderen an und erhielt abwartende, fast zweifelnde Blicke zur Antwort. Als ob keiner von ihnen sich richtig sicher wäre, dass das, was sie gerade erst gesehen hatten, auch tatsächlich passiert war. Das hier war ein Moment, von dem sie sich den Rest ihres Lebens gegenseitig würden erzählen können. Er würde zu einer dieser Steinbruchgeschichten werden. Simon Vidje war einmal von der allerhöchsten Klippe gesprungen. Mitten in der Nacht.

Eine Legende geradezu. Trotzdem war die Stimmung gedrückt.

»Das ist alles deine Schuld«, fauchte Carina Alex an und bekam als Reaktion nur ein Schulterzucken.

»Ich friere«, jammerte Marie.

Joe schaltete die Taschenlampe aus.

»So, Kinder. Was passiert jetzt?«

Niemand antwortete ihm. Ohne Vorwarnung drehte sich Marie um und erbrach sich direkt in das schwarze Wasser hinein.

Nach einer Weile gingen sie zur Felsplatte zurück. Simon und Tanja waren nicht zu sehen, aber niemand kommentierte es. Bruno warf noch mehr Holz ins Feuer, bevor er und die drei anderen in die Zelte krochen, um sich die nassen Badesachen auszuziehen. Aus den Flammen stob ein Funkenregen in den Himmel auf, wo die Sterne jetzt fast ganz hinter Wolken versteckt waren. Carina war als Erste fertig. Sie steckte das Mixtape wieder in den Kassettenrekorder, drückte auf Play und setzte sich neben Joe auf einen Stein am Feuer. Die Musik vertrieb die seltsame Stimmung ein wenig. Carina war immer noch wütend auf Simon, eigentlich noch verärgerter als vorhin. Alex hatte sich den ganzen Abend über vor Joes Schwester aufgespielt, was zu erwarten gewesen war. Aber dass Simon diese Trashschlampe ihr vorzog, störte sie noch viel mehr. Die Wut darüber, dass er sie abgewiesen hatte, wuchs und wurde zu einem glühenden Klumpen in ihrer Brust.

»Hast du eine Zigarette?«, fragte sie Joe.

»Klar!« Er reichte ihr eine Zigarette und zündete sie zwischen seinen gewölbten Händen an. Dann kramte er in der Kühltasche und öffnete für jeden von ihnen ein Bier.

»Studiert ihr?«, fragte Carina. »Du und deine Schwester?«

»Studieren!« Joe lachte auf, als würde ihn der Gedanke amüsieren.

»Was arbeitet ihr dann?«

»Tanja und ich machen das, worauf wir Lust haben.« Er nahm einen tiefen Zug und blies den Rauch durch die Nase aus.

»Wo wohnt ihr?«

»Was fragst du denn so viel?«, feixte er. »Willst du schon mit mir zusammenziehen? Wir haben uns doch gerade erst kennengelernt.«

Er zog wieder an der Zigarette. »Ich habe eine Hütte bei meinem Stiefvater. Aber normalerweise suchen wir uns immer irgendeinen Platz zum Pennen. Tanja ist gut darin, sich einladen zu lassen. Jetzt im Sommer gibt es viele Partys.«

»*Dein* Stiefvater? Nicht auch Tanjas?«

Joe trank einen Schluck Bier, ohne zu antworten, und rückte zugleich näher, sodass ihre Arme sich berührten. Carina spürte, wie seine Blicke über ihren Körper wanderten.

»Und was macht ihr dann? Wenn der Sommer zu Ende ist? Ernsthaft, meine ich.«

Joe sah aus, als hätte sie etwas Lustiges gesagt.

»Ihr seid doch alle gleich«, gluckste er. »Kinder, die denken, sie wären so verdammt besonders. Dass niemand anders jemals so gefühlt oder gedacht hätte wie ihr. Aber ihr seid nur Statisten in einer scheißegozentrischen Show. Eure Träume sind so wahnsinnig kindisch.«

Er zeichnete mit dem Rauch der Zigarette einen Kreis in die Luft. »Sieh dir dich und deine Freunde doch mal an. In dreißig Jahren sitzt ihr alle bei so einem Scheißklassentreffen und faselt was davon, wie leicht alles gewesen ist, als ihr noch jung wart. Dass ihr euch wünschtet, ihr könntet noch mal von vorne anfangen, aber diesmal würdet ihr alles genießen.«

Er nahm einen letzten Zug und schnippte die Kippe ins Feuer.

»Tanja und ich machen das, worauf wir Bock haben. Im Gegensatz zu euch werden wir nie alt genug werden, um etwas zu bereuen.«

Joes Mund verzog sich zu einem breiten Grinsen, und Carina fiel es wieder schwer zu entscheiden, ob er es ernst meinte oder sie nur zum Narren hielt. Sie tendierte zu Letzterem. Sich auf dieser Seite des Scherzes zu befinden, war nicht annähernd so lustig.

Die anderen kamen von den Zelten herangeschlendert. Marie hatte rote Augen und lehnte entschieden ab, als Joe ihr ein Bier reichte. Alex öffnete eine Dose und kippte den gesamten Inhalt auf einmal in sich hinein. Er endete mit einem Rülpser, woraufhin Carina sich angeekelt abwandte.

Bruno sah wie immer unschlüssig aus. Er warf noch mehr Holz ins Feuer und setzte sich neben Marie, die vornübergebeugt dasaß, den Kopf auf den Knien.

»Wie geht es dir? Brauchst du irgendwas? Ein bisschen Wasser?«

Marie schüttelte den Kopf. Eine Weile sagte niemand etwas, sie saßen nur schweigend da und starrten ins Feuer, während der Gettoblaster Madonna spielte.

»Tja, Kinder«, sagte Joe. »Die Luft ist ganz schön raus aus dieser Party, meint ihr nicht auch?« Er knuffte Carina leicht mit dem Ellbogen.

»Sieh dir das Alphamännchen an.« Er grinste und deutete mit der Bierdose auf Alex. »Seine ganze Welt ist auf den Kopf gestellt. Von einem dünnen, kleinen Musikanten vom Thron gestoßen.«

»Halt's Maul«, brummte Alex, drehte den Kopf und spuckte in die Dunkelheit.

»Und der unglücklich verliebte Koch da drüben sieht ziemlich verwirrt aus.« Joe gestikulierte in Richtung von Bruno. »Macht euch keine Sorgen, Kinder, Onkel Joe wird euch erklären, was passiert ist. So sieht es aus: Euer Freund Simon, der nette, kleine Troubadour, ist euch entwachsen. Und erst vor Kurzem hat er das selbst begriffen. Hat begriffen, dass er zu begabt ist, zu hübsch und zu schlau für dieses verdammte Kaff hier und dafür, mit euch Losern zu tun zu haben.«

Es wurde wieder still, eine drückende, unbehagliche Stille, die auf seltsame Art die Musik vom Kassettenrekorder übertönte. Carina spürte, wie der glühende Kloß in ihrer Brust wuchs. Eigentlich wollte sie Joe sagen, dass er den Mund halten und seine blöde Hand wegnehmen sollte, die ihren Rücken hinuntergewandert war. Sie wollte ihm sagen, dass er sein verdammtes Motorrad nehmen und zum Teufel fahren sollte. Aber sie tat es nicht. Aus irgendeinem Grund hatte die ganze Situation sie und die anderen gelähmt. Joes Worte schlängelten sich durch ihr Hirn. Ein Buchstabenwurm, Silben und Wörter, die verboten waren, aber zugleich verdammt wahr.

Simon war immer der Outsider in ihrer Gruppe gewesen. Er sollte eigentlich dankbar dafür sein, dass er all die Jahre in ihrer Clique dabei sein durfte, dankbar dafür, dass sie es ausgehalten haben, dass er immer zu spät kam und düstere Musik spielte. Außerdem ärgerte es sie, dass die Leute, ganz anders als wenn sie von Carinas eigener Familie sprachen, immer einen weichen Klang in der Stimme hatten, wenn vom verdammten Simon Vidje die Rede war. Als ob er so etwas wahnsinnig Besonderes wäre, nur weil er gut spielen und singen konnte.

Plötzlich stand Marie von ihrem Platz neben Bruno auf, öffnete den Mund und wies mit dem Zeigefinger auf die anderen. Ihr Blick flackerte, sie schien nicht mehr richtig fokussieren zu können.

»Geschissen«, nuschelte sie. »Er hat auf uns geschissen …« Marie wankte, sie sah aus, als hätte sie noch mehr zu sagen. Stattdessen stürzte sie zwischen die Zelte und erbrach sich wieder. Bruno ging ihr unsicher hinterher. Der Kassettenrekorder wechselte zu einem neuen Song, »Black Velvet«, eines von Carinas Lieblingsliedern. Ohne richtig zu wissen, warum, stand sie plötzlich auf, drehte die Musik lauter und begann zu tanzen. Sie schloss die Augen und nickte im Takt mit dem Bass.

»Black velvet in that little boys smile …«, sang sie mit der Zigarette in der einen Hand und der Bierdose in der anderen. Nach einer Weile gesellte sich Joe zu ihr, der die Arme um ihre Taille legte, sie an sich zog und sich an sie presste. Nach wenigen Sekunden spürte sie, dass er hart wurde.

Carina schaute zu Alex hinüber, erhielt aber keine Antwort. Stattdessen starrte er zum Pinkelpfad hinunter, als könne er es immer noch nicht fassen, dass nicht er derjenige war, der mit Tanja dort war. Joe zog Carina noch näher an sich heran und rieb sein Geschlecht immer härter an ihr, während die suggestive Bassmelodie weiterdröhnte.

Carina schaute wieder zu Alex, wollte, dass er reagierte. Ein Teil von ihr erkannte das Lächerliche an dieser Situation. Sie war wieder zu einer kleinen Neuntklässlerin geworden, die versuchte, ihren Freund eifersüchtig zu machen, indem sie mit einem anderen tanzte. Aber gerade jetzt brauchte sie das, brauchte die Bestätigung, dass sie attraktiv war. Sie suchte nach einem Gefühl, das die Raserei, die noch immer in ihr wuchs, dämpfen konnte.

Plötzlich stand Alex auf, und einen Augenblick lang war

sich Carina sicher, dass es Streit geben würde. Dass Alex Joe, dessen Hand zu ihrem Hintern hinuntergewandert war, wegschubsen und ihm eine aufs Maul schlagen würde. Teilweise erregte sie dieser Gedanke sogar, freute sie richtig. Aber Alex brummte nur, dass er pinkeln müsse, dann wankte er zu dem Pfad davon, der hinunter zum Wendeplatz führte.

Sobald Alex außer Sichtweite war, begann Joe, ihr den Hals zu küssen. Ein paar Sekunden lang ließ sie ihn gewähren, dann zog sie sich zurück. »Komm schon …« Er fing sie wieder ein, versuchte, sie an sich zu ziehen.

»Nein, hör auf!« Sie schob ihn weg, aber Joe drückte sie wieder an sich, versuchte, sie auf den Mund zu küssen.

»Hör auf.«

»Ach, komm, sei jetzt nicht so. Du hast mir den ganzen Abend über Signale gegeben.«

Er machte einen neuen Anlauf, sie zu küssen, und diesmal erwiderte sie den Kuss halbherzig. Sie versuchte damit, den kindlichen Teil von ihr zufriedenzustellen, denjenigen, der begehrt und geliebt werden wollte.

»Komm mit ins Zelt«, flüsterte er. »Ich habe noch einen Joint übrig, den können wir uns teilen.«

21

HERBST 2017

Am Samstag schläft Anna lange. Sie wacht erst auf, als Milo bellt und mit den Tatzen an der Haustür scharrt. Sie wickelt sich in den alten Bademantel, den sie beim Umzug eigentlich hätte aussortieren sollen. Der Stoff ist zerschlissen, und der Hotelname, der vorne aufgestickt ist, lässt sich kaum noch lesen. Dennoch bringt sie es nicht übers Herz, ihn wegzuwerfen. Als ob die Erinnerung an dieses Wochenende – Paris, Herbstlaub, die jüngere, bessere Version von Håkan und ihr – zusammen mit dem Mantel verschwinden würde. Verblassen und sich auflösen würde wie die Buchstaben auf der Brusttasche, bis nur noch kleine Fragmente dessen übrig blieben, was einmal gewesen ist.

Fragmente von uns, flüstert Håkan, während sie in der Tür steht und die klare Herbstluft einatmet. Milo ist zum nächsten Baum gerast. Er muss so dringend, dass er die letzten Meter nur noch auf drei Beinen läuft, was Anna zum Lachen bringt. Der Hund scheint es zu merken, denn er sieht sie finster an, als er über den Hof zurückgetrottet kommt und an ihren Beinen vorbeischlüpft. Sie selbst bleibt noch einen Moment auf der Treppe stehen. Sie beobachtet eine Schar Gänse, die in Dreieckformation am Himmel vorbeizieht. Zum Glück sind keine ausgenommenen Kaninchen mehr hier draußen auf der Treppe aufgetaucht. Agnes findet das Kaninchenrätsel eher spannend als scheußlich, was zumindest eine gewisse Erleichterung ist. Anna holt tief Luft. Sie saugt die Düfte, die Schönheit, die Herbstfarben ein. Die schwachen Rufe der Gänse hoch oben. Sie bemüht sich, nicht alles schrecklich zu finden. Aber es fällt ihr schwer.

Ich habe dich über alles geliebt, flüstert Håkan. *Und du mich, nicht wahr?*

Heute Nacht hat sie nicht geträumt. Zumindest erinnert sie sich nicht daran. Trotzdem schwirrt ihr irgendetwas im Kopf herum, ein hängen gebliebener Gedanke oder ein Gefühl, etwas, das sie nicht richtig zu fassen bekommt. Irgendetwas, das mit dem Wandgemälde und Simon Vidjes tragischem Schicksal zu tun hat. Sie sollte an etwas anderes denken, sollte endlich ihren Anwalt anrufen. Er hat versprochen, sich zu melden, sobald die Voruntersuchung abgeschlossen ist, aber jetzt ist über eine Woche vergangen, seit sie das letzte Mal miteinander gesprochen haben. Am Montag, redet sie sich selbst ein. Wenn ich bis dahin nichts von ihm gehört habe, rufe ich ihn am Montag an.

Nach dem Frühstück hilft sie Agnes, ihre Fotoausrüstung im Wagen zu verstauen. Agnes ist ganz bei der Sache und zeigt ihr mehrmals das Satellitenbild auf ihrem Smartphone.

»Da, siehst du. Der kleine, schwarze See mitten im Wald, das ist der Steinbruch. Man kann einen Teil der Klippen erkennen, wenn man heranzoomt.«

Sie steigen ins Auto, und wie immer setzt sich Milo auf Agnes' Schoß und ist offenbar beleidigt, als Agnes ihn auf den Boden scheucht. Er schaut gekränkt zum Fahrersitz, als ob er Anna die Schuld geben wollte.

»Du musst ungefähr drei Kilometer fahren, bis wir zur Abzweigung kommen.«

Anna befolgt die Anweisung. Sie ist froh darüber, dass Agnes und sie miteinander sprechen und etwas zusammen unternehmen. Die beeindruckende Hügellandschaft zieht auf beiden Seiten vorbei. Laubbäume, kleine Koppeln und breite steinerne Einfriedungen. Ein kleines Sägewerk direkt an der Straße, bevor sich die Landschaft öffnet.

»Sieh mal!« Agnes zeigt auf ein Rudel Hirsche drüben am Waldrand.

Dunkle Wolken sind aufgezogen, aber es ist nicht nebelig, und diesmal sieht man deutlich die weißen Treppengiebel von Änglaberga. Ein Wagen kommt von dem kleinen Pförtnerhäuschen her, das unmittelbar am Beginn der Allee steht. Es ist Bror Kleins Pick-up, und als sie vorbeifahren, winkt Agnes.

»Wie weit ist es von hier bis zum Steinbruch?«

Agnes schaut auf ihr Telefon. »Knapp zwei Kilometer.«

Gute Fahrraddistanz, denkt Anna. Sie schaut über die frisch gepflügten Äcker zu beiden Seiten der Straße und versucht, sich Simon auf dem Fahrrad vorzustellen.

Ohne Vorwarnung beginnt es zu regnen. Als sie die Felder verlassen und in den Wald hineinfahren, gehen die Tropfen in einen Platzregen über, der trotz der Baumkronen über ihnen beinahe die Windschutzscheibe überschwemmt. Anna schaltet die Scheibenwischer auf höchste Kraft und wird langsamer, verfehlt aber trotzdem fast eine unerwartet scharfe Kurve und ist kurz davor, ins Gehölz zu fahren.

»Wow, Mama. Vorsichtig!« Agnes hält sich am Griff über dem Fenster fest und wirft ihr einen verärgerten Blick zu.

»Sorry«, erwidert Anna und drosselt das Tempo noch mehr. Der Regen prasselt so heftig nieder, dass die Scheibenwischer nicht mitkommen.

»Da ist die Abzweigung!« Agnes zeigt auf einen kaum erkennbaren Schotterweg, der mitten zwischen zwei engen Kurven einmündet.

Anna bleibt stehen, vergewissert sich zweimal, dass kein Gegenverkehr kommt, bevor sie nach links in den Weg hinunter einbiegt. Beziehungsweise hinauf, wie sich zeigt, denn der Weg geht sehr schnell in eine Steigung über. Die Fahrbahn ist uneben, und Anna muss um große Löcher herumkutschieren. Der Laubwald lichtet sich immer mehr und endet, oben an der Steigung angekommen, unmittelbar in einem großen Kahlschlag. Der Regen nimmt zu, als sie den Wald verlassen, prasselt gegen das Blech und die Fenster und zwingt Anna, Schrittgeschwindigkeit zu fahren.

Agnes hat sich zur Windschutzscheibe vorgebeugt, um besser sehen zu können. »Da! Da ist der Weg!« Anna nimmt die schmale Kurve vorsichtig, fährt dabei aber trotzdem in ein Loch, was dem Wagen einen Schlag versetzt. Sie sind auf einem kleinen Forstweg gelandet, der kaum breiter als zwei Reifenspuren ist, mit einem grünen Streifen Vegetation in der Mitte, die so hoch ist, dass sie teilweise an der Unterseite des Wagens schabt.

»Stopp!«, ruft Agnes, aber Anna hat die Schranke schon entdeckt. Sie ist aus dickem, galvanisiertem Stahl und verläuft quer über den Weg, mit einem gelben Gefahrenschild in der Mitte. Früher stand dort einmal mehr Text, aber Wind und Wetter haben alles bis auf das groß geschriebene Wort in der Mitte weggeschliffen.

GEFAHR!

Sie bleiben ein paar Minuten sitzen, während der Regen langsam nachlässt. Agnes hat das Handy beiseitegelegt, und Milo sitzt jetzt ganz still auf ihrem Schoß. Zwanzig Meter hinter der Schranke wird der Kahlschlag durch dunklen, dichten Nadelwald ersetzt, der aussieht, als würde er nicht nur das Licht, sondern auch den kleinen Forstweg verschlucken.

»Sollen wir gehen?«, fragt Anna und erhält ein verbissenes Nicken zur Antwort.

Der Weg auf der anderen Seite der Schranke führt leicht nach unten, und nach ein paar Hundert Metern befinden sie sich zwischen dichten, hohen Nadelbäumen. Der Geruch hier ist anders als im Laubwald. Er hat eine dunklere, modrige Note, was zusammen mit dem schwachen Licht unheimlich wirkt.

Nach ungefähr einem Kilometer öffnet sich der Wald ein bisschen auf einen halb zugewachsenen Wendeplatz hin. Der Boden besteht aus festgestampftem Kies, was sicher der Grund dafür ist, dass der Wald ihn nicht komplett verschluckt hat. Weiter hinten schimmert ein Wasserspiegel durch das Grün hindurch, aber der Strand ist fast komplett überwuchert, und es ist schwer, einen Überblick zu bekommen. Hier und da haben sich zwischen Gewächsen, Wurzeln und heruntergefallenen Ästen Regenpfützen gebildet, auf denen Wasserläufer herumtanzen. Agnes fotografiert sie, während Anna versucht nachzudenken.

Sie weiß, dass der Felsen, auf dem die Freunde zelteten, irgendwo oben links vom Steinbruch liegen muss. Nach kurzem Suchen entdeckt sie einen alten Fußpfad. Sie nimmt Agnes und Milo mit, und nachdem sie sich ein paar Minuten mit Dornengestrüpp, Büschen und dem immer steiler werdenden Hang herumgeschlagen haben, gelangen sie auf ein offenes Plateau auf der linken Seite des Steinbruchs. Das muss der Zeltplatz sein. Die Aussicht ist schön und zugleich wohlbekannt. Die Laubbäume entlang der Felskante sind zwar höher und der Bewuchs dichter als auf dem Wandgemälde, aber das schwarze Wasser und die spitzen Klippen sind nicht zu verkennen. Anna ist beeindruckt davon, was für ein unglaublich guter Künstler Karl-Jo gewesen sein muss. Nicht genug damit, dass er alle Details eingefangen hat und ihm dieser makellose optische Trick bei der Seeoberfläche gelungen ist. Er hat es auch geschafft, die Stimmung wiederzugeben, die über dem kleinen Gewässer liegt. Eine gewisse Traurigkeit, die von dem gelben, sterbenden Laub und dem schwarzen Wasser verstärkt wird. Agnes scheint das auch zu spüren.

Eine Weile stehen sie schweigend auf dem Felsplateau und schauen zu den Klippen hinüber. Anna stellt sich die Silhouette eines Körpers vor, der direkt unter der Wasseroberfläche schwimmt. Ohne sagen zu können, warum, überkommt sie allmählich ein neues Gefühl. Das Gefühl, dass hier oben etwas anderes passiert ist als ein bloßer Unfall. Etwas Tragisches und zugleich Schreckliches, was sich nicht auf sieben verblichenen Seiten in einem alten Archivordner erklären lässt.

Als sie nach Tabor zurückkommen, erwartet sie ein Transporter. Die Hintertüren sind geöffnet und eine kleine Rampe vom Laderaum heruntergeklappt. Der redselige Radhändler müht sich, Agnes' Vespa hinauszurollen, hält aber inne, als Milo ihn anbellt.

»Da sind Sie ja«, sagt der Mann, als sie näher kommen. »Ich habe mich schon gefragt, ob was passiert ist. Wir hatten für die Lieferung doch heute ausgemacht, oder? So habe ich es mir jedenfalls in den Kalender geschrieben.«

Er holt eine Snus-Dose aus der Overalltasche und schiebt sich eine Prise unter die Oberlippe. Dann rückt er sie mit der Zungenspitze zurecht.

»Sorry, mein Fehler«, sagt Anna. »Ich hatte das völlig vergessen. Wie toll, dass Sie an einem Samstag herkommen. Möchten Sie einen Kaffee?«

»Danke, gern.«

Während Anna den Moccamaster in Gang setzt, erklärt Biker-Göran Agnes die Vespa. Er zeigt ihr, wie man startet und stehen bleibt und welche Knöpfe wofür sind. Sie sind gerade fertig, als der Kaffee durchgelaufen ist. Agnes setzt den Helm auf und fährt, gefolgt von Milo, den Schotterweg hinunter, während Anna den gesprächigen Händler in die Küche bittet.

»Aha, so sieht es also hier aus?« Er sieht sich neugierig um. »Hier drinnen war ich noch nie. Ich habe Tabor nur von außen gesehen, und das ist sicher auch schon fünfundzwanzig, dreißig Jahre her. Die Rutsche ist weg, wie ich bemerkt habe.«

Anna runzelt die Stirn und überlegt, was er damit wohl meint, aber es gelingt ihr nicht.

»Karl-Johan hat hinten an der einen Giebelwand ein Loch für eine Rutsche gemacht«, erklärt Göran. »Aus blauem Blech.« Er verdeutlicht das mit einer gleitenden Handbewegung, und nach kurzer Überlegung begreift Anna, dass der Mann tatsächlich eine Rutschbahn meint.

»Alle dachten, sie wäre für den Jungen, aber Karl-Johan hat die Rutsche selbst benutzt. Weil es so langweilig wäre,

Treppen zu steigen, sagte er. Karl-Johan hatte seine eigene Art, die Welt zu betrachten.«

Der Radhändler gluckst ein wenig vor sich hin, während er weiter die Küche inspiziert.

»Wie kommt es, dass er hier gelandet ist?«, fragt Anna und füllt gleichzeitig seine Tasse. Die Kombination aus Kaffeeeinschenken und Fragen funktioniert heute genauso gut wie immer.

»Elisabet hat Karl-Johan kennengelernt, als sie in Lund studierte.«

Der Verkäufer beugt sich über den Tisch und senkt die Stimme.

»Elisabet wurde ziemlich schnell schwanger, deshalb hatten sie es mit dem Heiraten eilig. Der alte Vidje ist wenig später Knall auf Fall gestorben. Manche behaupten, der Schock hätte ihm so zugesetzt.« Biker-Göran grinst, sodass die Prise Snus zu sehen ist.

»Darum musste Elisabet das Studium abbrechen und zurück nach Änglaberga ziehen, ihrer Mutter auf dem Hof helfen. Karl-Johan kam mit und fand Gefallen an dem Ort. Das war in den Siebzigerjahren während der Umweltbewegung, wissen Sie. Haufenweise Städter hatten plötzlich die Idee, umzusatteln und Bauern zu werden. Sie wollten innerhalb von ein paar Wochen das lernen, was sonst Generationen dauert.«

Er grinst wieder und wirft dann diskret seinen Snus in den kleinen Mülleimer im Küchenschrank, bevor er am Kaffee nippt.

»Karl-Johan taugte also nicht richtig zum Bauern?«

»Nee, das tat er wirklich nicht. Er hatte massenhaft Ideen, eine verrückter als die andere. Er versuchte, Wein anzubauen und solchen Unsinn. Eine Zeit lang hielt er Lamas in einem Gehege hinter dem Hof. Lamas, können Sie sich das vorstellen? In Schonen. Was zum Teufel wollte er bloß mit denen? Weitspuckwettkämpfe organisieren?«

Der Radhändler verschluckt sich vor lauter Freude über seinen eigenen Witz.

»Eigentlich erstaunlich, dass Elisabet ihn so lange machen ließ«, sagt er, nachdem er sich wieder erholt hat. »Nach ein paar Jahren drohte die Bank damit, ganz Änglaberga zu pfänden. Also ließ Elisabet Tabor zum Atelier für Karl-Johan umbauen und brachte ihn dazu, wieder zu malen. Kluger Schachzug, nicht nur, weil die Gemälde inzwischen ein Vermögen wert sind. Heute ist Elisabet Vidje dank Bror Klein außerdem eine der größten Grundbesitzerinnen hier oben. Klein hat Änglaberga all die Jahre über gepflegt, als würde der Hof ihm gehören.«

Er sieht aus, als wäre er mit seinen Ausführungen am Ende, deshalb holt Anna eine Packung Kekse hervor, um ihn zum Weiterreden zu bringen.

»Wie gut haben Sie Karl-Johan denn gekannt?«, fragt sie, als Göran die letzten Krümel seines ersten Himbeerkekses verdrückt hat.

»Tja, ich bin ihm ab und zu irgendwo begegnet. Wir haben ein bisschen geplaudert, aber das war's auch. Er war meistens allein hier oben. Im Prinzip hatte er nur mit Elisabet und Klein zu tun. Vor allem nach der Sache mit dem Jungen, Sie wissen schon.« Er macht ein betrübtes Gesicht und nimmt sich dabei einen weiteren Keks. »Schreckliche Geschichte, für alle Beteiligten.« Er wird still, kaut an seinem Keks.

Anna denkt an die fünf jungen Freunde auf dem Gruppenbild. Das Freudengeschrei in Richtung Kamera. Freunde für immer. Dann an das Gefühl, das sie vorhin am Steinbruch überfallen hat.

»Simon war ein guter Junge«, fährt der Zweiradhändler fort. »Er hat in der Kirche gesungen, als meine Mutter beerdigt wurde. Sogar ich musste ein Taschentuch rausholen.« Er lächelt wieder, diesmal sympathischer. »Ich habe ihm damals geholfen, Eierkartons zu besorgen. Mein Schwager arbeitet in der Hühnerfabrik ... Könnte ich noch einen Schluck Kaffee haben?«

Anna füllt seine Tasse mit neuem Schmiermittel und schiebt gleichzeitig eine Frage ein, damit er weiterredet.

»Eierkartons?«

Er nickt. »Zur Lärmdämmung. Simon hatte auf dem Dachboden über der Garage in Änglaberga ein Musikzimmer eingerichtet. Ein Studio, sagt man wohl. Ich brachte ihm zweihundert Eierkartons, nur wenige Monate vor dem Unfall. Es sah richtig gut aus, mit Rekorder, Mikrofonen und Sachen, die er sich selbst zusammengespart hatte. Tausende Kronen, die einfach in Rauch aufgegangen sind.«

»Wie meinen Sie das?«

»Alles wurde beim Brand zerstört.«

Sie hebt die Augenbrauen.

»Die ganze Garage auf Änglaberga ist abgebrannt«, verdeutlicht er. »In der Nacht, nachdem Simon zu Tode gekommen ist. Der Junge hatte den Verstärker an und lauter andere Sachen, die die Elektrik überlastet haben. Zumindest hat das der Chef der Feuerwehr gesagt.« Er schüttelt fast unmerklich den Kopf, aber ihr geübtes Auge bemerkt die minimale Bewegung sofort.

»Sie glauben nicht daran?«

Er sieht überrascht aus, als ob sie seine Gedanken gelesen hätte, obwohl sie in Wahrheit nur seine Körpersprache gedeutet hat.

»Wer weiß das schon«, murmelt er, während er an seinem Himbeerkeks knabbert. »Aber manche behaupten, der Brand sei dazu da gewesen, Elisabet den Mund zu stopfen.«

Jetzt ist Anna neugierig, diese Information ist ganz neu und vermutlich wichtig, aber sie ist routiniert genug, sich ihr Interesse nicht anmerken zu lassen.

»Gibt es viele, die am Ergebnis der polizeilichen Ermittlung zweifeln? Dass Simons Tod ein Unfall war?«

Der Fahrradhändler zuckt mit den Schultern. »Die allermeisten vermeiden es, überhaupt über die Sache zu reden. Fast alle kennen ja jemanden, der beteiligt war. Alex, Bruno und Marie wohnen schließlich noch hier, und sowohl Henry Morell als auch Bengt Andersson haben immer noch viel zu sagen.«

»Aber Sie haben keine Angst vor ihnen?«

Der Mann grinst wieder. »Wahrscheinlich bin ich zu dumm, um Angst zu haben. Oder ich fühle mich sicher, weil mein kleiner Handel Leute aus ganz Nordschonen anzieht. Ich trage dazu bei, dass Nedanås kein blinder Fleck auf der Landkarte ist, wenn man so will. Und wenn man etwas über Bengt Andersson sagen kann, dann, dass ihm der gute Ruf der Kommune wichtig ist. Er ist geradezu besessen davon, wenn Sie mich fragen.«

Anna steht noch auf der Treppe und sieht dem Kastenwagen nach, als er vom Hof fährt und im Wald verschwindet. Dabei versucht sie, die neuen Puzzleteile mit denen, die sie bereits hat, zusammenzusetzen. Henry Morell hat nie irgendeinen Garagenbrand auf Änglaberga erwähnt, obwohl er im Anschluss an Simons Tod passiert sein muss. Warum hat er nichts davon gesagt? Und warum scheint das Ereignis immer noch Menschen in der Gegend zu beunruhigen? Es ist doch siebenundzwanzig Jahre her. Und, was vielleicht noch wichtiger ist, warum ist sie selbst so daran interessiert? Alles fing damit an, dass sie und Agnes einander dadurch näherkamen, dass sie versuchten, mehr über das faszinierende Wandgemälde und seine Geschichte herauszufinden. Aber obwohl sie jetzt den Hintergrund kennt und außerdem ihre eigenen Sorgen hat, kann sie nicht aufhören, in dem Fall zu graben. Das Wandbild und der Besuch des Steinbruchs haben etwas in ihr geweckt, und sie fühlt sich auf eine Art und Weise berührt, die sie sich selbst nicht richtig erklären kann.

22

28. AUGUST 1990

Alex war den Pfad hinunter zum Wendeplatz gegangen. Er war betrunken und high, und am unteren Ende des Hangs stolperte er und fiel der Länge nach auf den Boden. Ein scharfer Schmerz im Knie ließ ihn nach Luft schnappen. Er stand schnell auf, klopfte sich den Schmutz ab und machte einige prüfende Kniebewegungen. Der Schmerz ließ langsam nach. Er atmete aus, während er mit erhitzten Wangen einen Blick über die Schulter warf, um sich zu vergewissern, dass niemand diese Erniedrigung gesehen hatte. Dieser ganze Abend war aus dem Ruder gelaufen, das sah er ein, auch wenn er nicht richtig begriff, wie es dazu gekommen war. Carina, die davon sprach, ohne ihn wegzugehen. Bruno, der dauernd nur herumgerannt war, Marie, die so viel getrunken hatte, dass sie brechen musste. Dieser verdammte Joe, der die ganze Zeit herumstänkerte, und seine saumäßig hübsche Schwester, die aus unerfindlichen Gründen kein bisschen beeindruckt von ihm war. Und dann Simon, der plötzlich der Held des Abends wurde. Alex machte ein paar unsichere Schritte zwischen die Bäume und fummelte an seinem Hosenschlitz herum.

An dem Tag, an dem sie Abitur gemacht hatten, hatte er auf einmal ein komisches Gefühl gehabt. Ohne jede Vorwarnung hatte er haltlos zu weinen begonnen und sich auf der Toilette eingeschlossen, damit niemand etwas merkte. Damals hatte er es darauf geschoben, dass er zu viel Sekt getrunken hatte und der Alkohol ihn sentimental machte. Aber seitdem war dasselbe noch ein paarmal passiert, und heute war das Gefühl zurück, doppelt so stark wie sonst. Das Gefühl, dass alles dabei war, ihm aus den Händen zu gleiten. Die Tränen brannten ihm unter den Augenlidern. Der nächste Schritt wäre ein Wimmern, dann ein Schluchzen, das kannte er schon. Er dachte nicht daran, es geschehen zu lassen. Nicht heute Abend.

Er holte seinen Penis heraus, pinkelte im hohen Bogen in die Büsche und kniff dabei die Augen zusammen. Erstaunlicherweise half das.

Er war Alex Morell, Sportass und zukünftiger Medaillengewinner bei den Olympischen Spielen, und niemand durfte auf ihm herumtrampeln. Nicht dieser Scheiß-Joe mit seinem Schleimerlächeln und seinen klebrigen Händen oder seine blöde, eingebildete Schwester, die nicht wusste, woran man einen Gewinnertypen erkannte. Und auch sonst keiner. Joe hatte das Motorrad vom Ufer weggestellt und es neben Simons Fahrrad geparkt. Alex drückte seine Blase zusammen, machte ein paar Schritte und presste dann so fest, dass ein ordentlicher Urinstrahl erst den Tank und danach den Lenker des schwarzen Motorrads traf.

Das ist für dich, du Penner, dachte er zufrieden und änderte dann die Richtung des Strahls, sodass die letzten Tropfen auf Simons Fahrrad landeten.

Plötzlich hörte er aufgeregte Stimmen vom Felsplateau. Er packte den Penis ein und zog den Reißverschluss hoch. Die Stimmen dort oben wurden immer lauter. Jemand rief seinen Namen. Alex begann, den Pfad hinaufzustolpern, und ballte dabei seine Hände zu Fäusten. Bei jedem Schritt, den er tat, schien die Machtlosigkeit, die er gerade noch verspürt hatte, nachzulassen. Schritt für Schritt, Stück für Stück, bis alles, was übrig blieb, rot glühende Wut war.

23

HERBST 2017

Der Passat von Nenn-mich-Lasse rollt Punkt drei Uhr auf den Hof, so pünktlich, dass Anna den Verdacht hat, dass er schon eine Weile an der Ecke gestanden und auf den richtigen Zeitpunkt gewartet hat. Erik springt heraus und öffnet Agnes galant die Autotür. Anna selbst setzt sich auf den Beifahrersitz.

Nenn-mich-Lasse ist genauso sympathisch wie immer. Er sieht nett aus, hat einen guten Job und einen Sohn, der offenbar mit Agnes auf einer Wellenlänge ist. Trotzdem ertappt sich Anna nach einer Weile dabei, an Alexander Morell zu denken und daran, was der Zweiradhändler ihr erzählt hat. Sie sieht wieder das Gruppenfoto vor sich. Simon Vidje, Alex Morell, Marie Andersson, Bruno Sordi und dann noch Carina Pedersen, Alex' blonde und etwas zu hübsche Freundin, die er nicht geheiratet hat. Sie fragt sich, warum, und ist zugleich ein bisschen froh darüber, was, gelinde gesagt, verwunderlich ist. Carina Pedersen ist die Einzige von den vier überlebenden Freunden, die Anna bisher nicht kennengelernt hat. Nicht, dass es irgendeine Rolle spielen würde, Anna ermittelt schließlich nicht.

Natürlich, lacht Håkan ironisch in ihr Ohr. *Und du glaubst auch noch an den Weihnachtsmann.*

Sie antwortet ihm nicht, teils, weil er nicht ganz unrecht hat, teils, weil er sich nur mit ihr anlegen will. Aber vor allem, weil er tot ist.

Sie fahren die fünf Haarnadelkurven hinunter, die Anna inzwischen langsam kennt. In der dritten treffen sie auf einen Glarea-Pick-up, genauso einen wie derjenige, mit dem sie neulich abends fast zusammengestoßen wäre. Wie beim letzten Mal schneidet der Fahrer die Kurve, sodass Nenn-mich-

Lasse gezwungen ist, in den Rollsplitt auszuweichen. Anna hört ihn zwischen den Zähnen leise fluchen.

»Ich musste neulich das Gleiche machen, nur auf der anderen Seite. Der Typ fährt wie ein Verrückter«, sagt sie.

»Aha.« Er schweigt einen Moment. »Wann war das denn?«

Sie rechnet nach. »Am Mittwochabend.«

»Und du bist dir sicher, dass es dasselbe Auto war?«

»Ich habe das Nummernschild nicht erkennen können, aber es war auf jeden Fall genauso ein Wagen, mit so einem Kran oder was das ist, auf dem Dach. Warum fragst du?«

»Ach, nur so.«

Es wird eine Weile still, und Anna versucht währenddessen, dahinterzukommen, warum er sie anlügt. Die Anwesenheit des Wagens hat eine Bedeutung für Nenn-mich-Lasse. Eine wichtige.

»Es ist ein Bohrer«, sagt er. »Dieses Ding auf der Ladefläche. Glarea benutzt ihn, um Bodenproben zu nehmen.«

»Dann suchen sie wohl nach einem neuen Vorkommen, das dasjenige im Dorf unten ersetzen soll«, sagt sie, um zu zeigen, dass sie sich bereits mit den Problemen der Gegend auskennt.

Nenn-mich-Lasse antwortet nicht. Auf seiner Stirn hat sich eine kleine Sorgenfalte gebildet, die Anna noch nie gesehen hat. Und obwohl er das Thema wechselt und die nächsten zehn Minuten scheinbar unbekümmert plaudert, verschwindet die Stirnfalte den ganzen Weg bis zum Parkplatz vor dem Volkspark nicht.

Das Fest ist genauso provinziell, wie Alex Morell es beschrieben hat. Ein Wanderjahrmarkt mit Schießstand, Glücksrad und drei verschiedenen Fahrgeschäften, die alle mehr oder weniger lebensgefährlich aussehen. Der Sportverein von Nedanås betreibt eine Tombola, einen Kaffeestand und einen Wurstverkauf. Sogar die versprochene Hupfburg ist da, auf der freien Seite des großen Kiesplatzes. An den anderen Seiten befinden sich eine Freilichtbühne, ein Tanzpavillon und ein Festsaal. Oben auf der Bühne spielt die

Ziehharmonikaband eine fröhliche Melodie, und der Geruch nach Zuckerwatte, Popcorn und frittierten Krapfen liegt zwischen den Ständen schwer in der Luft. Der Park ist voller Menschen, vermutlich an die tausend Personen.

Erik und Agnes verschwinden schnell in der Menschenmenge und lassen Anna allein mit Nenn-mich-Lasse zurück. Sie nickt zwei uniformierten Polizisten zu und lobt sich selbst dafür, dass sie sich an ihre Namen erinnert.

Der Ziehharmonikaverein hat fertig gespielt, und eine Moderatorenstimme erklärt, dass dies der letzte Beitrag beim Talentwettbewerb war. Drei Personen, die offenbar die Jury bilden, beginnen an einem Ende der Bühne mit einer anscheinend amüsanten Beratung. Das erste Jurymitglied ist Bengt Andersson, das zweite seine Tochter Marie. Das dritte Jurymitglied sticht dagegen ordentlich heraus. Aus der Ferne sieht sie aus wie eine Hollywoodschönheit mit Extensions, aufgespritzten Lippen, hochhackigen Stiefeln und falschem Pelz. Sie wirkt vollkommen fehl am Platz, sowohl oben auf der Bühne als auch überhaupt in Nedanås.

»Wer ist das denn?«, fragt sie Nenn-mich-Lasse, weil sie den Namen nicht mitbekommen hat.

»Caia Bianca? Ich dachte, du würdest sie kennen?«

Anna schüttelt den Kopf, aber im selben Moment wird ihr klar, dass dies die Frau ist, deren Foto Agnes ihr gezeigt hat.

»Caia war bei einer der allerersten Dokusoaps Anfang der Neunzigerjahre dabei. Danach kleine Tourneen durch Bars, Erotikfotos, das Übliche eben. Dann hat sie einen Finanzmann geheiratet und das Geld, das sie von ihm geerbt hat, benutzt, um eine eigene Produktlinie in der Kosmetikbranche aufzubauen. Jetzt ist sie wieder verheiratet, mit dem Autokönig von Südschweden, und man sieht sie oft auf Fotos in der Klatschpresse.« Er hebt fragend die Augenbrauen.

»Nedanås' einziger Promi«, sagt Anna. Im Stillen dankt sie Agnes für diese Information.

»Genau«, nickt Nenn-mich-Lasse. »Caia kommt fast gar

nicht mehr zu solchen Veranstaltungen, es war also eine ziemliche Überraschung, dass sie zugesagt hat.«

Anna murmelt eine Erwiderung und beginnt, die Frau auf der Bühne genauer zu studieren. Nach einer Weile ändert sie ihre Meinung über Caia Bianca ein wenig. Die Blondine sieht zwar wie eine etwas abgehalfterte Bardame aus, aber sie bewegt sich trotz des amateurhaften Events selbstsicher und stolz. Sie ist es auch, die schließlich zum Mikrofon greift und drei junge Mädchen zu den Gewinnern des Talentwettbewerbs kürt und anschließend ein ziemlich professionelles Interview führt, bei dem sie den Gewinnerinnen nicht die Show stiehlt. Es dauert ein paar Minuten, bis Anna erkennt, dass eines der Mädchen aus dem Trio die jüngste Tochter von Alex Morell ist. Sie steuert Nenn-mich-Lasse etwas näher an die Bühne heran und entdeckt kurz darauf Alex ganz vorne mit gezückter Handykamera. Bruno Sordi steht genau neben ihm. Anna erhascht einen Blick auf Alex' Gesicht. Darin zeigt sich natürlich Stolz, aber auch etwas, das vage an den Gesichtsausdruck erinnert, den Alex auf der Fotocollage hatte.

»Caia Bianca ist sicher ein Künstlername«, bemerkt Anna und wendet sich an Nenn-mich-Lasse. »Wie hieß sie früher?«

»Carina, Carina Pedersen.«

Ihr Hirn legt das letzte Puzzlestück an seinen Platz. Caia Bianca ist Carina Pedersen, Alex Morells frühere Freundin und Abschlussballpartnerin und damit die letzte Person vom Gruppenfoto an Morells Kellerwand. Sie wiederholt für sich die Namen, geht gedanklich die Fotos von rechts nach links durch, während sie den fast dreißig Jahre älteren Personen mit den Blicken folgt. Marie Andersson, jetzt Sordi, auf der Bühne mit ihrem Vater. Bruno Sordi, ihr Mann, der unten wartet. Carina Pedersen, alias Caia Bianca, die ins Publikum winkt und für den Applaus dankt, und direkt darunter Alex Morell, der offenbar weder den Blick noch die Kamera von ihr wenden kann. Alle alten Freunde sind genau vor ihren Augen miteinander versammelt. Alle außer Simon Vidje.

24

28. AUGUST 1990

Simon und Tanja gingen langsam Hand in Hand zum Felsplateau zurück. Ungefähr auf halbem Wege bemerkten sie aufgebrachte Stimmen.

»Du verdammtes Schwein!«, hörten sie Marie rufen. Simon erhöhte das Tempo seiner Schritte und zog Tanja mit sich.

Carina und Marie standen neben dem Feuer, die Arme umeinandergeschlungen, während Bruno und Joe einander herumschubsten, bevor sie plötzlich über den Boden rollten. Bruno schien die Oberhand zu gewinnen, aber dann drückte Joe ihm die Finger in die Augen und nutzte die Situation aus, um ihn in den Schwitzkasten zu nehmen. Bruno rang nach Luft, und sein Gesicht wurde immer weißer.

»Alex!«, schrien Marie und Carina beinahe im Chor. »Alex!«

Bruno zerrte an den Armen, die ihm den Hals zudrückten. Joe hielt ihn weiterhin fest und schlang seine Arme und Beine um Bruno.

Vom Hang her war das Rasseln von Kies zu hören, und plötzlich stürzte Alex in den kleinen Kreis. Er zog Joes Arm von Brunos Hals weg, verdrehte dessen Handgelenk und riss ihn nach hinten, sodass Bruno freikommen konnte. Joe raffte mit der freien Hand Kies zusammen und warf ihn Alex ins Gesicht. Das Überraschungsmoment nutzte er, um auf die Beine zu kommen und zuzutreten, aber er hatte nicht genug Kraft, sodass Alex leicht beiseitespringen konnte. Alex bekam Joes Schulter und Nacken zu fassen, schob ein Bein vor und warf ihn in einer geschmeidigen Bewegung über seine Hüfte, sodass der andere hart auf dem Rücken landete. Joe stöhnte beim Ausatmen laut auf, und sein Körper wurde schlaff. Tanja keuchte und versuchte, sich loszureißen, aber

Simon lockerte den Griff um ihre Hand nicht. Stattdessen hielt er sie zurück.

»Er hat versucht, Carina zu vergewaltigen«, schrie Bruno und zeigte auf Joe. »Wenn Marie und ich nicht aufgetaucht wären, dann …«

Joe wollte protestieren, aber alles, was aus seinem Mund kam, war ein Husten.

»Du verdammtes Schwein«, zischte Alex durch die Zähne. Er machte einen Schritt vor und gab Joe einen heftigen Tritt in die Seite. Eine große Ader pochte an seiner linken Schläfe.

»Hört auf!« Tanja riss sich von Simon los, stürzte in den Halbkreis, der sich um Joe gebildet hatte, und warf sich neben ihm auf die Knie. Alex zuckte zusammen und wurde unsicher.

»Geh weg, du kleine Hure«, schimpfte Marie. »Pack ihn dir, Alex, scheiß auf sie.«

Simon drängte sich widerwillig in den Kreis und stellte sich neben Tanja.

»Was zum Teufel ist hier eigentlich los?«, fragte er.

»Das Schwein hat versucht, Carina zu vergewaltigen«, sagte Bruno noch einmal.

»Unsinn …« Joe richtete sich auf und schob Tanjas helfende Hände beiseite. Sein Gesicht war schmutzig und tränenverschmiert. Aus einem roten Kratzer an der Wange tropfte ein wenig Blut.

»Sie wollte doch.« Er hustete und schnappte nach Luft. »Sag ihnen, wie es war, verdammt …« Er zeigte auf Carina, die ihr Gesicht an Maries Schulter verbarg.

»Du Arschloch!« Alex schloss die Hände zu Fäusten und machte einen Schritt auf Joe und Tanja zu.

»Warte!« Simon stellte sich zwischen sie. »Kann mal jemand genau erzählen, was passiert ist?«

Marie starrte ihn wütend an. »Ich war draußen in den Büschen und habe gekotzt. Als Bruno und ich zurück auf den Felsen kamen, haben wir Geräusche aus unserem Zelt gehört, und dann hat Carina plötzlich angefangen zu schreien.«

Simon wandte sich an Joe, der, die Hände auf die Knie gestützt, dastand, während Tanja ihren Arm um seine Schulter gelegt hatte.

»Und was ist deine Version?«

»Sie hat nach Gras gefragt.« Joe spuckte Schleim aus. »Ich hatte noch einen halben Joint übrig, also haben wir uns den in ihrem Zelt geteilt. Dabei haben wir angefangen, ein bisschen zu fummeln, dann haben wir gehört, dass jemand kommt. Und da hat Carina plötzlich angefangen zu schreien.« Er schüttelte den Kopf.

Carina verbarg immer noch ihren Kopf an Maries Schulter, ohne etwas zu sagen. Simon sah sie an, danach Joe und zum Schluss Tanja. Der Kassettenrekorder, der die ganze Zeit über gespielt hatte, wechselte gerade zu einem Song von Roxette. Die heitere Musik und die helle Stimme ließen die ganze Situation absurd wirken.

»Also«, sagte Simon langsam. »Wir sind alle besoffen und müde ...«

»Du denkst doch wohl nicht, dass sie lügt, oder?«, fauchte Marie.

Simon hob die Hände.

»Ich meine nur, dass man Dinge leicht missverstehen kann, wenn man high ist.«

»Joe und Tanja sollten jetzt gehen. Aber zuerst bittet er um Entschuldigung, in Ordnung?«

Tanja nickte.

»Wenn Joe etwas Blödes gesagt oder getan hat, dann entschuldigt er sich dafür, stimmt's?«, sagte sie zu Joe.

Joe wich ihrem Blick aus, richtete sich auf und klopfte sich den Staub ab.

»Du machst das doch, oder?«, wiederholte Tanja in schärferem Ton.

Joe hob den Kopf und presste die Lippen aufeinander.

Dann zwang er sich, sein Gesicht reuevoll aussehen zu lassen. »Tut mir leid.« Er machte ein paar Schritte auf das Feuer zu und griff nach seiner Lederjacke. »Tut mir leid, dass ihr ein Haufen unreifer Kinder seid.«

Joe zog sich die Jacke über und machte sich mit bestimmtem Schritt auf den Weg zum Wendeplatz hinunter.

Tanja blieb noch einen Moment lang stehen. »Es tut mir wirklich leid«, sagte sie an Carina und Marie gerichtet, aber keine von beiden sah in ihre Richtung. Tanja machte ein paar Schritte auf den Pfad zu, drehte sich dann noch mal um und schaute Simon an. »Sorry«, sagte sie. Er stand noch im Halbkreis, während sie langsam den Pfad hinabging. Plötzlich schien ihm etwas einzufallen. Schnell schlüpfte er in sein Zelt und holte eine Kassette aus einem Fach an seinem Gitarrenfutteral. Dann lief er hinter Tanja her und gab sie ihr.

»Hier«, sagte er. »Du hast doch gesagt, du magst den Song.«

Tanja sah auf die Kassette. »Property of Simon Vidje«, las sie laut vor. Dann steckte sie sie ein. »Danke«, sagte sie, stellte sich auf die Zehenspitzen und küsste Simon auf den Mund. »Du wirst ein Star werden, Simon.« Sie drehte sich um und rannte Richtung Wendeplatz.

Dort unten startete Joe gerade das Motorrad und ließ den Motor aufheulen.

Tanja schlang ihr Bein über den Sattel und hatte sich kaum hingesetzt, als Joe schon Gas gab und mit einem Blitzstart den Waldweg entlangbrauste. Das Letzte, was man von den beiden sah, war Joes ausgestreckter Mittelfinger, mit dem er über seinem Kopf herumfuchtelte.

Simon ging zum Felsen zurück. Der Gettoblaster mit dem Roxette-Song fing an zu leiern, was darauf hindeutete, dass die Batterien allmählich schwächer wurden. Regentropfen fielen auf die Zeltwände. Zuerst nur vereinzelte, dann immer mehr. Es war ein kalter Regen, anders als all diejenigen, die den Sommer über gefallen waren, und er löschte schnell das, was vom Lagerfeuer noch übrig war. Die anderen standen in einem Halbkreis am Rande des Felsplateaus zusammen und warteten ab. Der Herbstregen fiel immer heftiger auf sie nieder und verwandelte die Welt in spitze Bindfäden.

»Tja, das war's wohl«, sagte er und zuckte die Achseln. »Sollen wir für heute Schluss machen, oder was sagt ihr?«

Carina befreite sich aus Maries Umarmung und ging auf ihn zu.

»Verräter«, zischte sie. Ihr Gesicht war vor Wut gerötet und unter ihren Augen von Wimperntusche verschmiert.

»Was?«

Ohne eine Antwort gab Carina ihm eine Ohrfeige mitten ins Gesicht. Vor Schmerz und Überraschung fasste sich Simon an die Wange. »Ich wollte doch nur ...« Er suchte nach Worten, fand aber keine passenden. Das Prasseln auf den Zeltdächern nahm zu.

»Wie konntest du nur?«, schimpfte Marie und stellte sich neben Carina. »Wie konntest du so einen wie ihn noch in Schutz nehmen? Einen Vergewaltiger?«

»Also, ich ...« Simon hob die Hände.

»Hast du sie gefickt?«, fragte Carina und ging noch einen Schritt vor. »Na klar hast du.« Sie drehte sich zu Alex und Bruno. »Simon hat diese kleine Hure gefickt, während ihr Bruder versucht hat, mich zu vergewaltigen. Deshalb hat er sie laufen lassen.« Carinas Stimme überschlug sich und wurde fast zu einem Schrei.

»Du verdammter Verräter«, knurrte Bruno und ging auf Simon zu. »Du glaubst wohl, du bist was Besseres als wir, oder? Du solltest mal ordentlich was zu spüren bekommen!«

Simon stand noch immer mit erhobenen Händen da. »Können sich mal bitte alle ein bisschen beruhigen«, sagte er und hörte selbst die Angst in seiner Stimme. Plötzlich ging der Gettoblaster aus, und die Musik verstummte. Dafür regnete es umso stärker. Das Prasseln auf den Zelten schlug in ein lautes Dröhnen um.

25

HERBST 2017

Der Festsaal ist größer, als er von außen scheint, und es hängt ein Hauch alter Zeiten über ihm. Das Dach ist hoch und lässt Platz für eine hufeisenförmige Galerie, die an der einen Schmalseite beginnt und auf den Längsseiten bis fast an die Bühne heranreicht, auf der ein Trio munteren Jazz spielt. Zigarettenrauch von siebzig Jahren sitzt in den Wänden fest und vermischt sich mit dem Essensgeruch vom Büfett und dem Rasierwasser beziehungsweise Parfum der Gäste.

Nenn-mich-Lasse hat sowohl für sie als auch Agnes Essenscoupons gekauft und weigert sich, von Anna Geld dafür anzunehmen. Erik und Agnes scheinen sich noch gut zu verstehen, sie necken sich gegenseitig, während sie Essen vom überbordenden Büfett holen. Kleine Schilder verkünden, welche Speisen hier serviert werden, und da mindestens die Hälfte von ihnen italienische Namen tragen, geht Anna davon aus, dass sie aus dem Restaurant der Familie Sordi stammen. Ihre Vermutung bestätigt sich, als sie Bruno Sordi sieht, der gestresst das Servicepersonal herumkommandiert.

Alex Morell sitzt mit seinen beiden Mädchen am Ehrentisch, zusammen mit seinen Eltern, Bengt Andersson und dem Ehepaar Sordi. Als sie Augenkontakt bekommen, ist Anna kurz davor, ihm zuzuwinken, begnügt sich dann aber mit einem kleinen Lächeln und einem Nicken.

Agnes und Erik verschwinden gleich nach der Hauptspeise, sodass Anna ihre Chance gekommen sieht, mit Nenn-mich-Lasse Klartext zu reden.

»Elisabet Vidje«, beginnt sie.

»Ja …« Er wartet auf die Fortsetzung, um zu wissen, worauf sie hinauswill.

»Warum hat sie ganz plötzlich beschlossen, Tabor zu vermieten? Es stand doch jahrelang leer.«

»Wie schon gesagt, fand sie, es sei höchste Zeit, dass das Haus wieder genutzt wird.«

»Aber warum gerade jetzt? Warum gerade wir?«

»Warum nicht?« Nenn-mich-Lasse setzt ein charmantes Lächeln auf, eine Taktik, die bestimmt bei fast jedem funktioniert hätte. Aber nicht bei Anna.

»Beantworte doch bitte meine Frage. Warum wurde Tabor in aller Eile renoviert, und warum wurde es ausgerechnet an uns vermietet?«

Er wird ernst. »Elisabet hat mich vor ein, zwei Monaten angerufen, ungefähr als klar war, dass du den Job bekommen würdest. Sie bat mich darum, dich zu kontaktieren und dir von Tabor zu erzählen.«

»Und du hast nicht gefragt, warum?«

Er schüttelt den Kopf. »Ich habe lange genug mit Elisabet Vidje zu tun gehabt, um zu wissen, dass es sich nicht lohnt.«

»Aber du hast deine Vermutungen? Du ahnst, warum Elisabet Vidje mich so gerne auf Tabor haben wollte. Wegen Simon, oder?«

»Elisabet Vidje ist meine Klientin«, sagt er nach kurzem Schweigen. »Ich muss dir wohl kaum erklären, wie die Schweigepflicht funktioniert …«

»Okay.« Anna sieht ein, dass sie so nicht weiterkommt. »Wenn ich stattdessen so frage: Warum hat sie dir die Vermietung des Hauses übertragen? Normalerweise würde man doch eher einen Makler kontaktieren?«

Er sieht aus, als würde er seine Antwort genau abwägen.

»Es gibt nur wenige Menschen, denen Elisabet vertraut. Ich bin einer davon.«

»Du, Bror Klein und wer noch?«

Er zuckt die Schultern und lehnt sich zurück, sieht dabei ein bisschen beleidigt aus.

»Ich dachte, wir sind hier, um uns zu amüsieren, nicht, damit du mich nach einem meiner Klienten ausfragst. Wir könnten doch über etwas anderes reden.« Er zeigt wieder sein gewohntes Lächeln. »Über dich, zum Beispiel. Warum hast du Stockholm für dieses Loch hier verlassen, Anna? Wovor versuchst du dich zu verstecken?«

Die Frage bringt sie völlig aus der Fassung.

»Wir ver…« Ein gewaltiges Stottern unterbricht ihren Satz, sodass sie schnell die Lippen zusammenpresst. Sie nutzt die Pause, um ihre Atmung vom Hals tief hinunter in den Bauchraum zu verlegen. Weiß er etwas? Falls ja, mit wem könnte er gesprochen haben? Kennt er vielleicht sogar ihren eigenen Anwalt?

»Okay, ich gestehe alles …« Sie hebt langsam die Hände über den Kopf. »Agnes und ich sind auf der Flucht. In Wirklichkeit sind wir Schwestern und werden wegen Bankraubs gesucht.«

Alex Morell hätte den Witz sofort verstanden, bei Nenn-mich-Lasse dauert es dagegen ein paar Sekunden, bis der Groschen fällt.

»Haha, ich wusste doch, dass irgendwas mit euch nicht stimmt. In echt seid ihr Selma und Louise.« Er legt den Kopf zurück und lacht.

Thelma, flüstert Håkan. *Aber verbessere ihn auf keinen Fall. Nobody likes a smartass!*

»Ich mag deinen Humor, Anna«, sagt Nenn-mich-Lasse. »Wie wäre es mit noch etwas Wein? Ich hole was, bleib sitzen. Und versuch, niemanden auszurauben, während ich weg bin.«

Sie verzieht beide Mundwinkel zu einem Lächeln. Dann wartet sie, bis er ihr den Rücken zukehrt, bevor sie sich erlaubt, auszuatmen.

Zum Kaffee hält Bengt Andersson eine Rede. Der hochgewachsene Mann hat eine natürliche Autorität, und obwohl die Gäste zu diesem Zeitpunkt schon recht angeheitert sind, wird es schnell ruhig, als er die Bühne betritt. Die Rede handelt davon, wie sich Nedanås von einer kleinen Industriekommune zu dem entwickelt hat, was Bengt mindestens dreimal zu oft einen »dynamischen Ort der Begegnung« nennt. Vermutlich ist das ein Schlagwort, das irgendein PR-Büro für die Kommune erfunden hat. Hinter ihm läuft gleichzeitig eine Bildschirmpräsentation über damals und heute, die den Fortschritt der Kommune zeigt.

»Müsste nicht Marie die Rede halten?«, flüstert sie Nenn-mich-Lasse quer über den Tisch zu.

»Doch, aber die Kommune verdankt Bengt Andersson viel. Nedanås war jahrelang auf einem absteigenden Ast, jetzt sind wir eine Zuwanderungskommune. Die Einwohnerzahlen steigen jedes Jahr genauso wie die Immobilienpreise. Deshalb lässt Marie ihren Vater die paar Minuten im Rampenlicht. Clever, wenn du mich fragst.«

Anna denkt an das Gespräch beim Drink neulich bei Morells.

»Marie hat erzählt, dass sie mal im Reichstag saß?«

»Ja, aber nur eine halbe Mandatsperiode lang.« Der Tonfall von Nenn-mich-Lasse deutet an, dass es noch mehr darüber zu erzählen gibt.

»Warum denn das?«

»Der Job in Stockholm ließ sich nur schwer mit dem Familienleben und dem eigenen Betrieb vereinbaren, zumindest war das die offizielle Erklärung. So wie ich es verstanden habe, hatte Marie einen Burn-out. Sie musste sich ziemlich lange krankschreiben lassen.«

»Ach so. Wie schade.« Anna denkt an Bengt Anderssons unzufriedenen Gesichtsausdruck, als vom Reichstag die Rede war. Offensichtlich eine Wunde zwischen Vater und Tochter, die noch nicht verheilt ist. Aber heute Abend ist davon nichts zu sehen.

Gegen Ende der Rede ruft Bengt seine Tochter auf die Bühne, und er und seine Tochter verkünden gemeinsam die gute Nachricht bezüglich des Schnellzugs und des Logistikzentrums.

»Ist Bengt ganz raus aus der Kommunalpolitik?«, fragt Anna über den donnernden Applaus hinweg.

»Offiziell ja«, antwortet Nenn-mich-Lasse und wartet mit der Fortsetzung, bis sich die Begeisterung etwas gelegt hat. »Aber Bengt ist Vorstandsvorsitzender von Glarea, was bedeutet, dass er hier und da noch seine Finger im Spiel hat.«

»Dann wird er derjenige sein, der den Tagebau abwickelt«, bemerkt Anna. »Der mit dem Gepolter und dem Gestank im Dorf Schluss macht.«

»Stimmt«, erwidert Nenn-mich-Lasse zögernd. Die Sorgenfalte auf seiner Stirn ist wieder da, und als Marie und Bengt die Bühne verlassen, steht er auf. »Entschuldige mich, ich bin gleich zurück.«

Anna nutzt die Zeit, um nach Alex Morell Ausschau zu halten, der nicht mehr am Ehrentisch sitzt. Nach einer Weile entdeckt sie ihn in einer Ecke, wo er mit einer rundlichen Frau spricht, die bestimmt fünf Jahre jünger ist als er. Das Gespräch macht einen aggressiven Eindruck, und als eines der Mädchen zu ihnen kommt und die Frau den Arm um es legt, wird Anna klar, dass sie Alex' Exfrau sein muss.

Ein Mann vom Servicepersonal tippt sie vorsichtig an die Schulter und unterbricht ihre Beobachtung.

»Entschuldigen Sie. Wir müssen diesen Tisch wegräumen, um Platz zum Tanzen zu schaffen.«

Sie steht auf, nimmt ihre Handtasche und geht auf die Tür zu. Alex Morell ist wieder an seinem Platz. Sie sieht, wie er irgendein Getränk hinunterkippt, während Bruno gleichzeitig eine Hand auf seine Schulter legt und ihm etwas ins Ohr sagt. Einen Moment lang überlegt sie, sich zu ihnen zu gesellen, beschließt aber schnell, es bleiben zu lassen. Stattdessen geht sie ins Foyer hinaus und Richtung Toilette. Ungefähr auf halbem Weg dorthin trifft sie auf eine Gruppe angeheiterter Frauen in etwas zu engen Kleidern und weicht daher nach rechts aus. Dabei landet sie hinter einer Reihe Holzpfeiler, die an der Wand des Foyers entlanglaufen, und wäre beinahe in zwei Männer gerannt, die mit dem Rücken zu ihr stehen und in eine Diskussion verwickelt sind.

»Du hast versprochen, da oben keine Untersuchungen durchzuführen.« Die Stimme gehört zu Nenn-mich-Lasse. »Genehmigung hin oder her, Elisabet wird keinem Tagebau in Änglaberga zustimmen, das weißt du genauso gut wie ich.«

Anna bleibt stehen, halb versteckt hinter einem Pfeiler. Keiner der Männer scheint sie gesehen zu haben.

»Beruhige dich, Lasse«, erwidert der andere Mann, der sich als Bengt Andersson entpuppt. »Du bist ein guter Junge. Loyal und korrekt, genau wie dein Vater. Elisabet hat euch viel zu verdanken. Wir wissen beide, dass ihre Gesundheit nicht die beste ist. Gott bewahre, aber wenn Elisabet uns verlassen sollte, schadet es nicht, vorbereitet zu sein. Ich meine, wir wollen doch wohl nicht, dass Sydsten, Swerock oder irgendeine andere auswärtige Firma hierherkommt und die Schätze der Gemeinde an sich reißt, oder?«

Nenn-mich-Lasse windet sich, und Anna macht schnell einen Schritt zurück hinter den Pfosten, um nicht entdeckt zu werden. Sie gerät außer Sicht- und Hörweite und verpasst seine Antwort. Zugleich schämt sie sich ein bisschen dafür, dass sie heimlich gelauscht hat, und beschließt, es nicht fortzusetzen. Langsam geht sie zur Toilette und überlegt dabei, was sie da eigentlich gehört hat. Es muss mit dem Fahrzeug zu tun haben, dem sie am Hang begegnet sind und das diese Falte auf Nenn-mich-Lasses Stirn hervorgerufen hat. Glarea führt irgendwelche Untersuchungen oben auf dem Hügel durch, wahrscheinlich, um die Grube zu ersetzen, die sie unten im Dorf schließen müssen. Nenn-mich-Lasses verärgerter Reaktion zufolge werden die Analysen auf dem Grund und Boden von Änglaberga vorgenommen. Sie weiß, dass man so vorgehen kann und dem Grundbesitzer nicht automatisch die Bodenschätze unter der Erde gehören. Offenbar ist das eine Tatsache, der sich Elisabet Vidje auch bewusst ist, die sie aber nicht zu akzeptieren bereit ist. Wahrscheinlich ist das einer der Gründe dafür, dass sie auf Bengt Andersson nicht gut zu sprechen ist.

Als sie von der Toilette kommt, sieht sie den Rücken von Alexander Morell durch die Tür nach draußen verschwinden. Sie folgt dem Impuls, ihm nachzugehen, und findet ihn an der Hausecke, wo er sich gerade eine Zigarette anzündet.

»Darf ich eine schnorren?«, fragt sie.

Er schaut auf und sieht überrascht und zugleich vielleicht ein bisschen erfreut aus. »Hallo, Anna. Natürlich.« Er streckt ihr eine frisch geöffnete Packung entgegen. Sie nimmt eine Zigarette und steckt sie sich in den Mund. In der gewölbten Hand zündet er sie ihr an.

»Ich wusste nicht, dass du rauchst«, sagt er.

»Das tue ich auch nicht. Rauchen ist teuer und lebensgefährlich. Außerdem bekommt man davon gelbe Zähne. Nur Idioten rauchen, oder nicht?« Sie nimmt einen übertriebenen Zug und entlockt ihm ein kleines Lächeln.

»Stimmt absolut. Rauchen ist was für Dummköpfe.« Alex macht auch einen tiefen Zug. Die vorsichtige Verbindung zwischen ihnen scheint wiederhergestellt zu sein.

»Ich habe gesehen, dass deine jüngste Tochter den Talentwettbewerb gewonnen hat«, sagt Anna. »Glückwunsch!«

Bevor Alex antworten kann, taucht die kichernde Frauengruppe von vorhin wieder auf. Sie scheint Alex zu kennen. Ein paar von ihnen werfen sich ihm um den Hals und überschütten ihn mit mitleidigen Worten: »Du Armer«, »Jossan weiß nicht, was sie aufgibt«, »Wie toll, dass ihr euch wegen der Kinder weiterhin vertragt«.

Alex spielt mit, wirft Anna aber ab und an einen Blick zu, der sehr deutlich macht, was er von dem Ganzen hält. Die Herbstluft ist kalt und feucht und lässt Anna frösteln. Sie macht eine Kopfbewegung Richtung Festsaal und erhält ein

Nicken zur Antwort. Alex befreit sich von der Gruppe und folgt ihr zurück ins Lokal.

»Und, wie läuft es mit deinem Date?«, fragt er neckend.

»Blendend. Lasse Gunnarsson ist ein richtig guter Fang!«

Er bleibt stehen, scheint einen Moment lang nicht begriffen zu haben, dass sie scherzt, und sieht wieder so mitgenommen aus. Sie runzelt die Stirn, schüttelt den Kopf, und er beginnt zu grinsen. Erst jetzt bemerkt sie, dass er ziemlich betrunken ist.

»Du bist auch geschieden, oder? Ist es lange her?«

»Zwei Jahre«, sagt sie und wartet auf Håkans Kommentar, aber gerade jetzt hält er zum Glück die Klappe.

»Darf ich fragen, wer die Scheidung wollte?«

»Ich«, erwidert sie.

»Aha ...« Wegen des kummervollen Klangs in seiner Stimme beschließt Anna weiterzureden.

»Håkan und ich haben uns auf der Polizeihochschule kennengelernt. 2000 haben wir geheiratet, und ein Jahr später bekamen wir Agnes. Er war mein bester Freund. Ich dachte wirklich, es wäre für immer. Aber dann entdeckte ich, dass er mich mit einer Kollegin betrog. Nicht ungewöhnlich unter Polizisten.«

»Ich verstehe«, sagt Alex. »Was für ein Idiot. Nicht verwunderlich, dass du ihn rausgeschmissen hast. Du musst verdammt wütend gewesen sein.«

Anna schüttelt den Kopf. »Eigentlich ging es gar nicht so sehr um Wut. Oder um einen Fehler ...« Sie unterbricht sich, navigiert an einem Stottern vorbei. »Am Anfang war ich fuchsteufelswild. Aber Håkan war wirklich verzweifelt. Er bat und bettelte, dass ich ihm verzeihen soll.«

Sie schweigt und holt Luft. Sie hat das noch nie jemandem erzählt. Und jetzt steht sie plötzlich hier, auf einem windigen, schonischen Kiesplatz, und schüttet jemandem ihr Herz aus, der ihr noch vor ein paar Tagen völlig fremd war. Trotzdem fährt sie fort.

»Ich habe versucht, Håkan zu verzeihen. Aber die Wunde war einfach zu tief.«

Alex sagt dazu nichts, was sie gut findet. Er nickt nur langsam, als würde er verstehen, wie sie denkt, obwohl sie es selbst kaum tut. Sie fröstelt.

»Und ihr?«, fragt sie.

»Ich weiß nicht genau«, erwidert er, aber seine Körpersprache deutet etwas anderes an. »Jossan wollte sich scheiden lassen.«

Er schweigt, schaut einen Moment weg.

»Wir tun unser Bestes, um uns nicht zu streiten«, sagt er leise. »Wegen der Mädchen. Aber es ist schwer. Du und Håkan, seid ihr noch Freunde?«

»Wir waren es. Håkan ist vor einem Jahr gestorben, K..K..«

Sie bemerkt, dass Alex diesen Gesichtsausdruck bekommt, den manche Menschen aufsetzen, wenn sie merken, dass sie stottert. Als würden sie unsicher werden, nicht richtig wissen, ob sie den Mund halten oder ihr helfen sollten, das schwierige Wort einzufügen.

Alex wählt das Richtige, gibt ihr die Zeit, eine Pause zu machen, die kleinen Keucher hinunterzuschlucken und das Wort zu wechseln.

»Leberkrebs«, sagt sie.

»Mein Beileid«, antwortet er leise. Sie bleiben einige Sekunden lang stumm, stehen etwa zehn Meter vom Eingang zum Festsaal entfernt.

»Sehnst du dich manchmal zurück?«, fragt er dann.

»Zurück zu der Zeit, in der wir verheiratet waren? Ja, das kommt vor.«

Er schüttelt den Kopf.

»Weiter zurück. Vor der Ehe, dem Haus und den Ratenzahlungen. Bevor alles so verdammt kompliziert wurde.«

Sie ahnt, worauf er hinauswill, und lenkt ihn behutsam weiter.

»Das tun wahrscheinlich alle manchmal. Das Leben war

ziemlich einfach mit achtzehn, neunzehn. Alles war möglich.«

»Das war es.« Er verstummt, sieht zu Boden. »Ich würde alles geben, um dieses Gefühl zurückzubekommen«, murmelt er. »Um …«

Er beendet den Satz nicht.

Ein glänzender, teurer SUV fährt vor und stellt sich vor den Eingang zum Festsaal. Die Fahrertür öffnet sich, und Caia Bianca steigt aus. Schon an der Tür wird sie von Leuten umringt, die ein Selfie mit ihr machen möchten. Alex Morell richtet sich auf und bekommt einen völlig anderen Ausdruck in den Augen. Er sieht Caia nach, bis sie drinnen verschwunden ist, dann lächelt er Anna dümmlich an, als hätte er völlig vergessen, worüber sie gesprochen haben.

»Wir sollten vielleicht reingehen«, bemerkt sie trocken.

Er nickt und hat es plötzlich so eilig, dass sie einige Meter zurückbleibt. Sie überlegt, ihm hinterherzulaufen, sieht aber ein, wie blöd das wäre. Stattdessen wartet sie ein paar Minuten, bevor sie durch die Tür geht. Zurück im Festsaal, sieht sie Caia Bianca am Honoratiorentisch, wo sie dabei ist, Marie und Bruno Sordi mit Küsschen und Umarmungen zu begrüßen, während Alex wie ein Schaf danebensteht und aussieht, als würde er warten, bis er an der Reihe ist. Caia hat den Kunstpelz gegen ein weißes, enges Kleid getauscht, das zeigt, dass sie viele Stunden im Fitnessstudio verbringt und ihre Brust deutlich jünger als der Rest von ihr ist.

Anna selbst bleibt mitten im Saal stehen, ohne richtig zu wissen, wohin sie gehen soll. Ihr Tisch ist weg, und Nenn-mich-Lasse ist nirgends zu sehen. In alle Richtungen bewegen sich Leute, einige auf dem Weg nach draußen, andere auf dem Weg nach drinnen, während die Kellner schnell und effektiv alles für den Tanz vorbereiten.

Neben der Eingangstür lehnt ein Mann an der Wand. Sein Gesicht ist ausgemergelt und zum größten Teil von einem Bart bedeckt. Darüber sitzt eine dunkel getönte Brille. Annas Polizeiinstinkt meldet sich, und obwohl sie ihn nur einige Sekunden gesehen hat, ist sie überzeugt davon, dass der Mann ein Ganove ist. Nicht der Schlägertyp, dafür ist er viel zu schmächtig. Eher ein gewöhnlicher kleiner Dieb, der auf die richtige Gelegenheit wartet.

Das Mann, der vermutlich um die fünfzig ist, steht lässig mit der einen Fußsohle gegen die Wand gestützt da und hat eine Bierdose in der Hand. Sein Blick scheint einen der wenigen Tische zu fixieren, die nicht abgedeckt wurden, aber die dunkle Sonnenbrille macht es schwer zu erkennen, was genau er anschaut. Schätzungsweise ist es eine unbewachte Handtasche oder ein Jackett mit einem Handy in der Innentasche. Anna nähert sich dem Mann langsam, um ihm den Weg abzuschneiden. Er steht noch da, trinkt unbeschwert aus seiner Bierdose, ohne den Blick von dem zu wenden, was auch immer er anstarrt. Auf der Hand, die die Dose hält, findet sich eine große, hässliche Tätowierung, was den kriminellen Anschein noch verstärkt.

Sie ist nur noch fünf, sechs Meter entfernt, als der Mann sie bemerkt. Ihre Blicke kreuzen sich kurz, und auch wenn Anna seine Augen nur durch die getönte Brille hindurch sieht, weiß sie, dass der bärtige Mann sofort realisiert hat, dass sie Polizistin ist. Seine Lippen verziehen sich zu einem leichten Grinsen, dann stößt er sich von der Wand ab und schlüpft um den Türpfosten herum. Als Anna ins Foyer kommt, ist der Mann verschwunden, wahrscheinlich ist er nach draußen gegangen. Einen Moment lang erwägt sie, ihm zu folgen, konstatiert dann aber, dass sie ihn bei keiner illegalen Handlung erwischt hat und dass sie außerdem nicht im Dienst ist. Aber sie versucht, sich das Aussehen des Bärtigen einzuprägen.

Jemand ruft nach ihr, und ein Stück weiter weg im Foyer trifft sie auf Nenn-mich-Lasse, Agnes und Erik, die gerade in eine Diskussion über Caia Bianca verwickelt sind, die offensichtlich alle außer Anna kennen.

Kurz darauf beginnt der DJ, Tanzmusik zu spielen, und Agnes und Erik, die einander gefunden zu haben scheinen, verschwinden wieder.

»Möchtest du tanzen?«, fragt Nenn-mich-Lasse.

Am liebsten würde sie ablehnen und einen ungestörteren Platz suchen, um ihr Gespräch von vorhin fortzuführen. Leider gebietet die Höflichkeit etwas anderes.

Anna ist ganz gut im Paartanz, das einzige Problem ist, dass sie nach einer Weile immer zu führen anfängt. Jedenfalls hat sie das bei Håkan gemacht, was ihm nicht gefiel. Nenn-mich-Lasse scheint nichts dagegen zu haben. Er sieht fast dankbar dafür aus, dass ihm jemand zu Hilfe kommt.

»Warst du auch mit dieser Clique zusammen, als du jünger warst?«, fragt Anna und nickt Richtung Honoratiorentisch, wo die Ankunft von Caia Bianca die Stimmung erheblich verbessert hat. Anna winkt Henry und Eva-Britt Morell, aber beide scheinen zu beschäftigt zu sein, um sie zu sehen. Dem Ehepaar Morell gegenüber prosten sich die vier Freunde vom Foto zu. Alex Morells Augen glänzen, und er wendet den Blick nicht einen Moment lang von Caia Bianca ab.

»Nein«, antwortet Nenn-mich-Lasse. »Sie waren sehr eng miteinander, haben niemand anderen reingelassen.«

»Das scheint immer noch so zu sein.«

»Ja, bei Alex, Bruno und Marie. Aber Caia sieht man hier nicht mehr sehr oft.«

»Nicht?«

Nenn-mich-Lasse schüttelt den Kopf.

»Sie und ihr neuer Mann haben vor ein paar Jahren eine riesige Villa an der Küste gebaut, in der Nähe von Helsingborg. Es gab ein bisschen Aufregung darum, nicht allen Nachbarn gefiel der Stil. Altes Geld trifft auf neues, wenn du verstehst.«

»Du hast gesagt, dass ihr erster Mann gestorben ist. War er viel älter?«

»Nur ein paar Jahre. Ich glaube, er wurde in ihrem Sommerhaus in Frankreich tot aufgefunden. Das Ganze passierte mitten in der Finanzkrise, deshalb gab es einige Gerüchte. Aber Caia hat das Geld danach gut verwaltet, das muss man ihr lassen.«

Am Ehrentisch hinten sagt jemand etwas Lustiges, denn die ganze Gesellschaft bricht in Gelächter aus, das sogar die Musik übertönt. Der DJ dreht noch lauter auf, und bald ist es auf der Tanzfläche so eng, dass Anna und Nenn-mich-Lasse keine Möglichkeit mehr haben zu sprechen. Sie spürt, dass er sie ein wenig näher zieht, riecht sein Aftershave. Nenn-mich-Lasse scheint eine Wange an ihre legen zu wollen, und sie weiß nicht genau, wie sie mit der Situation umgehen soll. Schließlich lässt sie sich darauf ein, ein bisschen Wange an Wange zu tanzen, und steuert gleichzeitig weiter auf den Ehrentisch zu, wo die Stimmung noch immer ausgelassen ist.

Aber als sie an der Schmalseite des Tisches sind, bemerkt Anna, dass irgendetwas nicht so ist, wie es sein sollte. Die Stimmen, die Mimik, das Gelächter – alles wirkt forciert, als ob die Personen am Tisch sich bemühen würden zu zeigen, wie wahnsinnig nett sie es haben.

Gerade als sie vorbeikommen, sieht Anna, wie Alex aufsteht und Caia Bianca auf die Tanzfläche führt. Anna schaut sie über Nenn-mich-Lasses Schulter hinweg an. Sie sieht, wie Alex Caia fast unmerklich immer näher zu sich heranzieht, und ihre Hand in seinen Nacken wandert. Ihre Wangen pressen sich aneinander, und Anna verspürt einen Stich.

Reiß dich zusammen, Anna, flüstert Håkan. *Du bist doch keine fünfzehn mehr.*

»Klappe«, presst sie zwischen zusammengebissenen Zähnen hindurch, sodass Nenn-mich-Lasse zusammenzuckt.

»Hast du was gesagt?«

Sie schüttelt den Kopf, lässt Alex Morell aber nicht aus den Augen.

»Und jetzt kommt ein Lied, das ihr wahrscheinlich alle kennt«, sagt der DJ – ein Mann um die fünfunddreißig mit

Brille und Nasenpiercing – der in einer Box mitten auf der Bühne steht.

Die muntere Tanzmusik wird durch eine langsamere Melodie ersetzt. Eine weiche Singer-Songwriter-Ballade mit einer Gitarre als einzigem Instrument. Der Sänger klingt nach einem jungen Mann.

»I saw a friend today, someone I knew long ago. But I still recall her name …«

Die Stimme ist klar und schön. Die Gitarre spielt sanft. Sie bringt Nenn-mich-Lasse dazu, ein paar Tanzschritte zu machen, bevor sie bemerkt, wie sich die Stimmung in dem großen Saal langsam ändert. Alex Morell scheint der Erste zu sein, der reagiert. Anna sieht, wie er erstarrt und den Kopf hebt, als wäre er unsicher, was er da gerade hört. Dann beginnen andere, es auch zu tun.

»And she told me this. My friend from long ago. That things will never be the same«, singt die helle Stimme, und ein anfängliches Gemurmel wird langsam immer lauter.

Alex Morell hat aufgehört zu tanzen. Er steht ganz still da und ist leichenblass. Caia Bianca sieht einen Moment lang unschlüssig aus, dann erstarrt auch sie. Vom Ehrentisch ist noch ein lautes Lachen zu hören. Eine der Frauen, vermutlich Marie Sordi, lacht lauter als die anderen. Das Lachen enthält eine spitze Dissonanz, wodurch es eher nach einem Schrei klingt.

»I'll see you by the waters«, singt die Stimme durch die Lautsprecher. »The dark and lonely waters.«

Dann bricht totales Chaos aus.

26

28. AUGUST 1990

Simon verstand nicht richtig, was geschah. Vor ein paar Minuten erst hatte er sich mitten in einem Glücksrausch befunden. Stockholm, die Tournee, der Sprung von der Klippe, Tanja.

Ohne dass er richtig begriff, wie es dazu gekommen war, stand er jetzt in einem Kreis, umringt von seinen besten Freunden. Aber sie verhielten sich überhaupt nicht wie solche.

Marie war immer noch sichtlich betrunken und hochrot im Gesicht, Bruno stand schräg vor ihr und hatte seine Fäuste erhoben, Alex' Blick hatte sich so verdunkelt wie sonst nur, wenn jemand Prügel bekommen sollte, und Carinas Lippen waren weiß vor Wut.

Und dann die Worte, die sie ihm aus allen Richtungen entgegenschleuderten. Sie spritzten aus ihren Mündern, fast im gleichen Takt wie der Regen. Sie fraßen sich durch seine Haut und bohrten sich tief in ihn hinein.

»Verräter.«

»Hast du begriffen, was er getan hat?«

»Einen Scheißvergewaltiger zu verteidigen!«

»Wie konntest du nur?«

»Mit dieser Hure?«

»Wer zum Teufel glaubst du, dass du bist?«

Simon hob die Hände, versuchte zu entkommen. Er sah über seine Schulter hinweg zum Wendeplatz hinunter, wo er sein Fahrrad abgestellt hatte. Der Regen fiel immer stärker.

»Also, ich glaube, ich fahre mal nach Hause …«

Er wollte umdrehen und weggehen, schaffte es, ein paar Schritte zu machen.

»Simon hat versucht, mich zu küssen«, sagte Carina da laut.

Plötzlich wurde es fast ganz still. Das Einzige, was man noch hörte, war der Regen.

»Was?«, riefen Alex und Bruno beinahe gleichzeitig.

»Vorhin, auf dem Pinkelpfad!«

Simon blieb stehen und drehte sich um. Carinas Augen blitzten in der Dunkelheit.

»So war das nicht …«, begann er und merkte, wie ihm die Stimme versagte. Er sah, dass Alex' Blick schwarz wurde, und hatte zum ersten Mal Angst. Angst vor Alex, Angst vor den anderen, davor, was passieren konnte.

»Hast du mein Mädchen geküsst?«, knurrte Alex und machte einen Schritt auf Simon zu.

Simon wusste nicht genau, wie ihm geschah, es kam ihm vor, als hätte sein Gehirn ein paar Sekunden vom Verlauf der Ereignisse verpasst. Plötzlich spürte er nur, wie sein Körper im hohen Bogen durch die Luft flog. Er streckte panisch die Hände aus, um sich aufzufangen, schaffte es aber nicht rechtzeitig, bevor der Felsen auf ihn zugerast kam.

27

HERBST 2017

Anna hat das schon einige Male erlebt, meistens im Dienst. Dass die Zeit sich in manchen kritischen Augenblicken auf seltsame Weise verlangsamt und es dadurch möglich wird, auch die allerkleinsten Details zu registrieren.

Alex stürzt auf die Box des DJs zu. Er bahnt sich den Weg wie ein amerikanischer Footballspieler und wirft auf dem Weg zur Bühne einige Personen um. Gleichzeitig ist auch Bruno Sordi vom Ehrentisch aus auf dem Weg zur Bühne. Seine Frau ist aufgestanden, der Stuhl hinter ihr ist umgekippt. Das Ehepaar Morell und Bengt Andersson starren zu Marie, die mit zusammengepressten Lippen dasteht und ein Gesicht macht, das sowohl Schreck als auch Abscheu ausdrückt. Caia Bianca ist ganz allein auf dem Tanzparkett zurückgeblieben. Um sie herum hat sich eine Leere gebildet, als ob die Menschen, die gerade noch versucht hatten, ihr so nahe wie möglich zu kommen, sich von ihr zurückgezogen hätten. Einer der Scheinwerfer färbt ihr weißes Kleid blutrot, und im Lichtkegel sieht man sie mit halb geöffnetem Mund, als würde ihr ein stummer Schrei entweichen.

»The dark and lonely waters«, singt die schöne Stimme wieder durch den Lautsprecher, und einen kurzen Moment lang zuckt es in Caias Lippen, dass es fast so aussieht, als würde sie mitsingen.

Das alles bemerkt Anna, bevor Alex Morell die Bühne und die DJ-Box erreicht hat. Ein Krach, dann endet die Musik abrupt. Zugleich gewinnt die Zeit ihr normales Tempo zurück und gibt eine Kakofonie an Stimmen frei.

Anna lässt Nenn-mich-Lasse los und rennt ebenfalls zur Bühne. Sie muss sich durch die Menschenmenge boxen, die sich am Bühnenrand drängt, unterhalb dessen, was gerade noch der DJ-Stand gewesen ist, jetzt aber eine Ansammlung an Spanplatten, Kabeln und Computerteilen. Inmitten des Gerümpels liegt Alex Morell. Er hält den DJ unter sich im Schwitzkasten gefangen. Alex' Gesicht ist rot, sein Blick dunkel, und die Lippen sind zu einer Grimasse verzogen, die ihn wie ein Raubtier aussehen lässt. Bruno Sordi steht breitbeinig, mit geballten Fäusten über ihnen, aber anstatt zu versuchen, Alex wegzuziehen, beugt er sich vor und brüllt dem DJ etwas ins Gesicht. Immer wieder die gleichen Worte, aber der Lärmpegel um Anna herum ist zu hoch, als dass sie hören könnte, was er sagt.

Der DJ leistet keinen Widerstand, sein Gesicht wird langsam blau, und der Mund schnappt nach Luft. Die Augen sind dabei, nach innen zu rollen. Anna hievt sich auf die Bühne.

»Lass ihn los, Alex!«

Bruno Sordi stellt sich ihr in den Weg. »Nicht, bevor er es zugibt.«

Bruno ist ungefähr so groß wie sie und der Gesichtsfarbe und den Bewegungen nach zu urteilen, ziemlich betrunken. Anna geht direkt auf ihn zu, greift nach seinem Kinn und dem einen Oberarm, und während er noch damit beschäftigt ist, sein Gesicht wegzudrehen, tritt sie ihm die Beine weg. Bruno fällt schwer auf den Bühnenboden, aber sie nimmt sich nicht die Zeit nachzusehen, wie es ihm geht, sondern wirft sich stattdessen auf Alex Morell. Der Körper des DJs ist bereits erschlafft, trotzdem hat Alex den Würgegriff nicht gelockert. Anna fasst nach seinen Haaren und seinem Gesicht und zieht ihn zurück. Alex lässt den DJ los, aber anstatt sich geschlagen zu geben, wirft er sich herum, schlingt die Arme um ihre Schulter und schmeißt sie zu Boden. Alex Morell ist beinahe zwei Meter groß und wiegt hundert Kilo. Außerdem war er Ringer auf Eliteniveau, sodass sie ihm nicht viel entgegenzusetzen hat. Ihre Knie krachen auf den Boden, und der Schlag lässt sie vor Schmerz aufheulen. Ihr Oberkörper ist kurz davor, den Knien zu folgen, aber sie wehrt sich mit aller Kraft und hört ihn über ihrem Kopf schwer keuchen. Der Raum um sie herum dreht sich in einer Mischung aus Lärm, Stimmen und Bewegungen. *Kopfstoß*, zischt Håkan in ihrem Ohr. *Mach einen Kopfstoß. Du musst!*

Sie schleudert den Kopf nach hinten und trifft Alex genau auf dem Nasenrücken. Er stöhnt auf und lockert den Griff ausreichend, dass sie einen Fuß auf den Boden setzen und genug Kraft sammeln kann, um sich herumzudrehen und ihm das Knie in den Schritt zu rammen. Alex gibt einen gurgelnden Laut von sich, seine Knie geben nach, und er sinkt auf den Bühnenboden, beide Hände auf die Familienjuwelen gepresst.

»Du verdammte Fotze!« Bruno Sordi ist wieder auf den Beinen. Sein Gesicht ist blaurot, die Fäuste sind geballt, die Augen zwei schmale Schlitze. Er macht einen Schritt vor, mit erhobenen Fäusten, und Anna hebt reflexmäßig die Arme, um sich zu schützen. Aber es kommt kein Schlag. Jens Friberg in voller Uniform ist neben Bruno aufgetaucht. Anna bemerkt einen schwarzen Strich in der Luft, hört ein Surren, gefolgt von einem trockenen Knall, als Jens' Schlagstock Bruno in den Kniekehlen trifft und ihn zum zweiten Mal zu Boden schickt.

Die Deckenlampen gehen an und tauchen den großen Saal in hartes, weißes Licht. Die Stimmen und Geräusche werden etwas leiser.

»Hier!« Friberg wirft ihr ein Paar Handschellen zu, wahrscheinlich das Extrapaar, über das sie vor ein paar Tagen noch gelacht hat, als sie ihn und seine ganze Ausrüstung zum ersten Mal sah. Dann beugt sich Friberg hinunter und legt Bruno Sordi sein normales Paar Handschellen an. Alex Morell krümmt sich wie ein Embryo und hat eine kleine Blutlache unter der Nase. Anna erlebt keinerlei Widerstand, als sie seine Hände auf seinem Rücken fixiert. Dann richtet sie sich auf, klopft sich den Staub von den Knien und schaut nach dem DJ.

Der Mann liegt zwischen seiner zerschlagenen Ausrüstung auf dem Rücken. Die Gesichtsfarbe ist zurückgekehrt. Er röchelt, streicht sich vorsichtig über den Hals und versucht, sich aufzusetzen.

»Mit Ihnen alles in Ordnung?«, fragt Anna und erhält ein schwaches Nicken zur Antwort.

»Was machen wir jetzt?«, fragt Jens Friberg und nickt vielsagend in den Raum, wo Hunderte von Augenpaaren ihren Bewegungen folgen. Henry Morell steht ganz vorne, Eva-Britt direkt neben ihm. Sein Gesicht ist verkniffen, und er sucht Annas Blick. Daneben stehen Marie Sordi und ihr Vater.

Anna schaut weg und wendet sich stattdessen an Jens Friberg.

»Wir nehmen beide mit«, sagt sie kurz. »Körperverletzung und Gewalt gegen einen Polizisten bei Alex Morell. Sordi …« Sie steht auf und überlegt, welchen Verbrechens sich Bruno schuldig gemacht hat. Dann beschließt sie, einen einfachen Ausweg zu nehmen, damit sie Zeit hat, weiter darüber nachzudenken.

»Sperr ihn in die Ausnüchterungszelle«, sagt sie.

Jens Friberg steht einen Moment da und schielt zum Bühnenrand. Dann nickt er langsam. Er gibt ein paar anderen uniformierten Kollegen, die hinter ihm aufgetaucht sind, ein Zeichen. »Beide abführen.«

Die Polizisten bringen Alex und Bruno durch den Saal hinaus, und Anna hilft dem DJ, auf die Beine zu kommen. Sie fragt ihn, ob er einen Krankenwagen braucht, erhält aber ein Kopfschütteln zur Antwort. »Ich muss Sie bitten, mich auf die Polizeiwache zu begleiten«, sagt sie. Der Mann nickt.

Sie hilft dem DJ, seine Brille zwischen den Trümmern wiederzufinden, und folgt ihm vorsichtig die Bühnentreppe hinunter, wobei sie den Nacken von Henry Morell wahrnimmt, der mit bestimmten Schritten den Saal verlässt. Er schaut nicht einmal in ihre Richtung. Andere schauen dafür umso mehr. Caia Bianca, Marie Sordi, Bengt Andersson, Nenn-mich-Lasse und ein Haufen anderer Leute scheinen den Blick kaum von ihr lösen zu können.

Sie sieht sich nach Agnes um, entdeckt sie aber nicht und denkt, dass sie vermutlich nicht gesehen hat, was passiert ist, was zumindest eine Erleichterung ist.

Das leise Flüstern nimmt wieder zu, geht in ein immer lauter werdendes Gemurmel über, je mehr sie und der DJ sich dem Ausgang nähern. Auf den letzten Metern schnappt sie vereinzelte Sätze auf.

»… sie hat Alex Morell zu Boden geworfen.«

»Bruno auch …«

»Völlig unerschrocken.«

»Was zum Teufel ist nur in die beiden gefahren?«

»Hast du nicht gehört?«

Direkt neben der Tür, gerade als sie den Festsaal verlassen wollen, sieht Anna wieder den mageren Bärtigen mit dem Handtattoo. Wie vorhin steht er arrogant an die Wand gelehnt, ein Grinsen auf den Lippen, und trotz der getönten Brille ist sich Anna ziemlich sicher, dass er ihr zuzwinkert, als sie an ihm vorbeigeht.

Sie bringt Nenn-mich-Lasse dazu, sie und den DJ, der Kristian Persson heißt, zur Polizeiwache zu fahren. Dann bittet sie ihn, zurückzufahren und nach Agnes zu sehen. Kristian scheint ein ganz normaler Kerl zu sein, mit einem normalen Job, der sich als DJ etwas dazuverdient. Er sagt, dass er keine Ahnung hat, warum Alex und Bruno auf ihn losgegangen sind, und behauptet, sie nicht einmal zu kennen. Nichts an seinem Tonfall oder seinem Auftreten deutet darauf hin, dass er lügt. Anna bittet ihn, am Empfang zu warten, während sie in den Arrest geht.

Genau wie erwartet trifft sie dort Henry Morell. Er und

Jens Friberg scheinen in ein ernstes Gespräch vertieft zu sein, das sofort unterbrochen wird, sobald sie sie entdecken. Bruno Sordi ist nicht zu sehen, aber Alex Morell sitzt ein Stück entfernt in dem Abrechnungskabuff, in dem Freiheitsberaubte landen, bevor sie offiziell inhaftiert werden. Er drückt sich einen Eisbeutel auf die Nase und hält die andere Hand vor den Schritt. Die Handschellen sind weg, sein Körper ist zusammengesunken und der Blick auf den Kunststoffteppich gerichtet.

»Anna, gut, dass du kommst«, sagt Morell übertrieben freundlich. »Ich muss dir für dein beherztes Eingreifen danken und mich zugleich für Alex' Verhalten entschuldigen. Das war natürlich vollkommen inakzeptabel.«

»Warum sitzt er nicht in der Zelle?« Die Frage ist an beide gerichtet, aber nur Jens Friberg schaut weg.

Henry Morell nimmt sie ein wenig beiseite.

»Ganz unter uns, Anna, Alexander hat es momentan ein bisschen schwer«, sagt er leise. »Die Scheidung hat ihn hart getroffen. Er hat einen Haufen Geld und Tausende Stunden Arbeit in das Haus investiert, damit seine Familie es gut hat. Und jetzt muss er im Keller seiner Eltern wohnen und darf seine Mädchen nur am Wochenende sehen.« Morell macht eine resignierte Geste und senkt die Stimme noch mehr. »Alexander hatte früher mal einige Probleme. Vor Jossan und den Mädchen. Er war ein paarmal in der Psychiatrie.« Er machte eine kleine Handbewegung Richtung Kopf. »Ihn einzusperren, kann bei ihm einiges in Gang setzen, verstehst du?«

Er deutet ihr überraschtes Schweigen als Zustimmung.

»Wir machen es so. Bruno schläft im Arrest seinen Rausch aus. In ungefähr einer halben Stunde hebe ich die Festnahme von Alexander auf und nehme ihn mit nach Hause. Das gibt uns ein bisschen Zeit, mit dem Diskjockey zu sprechen. Ich verstehe, dass Alexander dich in eine unangenehme Situation gebracht hat, aber du hast bestimmt schon Schlimmeres erlebt. Außerdem ging ja dank dir noch mal alles gut. Wenn du mich fragst, hat Alex genau das bekommen, was er verdient hat, und außerdem hat das ganze Dorf gesehen, dass du Herrin der Lage warst.« Er lächelt und setzt diese väterliche Miene auf, gegen die sich Anna nur schlecht wehren kann.

»D-Du willst also, dass ich den Kläger, den ich gerade mit hierhergeschleppt habe, dazu überrede, keine Anzeige zu erstatten, obwohl es Hunderte von Zeugen gibt?« Sie versucht, ruhig zu klingen, aber es gelingt ihr nicht ganz.

Morell bleibt bei seinem väterlichen Ton.

»Nein, nein, das würde ich nie von dir verlangen. Das rein Praktische übernimmt Jens. Ich möchte dich nur bitten, keine Anzeige wegen Gewalt gegen einen Beamten aufzusetzen. Sieh es als einen persönlichen Gefallen mir gegenüber. Eine Art Abschiedsgeschenk, wenn du so willst.«

Sie zögert, wartet darauf, dass Håkan in ihrem Hinterkopf etwas dazu sagt. Dass er mit seinen üblichen Ratschlägen kommt. Aber Morell ist schneller.

»Außerdem bin rein formell immer noch ich für dieses Polizeirevier verantwortlich«, fügt er in nicht mehr ganz so freundlichem Ton hinzu. »Bis Montagmorgen ist das hier meine Wache, und alle Polizisten arbeiten für mich. Du auch, Anna.« Sein Gesicht wird starr, wechselt dann jedoch wieder zu diesem väterlichen Lächeln. »Aber ich hoffe natürlich, dass wir die Sache einvernehmlich lösen können. Wie zwischen guten Freunden.«

Anna windet sich. Sie hat aus mehreren Gründen Mitleid mit Alex Morell, nicht zuletzt nach dem, was Henry gerade erzählt hat. Außerdem mag sie ihn. Oder mochte ihn zumindest, bis vor einer guten halben Stunde. Aber er hat sich eines Vergehens schuldig gemacht, er war gewalttätig, sowohl gegen den armen DJ als auch gegen sie selbst.

»Also, was sagst du, Anna? Sind wir uns einig?« Morell lächelt immer noch, aber sie bemerkt die Schärfe in seinem

Blick. Jetzt Nein zu sagen, würde ihre Freundschaft wahrscheinlich beenden und ihre Lage deutlich erschweren.

Håkan ist erwacht. Sie weiß schon, was er sagen wird, und hofft wie schon so oft, dass er einfach still wäre. Aber das ist er natürlich nicht, denn nicht einmal der Tod kann Håkan zum Schweigen bringen. *Manchmal, liebste Anna*, flüstert er, *manchmal muss man sich einfach mit einer Situation abfinden.*

Sie schlüpft durch den Hinterausgang, um dem DJ Kristian nicht in die Augen schauen zu müssen. Nenn-mich-Lasse, Erik und Agnes warten draußen auf dem Parkplatz. Die beiden Jugendlichen sind aufgedreht, sie haben inzwischen schon gehört, was passiert ist, und wollen, dass Anna im Detail erzählt, wie sie mit zwei ausgewachsenen Männern fertigwurde. Dazu hat sie absolut keine Lust. Nenn-mich-Lasse scheint das zu merken und gibt eine kurze Zusammenfassung ohne allzu viele Details. Sie wirft ihm einen dankbaren Blick zu und gelobt sich selbst, in Zukunft netter zu ihm zu sein.

Als sie auf den Hof von Tabor einbiegen, leuchtet das Außenlicht vor dem Haus. Auf der Treppe liegt etwas. Zwei Kaninchen mit toten Augen und leeren Bäuchen.

28

HERBST 2017

Sie schläft schlecht. Der Traum vom Gemälde, dem Steinbruch und dem Körper kommt wieder, aber diesmal ist es nicht Simon Vidje oder Håkan, der still da draußen auf dem Wasser schwimmt. Es ist Alex Morell.

»Hilf mir, Anna!«

Der Herbstregen fällt immer dichter, verwandelt das ganze Bild in einen trüben, schlecht riechenden Dunst, der in der Nase brennt, und plötzlich, innerhalb einer Sekunde, hat sich alles verändert, ist zu einer komplett anderen Szene geworden, wie es nur in Träumen geschehen kann. Sie sitzt mit ihrem Verteidiger zur Linken in dem kleinen Vernehmungsraum, die beiden internen Ermittler ihnen gegenüber auf der anderen Seite des Tisches. Einer von ihnen legt ihr ein Foto hin. »Wissen Sie, was das ist?«

Sie braucht sich das Foto gar nicht anzusehen, macht es aber doch. Es zeigt einen grauen, flachen Kasten mit Kabeln und Schläuchen auf der Rückseite und einem Display auf der Vorderseite. Eine Infusionspumpe mit glatten Gummiknöpfen, die nur in einer bestimmten Reihenfolge gedrückt zu werden brauchen, damit das Morphium frei fließen kann und Håkan keine Schmerzen mehr haben muss.

Drei, drei, sieben, fünf, neun, zwei. Select.

»Haben Sie es getan?«, fragt der Ermittler. »Haben Sie Ihren Mann umgebracht?«

Anna wacht mitten in einer Einatmung auf. Es ist früh am Morgen, draußen stürmt und regnet es. Sie zieht sich die Regenjacke an und geht hinaus, um die Spuren dessen zu beseitigen, was Agnes das Kaninchenmysterium nennt. Gestern war sie zu müde, um sich darum zu kümmern. Sie ist froh, dass Agnes es als eine Art Scherz betrachtet, ihr selbst fällt das schwerer. Sie nimmt ein ausgenommenes Kaninchen in jede Hand und geht zum Schuppen und den Mülltonnen hinunter. Als sie etwas näher heran ist, entdeckt sie, dass dort hinter dem Schuppen ein Wagen parkt, den sie vom Wohnhaus aus nicht gesehen hat. Es ist Bror Kleins Pick-up.

Die Schuppentür steht offen, und Anna hört jemanden darin herumwühlen. »Hallo«, ruft sie, klopft an den Türrahmen und macht einen Schritt hinein. Das, was sie für einen Schuppen hielt, war wahrscheinlich einmal eine Garage, aber jetzt sieht es innen eher nach einem Schrottplatz aus. Der dunkle Raum riecht feucht und rostig, der Boden ist voller Gerümpel, und auf den Regalen an den Wänden drängen sich so viele Farbdosen, Flaschen und Kartons, dass man sie kaum zählen kann. Am hinteren Ende des Raums findet sich eine kleine, dunkle Türöffnung. Die Geräusche kommen von dort.

»Hallo!«, ruft Anna noch einmal. Es wird still, und Bror Klein taucht in der Tür auf.

»Ach«, sagt er und sieht verlegen aus. »Ich bin nur hier, um ein paar Sachen zu holen. Ich wollte Sie nicht so früh wecken.«

»Kein Problem«, entgegnet Anna.

Sie schweigen.

»Äh, gefällt es Ihnen hier oben?«

Kleins Versuch zu plaudern überrascht sie. »Sehr. Es ist wirklich schön und ruhig hier. Genau, was wir brauchen.«

Klein brummt zustimmend. »Und die Arbeit? Wie läuft es mit Henry Morell? Hat er die Zügel aus der Hand gegeben?«

»Ach, ja. Ich denke, es ist ganz gut gelaufen. Ich übernehme ab morgen früh.« Der erste Satz kommt ihr nicht ganz leicht über die Lippen, und sie muss an die Ereignisse von gestern Abend denken.

Er nickt und sieht aus, als wäre das Gespräch beendet. Ihre Augen haben sich allmählich an die Dunkelheit gewöhnt, und jetzt kann sie sehen, was sich weiter hinter im Raum befindet. Sie erkennt etwas Großes, Blaues. »Ist das Karl-Jos Rutschbahn?«, fragt sie und zeigt auf den Gegenstand.

Klein zuckt zusammen, nur ein klein wenig, aber genug, damit ihr geübtes Auge es bemerkt. »Woher wissen Sie davon?«

»Der Radhändler hat es erzählt«, sagt sie.

»Göran ist ein Klatschmaul. Eines der schlimmsten in der ganzen Gegend.«

Es wird still, alles, was zu hören ist, sind Regentropfen, die hier und da durch das alte Dach tropfen.

»Das Wandgemälde«, sagt Anna, ohne richtig nachzudenken. »Ich habe gesehen, was es eigentlich darstellt.« Diesmal hält Kleins Maske besser. Nicht die kleinste Regung verrät, was er denkt, trotzdem kann Anna spüren, wie es unter der starren Oberfläche brodelt. Irgendetwas an Klein reizt sie. Irgendetwas lässt in ihr den Wunsch aufkommen, dieses versteinerte Gesicht aufzusprengen und das hervorzuholen, was es verbirgt. »Karl-Johan hat auch nie akzeptiert, dass es sich um einen Unfall gehandelt hat«, fährt sie fort. »Deswegen hat er zehn Jahre lang an diesem Bild gemalt, obwohl er am Ende fast blind gewesen sein muss.«

»Das geht Sie nichts an«, sagt Klein dumpf. Die aufgesetzte Freundlichkeit von vorhin ist weg. »Sie kannten ihn nicht, Sie haben keine Ahnung von …«

Er unterbricht sich mitten im Satz, wischt einen kleinen Speicheltropfen weg, der den Worten gefolgt ist und an seinem Kinn hängt.

»Entschuldigen Sie mich jetzt«, murmelt er und schaut dabei demonstrativ auf die Uhr. »Ich muss leider los.«

Sie begleitet ihn hinaus und steht neben ihm, während er die Seitentür mit einem ordentlichen Hängeschloss verschließt. Kleins Verlegenheit ist deutlich zu spüren, sogar, als er ihr den Rücken zukehrt. Er nickt ihr zum Abschied kurz zu, steigt dann ins Auto und fährt durch den Regen davon.

Anna fragt sich, was er wohl im Schuppen zu suchen hatte. Sie geht eine Runde um das Gebäude herum. An der Vorderseite sitzen, mit einigen Metern Abstand, zwei Garagentore, und beide sind mit Riegel und Hängeschloss versehen. Das linke muss in den Raum mit der Rutschbahn und dem ganzen Gerümpel führen und das rechte in den Raum, aus dem Klein kam. Da beide Tore gleich groß sind, geht Anna davon aus, dass auch beide Räume in etwa gleich sind. Sie sucht nach einer Ritze, durch die sie hindurchsehen könnte, und findet auf der Rückseite ein loses Brett. Indem sie ein bisschen daran herumzerrt, entsteht ein Loch, das groß genug ist, um die Hand hindurchzustecken. Drinnen riecht es noch muffiger als in dem ersten Raum. Nach Feuchtigkeit, Rost und noch etwas anderem. Irgendwie angebrannt. Durch die Ritze fällt nur wenig Licht, deshalb schaltet Anna die Taschenlampe an ihrem Handy ein und streckt den Arm so weit wie möglich durch die Öffnung. Die Lampe erleuchtet ein paar Meter Betonboden und dahinter einen dunklen Umriss. Es dauert ein paar Sekunden, bis sie versteht, was sie da sieht. Es ist das verkohlte Wrack von dem, was einmal ein Sportwagen gewesen sein muss.

29

HERBST 2017

Am Montagmorgen fährt Anna früh zur Arbeit. Der Flur im ersten Stock ist still und leer. Sie setzt sich an den Computer, gibt das Datum von Samstag ein und sucht nach den Anzeigen. Sie findet ein paar, aber keine davon dreht sich um eine Körperverletzung im Volkspark. Sie gibt das Schlagwort Alexander Morell ein, erhält aber keinen Treffer. Auch nicht bei Bruno Sordi. Jens Friberg scheint seine Aufgabe vorbildlich gelöst zu haben.

Sie sitzt eine Weile still vor dem Monitor und gibt dann ihre eigene Personennummer ein. Sie weiß, dass man nicht nach sich selbst suchen darf, aber im Hinblick darauf, was am Wochenende passiert ist, kann sie immer noch behaupten, dass sie kontrollieren wollte, ob sie als Klägerin aufgeführt ist. Sie weiß, was jetzt kommt, sie kennt die Aktennummer auswendig, trotzdem kann sie einen kleinen inneren Aufruhr nicht verhindern, als die Registrierungsnummer auf dem Bildschirm auftaucht. Sie klickt die Nummer nicht an, sie weiß, dass der Zugang gesperrt ist. Niemand außer der Abteilung für interne Ermittlungen kann sich mit der Angelegenheit oder den Verdächtigungen gegen sie vertraut machen.

Aber eine Sache kann sie der Aktennummer in jedem Fall entnehmen, etwas, das ihren Magen noch einmal in Aufregung versetzt. Im Kästchen für den Bearbeitungsstatus steht trotz der Versicherung ihres Anwalts, dass alles in Kürze abgeblasen werden würde, immer noch keiner der Codes, die anzeigen, dass der Fall niedergelegt wurde.

Ein diskretes Klopfen lässt Anna aufschauen. Jens Friberg steht in der Tür. Schnell schließt sie das Fenster auf ihrem Bildschirm.

»Hast du eine Minute Zeit?«, fragt er. Er wartet auf ihr Ja, bevor er hereinkommt und die Tür hinter sich schließt. Sie fordert ihn auf, Platz zu nehmen, aber verschwendet keine Zeit mit irgendwelchen Höflichkeitsfloskeln. Ab heute ist sie sein Chef, und sie hat vor, ihn zurechtzuweisen, sobald sich eine Gelegenheit ergibt, und ihm klarzumachen, wer hier das Sagen hat. Aber Friberg überrascht sie.

»Ich wollte dir nur sagen, dass ich deinen Einsatz am Samstag gut fand«, sagt er. »Wie du mit Alexander Morell und Sordi umgegangen bist, war …« Er unterbricht sich und sucht nach dem richtigen Wort. »Beeindruckend«, stößt er schließlich hervor, wobei das Wort fast wie ein Seufzer klingt.

»Danke«, antwortet Anna, ohne genau zu wissen, was sie sonst sagen soll. Die Situation ist sowohl unerwartet als auch schwer zu deuten. Ist das hier eine Art Trick? Eine wohlüberlegte Art, ihre Autorität erneut zu untergraben? Aber Fribergs Tonfall klingt weder schmeichlerisch noch aufgesetzt, und seine Körpersprache auch nicht. Es sieht eher so aus, als fiele es ihm schwer, sie zu loben. Dennoch tut er es.

»Was für ein Glück, dass ihr so schnell da wart«, sagt sie, um ihn ein wenig zu testen.

»Tatsächlich standen wir schon draußen auf dem Platz. Jemand rief, dass drinnen eine Schlägerei im Gange sei.«

»Wie lief es mit dem Kläger?«, fragt sie, obwohl sie die Antwort schon kennt.

»Er … hat sich nach kurzer Bedenkzeit entschieden, keine Anzeige zu erstatten«, erwidert Friberg.

Sie will gerade eine säuerliche Bemerkung dazu abgeben, als sie sieht, dass Friberg verlegen mit sich kämpft. Deshalb beschließt sie, einfach still abzuwarten.

»Also …«, sagt Friberg, wobei er sich auf die Oberlippe beißt, als wolle er verhindern, dass der restliche Satz auch herauskommt. »Ich habe großen Respekt vor Henry Morell. Ich betrachte ihn fast als einen Mentor.« Friberg windet sich.

Aber, denkt sie. Denn sie weiß, dass so etwas jetzt kommt.

Zugleich versucht sie, sich nicht anmerken zu lassen, wie sehr sie dieses Gespräch überrascht.

»Aber worum er uns am Samstag gebeten hat, war nicht richtig. Ich habe zwar schon einige Male hinter Alexander aufgeräumt, aber da ging es nur um Kleinigkeiten. Dieses Mal hätte es richtig böse ausgehen können. Und noch dazu hat er eine Polizistin angegriffen.«

Anna bleibt noch einen Moment still und versucht zum zweiten Mal, dahinterzukommen, ob das alles irgendeine Falle ist, aber sie entdeckt immer noch keine Anzeichen dafür.

»Warst du dabei, als Bruno Sordi heute Morgen freigelassen wurde?«, fragt sie dann.

Friberg nickt.

»Wie lange ist er geblieben?«

»Vier Stunden. Seine Frau und sein Schwiegervater haben ihn abgeholt. Sie waren nicht gerade erfreut.«

»Hast du mit ihm gesprochen?« Sie glaubt, die Antwort zu kennen, schon bevor er nickt. Friberg ist ein sorgfältiger Polizist, der Zufälle hasst und keine losen Enden hinterlässt.

»Und was hat er gesagt?«

»Er hat behauptet, dass das nur vom Alkohol kam. Dass es irgendein Missverständnis war.«

»Ein Missverständnis?«

Friberg richtet sich auf, wirft einen kurzen Blick auf die geschlossene Tür. »Sordi hat erzählt, dass der DJ einen alten Song gespielt hat. Dass sie daraufhin alle schockiert waren und dachten, der Mann wolle sie ärgern. Dass er ihnen die Party verderben wollte. Deshalb sind sie auf ihn losgegangen.«

»Wie das? Wie soll er das mit einem Lied machen können?«

»Der Sänger war Simon Vidje.«

Anna schnappt kurz nach Luft, während sie zugleich versucht, sich an den Song zu erinnern. Die helle Stimme, die

Akkorde, der Text. Irgendwas mit dunklen, einsamen Gewässern. Plötzlich fällt es ihr schwer, nicht zu erschaudern.

»Hast du den DJ danach gefragt?«

Friberg schüttelt den Kopf.

»Um die Zeit war er schon lange nach Hause gefahren. Ich wollte nicht anrufen und ihn so früh am Sonntagmorgen wecken, und nach unserem vorangegangenen kleinen Gespräch bin ich mir ziemlich sicher, dass er mich sowieso zum Teufel gejagt hätte. Aber es wäre interessant, seine Version zu hören.«

Friberg holt einen zusammengefalteten Zettel aus der Hemdtasche und legt ihn auf ihren Schreibtisch. Dann steht er auf, nickt ihr zum Abschied kurz zu und geht zur Tür. Sie faltet das Papier auseinander. Eine Handynummer steht darauf.

Anna bleibt einen Moment mit dem Zettel in der Hand sitzen und versucht sich zum dritten Mal auszurechnen, ob das alles irgendein Trick ist. Aber wenn, dann durchschaut sie ihn nicht.

DJ Kristian antwortet beim dritten Klingeln und scheint, gelinde gesagt, unzufrieden damit, dass sie anruft.

»Also, ich habe es kapiert«, sagt er, sobald sie sich vorgestellt hat. »Ihr faschistischer Kollege hat mir schon gestern klargemacht, dass es keine gute Idee wäre, Alexander Morell anzuzeigen. Das hätten Sie mir auch gleich im Park sagen können, anstatt mich auf die Wache zu schleppen, und Sie brauchen mich definitiv nicht mehr anzurufen …«

Sie unterbricht ihn, aber spürt gleichzeitig, wie ihre Wangen vor Scham erröten.

»Das ist nicht der Grund meines Anrufs. Ich wollte Sie nach dem Song fragen, den Sie gespielt haben, als es passierte.«

Am anderen Ende bleibt es einen Moment lang still. »Meinen Sie dieses Demotape, oder was das war?« Er klingt nicht mehr verärgert, eher verwundert.

»Genau. Wie kamen Sie dazu, es zu spielen?«

»Ein Typ hat mir früher am Abend einen USB-Stick mit dem Song gegeben. So was kommt manchmal vor. Die 2017er Version vom klassischen Wunschlied. Normalerweise sage ich Nein, ich stecke nicht gern unbekannte Sticks in meinen Computer, aber der Typ war hartnäckig. Er hat mir fünfhundert Kronen dafür gegeben, dass ich den Song spiele, wenn Caia Bianca auf der Tanzfläche ist, und hat mir für hinterher noch einmal so viel versprochen. Der Gig war nicht besonders gut bezahlt, also dachte ich, warum nicht. Tausend Kronen extra, nur um ein Lied zu spielen.«

»Wer war der Typ?«

»Keine Ahnung. Ich glaube nicht, dass er von hier war.«

»Wie sah er aus?«

Er schweigt einen Moment, während er nachdenkt. »Ein bisschen verbraucht. Um die fünfzig oder so. Dünn, mit Bart und Tätowierungen auf den Händen.«

»Trug er eine Brille?« Sie glaubt, die Antwort schon zu kennen.

»Ja, er hatte eine, so eine dunkle, bei der man kaum die Augen sieht.«

Anna weiß, wen er meint.

»Erinnern Sie sich an noch etwas, was ihn betrifft? An etwas, was er gesagt oder getan hat?«

Wieder nachdenkliches Schweigen. »Nein, alles, was er gesagt hat, war, dass der Song ein altes Lieblingslied sei, das richtig Stimmung machen würde. Dass Caia und ihre Freunde es sofort wiedererkennen würden.«

Das haben sie auch, denkt Anna für sich. Sie haben es nur allzu gut wiedererkannt.

30

HERBST 2017

Sie hat gerade die Diele von Tabor betreten, als ihr neues Arbeitshandy klingelt. Agnes hat eine SMS geschickt, dass sie zu Erik gefahren sei, und Milo scheint wie immer mäßig erfreut, sie zu sehen.

»Hallo, hier Olsson, von der Abendschicht«, sagt eine Stimme durch den Hörer.

»Ah, ja. Hallo.«

»Wir sind draußen im Glarea-Tagebau. Einer der Arbeiter hat angerufen. Sie haben in einem Baum einen Toten gefunden.«

»Was?«

»Einen Springer«, verdeutlicht der Polizist. »Es gibt einen Steilhang, wo der Tagebau an die nördliche Spitze des Höhenzugs stößt. Vor ein paar Jahren hatten wir dort schon mal einen Selbstmörder.«

»Okay, ich komme«, sagt Anna. »Können Sie mir genau erklären, wo Sie sind?«

Es ist bereits dunkel, als Anna das Haupttor von Glarea erreicht, wo ein weißer Jeep mit dem Logo eines Wachdienstes auf sie wartet.

»Folgen Sie mir, dann zeige ich Ihnen, wo es ist. Es könnte sonst etwas schwer zu finden sein«, sagt der Fahrer.

Diese Behauptung erweist sich als komplette Untertreibung. Nach den Toren und den Bürogebäuden führt der Weg steil bergab. Das Zufahrtsgelände verschwindet aus der Sicht, während sich zu beiden Seiten des Weges immer höhere und steilere Kieshänge auftürmen, bis sie allmählich den Grund des gigantischen Tagebaus erreichen. Der verbrannte Geruch, der manchmal über der Stadt hängt, ist so stark, dass

Anna auf den Schalter drückt, der dafür sorgt, dass die Klimaanlage keine Luft mehr von außen ansaugt.

Der Weg endet auf einem Schotterplatz, so groß wie vier bis fünf Fußballfelder. Sie fahren an mehreren großen Gebäuden und hohen Metalltürmen vorbei, die sie für Brechwerke hält, sowie an einer Reihe von schweren Maschinen und Lastwagen, die dort die Nacht über parken. Die Umgebung ist von Scheinwerfern erleuchtet, deren kaltes Licht den Eindruck einer Mondlandschaft verstärkt.

Der Wagen der Wachgesellschaft biegt zwischen zwei großen Kiesbergen nach rechts ab, durchquert eine tiefe Wasserpfütze und fährt dann an einer weiteren Abzweigung nach links. Anna wird klar, dass die Tagebauanlage nicht ein einziges gigantisches Rechteck ist, wie sie es sich vorgestellt hat. Vielmehr erinnert sie an ein großes Rad, bei dem der große Platz, den sie gerade passiert haben, vermutlich die Nabe ist, von der aus verschiedene Schluchten wie Speichen abgehen. Aber als sich die Schlucht, der sie folgen, in neue Verzweigungen aufteilt, stellt sie fest, dass auch dieser Vergleich hinkt. Bei der fünften Verzweigung muss sie einsehen, dass sie den Weg nie allein gefunden hätte, und ist froh, dass sie nur den Rücklichtern des Wagens vor sich zu folgen braucht.

Sie hat beinahe vollkommen die Orientierung verloren, als sich die Schlucht zu einem großen Platz hin öffnet, an dessen hinterem Ende der Bergkamm eine hohe, steile Klippe bildet. Am Fuß der Wand stehen drei Fahrzeuge in einem Halbkreis, die Scheinwerfer auf eine einsame Birke gerichtet. Regen hängt in der Luft, vereinzelte Tropfen zeichnen schon Striche ins Scheinwerferlicht.

Anna parkt ein Stück entfernt und geht das letzte Stück zu Fuß. Eines der Fahrzeuge ist der Streifenwagen, dessen Fahrer sie angerufen hat, das zweite ist ein großer Bagger. Das dritte Fahrzeug ist Henry Morells Wagen. Sie trifft ihn im Gespräch mit der Streifenpatrouille und einem Mann, der, seiner Warnweste nach zu urteilen, zu den Glarea-Arbeitern gehört.

»Hallo, Anna«, sagt Morell, als sie sich nähert. »Er ist leider kein schöner Anblick.«

Er schaltet eine Taschenlampe an und richtet sie in die Birke hinauf, wohin die Scheinwerfer der Fahrzeuge nicht ganz reichen. Die Szene ist scheußlich und grenzt zugleich ans Absurde. Wie eine lange Wunde erstrecken sich zerknickte Zweige vom Baumwipfel hinunter bis ungefähr vier Meter über dem Boden, wo etwas, das am ehesten wie eine Stoffpuppe aussieht, in einer Astgabel festhängt. Die Glieder des Toten sind unnatürlich verdreht und die Kleider zum Teil zerrissen. Ein kräftiger Ast geht mitten durch den Brustkorb hindurch und ragt zwischen den Schulterblättern des Mannes heraus. Die Blätter, der Stamm und der Boden darunter sind vom Blut dunkel gefärbt.

»Vor ungefähr zehn Jahren hatten wir hier schon einmal einen Selbstmörder«, sagt Morell. »Einen Unternehmer aus der Stadt, der sowohl seine Familie als auch seine Freunde ruiniert hat. Aber er ist direkt auf dem Boden gelandet. Dieser arme Kerl macht es uns ein bisschen schwerer.«

Morell leuchtet hinter dem Baum die Klippe ab. Die Wand ist mindestens fünfzig, sechzig Meter hoch, und der Lichtstrahl reicht nicht ganz nach oben.

»Da oben gibt es einen Aussichtsplatz. Im Sommer fahren regelmäßig Leute dorthin, picknicken und schauen sich den Sonnenuntergang an. Eigentlich ist der Zugang verboten, aber niemand kümmert sich darum.«

Der Regen wird ein wenig stärker, und Anna knöpft ihren Mantel zu. Sie ist froh, dass sie sich einen richtigen, klassischen Regenmantel angeschafft hat, der die Nässe abhält. Morell schaltet die Taschenlampe aus.

»Ich habe mit dem Diensthabenden der Leitzentrale gesprochen. Wir haben beschlossen, dass wir bis morgen früh warten, bevor wir die Techniker hierherholen. Der arme

Kerl im Baum läuft uns schließlich nicht weg, und es ist nicht nötig, dass deswegen jemand Überstunden macht. Das Budget ist schon so knapp genug. Glarea hat versprochen, dabei zu helfen, den Körper bis morgen früh zu bewachen, aber es ist ja nicht so, dass man da oben so einfach an ihn herankommt. Du und ich, wir könnten vielleicht auf den Berg fahren und sehen, ob wir sein Auto finden? Ich glaube, ich weiß ungefähr, wo es stehen müsste.«

Anna weiß nicht genau, was sie darauf erwidern soll. Morell benimmt sich, als würde immer noch er bestimmen, und das mit einer Selbstverständlichkeit, die sie verärgert. Er merkt das, was zumindest ein kleiner Trost ist.

»Tja, entschuldige, dass ich mich so einmische. Olsson vom Funkwagen hat mich zuerst angerufen, bestimmt aus alter Gewohnheit. Und da ich sowieso in der Nähe war, dachte ich …«

»Wer hat die Leiche gefunden?«, unterbricht sie ihn, vielleicht unnötig barsch.

»Einer der Maschinenführer. Das hier ist einer der ältesten Teile der Tagebauanlage und war jahrelang geschlossen.« Er macht eine Handbewegung Richtung Steilhang und Berg. »Der Maschinenführer ist hergekommen, um hinter der Birke Wasser zu lassen. Der arme Kerl.«

»Ist er noch da?«

Morell schüttelt den Kopf. »Olsson hat ihn kurz befragt und dann nach Hause zu seiner Familie geschickt. Er war ordentlich schockiert. Kein Wunder!«

Er schaltet die Lampe wieder an und richtet den Lichtstrahl noch einmal auf den toten Körper im Baum. Ein kleiner Lichtreflex fängt Annas Blick.

»Leuchte mal dahin«, sagt sie zu Morell. »Direkt auf den Stamm.«

Anna holt ein Paar blaue Überzieher hervor, die sie schnell eingesteckt hat, bevor sie losgefahren ist, und zieht sie über die Schuhe. Dann schaltet sie ihre eigene viel kleinere, aber deutlich stärkere Taschenlampe an und geht mit vorsichtigen Schritten auf den Baum zu. Der Regen klatscht gegen den beschichteten Stoff ihres Regenmantels. Der metallische Blutgeruch wird immer stärker und verdrängt fast den Gestank von verbranntem Lehm.

Einen halben Meter vom dicken Baumstamm entfernt bleibt sie stehen, direkt außerhalb des Bereichs mit dem blutbefleckten Laub, und geht in die Hocke. Dann richtet sie die Taschenlampe auf die Stelle, an der sie den Lichtreflex gesehen hat. Ein Gegenstand steckt zwischen den Wurzeln des Baums fest, ein bisschen seitlich vom Körper. Wahrscheinlich ist es etwas, das sich bei dem Sturz gelöst hat oder aus einer Tasche des Toten gefallen ist. Anna sieht einen Plastikbügel und ahnt schon, was sie da gefunden hat.

Sie findet ein Paar Einweghandschuhe in der einen Manteltasche, zieht sie an und holt aus der anderen Tasche einen Stift. Mithilfe des Stiftes angelt sie vorsichtig nach dem Gegenstand zwischen den Wurzeln. Genau wie vermutet handelt es sich um eine übel zugerichtete Brille. Die Bügel sind verbogen, und ein Glas fehlt. Sie hebt die Brille hoch und beleuchtet sie mit der Taschenlampe. Das verbliebene Glas ist dunkel getönt. Anna erstarrt, schaut dann nach oben und leuchtet über sich in den Baum. Die Leiche hängt bäuchlings, sodass sie den Kopf schnell lokalisieren kann. Das Gesicht ist zerschlagen und verdreht. Eine Augenhöhle ist leer. Trotzdem erkennt Anna den Toten sofort. Es ist der Bärtige vom Heimkehrerfest.

Sie legt die Brille dahin zurück, wo sie sie gefunden hat, und geht langsam auf ihrer eigenen Fußspur zurück. Sie zieht die Handschuhe aus, ohne Morell anzuschauen. Dann ruft sie den Polizisten zu sich, der sie angerufen hat.

»Olsson, sehen Sie zu, dass Sie die Fahrzeuge hier wegbekommen, und sperren Sie das Gebiet ab. Ich will ein Viereck von mindestens fünfzig mal fünfzig Metern um den Baum haben, in das niemand seinen Fuß setzt, bis die Techniker da sind.«

Der Polizist sieht verwirrt aus. »Aber das ist doch ein Selbstmörder …«, sagt er etwas zu laut und schaut dabei über ihre Schulter. Sie braucht sich nicht umzudrehen, um zu wissen, dass er Kontakt zu Morell sucht.

»Wir behandeln diesen Fall als mutmaßlichen Mord, bis das Gegenteil bewiesen ist, also weg mit den Autos und absperren! Verstanden?« Kein Stottern, kein Zögern. Gut!

Olsson zögert, schielt noch einmal zu Morell.

»Haben Sie das verstanden, Olsson?«, hakt sie nach, dieses Mal schärfer.

»Natürlich«, murmelt der Polizist und schlendert widerwillig zum Streifenwagen.

Morell hat sich zu ihr geschlichen, offenbar hat er alles mitgehört.

»Also, Anna …«, er wippt auf den Fersen. »Das ist, wie gesagt, jetzt dein Revier und dein Budget. Aber ist das wirklich die richtige Priorität beim Gedanken an …«

»Ich muss dich leider bitten, von hier wegzufahren, Henry«, unterbricht sie ihn. Sie versucht, freundlich, aber bestimmt zu klingen. Vor ihrem letzten Satz holt sie tief Luft.

»Jetzt sofort, bitte.«

31

HERBST 2017

Annas allererste Mordermittlung war relativ unkompliziert. Ein schwedischer Standardmord Typ 1A mit zwei Betrunkenen, die in einer heruntergekommenen Wohnung ein Fest feierten. Zu Beginn des Abends waren sie Verbündete und Brüder, aßen Fleischwurst, tranken Wodka und Grape Tonic. Dann, irgendwann kurz vor Mitternacht, lief alles aus dem Ruder. Der Alkohol ging schneller als geplant zur Neige, und der eine Trunkenbold stach dem anderen ein Brotmesser in die Brust, bevor er neben seinem Opfer auf dem Sofa einschlief. Fingerabdrücke, DNA und der Verdächtige fanden sich nur einen halben Meter vom Opfer entfernt. Ein Open-and-shut-Case, wie sie in den TV-Krimis sagen.

Trotzdem lernte sie bei dieser Ermittlung eine wichtige Sache: dass das Motiv für das allerschlimmste Verbrechen darin liegen kann, dass man einen Drink etwas stärker mixt, als ein anderer es für richtig hält. Über die Jahre hat ihr diese Erfahrung viel gebracht. Kein Motiv, egal wie kleinlich es sein mag, darf missachtet werden.

Jens Friberg erscheint ungefähr dreißig Minuten nachdem sie ihn angerufen hat. Er bringt drei uniformierte Polizisten im VW-Bus mit, und zwei weitere folgen ihm in einem zusätzlichen Streifenwagen. Henry Morell hat den Platz schon lange mit einem wütenden Blitzstart verlassen, und statt eines leichten Nieselns regnet es jetzt deutlich stärker. Friberg macht keine Dummheit, wie etwa das Absperrband hochzuheben und neugierig bis zur Birke zu stapfen, um die Leiche anzuschauen. Dafür gibt Anna ihm einen Pluspunkt. Stattdessen fährt er den Bus vor und parkt direkt hinter ihrem eigenen Wagen. Dann öffnet er die Heckklappe als Regenschutz und faltet eine große Karte auseinander.

»Ich dachte, dass du dich vielleicht orientieren möchtest«, sagt er und zeigt auf den Ort, an dem sie sich befinden, bewegt dann den Finger ein paar Zentimeter zu den dichten Höhenlinien, die den Bergkamm kennzeichnen. »Da oben gibt es einen Waldweg, den die Leute meistens benutzen, um zum Aussichtsplatz zu gelangen. Wenn unser Toter mit dem Wagen gekommen ist, steht er wahrscheinlich dort. Wenn es für dich okay ist«, fährt er fort, »würde ich zwei Männer mitnehmen und da oben nach dem Wagen suchen. Außerdem müssen wir den Aussichtsplatz absperren und, so gut es geht, vor dem Regen sichern. Wir haben ein paar Abdeckplanen aus der Garage mitgenommen.«

»Gute Idee. Die Techniker sind auf dem Weg von Helsingborg, aber es dauert wohl noch mindestens eine Stunde, bis sie hier anfangen.«

»Verstanden.«

»Es gibt da eine Sache, die du wissen musst«, sagt Anna, als er sich gerade abwendet und gehen will. »Der Tote steckt hinter dem Streit von Samstag. Er hat dem DJ einen USB-Stick mit einem Song von Simon Vidje zugesteckt und ihm Geld dafür gegeben, dass er ihn spielt, wenn Caia Bianca auf der Tanzfläche ist. Es war der Song, der alles in Gang gesetzt hat.«

»Oh, verdammt!« Friberg erschrickt. »Hast du das Henry erzählt?«

Anna schüttelt den Kopf. Friberg kaut auf seiner Oberlippe herum, sagt aber nichts.

Sie weiß immer noch nicht genau, woran sie bei ihm ist, erst vor ein paar Tagen sah sie Friberg als Rivalen an, vielleicht sogar als Feind. Zugleich ist er im Moment der Einzige, auf den sie zählen kann. Manchmal muss man sich einfach mit der Situation abfinden, denkt sie, bevor Håkan Zeit hat, sie darauf hinzuweisen.

»Ich habe den Toten am Samstag im Volkspark gesehen«, fügt sie hinzu. »Er hat die Schlägerei beobachtet und sah aus, als würde er das Ganze recht amüsant finden. So im Nachhinein bin ich immer überzeugter davon, dass …« Anna unterbricht sich und versucht, Fribergs Gesichtsausdruck zu deuten, ohne überzeugendes Ergebnis. Dennoch beschließt sie weiterzureden. »Dass alles geplant war. Dass unser Toter nur im Park war, um irgendetwas in Gang zu setzen.«

Friberg nickt langsam und schaut verstohlen zur Birke hinüber. »In dem Fall wurden seine Erwartungen wohl übertroffen, oder?«

Friberg ruft nach ungefähr vierzig Minuten an und berichtet, dass sie ein paar Hundert Meter vom Aussichtsplatz einen alten, klapprigen Saab 900 gefunden haben.

»Der Wagen ist auf eine Auto- und Schrottfirma in Klippan registriert. Er ist abgemeldet und nicht versichert, aber nicht als gestohlen gemeldet, was er natürlich trotzdem sein kann. Schrottfirmen haben meist keine genaue Kontrolle über ihren Fuhrpark. Soweit ich sehen kann, gibt es keine äußeren Anzeichen dafür, dass der Wagen kurzgeschlossen wurde, aber von außen ist das schwer zu erkennen. Wir sprechen immerhin von einem dreißig Jahre alten Wagen, und Neunhunderter kann man, wie du weißt, im Prinzip mit einem Eisstiel starten.«

Anna notiert, dass er das Fahrzeug nicht geöffnet hat, und gibt ihm dafür noch einen Pluspunkt sowie einen nachträglichen Punkt für die Idee mit den Abdeckplanen. Unabhängig davon, was sie von Friberg als Person denkt, war Morells Beschreibung von ihm korrekt. Er ist ein guter Polizist.

»Wie sieht der Wagen sonst aus?«, will sie wissen.

»Eine typische alte Karre. Ich schicke dir ein paar Bilder, dann kannst du selbst sehen.«

»Und der Aussichtsplatz, wie steht es damit?«

»Was die Spuren angeht, sieht es schlecht aus. Der Boden besteht zum größten Teil aus feuchtem Laub und Erde, und der Regen macht es noch schlimmer. Aber wir sperren und decken möglichst viel ab, dann müssen die Techniker sehen, was sie tun können, sobald es hell wird. Ich melde mich, falls wir etwas Interessantes finden.«

Sie legt auf, und ihr Handy beginnt zu piepen. Die schlechte Verbindung hier unten im Tagebau bewirkt, dass es eine Weile dauert, die Fotos zu laden. Sie wechselt den Standort, um besseren Empfang zu haben, und sieht dabei zum Bergkamm hinauf, wo sie den Schein von Taschenlampen erkennt, die zwischen den Bäumen herumirren.

Das erste Foto zeigt einen weißen Saab 900 mit verrosteten Kotflügeln, der schräg am Straßenrand parkt. Das zweite Foto zeigt die Fahrerseite, durch das Seitenfenster gesehen. Der Bezug auf den Sitzen ist schmutzig und zerschlissen, und unter dem Spiegel hängen zwei Plüschwürfel und ein verblichener Wunderbaum. Eine McDonalds-Tüte hängt über dem Zündschloss, sodass man nicht sehen kann, ob ein Schraubenzieher darin steckt. Auf dem dritten Bild sieht man die Rückbank. Der Blitz spiegelt sich etwas in der regennassen Scheibe, aber Anna erkennt zwei große blaue Ikea-Tüten und einen Haufen Kleider. Am liebsten würde sie auf den Berg fahren und selbst genauer nachschauen. Die Techniker sind immer noch nicht zu sehen, was sie frustriert und rastlos macht, aber zur gleichen Zeit seltsam aufgekratzt. Sie weiß, warum, will es aber sich selbst gegenüber nicht zugeben. Wie gewöhnlich durchschaut Håkan sie.

Weil du das hier liebst, Anna. Du liebst die Herausforderung, die Jagd, die Spannung. Du liebst es, dass du gut darin bist. Deshalb stotterst du nie, wenn du über deine Arbeit sprichst.

Sie atmet tief durch, schließt die Augen und stellt sich einen Lautstärkeregler vor. Sie dreht ihn auf null hinunter. Der Trick funktioniert, und Håkan verstummt, zumindest für den Moment. Sie beschließt, den Anruf zu tätigen, vor dem sie sich die letzte gute halbe Stunde gedrückt hat. Sie muss Agnes Bescheid geben, dass sie heute Abend nicht nach Hause kommt.

32

HERBST 2017

Um sieben Uhr am nächsten Morgen fährt Anna kurz nach Tabor, um sich umzuziehen und Agnes zum Zug zu bringen. Sie wird von einem beleidigten Milo empfangen, der sich zwischen ihren Beinen hindurchschiebt und in den Wald hinausstürzt. Auf dem Küchentisch liegt ein Zettel.

Schlafe heute Nacht bei Erik.

Fünf Worte, keine Unterschrift. Nur die minimale Information, die sie braucht, um sich keine Sorgen zu machen. Trotzdem sagt ihr diese kurzgefasste Notiz noch etwas: Der fragile Waffenstillstand, den sie gehabt haben, ist nun aller Wahrscheinlichkeit nach vorbei. Und das ist ihre Schuld, denn sie hat Agnes versprochen, dass sie nicht mehr nachts arbeiten und sie allein lassen würde.

Auf dem Weg zurück zur Polizeiwache wird sie doch allmählich sauer. Mehrmals ist sie kurz davor, Agnes anzurufen und ihr zu sagen, dass es nicht in Ordnung ist, auswärts zu schlafen, ohne vorher mit ihr zu sprechen. Aber jedes Mal, wenn sie nach dem Telefon greift, hindert Håkan sie daran.

Es gibt wichtigere Dinge, oder nicht? Dinge, die du ihr erzählen solltest, bevor sie die von anderswo erfährt. Die Ermittlung läuft noch …

Anna versucht, ihn zum Schweigen zu bringen. Sie will ihm erklären, dass die leere Statuszeile am Computer gar nicht das bedeuten muss, was er andeutet. Vielleicht hatte der Staatsanwalt einfach nur viel zu tun und noch keine Zeit für die Anweisung, die Untersuchung einzustellen. Es könnte aber jeden Tag so weit sein, und dann brauchte er sich keine Sorgen mehr zu machen. Dann könnte er sie in Ruhe lassen und sich darum kümmern, Vollzeit tot zu sein.

Ihr innerer Dialog mit Håkan ist noch nicht zu Ende, als sie die Polizeiwache erreicht. Vor dem Gebäude stehen mehrere Autos, die sie von der letzten Nacht wiedererkennt. Der Kastenwagen der Techniker, die Verstärkung von der Bezirkskriminalpolizei, Fribergs Polizeibus und noch ein paar Fahrzeuge. Sie folgt dem Geruch nach nassen Kleidern und findet die ganze Truppe im Pausenraum, wo sie herumsitzen und mit Henry Morell sprechen.

»Da bist du ja, Anna«, sagt Morell. »Wir haben nur über alte Zeiten geredet. Nichts, was den aktuellen Fall angeht. Du kannst also ganz beruhigt sein.« Er lacht, seine Stimme klingt fast übertrieben freundlich, was natürlich nur seine Art ist zu zeigen, dass er unzufrieden damit ist, wie sie ihn gestern Abend behandelt hat.

Sie ignoriert die Provokation, schweigt einfach und wartet, bis er geht. Dabei stellt sie fest, dass er noch Uniform trägt, obwohl er jetzt Rentner ist. Nach ein paar peinlichen Schweigesekunden gibt Morell nach, nimmt seine Kaffeetasse und steht vom Tisch auf.

»Tja, es ist wohl höchste Zeit, dass ich mit diesem Kapitel anfange, das ich der Polizeischule versprochen habe. Ich habe immerhin schon den Vorschuss bekommen. Viel Glück euch!« Er hebt seine Tasse zum Abschiedsgruß und geht zu seinem Dienstzimmer.

Sie wartet, bis sie hört, wie sich seine Bürotür schließt.

»Ich bin mir im Klaren darüber, dass die meisten von euch Henry Morell gut kennen«, sagt sie langsam. »Henry hat viele Dienstjahre hinter sich, und die Polizei…«, sie pausiert, atmet durch, »…behörde hat ihm viel zu verdanken. Aber seit gestern ist er nicht mehr aktiv im Dienst und darf keinen Zugang mehr zu Informationen haben, die unter das Ermittlungsgeheimnis fallen. Das betrifft also alle Informationen in diesem Fall, verstanden?«

Die Kriminalpolizisten und die Techniker sehen nicht aus, als hätten sie Einwände, aber Anna bemerkt, dass ein paar ihrer eigenen Polizisten sich vielsagend anschauen. Jens Friberg dagegen sitzt unbeweglich da. »Also, dann. Füllt eure Kaffeetassen auf, dann treffen wir uns gleich im Besprechungsraum.«

Anna eröffnet das Treffen erst, nachdem die Tür ordentlich geschlossen wurde. Sie beginnt ohne das kleinste Stottern, über die Umstände zu sprechen, in denen die Leiche gefunden wurde, und überlässt dann dem Cheftechniker Grönwall das Wort, der gerade seinen Laptop an den Beamer unter der Decke angeschlossen hat.

»Das Opfer ist ein Mann um die fünfzig«, sagt er beim ersten Bild, das das zerschlagene Gesicht des Bärtigen zeigt.

»Er misst 1,75 Meter und wog zum Zeitpunkt seines Todes etwa siebzig Kilo. Laut des vorläufigen Berichts geht der Rechtsmediziner davon aus, dass der Tod zwölf bis siebzehn Stunden vor dem Auffinden der Leiche eingetreten ist. Die große Zeitspanne beruht auf der Kälte und dem Regen, aber davon unabhängig landen wir in jedem Fall bei der Nacht zwischen Sonntag und Montag, wahrscheinlich irgendwann nach Mitternacht. Mehr dazu nach der Obduktion.«

Grönwall nimmt einen Schluck Kaffee, bevor er fortfährt. »Die vorläufige Todesursache ist, wie ihr euch wahrscheinlich schon denken könnt, große Gewalteinwirkung auf den ganzen Körper, was mit einem Sturz übereinstimmt. Auch hier muss ich bezüglich genauerer Details auf die Obduktion verweisen. Es gibt eine ganze Reihe an Verletzungen, die näher angeschaut werden müssen.«

Er wechselt das Bild, zeigt ein Foto des Bärtigen rücklings auf einer Abdeckplane liegend. Arme und Beine sind zurechtgelegt, trotzdem wirken sie immer noch unnatürlich verdreht. Der Ast, der sich durch den Körper gebohrt hat, wurde abgesägt und steckt noch mitten in der Brust, was den Körper in Kombination mit den seltsam angewinkelten Gliedern und der leeren Augenhöhle wie einen makabren Hampelmann aussehen lässt. Es ist so scheußlich, dass es einen Moment dauert, bis Anna sieht, was mit dem Mann nicht stimmt.

»Hatte er keine Schuhe?«, fragt sie.

»Nein, die lagen noch im Auto. Ein etwas merkwürdiger Umstand, auch wenn wir dieses Jahr bei Kullaberg einen Springer hatten, der bis auf eine Zipfelmütze vollkommen nackt war.«

Grönwall erntet wie erwartet einige Lacher.

»Bis jetzt ist der Tote noch nicht identifiziert«, fährt der Cheftechniker fort. »Wir haben keinen Personalausweis oder andere Ausweispapiere gefunden, weder am Opfer noch im Wagen. Dagegen sind wir auf einige Spuren gestoßen, die uns wahrscheinlich helfen werden, in Kürze die Identität festzustellen.«

Er wechselt noch einmal das Bild und zeigt eine Collage, die eine Reihe von hässlichen Tätowierungen zeigt, die auf Händen, Armen und der Brust des Mannes verteilt sind. Sie erkennt die Stelle auf dem Handrücken des Bärtigen wieder, die wahrscheinlich ein Seemannsgrab darstellen soll. Der Techniker wechselt erneut das Bild und zeigt die beiden Armbeugen des Mannes, wo eine Anzahl kleiner weißer Narben ein bekanntes Muster ergeben.

»Auf dem Körper finden sich sowohl Gefängnistätowierungen als auch Narbenbildungen durch Spritzenmissbrauch, was mit großer Wahrscheinlichkeit bedeutet, dass sich der Tote in unserer Kartei befindet. Wir versuchen, zunächst mal einen Abgleich der Fingerabdrücke zu machen, weil das am schnellsten geht. DNA-Proben müssen, wie ihr wisst, über das SKL gehen.« Er unterbricht sich und seufzt. »Ich meine natürlich NFC – Nationales Forensik Center, wie unsere Freunde in Linköping inzwischen heißen. Der Schlaumeier, der auf diesen Namen gekommen ist, sollte lebenslänglich kriegen.«

Er wartet wieder die Lacher ab, bevor er weiterspricht.

»Also, wenn unser Toter registriert ist, haben wir hoffentlich irgendwann heute Nachmittag eine Übereinstimmung. Leider geht es nicht ganz so schnell wie im Fernsehen.«

Wieder ertönen vorhersehbare Lacher.

»Habt ihr ein Handy gefunden?«, unterbricht Anna, bevor Grönwall mit der Comedy-Runde weitermachen kann.

»Nein, wir haben mit einem Metalldetektor sowohl um den Körper herum als auch oben beim Aussichtsplatz gesucht, aber ohne Ergebnis. Im Auto steckt ein Ladekabel im Zigarettenanzünder, aber wie gesagt, bisher noch kein Telefon, was in der heutigen Gesellschaft zumindest erwähnenswert ist. Hier seht ihr im Übrigen den Aussichtsplatz.«

Er zeigt ein neues Foto. Ein niedriger Drahtzaun in schlechtem Zustand verläuft entlang einer Felsplattform. Dahinter kann man eine kilometerweite Aussicht erahnen. Ein rostiges Schild mit der Aufschrift »GEFAHR«, das am Zaun angebracht ist, erinnert Anna an dasjenige, welches sie und Agnes an der Schranke zum Steinbruch gesehen haben. Die folgenden Fotos wurden ein paar Meter weiter im Wald aufgenommen. Der Boden unter den Bäumen ist mit nassem Laub bedeckt und mit kleinen, aufgeschobenen Erdhügeln, die zwar von Menschen gemacht worden sein könnten, aber genauso gut von Wild.

»Wie ihr seht, ist es schwer, in diesem Terrain irgendwelche ausschlaggebenden Spuren zu finden. Unsere beste Chance ist wahrscheinlich der Drahtzaun. Um an die Felskante zu kommen, muss man darübersteigen, somit besteht die Möglichkeit, dass wir Fasern von Kleidung finden. Meine Jungs sind jetzt gerade damit beschäftigt. Ich möchte außerdem den Kollegen, die heute Nacht die Abdeckplanen ausgelegt haben, einen Orden verleihen.«

Er nickt Friberg anerkennend zu.

Neues Bild, diesmal der weiße Saab. Der Techniker berichtet das, was Anna schon weiß. Marke, Modell, Kfz-Kennzeichen. Der Name der Autofirma, der der Wagen gehört, und dass er nicht als gestohlen gemeldet wurde.

»Noch können wir unseren Toten nicht direkt mit dem Fahrzeug in Verbindung bringen, aber wenn man bedenkt, wo wir ihn gefunden haben, ist es eine berechtigte Arbeitshypothese, dass es seiner ist. Wir haben das Auto in die Garage bringen lassen, um es uns gründlicher vorzunehmen, sobald wir mit der Umgebung fertig sind«, schließt er seine Ausführungen. »Tja, das ist im Moment wohl alles von technischer Seite her. Um es noch mal zusammenzufassen, haben wir zum jetzigen Zeitpunkt nichts, was einen Selbstmord oder einen Mord ausschließt. Wir warten die Ergebnisse der Fingerabdrücke und der Obduktion ab sowie der Untersuchung des Wagens.«

Sie sprechen weiter über die Ermittlungen, was ziemlich schnell geht. Abgesehen vom Maschinenführer, gibt es keine Zeugen, die zu befragen wären, und auch keine Häuser auf den letzten Kilometern Weges bis zum Aussichtsplatz. Anna dankt allen für die harte Arbeit in der Nacht und schickt sie zum Schlafen nach Hause. Sie selbst hat ganz andere Pläne.

Sie geht die Treppe zur Garage hinunter und findet den weißen Saab in einer entlegenen Ecke, mit Absperrband abgezäunt. Genau wie erhofft, hatten die Techniker noch keine Zeit, den Wagen zu leeren oder nach Fingerabdrücken zu suchen.

Anna zieht sich Plastikhandschuhe an und öffnet vorsichtig die Tür auf der Fahrerseite. Der Geruch nach Zigaretten, altem Stoffbezug, Benzin und vertrocknetem Wunderbaum schlägt ihr entgegen sowie andere mehr oder weniger angenehme Düfte, die ein altes Auto so ausströmt. Sie bleibt kurz stehen, während sie versucht, sich den Bärtigen im Auto vorzustellen. Ohne den Fahrersitz zu berühren, steckt sie Kopf und Oberkörper ins Fahrzeug und hebt vorsichtig die McDonald's-Tüte an, die über dem Zündschloss hängt. Friberg hatte recht. Ein Stück von etwas, das wie ein Sägeblatt aussieht, steckt im Schloss und fungierte als Schlüssel.

Genau wie Grönwall erzählt hat, hängt ein Ladekabel am

Zigarettenanzünder, und auf dem Boden beim Beifahrersitz liegt ein Paar zerschlissener Sportschuhe, die so lehmverschmiert sind, dass man kaum ihre Farbe erkennen kann. Warum hat der Bärtige sie ausgezogen?

Sie richtet ihre Aufmerksamkeit auf die Rückbank. Die eine Ikea-Tasche enthält einen billigen Kulturbeutel, und darunter liegen zusammengeknüllte Kleider. In der anderen Tasche befinden sich ein Schlafsack und ein Kissen. Hier hinten kann sie deutlich den Geruch nach ungewaschenem Körper wahrnehmen. Die Taschenlampe, die über der einen hinteren Tür zwischen Decke und Handgriff klemmt, überzeugt Anna. Der Bärtige hat in diesem Wagen gewohnt.

Im Kofferraum finden sich diverses rostiges Werkzeug, ein paar Meter Gartenschlauch und ein Plastikkanister. Die beiden letzten Dinge wurden, dem Geruch nach zu urteilen, aller Wahrscheinlichkeit nach dafür verwendet, Benzin aus parkenden Autos zu stehlen.

Anna tritt ein paar Schritte zurück und sieht sich den Wagen dann noch einmal an. Sie versucht, das, was sie gerade über den Wagen herausgefunden hat, mit den Informationen vom Techniker und dem, was sie über den Toten weiß, abzugleichen. Nach zehn Sekunden ist sie sich sicher, dass etwas nicht stimmt. Nach weiteren zwanzig weiß sie, was es ist.

Der Bärtige ist, oder besser gesagt, war 175 Zentimeter groß, kaum größer als sie selbst. Als schwedischer Mann ist man damit mittelgroß. Außerdem war er mager, fast an der Grenze zu ausgemergelt. Aber der Fahrersitz befindet sich in der hintersten Position.

Anna beugt sich wieder hinein, schaut auf die Rückspiegel und versucht, die Winkel auszurechnen. Sie tut ihr Bestes, um einen Zweifel aufrechtzuerhalten, findet aber trotzdem nichts, was ihre ursprüngliche Schlussfolgerung ändern würde: Wenn der Bärtige mit der jetzigen Sitzeinstellung auf dem Fahrerplatz gesessen hätte, wäre es für ihn sehr schwer gewesen, die Pedale zu treten oder die Spiegel zu benutzen.

Für die unpassende Einstellung des Sitzes gibt es zwei mögliche Erklärungen. Die erste ist, dass der Wagen überhaupt nicht dem Bärtigen gehört. Diese Möglichkeit passt nicht zu ihrer Ermittlungshypothese, was an sich ein guter Grund wäre, sie in Erwägung zu ziehen. Die andere Möglichkeit ist deutlich naheliegender. Der Wagen gehört dem Bärtigen, aber nicht er, sondern jemand anderes ist das letzte Stück bis zum Aussichtspunkt gefahren. Jemand sehr viel Größeres, der auch das Handy des Opfers genommen hat, vermutlich, um seine eigene Beteiligung zu vertuschen.

Obwohl sie versucht, es zu unterdrücken, taucht sofort das Bild von Alex Morell in ihrem Kopf auf und lässt sich nicht beiseiteschieben, egal wie sehr sie sich darum bemüht.

33

HERBST 2017

Kurz bevor Anna die Wache verlässt, um nach Hause zu fahren und sich auszuruhen, beschließt sie, einen Versuch zu starten, die unangenehme Situation mit Henry Morell zu klären. Sie bleibt an Morells halb geöffneter Tür stehen und klopft leicht an den Türrahmen.

»Komm rein!«

Er sitzt am Schreibtisch und trägt eine Lesebrille. »Anna, gut, dass du kommst. Dieser verdammte Cursor landet nicht da, wo ich es will. Ich habe alles versucht.« Er macht eine resignierte Geste Richtung Computer.

»Okay«, sagt sie und versucht, nicht überrascht zu klingen.

Sie umrundet den Schreibtisch, beugt sich über seine Schulter und löst das Problem. Wie immer riecht er nach Rasierwasser und ganz leicht nach Hausschimmel.

»So.« Sie richtet sich auf.

»Vielen Dank, du hast mich wirklich gerettet, Anna.«

Sie bleibt schräg neben ihm stehen. Die Lesebrille sitzt auf seiner Nasenspitze, wodurch er freundlich und ein bisschen zerstreut aussieht. Anna bereut, dass sie ihn unten im Tagebau so schroff behandelt hat, und nimmt sich vor, ihm das zu sagen.

»Henry, ich wollte wirklich nicht …«, beginnt sie, aber er unterbricht sie.

»Du brauchst nichts zu sagen, Anna. Tatsache ist, dass ich derjenige bin, der sich entschuldigen muss.«

Er nimmt langsam die Brille ab und dreht sich.

»Ich habe mein ganzes Arbeitsleben über hier auf dieser Wache gearbeitet. Nedanås und seine Bewohner sind zu so etwas wie meiner erweiterten Familie geworden. Plötzlich ausgeschlossen zu sein …« Sie will gerade etwas sagen, aber er winkt ab. »Nein, nein. Du hast alles richtig gemacht, Anna. Das hier ist jetzt dein Polizeirevier, deine Polizeistation, es sind deine Mitarbeiter und, nicht zuletzt, deine Entscheidungen. Ich bin überzeugt davon, dass du mit allem wunderbar zurechtkommen wirst, und du musst einen alten Dinosaurier entschuldigen, dem es etwas schwerfällt, das Ruder aus der Hand zu geben. Weiterhin hier auf der Wache zu sitzen war, im Nachhinein betrachtet, und um meine kluge Frau zu zitieren, vielleicht kein ganz wohlüberlegter Entschluss.«

Anna weiß nicht richtig, was sie sagen soll. Teilweise freut sie sich über Morells plötzliche Einsicht. Teilweise tut er ihr ein wenig leid.

»Kein Problem«, sagt sie beschwichtigend. »Ich weiß wirklich alles zu schätzen, was du getan hast, damit ich mich hier wie zu Hause fühle, und ich bin froh, dass du da bist, wenn ich …« Sie unterbricht sich, als beim Wort »Hilfe« der Stotteralarm losgeht, und ihr wird gleich klar, dass sich das nicht richtig anhören würde. Sie überlegt, das Wort »Stütze« zu wählen, aber entscheidet sich auch dagegen. »Rat brauche«, sagt sie stattdessen mit viel Luft, was ihn strahlen lässt.

»Du kannst dich immer an mich wenden, Anna, egal, worum es geht.«

»Danke, Henry.«

Er wird still, und keiner von ihnen scheint zu wissen, wie sie das Gespräch beenden sollen.

»Tja, dann sollte ich wohl für ein paar Stunden nach Hause fahren. Es war eine lange Nacht«, rutscht es aus ihr heraus.

Er nickt. »Ja, das scheint mir auch so. Die Truppe im Pausenraum sah ein bisschen müde aus. Aber es sind alles gute Polizisten, ihr werdet bestimmt Ordnung in die Dinge bringen.« Er schweigt und sieht aus, als würde er nachdenken. »Erlaubst du mir eine einzige neugierige Frage, Anna?«

»Natürlich!«

»Habt ihr etwas gefunden, das auf etwas anderes als Selbstmord hindeutet?«

Anna denkt an die Position des Fahrersitzes, beschließt aber, diese kleine Beobachtung für sich zu behalten.

»Noch nicht«, erwidert sie übertrieben langsam.

Morell nickt und sieht aus wie ein netter, alter Bär. Dennoch meint sie, so etwas wie Erleichterung bei ihm wahrzunehmen.

Auf dem Weg nach Hause schaltet sie das GPS ihres Handys ein, um zum Aussichtsplateau zu finden, aber genau wie beim letzten Mal funktioniert es nur sporadisch, sobald sie auf den Berg hinaufkommt. Es führt sie an zwei Schildern vorbei nach rechts, das eine ist alt, und es steht Kuhtorp darauf, das andere ist ein neueres Schild mit der Aufschrift Nordblick Bed & Breakfast, aber bei der Wahl der richtigen Abzweigung verliert das GPS die Orientierung. Anna entdeckt ein weiteres Schild, das zu etwas führt, das sich Wolfstal nennt, aber sie weiß, dass sie sich an solch einen speziellen Namen auf Fribergs Karte erinnert hätte, und beschließt daher, geradeaus weiterzufahren. Glücklicherweise begegnet sie dem Kleinbus der Techniker und winkt ihn zur Seite. Zwei ältere Männer, die sie von der Nacht wiedererkennt, sitzen im Wagen.

»Habt ihr etwas gefunden?«, fragt sie.

Der Fahrer, der müde aussieht, nickt. »Wir haben ein paar Kleiderfasern vom Drahtzaun sicherstellen können, direkt an der Felskante, und einen Teil eines Fußabdruckes direkt daneben.«

»Sonst noch was?«

Die Männer sehen sich an. »Nicht direkt«, sagt der Mann auf dem Beifahrersitz. »Es hat mehrere Tage lang geregnet, daher ist der Boden weich, und im Wald findet man keine Fußabdrücke. Alles, was da ist, sind kleine Haufen, wo Laub zusammengeschoben ist. Das ist mehr eine Spekulation …«

Die beiden Männer sehen sich wieder an. »Aber Börje und ich haben in den letzten Jahren immer wieder ähnliche Stellen gesehen, und wir denken, dass es wohl schnell ging.«

»Wie meint ihr das?« Anna wendet sich wieder an den Fahrer, der offenbar Börje heißt.

»Wir sind der Meinung, dass es aussieht, als sei er gesprungen. Als sei er im Wald gestartet, über den Zaun gegrätscht und dann einfach weitergerannt, in die Luft. Der Fußabdruck auf der Klippe deutet auch darauf hin.«

»Es gibt nur den Abdruck eines vorderen Fußballens«, verdeutlicht der Mann auf dem Beifahrersitz. »Wie wenn man so schnell rennt, wie man kann.«

Anna dankt ihnen für die Information und bekommt noch eine Wegbeschreibung zum Aussichtspunkt, bevor sie die Männer fahren lässt.

Sie findet den richtigen Forstweg, umrundet die Löcher in der Fahrbahn und parkt direkt vor der Spur, die der Saab und der Abschleppwagen hinterlassen haben.

Auf beiden Seiten des Weges ist dichter Laubwald, und die Bäume haben hohe, gerade Stämme, genau wie um Tabor herum. Der Boden ist von einer dicken Schicht nassen Laubs bedeckt. Ganz oben liegt das von diesem Jahr, darunter das vom letzten, und dann kommen immer ältere Schichten, immer verrottetere, bis hin zum Humus. Anna sieht Licht zwischen den Bäumen und geht die Böschung hinunter. Nach ungefähr hundert Metern erreicht sie das Aussichtsplateau. Der Felsabsatz ist nur vier, fünf Meter breit. Er taucht unvermittelt auf, und die einzige Vorwarnung, die man hat, ist das Licht des Himmels. Die Aussicht ist beeindruckend, wenn auch nicht so schön wie bei Tabor. Unterhalb der Klippe breitet sich die Mondlandschaft von Glarea aus. Eine hässliche braungraue Wunde mit zackigen Kanten, die sich in die Erdkruste hineingefressen hat und sich bis zum äußeren Rand von Nedanås erstreckt. Anna kann Maschinen sehen, die sich bewegen, und Rauch, der zwischen den Schluchten aufsteigt. Trotz Höhe und Wind riecht sie auch die Lehmbrennerei. Die Häuser in der ersten Reihe, die man in der Ferne, am Rande der Tagebauanlage sieht, müssen die Sprengungen und den Gestank sehr stark mitbekommen. Da ist es nicht verwunderlich, dass der Tagebau schließen muss.

Der Zaun von den Fotos der Techniker sieht in Wirklichkeit noch schlechter aus, sofern das überhaupt möglich ist. Er ist nicht mehr als einen knappen Meter hoch, und an mehreren Stellen hängt der Maschendraht lose herunter. Wenn man bei Regen und Dunkelheit den Abhang hinunterrennt, ist er für einen erwachsenen Menschen kein großes Hindernis. Vorsichtig steigt Anna über den Zaun und schaut über die Felskante hinunter. Fünfzig bis sechzig Meter weiter unten sieht sie die verstümmelte Baumkrone der Birke, wo deutlich eine helle Spur abgebrochener Zweige zu erkennen ist.

Kann es sich demnach so zugetragen haben? War es eher ein Unfall als ein Selbstmord? Sie betrachtet die Theorie von allen Seiten. Natürlich ist das nicht auszuschließen, aber ein Unfall erklärt nicht, warum der Bärtige sich hier oben befand oder warum er ohne Schuhe an den Füßen den Abhang hinunterrannte. Es erklärt auch nicht das Fehlen seines Handys oder die falsche Sitzposition. Summa summarum finden sich am Unfallort auf jeden Fall keine eindeutigen Beweise für eine der denkbaren Theorien. Noch stehen alle Türen offen, zumindest im Moment. Jedenfalls redet sich Anna das ein.

Sie steigt ins Auto und macht sich auf den Weg nach Hause, aber in Gedanken versunken, nimmt sie die falsche Abzweigung, merkt es allerdings erst, als sie auf eine Hofeinfahrt gelangt. Das eigentliche Wohngebäude ist ein schönes altes, typisches Schonen-Haus, aber jetzt gerade sieht der Ort alles andere als einladend aus. Vor dem Eingang ist ein tiefer Graben ausgehoben. Eine Holzpalette dient als Steg, und der halbe Hof ist mit Baumaterial vollgestellt: Abflussrohre aus Beton, Holzstapel, Ziegel und Dachpfannen, dahinter ein großer Dieseltank neben einem Bagger. Sie erkennt das Firmenlogo aus Morells Keller wieder. Hier arbeitet Alexander Morells Baufirma, und einen Moment lang fragt sie sich, ob sie Gefahr läuft, ihm hier zu begegnen. Aber obwohl es Dienstagnachmittag ist, scheint die Arbeit stillzustehen, und der Baucontainer auf der einen Seite des Platzes ist mit einem ordentlichen Hängeschloss versperrt.

Sie wendet ihren Wagen zwischen den mit Wasser gefüllten Reifenspuren auf dem Hof, landet mit dem Hinterrad in einer davon, und erst als sie einen Schlag gegen die Stoßdämpfer spürt, merkt sie, dass die Pfützen viel tiefer sind, als sie aussehen. Gerade als sie in den nächsten Gang schaltet, um wegzufahren, kommt jemand aus dem Haus. Eine große, schlanke Gestalt mit Baseballkappe, Overall und zwei großen Schäferhunden an der Leine. Beide Tiere sind wachsam, haben die Ohren gespitzt und den Blick auf Annas Wagen geheftet.

Wegen der Kleidung dauert es einen Augenblick, bis Anna Marie Sordi erkennt. Diese bleibt stehen und scheint auf der Hut zu sein.

Anna lässt das Fenster herunter und steckt den Kopf hinaus.

»Hallo, ich bin es nur. Anna Vesper.«

»Ach, hallo.« Der Ausdruck in Maries Gesicht wird etwas weicher, aber nicht ganz. Nicht verwunderlich, wenn man bedenkt, was passiert ist, als sie sich das letzte Mal sahen. Marie geht auf die Fahrerseite des Wagens zu, und sobald sie stehen bleibt, setzen sich die Hunde rechts und links von ihr nieder.

»Entschuldigen Sie den Empfang. Ich habe den Wagen nicht erkannt. Der Bau zieht allerlei seltsame Leute an.« Sie deutet auf das Haus hinter sich.

»Ist das Kuhtorp?«, fragt Anna.

»Es heißt jetzt Nordblick«, sagt Marie mit einer kleinen,

aber deutlichen Grimasse. »Wollten Sie mit Bruno sprechen? Über die Sache von Samstag?« Sie klingt unruhig.

Anna schüttelt den Kopf. »Nein. Ich habe mich nur verfahren.«

»Ach so.« Marie sieht erleichtert aus. »Ja, das passiert leicht. Hier oben gibt es viele kleine Straßen.«

Der eine Schäferhund knurrt leise, wird aber sofort still, als Marie ihn anfährt.

»Wollen Sie reinkommen?«, fragt sie. »Hier ist es ein bisschen unordentlich. Wie Sie sehen, wohnen wir im Moment auf einer Baustelle.«

Anna schüttelt den Kopf. Nach den Ereignissen der Nacht ist ihr nicht besonders nach Gesellschaft zumute, sie sehnt sich nach Hause unter die Dusche und nach einem kleinen Schläfchen.

»Danke, heute nicht. Gerne ein andermal. Kein schlechtes Projekt, das Sie hier planen.« Sie nickt Richtung Wohnhaus. »Ich habe gehört, dass es ein Konferenzzentrum werden soll.«

Marie lächelt müde. »Ja, das ist jedenfalls der Plan. Im Moment ist es schwierig. Wir haben nur im halben Haus Wasser und Strom, und es wird nicht besser davon, dass Bruno und der Architekt dauernd die Zeichnungen ändern.«

»Ach, aber wenn es fertig ist, wird es bestimmt schön.« Sie weiß nicht, warum sie das sagt, aber Marie tut ihr ein bisschen leid, weil sie mit ihrer Familie in diesem Chaos wohnen muss.

Die andere nickt. »Das sage ich auch immer zu Bruno. Unter uns, er jammert mehr als die Kinder darüber, im Keller duschen zu müssen.«

Sie lächeln sich an.

»Ach, bevor Sie losfahren.« Marie legt den Kopf schief. »Ich entschuldige mich wirklich für Brunos Verhalten am Samstag. Er hat viel um die Ohren mit dem Bau und dem Restaurant seines Vaters. Fabbe findet, dass er zu viel Zeit hier oben verbringt, anstatt zu arbeiten.« Sie schüttelt den Kopf. »Bruno und Alex hatten ein paar Gläser zu viel getrunken, und das in Kombination mit dem Stress und so …«

Marie macht eine entschuldigende Handbewegung, woraufhin beide Hunde sie anschauen.

»Ich weiß natürlich, dass das keine Entschuldigung ist, nur eine Erklärung. Aber auf jeden Fall tut es mir aufrichtig leid, und ich danke Ihnen für Ihre Hilfe. Wir haben dem DJ als kleines Trostpflaster schon einen Geschenkekorb geschickt, und natürlich ersetzen wir ihm die Ausrüstung, die kaputtgegangen ist.« Marie endet mit einem aufgesetzten Lächeln.

»Bruno zufolge hat das Lied alles ausgelöst«, sagt Anna. »Ein alter Song von Simon Vidje, den der DJ da gespielt hat?«

Marie lächelt weiter, aber die Reaktion, die der Name in ihr auslöst, ist ihrem Gesicht dennoch deutlich abzulesen. Unruhe, Unbehagen, geradezu Angst.

»Davon weiß ich nichts. Auf dem Fest war so viel los. Man hat ja sein eigenes Wort kaum verstanden.«

Eine Lüge, ganz klar, das merkt man sowohl Maries Körpersprache als auch ihrer Stimme an. Genau wie ihre Freunde erkannte Marie das Lied sehr wohl. Warum lügt sie also? Anna weiß, warum, ihr ist das Phänomen schon früher begegnet. Sie weiß, dass unnötige, kleine Lügen ein Verteidigungsmechanismus sind, eine Methode, um sich von etwas Unangenehmem zu distanzieren, mit dem man absolut nicht in Verbindung gebracht werden will.

»Sie und Simon, Sie waren doch Cousin und Cousine, oder?«, fragt Anna.

Marie windet sich. »Ja, stimmt. Elisabet Vidje ist meine Tante.«

»Sie und Simon haben sich also gut gekannt?«

Einer der Hunde winselt, als würde das Tier die Unruhe seines Frauchens spüren.

»Wir waren wie Geschwister«, antwortet Marie dumpf.

Es fängt wieder an zu regnen, und die Tropfen bilden kleine Kreise auf den Pfützen um sie herum. Irgendwo weit weg krächzt ein Vogel, heiser und eintönig. Der Laut schallt schwach über die Baumwipfel hinweg.

»Tja, ich muss jetzt mal weiterarbeiten.« Marie bekommt ihr Politikergesicht wieder unter Kontrolle und richtet sich auf, woraufhin ihre beiden Hunde sofort aufstehen. »Wie gesagt. Sowohl mein Vater als auch ich sind Ihnen sehr dankbar dafür, wie diskret Sie die Sache am Samstag geregelt haben. Wir freuen uns darauf, in Zukunft mit Ihnen zusammenzuarbeiten.«

34

HERBST 2017

Zu Hause auf Tabor lässt Anna Milo raus und duscht kurz. Eigentlich hatte sie vor, ein Nickerchen zu machen, aber allzu viele Gedanken schwirren ihr durch den Kopf. Sie schmiert sich ein Leberwurstbrot, setzt sich auf die Küchenbank und geht noch einmal den Samstagabend durch. Sie versucht zu rekonstruieren, was genau passiert ist. Sie erinnert sich, dass sie Alex zuschrie, er solle den DJ loslassen, und dass Bruno Sordi etwas sagte, als er sich ihr in den Weg stellte. Irgendjemand sollte etwas gestehen. Sie schließt die Augen und versucht, Bruno Sordi vor sich zu sehen. Das knallrote Gesicht, die Raserei in den Augen, wie sich sein Mund bewegte. Nicht, bevor er nicht gesteht, so etwa drückte er sich aus. Aber was gesteht? Dass er den Song gespielt hat? Darüber herrschte ja kein Zweifel. Was meinte Bruno also dann? Seine Frau hat ihr keinerlei Anhaltspunkte gegeben, stattdessen wurde deutlich, dass sie sich ganz und gar nicht dem Thema Simon Vidje nähern wollte.

Früher oder später muss Anna mit Alex und Bruno sprechen. Im Moment wissen nur sie und Jens Friberg, dass der Tote im Baum dieselbe Person ist, die auf dem Fest den Streit provozierte, und sie möchte gern, dass das noch eine Weile so bleibt. Auf jeden Fall, bis sie die genaue Identität des Mannes kennt und seinem Motiv vielleicht ein bisschen näher gekommen ist. Bis dahin wartet sie am besten mit dem Verhör. Das verschafft ihr außerdem Zeit zu überlegen, wie sie mit Henry Morell umgehen soll.

Die Müdigkeit überfällt sie schlagartig. Sie lehnt sich zurück, schließt die Augen und schwört sich selbst, dass sie nur ein paar Minuten dösen will.

Das Handy weckt sie, indem es wie ein wild gewordenes

Insekt auf dem Küchentisch herumfährt, bevor sie es einfangen kann.

»Hallo?«

»Hallo, hier Grönwall von der KTU. Ich dachte, Sie wollen es gleich erfahren, wir haben den Toten identifiziert.«

»Ach, gut. Und wie?« Sie greift nach Papier und Stift.

»Treffer bei den Fingerabdrücken, genau wie erwartet.«

»Wie heißt er?«

»Kent Joakim Rylander, geboren 16.6.1969, aber er hat noch viele andere Ruf- und Spitznamen. Das Strafregister ist so lang wie eine Supermarktquittung. Rauschgiftdelikte, Diebstahl, Einbruch, unerlaubtes Fahren. Die letzten Einträge betreffen Betrügereien und Unterschlagung.«

»Adresse?«

»Er ist bei derselben Adresse in der Nähe von Klippan gemeldet wie der Autoschrotthof, dem der Saab gehört, damit können wir wohl auch davon ausgehen, dass es sich um seinen Wagen handelt. Wir haben ihn im Übrigen gerade auf Fingerabdrücke und DNA-Spuren hin untersucht. Ich warte auf die Übereinstimmung, aber das ist eher eine Formsache.«

»Gut.« Sie denkt einen Augenblick nach. »Immer noch kein Handy und keine Brieftasche?«

»Nein. Rylander hat keinen Führerschein, es ist also nicht einmal sicher, ob er eine Brieftasche besitzt. In der einen Hosentasche haben wir ein paar zerknüllte Hundertkronenscheine gefunden.«

»Okay.« Anna unterdrückt ein Gähnen. »Wir müssen eine Hausdurchsuchung an Rylanders Adresse in Klippan machen. Haben Sie jemanden, der mitkommen kann?«

»Nicht vor morgen früh. Meine Leute haben gestern Nacht lange gearbeitet, ich muss sie nach Hause schicken, wenn sie mit dem Wagen fertig sind. Und was mich betrifft, steht es genauso.«

Anna schaut auf die Uhr, sieht, dass es kurz vor halb drei ist. Von der Treppe draußen hört sie Milo aufgeregt bellen.

Er war fast anderthalb Stunden draußen im Nieselregen, jetzt ist er bestimmt durchnässt und friert.

»Selbstverständlich«, sagt sie zum Kriminaltechniker. »Dann treffen wir uns morgen Punkt acht Uhr auf der Wache und fahren zusammen.«

Sie beendet das Gespräch, setzt den Moccamaster in Gang und geht Milo, der nicht aufhört zu bellen, die Tür öffnen. Mats Andersson sitzt in der Hocke auf der Stufe und spielt mit dem Hund.

»H-Hallo«, sagt sie überrascht.

Der große Mann sieht auf und runzelt die Stirn, während er Milo zurückhält, der versucht, an ihm hochzuklettern.

»Ist Agnes zu Hause?«

»Nein, sie ist in der Schule.«

»Ach so.« Mats sieht enttäuscht aus. Der Hund schlüpft an ihm vorbei und versucht, die Nase in den zerschlissenen Lederrucksack zu stecken, den er hinter sich gestellt hat.

»Kann ich etwas für dich tun?«

»Nee.« Er schüttelt den Kopf, jagt Milo weg und steht auf. »Ich hatte nur was für sie. Ein Geschenk.«

»Möchtest du einen Kaffee?« Sie weiß, warum sie fragt. Irgendetwas an Mats macht sie neugierig. Dass er Marie Andersson-Sordis kleiner Bruder ist und nur ein paar Jahre jünger als Simon Vidje, erklärt die Sache sicher zum Teil. Anna tritt einen Schritt beiseite und macht eine einladende Handbewegung Richtung Küche.

Mats strahlt erst kurz, aber dann sieht er aus, als bekäme er Zweifel, als läge der ansprechende Gedanke an Kaffee im Zwist mit etwas anderem.

»Ich weiß nicht. Die Tante hat gesagt, dass niemand Tabor betreten darf …« Er windet sich verlegen. Milo rennt weiter um seine Beine herum, den Blick auf den Rucksack gerichtet.

»Aber wenn ich uns jeweils eine Tasse herausbringe?«

Mats sieht aus, als würde er nachdenken, dann nickt er.

Anna geht hinein und deckt ein Tablett mit zwei Höganäs-Tassen, Zucker, Milch und ein paar Keksen, die sie in der Schublade gefunden hat. Sie zieht sich eine Jacke an, bevor sie wieder nach draußen geht. Der Nieselregen hängt immer noch in der Luft, aber Mats sieht nicht so aus, als störte es ihn. Er nimmt die Tasse entgegen, dankt höflich, nimmt sich Milch und Zucker und rührt dann so sorgfältig um, dass Anna auf die Idee kommt, er könne die Umdrehungen zählen. Fünf im Uhrzeigersinn, fünf gegen den Uhrzeigersinn.

»Deine Tante war neulich hier und hat uns besucht«, sagt sie, um das Gespräch einzuleiten.

»Das habe ich gehört. Klein war darüber nicht glücklich.« Er schlürft vorsichtig an seinem Kaffee.

»Nicht?«

Mats schüttelt den Kopf. »Die Tante ist krank. Sie sollte nicht draußen herumfahren.«

»Ist Klein derjenige, der auf Änglaberga bestimmt?«

Mats zieht eine Grimasse, aber Anna weiß nicht, ob sie dem Kaffee oder ihrer Frage gilt. Eine Antwort bekommt sie jedenfalls nicht. Sie nimmt einen zweiten Anlauf.

»Ich habe vor Kurzem deine Schwester Marie getroffen. Und am Samstag haben wir uns auch im Volkspark gesehen.«

»Das Heimkehrerfest«, konstatiert er und wischt einen Kaffeetropfen aus dem Bart. »Mein Vater hat wie immer eine Rede gehalten. Das macht er gern.«

»Aber du warst nicht da?«

Er schüttelt den Kopf. »Mir gefällt es am besten hier oben im Wald.«

Milo hat sich hingesetzt und zieht Mats gegenüber sein ganzes Bettelprogramm durch. Er legt den Kopf schief, sabbert ein bisschen, gibt ein süßes kleines Bellen von sich. Anna wirft ihm einen Keks hin, erntet aber nur einen beleidigten Blick, als wäre er überhaupt nicht hinter den Keksen her. Dann frisst er ihn aber trotzdem.

»Wie kommt es, dass du bei deiner Tante auf Änglaberga wohnst?«, versucht Anna es erneut.

»Als Opa starb, musste sich die Tante um Änglaberga kümmern. Als mein Vater und meine Mutter geheiratet haben, haben sie Kuhtorp bekommen. Aber Vater hat in den Achtzigerjahren fast das ganze Land an Glarea verkauft. Warst du unten, im Tagebau?«

»Ja.«

»Viel davon gehörte zu den alten Ländereien von Kuhtorp. Es sieht schlimm aus.«

»Fast wie auf dem Mond«, sagt Anna und erhält ein zustimmendes Nicken zur Antwort.

»Das heißt, du und Marie, ihr seid auf Kuhtorp aufgewachsen?«

»Mm, aber meine Mutter war oft krank, deshalb waren wir meistens bei der Tante auf Änglaberga. Marie möchte übrigens nicht, dass man Kuhtorp sagt.«

»Nicht?«

»Nein, sie und Bruno haben es in Nordblick umbenannt.« Er schüttelt etwas skeptisch den Kopf. »Als Vater Kuhtorp an Marie verkaufte und in die Stadt runterzog, vereinbarten Marie und die Tante, dass ich nach Änglaberga ziehe. Ich hatte schließlich schon meine Sammlung dort.«

Mats nimmt einen Keks und knabbert vorsichtig daran, ohne zu erklären, was er mit dem letzten Satz meint.

»Wie lange ist das her?«

Er sieht aus, als würde er nachdenken. »Mutter ist 2007 gestorben, also wohne ich jetzt wohl seit zehn Jahren bei der Tante.«

»Dein Vater, Bengt – er und Elisabet verstehen sich nicht so gut, oder?«

Mats schüttelt den Kopf. »Die Tante und der Vater können nicht zusammen in einem Raum sein. Das konnten sie nie. Der Tante hat es nicht gefallen, dass er Großvaters Grundstücke an Glarea verkauft hat.«

»Und Henry Morell?«

»Das Gleiche. Die Tante ist schwierig. Eigentlich kann nur Klein mit ihr sprechen.«

»Das liegt an Simon, oder?«

Mats starrt in seine Kaffeetasse.

Sie beschließt, mit den Fragen zu warten und die Stille den Rest erledigen zu lassen, aber Mats sagt nichts mehr, sondern knabbert weiter an seinem Keks herum. Anna versucht es behutsamer.

»Simon hatte sich auf Änglaberga ein eigenes Tonstudio über der Garage gebaut. Das hat mir der Zweiradhändler neulich erzählt. Hast du es mal gesehen?«

Mats schaut auf, verzieht etwas den Mund.

»Ich habe es gebaut, nicht Simon. Er hatte zwei linke Hände. Ich habe eine Kabine geschreinert, die wir mit Eierkartons schallgedämpft haben, und es gab auch ein Fenster, damit man hineinschauen konnte. Es ist gut geworden.«

Er lächelt schief, als würde ihn die Erinnerung aufheitern.

»Warst du dabei, wenn er Musik aufnahm?«

Mats nickt. »Simon hatte auf ein richtiges Tonbandgerät gespart. Manchmal durfte ich die Knöpfe bedienen, wenn er im Studio saß. Er sang gut. Das fanden alle. Alle mochten Simon.« Mats wird still, sein Blick verschwindet wieder in der Kaffeetasse.

»Waren die anderen aus der Clique normalerweise auch mit im Studio? Deine Schwester, Alex, Bruno und Carina?«

Er zuckt mit den Schultern. »Nee. Simon wollte da oben niemanden haben. Nur ich und Karl-Johan durften rein.«

»Nicht einmal deine Tante oder Klein? Warum nicht?«

Mats schüttelt den Kopf. »Simon sagte, sie würden ihn stören.«

»War Karl-Johan oft da?«

»Manchmal. Er hatte sein Sommerauto unten in der Garage stehen.«

»Sommerauto?«

»Karl-Johan nannte es so. Ein rotes Cabrio, mit dem Steuer auf der falschen Seite. Sehr schön, aber er hatte viel Arbeit damit. Karl-Johan machte meistens die Tür zum Treppenhaus auf, wenn er mit dem Auto beschäftigt war, damit er Simon spielen hören konnte. Simon rief dann immer, er solle die Tür zumachen, und Karl-Johan schrie Okay, aber ließ die Tür offen.«

Mats holt tief Luft, als hätte ihn die Ausführung kurzatmig gemacht. Dann leert er seine Kaffeetasse, schielt zum Weg. »Glaubst du, sie kommt bald?«

»Wer? Agnes? Das weiß ich nicht genau.« Sie versucht, sich an Agnes' Stundenplan zu erinnern, und fühlt sich sofort als schlechte Mutter.

»Wenn du willst, gehe ich rein und schaue nach.«

Mats schüttelt den Kopf. »Ich muss jetzt nach Hause. Dann eben ein andermal.«

Er stellt seine Tasse auf das Tablett und greift nach seinem Rucksack, um zu gehen.

»Das Studio ist angeblich abgebrannt?«, fragt sie noch.

Er bleibt stehen. »Ja«, erwidert er tonlos. »Das Studio, das Tonbandgerät, das Sommerauto. Alles. Nichts ist übrig geblieben.«

»Gar nichts?« Sie denkt an das schwarze Autoskelett, das sie im Schuppen gesehen hat, und schaut automatisch in die Richtung. Mats scheint ihrem Blick zu folgen.

»Fast nichts«, fügt er hinzu.

»Karl-Johan hat das Auto behalten. Zumindest das, was davon noch da war, stimmt's?«

Mats nickt. »Er hatte vor, es wiederherzurichten. Aber daraus wurde nie etwas. Karl-Johan war zu sehr beschäftigt, mit ...« Er hebt ein wenig die Hand, entweder zum Predigtraum hin oder zu seinem Kopf.

»Dem Wandgemälde«, ergänzt Anna. »Hast du es gesehen?«

»Nein.« Die Antwort kommt ein bisschen zu schnell, und

Anna sieht, dass der Mund in dem üppigen Bart unruhig wird.

»Aber du weißt, was es darstellt?«

Mats antwortet nicht.

»Deine Schwester war mit im Steinbruch. Spricht sie manchmal darüber, was passiert ist? Über Simon?«

Er schüttelt den Kopf.

»Niemand spricht über Simon, Vater nicht, Marie nicht, Bruno nicht, Alex nicht. Und auch sonst niemand, zumindest nicht laut. Als ob es ihn nie gegeben hätte. Aber es gab Simon. Ich mochte ihn sehr.«

Er verstummt und schaut zu Boden. Milo winselt, rutscht näher an Mats heran und legt den Kopf schief, als ob er den Kummer des großen Mannes spüren würde.

»Eine Sache an dem Ganzen verstehe ich nicht«, sagt Anna leise. »Elisabet, deine Tante. Sie ist wütend auf deinen Vater, auf Henry Morell, Alex, Bruno und Carina, weil sie glaubt, dass sie, was den Unfall angeht, lügen. Aber sie spricht noch mit deiner Schwester, obwohl Marie an dem Abend auch mit im Steinbruch war. Warum tut sie das?«

»Die Kleider«, murmelt er.

»Die Kleider? Was meinst du?«

Er schaut zum Waldrand, als wolle er am liebsten gehen.

»Als sie Simon an dem Morgen im Wasser sahen, sprang Marie hinein und versuchte, ihn herauszuholen. Nur sie, keiner von den anderen. Die blieben am Strand. Marie war nass, die Kleider der andern waren trocken.«

Anna überlegt. »Deine Tante deutet das also so, dass die anderen fanden, es würde sich nicht lohnen hineinzuspringen. Weil sie schon wussten, dass Simon tot war.«

Mats zuckt ein bisschen die Achseln. »Das Wasser im Steinbruch ist eiskalt. Sie haben schon am Abend vorher wahnsinnig gefroren. Carina hatte ganz blaue Lippen.« Er dreht sich um. »Ich muss jetzt gehen. Nochmals danke für den Kaffee.«

Er gibt Milo zum Abschied einen Klaps, schlurft über den Platz davon und verschwindet zwischen den Bäumen. Erst als er außer Sichtweite ist, merkt sie, dass etwas an seiner Geschichte eigenartig ist.

Am Abend fällt es ihr schwer einzuschlafen. Sie und Agnes haben kaum miteinander gesprochen, und bei allem, was passiert ist, hat sie vergessen, ihren Anwalt anzurufen und ihn zu fragen, wie es mit den Ermittlungen steht. Aber noch etwas anderes beschäftigt sie.

Wie passt eigentlich Rylander ins Bild? Warum tauchte er ausgerechnet zum Heimkehrerfest in Nedanås auf? Woher hatte er Simon Vidjes Musik, und warum wollte er, dass sie Caia Bianca und den anderen drei vorgespielt wurde? Was ist mit seinem Handy passiert, warum trug er keine Schuhe, und das Wichtigste von allem: Wer hat ihn getötet? Obwohl sie nichts Spezifisches weiß, worauf sie ihre Hypothese gründen könnte, ist sie überzeugt davon, dass Rylanders Tod weder ein Selbstmord noch ein Unfall ist. An der Geschichte fehlt etwas, irgendetwas, das alles miteinander verknüpft. Und sie wird ihr Äußerstes geben, um dieses Etwas zu finden.

Die Müdigkeit fordert allmählich ihr Recht, und die Gedanken verwirren sich. Anna denkt an den Riesen Mats und seine Erzählung. Er sagte, dass Carina Pedersen so fror, dass ihre Lippen blau waren. Wie konnte er das wissen? Vielleicht hat seine Schwester es ihm erzählt, aber das kommt ihr komisch vor. Marie und Mats scheinen sich überhaupt nicht nah zu sein.

Annas Gedanken lösen sich auf, sie gleitet langsam davon und landet zwischen Wachen und Träumen. Gerade als sie dabei ist einzuschlafen, glaubt sie, oben aus dem Predigtsaal eine knarrende Diele zu hören.

35

HERBST 2017

Anna ist am nächsten Tag schon um sieben Uhr im Büro. Agnes fährt mit der Vespa zum Zug, sodass sie sich nicht einmal gesehen und schon gar nicht ausgesprochen haben.

Der KTU-Chef, oder vielleicht auch einer ihrer eigenen Ermittler, hat die Strafakte und ein Foto von Rylander ausgedruckt und alles in einer Mappe auf ihren Schreibtisch gelegt. Auch wenn sie Effektivität schätzt, findet sie, dass es wohl eine gute Idee wäre, ihre Bürotür in Zukunft abzuschließen. Das Foto ist acht Jahre alt, der Bart etwas kürzer, er trägt eine normale Brille, aber es besteht kein Zweifel daran, dass der Tote im Baum und Kent Joakim Rylander ein- und dieselbe Person sind.

Anna blättert die Akte durch. Rylander begann mit kleinen Diebstählen und leichten Drogendelikten im Jugendalter, steigerte sich dann zu Autodiebstählen, Einbrüchen und verschiedenen Graden von Hehlerei. Anschließend folgte ein schwereres Drogendelikt, das ihn für einige Jahre ins Gefängnis brachte. Sobald Rylander draußen war, begann das Karussell erneut. Er trieb sich in Süd- und Mittelschweden herum, wechselte fast jedes Jahr den Wohnsitz. Die Drogendelikte wurden nach und nach durch Betrügereien, Urkundenfälschungen und Unterschlagungen ersetzt, Verbrechen, die eine kürzere Haftstrafe nach sich zogen, aber größere Gerissenheit erforderten, was darauf hinweist, dass Rylander kein Dummkopf war. Wie viele andere Kriminelle benutzte er viele verschiedene Namen. Er nannte sich Kenta, Kekke, Jocke sowie andere Varianten seiner beiden Vornamen. Auch den Nachnamen wechselte er nicht weniger als dreimal, bevor er bei Rylander blieb.

Anna sucht nach Angehörigen und stellt fest, dass Rylanders Eltern tot sind, dass er nie verheiratet war, aber nach weiteren Nachforschungen findet sie drei Kinder, alle von unterschiedlichen Frauen. Das erste Kind, eine Tochter, ist Anfang der Neunzigerjahre geboren, als Rylander Mitte zwanzig war. Die anderen beiden kamen erst zur Welt, als er gut über dreißig war, und sind noch nicht volljährig. Anna beschließt, einem der Ermittler aufzutragen, die älteste Tochter über den Todesfall zu informieren und in Erfahrung zu bringen, was diese nach Abschluss der Obduktion mit dem Leichnam machen möchte. Dann schließt sie die Mappe. Kent Joakim Rylander lebte davon, andere auszunutzen, ging jeder Verantwortung aus dem Weg, und obwohl er drei Kinder hat, ist er ohne nahe Verwandtschaft. Er hat seine Tage in etwa so beendet, wie er sie gelebt hat. Allein. Sie muss an Agnes denken. Ihr Verhältnis ist wieder auf Anfang, und sie muss eine Methode finden, damit umzugehen. Sie muss versuchen, zu dem Gefühl zurückzufinden, das sie am Wochenende hatten. *Erzähl es ihr*, flüstert Håkan. *Du weißt, dass du es tun musst.*

Sie schüttelt ihn ab, fotografiert Rylanders Passfoto mit dem Handy und schickt es DJ Kristian. Dann ruft sie an und fragt ihn ohne Umschweife nach dem, was sie wissen will.

»Ja, das ist der Typ, der mir den USB-Stick gegeben hat.«

»Ganz sicher?«

»So sicher, wie man eben sein kann. Das Foto scheint ein paar Jahre auf dem Buckel zu haben. Warum fragen Sie eigentlich? Sie hatten den Fall doch ad acta gelegt?«

»Haben Sie den Namen Kent Joakim Rylander schon einmal gehört?«

»Nein, soweit ich weiß, nicht. Heißt er so?«

»Ja.«

»Wie gesagt, ich hatte ihn vorher noch nie gesehen. Warum ist das so wichtig?«

»Rylander wurde gestern in der Tagebauanlage von Glarea tot aufgefunden.«

»Oh, verdammt!« Sein säuerlicher Ton wird plötzlich neugierig. »Was ist passiert?«

»Das versuchen wir herauszufinden«, sagt sie. »Im Moment scheinen Sie der Letzte gewesen zu sein, der mit Rylander gesprochen hat, deshalb möchte ich, dass Sie genau überlegen, was er gesagt und wie er gewirkt hat.«

Am anderen Ende der Leitung bleibt es einen Moment lang still. »Also, soweit ich mich erinnere, tauchte er einfach so auf. Er streckte mir einen USB-Stick und einen Fünfhunderter entgegen und bat mich, den Song zu spielen, wenn Caia Bianca auf der Tanzfläche wäre. Er sagte, ich würde hinterher noch mehr bekommen. Ich fand das ein bisschen sonderbar, aber ich habe schon Seltsameres erlebt. Ich habe eine Saison lang auf Ibiza gearbeitet …«

»Was ist aus dem USB-Stick geworden?«, unterbricht sie ihn, bevor er mit seiner Anekdote anfangen kann.

»Das weiß ich nicht. Ich bin am Sonntag noch einmal zum Park gefahren und habe meine Sachen geholt, und da war er weg.«

»Und an mehr können Sie sich nicht erinnern? Nichts, was Sie beim ersten Mal vergessen haben zu erzählen?« Wieder wird es in der Leitung still.

»Doch, es gibt da eine Sache, über die ich nachgedacht habe.«

»Was denn?« Sie presst den Hörer fester ans Ohr.

»Als Alex Morell mich festhielt, schrie der andere mir etwas ins Ohr. Dieser Koch, wie hieß er doch gleich?«

»Bruno Sordi?«

»Genau. Er schrie mehrmals, ich solle es zugeben.«

»Was zugeben?« Anna erinnert sich, dass Bruno zu ihr dasselbe gesagt hat.

»Das habe ich mich auch gefragt. Aber ich war vollauf damit beschäftigt, nicht erwürgt zu werden. So im Nachhinein bin ich mir ziemlich sicher, dass es um eine E-Mail ging.«

»Eine E-Mail? Was für eine E-Mail?«

»Keine Ahnung. Aber ich glaube, das ist es, was er gesagt hat. Gib zu, dass du die Mail geschickt hast, oder so etwas.«

Anna versucht zu verstehen, wie eine E-Mail in diesen Zusammenhang passt. »Danke, dass Sie sich die Zeit genommen haben«, sagt sie dann. »Einer meiner Ermittler wird Sie noch einmal wegen einer formelleren Befragung anrufen, aber Sie dürfen sich gerne melden, wenn Ihnen noch etwas einfällt.« Anna gibt ihm ihre Mobilnummer, bevor sie das Gespräch beendet.

Sie schlägt die Akte auf und geht noch einmal Kent Joakim Rylanders Strafregister durch, dabei konzentriert sie sich auf das letzte Jahr seines Lebens. Rylander wurde im November 2016 von einem Gefängnisaufenthalt entlassen. Von diesem Zeitpunkt bis zu seinem Tod erschien er als Verdächtiger in sieben Fällen von Onlinehandel-Betrug, wo er Menschen dazu brachte, Geld für Waren zu zahlen, die es nicht gab. Für diese Art Straftat braucht man einen Computer, eine Surfplattform oder zumindest ein Smartphone. So eines, wie auf jeden Fall irgendwann einmal am Ladekabel in Rylanders schäbigem Saab hing.

Sie schreibt sich einen kleinen Vermerk in ihr Notizbuch, bei der Hausdurchsuchung nach einer IT-Ausrüstung zu suchen. In Großbuchstaben fügt sie das Wort MAIL hinzu und gibt dann die Adresse der Autofirma in Google Maps ein. Das Satellitenbild zeigt einen ziemlich abseits gelegenen Hof an einem See. Drei Hauptgebäude in Hufeisenform und etwas, das nach einem kleineren Haus ein paar Hundert Meter entfernt aussieht. Überall – entlang der schmalen Zufahrtsstraße, auf dem Hof und hinter dem Haus – sieht man helle und dunkle Rechtecke, die sich beim Heranzoomen als Schrottautos erweisen. Das Satellitenbild ist so gut, dass sie an manchen Stellen Reifenspuren und Pfützen erkennen kann. Sie verkleinert das Bild wieder. Die nächstgrößere Siedlung ist Klippan, das ungefähr vier Kilometer entfernt liegt. Anna zoomt noch weiter heraus. In der entgegengesetzten Richtung sind es ungefähr zwanzig Kilometer bis zu einem Ort, der Reftinge heißt. Der Ortsname kommt ihr irgendwie bekannt vor, sie hat ihn erst kürzlich gehört oder gelesen.

Anna spricht ihn ein paarmal laut aus, versucht es sogar mit einem rauen Rachen-R, weit hinten im Mund gesprochen, um es schonisch klingen zu lassen, findet aber, dass sie lächerlich klingt. Sie gibt auf, beschließt, die Sache auf sich beruhen zu lassen, und gibt stattdessen wieder einmal ihre eigene Personennummer in den Computer ein. Die Eintragsnummer erscheint, die Statuszeile ist immer noch leer. Verdammt!

Anna ruft ihren Anwalt an.

»Gut, dass du dich meldest, Anna. Ich wollte dich heute auch noch anrufen.«

»Aha.« Sie sammelt sich. »Gute oder schlechte Neuigkeiten?«

Die kurze Stille beantwortet ihre Frage.

»Die internen Ermittler möchten ein weiteres Verhör mit dir durchführen. Offenbar hat man den Staatsanwalt gewechselt, und der neue möchte den Fall noch nicht so richtig ruhen lassen.«

Sie holt tief Luft. »Du hast doch gesagt, alles würde sich geben, wenn wir nur abwarten; den Ball flach halten.«

»Ich habe auch gesagt, dass es dafür keine Garantie gibt.«

Sie seufzt. »Wann?«

»So bald wie möglich. Wann kannst du nach Stockholm kommen?«

»Wir sind mitten in einer größeren Ermittlung …« Sie zögert die Antwort ein bisschen hinaus, um Bedenkzeit zu gewinnen. »Kann man die Befragung nicht am Telefon durchführen?«

»Leider nicht. Du musst persönlich erscheinen. In dieser Hinsicht waren sie sehr bestimmt.«

»Aha …« Ihr Puls schlägt schneller.

»Schick mir per SMS ein paar Termine, die ich ihnen vorschlagen kann. Am besten heute, damit sie nicht den Eindruck bekommen, du wolltest die Sache verschleppen, okay?«

Anna versucht, gefasst zu klingen. »Ist es so ernst?«

»Das ist schwer zu sagen. Ich werde den neuen Staatsanwalt anrufen und die Lage sondieren. Das Wichtigste ist, dass wir so kooperativ wie möglich erscheinen, ja?«

»Okay.« Sie legt auf, schließt die Augen und lehnt sich zurück. Einen kurzen Moment lang brennt es hinter ihren Lidern.

Du glaubtest, wir wären sicher, murmelt Håkan. *Wenn du nur weg wärst, und sie dich nicht mehr in den Fluren der Polizeiwache sehen würden, dann würden sie dich schon vergessen. Eine andere, verlockendere Beute finden. So dachtest du dir das doch, oder?*

Sie scheucht ihn weg, drückt die Finger auf die Augenlider, bis das Gefühl der Hoffnungslosigkeit vorübergeht. Sie muss sich zusammenreißen, den Rücken gerade halten und sich auf ihre Arbeit konzentrieren. Sowohl um ihretwillen als auch für Agnes.

Zehn vor acht taucht Jens Friberg auf, steckt den Kopf herein und fragt, ob sie einen Kaffee möchte. Anna hat sich noch nicht ganz an sein neues, freundlicheres Ich gewöhnt, aber leistet ihm trotzdem Gesellschaft im Pausenraum. Morells Tür ist geschlossen und sein Büro dunkel, wodurch sie sich ein bisschen erleichtert fühlt.

Small Talk ist nicht gerade Jens Fribergs Stärke, sie sitzen eine Weile stumm am Tisch, bevor sie beschließt, ihn zu testen.

»Ich weiß, dass das lange vor deiner Zeit war«, beginnt sie. »Aber ich gehe davon aus, dass du von Simon Vidjes Tod oben im Steinbruch gehört hast?«

Er nickt und trinkt seinen Kaffee, ohne anzubeißen.

»War es ein Unfall?«

Er schaut über den Rand seiner Tasse und setzt sie dann langsam ab.

»Genau wie du sagst, war das lange vor meiner Zeit. Ich hatte nie Anlass, an dem zu zweifeln, was Henry erzählt hat.«

»Und was hat er gesagt?«

Jens verzieht das Gesicht. »Anna, mir ist nicht wohl dabei, auf diese Art Informationen aus zweiter Hand weiterzugeben. Sprich mit Henry oder geh die Ermittlungsakte durch.«

»Das habe ich gemacht.«

Er nickt langsam, als wäre ihm das schon bewusst.

»Hast du etwas gefunden, was nicht stimmte?«

Anna merkt, dass er das Gespräch gedreht hat, dass er jetzt derjenige ist, der sie testet.

»Möchtest du noch einen Schluck?« Sie holt die Kaffeekanne und füllt ihre Tassen. »Eine Sache ist ein bisschen seltsam«, sagt sie, nachdem sie die Kanne zurückgestellt und sich gesetzt hat.

»Was denn?« Friberg versucht, nicht besonders interessiert zu klingen, aber sie ist zu erfahren, um sich täuschen zu lassen.

»Dass Marie Andersson die Einzige von den vieren war, die ins Wasser gesprungen ist. Dass nur sie versucht hat, Simon herauszuziehen.«

Er nickt langsam. »Dafür könnte es eine natürliche Erklärung geben«, sagt er und offenbart zugleich, dass er genau weiß, wovon sie redet, und bezüglich dieses Falls überhaupt nicht so uninformiert ist, wie er vorgibt.

»Welche denn?«, fragt sie und hat fast unmerklich das Heft wieder in die Hand genommen.

»Tja, zum Beispiel, dass Marie Simon vor den anderen entdeckt und versucht hat, die Leiche auf den Strand zu hieven, bevor die anderen dazu kamen, hineinzuspringen.«

Sie schüttelt den Kopf.

»Davon steht nichts in der Vernehmung.«

»Nicht?« Er spielt den Unwissenden, aber sie durchschaut ihn.

»Außerdem hat die Feuerwehr den Körper aus dem Wasser geholt. Die Bergung war offenbar mühsam.«

»Aha. Aber dann ist das vielleicht die Erklärung. Marie erkannte, dass Simon tot war und man nichts machen konnte und es unmöglich war, ihn an den Strand zu bekommen.«

»Vielleicht.« Sie sehen sich in die Augen.

Auf der Treppe sind Schritte zu hören, dann steht der Cheftechniker mit einem seiner Mitarbeiter in der Tür. »Guten Morgen, werte Kollegen. Sind wir bereit für eine Hausdurchsuchung?«

Friberg beugt sich über den Tisch zu Anna. »Ach, Anna, was ich fragen wollte ...« Er unterbricht sich, wartet, bis der Techniker am Tisch steht.

»Wäre es in Ordnung, wenn ich zur Hausdurchsuchung mitkomme?«

Sie wägt ein paar Sekunden lang ab. Das Einfachste wäre, Nein zu sagen. Aber Friberg ist ein guter Polizist, und er wurde schon für seine Initiative bei der Tatortuntersuchung gelobt. Ihn jetzt vor dem KTU-Chef zurückzuweisen, würde ihr einige komische Blicke einbringen, also hat sie keine große Wahl.

»Ja, wir haben im Bus sicher Platz für eine Person mehr, oder, Grönwall?«

»Natürlich«, erwidert der Cheftechniker. »Je mehr, desto lustiger. »Wir müssen übrigens unterwegs tanken. Klippan ist ein ganzes Stück weg. Weiß jemand, wo die nächste Tankstelle liegt?«

»Die ist unten am Reftingeweg«, sagt Friberg, und im selben Moment macht es in Annas Kopf klick.

Reftinge
Tankstelle
Klippan

Sie steht wortlos auf und geht mit raschen Schritten in ihr Büro zurück. Dort schließt sie die unterste Schreibtischschublade auf, holt die Simon-Vidje-Akte heraus und beginnt, die gelblichen Blätter im Ordner durchzublättern. Sie flucht innerlich, dass sie den Zusammenhang nicht vorher erkannt hat. Sie braucht nur ein paar Sekunden, um die richtige Seite zu finden – die Notiz, die Henry Morell vor siebenundzwanzig Jahren verfasst hat.

Zwei weitere Personen fanden sich an dem Abend vor Ort im Steinbruch, Joakim Jonsson, von den anderen Joe genannt, und Tanja Savic, beide 20 Jahre alt und wohnhaft in Klippan.

Nach einstimmiger Zeugenaussage der vier Zeugen verließen Jonsson und Savic den Ort allerdings kurz vor Mitternacht, da es zu regnen begann. Jonsson und Savic wurden um 01.36 Uhr derselben Nacht von einer Polizeistreife aufgegriffen, nachdem es bei einer noch geöffneten Tankstelle außerhalb von Reftinge zum Streit gekommen war. Jonsson wurde wegen Verdachts auf Drogenbesitz, Entwendung eines Beförderungsmittels und unerlaubtem Fahren festgenommen und verbrachte die restliche Nacht in Arrest. Keiner der beiden war also zum Zeitpunkt des Todesfalles im Steinbruch.

Mit schnellen Bewegungen zieht sie Rylanders Strafakte aus der Mappe und legt sie neben die Erinnerungsnotiz. Sie kreist zwei Zeilen auf der ersten Seite ein, fast ganz oben. Das fehlende Puzzlestück.

Kent Joakim Rylander, geboren: Kent Joakim Jonsson. Alternative Rufnamen: Kenta, Kekke, Jocke – Joe.

Joakim »Joe« Jonsson.

Langsam atmet sie aus.

Der Bartträger Rylander und seine Freundin befanden sich im Steinbruch an dem Abend, an dem Simon Vidje starb.

Siebenundzwanzig Jahre später benutzt er Simon Vidjes Musik, um die vier anderen Teilnehmer zu provozieren, um etwas in Gang zu setzen. Etwa vierundzwanzig Stunden später ist er tot. Zerschlagen und aufgespießt von einem Baum, nachdem er von einem Steilhang derselben Hügelkette gestürzt ist, an der auch Simons Leben in dieser Spätsommernacht endete. Das kann kein Zufall sein.

36

HERBST 2017

Genau wie auf Google Maps schon zu sehen, war die Autofirma früher einmal ein hufeisenförmiger Bauernhof. Jetzt erinnern die Gebäude und die Hunderte von Autos in unterschiedlichen Verfallsstadien, die sie umgeben, am ehesten an einen großen Schrottplatz. Die Herbstluft ist voller kleiner Wassertröpfchen, eine Mischung aus Nebel und Regen, die den Geruch nach Öl, Rost und Verwahrlosung verstärkt und mit dem Herbstwind durch die Kleider dringt.

Der schlammige Zufahrtsweg wird von einer Schranke versperrt, auf der ein Schild vor Wachhunden warnt, und als sie sich zu Fuß den Hauptgebäuden nähern, hört man tatsächlich Hundegebell. Die beiden Techniker und der Ermittler, den Anna mitgenommen hat, sehen sich beunruhigt an. Anna versteht, was in ihnen vorgeht, sie fürchtet sich selbst vor Hunden, obwohl sie einen in der Familie haben. Während der Autofahrt hätte sie ihren Kollegen den Zusammenhang zwischen Rylander und Simon Vidjes Tod erklären können, aber nach kurzer Überlegung entschied sie sich, damit zu warten, auf jeden Fall bis nach der Hausdurchsuchung. Vor allem wegen Jens Friberg. Sie weiß immer noch nicht genau, woran sie bei ihm ist, und bevor sie das nicht weiß, gibt es keinen Grund, ihn in alle Ermittlungsdetails einzuweihen. Aber jetzt gerade fühlt es sich irritierenderweise gut an, ihn dabeizuhaben, nicht zuletzt, weil das Hundegebell zunimmt und ein großer Rottweiler ihnen den Weg abschneidet.

Anna, der Polizist und die Techniker bleiben unmittelbar stehen. Friberg dagegen geht, ohne zu zögern, weiter. Das Gebell klingt dumpf, es kommt tief aus dem Inneren des Hundes. Sein Fell ist gesträubt, er hat die Zähne entblößt.

Als Friberg näher kommt, macht der Rottweiler einen kleinen Ausfallschritt, schnappt in die Luft und weicht dann immer mehr zurück, je kleiner der Abstand zwischen ihnen wird. Friberg geht weiter, er sieht den Hund nicht einmal an. Als noch drei Meter übrig sind, springt das kräftige Tier auf Fribergs Bein zu. Ohne auch nur stehen zu bleiben, tritt Friberg dem Hund direkt gegen das Vorderbein. Der Rottweiler winselt auf, stolpert rückwärts und humpelt dann davon, während er unterwegs über die Schulter hinweg ein paarmal jämmerlich bellt. Es ist unmöglich, nicht von Fribergs Kaltblütigkeit beeindruckt zu sein, aber er scheint kein Bedürfnis zu haben, Lob dafür einzuheimsen, sondern geht stattdessen weiter auf die Gebäude zu.

Der Eindruck von Verwahrlosung nimmt noch zu, als sie um das Hauptgebäude herumgehen. Der Hof ist voller Schlammpfützen mit dunkler, regenbogenfarbiger Oberfläche. Autowracks türmen sich aufeinander, lehnen an den Hauswänden und wurden vermutlich von dem gelben fahrertürlosen Volvo-Radlader dorthin platziert, der schräg vor einer Tür parkt, auf der »Büro« steht.

Als sie sich nähern, öffnet sich die Bürotür, und ein Mann um die siebzig kommt heraus. Er trägt fleckige grüne Hosen und ein Flanellhemd, das irgendwann wohl einmal kariert war, aber farblich jetzt nur noch aus fünfzig Drecknuancen besteht. Die Haare sind lang und fettig, er ist seit mindestens einer Woche unrasiert, und obwohl sie noch ein Stück von ihm weg sind, stellt Annas Nase schnell fest, dass es wahrscheinlich genauso lange her ist, seit er geduscht hat.

»Waswollnse?«, fragt er, wobei er die drei Worte zu einem zusammenzieht.

»Kent Joakim Rylander«, sagt Anna.

»Jocke? Was hat er jetzt schon wieder gemacht?«

»Können wir reingehen?« Sie zeigt auf die Tür hinter ihm. Einen Moment später tritt der Mann widerwillig beiseite und lässt sie in einen engen, kleinen Raum, wo Berge an Papier und schmutzigen Autoteilen fast die gesamte Fläche einnehmen.

Der Gestank dort drinnen ist so stark, dass Anna durch den Mund atmen muss. In der einen Ecke liegt der Rottweiler auf einer scheußlich schmutzigen Decke. Der Hund muss durch die schmale Klappe in der Tür geschlüpft sein. Er knurrt sie leise an, senkt aber den Kopf und wird still, als Friberg einen Schritt näher kommt.

»Woher kennen Sie Rylander?«, fragt Anna, während sich der alte Mann hinter seinen übervollen Schreibtisch setzt. Er bietet ihnen nicht an, Platz zu nehmen, wahrscheinlich aus dem einfachen Grund, dass alle Stühle bereits besetzt sind.

»Ich war in den Achtzigerjahren eine Weile mit seiner Mutter zusammen«, murmelt der Alte. »Man könnte vielleicht sagen, dass ich sein Stiefvater bin. Oder es zumindest war. Aber ich sage immer zur Polizei, was auch immer Jocke ausgefressen hat, ich habe damit nichts zu tun.«

»Aber er wohnt hier, oder?«

»Jocke hat noch seine alte Hütte. Er kommt und geht, ein bisschen, wie er will. Eigentlich wollte ich seine Sachen schon vor Jahren wegschmeißen, aber daraus ist nichts geworden. Mir war nicht klar, dass er sich hier angemeldet hatte, bis seine Post in meinem Briefkasten aufgetaucht ist.«

Der Mann macht eine Handbewegung in den überfüllten Raum.

»Ich habe Jocke gesagt, dass ich genug zu tun habe. Dass er sich selbst um seinen Kram kümmern muss. Aber was ich sage, ist ihm scheißegal, wie immer.«

Anna holt ihr Handy hervor und zeigt ihm ein Foto von Rylander. Aus einer Eingebung heraus wählt sie eines der neueren Fotos, die nach seinem Tod entstanden sind. Sein Gesicht ist sichtbar blau geschlagen, aber das Foto zeigt ihn schräg von der Seite, sodass die leere Augenhöhle nicht so deutlich zu erkennen ist. Der Alte nimmt sich eine Lesebrille, setzt sie auf die Nase und streckt die Hand nach dem Handy aus. Seine Hände haben Ölflecken, die sich eingegraben haben, die Nägel sind lang und gelb. Anna unterdrückt den Impuls wegzuschauen und hält das Telefon stattdessen ein bisschen weiter von ihm weg, damit die schlimmsten Details nicht zu sehen sind. Die meisten Leute sprechen nicht gern schlecht von Toten, deshalb erzählt sie nicht sofort, was mit Rylander passiert ist.

»Ja, das ist Jocke. Sieht aus, als hätte er ordentlich was abgekriegt. Bestimmt verdientermaßen.«

»Warum sagen Sie das?«

Der Mann schnaubt, nimmt die Lesebrille ab.

»Dass Jocke Leute hereinlegt, ist eine Sache. Aber er hat auch Spaß daran, Ärger zu machen, zu provozieren, egal, ob es nötig ist oder nicht. Er macht das, seit er klein ist. Kennen Sie die Geschichte von dem Skorpion, den ein Frosch über den See bringen soll? Er verspricht, nicht zu stechen, weil sie sonst beide ertrinken, macht es aber trotzdem. So einer ist Jocke. Irgendwie weiß er, dass er sich selbst in die Scheiße reitet, aber er kann es trotzdem nicht lassen. Es ist nicht das erste Mal, dass er vermöbelt wurde, und garantiert auch nicht das letzte.«

Mit dem letzten Wort spuckt der Alte aus.

»Es klingt, als würden Sie aus Erfahrung sprechen.«

Der Alte schnaubt wieder.

»Ich kenne Jocke, seit er ein Junge war. Ich bin gegen seine Künste immun.«

»Und dennoch lassen Sie ihn hier wohnen?«

Der Alte zuckt mit den Schultern. »Jockes Mutter und ich hatten es gut miteinander. Als er klein war, war er ein netter Junge. Damals war hier auch noch Leben …« Er verstummt, sein Blick wendet sich nach innen.

»Die Hütte?«, unterbricht Friberg seine Gedanken. »Rylanders Hütte. Wo liegt die?«

Am Ende eines Schotterwegs, dreihundert Meter hinter dem eigentlichen Hof, finden sie die Hütte, die eigentlich kaum mehr als ein Schuppen ist. Der matschige Boden davor ist voller Pfützen und Reifenspuren, und die Hälfte des niedrigen Daches ist mit einer Persenning bedeckt. Die Wandbretter sind so marode und voller Schimmel, dass man nicht mehr erkennt, welche Farbe sie einmal hatten. Die Tür an der Längsseite ist mit einem Vorhängeschloss versperrt, aber der Alte hat einen Schlüssel.

»Sagen Sie Jocke nichts«, brummt der Mann. »Er mag es nicht, dass man in seinen Sachen herumwühlt.«

Anna sagt ihm die Wahrheit. Der Alte nimmt es gut auf, nickt nur verbissen.

»Ich habe wohl immer gespürt, dass es so enden wird. Armer Teufel.« Der Alte räuspert sich und spuckt in die Nesseln neben der Hausecke aus. Dabei wendet er den Kopf ab, damit Anna nicht sehen kann, dass seine Augen feucht werden.

Die Hütte besteht nur aus einem einzigen Raum. An der einen Schmalseite findet sich eine Kitchenette mit Spüle und Herdplatte, auf der anderen Seite lässt eine kaputte Schiebetür den Blick auf eine Toilette frei. Hier und da ist unter einer Schicht Zeitungen, Kartons und Klamotten, die den Boden bedecken, ein Teppich erkennbar, und im Prinzip auf allen Flächen liegen Autoradios, kaputte Handys und andere elektronische Geräte, die alle nach Diebesgut aussehen.

Mitten im Raum steht ein großes Sofa, das, den Decken und Kissen nach zu urteilen, auch als Bett dient. Der Couchtisch ist mit überfüllten Aschenbechern, Pizzakartons und leeren Dosen übersät. An der Wand gegenüber vom Bett hängt ein Flachbildschirm, der viel zu groß und teuer ist, um hierherzugehören. Der Geruch ist wie erwartet: Feuchtigkeit, Zigaretten, Schmutz, Müll, schlechte Hygiene und – vor allem – Einsamkeit.

Anna nickt dem Cheftechniker zu, er könne anfangen, und wendet sich dann an den Alten.

»Hatte Jocke ein Handy?«

»Haufenweise.« Er zeigt auf die Spüle, wo Teile von mindestens drei Telefonen liegen.

»Haben Sie seine Nummer?«

Der Mann schüttelt den Kopf. »Nicht seine neue. Er hat andauernd gewechselt. Die letzte Nummer, die ich hatte, funktioniert seit ein paar Monaten nicht mehr.«

»Aber Sie wissen, dass er ein Telefon hatte?«

Er zuckt mit den Schultern. »Haben das nicht alle?«

Sie dankt dem Alten für seine Hilfe und schickt ihn weg. Einen Augenblick lang sieht er aus, als wolle er protestieren, aber dann dreht er sich um und schlurft mit gesenktem Kopf zu den Hauptgebäuden zurück.

»Anna!« Friberg winkt sie zu sich. Unter einem der Pizzakartons liegt ein Laptop. Auf der Oberseite klebt ein Zettel mit der Aufschrift »Eigentum der Västervångschule«. Zwei Kabel verlaufen zur Wand. Das eine führt zu einer Steckdose, das andere zu einem alten Doppelkassettendeck, wie sie in den Achtzigerjahren populär waren, bevor es CD-Spieler gab. Anna zieht Plastikhandschuhe an und findet nach kurzem Suchen den Eject-Schalter. Eines der Decks geht langsam auf, und eine Kassette kommt zum Vorschein. Anna holt sie vorsichtig heraus. Auf dem kleinen Etikett steht mit Tinte etwas in runden Buchstaben geschrieben, als habe sich jemand bemüht, es schön aussehen zu lassen.

Property of Simon Vidje.

»Rylander hat Audacity benutzt, um die Musik von der Kassette auf den USB-Stick zu kopieren«, sagt Friberg, der es geschafft hat, den Laptop anzuschalten. »Ich benutze zu Hause für meine Plattensammlung das gleiche Programm.«

Er verstummt und sieht einen Moment lang fast verlegen aus, als habe er aus Gedankenlosigkeit einen Spalt zu einer privaten Tür geöffnet. Schnell findet er in seine professionelle Rolle zurück.

»Die Datei ist eine gute Woche alt.«

Friberg gibt auf der Tastatur etwas ein.

Der Technik-Chef und seine Leute haben an der hinteren Schmalwand begonnen und gehen den Raum methodisch durch. Anna versucht währenddessen, den Raum zu erfassen. Die Couch und der Couchtisch scheinen das Zentrum aller Tätigkeiten hier gewesen zu sein, aber es gibt noch einen Ort, der von Interesse sein kann.

Sie schlüpft am Kriminaltechniker vorbei und zieht die kaputte Schiebetür zur Toilette auf. Der enge Raum ist ungefähr genauso unangenehm, wie sie ihn sich vorgestellt hat. An der Duschkabine fehlt die Tür, an einer Wandseite löst sich die Plastiktapete, dahinter kommt ein großer Schimmelfleck zum Vorschein.

Vom Badezimmerschrank, dem Gegenstand, den sie am ehesten im Visier hatte, sind nur noch zwei Löcher in der Wand übrig, dort, wo einmal die Schrauben saßen. Der defekte Schwimmer im Toilettenkasten verursacht ein dauerhaftes Rauschen. Anna hebt den Deckel zum Toilettenkasten und findet eine Tüte, die vermutlich einige Hundert Gramm Marihuana enthält.

Als sie sie herausfischt, entdeckt sie einen Korb, der zwischen Toilette und Wand eingeklemmt ist. Er sieht aus, als befände sich darin eine Mischung aus Donald-Duck-Heften und Pornos. Unter der obersten Zeitschrift schaut die Ecke eines weißen Umschlags hervor. Anna beugt sich hinunter und zieht ihn heraus. Der Umschlag ist aus dickem Papier und trägt Rylanders Namen und Adresse auf der Vorderseite. Es sieht aus, als habe Rylander ihn mit dem Finger geöffnet, da die Oberkante ausgefranst und zum Teil zerrissen ist. Der Schaden versteckt zur Hälfte den Namen des Absenders, der auf der oberen linken Ecke des Umschlags vorgedruckt ist, aber nach ein wenig Puzzlearbeit gelingt es Anna dennoch, ihn zu lesen.

Anwaltskanzlei Gunnarsson & Sohn

Sie zuckt zusammen. Warum hatte Nenn-mich-Lasse Kontakt zu Rylander?

Sie öffnet vorsichtig den Umschlag und holt ein einzelnes, sorgfältig gefaltetes Blatt heraus. Sie faltet es auseinander und liest.

Lieber Joakim,

es ist jetzt siebenundzwanzig Jahre her, dass unser Simon uns für immer verlassen hat. Simon war ein wunderbarer Sohn, ein guter Freund und ein unerhört begabter Musiker, der alle berührte, die ihn kannten.

Auch wenn sein Tod als Unfall abgetan wurde, sind wir überzeugt davon, dass die Wahrheit nie wirklich ans Licht fand. Deshalb wenden wir uns an Sie und an alle anderen, die an jenem Abend im Steinbruch von Mörkaby vor Ort waren, mit folgender Bitte:

Wenn Sie etwas zu erzählen haben, ein Detail, das Sie vielleicht ausgelassen haben, eine Erinnerung, die viel später aufkam, oder wenn Sie einfach die Gelegenheit nutzen wollen, nach all den Jahren endlich Ihr Herz zu erleichtern, kontaktieren Sie bitte Polizeichefin Anna Vesper in Nedanås. Anna Vesper tritt ihren Dienst am 9. Oktober an, sie hat keinerlei Beziehungen zu Nedanås und gilt außerdem als gewandte Ermittlerin mit langjähriger Erfahrung. Wir setzen große Hoffnungen darauf, dass sie aufklären kann, was Simon tatsächlich passiert ist, und uns, seinen Eltern, nach den vielen Jahren endlich Seelenfrieden verschafft.

Ihre Hilfe in diesem Zusammenhang würden wir daher sehr schätzen.

Mit freundlichen Grüßen,
Elisabet und Karl-Johan Vidje
Änglaberga

Der Umschlag ist am 17. September abgestempelt. Nur wenige Tage zuvor hatte sie selbst den Mietvertrag für Tabor unterschrieben. Das frisch renovierte Tabor, das vorher nie vermietet worden war. Karl-Jos Atelier, das sein letztes und vielleicht wichtigstes Werk beherbergt. Anna hatte es schon früher im Verdacht, aber jetzt hat sie es buchstäblich schwarz auf weiß. Sie wurde manipuliert, aber nicht nur von Henry Morell, sondern auch von Elisabet Vidje.

»Anna«, sagt Friberg. »Das musst du dir anschauen.«

Etwas an seinem Tonfall bringt sie dazu, den Brief einzustecken und zum Sofa zu gehen.

»Hier.« Er dreht ihr den Bildschirm zu. Ein Mailprogramm ist geöffnet. Er bewegt den Cursor zur letzten gesendeten Nachricht.

»Rylander hat am 25. September E-Mails an Alex Morell, Bruno und Marie Sordi und Caia Bianca geschickt.« Er doppelklickt und öffnet die Nachricht. »Das E-Mail-Konto wurde am selben Tag eröffnet. Sieh mal, welchen Benutzernamen Rylander verwendet hat.«

»Simon Vidje«, liest Anna laut. »Was schreibt er ihnen?«

Friberg klickt noch einmal, sodass die Nachricht den ganzen Bildschirm einnimmt.

Sie umfasst nur eine Zeile. Sieben Wörter, neun Silben und dennoch mehr als genug, um ein Mordmotiv zu bilden.

»Zeit, dass ihr für eure Tat bezahlt!«

37

HERBST 2017

Auf der Rückfahrt ist Anna schweigsam. Die Durchsuchung von Rylanders heruntergekommener Hütte hat einen Großteil des Tages in Anspruch genommen. Im Kofferraum haben sie mehrere Tüten mit beschlagnahmten Gegenständen. Das meiste ist mutmaßlich Diebesgut, dazu ein paar Drogen, aber der Laptop und die Kassette sind auch dabei und befinden sich jeweils in einem ordentlichen Beweisbeutel. Sie hat Friberg gebeten, den Inhalt bis morgen früh für sich zu behalten, und gesagt, dass sie den Abend und die Nacht braucht, um sich eine Strategie zu überlegen, was auch richtig ist. Aus dem gleichen Grund hat sie den Brief nicht erwähnt, weder ihm noch irgendjemand anderem gegenüber, sondern ihn heimlich in ihre Jackentasche gesteckt. Die Fahrt gibt ihr die Gelegenheit, alles im Kopf durchzugehen und die Kette der Ereignisse allen erdenklichen Zweifeln, die sie aufbieten kann, auszusetzen. Trotzdem halten die einzelnen Glieder stand, angefangen mit ihrer Bewerbung in Nedanås bis zu dem Moment, als Henry Morell vor Ort behauptete, dass Rylanders Tod ein Selbstmord war.

Anna weiß, dass sie die vier Freunde verhören und nicht nur Fragen nach Rylander stellen muss, sondern auch nach der alten Ermittlung. Danach, was in dieser Spätsommernacht 1990 tatsächlich passierte. Aber vorher muss sie einige Dinge klarstellen und mit einer Person sprechen, deren Geist über allem schwebt.

»Kannst du dafür sorgen, dass der Laptop registriert und in der Asservatenkammer eingeschlossen wird?«, fragt sie den KTU-Chef.

»Ich kann mich darum kümmern«, sagt Friberg. »Wenn

du willst, kann ich auch eine Kopie von dem Song machen und ihn dir als MP3-Datei schicken?«

Sie zögert einen Moment und sieht, dass er es bemerkt.

»Natürlich, das wäre gut«, erwidert sie, aber der Schaden ist schon entstanden.

Anna fährt unnötig schnell die verschlungenen Kurven den Berg hinauf und muss sich selbst an die Begegnung mit dem Glarea-Fahrzeug von neulich erinnern. Dennoch fällt ihr auf, dass sie sukzessive die Geschwindigkeit steigert, je näher sie ihrem Ziel kommt. Das Wetter ist dabei umzuschlagen, hier und da brechen Sonnenstrahlen durch die graue Wolkendecke und bringen die Straße zum Glänzen, sodass Anna den Sonnenschutz herunterklappen muss.

Die Weidenallee nach dem Torwärterhaus fühlt sich länger an, als sie von der Hauptstraße gesehen aussieht. Die Stämme und Baumkronen neigen sich alle in Windrichtung leicht nach links, in einem fast exakt gleichen Winkel.

Der alte Teil von Änglaberga besteht aus vier großen Gebäuden mit weiß gekalkten Fassaden. Vor ihr liegt das prächtige zweistöckige Herrenhaus mit Treppengiebeln und mehreren Schornsteinen. Links stehen zwei Längsgebäude, von denen sie vermutet, dass es Ställe sind, mit schönen gusseisernen Sprossenfenstern. Rechts werden die Ställe von einem ähnlichen weißen Gebäude gespiegelt, aber den großen Toren nach zu urteilen, ist es wahrscheinlich eine Scheune. Der Platz daneben ist frei. Wo eigentlich ein fünftes Gebäude hätte stehen müssen, befindet sich nur eine sorgfältig geharkte Kiesfläche. Die leere Stelle verleiht dem gut erhaltenen Hof einen leichten Eindruck von Ungleichgewicht. Als würde etwas fehlen. Es dauert ein paar Sekunden, bis Anna klar wird, dass dort die Garage stand. Das Gebäude, in dem Simon im oberen Stock ein Studio eingerichtet hatte und wo Karl-Johan seinen Sportwagen unterstellte.

Sie fährt langsamer, blickt zu den Giebeln der Scheune hinauf, entdeckt aber keine Spuren von Brand oder Hitze, was vielleicht nicht verwunderlich ist. Immerhin hatten sie siebenundzwanzig Jahre Zeit, die Schäden zu beheben.

Anna sieht keine parkenden Autos auf dem Hofplatz und erwägt, in einen schmalen Stichweg abzubiegen, den sie zwischen dem linken Stall und dem Hauptgebäude entdeckt. Sie folgt ihm und kommt auf einen zweiten, tiefer liegenden Platz, umgeben von weiteren Stallgebäuden neueren Datums, und dahinter entdeckt sie die Maschinenhallen mit Rolltoren an den Seiten. Eine steht offen, und Anna sieht zwei Personen darin, die dabei sind, ihre Traktoren mit Hochdruckreinigern zu säubern. Sie erkennt den Mann, der dem Tor am nächsten steht. Es ist einer der Polen, die ihr und Agnes beim Einzug geholfen haben. Sie winkt ihm im Vorbeifahren zu, erhält aber keine Antwort. Ganz hinten wird der Hofplatz von einem flachen Gebäude begrenzt, das wie eines dieser Container aussieht, wie sie alle Kommunen zu verwenden scheinen. Davor stehen ein paar Autos mit ausländischen Kennzeichen, weshalb Anna vermutet, dass die Baracke als Arbeiterunterkunft verwendet wird. Ein einsamer Carport aus Blech steht mit dem Rücken zum Hauptgebäude. Darin entdeckt sie Kleins Pick-up und daneben Elisabet Vidjes grünen Landrover. Sie parkt, steigt aus und folgt einem Kiesweg, der zum Haupthaus zurückführt. Die Luft riecht nach Erde, Tieren und ganz leicht nach überreifen Äpfeln.

Der Weg führt quer durch eine dichte Hecke, mündet in eine hübsche Laube direkt an der Schmalseite des Hauses und passiert dann einen Brunnen mit einem Engel in der Mitte. Ganz oben im Giebel steht ein Fenster offen. Gerade als sie um die Ecke biegen will, um zur Vorderseite des Hauses zu gelangen, stößt sie beinahe mit Bror Klein zusammen, der dabei ist, seine Öljacke zuzuknopfen.

»Was zum Teufel machen Sie hier?« Der Fluch kommt unerwartet und passt nicht zu Kleins normalerweise so gefasstem Auftreten. Auch sein gestresster Blick tut das nicht.

»Ich muss mit Elisabet sprechen.«

»Sie will Sie nicht sehen.«

Sein feindseliger Ton überrascht sie. Ihn selbst offenbar auch.

»Ich meine ... Elisabet geht es nicht besonders gut. Sie möchte keinen Besuch.« Klein schließt den letzten Knopf seiner Jacke und findet etwa gleichzeitig zu seiner üblichen Selbstbeherrschung zurück. »Es ist besser, wenn Sie an einem anderen Tag wiederkommen.«

»Es geht um Simon«, sagt sie. »Um die alten Ermittlungen.«

Klein hat seine starre Miene aufgesetzt, dennoch meint Anna, Unruhe in seinem Blick wahrzunehmen.

»Elisabet ...« Er bricht ab, sucht nach den richtigen Worten. »Sie ist krank. Sehr krank. Das Letzte, was sie braucht, ist jemand, der anfängt herumzuwühlen ...«

»Klein!« Das Giebelfenster, das vorhin nur einen Spaltbreit geöffnet war, steht jetzt weit offen, und Elisabet Vidje erscheint im Fensterrahmen. Ihr Gesicht ist blass, sie trägt ein weißes Nachthemd. »Bitte Anna, im Herrenzimmer Platz zu nehmen. Ich komme in ein paar Minuten herunter.«

Das Fenster wird zugeschlagen, bevor Klein antworten kann. Der Mann brummt etwas und weicht Annas Blick aus. Dann dreht er ihr den Rücken zu und winkt ihr mitzukommen.

Der Haupteingang liegt im Hochparterre. Die Doppeltür in dunkler Eiche macht einen pompösen Eindruck. Klein öffnet sie und führt Anna in eine große Eingangshalle mit hoher Decke. Er geht nach links, einen schmaleren Gang entlang, dann schiebt er eine Tür auf. Der Raum dahinter hat einen offenen Kamin, um den vier große Sessel gruppiert sind. An der einen Längsseite steht ein Schreibtisch, auf dem ein Telefon mit extragroßen Tasten den Blick auf sich zieht. Kleine Aufkleber informieren darüber, wen man mit der Kurzwahlnummer erreicht. »1. Klein«, »2. Marie«, »3. Mats«. Die Wände und die Zimmerdecke sind von Zigarrenrauch leicht vergilbt. Durch das Fenster zur Rückseite hin sieht man einen großen, gut gepflegten Rasen, umgeben von hohen Buchenhecken.

»Warten Sie hier.« Klein deutet nickend auf die Sessel, bleibt aber nicht, bis sie sich gesetzt hat. Der Sessel ist weich, und Anna sinkt einige Zentimeter tiefer ein, als bequem wäre. Dann sitzt sie still da und lauscht. Das Einzige, was sie hört, ist das Ticken der goldenen Standuhr neben dem offenen Kamin. Nach einer Weile hat sie das Gefühl, dass etwas an der Energie in dem großen, alten Haus nicht stimmt. Vielleicht ist es Einbildung, etwas, das sie aus dem konstruiert, was sie über die Familie Vidje weiß. Dennoch wird sie den Gedanken nicht los, dass sich das Haus trotz seiner Stattlichkeit traurig anfühlt.

Auf dem Kaminsims steht eine Reihe von Fotografien. Die ganz links sind schwarz-weiß. Ein Foto zeigt einen Mann und eine Frau um die vierzig, beide mit einem ähnlich strengen Ausdruck wie Elisabet Vidje, wahrscheinlich ihre Eltern. Daneben gibt es ein Bild, auf dem dieselbe Frau zwischen zwei hübsch gekleideten Mädchen steht. Anna vermutet, dass es Elisabet und ihre Schwester sind. Auch das dritte Foto ist schwarz-weiß, aber ein bisschen größer. Es stellt eine junge Elisabet Vidje neben einem Mann dar, dessen Foto Anna schon im Internet gesehen hat. Karl-Johan.

Sie sind ein attraktives Paar. Elisabet hält einen Blumenstrauß in den Händen und trägt ein schlichtes, aber elegantes weißes Kleid, Karl-Jo ganz stilvoll einen schwarzen, gut sitzenden Anzug. Beide lächeln in die Kamera und sehen glücklich aus, wie man es eben tut, wenn man jung ist und es nicht besser weiß.

Anna steht auf und geht auf den Kamin zu, um die Fotografien aus der Nähe zu betrachten. Elisabet und Karl-Johan stehen auf einer herrschaftlichen Steintreppe. Sie vermutet, dass sie zum Rathaus in Lund gehört und das Bild ihr Hochzeitsfoto ist. Wenn man genau hinschaut, sieht man den Schatten des Fotografen über die Treppenstufen rechts von ihnen fallen. Die junge Elisabet ist sehr schön, aber trotzdem wird Annas Blick die ganze Zeit von Karl-Johan angezogen. Er hat eine spezielle Ausstrahlung, die nicht einmal eine Schwarz-Weiß-Fotografie aus den frühen Siebzigerjahren verbergen kann. Die Augen, das Lächeln, die Art, wie seine langen blonden Haare etwas schräg in die Stirn fallen.

Neben dem Hochzeitsfoto steht eine Farbfotografie, auf der ein flachsblonder, etwa zweijähriger Junge zu sehen ist, der seinem Vater auf dem Schoß sitzt. Es ist Sommer, unter ihnen liegt eine Picknickdecke, und dahinter sieht man grünes Gras. Der Junge hat seinem Vater den Arm um den Hals gelegt, und beide blinzeln wegen der Sonne in die Kamera. Das nächste Bild ist am gleichen Ort aufgenommen, aber Elisabet Vidje ist auch mit darauf. Simon steht zwischen ihnen und hat seinen Eltern jeweils einen rundlichen Arm um den Nacken geschlungen. Am Rand der Decke sieht man wieder den Schatten des Fotografen.

Das letzte Bild ganz rechts zeigt den jungen Simon mit langen, hellen Haaren, weißem Hemd und Abitursmütze. Er sieht mit demselben leicht amüsierten Blick in die Kamera wie zwanzig Jahre vorher sein Vater auf dem Hochzeitsbild. Anna kann es nicht lassen, das Bild ein bisschen zu drehen und das Gesicht mit der Gestalt im Wasser auf dem Wandbild zu vergleichen. Die Standuhr schlägt, es sind klirrende Schläge, wie eine Mischung aus Glas und Metall, und Anna hört nicht, dass die Tür geöffnet wird.

»Er hat die Augen seines Vaters, stimmt's?«

Elisabet Vidje hat einen hellen Morgenmantel über das Nachthemd gezogen und trägt Schafsfellpantoffeln an den Füßen. Sie sieht müde aus, ihr Gesicht ist grau, und sie hat dunkle Ringe unter den Augen. Ihr Blick ist allerdings genauso scharf und wach wie beim letzten Mal. Klein ist nicht zu sehen, aber Anna vermutet, dass er nicht weit weg ist.

Sie stellt das Foto ab. »Wie haben Sie sich kennengelernt, Sie und Karl-Johan?«, fragt sie.

Elisabet Vidje lächelt schwach.

»In einer Konditorei in Lund. Ich war mit einigen Freunden dort, und er saß allein an einem Tisch. Als Karl-Johan zahlen wollte, hatte er seine Geldbörse vergessen. Er wirkte so verlegen, dass ich Mitleid mit ihm hatte. Zuerst wollte er mich nicht bezahlen lassen und gab erst nach, als ich ihm versprach, dass er mich ins Kino einladen durfte. Wir sahen *Catch 22*, daran erinnere ich mich noch. Wie sich zeigte, hatten wir vorher beide das Buch gelesen. Karl-Johan lud mich zum Wein in seine kleine Wohnung ein, und wir saßen die ganze Nacht zusammen und sprachen über Bücher. Sollen wir uns setzen?«

Elisabet deutet auf die Sessel und sieht ein wenig erleichtert aus, nicht mehr stehen zu müssen.

»Wie geht es Ihnen, Elisabet?«

Eigentlich ist sie gekommen, um Elisabet Vidje zur Rede zu stellen, aber die Frau wirkt so zerbrechlich, dass Anna sich nicht dazu durchringen kann, damit anzufangen. Elisabet winkt verärgert ab.

»Hören Sie nicht auf Klein. Er ist eine richtige Glucke. Ich bin nur ein bisschen müde. Erzählen Sie jetzt, warum Sie hergekommen sind.«

Anna holt den Brief hervor, faltet ihn auseinander und legt ihn zwischen ihnen auf den Tisch.

»Sie haben Lasse Gunnarsson aufgetragen, das hier zu verschicken.«

Elisabet nickt und macht nicht den Anschein, als wäre es ihr peinlich oder als wolle sie sich entschuldigen.

»Darin verweisen Sie auf mich und deuten an, dass ich bereit wäre, die Ermittlungen zu Simons Tod wiederaufzunehmen.«

»Ich deute überhaupt nichts an.« Elisabet Vidje schürzt die Lippen. »Ich bitte lediglich die Beteiligten darum, nachzudenken und ihr Gewissen zu erleichtern. Das ist wohl kaum verboten, oder?«

»Aber Sie möchten, dass die Ermittlungen wiederaufgenommen werden. Sie haben jahrelang dafür gekämpft, aber Henry Morell hat sich immer quergestellt.«

»Henry Morell hätte von Anfang an nichts mit der Sache zu tun haben dürfen. Er ist befangen.« Ihre Stimme ist ruhig, aber man spürt trotzdem deutlich die Wut dahinter.

»Sie haben versucht, ihn loszuwerden, und als das nicht gelang, mussten Sie warten, bis er geht. Siebenundzwanzig Jahre lang.«

Elisabet Vidje schnaubt. »Ehrlich gesagt, konnte ich mir nicht vorstellen, dass Henry Morell sich so lange festklammern würde, wie er es dann tat. Aber eigentlich zeigt es nur, dass ich recht habe, dass er nämlich etwas zu verbergen hat.«

»Also ließen Sie Tabor kurzerhand renovieren und brachten Lasse Gunnarsson dazu, mich zu kontaktieren. Mir ein fantastisches Haus zu niedriger Miete anzubieten, damit Sie sicher sein konnten, dass ich in alles hineingezogen würde. Damit ich das Wandge…«

Anna stoppt etwas zu spät. Elisabet Vidjes Augenbraue hebt sich. »…mähalde sehe.«

»Sie stottern.« Es ist eine Feststellung, keine Frage.

»Nur manchmal.«

»Stört es Sie?«

»Nicht direkt. Ich bin es gewohnt.«

Elisabet Vidje nickt langsam. »Karl-Johan stotterte auch. Aber mehr als Sie. Als Kind wurde er deswegen gehänselt. Wurden Sie gehänselt?«

Anna schüttelt den Kopf. Wegen Elisabet Vidje hat sie den Faden verloren, und sie sucht einen Weg, um wieder zum Thema zu kommen.

»Sie hatten Glück«, fährt die alte Dame fort. »Kinder können böse sein. Sehr böse. Karl-Johan hatte Angst, dass das Stottern erblich wäre, dass Simon es auch bekäme. Aber er hat sich unnötig Sorgen gemacht.« Elisabet Vidje lächelt bei der Erinnerung, dann wird sie wieder ernst.

»Karl-Johan arbeitete fast zehn Jahre an diesem Wandgemälde«, sagt sie. »Gegen Ende konnte er fast nichts mehr sehen. Klein musste ihn nach Tabor bringen und von dort abholen. Ich dachte, wenn Sie das Bild sehen, würden Sie die Tiefe seines Schmerzes verstehen.«

»Sie haben mich manipuliert«, sagt Anna, so ruhig sie kann. »Sie haben mich und auch Agnes wie Spielfiguren benutzt, haben Sie daran nicht gedacht?«

»Selbstverständlich habe ich das«, antwortet die ältere Dame. »Und Sie dürfen nicht glauben, dass ich Gefallen daran fand. Aber mein Vater sagte immer, dass man manchmal tief sinken muss, um hoch hinauszukommen. Darin liegt etwas Wahres.« Sie macht eine Pause und denkt nach, dann steht sie mühsam auf.

»Kommen Sie, ich möchte Ihnen etwas zeigen.«

Langsam gehen sie den ganzen Weg bis zum hinteren Ende des Gartens. Es ist ein Spaziergang von rund hundert Metern, und Elisabet Vidje bemüht sich, nicht zu zeigen, wie sehr er sie ermüdet. Klein, der Elisabet Vidje mit Jacke und Stiefeln versehen hat, trottet unruhig hinter ihnen her, hält sich aber im Hintergrund. Die Sonne, die zwischen den Wolken hervorschaut, geht gerade unter.

Hinter einer großen Fichte findet sich eine Öffnung in der Hecke, durch die ein Eisentor hinausführt. Elisabet Vidje bittet Anna, das Tor zu öffnen, und sie kommen auf eine Art Absatz hinaus. Vor und unter ihnen liegt eine wellige Märchenlandschaft mit kleinen, grünen Hügeln und Tälern, niedrigen Bäumen und Büschen, die sich bis zum Waldrand, einen knappen Kilometer entfernt, erstreckt. Eine Herde weißer Kühe hat sich in einem der Täler zum Schlafen gelegt.

Hoch oben schweben zwei Raubvögel zu den Wolken, die sich im Licht der untergehenden Sonne rosa färben. Das alles ist überwältigend schön, und im Übrigen erkennt Anna den Ort wieder. Er ist einer von Karl-Jos Lieblingsmotiven.

»Dort drüben.« Elisabet Vidje zeigt auf eine alte Eiche links von ihnen, unter der eine Holzbank steht.

»Setzen wir uns.«

Anna ist so damit beschäftigt, Elisabet zu helfen, dass sie den Grabstein neben dem Eichenstamm erst bemerkt, als die beiden sich gesetzt haben.

Er ist aus hellem Marmor, die Buchstaben sind in Gold geprägt, und beim Anblick des hübschen kleinen Steins verspürt Anna einen Kloß im Hals.

Simon Karl-Johan Vidje 22.12.1971 – 29.8.1990

Geliebt. Vermisst.

»Karl-Johan und ich saßen im Sommer abends oft hier. Simon auch, als er älter wurde. Das war unser Platz.«

Elisabet Vidje weist mit einer Handbewegung über das hübsche kleine Tal.

»Mein Vater begann hier Ende der Vierzigerjahre mit dem Tagebau. Man brauchte Kies und Makadam für die vielen Bautätigkeiten nach dem Krieg. Als ich klein war, sah es hier schrecklich aus. Überall nur braun, grau und schwarz. Staub, Abgase und der Lärm von Steinbrechern. Nicht ganz so schlimm wie das, was Glarea mit den Ländereien rund um Kuhtorp veranstaltet, aber es ging in diese Richtung. Mein Vater mochte das auch nicht. Sobald er genug Geld verdient hatte, um mehr Land zu kaufen, schloss er den Steinbruch. Er füllte die größten Gruben wieder auf und säte überall Gras. Die Leute dachten, er sei verrückt, so einen lukrativen Betrieb niederzulegen. Aber er liebte die Hügellandschaft und ertrug es nicht, sie zu zerstören.«

Elisabet holt tief Luft und sieht trotz der dicken Jacke aus, als würde sie zittern.

»Karl-Johan liebte die Landschaft genauso wie mein Vater.

Ich habe ihm versprochen, dass er und ich auch hier oben liegen werden, wenn unsere Zeit gekommen ist. Dass wir wieder zusammen sein werden, wir drei. Aber vorher muss ich entscheiden, was mit Änglaberga geschehen soll.«

Elisabet Vidje verstummt, als ob die Ausführungen ihr die letzten Kräfte geraubt hätten.

»Und das können Sie nicht, solange Sie nicht die Wahrheit kennen, nicht wahr?«

Elisabet antwortet nicht, sondern sitzt nur still da, bevor sie fortfährt.

»Der Arzt sagte, Karl-Johans Krankheit hätte schon begonnen, bevor Simon starb, aber das ist Unsinn. Ich weiß, dass es der Kummer war, der sie ausgelöst hat. Karl-Johan wusste, dass er blind werden würde, trotzdem verbrachte er beinahe seine gesamte Zeit mit diesem Wandbild. Sie haben bestimmt gesehen, was es verbirgt, oder?«

Anna nickt langsam.

»Das Wandbild ist Karl-Johans bestes Werk überhaupt. Er hat es hundertmal umgestaltet, arbeitete Tag und Nacht und verbrauchte seine letzte Kraft, damit es perfekt wurde. Alles, um unserem Sohn Gerechtigkeit widerfahren zu lassen.« Elisabet verstummt und sucht Annas Blick.

»Sagen Sie mir, Anna«, die scharfe Stimme ist jetzt sanft und kummervoll, »wie sollte ich mich dann mit weniger begnügen?«

38

HERBST 2017

Es dämmert schon, als sie zum Wohnhaus zurückgehen. Genau wie vorher hält Anna Elisabet Vidje am Arm, aber diesmal ist etwas verändert. Ihr Griff ist sowohl fester als auch weicher, der Abstand zwischen ihnen geringer. Anna berichtet vom Streit beim Heimkehrerfest und von Rylanders Tod, erwähnt aber nicht die erpresserische E-Mail. Dennoch scheint Elisabet den gleichen Schluss zu ziehen.

»Sie denken, dass er ermordet wurde, richtig?«

»Wir wissen noch nicht, wie Rylander starb …«, versucht sie auszuweichen, aber die ältere Dame wischt die Einwände mit einer Handbewegung beiseite.

»Sie glauben, dass dieser Rylander etwas über Simons Tod wusste und dass er versuchte, den- oder diejenigen zu erpressen, die schuldig sind. Und dass sie ihn deshalb getötet haben.«

»Das ist eine Theorie, aber wir halten uns alle Türen offen.«

»Unsinn«, faucht Elisabet, aber im nächsten Moment weicht ihre saure Miene einem zufriedenen Lächeln.

»Jetzt sind Sie also gezwungen, die alte Ermittlung wiederaufzunehmen. Alexander Morell und die anderen zu verhören. Henry Morell wird an die Decke gehen. Bengt Andersson auch.« Ihr Lächeln wird breiter.

»Es gibt da eine Sache, die ich nicht verstehe«, sagt Anna. »Sie und Marie Andersson scheinen auf gutem Fuß miteinander zu stehen, aber Marie war eine von denen, die im Steinbruch waren, und Sie klagen ihren Vater dafür an, mit Henry Morell die Wahrheit vertuscht zu haben.«

Elisabet Vidje sieht nachdenklich aus.

»Marie ist meine Nichte, ich kenne sie, seit sie geboren wurde. Simon und sie waren wie Geschwister. Sie sollten sogar zusammen in Lund wohnen. Ich kann mir nicht vorstellen, dass sie ihm etwas Böses wollte.«

Sie lächelt müde.

»Marie war all die Jahre über eine große Hilfe für mich und Karl-Johan. Sie besucht ihn sogar einmal im Monat im Pflegeheim in der Stadt. Was ihren Mann angeht, habe ich dagegen eher so meine Zweifel. Ganz zu schweigen von den anderen beiden.«

Das Lächeln wird zu einem Strich.

»Kalle Pedersen war ein trunksüchtiger Gauner, der seine Frau und die Kinder für gewöhnlich blutig schlug. Und seine Tochter, Carina, war für meinen Geschmack immer etwas zu berechnend. Sie wissen vielleicht, dass ihr erster Mann unter seltsamen Umständen starb? Und dann Alexander Morell. Seine Frau hat ihn rausgeschmissen, wahrscheinlich ertrug sie seine Launen nicht.«

Die ältere Dame schüttelt den Kopf.

»Was Bengt Andersson angeht, so haben seine Versuche, die Wahrheit zu vertuschen, mehr mit dem Ruf von Nedanås zu tun als mit Marie. Bengt hat die Stadt immer an erste Stelle gesetzt. Sogar vor seine Familie. Dass meine Schwester den falschen Mann gewählt hat, ist eine Sache, aber seine Kinder sollten darunter nicht leiden müssen.«

»Lassen Sie deshalb Mats Andersson hier wohnen?«

Elisabet Vidje spitzt den Mund.

»Der arme Mats ist ein bisschen eigen, wie Sie gemerkt haben. Ich fand es gut, dass Marie ihrem Vater Kuhtorp abkaufte, auch wenn mir die Umbenennung nicht gefällt. Nordblick klingt so prätentiös, das habe ich Marie auch gesagt. Der arme Mats blieb irgendwie übrig, also kamen wir überein, dass er hier wohnen konnte. Klein und ich haben schließlich genug Platz, und Bengt hat sich nicht um seinen Jungen gekümmert.«

Sie erreichen das Wohnhaus, wo Klein wartet. Er sieht besorgt aus, aber Elisabet tätschelt ihm beruhigend den Arm.

»Du brauchst dir keine Sorgen zu machen, du alter Narr. Anna und ich haben uns gut unterhalten, und ich denke, wir verstehen einander. Aber jetzt muss ich mich ausruhen.«

Sie verabschieden sich, und Anna geht langsam zu ihrem Wagen zurück. Das Gespräch verlief nicht ganz so, wie sie es sich gedacht hatte. Heißt das, dass sie sich für eine Seite entschieden hat? Dass sie beschlossen hat, dass Elisabet Vidjes Theorie einer Verdunklung richtig ist? Sie will Nein sagen, will sagen, dass sie sich alle Türen offenhält und weiterhin Zweifel hegt, aber sie ist nicht sicher, ob das noch wahr ist.

Nachdem Anna den neueren Teil des Hofs verlassen hat und den Wagen langsam zwischen den alten Steingebäuden hindurchsteuert, erhascht sie einen Blick auf einen älteren, ziemlich schmutzigen Pick-up, der an der Scheune parkt. Unter einer Persenning auf der Ladefläche blitzt etwas Weißes auf, und sie ist bereits halb die Allee hinuntergefahren, bevor ihr klar wird, was es war. Sie bremst abrupt und fährt zurück. Dann stellt sie den Wagen direkt hinter dem Pick-up ab, springt aus dem Auto und hebt die Plane an. Auf der Ladefläche liegt Agnes' Vespa. Ihr erster Gedanke ist, dass ein Verkehrsunfall passiert ist und Agnes irgendwo verletzt liegt. Ihr Puls beginnt zu rasen, bis sie sieht, dass die Vespa ganz ist. Aber die Unruhe legt sich trotzdem nicht vollständig.

Sie sieht sich um, aber niemand ist in der Nähe. Die Motorhaube des Pick-ups ist noch warm, also kann der Wagen hier noch nicht sehr lange stehen. Anna holt das Handy heraus und ruft Agnes an, landet aber sofort bei der Mailbox. Mist!

Sie geht um die Scheune herum und kommt zur Rückseite des Gebäudes. Vier Reihen Apfelbäume bilden einen Obstgarten, und dahinter, am Ende eines Kieswegs, liegt ein Haus im gleichen Stil wie die Ställe. In einem der Fenster blitzt es, und Anna läuft darauf zu.

Der Weg führt leicht bergab, denn der Backsteinbau liegt

in einer Senke, sodass er etwas geduckt wirkt, als würde er sich hinter den anderen Gebäuden niederkauern. Ihre innere Unruhe wächst mit jedem Schritt.

Anna steigt auf die Vortreppe und versucht, durch die Fenster zu schauen, aber sieht innen nichts. Sie glaubt, Hammerschläge zu hören, und als sie klopft, verstummen diese. Jemand nähert sich der Tür und scheint auf der anderen Seite eine Sekunde zu zögern. Dann rasselt es im Schloss, und Mats Andersson öffnet. Der große Mann sagt nichts, sondern starrt sie nur überrascht an. Er trägt eine Lederschürze über seiner üblichen Kleidung. Hier und da sind große rostbraune Flecken darauf, wahrscheinlich Blut.

Hinter ihm werden kratzende Schritte hörbar, und Anna sieht etwas Weißes. Im Licht der Dielenlampe erkennt sie Milo. Er trägt ein Kaninchen im Maul, und über den Bauch des toten Tieres verläuft ein deutlicher Schnitt.

»W-Wo ist Agnes?«, faucht Anna, ohne sich um ihr Stottern zu kümmern. Sie macht einen Schritt vor und zwingt den Riesen damit, in den Flur zurückzuweichen. »Wo ist sie?« Ein kleiner Speicheltropfen trifft Mats an der Brust und bringt ihn dazu, noch einen Schritt zurückzugehen. Obwohl er dreißig Zentimeter größer ist und mindestens fünfzig Kilo schwerer als Anna, sieht er ängstlich aus. Er richtet sich auf und versucht, ihrem Blick auszuweichen.

»E-Entschuldigung …«

Sie folgt ihm ins Haus. Ihre Sorge hat sich in Wut verwandelt und jegliche Vorsicht weggeblasen.

»Was hast du mit meiner Tochter gemacht?«

Mats hält die Hände vor sich, in seinen Augen ist deutlich die Angst zu sehen.

»Das wollte ich nicht.«

Sein Rücken prallt gegen die Wand, und Anna hebt eine Hand, spürt, wie er zusammenzuckt. Ihr Puls pocht laut an die Schläfen.

»Mama!«

Plötzlich steht Agnes neben Milo in der Diele und sieht sowohl erschrocken als auch wütend aus.

»Was machst du da?«

Anna senkt die Hand, während die Wut aus ihr herausrinnt und Erleichterung Platz macht. Mats steht noch an die Wand gedrängt da, die erhobenen Handflächen nach außen gekehrt, als warte er darauf, geschlagen zu werden. Sofort schämt sich Anna wegen ihres Verhaltens.

»Entschuldige«, murmelt sie dem Riesen zu und macht einen Schritt zurück. »Ich dachte ... ich wu...usste nicht ...«

Agnes tritt vor und klopft Mats behutsam auf die Schulter, woraufhin er die Arme senkt. Gleichzeitig wirft sie Anna einen bösen Blick zu.

»Ich habe die Ve...espa gesehen. Du hast nicht gea...aantwortet.«

Anna schnappt nach Luft, versucht, sich zu fassen. Die Situation zu begreifen, alles in einen logischen Zusammenhang zu bringen. Sie füllt die Lungen mit Luft, atmet durch den Mund ein, durch die Nase aus. Wiederholt den Trick noch ein paarmal, bevor sie sich an Mats wendet.

»Ich bitte um Verzeihung«, sagt sie übertrieben langsam. »Ich habe Agnes' Vespa auf der Ladefläche deines Wagens gesehen und dachte, ihr sei etwas zugestoßen. Sie ging nicht an ihr Telefon, und als ich dich und Milo sah, mit diesem ...« Sie deutet auf den Hund, der mit schief gelegtem Kopf auf dem Boden sitzt und immer noch das Kaninchen im Maul trägt.

Mats sieht sie an, als wäre er sich nicht ganz sicher, ob sie die Wahrheit sagt. Er schaut zu Agnes, dann zu Milo und dann wieder zu Anna.

»Verzeih mir, Mats«, sagt sie noch einmal. »Ich bin eine Glucke.«

Mats nickt und lächelt dann unbeholfen. »Hühner sind nicht so gefährlich. Wildschweine sind schlimmer. Man sollte nicht zwischen eine Sau und ihre Frischlinge geraten.«

»Nicht?« Sie beantwortet sein Lächeln.

»Nee, das kann lebensgefährlich sein.« Er nickt ein wenig altklug.

Anna sieht Agnes an. »Sorry«, sagt sie. »Warum hast du dein Handy nicht an?«

Agnes hält ihr Handy hoch, ein großer Sprung läuft quer über das Display.

»Milo hatte es so eilig rauszukommen, als ich zu Hause die Tür aufmachte, dass er mir ein Bein gestellt hat. Mein Handy ist direkt auf die Steinstufen gefallen. Dann kam Mats. Er hat immer die Kaninchen für Milo auf die Treppe gelegt.«

Der Riese grinst wieder. »Ich habe hinten einen Räucherschrank. Die Hunde meiner Schwester sind verrückt nach geräucherten Kaninchen. Was zum Nagen ist gut für ihre Zähne.«

»Aha«, erwidert sie und hört selbst, wie dumm es klingt. »Dann ist zumindest das Kaninchenrätsel gelöst.« Sie lächelt Agnes an, aber bekommt überhaupt keine Reaktion. »Also, was machst du hier?«, fügt sie schnell hinzu.

»Mats hat gefragt, ob ich seine Sammlung fotografieren möchte. Und ich hatte nichts Besseres zu tun.«

»Sammlung?«

Agnes scheint das nicht näher erläutern zu wollen, aber Mats macht einen Schritt weiter in den Flur und öffnet eine Tür. »Da unten. Du kannst sie dir gerne anschauen.«

Der Keller des Hauses sieht aus, als wäre er mehrere Hundert Jahre alt, und besteht aus einem einzigen langen Raum. Wahrscheinlich wurde er früher einmal als eine Art Lagerraum verwendet. Der Boden ist aus demselben rötlichen Stein gemauert wie die Wände. Mats kann nur genau in der Mitte der gewölbten Decke aufrecht stehen. Die Luft hier unten ist dagegen nicht feucht, wie Anna erwartet hatte, sondern kühl und trocken. Ein großer, viereckiger Luftentfeuchter mitten im Raum erklärt, warum. Es riecht nach etwas Chemischem, das ihr bekannt vorkommt, sie aber nicht genau identifizieren kann.

Durch die Mitte des Raumes verläuft ein Gang, und entlang beider Seiten steht etwas, das Anna zunächst für Kellerregale hält, die sich aber als selbst gezimmerte Schaukästen entpuppen. An die Rückwände und Seiten sind verschiedene Naturmotive aufgemalt, und in den Schaukästen finden sich ausgestopfte Tiere. Hasen, Dachse und weiter hinten größere Tiere wie Rehe und sogar ein Hirsch. Alle sind in Positionen festgehalten, die sie lebendig aussehen lassen. Ein Fuchs mitten im Sprung, ein Raubvogel mit ausgebreiteten Flügeln, der kurz davor ist, seine Klauen in ein Kaninchen zu schlagen. Eine Schar Gras zupfender Gänse, von denen einige unruhig in den Himmel aufschauen.

In jedem Schaukasten findet sich eine sorgfältig platzierte Beleuchtung, die den Anschein von Lebendigkeit verstärkt. Sie lässt das Glas in den Augen der Tiere glitzern und die Farben der Pelze und Federn klarer hervortreten. Alles zusammen erinnert Anna an etwas, das sie vor langer Zeit auf einer Klassenfahrt gesehen hat.

Mats schaltet die Leuchtröhren aus, sodass der museale Eindruck noch stärker wird. Dann führt er sie den Gang entlang. Agnes und Milo schlüpfen an ihnen vorbei auf die hintere Wand zu.

»Ich mache das, seit ich ein Junge war«, sagt Mats. »Ich hab mit Vögeln angefangen. Karl-Johan half mir. Er war es, der sagte, ich könne das hier unten machen.«

Sie gehen an einem Dachs mit gefletschten Zähnen vorbei, der dabei ist, Eier aus einem Vogelnest zu plündern.

»Schießt du die Tiere selbst?«, fragt Anna, hauptsächlich aus Höflichkeit. Mats' Sammlung hat etwas Unheimliches an sich. Tiere zu töten, um sie zu essen, ist eine Sache, aber sie auszustopfen und einen Haufen Zeit und Energie hineinzustecken, sie wieder lebendig aussehen zu lassen, ist eher gruselig.

»Manche«, nickt Mats. »Aber die meisten fange ich mit Fallen wie dieser hier. Ich bin gut im Fallenbauen.«

Er zeigt auf einen großen Luchs, der einen toten Baumstamm hinaufklettert. Um das eine Hinterbein sitzt eine kräftige, schwarze Scherenfalle, die mit einer Kette am Baumstamm befestigt ist. Die Zähne der Falle haben sich tief ins Fleisch des armen Tieres gegraben, und zwar mit solcher Kraft, dass der gebrochene Knochen hervorschaut. Obwohl der Luchs seit vielen Jahren tot ist, kann man immer noch den Schmerz in seinem Gesicht erkennen.

»Die Luchskatze hier ist mein größtes Raubtier«, sagt Mats, und seine Stimme klingt beinahe zärtlich. »Obwohl ich noch auf einen Wolf hoffe.«

Anna hebt zweifelnd die Augenbrauen, was er sofort bemerkt.

»Ja, manchmal kommt es vor, dass sich einsame Wölfe hierher verirren. Letztes Jahr ist einer bis Österlen runtergelaufen, und erst vor drei Wochen hat ein Lkw-Fahrer einen Wolf drüben bei Perstorp fotografiert. Ich habe an ein paar guten Wolfsplätzen Fallen aufgestellt. Die gleichen, mit denen ich auch die Luchskatze gefangen habe.« Er zeigt wieder auf den Schaukasten mit dem geplagten Tier. Anna unterdrückt ein Schaudern. Es fällt ihr schwer zu verstehen, was Agnes an diesem widerlichen Keller so faszinierend findet.

»Ist das nicht gefährlich? Stell dir vor, jemand anderes tritt in die Falle. Ein Hund oder ein Kind.«

»Ich stelle die Fallen nur dahin, wo niemand entlanggeht«, murmelt Mats. »Außerdem beschildere ich sie. Es ist nicht meine Schuld, wenn die Leute nicht lesen können.«

Sie gehen weiter den Gang entlang und erreichen den Schaukasten ganz hinten im Raum, wo Agnes' Stativ, Kamera und Reflexschirm aufgestellt sind. Im Kasten sind drei weiße Tauben nebeneinander auf einem Ast arrangiert, den Rücken schräg zum Betrachter gedreht. Die Märchenlandschaft an der Rückwand, auf die die Vögel schauen, erkennt Anna wieder. Kleine grüne Hügel und Täler, niedrige Bäume und Büsche, die sich bis zum etwa einen Kilometer entfernten Waldrand erstrecken. Über dem Wald färbt der Sonnenuntergang den Himmel rosa. Es ist die Aussicht von der Bank, auf der sie und Elisabet vorhin saßen.

»Hat Karl-Johan das gemalt?«, fragt Anna.

Mats nickt und streckt sich ein bisschen.

»Das hier und noch zwei andere. Die restlichen habe ich selbst gemalt.«

Anna steht einen Moment still da und bewundert die Anordnung. Die drei Tauben haben etwas Schönes an sich, wie sie dort sitzen und gemeinsam in den Sonnenuntergang schauen. Es übertrifft nach einer Weile sogar das Unbehagen.

Eine der Tauben ist ein bisschen kleiner als die anderen zwei, vermutlich ein Junges. Elisabet, Karl-Johan und Simon, vielleicht kann man es so verstehen?

»Das ist sehr schön«, sagt sie wahrheitsgemäß und erhält ein anerkennendes Nicken von Mats. Agnes hantiert mit ihrer Fotoausrüstung, verschiebt den einen Schirm ein wenig, bevor sie Bilder macht. Die Lampe blitzt im Takt mit dem Klicken des Auslösers, beleuchtet die Tauben und den gemalten Sonnenuntergang.

Blitz, blitz.

Der Rhythmus wirkt nach ein paar Sekunden fast hypnotisierend.

Blitz, blitz.

»Tauben kann ich am besten«, murmelt Mats. »Mit denen habe ich am meisten geübt.«

Blitz.

»Warum denn?«, fragt Anna, hauptsächlich aus alter Gewohnheit.

Blitz.

»Es gab ein Mädchen, das ich mochte. Vor langer Zeit. Ihr gefielen Tauben, also machte ich welche für sie.«

Blitz.

»Sie war so schön. Das fanden alle.« Seine Stimme wird weich.

Blitz.

»Fast wie eine weiße Taube.«

Blitz.

Eine weiße Taube, flüstert Håkan in ihrem Kopf und beginnt dann belustigt, »Una paloma blanca« zu summen. Plötzlich wird ihr klar, von wem Mats redet.

Weiße Taube, Blanca-Bianca.

»Carina Pedersen«, sagt sie. »Die meinst du doch sicher?«

Mats antwortet nicht, aber sein Schweigen sagt ihr, dass sie recht hat.

39

HERBST 2017

Am nächsten Morgen macht Anna einen großen Fruchtsalat zum Frühstück, obwohl es Donnerstag ist. Aber die Versöhnungsgeste kommt nicht an. Agnes isst zwar, aber sie ist immer noch wütend über das gestrige Auftreten bei Mats, und dass sie ohne Handy ist, hat die Situation nicht verbessert. Das Schweigen zwischen ihnen ist drückend, und nach einer Weile spürt Anna, wie ihr eigener Ärger wächst, deshalb lässt sie Agnes ihre heiße vegane Schokolade mit ins Zimmer und an den Computer nehmen, um Streit zu vermeiden.

Håkan hat bestimmt viel dazu zu sagen, aber heute hat Anna keine Lust, ihm zuzuhören. Sie setzt Agnes beim Reisezentrum ab und erhält auf ihr etwas kurz angebundenes Tschüss nur ein Gemurmel zur Antwort, was ihre schlechte Laune weiter anheizt. Als sie die Tür zu Nenn-mich-Lasse Gunnarssons stickigem Büro öffnet, ist sie kurz davor zu kochen.

»Anna, du hier. Wie schön!« Nenn-mich-Lasse trägt eine Lesebrille, die er schnell in einer Schreibtischschublade verschwinden lässt. Der Raum wirkt etwas zu klein und unmodern. Als würde er eigentlich jemandem aus einer anderen Zeit gehören. Die vergilbten Fotografien und Auszeichnungen an den Wänden verstärken diesen Eindruck.

»Nimm Platz.« Nenn-mich-Lasse deutet auf den Besucherstuhl, auf den sie sich schon gesetzt hat.

Sie vergeudet keine Zeit mit Small Talk, sondern legt den Brief, den sie bei Joe Rylander gefunden hat, vor ihn auf den Schreibtisch. Sie merkt, dass er das Gesicht verzieht, aber er sieht nicht überrascht aus. Wahrscheinlich hat er mit Bror Klein oder Elisabet Vidje gesprochen.

»Also …«

Er lehnt sich zurück, sieht aber nicht so entspannt aus wie sonst. Die Bewegung lässt den Schreibtischstuhl quietschen.

»Ich muss mich wohl bei dir entschuldigen, Anna.« Er errötet leicht, und der Stuhl gibt noch ein Geräusch von sich. »Elisabet Vidje ist meine Klientin. Unsere Angelegenheiten unterliegen der Schweigepflicht. Unglücklicherweise bin ich in eine etwas unangenehme Lage geraten, da du und ich …«

Er sieht sie auf eine Weise an, die ihr nicht gefällt. Als deute er an, dass zwischen ihnen etwas sei, und als wolle er, dass sie das bestätigt.

»Du und Elisabet Vidje habt mich ausgenutzt«, faucht sie, obwohl sie eigentlich vorhatte zu schweigen. »Ihr habt mich in diese Geschichte hineingezogen und einen Brief verschickt, der aller Wahrscheinlichkeit nach einen Mann das Leben gekostet hat.«

Nenn-mich-Lasse erstarrt.

»Alles, was wir getan haben, war, die Personen, die sich im Steinbruch befunden haben, zu bitten, ihr Gewissen zu erleichtern …«

»Aber einer oder mehrere wollten das nicht. Stattdessen töteten sie die Person, die vermutlich etwas wusste.«

Nenn-mich-Lasse sieht immer noch beleidigt aus. »Wenn das wahr ist, ist es auf jeden Fall kaum Elisabets oder meine Schuld.«

»Nicht? Wie viele tote Zeugen gab es, bevor der Brief verschickt wurde?«

Die Bemerkung ist ein wenig lächerlich, was ihr ein paar Sekunden später klar wird. Trotzdem scheint es funktioniert zu haben, denn Nenn-mich-Lasses Gesicht verzieht sich zu einem leidenden Ausdruck.

»Unter uns, Anna …« Er windet sich. »Elisabet Vidje ist schwer krank. Sie hat nicht mehr lange zu leben. Als deshalb ein alter Bekannter von mir, der in der Polizeibehörde arbeitet, erzählte, dass du dich beworben hast, sah Elisabet das als ein Zeichen. Eine letzte Chance, die Wahrheit ans Licht zu bringen.«

Er sieht zur geschlossenen Tür, als habe er Angst, jemand könne hereinkommen.

»Änglaberga und seine Ländereien sind viel Geld wert, und im Moment überlegt Elisabet, was nach ihrem Tod mit dem Hof geschehen soll. Sie hat keine direkten Nachkommen, deshalb sind ihre Nichte und ihr Neffe, Marie und Mats Andersson, diejenigen, die ihr am nächsten stehen. Elisabet betrachtet sie fast als ihre eigenen Kinder. Ihr Vater Bengt hingegen …«

Anna winkt ab. »Das hat Elisabet gestern schon erzählt. Sie sagte, sie vertraue Marie.«

»Das tut sie. Aber sie ist auch davon überzeugt, dass nicht die ganze Wahrheit herausgekommen ist. Und dass es Menschen gibt, die bereit sind, sehr weit zu gehen, damit es dabei bleibt, das wurde ihr schon am Abend nach Simons Tod klar.«

»Du meinst den Brand in der Garage?«

Nenn-mich-Lasse nickt.

»Das war vor meiner Zeit, aber mein Vater hat die Geschichte oft erzählt. Elisabet versuchte damals, den alten Polizeichef Green dazu zu bringen, Henry Morell von jeglicher Einmischung in die Ermittlungen abzuhalten, und wollte, dass er Polizisten aus der Stadt hierherbeordert. Leute, die zu niemandem im Ort Beziehungen hatten. Zuerst ließ Green sich darauf ein, aber am späteren Nachmittag änderte er plötzlich seine Meinung. Es war offensichtlich, dass jemand ihn unter Druck gesetzt hatte. Also nahm Elisabet meinen Vater mit und fuhr zur Polizeistation, um Green damit zu konfrontieren. Aber Henry Morell und Bengt Andersson waren auch da. Es endete damit, dass Elisabet und mein Vater aus der Polizeiwache hinausgeschmissen wurden. In derselben Nacht brannte die Garage auf Änglaberga bis auf die Grundmauern nieder.«

Er verstummt und gewinnt allmählich seinen normalen Gesichtsausdruck wieder.

»Im Lichte all dessen betrachtet, ist es vielleicht verständlich, dass Elisabet nach dem letzten Strohhalm greift. Wir hätten dich natürlich von Anfang an informieren sollen, das habe ich auch vorgeschlagen, aber Elisabet wollte nichts davon hören. Sie fand, du solltest dir einen eigenen Eindruck verschaffen und dass wir die Dinge nur in Gang setzen sollten.«

»Indem ihr mich und Agnes nach Tabor brachtet und den sechs Beteiligten einen Brief schicktet?«

Nenn-mich-Lasse seufzt. »Ja, so hatten wir uns das wohl ungefähr gedacht. Es zeigte sich übrigens, dass nur noch fünf von ihnen am Leben sind. Tanja Savic starb schon 2002.«

Anna hatte vorgehabt, Tanjas Namen nachzuschlagen, sobald sie wieder im Büro war, aber jetzt brauchte sie das nicht mehr. Tanja starb also mit noch nicht einmal fünfunddreißig Jahren. Nenn-mich-Lasse scheint ihre Frage vorherzusehen.

»Ich habe mit der Tochter telefoniert, es war eine Überdosis. Tanja war gerade aus einer Entzugsklinik gekommen. Anscheinend war sie immer wieder in Behandlung, hatte jahrelang Suchtprobleme, daher kam es nicht ganz unerwartet.«

Sobald Anna aufgeschlossen und ihre Bürotür geöffnet hat, merkt sie, dass etwas nicht stimmt. Sie ist sich ganz sicher, dass sie den Bürostuhl ganz herangeschoben hat, sodass die Rückenlehne den Schreibtisch berührte. Jetzt steht er ein ganzes Stück entfernt. Das Gleiche betrifft die Papiere auf ihrem Tisch. Alles liegt, wo sie es hinterlassen hat, aber dennoch nicht richtig. Sie befühlt die unterste Schreibtischschublade, wo sie die Simon-Vidje-Akte verwahrt. Sie ist noch abgeschlossen, und Anna öffnet sie mit ihrem Schlüssel. Die Mappe mit den Ermittlungen liegt noch da, und ein kurzes Durchblättern zeigt, dass nichts fehlt. Sie denkt einen Moment nach und kontrolliert dann den Papierkorb. Er ist geleert, also hat die Putzkraft einen Schlüssel zum Büro, was auch heißt, dass sie es vermutlich war, die die Papiere auf ihrem Tisch verschoben hat. Aber hundertprozentig überzeugt ist Anna nicht. Sie nimmt ihre Kaffeetasse und geht zum Pausenraum. Morells Bürotür steht offen, und er sitzt tief versunken vor seinem Bildschirm.

»Hallo, Henry«, grüßt Anna.

»Hallo, Anna.«

Sie geht weiter zum Pausenraum und schenkt sich Kaffee ein, obwohl sie eigentlich keine Lust darauf hat. Morell beißt an, genau wie sie gehofft hat. Schon ein paar Sekunden später taucht er im Türrahmen auf.

»Und, wie lief es gestern? Habt ihr bei Rylander etwas gefunden?« Seine Stimme klingt wie immer.

Sie zuckt mit den Schultern und versucht, so zu tun, als ob sie ihn nicht beobachten würde.

»Wir haben ein paar Sachen zum Durchgehen.«

»Ja, entschuldige meine Neugier, Anna. Wir hatten schon seit vielen Jahren keinen Mord mehr in Nedanås. Wurde die Todesursache denn jetzt festgestellt?«

»Noch nicht.«

Sie versucht, seine Körpersprache und sein Mienenspiel mit dem abzugleichen, wie er spricht und was er sagt. Weiß er, wer Joe Rylander wirklich ist? Kennt er somit auch die Erpressermail, und weiß er, dass sie die Akte Simon Vidje in ihr Zimmer geholt hat? Wenn dem so ist, heißt das, dass es ein Leck gibt, aller Wahrscheinlichkeit nach Kronprinz Jens Friberg.

Obwohl sie ihn genauestens beobachtet, zeigt Henry Morell keinerlei Anzeichen, die ihn verraten könnten. Keine Mikroausdrücke, keine kleinen Ticks oder unbewusste Grimassen, die darauf hinweisen, dass er etwas verheimlicht. Stattdessen lächelt er nur dieses väterliche Lächeln, gegen das sie sich so schwer wehren kann, während er sich am Bart kratzt.

Zurück in ihrem Büro, schließt sie die Tür hinter sich und schlägt die Mappe mit der Rylander-Ermittlung auf. Der nächste Schritt ist glasklar: die vier Personen verhören, die Rylander vermutlich erpressen wollte. Aber die Grundregel, wenn man ein Verhör durchführt, ist, dass man seine Hausaufgaben erledigt und sich so viel wie möglich selbst klargemacht hat, bevor man die Verdächtigen damit konfrontiert. Noch fehlen einige Puzzleteile. Der Gerichtsmediziner hat Rylander noch nicht obduziert, und auch wenn die Todesursache klar zu sein scheint, können manchmal unerwartete Informationen hinzukommen. Sogar Angaben, die für einen Fall entscheidend sein können. Dasselbe gilt für den Wagen und die technische Untersuchung von Rylanders Hütte. Auch wenn ihr Polizeiinstinkt nichts lieber möchte, als die vier alten Freunde sofort zu der Erpressermail und ihren Alibis für Sonntagnacht zu befragen, sagt ihr ihre Erfahrung, dass sie nichts überstürzen darf.

Bevor sie weiter darüber nachdenken kann, klingelt ihr Handy. Es ist ihr Anwalt. Wie immer hält er sich nicht mit Small Talk auf, was sie gerade heute mehr als sonst zu schätzen weiß.

»Also, ich habe gerade mit dem Oberstaatsanwalt der internen Ermittlung gesprochen, Tord Santesson. Er hat den Fall selbst übernommen.«

»Warum das denn?«

»Ich habe keine richtige Antwort bekommen. Er behauptet, dass neue Informationen aufgetaucht sind, nach denen du so schnell wie möglich befragt werden solltest. Das kann natürlich ein Warnschuss sein. Santesson ist ein gerissenes Arschloch, wenn du den Ausdruck verzeihst, und so etwas würde ihm absolut ähnlich sehen. Aber er scheint es tatsächlich ernst zu meinen.«

»Was bedeutet das rein praktisch?«

Sie hört ihn Luft holen.

»Das bedeutet, wenn du nicht so schnell wie möglich zur

internen Abteilung kommen kannst, ist die Wahrscheinlichkeit groß, dass Santesson dich zum Verhör lädt. Und wenn das passiert, wird es im Prinzip unmöglich, das vor der Presse geheim zu halten. Eine Mordermittlerin, die des Mordes beschuldigt wird, das gibt eine große Schlagzeile. Ich bin mir außerdem ziemlich sicher, dass Santesson nichts dagegen hätte.«

Er schweigt einen Moment, und Anna hört ihren Herzschlag im Hörer.

»Mein Vorschlag wäre, Anna, dass du alles stehen und liegen lässt und dich so schnell wie möglich in einen Flieger nach Stockholm setzt.«

Den Rest des Tages bleibt sie in ihrem Büro. Sie gibt den ermittelnden Polizisten kurze Anweisungen per E-Mail. Dann bucht sie für den nächsten Morgen den ersten Flug nach Bromma.

Sie versucht, es gelassen zu nehmen, redet sich ein, dass alles nur von einem neuen, ergebnishungrigen Staatsanwalt kommt. Dass sie eigentlich nichts Neues in diesem Fall vorweisen können. Dass sie die Situation unter Kontrolle hat. *Aber was, wenn du dich irrst*, flüstert Håkan. *Wenn sie Bescheid wissen? Stell dir vor, du wirst festgenommen, und Agnes liest darüber in der Zeitung, stell dir vor …*

Anna versucht, ihn zum Schweigen zu bringen, ihm zu erklären, dass sie weiß, was er da treibt, und dass es auch dieses Mal nicht funktionieren wird. Aber er hört nicht zu und redet weiter auf sie ein. Mit jedem Wort versucht er, ihren Verteidigungswall zu bezwingen.

Sie verdient es, Bescheid zu wissen, Anna. Sie verdient die Wahrheit. Du hast es lange genug aufgeschoben. Sie ist stark genug. Du bist stark genug.

Zum Schluss kann sie nicht mehr standhalten.

Sie packt die Vidje- und Rylander-Akten in ihre Tasche, schließt die Bürotür ab und setzt sich ins Auto. Die Abgase der Lehmbrennerei sind als kaum sichtbarer Rauch über den

Hausdächern zu erahnen. Anna startet noch nicht den Motor, sondern sitzt eine Weile still da.

Und, sagt Håkan. *Wie möchtest du es haben? Möchtest du, dass Henry Morell zu Agnes nach Hause fährt und ihr erzählt, dass du festgenommen wurdest? Oder Jens Friberg? Möchtest du, dass …*

»Okay, okay!«, schreit sie ins Coupé hinein und schlägt die Hände aufs Steuerrad. »Du bekommst, was du willst, aber halt bitte mal den Mund. Lass mich in Ruhe nachdenken.«

Håkan verstummt sofort. Sie bleibt noch ein paar Minuten sitzen und sammelt sich. Dann startet sie den Wagen, legt den Gang ein und fährt langsam nach Westen. Ihre Beziehung zu Agnes ist seit der Konfrontation mit Mats wieder im Minusbereich. Wenn sie miteinander sprechen sollen, und sie legt immer noch die Betonung auf das erste Wort, muss sie mit einem Friedensangebot anfangen. Sie fährt die dreißig Kilometer zum nächsten Einkaufszentrum, sucht das obligatorische Mobilfunkgeschäft auf und kauft das neueste, sündhaft teure iPhone in einer Farbe, die Agnes gefallen könnte. Mit zwei Portionen Sushi to go als Abendessen kommt sie gerade rechtzeitig nach Nedanås zurück, um Agnes am Bahnhof abzuholen.

Agnes ist immer noch sauer, nimmt das Geschenk aber an. Sie schiebt die SIM-Karte ihres alten Telefons hinein, und nachdem sie eine Weile herumgespielt hat, murmelt sie etwas, was mit ein bisschen gutem Willen als Dank gedeutet werden könnte.

Sie fahren nach Hause, und solange Agnes mit Milo hinausgeht, richtet Anna das Sushi her. Während ihres schweigsamen Mahls ist sie vor allem damit beschäftigt, Mut zu fassen.

Wird sie das schaffen?

Natürlich schaffst du das. Du bist der stärkste Mensch, den ich kenne, flüstert Håkan. *Mach es jetzt. Um meinetwillen.*

Als am Himmel schon der Mond aufsteigt, geht sie in Agnes' Zimmer und wartet geduldig, bis ihre Tochter das Telefon senkt und ihr einen Was-willst-du-Blick zuwirft.

»Der Mann, der im Park den Streit angefangen hat, wurde tot aufgefunden«, sagt sie. »Es hat sich gezeigt, dass er an dem Abend, als Simon starb, mit im Steinbruch war.«

Sie sieht, wie Agnes' Interesse erwacht. »Oh!« Der schroffe Ausdruck in ihrem Gesicht verschwindet. »Kannst du mehr erzählen?«

Anna nickt. Aber zuerst muss ich dir von deinem Vater erzählen. Wie er gestorben ist. So will sie fortfahren. Das hat sie Håkan versprochen. Sie kann hören, wie er eifrig darauf wartet, dass sie genau diese Worte sagt. Aber im letzten Moment verlässt sie der Mut.

Stattdessen erzählt sie von Elisabet Vidjes bitterer Auseinandersetzung mit Henry Morell und Bengt Andersson nach Simons Tod. Von dem Brief und davon, dass Joakim Rylanders Mail alles zum Leben erweckt zu haben scheint.

Sie weiß, dass sie das eigentlich nicht darf, dass viel von dem, was sie erzählt, der Geheimhaltung unterliegt. Trotzdem zieht sie die Geschichte in die Länge, teils, weil es Agnes zu faszinieren scheint, teils, damit es nicht still wird. Sie möchte Håkans Vorwürfe nicht hören.

Verzeih, denkt sie, als sie fertig erzählt hat. Ich habe es nicht geschafft. Es ist zu schwer. Ich brauche mehr Zeit. Bitte, sei nicht böse.

Håkan antwortet nicht.

40

HERBST 2017

Die interne Ermittlung ist von der Polizeibehörde abgekoppelt und befindet sich daher nicht in dem großen Polizeigebäude auf Kungsholmen, sondern hat ganz eigene Räumlichkeiten. Das letzte Mal war sie im Juni dort. Ihr Anwalt hatte im Prinzip versprochen, dass dieses Verhör das letzte bei dieser Untersuchung wäre. Er erinnert sich an das Versprechen, das sieht man deutlich an seinem etwas beschämten Blick, als er fünf vor neun auftaucht und sie begrüßt. Das Hemd ist frisch gebügelt, das Gebiss blendend weiß und der Anzug sündhaft teuer, was nicht besonders überraschend ist, wenn man bedenkt, wie viel er verlangt. Aber sie hat überhaupt keine Lust, von irgendeinem pickligen Anfänger vertreten zu werden, und außerdem kann sie es sich leisten. Egal, wenn es dadurch so aussieht, als habe sie etwas zu verbergen.

Punkt neun öffnet sich die Tür, und einer der Ermittler, die sie das letzte Mal getroffen hat, kommt heraus. Es ist ein kleiner Mann mit Unterbiss, was ihn wie eine Bulldogge aussehen lässt, und Anna hat beschlossen, sich nicht an seinen Namen zu erinnern. Die Bulldogge schüttelt ihnen die Hand, führt sie durch ein paar Sicherheitsschleusen und bringt sie in denselben fensterlosen, kleinen Verhörraum wie beim letzten Mal, als sie da war. In zwei Ecken des Raums befinden sich Kameras, weshalb Anna darauf verzichtet, mit ihrem Anwalt zu sprechen. Stattdessen nicken sie einander nur etwas verbissen zu und warten.

Dann sitzen sie fast eine Viertelstunde schweigend da und tauschen vielsagende Blicke, während die Zeit vergeht. Dass Santesson ein anderes Treffen oder gar ein Verhör vor neun Uhr morgens an einem Donnerstag geplant haben könnte, ist nicht sehr wahrscheinlich, also ist die Verzögerung nur eine Methode, sie zu ärgern. Ein kleiner psychologischer Kniff, um sie aus dem Gleichgewicht zu bringen. Sie hat den Trick selbst oft angewendet, trotzdem ist sie überrascht, wie gut er funktioniert. Der schlechte Nachtschlaf und der unbequeme Flug am Morgen haben sie bereits aus dem Tritt gebracht. Sie ist angespannt und auf der Hut.

Bleib ruhig, hätte Håkan ihr gesagt. Aber nach der Enttäuschung am gestrigen Abend spricht er nicht mehr mit ihr. Jetzt ist sie allein.

Ohne Vorwarnung wird die Tür geöffnet, und die Bulldogge kommt in Begleitung eines kleinen, ein wenig übergewichtigen Mannes im Anzug herein, der eine dicke Untersuchungsmappe unter dem Arm trägt.

»Oberstaatsanwalt Tord Santesson«, präsentiert er sich. Santesson ist etwas über fünfzig, und genau wie Bengt Andersson kaschiert er seine Glatzköpfigkeit, indem er die übrigen Haare rasiert. Der Händedruck ist fest und dauert ein bisschen zu lange.

»Also, Frau Vesper ...« Santesson nimmt ihr gegenüber Platz und legt die Mappe vor sich auf den Tisch. Dann trommelt er mit kräftigen Fingern darauf herum, während er sie beobachtet. Er hat dunkelgraue Augen und einen intelligenten Blick.

»Sie sind ja mit meinen Mitarbeitern schon einmal alles durchgegangen.« Santesson macht eine kleine Kopfbewegung Richtung Bulldogge, der sich neben ihn gesetzt hat. Seine Finger trommeln weiter auf die Mappe.

»Tja, der frühere Voruntersuchungsleiter war bereit, die ganze Angelegenheit ad acta zu legen, aber ich habe beschlossen, dass wir noch mal genauer hinschauen. Jeden Stein umdrehen. Und das war ein Glück.« Die Finger auf der Mappe halten inne. Anna verspürt den Reflex zu schlucken, kann ihn aber unterdrücken.

»Wir haben eine Reihe neuer Informationen erhalten, die

nicht besonders vielversprechend für Sie aussehen.« Der kräftige Zeigefinger hämmert ein paarmal auf die Mappe.

»Zuerst einmal haben wir einen neuen Zeugen. Eine Krankenschwester ...«

Santesson unterbricht sich, lässt die Worte einwirken. »Sie wechselte die Station, kurz bevor Ihr Exmann verstarb, was der Grund dafür ist, warum sie nicht schon früher befragt wurde.«

Die Finger nehmen ihr Trommeln wieder auf. Sie spürt seinen Blick und bemüht sich, ihn zu erwidern.

»Die Krankenschwester erzählte, dass Sie ziemlich eingehend danach gefragt hätten, wie eine Infusionspumpe funktioniert. So eingehend, dass sie sich fast ein Jahr später noch daran erinnert.« Santesson hält wieder inne und lächelt schief.

»Außerdem haben wir das hier.« Er öffnet die Mappe, ohne den Blick abzuwenden. »Meine Mitarbeiter haben ja bereits Ihren Dienstcomputer und Ihren privaten Laptop durchsucht, ohne etwas zu finden, aber ich habe angeordnet, dass sämtliche Computer an Ihrem alten Arbeitsplatz durchsucht werden, und sieh mal an!«

Er legt ein Blatt Papier mitten auf den Tisch, genau zwischen sie und den Anwalt, sodass sie sich vorbeugen müssen.

»Der Rechner eines Ihrer Kollegen wurde dazu verwendet, nach einer Gebrauchsanweisung für eine Infusionspumpe zu suchen, und zwar des gleichen Modells, das bei der Pflege Ihres Exmannes benutzt wurde. Die Suche wurde kurz nach zwölf Uhr mittags durchgeführt, und Ihr Kollege hat berichtet, dass er sich nicht immer ausloggt, wenn er in die Mittagspause geht. Er hat auch gesagt, dass Sie, da Sie seine Abteilungsleiterin waren, oft in seinem Zimmer zu tun hatten.«

Santesson macht wieder eine Pause, wechselt einen kurzen Blick mit ihrem Anwalt und versetzt ihr dann, mit einem kleinen zufriedenen Lächeln, den Todesstoß.

»Ach, und noch eine letzte Sache. Die Infusionspumpe, die Ihrem Exmann die tödliche Überdosis verabreichte …« Die unangenehmen Finger sind wieder auf der Mappe. »Wir haben sie noch einmal untersucht. Können Sie mir einen guten Grund nennen, warum Ihre Fingerabdrücke darauf sein könnten?«

Der Zeigefinger schlägt einen triumphierenden Trommelwirbel auf der Mappe. Anna spürt, wie ihr Anwalt sich aufrichtet, aber bevor er etwas sagen kann, beugt sich Santesson über den Tisch.

»Håkan hatte nicht mehr lange zu leben.« Seine Stimme wird sanft. »Vielleicht noch ein paar Wochen, mehr nicht. Jemanden von seinem Leiden zu befreien, ist kein Mord oder Totschlag. Es ist eher ein Akt der Barmherzigkeit. Geradezu ein Liebesbeweis.« Santesson lächelt traurig. Diesmal kann sie den Schluckreflex nicht zurückhalten.

»Ich glaube, ich spreche für alle hier im Raum, wenn ich sage, dass wir uns in Ihre Lage versetzen können. Vielleicht hätte einer von uns genauso gehandelt.«

Er legt den Kopf schief. »So war es doch, Anna, oder? Ein Akt der Barmherzigkeit?«

Im Raum ist es totenstill und die Atmosphäre so dicht, dass es ihr fast schwerfällt zu atmen.

»I…iich …«

Sie bleibt im absolut falschen Moment hängen. Es ist ein starkes Stottern, wie es nur ein-, zweimal im Jahr vorkommt. Anna schnappt nach Luft, versucht, die üblichen Methoden anzuwenden, um es unter Kontrolle zu bekommen, aber es gelingt ihr nicht. Ihre Stimmbänder zucken krampfartig und hören nicht damit auf, obwohl sie die Hände angespannt faltet und zu Boden schaut. Der Sauerstoffmangel lässt es in ihren Schläfen pochen.

Sie spürt die Hand des Anwalts auf ihrer Schulter und hebt die Hand, bevor er dazu kommt, eine Pause vorzuschlagen. »Wa-arte!«, stößt sie hervor.

Anna schluckt schwer und bekommt den Krampf endlich unter Kontrolle. Sie füllt ihre Lungen mit Luft. Einmal, zweimal. Der Druck auf die Schläfen lässt langsam nach. Sie schaut auf, begegnet erst dem besorgten Blick des Anwalts und dann dem von Santesson. Sein kahler Schädel ist immer noch zur Seite gelegt, und er lächelt sie auf falsche, mitleidige Art an. Die Bulldogge beugt sich vor, als wittere sie Blut. Anna schließt die Augen, atmet noch einmal durch.

»Denken Sie an Ihre Tochter«, sagt Santesson mit teilnahmsvoller Stimme. »Verdient Agnes es nicht, die Wahrheit darüber zu erfahren, wie ihr Papa wirklich gestorben ist?«

Agnes' Gesicht taucht auf. Ihre Tochter, ihre kleine Tochter, deren Namen Santesson benutzt, als würde er sie kennen. Sie öffnet die Augen und leckt sich die Lippen. Die Kameraaugen in beiden Ecken starren sie an. Santesson beugt sich noch näher vor, wie um besser hören zu können.

»In welchem Jahr haben Sie den Kurs besucht?«, fragt sie mit übertriebener Ruhe in der Stimme.

»Was?« Santessons gespieltes Mitleid verblasst, und sein Augenlid zuckt leicht.

»Den FBI-Kurs in Verhörtechnik. Wann waren Sie dort? Ich habe ihn 2010 in New York gemacht.« Sie spürt, wie die Wut ihr die Kehle zuschnürt, hält aber an sich.

Santessons Augenlid zuckt etwas stärker, obwohl seine Augen schmal werden.

»Sie sind richtig gut«, fährt sie fort. »Zuerst die Mappe, die Sie mit einem Stapel Papier gefüllt haben, damit sie richtig voll aussieht. Als ich das letzte Mal hier war, war sie nicht einmal ein Viertel so dick.« Sie misst mit den Fingern ab.

»Dann, wie Sie diskret immer wieder darauf herumtrommeln, damit ich die ganze Zeit daran denke, was die Mappe wohl beinhaltet. All die Beweise gegen mich, die sich zu einem großen Haufen gestapelt haben. Das haben Sie hübsch gemacht.«

Santessons Mund ist zu einem harten Strich geworden, nicht ganz der Miene unähnlich, die Elisabet Vidje meistens hat.

»Und dieses kleine Manöver haben Sie auch sehr gut hinbekommen«, redet sie weiter. »Sie haben nicht direkt gesagt, dass meine Fingerabdrücke auf der Infusionspumpe gefunden wurden. Stattdessen haben Sie mich gefragt, ob es einen Grund geben könnte, warum sie dort sein könnten. Es klingt gleich, ist aber nicht dasselbe. Wenn man gestresst ist, hört man allerdings keinen Unterschied.«

Santessons Miene ist unbeweglich, aber der Bulldoggentyp neben ihm hat nicht so ein Pokerface. Sein Blick flackert, er weicht ihrem aus und wendet sich fragend an seinen Chef.

»Das i-Tüpfelchen war der Schluss«, sagt Anna. »Als Sie die Tat an sich kleingeredet haben, um sie akzeptabler klingen zu lassen. Kein Mord, sondern eine Frage der Barmherzigkeit. Kein Totschlag, sondern ein Akt des Mitleids und der Liebe. Denn eine Liebestat ist so viel leichter zu gestehen. Dann ist man ein guter Mensch, kein richtiger Verbrecher, oder?«

Santesson richtet sich auf, er presst die Lippen so fest zusammen, dass sie verschwinden. Ein kleiner, kaum merklicher Schweißtropfen ist an seiner Schläfe aufgetaucht, und er wischt ihn irritiert weg.

»So sieht es aus, Santesson«, sagt sie mit erzwungener Ruhe. »Ja, ich habe tatsächlich eine der Krankenschwestern gefragt, wie die Infusionspumpe funktioniert. Daran ist nichts seltsam. Morphium war das Einzige, was Håkan half, seine letzten Wochen zu bewältigen, also ist es kaum verwunderlich, dass ich mich fragte, wie die Pumpe funktionierte und welche Dosis er bekam.«

Sie verstummt, stellt fest, dass sie kein einziges Mal hängen geblieben ist. Sie füllt die Lungen mit Luft und drosselt das Tempo etwas, nur um auf der Hut zu sein.

»Was die Suche auf dem Computer oben in der Landeskriminalpolizei angeht, dafür habe ich keinerlei Erklärung. Und die brauche ich auch nicht zu haben. Sie müssen beweisen, dass tatsächlich ich diejenige gewesen bin, die gegoogelt hat. Können Sie das? Gibt es irgendetwas in diesem Schmöker, was mich mit dem Computer meines Kollegen in Verbindung bringt?«

Sie beugt sich vor und klopft mit dem Zeigefinger auf die dicke Mappe, genauso wie vorhin Santesson. Der Bulldoggentyp windet sich, rutscht einen Tick von seinem Chef und dem Tisch weg, als wolle er sich von dem, was da vor sich geht, distanzieren. Santesson starrt sie immer noch an und versucht nicht mehr, die Wut in seinem Blick zu verbergen. Anna starrt ein paar Sekunden lang zurück, bevor sie sich auf ihrem Stuhl zurücklehnt. Santesson kann sie rein theoretisch ohne irgendeinen Beweis festhalten und sie achtundvierzig Stunden lang einsperren, nur um sie zu ärgern. Deshalb wäre es gut, diesen Hahnenkampf nicht allzu sehr in die Länge zu ziehen. Sie sollte ihm lieber einen akzeptablen Ausweg präsentieren, als ihn weiter zu demütigen.

»Tatsache ist ...« Sie breitet die Arme aus und atmet ein. »Tatsache ist, dass ich keine Ahnung habe, wie Håkan diese letzte Morphiumdosis bekommen hat. Vielleicht hat sich jemand vom Personal seiner erbarmt, oder die Infusionspumpe war defekt. Ein Relais hat geklickt, oder es war einfach höhere Macht. Egal, was es war, ich bin dankbar.« Sie senkt den Kopf ein Stück und zeigt ein bisschen von ihrem Kummer. Es geht leichter, als sie dachte. »Håkan war unglaublich willensstark«, sagt sie leise. »Er hat hart gekämpft, länger gelebt als die meisten anderen mit so einem fortgeschrittenen Krebs. Aber zum Schluss hielt nicht einmal er es noch aus.«

Santesson starrt sie immer noch an, während die Bulldogge und der Anwalt ganz still dasitzen. Die Stimmung im Raum lässt die Luft schwer wirken. Anna sieht Santesson weiterhin an, und tief drinnen in seinem Blick glaubt sie einen Funken echten Mitleids zu erahnen. Unter dieser harten Schale ist er auch ein Mensch mit Gefühlen, Familie, Empathie.

»Håkan war der Vater meines Kindes«, sagt sie leise. »Obwohl ich mich von ihm getrennt habe, war er die Liebe meines Lebens und mein bester Freund. Es vergeht kein Tag, an dem ich nicht an ihn denke. Mit ihm spreche, ihn vermisse.«

Sie schluckt und fasst sich wieder. »Ich wollte, dass man ihn sterben ließ. Ich wünschte mir, dass er gehen konnte.« Sie holt ruckartig Luft. »Aber ich habe ihn nicht getötet.«

41

HERBST 2017

Sie dürfen draußen an der Rezeption sitzen, während sich Santesson mit seinen Kollegen berät. Sobald sie außer Sicht- und Hörweite sind, seufzt Annas Anwalt tief auf.

»Das war entweder das Dümmste oder Beste, was du tun konntest.«

Sie schüttelt den Kopf. »Ich bin zu weit gegangen. Aber als er Agnes mit reinzog …«

Das Unwohlsein befällt sie aus dem Nichts, beginnt tief unten im Magen und wandert nach oben.

»Entschuldigung, ich muss …« So ruhig sie kann, geht sie zur Toilette. Erst auf den letzten zwei Metern beginnt sie zu rennen. Dann wirft sie sich auf die Knie und erbricht sich schwallartig.

Auf dem Rückflug schläft sie, bis sie am späten Nachmittag in Sturup landet. Die Gedanken hinken hinterher, und sie braucht den ganzen Weg zum Auto, bis sie es geschafft hat, den Tag Revue passieren zu lassen. Sie hat ihr Bestes getan und wurde nicht festgenommen, was auf jeden Fall ein Pluspunkt ist. Aber die Ermittlungen gehen weiter, und es wird ihr kaum zum Vorteil gereichen, dass sie Santesson vor einem seiner Mitarbeiter niedergemacht hat. Der Oberstaatsanwalt ist nicht der Typ, der so etwas leichtnimmt, und er wird garantiert die erstbeste Gelegenheit ergreifen, sich zu rächen. Die Frage ist nur, wann und wie. Jetzt gerade mag sie sich nicht damit auseinandersetzen. Sie möchte nur nach Hause.

So denkt sie inzwischen tatsächlich über Nedanås und Tabor. Obwohl sie erst ein paar Wochen hier wohnen, fühlt sich der Ort wie Agnes' und ihr Zuhause an.

Auf ihrer Mailbox hat sie zwei verpasste Anrufe. Der erste ist von Rylanders Stiefvater. Der unangenehme Schrotthändler jammert etwas von Rylanders Post und brummt, dass er »den Scheiß der Polizei nachschickt«, bevor er auflegt. Die zweite Nachricht ist sehr viel freundlicher. Eine sympathische Frauenstimme präsentiert sich als Liza Savic und erzählt, dass sie Joakim Rylanders älteste Tochter ist. Sie sagt, dass sie nächste Woche nach Nedanås kommt, um die Sachen ihres Vaters abzuholen, und sich dann noch einmal melden wird.

Anna fühlt sich leicht benebelt, und es dauert einige Kilometer, bis die Information richtig bei ihr ankommt. Die Anruferin hat denselben Nachnamen wie die Frau, die mit Rylander im Steinbruch und später an der Tankstelle war. Tanja Savic, die Anfang der 2000er-Jahre an einer Überdosis gestorben ist. Nenn-mich-Lasse sagte, er habe mit der Tochter über die Sache gesprochen, aber Anna begreift es erst jetzt. Joakim Rylander und Tanja Savic hatten ein gemeinsames Kind. Eine Tochter, die Liza heißt. Bedeutet das etwas für den Fall? Nachdem sie eine Weile darüber nachgedacht hat, entscheidet sie sich für ein Nein.

Sie fährt die Bezirksstraße entlang und kommt irgendwann an dem Schild vorbei, das nach Reftinge weist. Kurz danach stößt sie auf eine große Tankstelle. Sie fragt sich, ob Rylander in der Nacht, als Simon starb, an dieser Tankstelle aufgegriffen wurde, und beschließt, es nachzuprüfen. Die Tankstellengehilfin ist eine junge Frau um die fünfundzwanzig und, wie sich herausstellt, die Tochter des Besitzers. Nachdem Anna sich legimitiert und ihr Anliegen hervorgebracht hat, ruft die Frau ihren Vater an und fragt ihn, ob er sich an die Sache erinnert. Anna hat Glück, es ist sowohl die richtige Tankstelle als auch die richtige Person. Die Frau reicht ihr den Hörer.

»Sie waren zu zweit und kamen kurz nach eins mit dem Motorrad«, sagt der Mann am anderen Ende.

»Eine junge Frau und ein Kerl. Ich hab schon von Weitem gesehen, dass Ärger in der Luft lag. Der Typ wirkte besoffen und aggressiv. Ein paarmal hat er das Mädchen hart angefasst, und ich glaube, er hat ihr eine Ohrfeige gegeben. Deshalb hab ich die direkte Durchwahl zur Reftinger Polizei gewählt. Als die beiden getankt hatten und bezahlen sollten, versuchte der Typ, ein Feuerzeug zu klauen. So einen billigen Mist, den wir vorne an der Kasse hatten. Ich hab ihm gesagt, dass er dafür bezahlen muss, da wurde der Kerl laut und frech. Er hat sich mit mir angelegt und Sachen vom Ladentisch geworfen, als suche er Streit. Sie hat versucht, ihn zu beruhigen, aber das half nichts. Mittendrin kam dann die Polizei und hat ihn mitgenommen.«

»Und die junge Frau?«

»Sie tat mir leid, deshalb habe ich sie zum Nachtbus gebracht, der gegen zwei in Klippan abfährt. Sie schien ein nettes Mädel zu sein, das in schlechte Gesellschaft geraten war.«

Anna kauft einen Energy Drink und trinkt ihn neben dem Auto in einem Zug leer. Nach wenigen Minuten fühlt sie sich wacher und in besserer Stimmung. Der Wind vom Flachland beißt ihr ins Gesicht und bläst neues Leben in ihren Körper und Kopf. Den Rest der Autofahrt nutzt sie, um die Stockholmtour von sich abzuschütteln, indem sie in Gedanken alles zu Joakim »Joe« Rylander durchgeht. Weder er noch seine Freundin Tanja Savic waren vor Ort im Steinbruch, als Simon Vidje starb, jedenfalls nicht den anderen vier Zeugen zufolge. Trotzdem deutet Rylander in seiner E-Mail an, dass er etwas über Simons Tod weiß und er für sein Schweigen bezahlt werden möchte, was aller Wahrscheinlichkeit nach auch das Motiv für den Mord an ihm ist.

Was wusste Rylander also? Die Erpressermail wurde an sämtliche der vier Freunde geschickt, vermutlich ist es also etwas, was alle betrifft. Wenn es nicht einfach eine Finte war? Eine Methode, um den- oder diejenigen der vier, die wirklich etwas zu verbergen haben, unter Druck zu setzen. Eine andere Frage ist, wie Rylander an die Kassette mit Simon Vidjes Aufnahme kam. Das ganze Studio mitsamt Simons Besitztümern verbrannte schließlich in der Nacht nach seinem Tod. War Rylander in den Brand involviert, oder ist er auf eine andere Art an die Kassette gelangt?

Als Anna nach Tabor kommt, ist das Haus leer und Agnes' Vespa nicht zu sehen. Ihr erster Impuls ist es, sie anzurufen und zu fragen, wo sie steckt, aber stattdessen schickt sie eine SMS und fragt, was sie zum Abendessen möchte. Dann wartet sie ein paar Minuten lang mit dem Telefon in der Hand, aber es kommt keine Antwort.

Sie lässt Milo raus, und wie gewöhnlich behandelt der dumme Köter sie wie Luft. Während der Hund draußen ist, duscht Anna Stockholm, Santesson und das Verhör von sich ab und redet sich noch einmal ein, dass sie getan hat, was sie konnte, dass es sich nicht lohnt, sich weiter zu beunruhigen, wobei sie halb darauf wartet, dass Håkan sich einmischt. Das tut er nicht, und seine Abwesenheit bewirkt, dass sie sich unglaublich einsam fühlt. Sie lässt das warme Wasser durch die Haare und über das Gesicht laufen, so lange, bis es schließlich kalt wird.

Agnes hat ihre SMS mit einem kurzen »Egal« beantwortet. Das ist zwar sicher nicht die Art von Antwort, auf die sie gehofft hat, muss aber reichen. Ihr Verhältnis zueinander ist schwierig, einen Schritt vor, einen zurück, dennoch versucht Anna, sich einzureden, dass sie auf dem richtigen Weg sind. Dass alles gut werden wird. Heute Abend fällt ihr das schwerer als sonst.

Sie zieht ein Unterhemd und eine Trainingshose an, wickelt sich in den zerschlissenen Bademantel und schlüpft in die Holzpantoffeln. Draußen wird es langsam dunkel, und als sie hinaus auf die Treppe geht, um Milo hereinzulassen, sieht sie Licht zwischen den Bäumen aufleuchten. Zuerst denkt sie, es sei der Scheinwerfer von Agnes' Vespa, aber dann erkennt sie, dass es ein Wagen ist. Sie bleibt auf der

Treppe stehen und wartet. Als Kleins Pick-up vor ihr einbiegt, sieht sie Agnes auf dem Beifahrersitz.

»Hallo, Mama«, sagt sie. Ihre Stimme ist weder freundlich noch unfreundlich, aber Anna bekommt keine Umarmung, nur ein kleines, schiefes Lächeln. »Ich war auf Änglaberga und habe die anderen Bilder von Karl-Jo in Mats' Sammlung fotografiert. Elisabet hat Herrn Klein gebeten, mich nach Hause zu fahren. Er hat Äpfel für uns.«

Bevor sie noch darauf reagieren kann, dass Agnes Elisabet Vidje jetzt beim Vornamen nennt, taucht Klein mit einer großen Holzkiste in den Händen auf.

»Cox Orange«, sagt er. »Wir haben haufenweise.«

»Ah, danke.« Anna geht zur Seite und lässt die beiden in die Küche durch. Klein stellt die Holzkiste auf den Tisch, während Agnes in ihr Zimmer weitergeht. Milo bleibt noch stehen, sieht wie immer so aus, als habe Klein ihn hypnotisiert. Er folgt Agnes erst, als sie ihn ruft.

Klein steht verlegen herum und schaut zu Agnes' Tür.

»Ich würde gerne ein paar Worte mit Ihnen wechseln, Anna. Vielleicht können wir das draußen machen?«

Sie folgt ihm zurück zu seinem Wagen. Die Abendluft ist feucht und ein bisschen kühl und bringt einen modrigen Geruch mit sich.

Erst jetzt sieht Anna, dass Agnes' Vespa auf der Ladefläche steht, mit einem Spanngurt festgezurrt und an die Fahrerkabine gelehnt.

»Warten Sie, dann helfe ich Ihnen, sie herunterzuholen.«

Er schüttelt den Kopf und deutet mit einem Kopfnicken auf ihren Bademantel und ihre Clogs.

»Ich mache das. Sie sind dafür nicht richtig angezogen.«

Er klappt das hintere Teil des Wagens herunter und zieht ein breites Brett heraus, das er an die Ladefläche lehnt. Dann manövriert er die Vespa die improvisierte Rampe hinab. Es sieht leicht aus, aber Anna hört ihn ein paarmal ächzen, was sie daran erinnert, dass er deutlich älter ist, als er aussieht.

»So.« Klein stellt die Vespa vor dem Haus ab, schiebt seine Kappe hoch, die aus dem gleichen grünen Material ist wie seine Öljacke, und wischt sich mit der Hand über die Stirn. Im Haus hört Anna Agnes mit irgendetwas in der Küche hantieren. Es klingt fast so, als würde sie das Abendessen vorbereiten.

»Also …« Klein kommt ein Stück näher. Das normalerweise so starre Gesicht sieht ein bisschen verlegen aus. »Elisabet hat erzählt, dass Sie glauben, der Mann, der am Montag bei Glarea tot aufgefunden wurde, habe etwas mit Simon zu tun.«

Anna nickt langsam und wartet auf die Fortsetzung. Klein hält einen Moment inne, als wähle er sorgfältig seine Worte, bevor er fortfährt.

»In den letzten siebenundzwanzig Jahren hat Elisabet im Prinzip für eine einzige Sache gelebt: dass die Ermittlungen zu Simons Tod wiederaufgenommen werden.«

Klein rückt seine Kappe zurecht.

»Es besteht kein Zweifel daran, dass Sie Elisabet sehr froh gemacht haben, und dafür bin ich Ihnen dankbar. Zugleich …«

Er unterbricht sich, sieht zum Haus und der geöffneten Tür.

»Zugleich muss ich Sie warnen«, sagt er mit leiser Stimme. »Es gibt Menschen, die nicht möchten, dass man in der Vergangenheit herumwühlt. Die bereit sind, ziemlich weit zu gehen, um das zu verhindern.«

»Sie denken an die abgebrannte Garage. Simons Studio, Karl-Jos Sportwagen.« Anna macht eine Handbewegung Richtung Schuppen, in dem sich das Autowrack verbirgt.

Kleins Gesicht nimmt einen überraschten Ausdruck an, der einen kurzen Augenblick lang sogar an Angst erinnert.

»Wie …«, beginnt er, unterbricht sich aber und gewinnt die Fassung wieder. Seine Stimme wird tiefer.

»Alles, was ich sagen möchte, ist, dass Sie gut überlegen

sollten, bevor Sie etwas unternehmen.« Klein beugt sich vor, sodass ihre Gesichter sich nahe kommen.

»Elisabet Vidje ist der wichtigste Mensch in meinem Leben. Wenn ihr bei der ganzen Sache Leid zugefügt wird, von wem oder was auch immer ...«

Er beendet den Satz nicht, richtet sich stattdessen auf und zieht die Kappe in die Stirn. Dann springt er in seinen Wagen und fährt mit einem Blitzstart davon.

Agnes hat tatsächlich angefangen, das Abendessen vorzubereiten. Sie machen es gemeinsam fertig, essen dann zusammen und unterhalten sich höflich. Das Gespräch kommt bald auf Simon Vidje. Das Wandgemälde und die Geschichte dahinter interessieren Agnes immer noch, sie fragt nach Details und den Beteiligten. Anna antwortet, so gut sie kann, und versucht, nicht gegen das Ermittlungsgeheimnis zu verstoßen, aber zu diesem Zeitpunkt ist das beinahe unmöglich.

Nach dem Essen holt Agnes ihre Kamera, schiebt die Speicherkarte in ihren Computer und zeigt Anna die Fotos, die sie unten in Mats' seltsamem Keller gemacht hat.

»Das hier hat auch Karl-Jo gemalt.« Sie zeigt Fotos von einem ziemlich kleinen Schaukasten. Ein Waldmotiv. Hohe, graue Baumstämme, die im Nebel zu verschwinden scheinen und zu kaum sichtbaren Gestalten werden, die zur Hälfte Bäume sind, zur Hälfte Schattenwesen. Im Schaukasten hat Mats einen Teil einer steinernen Einfriedung aufgebaut. Das muss ihn viele Stunden gekostet haben. Auf einem der größeren Steine verschlingt eine große, zick-zack-gemusterte Kreuzotter etwas, das wahrscheinlich eine Maus ist. Nur die Hinterbeine und der Schwanz schauen aus dem Maul der Schlange heraus. Durch eine Kameralinse betrachtet, sieht es unerhort echt aus, kaum von der Wirklichkeit zu unterschci den.

»Hat Mats gesagt, was Karl-Johan von seiner Sammlung hielt?«

»Er hat erzählt, dass Karl-Johan die Bilder hier auf Tabor gemalt hat und dass Mats sie dann abholen durfte. Er hat seine Sammlung seit Mitte der Achtzigerjahre im Keller auf Änglaberga, aber Karl-Johan war nie da. Er mag keine toten Tiere, sagt Mats. Schade, dass nicht alle so denken.« Agnes verzieht den Mund.

Anna denkt an Morells Geschichte mit dem verletzten Hirsch, der sich nach Tabor verirrte, und überlegt, ob sie die Agnes auch erzählen soll.

Ihre Tochter lehnt sich im Stuhl zurück und schiebt sich unbewusst eine Haarsträhne hinter das Ohr. Die Geste erinnert Anna so sehr an Håkan, dass es ihr einen Stich versetzt.

»Ich habe Mats nach Simon gefragt«, berichtet Agnes weiter. »Zuerst hat er sich gefreut und hat eine ganze Weile über Simons Studio und seine Musik gesprochen. Dass er fünf verschiedene Instrumente spielen konnte und dass alle ihn mochten. Aber als wir auf den Unfall kamen, wurde Mats traurig und wollte nicht weiterreden. Er hat gesagt, dass alles Fröhliche auf Änglaberga mit Simon verschwunden ist. Und dass es nie zurückkam. Dann ging er zu sich nach oben und schloss die Tür. Ich musste allein rausfinden. Als ich gerade die Vespa starten wollte, hat Elisabet mich gerufen und in die Küche zum Kaffeetrinken eingeladen. Mats hat recht, ganz Änglaberga wirkt irgendwie düster, findest du nicht?«

»Mm.«

Eine Weile sitzen sie schweigend da.

»Glaubst du wirklich, dass Trauer blind machen kann?«, fragt Agnes dann.

»Ich weiß es nicht. Aber manche Krankheiten können durch traumatische Erfahrungen ausgelöst werden. Ich weiß nicht, wie es mit …«

»Retinitis Pigmentosa«, sagt Agnes. »Ich habe es gegoogelt. Die ersten Symptome sind, dass man Probleme mit der Nachtsicht bekommt. Dann verschwinden Farben und Schärfe, und dann verringert sich das Gesichtsfeld, bis alles, was bleibt, ein schmales, trübes, schwarz-weißes Sichtfeld vor einem ist.« Sie schüttelt traurig den Kopf. »Es muss schrecklich sein, vor allem für jemanden wie Karl-Johan, der mit Farben und Bildern gelebt hat. Grausam.«

»Manche Krankheiten sind grausamer als andere.«

Sie denkt erst darüber nach, was sie da gesagt hat, als die Worte schon heraus sind und explodieren. Agnes erstarrt, ihre Augen werden glänzend, und Anna flucht innerlich.

»Ich habe etwas, was du vielleicht hören willst«, sagt sie, um die Stimmung zu retten. »Eine Aufnahme mit Simon Vidje.«

Sie holt ihr Handy und startet die MP3-Datei, die Friberg ihr geschickt hat. Aus dem kleinen Lautsprecher ertönt Simon Vidjes Stimme.

Agnes richtet sich auf, sieht weniger angespannt aus. Sie legt den Kopf ein wenig zur Seite, wenn sie zuhört, genau wie Håkan es immer machte. Die Bewegung versetzt Anna wieder einen Stich in der Brust.

»Kannst du mir den Song schicken?«, fragt Agnes. »Ich möchte ihn in meinem Zimmer hören.«

42

HERBST 2017

Agnes fährt mit der Vespa zum Zug, deshalb beschließt Anna, sich ein halbes Stündchen länger Schlaf zu gönnen. Im letzten Moment fällt ihr ein, dass Morell heute verabschiedet wird, und bügelt schnell ihr Uniformhemd, bevor sie zur Arbeit fährt. Im Büro holt sie die Akte zu Simon Vidje aus ihrer Tasche und liest sie noch einmal durch. Sie beginnt, einen Zeitplan zu skizzieren.

Bruno und Alex treffen gegen drei Uhr mit Alex' Wagen am Steinbruch ein. Simon kommt ungefähr eine halbe Stunde später mit dem Fahrrad, und nach einer weiteren knappen Stunde tauchen Marie und Carina auf, auch sie mit dem Wagen.

Beide Autos parken unten an der Wegschranke, die, wie sie aus eigener Erfahrung weiß, einen knappen Kilometer vom Steinbruch entfernt ist. Simon kann ganz vorfahren.

Gegen sieben Uhr zünden sie das Lagerfeuer an, und irgendwann nach acht tauchen Joe und Tanja auf einem Motorrad auf, das offenbar an der Schranke vorbeigekommen ist.

Kurz nach zwölf, Bruno zufolge um 23:40 und laut Marie 23:50, verlassen Tanja und Joe den Steinbruch. Zur gleichen Zeit beginnt es heftig zu regnen.

Um 01:36 wird Joe Rylander an der Tankstelle bei Reftinge aufgegriffen. Er und Tanja sind zu diesem Zeitpunkt etwa eine Viertelstunde dort gewesen.

Dem Obduktionsbericht zufolge kommt Simon Vidje irgendwann zwischen 1:00 und 2:00 Uhr nachts ums Leben.

Um fünf Uhr hat es aufgehört zu regnen. Marie Sordi verlässt das Zelt, das sie mit Carina Pedersen teilt, und entdeckt, dass Simon im Wasser liegt.

Nachdem sie festgestellt haben, dass Simon tot ist, fährt Bruno Sordi in Maries Auto weg, um die Polizei und den Krankenwagen zu alarmieren. Änglaberga liegt nicht weit entfernt, aber stattdessen fährt Bruno zum Dorfladen in Mörkaby.

Die erste Polizeistreife ist um 05:54 Uhr vor Ort. Der Krankenwagen und die Feuerwehr folgen kurz darauf.

Anna liest den Zeitablauf ein paarmal durch, entdeckt aber keine Lücken. Dass Bruno nach Mörkaby gefahren ist, um Alarm zu schlagen, und nicht nach Änglaberga, ist vielleicht ein bisschen verwunderlich, aber im Grunde völlig verständlich. Bruno wollte wahrscheinlich nicht derjenige sein, der Karl-Johan und Elisabet Vidje sagen musste, dass ihr Sohn tot war.

Anna wartet auf die Mittagspause und schleicht sich dann noch einmal ins Archiv hinunter. Sie braucht nur ein paar Minuten, um die Anzeige des Brands auf Änglaberga zu finden, sie aus dem Ordner zu holen und mit zurück in ihr Zimmer zu nehmen. Die ganze Untersuchung besteht lediglich aus zwei DIN-A4-Seiten. Zuerst die eigentliche Anzeige, von einem Polizisten verfasst, dessen Name ihr nichts sagt.

Streifenwagen 3485 wurde um 02:23 Uhr in der Nacht zum 30. August wegen eines Brandes in einer Garage zum Hof Änglaberga gerufen. Vor Ort trafen die Beamten die Gutsbesitzer Elisabet und Karl-Johan Vidje an, samt ihrem Verwalter Bror Klein. Klein, der in der Nähe wohnt, berichtet, dass er von seinem Fenster aus Flammen gesehen hätte. Er alarmierte die Feuerwehr und begab sich dann zum Hof, um selbst zu versuchen, das Feuer zu löschen.

Bei Ankunft des Streifenwagens brannte die gesamte Garage, und die Feuerwehr, die kurz darauf eintraf, konzentrierte ihre Arbeit darauf, die nebenstehenden Stallgebäude zu retten. Abgesehen von einigen kleineren Brandwunden an Kleins Händen nach seinem anfänglichen Löschversuch, ist kein Personenschaden entstanden, und es bestand auch keine Gefahr dafür, da sich keine Personen im Gebäude aufhielten.

Das Blatt hinter der Anzeige ist ein kurzer Bericht von Henry Morell.

Im Gespräch mit den Gutsbesitzern stellte sich heraus, dass das Dachgeschoss des Gebäudes als Musikstudio eingerichtet war und sich dort aus diesem Grund mehrere Elektroinstallationen befanden, die nicht fachgerecht ausgeführt worden waren. Der Brand entstand laut Brandmeister Einarsson mit aller Wahrscheinlichkeit ebendort, vermutlich durch einen elektrischen Überschlag, und wurde aufgrund des Isolationsmaterials, das im Musikstudio verwendet wurde, noch verstärkt. Das Feuer erreichte dann allmählich die leicht entzündlichen Flüssigkeiten, die in der Garage im unteren Geschoss des Gebäudes verwahrt wurden, und entzündete anschließend den Benzintank des Wagens, der dort stand, was zu diesem gewaltsamen Verlauf des Brands führte.

Anna heftet die beiden Blätter im Ordner mit dem Fall Simon Vidje ab. Ein Todesfall und kaum einen Tag später ein Brand, welche beide die Familie Vidje trafen. Zwei Ereignisse innerhalb von vierundzwanzig Stunden, die beide als Unfälle abgetan wurden. In beiden Fällen war Henry Morell im höchsten Maße involviert.

Morells Verabschiedung im Speisesaal des Rathauses ist eine vorhersehbare Geschichte. Pappteller, Torte und Plastikbecher mit billigem Sekt. Das gesamte Personal der Polizeiwache ist anwesend, genauso das aus dem Rathaus und eine Reihe ortsansässiger Unternehmen. Ein Bläserquartett des

Musikkorps Nedanås spielt, und die Stimmung ist ausgelassen. Es riecht nach Aula, Kaffee und Freitag.

Anna begrüßt erst Eva-Britt und danach Fabbe Sordi und erhält ein freundliches Nicken zur Antwort, aber niemand von ihnen kommt auf sie zu, um mit ihr zu sprechen, was, vermutet sie, mit dem Streit im Volkspark zu tun hat. Bruno ist auch da, scheint ihr aber absichtlich aus dem Weg zu gehen. Alex Morell ist überhaupt nicht zu sehen, was Anna zugleich erleichtert und ein wenig enttäuscht.

Die erste Rednerin ist Marie Sordi. Sie erzählt, dass sie Henry Morell seit ihrer Kindheit kennt. Wie sie, Alex, Bruno und Carina oft im Hobbyraum der Familie Morell saßen. Wohlweislich wird Simon bei der Anekdote weggelassen. Mit der Andeutung eines Zitterns in der Stimme rundet sie ihre Rede damit ab, dass sie Henry Morell als »Onkel Henry« bezeichnet, und sagt, dass er es mehr als verdient habe, sich endlich zurückziehen zu dürfen, bevor sie mit einer langen Umarmung abschließt.

Der Nächste am Rednerpult ist Maries Vater. Bengt Andersson trägt dick auf, erzählt von seiner Zusammenarbeit mit Morell, wie sie gemeinsam Nedanås durch die schwierigen Jahre in das goldene Zeitalter gelotst hätten, das sie nun erwarte. Bengt und Marie überreichen dann die zu erwartende Plakette mit dem Kommunalwappen und Morells Namen darauf. Anschließend passiert etwas Unerwartetes. Ein großes Paket, für das den beiden Rednern zufolge der gesamte Ort gesammelt hat, wird übergeben. Das Geschenk entpuppt sich als Rasenmähroboter, was Henry wie ein Kind an Weihnachten zum Strahlen bringt.

»Wahrscheinlich nicht ganz im Rahmen der üblichen kommunalen Geschenke«, flüstert Jens Friberg, der neben Anna steht. »Aber natürlich wohlverdient«, fügt er ohne hörbare Ironie hinzu.

Der nächste Sprecher ist der Polizeidirektor, ein ernster kleiner Mann, dem Anna nur beim Jobinterview für Morells

Posten begegnet ist. Sie haben vor der Zeremonie ein paar Worte gewechselt, aber das Einzige, was sie über ihren Chef erfahren hat, ist, dass seine Persönlichkeit mit der allgemeinen Auffassung übereinstimmt, er sei ein ziemlich langweiliger Bürokrat. Sie weiß, dass der Polizeidirektor Jurist ist und keinen Polizeihintergrund hat, aber gut darin ist, auf das Budget zu achten, was ihn innerhalb der Verwaltung populär gemacht hat. Wie die meisten Nicht-Polizisten innerhalb der Behörde trägt er besonders gern Uniform. Seine Schuhe sind gewienert, die Jacke sieht aus, als wäre sie an der Taille enger genäht, und die Knöpfe und Schulterklappen daran glänzen mehr als die aller anderen. Wahrscheinlich reinigt er sie genau wie das Abzeichen an seiner Schirmmütze – die er wie ein amerikanischer Marinesoldat unter den Arm geklemmt trägt – mehrmals pro Monat.

Der Polizeidirektor lobt Morell mit brummiger Stimme für seinen Einsatz und das Vertrauen, das er bei allen aufgebaut habe. Er huldigt ihm auch für alle Ausbildungen, die Morell offenbar über die Jahre durchgeführt hat und die nicht nur die Kompetenz des Polizeidirektors gesteigert haben, sondern auch von vielen anderen.

Als letzte Lobrednerin tritt die Landshövding auf, die Chefin der Provinzialregierung, eine schicke Frau um die sechzig, die schnell die Stimmung des Publikums erfasst und ihre Rede vorbildlich kurz gestaltet. Sie lobt Morell, wendet sich an Eva-Britt, die ihn jetzt ganztags zu Hause haben muss, und endet mit der Hoffnung, dass Polizisten wie Morell keine aussterbende Art sind, sondern ihm andere nachfolgen werden. Dann ermuntert sie alle zu einem schonischen Hurra, wie sie es nennt, was anscheinend bedeutet, dass man dreimal Hurra ruft und nicht viermal, wie sonst in Schweden. Morell selbst ist der letzte Redner. Er ist sichtbar gerührt, dankt für alle Geschenke und Glückwünsche und lobt dann erst seine Mitarbeiter und danach seine Frau. Als Letztes wendet er sich etwas überraschend an Anna und wünscht ihr Glück und Erfolg. Zum Schluss hebt er sein Glas zum Prosit.

»Prost, Anna. Ich hoffe, du findest dich hier bei uns in Nedanås gut zurecht.« Seine Stimme ist heiter, und seine Augen leuchten fröhlich. Aber als sein Blick ihren streift, sieht Anna die Härte, die darin liegt.

43

HERBST 2017

Anna wacht am Montagmorgen ausgeruht auf. Sie hat Zeit, die digitale Ausgabe der Lokalzeitung zu lesen, und fährt Agnes dann pünktlich zum Zug. Auf der Fahrt nach unten hören sie Radio und unterhalten sich höflich. Trotz des kleinen Zwischenfalls am Donnerstag verbessert sich ihr Verhältnis weiterhin zaghaft, so auch das gesamte Wochenende über. Sogar Milo scheint die Veränderung bemerkt zu haben und reagiert ab und zu auf Annas Anwesenheit, anstatt sie wie sonst zu ignorieren.

Im Büro begrüßt sie Henry Morell fröhlich, bedankt sich für Freitag und bleibt einen Moment plaudernd an seiner Tür stehen. Er sieht zufrieden aus, die Plakette mit dem kommunalen Wappen hat schon einen Platz zwischen allen Fotografien und Diplomen gefunden, die die Wände seines Dienstzimmers schmücken.

»Wie läuft es mit Rylander? Wisst ihr schon mehr?«, erkundigt sich Morell.

Sie schüttelt den Kopf. »Wir warten immer noch auf den Obduktionsbericht und das technische Protokoll.«

Jens Friberg schaut eine halbe Stunde später kurz in ihrem Büro vorbei. Seine Uniform ist wie immer perfekt gebügelt, und an seinem Seitenscheitel liegt keine Haarsträhne falsch. Anna will gerade eine Bemerkung zu Håkan machen, als ihr einfällt, dass er nicht mehr mit ihr spricht. Ironie des Schicksals, wenn man bedenkt, dass sie und Agnes endlich miteinander reden.

Ihr Verhältnis zu Friberg scheint auch immer besser zu funktionieren. Er fragt sie nach den Ermittlungen, und sie gibt ihm dieselbe Antwort wie Morell.

»Und wenn du die Berichte hast, was wird dann der nächste Schritt sein?«, fragt er.

Die Frage ist berechtigt, und sie hatte lange genug Zeit, sich darauf vorzubereiten.

»Wenn kein offensichtlicher Hinweis auftaucht, müssen wir Alex, Bruno, Marie und Caia Bianca befragen.«

Friberg verzieht das Gesicht. »Du weißt, dass das eine riesige Aufregung auslösen wird? Die Kommunalrätin, der lokale Promi, der Wirt und der Sohn des Polizeichefs werden zu einer Sache verhört, die vor siebenundzwanzig Jahren passiert ist und an die die meisten im Dorf nicht erinnert werden wollen. Nur wenige Tage nachdem der Polizeidirektor und die Frau Landshövding hier waren.«

»Ja, ich bin ganz deiner Meinung, aber wir ermitteln trotz allem wegen Mordes. Da werden alle gleich behandelt. Und die Ermittlung betrifft Joakim Rylander, nicht Simon Vidje.«

Friberg schnaubt. »Diesen Satz musst du noch ein paarmal üben, wenn du möchtest, dass er echt klingt.« Er steht auf. »Ich bin heute im Außendienst eingeteilt, ich bin also mit der Streife unterwegs, aber melde dich, wenn du meine Hilfe brauchst.«

»Ja, da gibt es tatsächlich eine Sache, um die ich dich bitten wollte, Jens. Um einen Rat, wenn du so willst.«

Friberg lächelt sie schief an, was eher unglücklich als froh aussieht. »Du willst wissen, ob du Henry von deinen Plänen erzählen sollst.« Er schüttelt den Kopf. »Sorry, aber da muss ich leider passen.«

Beide Berichte kommen gleich nach dem Mittagessen. Die technische Untersuchung des weißen Saabs teilt im Prinzip nur das mit, was sie schon wussten, sodass Anna die Seiten schnell durchblättert. Joe Rylanders Fingerabdrücke finden sich überall im Fahrzeug, und seine DNA ist auf den Zigarettenstummeln, die man auf dem Boden entdeckt hat. Darüber hinaus gibt es auf jeden Fall ein halbes Dutzend weiterer

Fingerabdrücke an verschiedenen Stellen im Wagen, die meisten von so schlechter Qualität, dass sie vermutlich alt sind. An den interessantesten Stellen – Steuer, Gangschaltung und Rückspiegel – findet man nur Rylanders Abdrücke und damit keinen wirklichen Hinweis darauf, dass jemand anderes den Wagen zum Fundort gefahren hat. Was Faserspuren angeht, sieht es ungefähr genauso düster aus. An den abgesessenen alten Sitzen sind zwar massenhaft unterschiedliche Kleiderfasern, außerdem Haare von sowohl Menschen als auch unterschiedlichen Hunderassen, aber da der Saab dreißig Jahre alt ist, überrascht das auch nicht, und es ist im Prinzip unmöglich zu sagen, ob einige der Fasern für den Fall von Bedeutung sind. Ein paar davon hat man immerhin Rylanders Hose und dem Drahtzaun am Aussichtsplatz zuordnen können. Aber auch diese Information bringt sie nicht weiter.

Der Obduktionsbericht ist nur ein vorläufiger. Der Gerichtsmediziner hat Rylanders Verletzungen in zwei Gruppen eingeteilt. Die ersten sind solche, die mit einem Fall aus großer Höhe übereinstimmen. Zertrümmerungen, gebrochene Knochen, das Auge, das aus seiner Höhle gefallen ist, alle alphabetisch geordnet und mit dazugehörigen Fotos.

In der anderen Gruppe sind eine Menge unterschiedlicher Verletzungen aufgelistet, von kleinen Kratzern an der Stirn bis zum Loch in Rylanders Brust durch den Ast, der ihn aufgespießt hat. Der Gerichtsmediziner konstatiert knapp, dass diese Schäden zwar nicht typisch für einen Sturz sind, sich aber dadurch erklären lassen, dass der Körper in einem Baum gelandet ist.

Ganz unten folgen ein paar Bilder, die Anna interessieren. Die Fotos zeigen eine blutige Bandage, die schlampig um Rylanders Wade gewickelt zu sein scheint.

An der rechten Wade des Körpers befand sich eine Bandage aus Verbandsmull und darunter eine kürzlich behandelte größere Verletzung. Bei näherer Untersuchung wurde eine Fraktur der Fibula (Wadenbein) entdeckt sowie eine Verletzung der Tibia (Schienbein). Außerdem gab es Blut und Risse an Rylanders Jeans, die mit der Wunde übereinstimmen. Ausgehend von dieser Verletzung, ist zu vermuten, dass Rylanders Bewegungsvermögen stark beeinträchtigt war.

Die beiden nächsten Bilder zeigen die Verletzung. Eine Fleischwunde mit ausgefransten Rändern.

Anna erinnert sich an ihre kurze Begegnung mit Rylander im Park. Wie er sie entdeckte, als sie sich näherte, sich von der Wand abstieß und schnell durch die Tür schlüpfte, ohne die kleinste Andeutung eines Hinkens. Also sind die Wunde und die Knochenfraktur nach der Schlägerei im Park entstanden, aber vor Rylanders Tod.

Sie blättert in der technischen Untersuchung des Wagens, bis sie die richtige Seite findet. Drei Fotos von Rylanders schmutzigen Schuhen mit dazugehörigem Text:

Sportschuhe, schwarz, Nike. Von einer dicken Schicht Lehm bedeckt, an der Pflanzenreste festhängen. Teilweise handelt es sich um totes Buchen- und Birkenlaub sowie um Tannennadeln und kleinere Stöckchen. Im rechten Schuh fand sich ein Blutfleck von solcher Größe, dass er noch nicht ganz getrocknet war. Eine Überprüfung ergab, dass es sich um Rylanders Blut handelt.

Anna sitzt nachdenklich da und versucht, die Information in das einzufügen, was sie bereits weiß. Rylander hat sich irgendwann zwischen Samstag und Sonntagnacht so schwer verletzt, dass er Probleme gehabt haben muss zu laufen. Da die Wunde bandagiert wurde, kann sie nicht im direkten Zusammenhang mit seinem Tod entstanden sein, was ein weiteres Zeichen dafür ist, dass Rylanders Tod kein Selbstmord war. Wer verbindet schon eine Wunde, nur um sich kurz danach das Leben zu nehmen? Woher kommt die Verletzung also? Wo hat Rylander seine letzten Stunden verbracht und vor allem, mit wem? Es ist höchste Zeit, das herauszufinden. Aber zuerst muss sie Henry Morell von ihren Plänen berichten.

Anna klopft an den Türrahmen, betritt dann Morells Büro und schließt hinter sich die Tür. Er sieht vom Monitor auf, hebt ein wenig die Augenbrauen und nimmt die Lesebrille ab.

»Na, das scheint etwas Ernstes zu sein.«

Sie nickt. »Das ist es leider auch.« Sie holt tief Luft. »Rylander, der Tote von Glarea. Er hieß früher Joakim Jonsson, und er und seine Freundin Tanja Savic waren an dem Abend, an dem Simon Vidje starb, im Steinbruch. Rylander löste die Prügelei im Park aus, und er scheint versucht zu haben, Alex, Bruno, Marie und Caia Bianca zu erpressen.«

Sie schweigt, hauptsächlich, um zu sehen, wie sehr Morell dic Information überrascht.

Morell zieht eine Grimasse. »Oh, verdammt …« Er kratzt sich am Bart und sieht aus, als würde er nachdenken. »Und jetzt glaubst du, dass einer von ihnen mit Rylanders Tod zu tun hat, soll ich so diesen Besuch deuten?« Seine Stimme ist schärfer geworden, nur ein bisschen, aber es gefällt Anna nicht.

»Im Moment halten wir uns noch alle Möglichkeiten offen …«, beginnt sie, hört aber auf, als er abwinkt.

»Anna, ich war viel zu lange Polizist, um mir so einen Unsinn anzuhören. Du hast einen Todesfall, den du trotz Mangels an Beweisen wie einen Mord behandelst. Außerdem versteifst du dich darauf, dass die Sache mit einem siebenundzwanzig Jahre zurückliegenden Fall zusammenhängt, der aufgeklärt und als reiner Unfall abgeschrieben wurde, und jetzt stehst du im Begriff, Himmel und Erde in Bewegung zu setzen. So verhält es sich doch, oder?« Morell schüttelt missbilligend den Kopf. »Ich muss sagen, dass ich von dir enttäuscht bin, Anna.«

Etwas an seinem Ton versetzt ihr innerlich einen Stich. Mit Wut hat sie keine größeren Probleme, mit Enttäuschung ist es schwieriger. Ihr Vater benutzte genau die gleiche Methode. Er wurde ihr gegenüber nie laut, ließ sie nur verstehen, dass er »enttäuscht von ihr« war.

»Ich habe versucht, dich vor Elisabet Vidje zu warnen«, fährt Morell fort. »Sie wirkt alt und spröde, aber hinter ihrer Fassade verbirgt sich ein schlauer, manipulativer und nachtragender Mensch. Ich dachte, eine erfahrene Polizistin wie du würde das merken.«

Er schüttelt wieder den Kopf, diesmal mit finsterer Miene.

»Wie ich schon am ersten Tag gesagt habe. In einem kleineren Ort wie Nedanås handelt Polizeiarbeit in erster Linie davon, Beziehungen zu den Leuten aufzubauen. Ich dachte, du und ich wären uns in dieser Sache einig. Dass wir die Dinge gleich betrachten. Ich habe dich zu mir nach Hause eingeladen, habe mich sogar bei Leuten für dich eingesetzt, die daran zweifelten, dass du die richtige Person für meine Nachfolge wärst.«

Sein Mund presst sich zu einer Leidensmiene zusammen.

»Dass du anfängst, Elisabet Vidje hinterherzulaufen, zeigt, dass ich dich falsch eingeschätzt habe.«

Anna sucht nach einer passenden Erwiderung, findet aber keine. Sie hatte nicht erwartet, dass er sich über ihre Ankündigung freuen würde, aber sie hatte jedenfalls auf ein bisschen Verständnis gehofft.

Morell setzt sich seine Lesebrille wieder auf. Seine Miene ist starr.

»Nun ja, es ist deine Polizeiabteilung, Anna, und ich kann dich natürlich nicht daran hindern. Du brauchst meine Zustimmung nicht, um Wunden aufzureißen, die fast dreißig Jahre gebraucht haben, um zu heilen, aber ich denke nicht daran, dir meinen Segen zu geben, wenn du darauf aus bist.«

Er wendet sich dem Bildschirm zu und nickt zugleich Richtung Tür, um zu zeigen, dass das Gespräch beendet ist. Anna fällt nichts ein, was sie noch sagen könnte, daher steht sie auf und dreht sich um.

»Ach, übrigens«, sagt Morell schroff und schaut in dem Augenblick auf, in dem sie die Hand auf die Klinke legt. »Um dir etwas Zeit zu sparen, Alexander war letzten Sonntag zu Hause. Er hat den Keller weder am Abend noch in der Nacht verlassen, das können Eva-Britt und ich bezeugen.«

Er schaut wieder vor sich auf den Monitor und wirkt sehr beschäftigt.

»Okay, danke für die Information.« Anna bleibt eine Sekunde stehen, die Hand auf der Türklinke, und sieht Morell an, aber er benimmt sich, als wäre sie nicht mehr da.

44

HERBST 2017

Anna weiß, dass sie das Verhör mit den vier Schulfreunden weder auf eigene Faust durchführen kann noch sollte. Rein praktisch gesehen, ist es immer besser, zu zweit zu sein. Zwei Paar Augen und Ohren nehmen mehr wahr als eins. Aber da dieser Fall in vielerlei Hinsicht auch noch besonders sensibel ist, braucht sie ein Gegengewicht. Jemanden, der, anders als Henry Morell es von ihr glaubt, nicht im Verdacht steht, an Elisabet Vidjes Gängelband zu gehen. Das Natürliche wäre, einen der Ermittler des Reviers zu wählen, aber zum einen kennt sie diese nicht so gut, zum anderen ist sie sich absolut nicht sicher, ob sie darauf vertrauen kann, dass sie nicht sofort alles an Morell weitererzählen. Nachdem sie also den Montagabend darüber nachgegrübelt hat, entscheidet sie sich für Jens Friberg. Er ist zwar kein Kriminalbeamter, aber Friberg wird sowohl auf der Wache als auch im Ort respektiert. Außerdem lief es zwischen ihnen beiden anfangs nicht rund, was seine Unparteilichkeit unterstreicht. Der dritte und wichtigste Grund, warum sie Friberg dabeihaben will, ist aber, dass sie anfängt, ihm zu vertrauen.

Genau wie erhofft hat Friberg kein Problem mit dieser Aufgabe, als Anna am Dienstagmorgen mit ihm spricht. Aus eigenem Antrieb schlägt er vor, sich für die Vernehmungen umzuziehen, und taucht nach zehn Minuten wieder in ihrem Büro auf, jetzt in Lederjacke, Fleecepullover, kakifarbener Fjällräven-Hose und braunen Meindl-Stiefeln. Anna sagt nichts, wartet stattdessen auf Håkans belustigten Kommentar darüber, dass Polizisten wie Friberg auch Uniform tragen, wenn sie in Zivil sind. Aber Håkan straft sie noch immer mit seinem Schweigen.

»Also, wo fangen wir an?«, will Friberg wissen, als er den Wagen startet. »Oder mit wem, sollte ich besser fragen.«

»Auf Kuhtorp«, antwortet Anna. »Marie und Bruno sind beide dort. Ich habe angerufen und das überprüft.«

Friberg fährt geschmeidig und ein bisschen aggressiv, genau wie die meisten Polizisten. Er kennt den Weg auf den Berg hinauf gut genug, um die Kurven nicht zu eng zu nehmen. Durch den Wind am Sonntag ist ein Großteil des Laubs abgefallen, und man kann das Aufblitzen des Flusses tief unten in der Schlucht erahnen.

Oben auf dem Hof des Ehepaars Sordi sieht es aus, als würde wieder gebaut. Ein paar Arbeiter in gelben Schutzhelmen und schmutzigen Warnwesten tragen in gemächlichem Tempo Dinge über den lehmigen Hofplatz.

Sie passieren den Steg über dem Graben vor dem Eingang und klopfen an die Tür. Auf der anderen Seite ist Hundegebell zu hören, dann brüllt jemand, und es wird still. Marie Sordi öffnet die Tür.

»Ah, kommen Sie rein«, sagt sie trocken. »Sie brauchen Ihre Schuhe nicht auszuziehen.«

Sie führt sie in die Küche, wo bereits Bruno sitzt. Er nickt ihnen zu, macht aber keine Anstalten aufzustehen, um sie zu begrüßen. Stattdessen schaut er verlegen weg, was nicht besonders verwunderlich ist. Der Küchentisch vor Bruno ist voller großer Zeichnungen und Papierstapel. Anna erkennt den kommunalen Briefkopf auf manchen von ihnen, andere stammen von verschiedenen Firmen und scheinen Rechnungen zu sein.

»Also, worum geht es?«, fragt Marie, ohne ihnen einen Platz oder etwas zu trinken anzubieten. Die Frage ist vollkommen unnötig. Maries Tonfall und ihre Miene zeigen, dass sie schon sehr genau weiß, warum sie da sind.

Anna holt das Polizeifoto von Joe Rylander heraus und legt es mitten auf den Tisch, quer auf etwas, das nach der Rechnung eines Architekturbüros aussieht. Sie kann gerade noch das Wort Erinnerung ganz oben darauf lesen, bevor Bruno das Papier schnell beiseiteschiebt.

»Das hier ist Kent Joakim Rylander. Er wurde vor ziemlich genau einer Woche tot in der Tagebauanlage von Glarea aufgefunden.«

Sie macht eine Pause und lässt ihnen Zeit, das Bild anzuschauen. Am liebsten hätte sie ein Foto von Rylander nach seinem Tod genommen, genau wie sie es bei seinem Stiefvater getan hat, aber ihr ist klar, dass sie in dieser Phase vorsichtig sein muss. Sie darf sich keiner unnötigen Kritik aussetzen.

»Aha«, sagt Marie ein paar Sekunden später. »Und was hat das mit uns zu tun?«

»Haben Sie ihn schon einmal gesehen?«, fragt Friberg und übernimmt die Befragung, so wie sie es vorhin im Auto besprochen haben.

Marie schüttelt den Kopf. »Nein, nie.«

»Und Sie?«, wendet er sich an Bruno.

Der Mann zuckt mit den Schultern. »Schwer zu sagen.«

Anna beobachtet die beiden aufmerksam, merkt, dass Marie kurz zusammenzuckt und Bruno einen bösen Blick zuwirft. Offenbar war das nicht die Antwort, die sie erwartet hat.

»Ich meine …« Bruno hebt die Hand an den Mund. »Ich treffe so viele Leute im Restaurant. Man kann sich nicht an alle erinnern.« Er lächelt verlegen.

»Sie haben ihn beide getroffen«, sagt Friberg. »Vor siebenundzwanzig Jahren im Mörkabyer Steinbruch. Damals nannte er sich Joe und war in Begleitung eines Mädchens, das Tanja hieß.«

Keiner von ihnen sagt etwas, und ihren neutralen Gesichtsausdrücken und ihrer Körpersprache nach ist diese Information keine Überraschung. Bruno und Marie sind gewarnt worden, nicht nur, was ihren Besuch angeht, sondern auch im Hinblick auf die Details in dieser Angelegenheit.

»Es war Rylander, der dafür sorgte, dass Simon Vidjes Song letzten Samstag im Park gespielt wurde. Ihr Überfall auf den DJ war also ganz unnötig. Rylander steckte hinter der ganzen Sache.«

Das Ehepaar Sordi sieht sich an. Dann räuspert sich Bruno.

»Wir hatten eine E-Mail bekommen, Marie und ich, nur wenige Tage vorher«, sagt er, ohne seine Frau aus den Augen zu lassen. »Von einem Absender, der sich Simon Vidje nannte. Alex hatte sie auch bekommen, und wir sprachen darüber, dass da ein Kranker dahinterstecken muss. Als der DJ dann den Song spielte ...« Er macht eine entschuldigende Geste. »Wir hatten zu viel getrunken, und alles lief aus dem Ruder. Wir wollten wirklich niemandem schaden.«

Bruno versucht, spontan zu wirken, aber die Worte sind einstudiert. Rylander einen kranken Menschen zu nennen, ist außerdem eine subtile Art, ihn als Opfer kleinzureden. Anna speichert alles ab und saugt den Rest aufmerksam auf.

»Bruno und ich waren den ganzen Sonntagabend und die Nacht über zu Hause«, sagt Marie, ohne dass jemand sie danach gefragt hätte. »Wir mussten uns über das, was im Volkspark passiert war, aussprechen, deshalb schliefen die Kinder bei Brunos Eltern.«

Bruno nickt ein wenig zu zustimmend, was seine Frau zu ärgern scheint. Marie ist mit Brunos Vorstellung bisher nicht ganz zufrieden, notiert Anna.

»Haben Sie an dem Abend oder in der Nacht irgendetwas Ungewöhnliches gesehen oder gehört?« Friberg zeigt auf das Fenster. »Der Aussichtsplatz ist von Kuhtorp aus nur einen knappen Kilometer Luftlinie entfernt.«

»Es heißt Nordblick«, sagt Marie scharf. »Und nein, nicht soweit ich mich erinnern kann. Es hat ziemlich stark geregnet, glaube ich, oder nicht, Schatz?«

Bruno nickt. »Es schüttete. Der Graben hier draußen wurde fast überschwemmt. Ich musste rausgehen und schaufeln.« Er will seine Erzählung weiter ausbauen, hört aber auf, als er Maries Blick begegnet. Zur Belohnung erhält er ein ganz kleines Nicken.

Marie lächelt Friberg an.

»Wie gesagt, wir haben diesen Mann nicht gesehen. Rylander, oder wie er heißt, nicht in den letzten siebenundzwanzig Jahren. Und wir waren beide während des gesamten Sonntagabends und in der Nacht zu Hause auf dem Hof.« Marie wendet sich an Anna. »Vielleicht möchten Sie das aufschreiben, damit es keine Missverständnisse gibt.« Der letzte Satz klingt säuerlich und enthält nichts mehr von der gespielten Vertraulichkeit, die ihre bisherigen Gespräche ausmachte.

»Simon Vidje«, sagt Anna ruhig, und obwohl der Name schon aufkam, sieht sie, dass zumindest Bruno leicht reagiert, als sie ihn laut ausspricht.

»Sie waren beide dabei, in der Nacht, in der er starb. In der E-Mail, die Rylander geschickt hat, deutet er an, dass er die Wahrheit darüber kennt, was tatsächlich passiert ist. Dass Sie bezahlen sollten.« Sie beobachtet das Ehepaar Sordi genau und bemerkt, dass Friberg es auch tut.

Maries Mund wird spitz, und ihre Augen werden schmal. Bruno sieht noch beunruhigter aus.

»Der Tod meines Cousins war ein Unfall«, sagt Marie. »Das hat die polizeiliche Ermittlung bereits ergeben.« Ihre Stimme klingt ein wenig schrill.

»Wie wir schon im Verhör sagten, legten sich alle kurz nach zwölf schlafen, nachdem er und seine Begleitung gefahren waren.« Sie deutet mit einem Nicken auf das Foto von Rylander. »Es fing an zu regnen, sodass alle in ihre Zelte krochen. Ich und Carina …« Sie hält inne und korrigiert sich. »Ich und Caia schliefen in einem Zelt, Bruno und Alex in einem anderen. Simon schlief immer allein.«

»Warum?«, hakt Friberg nach.

Bruno zuckt mit den Achseln. »Simon wollte das so. In

den ersten Jahren, in denen wir dort oben zelteten, hatten wir ein Viermannzelt, aber Simon mochte das nicht. Er radelte lieber abends nach Hause, als ein Zelt zu teilen.«

»Warum schliefen Alex und Carina nicht im selben Zelt? Sie waren doch zusammen?«, fragt Anna.

Das Ehepaar Sordi sieht sich an. Sie scheinen diese Frage nicht erwartet zu haben.

»Die Beziehung von Alex und Carina ging im letzten Schuljahr ein bisschen auf und ab«, sagt Marie, nachdem sie eine Weile gezögert hat. »Nur etwa einen Monat später war es dann endgültig aus, als Carina aus Nedanås wegging. Oder Caia, meine ich«, berichtigt sie wieder.

»Wie hat Alex das aufgenommen?«, fragt Anna und spürt, dass Friberg ihr einen verwunderten Blick zuwirft.

Marie und Bruno schauen sich wieder an. »Nicht besonders gut«, murmelt Bruno.

»Ist er daraufhin in der Psychiatrie gelandet?«

Es wird ganz still. Bruno und Marie sind sichtlich verlegen.

»Darüber wissen wir nichts«, sagt Marie. Die Stimme versagt ein wenig, und in Kombination mit ihrem Blick und der angespannten Oberlippe entlarvt Anna diese Aussage als offensichtliche Lüge.

Anna lässt die Stille noch ein paar Sekunden andauern, bevor sie Friberg mit einem Nicken auffordert, das Verhör fortzusetzen.

»Wie wirkte Simon, als er schlafen ging?«

»Wie immer.« Marie versucht, die Fassung zu wahren, aber die Fragen nach Alex haben sie aufgewühlt. »Wir haben uns Gute Nacht gesagt und dann …«

Marie schaut weg und beißt sich auf die Unterlippe. »Dann …« Die Stimme versagt.

Bruno steht auf, legt die Arme um seine Frau und lehnt seinen Kopf in einer erstaunlich zärtlichen Geste an ihren. Marie ist ein gutes Stück größer als ihr Mann, und wenn nicht der Kummer in ihren Gesichtern gewesen wäre, hätte das Ganze lustig ausgesehen.

»Dann haben wir Simon nie mehr lebendig gesehen«, sagt Bruno leise.

»Und Sie und Alex haben das Zelt auch nicht verlassen?«

Bruno schüttelt den Kopf.

»Die ganze Nacht über nicht.«

»Sind Sie sich ganz sicher?«, fragt Friberg.

Bruno sieht gereizt aus. »Haben Sie jemals in einem Zweimannzelt geschlafen?«

Friberg nickt.

»Also, dann wissen Sie ja, wie es ist. Man liegt ganz nah nebeneinander. Es gibt mindestens zwei Reißverschlüsse, um den Zelteingang zu öffnen und zu schließen. Man kann sich nicht aus einem Zelt schleichen und rein schon gar nicht. Vor allem nicht, wenn die Person, die draußen im Regen war, durchnässt ist. Keiner von uns war nachts draußen, weder ich noch Alex noch Carina oder Marie. Simon ist auf den Klippen ausgerutscht und in den Tod gestürzt, während wir alle nur ein paar Meter entfernt schliefen. Wie, denken Sie, fühlt sich das für uns an?« Er streichelt seiner Frau behutsam über den Rücken.

Friberg nickt wieder und schielt gleichzeitig zu Anna hinüber. Sie macht noch keine Anstalten aufzuhören, jedenfalls noch nicht gleich. Es gibt noch mindestens eine Frage, die eine Antwort verlangt.

»Warum sind Sie nicht ins Wasser gesprungen, um Simon herauszuziehen?«, fragt sie Bruno. »Marie hat es getan.«

Plötzlich sieht Bruno wütend aus, er öffnet den Mund, als wolle er sie anschreien, hält sich dann aber zurück.

»Ich bin aufgewacht, weil Marie geschrien hat«, knurrt er zwischen zusammengebissenen Zähnen. »Es dauerte ein paar Minuten, bis Alex und ich die Schuhe angezogen hatten und aus dem Zelt gekrochen kamen. Carina war völlig verschlafen, und als wir endlich begriffen, wer da rief, und zum

Badefelsen kamen, war Marie schon ganz durchgefroren, und sie musste Simon loslassen. Wir mussten sie gemeinsam herausziehen. Das Wasser war saukalt, man kann selbst mitten im Sommer nicht länger als drei, vier Minuten drinbleiben, und Marie war länger drin gewesen.«

Er schweigt einen Moment lang.

»Außerdem …«, murmelt er dann. »Außerdem sah man deutlich, dass Simon tot war. Dass er es schon seit einer Weile war. Ich kann es nicht erklären, aber uns verließ irgendwie alle Kraft. Natürlich hätten wir reinspringen und den Körper rausholen sollen, aber wir schafften es einfach nicht. Wir waren neunzehn, und unser Freund war tot.«

»Und, was denkst du?«, will Friberg wissen, als sie zum Wagen gehen. »Sagen sie die Wahrheit?«

Bevor Anna antworten kann, entdeckt sie einen wohlbekannten Rücken in der Tür zum Arbeitsschuppen. Es ist Alexander Morell.

Eigentlich hatte sie vor, ihn als Letzten anzuhören, aber da sich nun die unerwartete Gelegenheit bietet, will sie diese auch nutzen.

»Alex.«

Er dreht sich um und sieht erst überrascht aus, wird aber dann schnell verlegen.

»Ach, hallo, Anna. Ich wollte dich letzte Woche eigentlich anrufen …« Er beendet den Satz nicht und schaut stattdessen auf seine dreckigen Stiefel.

Sie wartet.

»Tja, also, was im Park passiert ist … Ich weiß nicht richtig, was da los war. Alles wurde irgendwie schwarz. Es tut mir leid, dass ich … dass du …« Er macht ein gequältes Gesicht. »So was macht man einfach nicht.«

Sie nickt und bedeutet Friberg gleichzeitig diskret, dass er sich im Hintergrund halten soll. Er scheint sofort zu begreifen. Noch ein Pluspunkt.

»Dein Vater hat dich bestimmt angerufen, oder?«, sagt sie zu Alex. »Von Rylander erzählt?«

Alex holt Luft und seufzt tief. »Ja, er rief gestern Abend an. Was für eine schlimme Sache. Ich habe sicher seit fünfundzwanzig Jahren nicht mehr an Joe gedacht.«

»Woran erinnerst du dich von dem Abend im Steinbruch?«

»Nicht so viel. Er bot uns Pot an und trank unser Bier weg. Er war ein paar Jahre älter, und wir fanden ihn erst cool, mit seinem Motorrad und so. Damals kamen nur toughe Kerle aus Klippan.« Er verzieht den Mund zu einem Lächeln.

»Und das Mädchen, das mit ihm war?«

»Ich weiß nur noch, dass ich fand, sie sah wie ein Mädchen aus einem Whitesnake-Video aus.«

»Ist das was Gutes?«

Er nickt langsam. »Damals auf jeden Fall.« Er lächelt wieder, und Anna muss sich anstrengen, nicht zurückzulächeln. Trotz des Wutausbruchs und des Handgemenges im Park spürt sie, dass ihr Alex Morell immer noch gefällt.

»Simon Vidje?« Sie hebt die Augenbrauen und lässt ihn selbst den Rest der Frage ausfüllen. Seine Miene verfinstert sich sofort.

»Simon war einer meiner besten Freunde«, sagt er leise und führt es nicht weiter aus.

»Warum bist du nicht ins Wasser gesprungen, als ihr ihn gefunden habt?«

Er seufzt. »Das frage ich mich selbst seit siebenundzwanzig Jahren. Wenn ich es nur gemacht hätte, wäre vielleicht ...« Er breitet die Arme aus, weist auf die Bauarbeiten um sie herum, aber der Sinn der Geste lässt sich nicht richtig deuten.

»Henry sagt, du wärst letzten Sonntag zu Hause gewesen. Sowohl abends als auch nachts, stimmt das?«

Er nickt, sieht wieder verlegen aus. »Das lag vor allem an

meinem heftigen Kater. Aber teilweise war es auch deine Schuld.«

»Meine Schuld?«

Er zeigt auf seinen Schritt. »Ich konnte zwei Tage lang nicht richtig laufen, nachdem du mir dein Knie hier reingerammt hattest. Musste mit einem Eisbeutel schlafen. Aber so, wie ich mich dir und dem armen DJ gegenüber verhalten habe, hatte ich es zumindest verdient.«

Er zeigt wieder sein schiefes, etwas trauriges Lächeln, dem man so schwer widerstehen kann.

»Aber ehrlich gesagt, glaube ich nicht, dass meine Eltern mich rausgelassen hätten, selbst wenn ich es gewollt hätte. Ausgangsverbot mit sechsundvierzig Jahren … Du verstehst.«

Diesmal kann sie ihr Lächeln nicht zurückhalten.

»Alex!« Marie kommt mit je einem Schäferhund zur Rechten und Linken über den Hof gestiefelt. »Wir müssen miteinander sprechen«, sagt sie, ohne Anna auch nur anzuschauen. »Bruno hat ein paar Änderungen, die er diskutieren will.«

»Klar!« Alex zuckt mit den Achseln, wie um Anna zu zeigen, dass er gerne weiterreden würde, aber keine Wahl hat.

Friberg stellt sich neben Anna und bleibt schweigend stehen, bis Marie und Alex im Gebäude verschwunden sind und die Tür mit einem Knall zuschlägt.

45

HERBST 2017

Carina Pedersen, jetzt Caia Bianca, wohnt nördlich von Helsingborg, in einer Gegend, die Friberg als Goldküste bezeichnet. Das Wohngebiet liegt auf einem steil abfallenden Bergkamm, der parallel zum Meer verläuft, und besteht vor allem aus großen ummauerten oder umzäunten Villen, von denen man von der Straße aus nur die Dächer sehen kann.

Sie haben während der Fahrt nicht sehr viel miteinander gesprochen, haben sich nur darauf geeinigt, mit derselben Taktik fortzufahren wie auf Kuhtorp, das heißt, er stellt die meisten Fragen, und sie hört zu und beobachtet.

Friberg drückt auf die Sprechanlage am Tor, und nachdem er seinen Polizeiausweis vor das Kameraauge gehalten und sein Ansinnen vorgetragen hat, gleitet das hohe schmiedeeiserne Tor auf, und sie können dem steilen Zufahrtsweg durch ein parkähnliches Grundstück zum Wohnhaus hinauf folgen. Haus ist eigentlich nicht das passende Wort, das Hauptgebäude, ein Architektenkasten aus Glas und Beton, ist sicher über fünfhundert Quadratmeter groß. Außerdem ist es nicht das einzige Gebäude auf dem riesigen Grundstück. Auf dem Weg nach oben kommen sie an einer Garage vorbei, die mindestens vier Autos Platz bietet, und einem großen Schwimmbad. Anna erinnert sich daran, was Nenn-mich-Lasse über den Bau und die Klagen der Nachbarn erzählt hat.

Eine Frau, die sich als Caia Biancas Assistentin vorstellt, führt sie in einen Salon mit einer fantastischen Aussicht über den Öresund und nach Dänemark. Draußen stürmt es ziemlich, und auf der grauen Wasseroberfläche sind weiße Schaumkronen zu sehen. Eine große Autofähre hat gerade Dänemark verlassen, und sie schafft es bis fast in die Mitte des Sunds, bevor Caia Bianca auftaucht. Sie trägt eine schwarze Hose und weiße Bluse und wirkt wesentlich gedämpfter als beim Heimkehrerfest. Sie setzt sich auf das Sofa, platziert ihre Handtasche neben sich und holt ein großes Mobiltelefon in Roségold hervor. Bevor sie es auf den Glastisch vor sich legt, schaut sie auf dem Display nach Nachrichten.

»Ja, ich habe gehört, dass Joe bei Glarea ums Leben gekommen ist«, sagt Caia Bianca, bevor einer von ihnen ihr Anliegen hervorbringen kann. »Und, ja. Ich habe auch diese E-Mail bekommen. Aber ehrlich gesagt, habe ich sie nicht sonderlich beachtet. Für eine Frau in meiner Branche sind seltsame Nachrichten nicht gerade ungewöhnlich. Sie wissen gar nicht, wie viele Dick Pics ich pro Woche bekomme. Ich könnte eine ganze Ausstellung damit füllen.«

Ihr Blick streift kurz das Handy, dann lächelt sie und zwinkert mit ihren langen Wimpern Friberg zu, der nicht so aussieht, als wisse er, wie er darauf reagieren soll.

»Hatten Sie davor irgendeinen Kontakt zu Joe Rylander?«, fragt Anna, um ihm aus der Situation zu helfen.

Caia Bianca schüttelt den Kopf.

»Nicht, dass ich wüsste. Wir haben uns an jenem Abend nur ein paar Stunden gesehen. Ich kann mich ganz gut an Gesichter erinnern, aber ich zweifle stark daran, dass ich ihn wiedererkennen würde. Haben Sie ein Bild?«

Friberg legt Rylanders Foto zwischen ihnen auf den Glastisch. Caia Bianca zieht eine elegante Lesebrille aus einem karierten Etui, bevor sie das Bild studiert. »Nein«, sagt sie nach einer Weile. »Ich bin mir ziemlich sicher, dass wir uns vorher nie begegnet sind. Oder ... Wir sind uns ja vorher begegnet, aber seitdem nicht mehr, wenn Sie verstehen, was ich meine.«

Wieder richtet sie ihr Lächeln an Friberg. Der rosa Lippenstift betont den perfekt geformten Mund.

»Was wissen Sie noch von der Begegnung mit Joe Rylander im Steinbruch?«, fragt Friberg.

»Dass er ein Mistkerl war.« Caia Bianca holt eine E-Zigarette aus ihrer Handtasche, zündet sie mit einem Klick an und bläst ein Wölkchen Wasserdampf aus. Gleichzeitig ergreift sie mit der anderen das Handy und scannt wieder das Display nach neuen Mitteilungen ab. Die Geste ist nicht unhöflich gemeint, sie passiert eher unbewusst. Die Finger sind lang und die Nägel elegant manikürt.

»Das ist jetzt wahrscheinlich verjährt, aber soweit ich mich erinnere, boten Joe und diese …« Sie gestikuliert mit der Zigarette in der Luft herum. »… Schlampe, die er dabeihatte, uns Joints an.« Caia spricht nicht weiter, sondern nimmt wieder einen Zug von ihrer E-Zigarette.

»Ja, ich weiß, man sollte nicht so über andere Frauen reden.« Caia verdreht die Augen. »Gott weiß, dass ich schon alles Mögliche genannt wurde. Was ich sagen will, ist, dass Tina, oder wie sie hieß, wie so ein trashiger Groupietyp aussah, mit löcherigen Jeans und toupierten Haaren, auf den alle Jungs in den Achtzigern verrückt waren.«

»Und warum war Joe ein Mistkerl?«, hakt Friberg nach. Zur Antwort erhält er ein erneutes Lächeln.

»Weil er mich besoffen und high gemacht und versucht hat, sich in einem der Zelte an mich heranzumachen. Aber Alex hat es ihm gezeigt. Hat sie vertrieben, ihn und seine …«, Caia nimmt einen Zug, »… Schwester.«

»Joe und Tanja waren keine Geschwister«, sagt Anna.

»Nicht?« Caia Bianca hebt eine gut gezupfte Augenbraue.

»Nein, sie hatten sogar ein Kind miteinander.«

»Ach, sieh an. Eigentlich überrascht mich das nicht. Das beweist wahrscheinlich nur, wie gestört die beiden waren. Haben getan, als wären sie Geschwister, damit jeder ein bisschen herumbaggern konnte. Total abgefuckt!« Caia zieht wieder an ihrer Zigarette. Die andere Hand streicht über das Handy, als wäre es schon wieder an der Zeit nachzuschauen.

»Sie selbst haben keine Kinder?«, stellt Anna fest, ohne

richtig zu wissen, warum. Vielleicht erinnert Caias Handyabhängigkeit sie an Agnes.

Caia schüttelt den Kopf. »Nein, Kinder sind nicht so mein Ding. Als ich jünger war, musste ich für meine kleinen Geschwister die Mama spielen. Das hat mir gereicht.«

»Und dann?«, fragt Friberg, offenbar begierig darauf, wieder zum Thema zurückzukommen. »Als Joe und Tanja weg waren, was geschah dann?«

»Dann hat es angefangen zu schütten, soweit ich mich erinnere. Das Feuer ging aus, und wir sind ziemlich schnell in die Zelte gekrochen. Marie und ich hatten ein gemeinsames Zelt. Am Morgen wachte ich davon auf, dass sie rausging, um zu pinkeln, und ein paar Minuten später hörte ich sie schreien. Ich sprang raus und stieß fast mit Bruno und Alex zusammen. Dann entdeckten wir Simon im Wasser.«

Caia lässt die Zigarette sinken, ihr Blick wird traurig. »Ich werde das nie vergessen. Keiner von uns wird das.« Ein paar Sekunden lang ist es still.

»Was haben Sie letzten Sonntag gemacht?«, fragt Friberg.

»Ich war auf einem Konzert in Dunkers Kulturhaus«, antwortet Caia, ohne nachdenken zu müssen. »Ich sitze mit im Vorstand des Stiftungsfonds und versuche, sooft ich kann, hinzugehen.«

»Waren Sie allein?«

Caia nimmt einen letzten Zug und macht dann die E-Zigarette aus. Ihre Finger suchen unbewusst nach dem Handy.

»Martin, mein Mann, war dabei. Kulturereignisse sind eigentlich gar nicht sein Ding, deshalb schleppe ich ihn mit. Früher oder später muss irgendwas hängen bleiben, so sehe ich das zumindest. Jedenfalls waren wir gegen elf zu Hause und haben noch irgendeine Fernsehserie im Schlafzimmer angeschaut, bevor wir eingeschlafen sind. Netflix ist nicht gut fürs Sexleben …«

Caia zwinkert Friberg noch mal zu, aber inzwischen hat er sich daran gewöhnt und bewahrt die Fassung.

»Ich habe Sie mit Alex, Bruno und Marie beim Heimkehrerfest gesehen. Sie scheinen immer noch eng befreundet zu sein. Sind Sie oft in Nedanås?«, fragt Anna.

»Nein, fast nie.« Caias Stimme wird schroffer. »Also …«, fährt sie fort, als wäre ihr das selbst bewusst geworden, »es ist nicht immer leicht, in so einem Nest wie Nedanås aufzuwachsen. Sie wissen, wie das läuft. Jeder kennt jeden, und man soll bloß nicht denken, dass man etwas Besonderes ist und so weiter …«

Sie schaut auf, als würde sie auf Zustimmung warten.

»Mein Vater war nicht gerade der netteste Mensch auf Erden. Er trank und schlug meine Mutter und uns Kinder. Alle im Ort wussten davon, aber niemand tat etwas dagegen. Klar, er saß ein paarmal, aber das war aus anderen Gründen. Meine Mutter wollte ihn nie anzeigen, sie wusste, dass es die Sache nur verschlimmern würde. Mein Vater hatte einen schlechten Ruf, und seltsamerweise hing der der ganzen Familie an. Die Leute im Dorf nannten uns das Pedersen-Gesindel. Meine großen Brüder gerieten wegen ihres Nachnamens oft in Schwierigkeiten. Daher verstehen Sie vielleicht, dass ich es eilig hatte wegzukommen.« Sie greift wieder nach dem Handy, als würde die Unterhaltung sie allmählich langweilen.

»Aber Sie sind trotzdem auf dem Heimkehrerfest aufgetaucht«, bemerkt Friberg trocken.

Caia Bianca zuckt zusammen, als hätte sie diese Art von Kommentar nicht von ihm erwartet.

»Marie Sordi hat mich eingeladen«, sagt sie. »Außerdem …« Sie schweigt ein paar Sekunden, wiegt das Telefon in ihrer Hand. »Außerdem ist es trotzdem ganz schön, ab und zu vorbeizuschauen.« Sie lacht auf und zeigt dabei ihre kreideweißen, gleichmäßigen Zähne.

»Sie denken sicher, dass all das hier Martins Verdienst ist?« Sie macht eine ausholende Geste mit ihrer freien Hand. »Das Grundstück, das Haus, die Autos. Aber Tatsache ist, dass ich viel mehr verdiene als er. Vielleicht haben Sie gehört, dass mir mein erster Mann einen Haufen Geld hinterlassen hat? In Wirklichkeit war er bis über beide Ohren verschuldet. Alles, was Sie hier sehen, habe ich mir aufgebaut. Die kleine Carina Pedersen aus Nedanås, auf die alle runtergeschaut haben. Ich habe verdammt hart gearbeitet und mehr als die meisten geopfert, um Erfolg zu haben. Und manchmal ...« Sie verstummt, lächelt schief und freudlos.

»Manchmal will die kleine Carina einfach nach Hause nach Nedanås fahren und den Leuten ihren Erfolg um die Ohren hauen. Henry Morell, der fand, dass ich für seinen fantastischen Alexander nicht gut genug war. Bengt Andersson, der meinte, meine Familie würde der Kommune einen schlechten Ruf einbringen. Jetzt stehen sie jedes Mal wie aufgereiht da und grinsen blöd, wenn ich auftauche. Sind soo stolz, dass ich ihre langweiligen, kleinen Veranstaltungen vergolde.«

Sie hält ihnen ihr Handy entgegen, damit sie die vielen eingegangenen Nachrichten auf dem Display sehen können.

»Wenn es sonst nichts gibt, dann muss ich jetzt ...«

»Alex Morell«, sagt Anna. »Wie ist Ihre Beziehung zu ihm?«

Caia lässt das Handy sinken.

»Alex und ich waren in der Mittel- und Oberstufe zusammen. Aber das ist jetzt lange her. Es war im selben Jahr Schluss, in dem Simon starb.«

Caia zieht eine traurige, kleine Grimasse.

»Lag das an seinen Launen?«

Caia Bianca sieht sie forschend an, als wolle sie herausfinden, worauf die Frage abzielt. »Sie waren es, die mit Alex auf der Bühne gekämpft hat, stimmt's? Sie haben ihm das Knie in den Schritt gerammt?«

Anna nickt. Caia Bianca sieht fast ein bisschen beeindruckt aus.

»Alex war furchtbar launisch. Ist es noch immer, wie Sie gemerkt haben. Aber das war nicht der Grund, warum es zu

Ende ging. Auch nicht, dass seine Eltern fanden, dass ich Abfall war. Nein, verstehen Sie, es zeigte sich, dass der arme Alex einer von diesen Mittelstufenstars war.«

»Was meinen Sie damit?«, wundert sich Friberg.

Caia Bianca lächelt leicht und legt ihr Handy weg.

»Ich meine, dass Alex einer von den Leuten war, dessen Leben im Sommerhalbjahr der neunten Klasse auf dem Höchststand war. Sie wissen, welche Typen ich meine. Die Jungs, die gut im Fußball waren und auf dem Trampolin einen doppelten Salto schlagen konnten. Die populären Mädels, die ihre eigene Clique hatten, ältere Freunde und die zu allen Partys eingeladen wurden.«

Caia fährt sich leicht über die Unterlippe, als habe sie Angst, dass dort etwas hängen geblieben sei.

»Alle haben es so eilig, erwachsen zu werden. Den Führerschein zu machen, aus ihrem kleinen Dorf wegzukommen und aufs Gymnasium in die Stadt zu gehen.« Sie schüttelt den Kopf. »Aber dann beginnen die Dinge, sich zu ändern. Andere nehmen ihren Platz ein. Diejenigen, die vorher für die In-Cliquen nicht stark, schnell oder hübsch genug waren, übernehmen den Taktstock, und plötzlich, ohne zu begreifen, wie oder warum es dazu kam, sind Alex und seinesgleichen nicht mehr die Herren im Haus. Sie wurden ausgebootet.«

»Sie meinen, von solchen wie Simon Vidje zum Beispiel?«, fragt Anna und fixiert Caia Bianca. Ihre Augen sind wach und intelligent.

»Ich meine genau solche Leute wie Simon Vidje.« Caia wendet sich etwas ab. Für ein ungeübtes Auge sieht es einfach so aus, als ändere sie die Sitzhaltung.

»Wann wurde es ihm klar?«

»Wurde ihm was klar?« Caia spielt die Dumme, versucht offenbar, Zeit zu gewinnen.

»Wann wurde Alex klar, dass Simon Vidje an ihm vorbeigezogen war? War es an dem Abend im Steinbruch?«

Caia schüttelt den Kopf. »Also, ich meine das nur so allgemein. Nicht, dass Alex und Simon …« Sie verstummt, ihr Blick wird kalt.

»Ich glaube, wir sind für heute fertig«, sagt sie und steht auf.

Obwohl es stürmt, begleitet Caia Bianca sie hinaus zum Wagen. Gerade als Anna einsteigen will und Friberg bereits die Tür hinter sich zugemacht hat, fasst Caia sie am Arm.

»Ich wollte Alex gegenüber nicht so gemein klingen«, sagt sie. »Er ist ein guter Kerl und hatte es ziemlich schwer, und ich kann mir nicht vorstellen, dass er etwas mit Joes Tod zu tun hat.«

Eine blonde Haarsträhne weht ihr ins Gesicht, und sie schiebt sie weg und klemmt sie sich hinter das Ohr, ungefähr so wie Agnes immer.

»Haben Sie Kontakt zu ihm?«, fragt Anna und ahnt die Antwort bereits.

»Nach der Scheidung fing er an, mich anzurufen. Um über alte Zeiten zu sprechen, sagte er. Aber ich interessiere mich nicht besonders für die Vergangenheit. Alles, was man beeinflussen kann, sind die Gegenwart und die Zukunft, ich habe versucht, ihm das klarzumachen. Nicht dauernd das Vergangene durchzukauen. Die letzten Male hat er meistens über Kuhtorp gesprochen. Er, Bruno und Marie haben alles, was sie besitzen, dort oben reingesteckt, und sie wollten, dass ich auch mitmache und investiere.«

»Haben Sie Ja gesagt?«

Caia schüttelt den Kopf. »Eine von vielen Sachen, die ich in den letzten Jahren gelernt habe, ist es, nie mit Freunden Geschäfte zu machen. Das endet nie gut.«

Sie tritt einen Schritt zurück und hebt die Hand. »Grüßen Sie Nedanås«, sagt sie und lächelt schief. »Ich werde wohl nicht mehr so bald dorthin fahren.«

Caia steht noch auf der Treppe zu ihrem großen Haus, die

Arme trotzig über der Brust verschränkt, als sie losfahren. Sie wird zu einer schnell schrumpfenden Figur im Rückspiegel, bevor sie ganz verschwindet.

»Und, was denkst du?«, will Friberg wissen.

»Sie lügen«, murmelt Anna.

Er hebt die Augenbrauen. »Wer von ihnen?«

»Alle«, antwortet sie.

46

HERBST 2017

Am Mittwochmorgen drückt Anna auf den falschen Knopf am Handy und stellt den Wecker ab, anstatt die Snooze-Funktion zu aktivieren. Daher muss sie das Frühstück am Küchentisch stehend in sich hineinschlingen und den steilen, kurvigen Weg den Berg hinunter so schnell fahren, wie sie es sich zutraut. Als sie zur Polizeistation kommt, ist sie immer noch aufgedreht, und es dauert ein paar Minuten, bis sie merkt, dass die Stimmung gedrückt ist. Sie schließt die Tür zu ihrem Büro auf und hat sich gerade erst hingesetzt, als Friberg den Kopf hereinsteckt. Zu ihrer Verwunderung trägt er Uniform.

»Hallo«, sagt er, und einen Augenblick lang glaubt Anna, dass er da ist, um den gestrigen Tag mit ihr zu besprechen. Dann bemerkt sie seinen starren Gesichtsausdruck.

»Ich wollte vorschlagen, dass ich erst mal wieder in den Außendienst wechsle«, sagt er kurz angebunden. »So ist es wohl am besten.«

Bevor sie antworten kann, hat er die Tür wieder geschlossen. Erst versteht sie überhaupt nichts und ist kurz davor, ihm nachzugehen, um herauszufinden, was los ist, aber ehe sie dazu kommt aufzustehen, klingelt schon ihr Handy. Es ist ihr Anwalt.

»Hast du den Artikel gesehen?«

»Welchen Artikel?«

»Im *Express*. Dritte Rubrik von oben.«

Er gibt ihr ein paar Sekunden, den PC zu starten und die richtige Webseite zu finden.

POLIZEICHEFIN IM VERHÖR ZUM TOD DES EXMANNES

Der Artikel verwandelt ihren Magen in ein eiskaltes Loch, das immer größer wird, je weiter sie liest. Sie wird nicht namentlich erwähnt, aber da die Zeitung sie als neu ernannte Chefin in Schonen mit großer Erfahrung in Mordermittlungen bezeichnet, spielt das keine Rolle.

»Das ist nicht alles«, fügt ihr Anwalt hinzu. »Ich habe gerade mit Oberstaatsanwalt Santesson gesprochen, und er leugnet natürlich, dass seine Abteilung der Zeitung durchgestochen hat. Er kam mit dem ganzen Gerede, wie bedauerlich es sei, dass der Fall öffentlich gemacht wurde, und einem Haufen anderem Mist. Wie du siehst, denkt Santesson gar nicht daran, den Fall niederzulegen. Stattdessen hat er eine neue technische Untersuchung der Infusionspumpe beantragt. Diesmal reicht es nicht mit den lokalen Technikern. Er hat den Apparat mit höchster Priorität an ein Labor in Linköping geschickt.«

Er verstummt und scheint darauf zu warten, dass sie etwas sagt.

»Wahrscheinlich haben wir eine gute Woche vor uns, bevor er Antwort erhält«, fährt er fort, als von ihr nichts kommt. »Santesson hat angedeutet, dass er sich bei einem Geständnis ein milderes Urteil vorstellen könnte. Normalerweise läuft das nicht so in Schweden, aber die Umstände in diesem Fall seien ›etwas mildernd‹, behauptete er.«

Anna sagt immer noch nichts. Alles, woran sie denken kann, ist, dass Agnes oder einer ihrer Freunde den Artikel auf dem Handy sehen wird. Dass sie zuerst mit ihr sprechen muss, dass sie …

»Ich empfehle dir, dass du über die Sache nachdenkst und mir in ein paar Tagen Bescheid gibst, wie du es machen willst«, redet der Anwalt weiter. »Egal, welche Entscheidung du triffst, werde ich natürlich mein Bestes tun, damit alles so gut wie möglich ausgeht.«

»Ich melde mich«, sagt Anna und beendet das Gespräch. Ihre Finger zittern so sehr, dass sie in der Anrufliste kaum

Agnes' Nummer auswählen kann. Der Anruf landet direkt bei der Mailbox. Sie versucht es noch einmal, aber mit demselben Ergebnis. Also schickt sie eine SMS, in der RUF MICH AN in Großbuchstaben steht.

Gerade als sie auf Senden gedrückt hat, klingelt das Telefon, und zuerst glaubt sie, es sei Agnes, bevor sie die mürrische Stimme des Polizeidirektors am anderen Ende hört. Ihr Gehirn arbeitet noch nicht richtig, sodass sie der verärgerten Tirade darüber, dass sie ihm wichtige Informationen vorenthalten hat und er es nicht mag, durch die Presse informiert zu werden, kommentarlos zuhört.

»Ich habe auch mit Henry Morell gesprochen«, sagt er. »Ihm zufolge benutzen Sie einen Selbstmord als Alibi, um einen siebenundzwanzig Jahre alten Fall wieder aufzurollen. Ich konnte, ehrlich gesagt, kaum glauben, dass eine erfahrene Ermittlerin wie Sie die begrenzten Mittel der Polizeibehörde verwendet, um einen fast dreißig Jahre alten Unfall zu untersuchen, aber Henry war sehr überzeugend.«

»A-Also ...« Das verdammte Stottern kommt sehr ungelegen und lässt sie wirr und unsicher wirken.

»Morell behauptet außerdem, dass Sie sich mit seinem Sohn geprügelt haben und dass hinter dem Ganzen ein persönlicher Rachefeldzug liegt, ist da etwas dran?«

»Alexander Morell und sein Freund haben einen Mann im Volkspark angegriffen und hätten ihn beinahe getö-ötet.« Mist. Sie pausiert, holt tief Luft. »Als ich eingriff, wandten sie sich stattdessen gegen mich. Wären die uniformierten Kollegen nicht aufgetaucht, hätte es richtig böse enden können.«

»Können Sie mir die Aktennummer der Anzeige geben?«

Anna schweigt, und ihr wird klar, dass sie in die Falle gegangen ist.

»Nein.«

»Und warum nicht?«

»Weil nie Anzeige erstattet wurde. Henry Morell bat mich

und die Kollegen im Außendienst, die Sache nicht schriftlich festzuhalten.« Sie überlegt, ob sie Fribergs Beteiligung erwähnen soll, weiß aber, dass er mit größter Wahrscheinlichkeit nicht hinter ihr stehen wird, und beschließt daher zu schweigen.

»Ich verstehe …« Es bleibt einen Moment still, und Anna glaubt zu hören, wie der Polizeidirektor mit den Fingern auf den Schreibtisch klopft, ungefähr so, wie Santesson im Verhörraum auf die Mappe trommelte. Sie kann seine mageren Finger auf der blank polierten Oberfläche fast sehen.

»Ich sehe die Sache so, Frau Vesper.« Die Stimme ist etwas freundlicher geworden. »Henry Morell saß die letzten fünfundzwanzig Jahre auf dem Chefsessel in Nedanås, und in dieser Zeit gab es keinerlei Scherereien und Klagen über ihn vonseiten der Kollegen. Sie hingegen sind erst seit einer guten Woche vor Ort …« Er beendet den Satz nicht.

»Henry Morell ist ein guter Freund. Er hat einen ausgezeichneten Ruf innerhalb der Belegschaft und gute Kontakte sowohl innerhalb als auch außerhalb der Behörde. Mein Rat an Sie wäre, dass Sie sofort Frieden mit ihm schließen. Wenn Sie das getan haben …«

Der Polizeidirektor verstummt, und das Trommeln ist wieder zu hören.

»Wenn Sie das getan haben, will ich, dass Sie mir alle Unterlagen zu dem Todesfall herüberschicken, den Sie untersuchen. Ich habe großen Respekt vor Ihrer Erfahrung als Ermittlerin, und ich möchte, dass Sie mir die Umstände erklären, die dazu führen, dass Sie nicht an einen Selbstmord glauben. Wenn ich Ihre Ansicht nicht teile, werde ich den Fall unmittelbar schließen. Habe ich mich klar genug ausgedrückt, Frau Vesper?«

Sobald das Gespräch beendet ist, versucht sie noch einmal, Agnes anzurufen. Immer wieder drückt sie auf die Wiederwahltaste und hinterlässt zum Schluss eine Nachricht, obwohl Agnes es hasst, wenn sie das macht. »Hier ist Mama, ruf mich an, wenn du das hörst. Es ist wichtig.«

Eine Weile sitzt sie still da und versucht, ihre Gedanken zu sortieren. Erst der Zeitungsartikel, dann der Bescheid, dass Santesson nicht daran denkt, die Untersuchung abzuschließen, und zu allem Übel noch ein Rüffel vom Polizeidirektor. Was für ein Scheiß! Und wenn sie Agnes nicht rechtzeitig erreicht, wird es noch schlimmer kommen. Das Bürotelefon unterbricht sie in ihren Gedanken.

»Hier die Rezeption, Sie haben Besuch.« Die Frau am anderen Ende legt auf, bevor Anna fragen kann, wer es ist oder worum es geht, also bleibt ihr nichts anderes übrig, als zum Empfang hinunterzugehen. Auf dem Weg kommt sie an Henry Morells Büro vorbei. Der starrt auf seinen Monitor und tut so, als würde er sie nicht sehen.

Die Besucherin ist eine blonde, kurzhaarige Frau Ende zwanzig, die Jeans, Schnürstiefel und einen dicken Strickpullover trägt.

»Hallo, ich heiße Liza Savic. Ich habe neulich wegen meines Vaters angerufen.« Ein paar Sekunden lang steht in Annas Kopf alles still. »Joakim Rylander«, sagt die Frau.

»Ach ja, natürlich, Sie wollen seine Sachen abholen«, antwortet Anna, als die Information endlich bei ihr ankommt. »Das meiste ist allerdings Gerümpel, fürchte ich.«

Die Frau nickt. »Es gibt da noch etwas.« Sie wirft einen vielsagenden Blick zum Empfangstresen, wo die beiden Rezeptionistinnen nicht einmal so tun, als würden sie arbeiten. Anna selbst schielt auf ihr Handy. Immer noch nichts von Agnes. Verdammter Mist!

»Im Moment ist es gerade etwas eng bei mir«, erklärt Anna. »Könnten Sie morgen wiederkommen? Wohnen Sie hier im Ort?«

Die Frau nickt. »Ich habe bis Ende der Woche ein Zimmer unten im Gästehaus. Passt es Ihnen morgen früh um neun?«

»Selbstverständlich. Dann sehen wir uns morgen.«

Sie verabschieden sich voneinander, und Anna dreht sich um und wirft den beiden heimlichen Zuhörerinnen einen bösen Blick zu. Die zwei Empfangsdamen starren hochnäsig zurück.

»Du bist dabei, die Kontrolle über die Station zu verlieren«, murmelt sie vor sich hin und weiß, dass Håkan dasselbe gesagt hätte, wenn er noch mit ihr sprechen würde.

Sie geht wieder nach oben und sieht dabei auf ihrem Handy nach. Nichts von Agnes. Sie überlegt, die Schule anzurufen und jemanden aus dem Sekretariat zu bitten, Agnes zu holen, aber ihr wird klar, dass es die Sache nicht besser machen würde. Stattdessen sollte sie lieber hinfahren. Aber zuerst muss sie das tun, was sie dem Polizeidirektor versprochen hat.

Sie bleibt vor Morells Büro stehen. Durch die Glaswand kann sie ihn dort drinnen leicht vornübergebeugt am Computer sitzen sehen. Sie klopft an die Tür.

»Komm rein!«, ruft er übertrieben gebieterisch.

Sie holt tief Luft. Zeit, in den sauren Apfel zu beißen.

Morell schaut nicht einmal auf, als sie hereinkommt, sondern starrt nur weiter auf seinen Bildschirm. Er benutzt nur die Zeigefinger beim Schreiben und scheint es nicht eilig zu haben. Sie schaut sich nach seinen Besucherstühlen um, stellt aber fest, dass sie weg sind. Es braucht ein paar Sekunden, bis sie begreift, dass das kein Zufall ist. Sie soll herumstehen und sich eine Weile schämen, bis es ihm behagt, mit ihr zu sprechen. Durch die Glaswand zum Flur bemerkt sie Bewegungen. Die beiden Damen von der Rezeption sind auf halber Treppe stehen geblieben und haben Gesellschaft von der dreisten Polizistin bekommen, die sich über ihr Stottern lustig gemacht hatte. Vom Flur her kommen zwei Beamte langsam in ihren Birkenstocks angeschlendert, Kaffeetassen in der Hand, um ihr eigentliches Anliegen zu kaschieren. Sie sind hier, um zuzuschauen, wenn Morell sie zurechtstutzt. Sie kann sie flüstern hören und dreht sich um, um die Tür zu schließen.

»Die Tür kann offen bleiben«, sagt Morell und fegt alle eventuellen Zweifel darüber, was jetzt kommen soll, beiseite. Sie spürt Wut in sich aufsteigen und dass eine kleine Ader an ihrer rechten Schläfe zu pochen anfängt. Aber sie muss sich beherrschen, muss seiner Bitte nachkommen. Morell schaut immer noch nicht auf.

»Tja, Henry«, beginnt Anna. »Ich dachte, wir sollten uns mal aussprechen.« Sie schaut verstohlen zur offenen Tür und hört, wie das Getuschel draußen verstummt. Die Erniedrigung brennt auf ihren Wangen und an ihrem Hals. Morell sieht auf und setzt seine Lesebrille ab.

»Aha, Anna. Worüber möchtest du denn reden?«

»Also, wir zwei stehen irgendwie nicht auf gutem Fuß miteinander, und i-iich ...« Sie unterbricht sich, holt Luft, um das Stottern zu stoppen, aber das macht es nur noch schlimmer. Von der Treppe glaubt sie ein Kichern zu hören.

Morell beugt sich vor und nickt ihr mit dieser väterlichen Miene zu, die sie nicht mehr ansprechend findet.

»I-iich...« Das Stottern hört nicht auf, die Stimmbänder verwandeln ihre Atemzüge weiterhin in kleine Keucher.

Anna versucht, den Blick von Morell abzuwenden, und bleibt an einer der vielen Fotografien an der Wand hinter ihm hängen. Es ist ein Trick, um das Gehirn dazu zu bringen, eine neue, besser funktionierende Verbindung zwischen Gedanke und Sprache zu finden.

Ihr Blick fällt auf ein Gruppenbild. Drei Männer im Anzug und einer in Uniform. Der Mann in der Mitte ist Morell. Neben ihm steht ein ihr wohlbekannter Mann, fast haarlos, der eine Plakette überreicht, vermutlich diejenige, die neben dem Foto hängt. Für verdiente Arbeit im juristischen Dienst, steht in Goldbuchstaben unter dem Symbol der Staatsanwaltschaft eingraviert. Der Mann neben Morell auf dem Bild ist Oberstaatsanwalt Tord Santesson.

Plötzlich fällt alles an seinen Platz. Die wiederaufgenommene Untersuchung, der Zeitungsartikel, das Gespräch mit dem Polizeidirektor. Kein Pech, nicht ein Unglück kommt selten allein oder ein verdammter Zufall, sondern drei koordinierte Ereignisse, von jemandem geplant, der ihr eins auswischen will. Der Puls an der Schläfe breitet sich über ihren Schädel aus und wird zu einem Grollen.

»Na«, sagt Henry Morell und wirft dabei einen kurzen Blick durch die Glaswand. »Was wolltest du mir denn nun sagen, Anna?« Seine Mundwinkel ziehen sich nach oben, werden zu einem triumphierenden Lächeln, das im selben Moment erstarrt, in dem er ihrem Blick begegnet.

»Du hast exakt zehn Minuten, deinen Scheiß zusammenzupacken und meine Polizeistation zu verlassen, Henry«, sagt Anna, so ruhig sie kann. »Bist du dann nicht verschwunden, werde ich dich höchstpersönlich hinausbefördern.«

Sie wartet nicht auf die Antwort, sondern dreht sich um und verlässt den Raum. In der Tür bleibt sie stehen und starrt die Polizisten auf der Treppe an, die verwundert glotzen.

»Du da, bist du nicht Frida oder so?« Sie deutet mit der Hand auf die Frau, die sich über ihr Stammeln amüsiert hatte. »Du und deine kleine Fangemeinde, ihr habt dreißig Sekunden, um wieder an eure Arbeit zu gehen, wenn ihr nicht auf der Stelle gefeuert werden wollt. Ist das klar?«

Die Frau murmelt etwas kaum Hörbares.

»Ist das klar?«, wiederholt Anna und ist selbst überrascht, wie hart ihre Stimme klingt.

»Ja«, murmelt Frida lauter und schaut dabei zu Boden.

Fünfzehn Sekunden später ist die Treppe leer.

47

HERBST 2017

Obwohl sie nichts lieber möchte, als sich ins Auto zu setzen und nach Agnes zu suchen, bedeutet der Streit mit Henry Morell, dass sie den Arbeitstag über auf der Wache bleiben und sich in regelmäßigen Abständen auf dem Flur zeigen muss, damit nicht der kleinste Zweifel darüber aufkommt, wer hier das Sagen hat.

Sie hat mit dem Kollegen gesprochen, der für das Sicherheitssystem der Polizeistation zuständig ist, und dafür gesorgt, dass Morells Passierkarte gesperrt wird. Danach wies sie die nun wesentlich weniger hochnäsigen Damen an der Rezeption an, Morells Büro zu räumen und darauf zu achten, dass das, was er nicht gleich mitnehmen konnte, gepackt und zu ihm nach Hause geschickt wird. Das Letzte, was sie von Henry selbst sah, war sein Rücken, als er wütend zu seinem Wagen marschierte, einen Karton mit Papieren unterm Arm.

Den restlichen Nachmittag über stellt sie ihre Schlüsse in der Rylander-Sache zusammen und schickt sie wie versprochen dem Polizeidirektor. Sie hat versucht, so intensiv wie möglich die Erpressermail, die falsche Sitzposition, das fehlende Handy sowie die kürzlich verbundene Verletzung an Rylanders Bein als Gründe hervorzuheben, warum der Tod des Mannes nicht als Selbstmord abgetan werden sollte. Morell hat den Polizeidirektor garantiert schon auf der Fahrt nach Hause angerufen, und Anna wartet den ganzen Nachmittag über auf einen erneuten Anruf, aber nichts passiert.

Punkt fünf Uhr geht sie zu ihrem Wagen und fährt zum Bahnhof, um Agnes abzupassen, sobald sie mit dem Zug ankommt. Da entdeckt sie, dass Agnes' Vespa nicht zwischen den anderen Mopeds parkt, und ihr wird klar, dass sie zu spät gekommen ist. Als sie Tabor erreicht und auf den Hof einfährt, sieht sie die Vespa dort auch nicht, und so begierig, wie Milo darauf wartet, hinauszudürfen, war Agnes nicht zu Hause, seit sie beide heute Morgen das Haus verlassen haben. Wo ist sie also?

Sie versucht es noch einmal auf dem Handy, aber wie die Male davor landet sie direkt bei der Mailbox. Die iPhone-such-App ist auch keine Hilfe, da Agnes sie ausgeschaltet zu haben scheint. Als es nach sechs Uhr ist und langsam dunkel wird, steht Anna kurz vor der Panik. Sogar Milo scheint zu merken, dass etwas nicht stimmt, denn er winselt und läuft unruhig in der Diele herum. Anna überlegt, ob sie die Streife anrufen soll, die gerade Schicht hat, um herauszufinden, ob ein Unfall passiert ist. Stattdessen nimmt sie Milo mit ins Auto und macht sich auf die Suche. Gerade als sie die Hauptstraße erreicht hat, klingelt ihr Handy. Sie bremst abrupt und reißt das Telefon an sich. Es ist eine Festnetznummer, die sie nicht kennt.

»Hallo?«

»Hallo, ist da Anna Vesper? Hier ist Elisabet Vidje.«

»Ah, hallo.« Sie hält unruhig nach Agnes' Vespa Ausschau.

»Agnes ist bei mir. Auf Änglaberga.«

Es dauert ein paar Sekunden, bis die Worte zu ihr durchdringen.

»Bei Ihnen?«

»Ja, sie sitzt in der Küche. Sie ist ganz schön aufgewühlt, die Arme. Sie hat das über Sie gelesen. Über ihren Vater.«

Anna spürt, wie sich das Loch in ihrem Bauch wieder öffnet.

»Jedenfalls haben wir Kaffee getrunken und ein bisschen geredet. Sie scheint sich ein bisschen beruhigt zu haben, also fand ich es an der Zeit, Sie anzurufen. Es wäre wohl das Beste, wenn Sie vorbeikämen.«

Anna parkt am gleichen Platz wie beim letzten Mal. Sie lässt Milo im Auto und läuft den Kiesweg entlang. Elisabet

Vidje erwartet sie an der Laube mit dem Engelsbrunnen. Sie trägt einen dicken Mantel und einen Schal um den Kopf, wodurch sie fast noch dünner aussieht als sonst.

»Agnes kam kurz nach fünf«, sagt sie und klingt sanfter als gewöhnlich.

»Sie hatte bei Mats geklopft, aber der war in letzter Zeit nicht zum Sprechen aufgelegt und wollte offenbar nicht öffnen. Manchmal ist er so. Jedenfalls sah ich Agnes an, dass etwas nicht stimmte, deshalb lud ich sie zu mir ein. Klein hatte mir gezeigt, was in der Zeitung stand. Über Sie …«

Elisabet Vidje verstummt, und Anna erwartet die naheliegende Frage. Aber sie kommt nicht.

»Agnes und ich haben ziemlich lange gesprochen«, fährt sie stattdessen fort. »Über Trauer und Verlust. Wie Sie wissen, habe ich auf diesem Gebiet ziemlich viel Erfahrung.« Sie verzieht den einen Mundwinkel zu einem traurigen Lächeln und deutet dann mit dem Kopf auf ein Tor, das zur Rückseite des großen Hauses führt. »Ist es in Ordnung, wenn ich Sie wie beim letzten Mal am Arm halte? Ich bin in letzter Zeit ein bisschen wackelig.«

Anna nickt und bietet ihren Arm an, sodass Elisabet Vidje sich unterhaken kann. Sie gehen durch das Tor und folgen dem Weg parallel zum Haus.

»Karl-Johan liebte Änglaberga.« Elisabet Vidje winkt schwach in Richtung des großen Gartens und des Tals dahinter.

»Aber zum Schluss war er zu krank, um noch hier zu wohnen. Er war fast blind und wurde außerdem immer verwirrter. Er stand nachts auf und irrte herum, sowohl auf dem Hof als auch draußen im Wald, und suchte nach Simon. Zum Schluss hatte ich keine andere Wahl, als ihn in die Stadt in ein Pflegeheim zu geben.« Sie schüttelt den Kopf. »Karl-Johan geht es gut dort, das weiß ich. Er beklagt sich nie. Er freut sich jedes Mal, wenn wir ihn besuchen.«

Elisabet wird still, während sie unter dem großen Altan hindurchgehen, und zeigt dann auf eine kleine Treppe am Ende des Gebäudes, neben der eine genauso alte Bank steht wie an Simons Grab.

»Das habe ich Agnes erzählt. Dass man manchmal gezwungen ist, Dinge für Menschen zu tun, die einem etwas bedeuten. Schwierige Dinge, Dinge, die einem vielleicht das Herz brechen. Aber man tut sie trotzdem. Aus Liebe.«

Die ältere Dame bleibt stehen und zeigt wieder Richtung Treppe. »Agnes ist in der Küche. Sie möchten sicher eine Weile allein sein, ich werde hier warten.« Sie setzt sich auf die alte Bank. Dann jagt sie Anna mit der Hand weg, als diese nicht schnell genug reagiert.

»Gehen Sie jetzt. Ich komme wunderbar zurecht.«

Anna dreht sich um, steigt langsam die sechs Treppenstufen hinauf und legt die Hand auf die Türklinke. Agnes sitzt mit dem Rücken zum Fenster. Ihre Haare hat sie sich hinter die Ohren gestrichen. Das betont die Wangenpartie, die so sehr an Håkan erinnert.

Erzähl, flüstert er ohne jede Vorwarnung, woraufhin ihr Herz einen kleinen Freudensprung macht. *Mach es jetzt. Erzähl ihr die Wahrheit. Die ganze Wahrheit.*

Sie antwortet ihm nicht, bleibt einfach eine Weile stehen und betrachtet ihre hübsche Tochter. Agnes spürt, dass sie da ist, und dreht sich langsam um.

Man sieht, dass sie geweint hat, aber jetzt gerade wirkt sie gefasst. Ihr Blick ist weder wütend noch verachtend, nur traurig. Anna öffnet die Tür und bleibt im Rahmen stehen, ohne einen weiteren Schritt machen zu können.

»Hast du es getan, Mama?«, fragt Agnes. »Hast du Papa getötet?«

Anna holt tief Luft und schließt die Augen.

»Nein«, sagt sie und schiebt Håkan behutsam in die hinterste Ecke ihres Kopfes. »Nein, das habe ich nicht.«

Im Auto sprechen sie nicht viel. Agnes sitzt mit Milo auf dem Schoß, und wie immer hat der Hund ihre Stimmung erfasst und tut sein Bestes, um sie aufzuheitern. Er bohrt seinen Kopf unter Agnes' Kinn, winselt und schleckt ihr Hals und Wangen ab. Agnes schiebt ihn nicht weg, sondern schlingt stattdessen ihre Arme um den Hund und drückt ihn so fest und lange, dass es ihm schließlich zu viel wird und er sich loszustrampeln versucht. Zu Hause angekommen, verschwindet Agnes in ihrem Zimmer. Anna hört die ersten Akkorde von Simon Vidjes Song, bevor Agnes die Kopfhörer einsteckt.

Wie beim letzten Mal hat Klein die Vespa auf die Ladefläche seines Wagens verfrachtet und ist ihnen bis Tabor hinterhergefahren. Ohne ein Wort schiebt er die Vespa wieder hinunter und stellt sie vor dem Haus ab.

»Danke«, sagt Anna, erhält aber nur ein kurzes Nicken zur Antwort.

»Ich …« Sie zögert. »Ich habe Henry Morell aus der Polizeistation geworfen.« Sie weiß eigentlich nicht, warum sie es ihm erzählt. Vielleicht möchte sie noch nicht, dass er wegfährt und sie und Agnes allein zurücklässt.

»Aha.« Kleins Stimme ist rau, aber seine Augen leuchten auf.

»Er hat versucht, sich in meine Ermittlungen einzumischen. Hat versucht, mich daran zu hindern, Simons Tod noch einmal unter die Lupe zu nehmen.«

Klein nickt nachdenklich. »Mutig. Mutig, aber dumm.«

Seine Worte ärgern sie. »Warum haben Sie Karl-Johans Sportwagen behalten?«, fragt sie und nickt dabei Richtung Schuppen. »Sommerauto, so nannte er es doch, oder?«

Klein zuckt zusammen, nur ein ganz klein wenig.

»Er wollte ihn renovieren«, murmelt der Mann. »Ich habe ihm sogar geholfen, damit anzufangen. Aber das da ist dazwischengekommen.« Er macht eine Kopfbewegung in Richtung des ersten Stocks.

»Das Wandgemälde?«

»Es wurde eine fixe Idee. Es hat beinahe seine gesamte Zeit in Anspruch genommen. Er war nie zufrieden, übermalte es wieder und immer wieder. Wenn Sie mich fragen, war es das Gemälde, das Karl-Johan blind machte, nicht die Trauer. Hätte ich entscheiden dürfen, hätte ich Tabor und das Bild schon längst abgefackelt. Es entsteht nichts Gutes aus einer fixen Idee, weder bei Karl-Johan …«, er verstummt. »Noch bei irgendjemand anderem.«

Es dauert einen Moment, bis Anna versteht, dass er sie meint.

48

HERBST 2017

Sie beschließt, Agnes nicht zu wecken, als sie zur Arbeit fährt. Der gestrige Tag war für sie beide hart, und für Agnes ist ausschlafen wichtiger, als zur Schule zu gehen.

Anna weiß, dass sie diesmal die Gelegenheit hätte ergreifen und erzählen müssen, wie es war. Håkan macht das mit aller Deutlichkeit klar, indem er wieder in sein schmollendes Schweigen verfallen ist. Dennoch kann sie sich immer noch nicht dazu durchringen, die Wahrheit zu sagen.

In ihrem Büro setzt sie sich und starrt auf das Telefon. Sie wartet auf den Anruf des Polizeidirektors. So im Nachhinein hätte sie sich natürlich nicht von Morell provozieren lassen und explodieren dürfen. Es ist das zweite Mal innerhalb weniger Tage, dass sie sich durch ihre Laune etwas eingebrockt hat. Henry Morell und seinen Kumpel, den Ober staatsanwalt Tord Santesson, gegen sich zu haben, war schlimm genug, jetzt hat sie der Liste zu allem Überfluss noch den Polizeidirektor hinzugefügt. Die Frage ist, ob ihr Ausbruch von gestern Grund genug für ihn wäre, sie zu entlassen? Vermutlich nicht. Sie ist neu eingestellt und hat zumindest bis zu diesem Zeitungsartikel einen guten Ruf innerhalb der Polizei gehabt. Außerdem, und das ist nicht zu unterschätzen, ist sie eine Frau. Wenn er sie rausschmeißt, weil sie gegen einen Mann aufbegehrt hat, der nicht mehr bei der Polizei angestellt ist und ihre Autorität infrage gestellt hat, läuft der Polizeidirektor Gefahr, sich selbst zu schaden. Also wird er auf überzeugendere Gründe warten, zum Beispiel dem, dass sie im Verdacht steht, an Håkans Tod beteiligt gewesen zu sein.

Was mit der Rylander-Ermittlung geschehen wird, daran hat sie keinerlei Zweifel. Der Polizeidirektor ist kein richtiger Polizist, sondern ein Bürohengst, der nie einen Verdächtigen befragt hat und schon gar nicht eine Mordermittlung geleitet. Er wird nach den Dingen schauen, die er aus dem Fernsehen kennt. Mordwaffe, Fingerabdrücke oder DNA. Handyortung, Blutspuren oder andere technische Beweise, von denen die TV-Krimis immer voll sind. Er würde keine einzige Krone seines geliebten Budgets auf etwas so Einfaches und Unwissenschaftliches wie die gute alte Intuition setzen. Anna kann sich schon denken, wie sich das anhören wird.

So, also Rylanders Handy fehlt, tja, dann hat er es vielleicht vorher verloren. Oder er hat es verkauft, wer weiß? Und das mit der Sitzposition, vielleicht gefiel es Rylander, halb liegend herumzufahren, ohne die Rückspiegel oder Pedale richtig benutzen zu können. Rylanders Beinverletzung? Was lässt Sie glauben, dass die etwas mit seinem Tod zu tun hat?

Das Schlimmste an dem fiktiven Dialog mit dem Polizeidirektor ist vielleicht, dass er nicht ganz unrecht hat. Ihr fehlen immer noch eindeutige Beweise dafür, dass Rylanders Tod ein Mordfall ist. Dass die vier Freunde lügen, dessen ist sie sich sicher, aber sie hat nichts, womit sie die Lügen aufdecken könnte. Und was noch schlimmer ist: Im Prinzip sind alle Spuren und Hinweise in diesem Fall erschöpft.

Das Telefon klingelt. Es ist eine der Rezeptionsdamen, die sich namentlich vorstellt und sowohl freundlich als auch höflich klingt.

»Sie haben Besuch. Eine Liza Savic. Sie sind wohl verabredet. Soll ich sie hochbringen?«

Liza Savic macht einen genauso sympathischen Eindruck wie zuvor, als sie sich die Hand geben. Sie trägt wieder denselben Strickpulli, Jeans und Schnürstiefel, aber heute hat sie das Outfit mit einem Schal um den Hals vervollständigt, als Schutz gegen den Herbstwind. Nach dem gestrigen Durcheinander hatte Anna das Treffen mit Rylanders Tochter vergessen. Sie macht sich klar, dass es besser ist, ein Gespräch zu führen, als dazusitzen und auf das Telefon zu starren.

»Also, der Grund, warum ich hier bin, ist nicht nur mein Vater«, beginnt Liza, nachdem sie sich auf einen der Besucherstühle gesetzt hat. Ihre Stimme ist angenehm, der Dialekt stammt irgendwo aus Mittelschweden.

»Meine Mutter starb, als ich elf Jahre alt war. Sie bekam mich Anfang zwanzig und war damals nicht bereit für ein Kind. Vielleicht lag das am Drogenmissbrauch, oder es gab andere Gründe. Auf jeden Fall gab sie mich an eine Pflegefamilie, als ich noch ein Baby war. Sie ließ mich aber nicht im Stich«, redet Liza weiter, bevor Anna etwas sagen kann. »Wenn es ihr gut ging und sie drogenfrei war, besuchte sie mich, und zu jedem Geburtstag schickte sie mir ein Geschenk. Sie und meine Pflegeeltern hatten laufend Kontakt, und als meine Mutter starb, räumten sie sogar ihre Wohnung aus.«

Anna beugt sich vor und merkt, dass sie trotz aller Dinge, die sie beschäftigen, wissen möchte, wohin diese Geschichte führt.

»Und Ihr Vater?«, fragt sie.

Liza zuckt mit dem Achseln.

»Er begleitete meine Mutter manchmal zu den Besuchen, als ich klein war, aber das ist nichts, woran ich mich erinnere. Wir haben zu Hause im Album ein paar alte Fotos, auf denen wir alle drei im Garten sitzen. Nicht gerade eine glückliche Familie, wenn man so sagen kann.«

Sie lächelt auf eine traurige Art, die es fast unmöglich macht, nicht zurückzulächeln.

»Als meine Mutter starb, brach der Kontakt zwischen uns ab. Aber vor ein paar Jahren hatte ich eine Phase, in der ich ziemlich viel darüber nachdachte, wer ich war. Das ist wohl nicht ganz ungewöhnlich für Kinder, die adoptiert wurden oder in einer Pflegefamilie aufgewachsen sind. Ich wollte vor allem mehr über meine Mutter herausfinden. Alles, was sie nicht erzählt hatte. Wer sie war, als sie jung war, wovon sie träumte und so. Warum es so kam, wie es kam. Deshalb kontaktierte ich meinen Vater.«

Sie lächelt scheu, als ob sie erwarten würde, dass Anna etwas dazu sagt. Dann fährt sie fort.

»Er saß im Gefängnis, also schrieb ich ihm Briefe. Ich fragte nach ihm und Mama, wie sie sich kennengelernt hatten und so. Zu meiner Überraschung antwortete er tatsächlich. Keine ausführlichen Antworten, aber er ließ sich darauf ein, dass wir uns trafen. Als er entlassen wurde, verabredeten wir uns ein paarmal zum Mittagessen. Er erzählte, dass er und meine Mutter aus derselben Gegend hier in Schonen kamen und dass sie sich in einem Jugendheim getroffen hatten. Dass sie sehr eng miteinander waren und manchmal so taten, als wären sie Bruder und Schwester anstatt Freund und Freundin.

Kurz vor meiner Geburt kam er für ein paar Jahre ins Gefängnis, und sie sahen sich nicht mehr so oft, aber hatten trotzdem noch eine Art On-off-Beziehung bis zu ihrer Überdosis 2002. Meinem Vater zufolge war meine Mutter die Liebe seines Lebens, aber ich glaube, das sagte er nur meinetwegen.«

Die junge Frau lächelt schief.

»Nach unseren ersten Treffen meldete sich mein Vater tatsächlich ein paarmal im Jahr. Meistens brauchte er Hilfe. Er wollte sich vor allem Geld borgen.«

»Halfen Sie ihm?«

»Manchmal, wenn ich es mir gerade leisten konnte, und nein, ich bin nicht so dumm, dass ich dachte, ich würde jemals auch nur eine Öre zurückbekommen. Mein Vater war kein Heiliger, aber meine Pflegemutter hat immer gesagt, dass man auch manchmal nicht so guten Menschen gegenüber eine gute Tat tun sollte.«

Anna nickt und merkt, dass sie Liza Savic instinktiv mag. Ihre Stimme, ihr sanftes Aussehen und ihre positive Art, andere Menschen zu betrachten. Lizas Mutter gab sie weg, und ihr Vater wollte nichts von ihr wissen, dennoch wirkt die junge Frau überhaupt nicht verbittert. War sie selbst in dem Alter auch so? Wahrscheinlich nicht. Mit Ende zwanzig war sie bereits seit fünf Jahren Polizistin, und ihr Glaube an das Gute im Menschen hatte schon ordentlich gelitten.

»Vor einem knappen Monat meldete sich mein Vater und wollte mich treffen«, fährt Liza fort. »Er wollte wissen, ob ich noch irgendwas von Mamas alten Sachen hätte, und wenn ja, ob er sie sich anschauen könnte. Ich sah das als Chance an, mehr über meine Mutter zu erfahren, also lud ich ihn zu mir ein. Es war eigentlich ganz nett, wir aßen zusammen, tranken Wein und schauten Mamas alte Sachen durch. Es waren ein paar Umzugskartons mit einigen Büchern und Krimskrams, den meine Pflegeeltern in ihrer Wohnung eingesammelt hatten, nichts, was irgendeinen Wert besaß.«

»Wann war das ungefähr?«, fragt Anna, die zu ahnen beginnt, wohin das führt.

»Um den zwanzigsten September herum.«

»Kurz nachdem Sie den Brief von Elisabet Vidje bekommen hatten?«

Liza nickt. »Das stimmt. Vielleicht eine Woche später oder so.«

»Sie erinnern sich nicht zufällig daran, ob es in einem dieser Kartons eine Kassette gab?«

Liza zeigt wieder ihr schiefes Lächeln.

»Doch, einen ganzen Ständer voll. Ich erinnere mich, dass meine Mutter *Thriller* von Michael Jackson hatte und ein paar andere gekaufte Kassetten. Joe und ich …« Sie macht eine Pause. »Also, ich nenne ihn Joe und nicht Papa. Jedenfalls haben wir ein paar Witze über Mamas Musikgeschmack gemacht. Ich arbeite bei einer Plattenfirma, deshalb ist Musik mein Job und auch mein Hobby. Joe fand das spannend. Er stellte viele Fragen.«

»Haben Sie gemerkt, ob eines der Tonbänder fehlt? Ob Joe eines mitgenommen hat?«

»Nein, warum?«

Weil er vermutlich zwischen den Sachen ihrer Mutter die Kassette, die Simon Vidje bespielt hatte, fand, denkt Anna. Aber warum hatte Tanja sie überhaupt gehabt?

»Jedenfalls. Dieser Brief von Elisabet Vidje«, spricht Liza weiter. »Joe hatte auch so einen Brief bekommen, das sagte er, als ich ihn danach fragte. Ich bat ihn zu erzählen, worum es dabei ging.«

»Und was sagte er?« Anna beugt sich über den Schreibtisch.

Liza zieht an dem Ärmel ihres Strickpullis.

»Tja, das ist zum Teil der Grund dafür, dass ich hier bin. Joe tat plötzlich so geheimnisvoll. Er sagte etwas in der Art, dass er und Mama bei einem Fest in einem Steinbruch gewesen wären und dass er bis vor Kurzem nicht kapiert hätte, was eigentlich an dem Abend passiert sei. Dann wollte er nicht weiter darüber reden. Aber ich begriff, dass es irgendwie mit Geld zu tun hatte. Das hatte es bei Joe fast immer.«

»Und Ihre Mutter? Hat sie jemals über den Steinbruch gesprochen?«

Liza schüttelt den Kopf. »Sie hat ihn nie erwähnt, weder mir noch meinen Pflegeeltern gegenüber. Das war schließlich vor meiner Zeit, ich wurde erst im Jahr darauf geboren. Jedenfalls …«

Sie verstummt und wirkt unruhig.

»Ich wollte wissen, ob Sie mehr erzählen können. Ob Sie mir erklären können, was eigentlich passiert ist, als dieser Junge starb, und ob Sie glauben, dass das irgendetwas mit meinen Eltern zu tun hat? Ich meine …«

Liza seufzt.

»Joe war einer, der immer dachte, dass er schlauer als die anderen ist. Dass die Welt sich nach ihm richten müsste. Ich habe solche Typen schon öfter kennengelernt, das ist in der Musikbranche nicht ungewöhnlich.«

Liza zieht eine ironische Grimasse, die Anna zum Lächeln bringt.

»Sie haben alle gemeinsam, dass sie denken, die ganze Welt bestehe im Prinzip nur aus Idioten, außer ihnen selbst. Das klingt vielleicht dumm …«

Liza zuckt mit den Achseln. »Aber ich kann mir nicht vorstellen, dass Joe sich das Leben genommen haben könnte. Er gefiel sich selbst viel zu sehr, um so etwas zu machen.«

Anna will gerade antworten, als ihr Handy klingelt. Normalerweise hätte sie den Anruf einfach weggedrückt und den Ton ausgeschaltet, aber es ist Agnes, die anruft. »Entschuldigen Sie, aber ich muss rangehen«, sagt sie und schlüpft aus dem Büro.

»Hallo, Liebling!« Sie merkt sofort, dass das zu viel ist.

»Hallo, Mama. Bist du beschäftigt?« Agnes' Stimme klingt weder böse noch anklagend.

»Ein bisschen, warum fragst du?«

»Also, Mats ist hier. Er sagt, dass er mit dir sprechen will. Dass es wichtig ist.« Es raschelt, als würde sie den Hörer mit der Hand verdecken, und ihre Stimme geht in ein Flüstern über. »Ich glaube, es geht um Simon Vidje.«

»Ich komme sofort.«

Sie beendet das Gespräch und erklärt Liza Savic, dass sie aus beruflichen Gründen dringend gehen muss, aber bittet sie um ihre Handynummer und verspricht, sich zu melden.

Mats und Agnes sitzen auf der Treppenstufe und spielen mit Milo. Sobald Anna aus dem Auto steigt, steht der hünenhafte Mann auf und zupft verlegen an seinem Mantel herum.

»Agnes hat gesagt, dass du mich sprechen möchtest?«

Mats antwortet nicht, sondern schielt nur Richtung Dachgeschoss.

Agnes steht auf und fasst ihn vorsichtig beim Arm.

»Mats würde gerne das Wandgemälde sehen, Mama.«

Anna hebt die Augenbrauen. »Ich hatte verstanden, dass wir miteinander reden …«

Agnes macht ein wütendes Gesicht und schüttelt dabei kurz den Kopf. Dann wird aus dem Kopfschütteln ein Nicken Richtung Obergeschoss.

»Natürlich darfst du das, Mats«, sagt Anna, begreift aber immer noch nicht richtig, was vor sich geht.

Sie steigen alle drei die Treppe zum Predigtsaal hinauf. Als Mats wegschaut, richtet Anna eine fragende Geste an Agnes, ohne eine Antwort zu bekommen.

Der große Mann bleibt ein paar Meter vor dem Wandbild stehen und bewundert es schweigend. Nach einer Weile gräbt sich eine bekümmerte Falte in die breite Stirn.

»Das ist der Steinbruch«, murmelt er leise vor sich hin. »Aber wo ist er? Ich finde ihn nie.«

Agnes hat links und rechts der Giebelwand Fotolampen installiert und sie auf das Gemälde gerichtet. Sie geht zu der einen und drückt auf einen Knopf. Das Licht der Lampen lässt Simon Vidjes Körper deutlich aus dem dunklen Wasser hervortreten.

Mats keucht auf, tritt dann ein paar Schritte zurück und hebt die Hand an die Augen, als wolle er sich gegen das, was er da sieht, schützen.

Anna fällt ein, was er über das kalte Wasser gesagt hat. Dass Carina blau gefroren war. Ihr wird klar, dass dies der richtige Zeitpunkt ist, die Frage zu stellen, über die sie nachgegrübelt hat.

»Warst du da, Mats?«, fragt sie leise. »Im Steinbruch an dem Abend?«

Er nickt langsam. Tränen beginnen, über das Gesicht des großen Mannes zu laufen.

»Um Carina Pedersen zu beobachten?«

Er nickt wieder, während er die Tränen mit dem Handrücken wegwischt. »Sie war so schön. Sie hatte lange blonde Haare, wie ein Engel.« Er errötet.

»Wussten die anderen, dass du da warst?«

Er schüttelt den Kopf. »Nee. Marie hat mich immer weggeschickt, wenn sie mich gesehen hat. Ich musste mich anschleichen. Dann hab ich mich im Wald versteckt. Es gibt eine Stelle, wo man mit einem guten Fernglas fast alles sieht.«

»Wie …« Anna versucht, ihren Eifer zu bändigen. »Wie lange warst du da, Mats?«

»Bis es angefangen hat zu regnen. Bis sie …« Er verstummt, windet sich verlegen und schaut wieder auf das Wandgemälde.

»Bis sie was machten?«, fragt Anna, so ruhig sie kann.

»Bis sie anfingen zu streiten«, murmelt er.

»Wer denn?« Agnes kann ihre Neugier nicht zurückhalten.

Mats breitet die Arme aus. »Alle. Alex, Marie, Carina, Bruno. Direkt nachdem das Motorrad weggefahren war. Dann fingen sie an, sich zu schlagen.«

»Wer denn?« Diesmal ist es Anna, die die Frage stellt.

»Alex und Simon. Simon hatte keine Chance. Alex war zu groß und stark. Ich fand das alles gemein, deswegen bin ich wieder zurückgeschlichen, dahin, wo ich das Moped versteckt hatte. Es hat total geregnet, und auf dem Heimweg bin ich gestürzt.«

»Was war das Letzte, was du gesehen hast, bevor du gingst?«

Mats verzieht das Gesicht, als hätte er Schmerzen. »Alex hat Simon auf den Boden geworfen, mit so einem Ringergriff. Er ist hingefallen, ohne sich zu wehren. Die anderen haben ihn angeschrien.«

»Alex?«

Der große Mann schüttelt den Kopf. »Simon. Sie haben schlimme Sachen geschrien und ihn beschimpft. Deswegen bin ich weggeschlichen. Ich hätte stattdessen was sagen sollen, oder? Hätte Alex sagen müssen, dass er aufhören soll, Simon zu schlagen. Hätte ihnen sagen müssen, dass sie aufhören sollen zu schreien.«

Er wird still, schaut verstohlen auf das Wandgemälde und fährt sich über den Mund. Seine Augen werden wieder feucht.

»Gibt es noch mehr, woran du dich erinnerst?«, fragt Anna nach einer halben Ewigkeit.

»Nee«, murmelt er, ohne den Blick vom Gemälde abzuwenden, auf dem Simon Vidjes Körper auf dem Rücken im dunklen Wasser liegt. »Nur, dass ich auf dem Heimweg hingefallen bin.«

Sie lässt Mats und Agnes oben im Predigtsaal zurück, geht in die Diele hinunter und weiter hinaus auf den Hof. Ihr Herz klopft vor Aufregung, deshalb zwingt sie sich ein paar Minuten lang, zur Ruhe zu kommen, bevor sie Jens Friberg anruft.

»Morgen früh will ich, dass du Alexander Morell zum Verhör holst«, sagt sie, sobald er am Telefon ist. »Fang ihn zwischen seinem Zuhause und seinem Arbeitsplatz oben auf Kuhtorp ab, an einer Stelle, an der es niemand sieht. Es ist wichtig, dass nur du und ich wissen, dass wir ihn mitnehmen, okay?«

Am anderen Ende bleibt es einen Moment lang still.

»Bist du dir da ganz sicher, Anna?« Fribergs Stimme klingt wieder so wie bei ihrer ersten Begegnung. Abwartend, skeptisch. Beinahe feindlich. Die Enttäuschung legt sich wie ein Stein auf ihre Brust und vermischt sich mit dem Gefühl, übereilt gehandelt zu haben. »Henry wird ...«, fährt Friberg fort, aber sie unterbricht ihn.

»Mach einfach, was ich dir gesagt habe, Jens«, faucht sie und legt auf.

49

HERBST 2017

Der Verhörraum in der Polizeistation von Nedanås ist viel schöner als derjenige der Abteilung für interne Ermittlungen in Stockholm. Die Wand gegenüber der Tür hat ein Fenster, durch das man einen Baum mit sich lichtendem Herbstlaub sieht. An den anderen Wänden hängen blau-weiße Poster von der Vereinigung für Diebstahlschutz. Es gibt keine Kameras oder versteckte Mikrofone, nur ein altes, ehrenwertes Aufnahmegerät, das mitten im Zimmer auf dem Tisch steht. Anna hatte den ganzen Donnerstagabend Zeit, über die Situation nachzudenken. Sie bereut es, Jens Friberg schon gestern Nachmittag eingeweiht zu haben. Sie weiß, dass sie überstürzt gehandelt hat, weiß aber auch, warum. Sie schätzt Jens Friberg immer mehr und wollte ihn wieder auf ihre Seite ziehen. Sie wollte ihm zeigen, wie verdammt gut sie ist, was so im Nachhinein betrachtet natürlich lächerlich war. Sie hat die Nacht über kaum geschlafen und mehr oder weniger erwartet, dass Jens Friberg sich krankschreiben lassen würde, um dem Auftrag sowie jeder weiteren Beteiligung an ihrer Ermittlung zu entgehen. Oder schlimmer noch – dass er Henry Morell anrufen und vorwarnen würde. Aber als sie kurz nach sieben auf die Station kam, stand Fribergs Privatauto schon auf dem Parkplatz, und ein Streifenwagen fehlte. Viertel vor acht rief er an und teilte ihr mit, dass Alexander Morell in seinem Wagen sitze und er auf dem Weg zur Wache sei, was sie erleichterte und zugleich ein bisschen verwunderte. Jens Friberg gibt ihr Rätsel auf, aber jetzt im Moment muss sie sich auf andere Dinge konzentrieren.

Sie legt ein neues Band in das Aufnahmegerät und probiert ein paarmal die Lautstärke aus. Sie hat schon hundertmal in ähnlichen Räumen gesessen. Alle möglichen Typen von Verdächtigen verhört. Das hier ist quasi ein Heimspiel für sie, das ist ihr Territorium. Trotzdem spürt sie Anspannung in sich aufsteigen.

Es klopft an der Tür, und Jens Friberg erscheint zusammen mit Alexander Morell.

»Setzen Sie sich!« Friberg deutet auf den Stuhl Anna gegenüber, auf der anderen Tischseite, wartet, bis Alex Platz genommen hat, und geht dann zur Tür.

»Ich möchte, dass du auch dabei bist, Jens.«

Friberg bleibt stehen, sieht einen Augenblick überrascht aus. Dann zieht er den Stuhl neben ihr hervor und setzt sich gehorsam.

»So, Anna«, sagt Alex Morell. »Du wolltest mit mir sprechen? Hält mein Alibi nicht?«

Das schiefe Lächeln verbirgt nicht seine Nervosität. Sie kann sie beinahe riechen, durch den Geruch von Baustaub und Schweiß hindurch, der von seiner Arbeitskleidung ausgeht. Sie startet das Tonbandgerät.

»Verhör mit Alexander Morell, geboren am 17.01.1971, betreffs ...«

Sie verstummt, beschließt, mit dieser Information zu warten. Stattdessen sitzt sie schweigend da und betrachtet den Mann ihr gegenüber. Alex lächelt weiterhin, aber sie kann sehen, wie sich sein Adamsapfel unter den Bartstoppeln am Hals auf und ab bewegt. Eine Ferse wackelt nervös. Dafür, dass er das Kind eines Polizeichefs ist, fühlt er sich auf der Polizeiwache erstaunlich unwohl. Anna schaut verstohlen zu Friberg, aber der lässt nicht durchblicken, was er von ihr und der Situation hält.

»Warum habt ihr euch an dem Abend im Steinbruch geprügelt, du und Simon Vidje?«, fragt sie und beugt sich ein wenig über den Tisch.

Ihre Stimme ist sanft und die Bewegung langsam, aber Alex Morell zuckt zusammen, als hätte sie ihm eine Ohrfeige gegeben. Er öffnet den Mund und schnappt nach Luft.

»Du hast gesagt, er sei dein Freund gewesen«, fährt sie fort, bevor er sich gefasst hat, und beugt sich noch etwas weiter vor.

»Und trotzdem hast du ihn zusammengeschlagen, während die anderen drei dich anfeuerten. Der große, starke Ringer gegen den dünnen, kleinen Musiker. Das konnte nur auf eine Art ausgehen, oder?«

»Ja …« Alex' Gesicht ist kreideweiß geworden, er fährt sich mit der Zunge über die Lippen, als würde er nach den richtigen Worten suchen. Anna merkt, dass Friberg sich auch ein bisschen vorbeugt, und hebt vorsichtig die rechte Hand in Kniehöhe, um ihm zu signalisieren, dass er still sein möge.

»Also …«, versucht Alex, aber sein Hirn und sein Mund können sich noch nicht auf eine Fortsetzung einigen. Sie sieht, wie er leidet, nach einem Ausweg sucht. Also bietet sie ihm einen.

»Erzähl, was an jenem Abend wirklich passiert ist, Alex.«

Alex' Augen glänzen feucht, sein Blick flackert von ihr zu Friberg und dann wieder zurück. Er senkt den Blick, seine Schultern sacken herunter, und einen kurzen Moment lang glaubt Anna, dass er vornüberkippen wird, aber er fängt sich auf, indem er beide Unterarme auf den Tisch legt. So bleibt er ein paar Sekunden sitzen und sammelt sich. Dann holt er tief Luft und beginnt zu erzählen.

50

28. AUGUST 1990

Der Regen prasselte auf sie herab.

Alex hatte Simon mit einem Schulterschwung zu Fall gebracht und benutzte sein Körpergewicht, um ihn auf dem felsigen Untergrund festzuhalten.

Jetzt war er derjenige, der bestimmte, er, der die Kontrolle hatte, und seine kochende Wut vermischte sich mit Befriedigung darüber, wieder Boden gutgemacht zu haben. Die anderen standen um ihn herum und schrien ihm zu, er solle fester zupacken, Simon geben, was er verdiente.

Alex grunzte, stemmte sich gegen den Fels und schob Simons ganzen Körper herum, genau wie er es mit einem Gegner auf der Ringermatte tat, wobei Simons Gesicht in einer Grube landete, die sich schnell mit Regen füllte. Kies und kleine Steine bohrten sich ins Simons Haut, ließen ihn nach dem Aufschlag wieder zu sich kommen.

»Lass mich los!«

Simon stemmte sich gegen Alex, versuchte, seinen Kopf aus dem Wasser zu drehen, aber Alex verstärkte seinen Griff. Das Wasser drang in Simons Mund und Nase ein, sodass er husten musste.

»Lass los«, versuchte er es noch einmal, aber es wurde eher zu einem Gurgeln. Die anderen drei schrien weiter, feuerten Alex an, noch härter zuzupacken.

Alex drückte so fest zu, dass er Simons Gelenke knacken hörte. Das Wasser hatte den Rand der Grube erreicht, und Simon musste husten und würgen, um Luft zu bekommen. Die anderen spornten ihn immer noch an, aber Alex fand, dass es genug war. Er hatte Simon eine Lektion erteilt und ihm gezeigt, was passierte, wenn man in sein Revier eindringen wollte.

Alex lockerte den Griff, stand langsam auf und hörte dabei die Enttäuschung in den Stimmen der anderen.

Simon rollte von der tiefen Pfütze weg und spuckte braunes Regenwasser aus. Er versuchte, auf die Knie zu kommen, wurde aber sofort wieder umgeworfen.

»Du glaubst wohl, du bist was Besonderes, Simon.« Brunos Stimme war so voller Wut und Hass, dass Alex sie fast nicht wiedererkannte. »Dass du machen kannst, was du willst, oder?«

Simon versuchte wackelig, zur anderen Seite aufzustehen. Aber er wurde wieder zu Boden gestoßen, diesmal von Carina.

»Du bist nur ein kleiner Scheißkerl, Simon. Ist das klar?«

Simon rollte sich auf die Seite und versuchte es in einer dritten Richtung. Jetzt war es Marie, die ihn zurückschubste, so fest, dass er mit dem Kopf an einen Stein prallte.

»... mich so zu hintergehen. Dabei waren wir wie Geschwister.«

Simon fasste sich an den Hinterkopf, verzog das Gesicht.

»Seht mal, er heult«, sagte Alex. »Was für ein mieser Schwächling!«

»Verdammte Idioten«, stieß Simon hervor. Seine Stimme klang rau, verzweifelt.

Er versuchte erneut, auf die Füße zu kommen, aber nun war Alex an der Reihe, ihn wieder zu Boden zu stoßen.

»Du bist der Idiot, Simon«, höhnte Alex. Ein Machtgefühl erfüllte ihn, bewirkte, dass er sich besser fühlte als seit Langem. »Sag, dass du ein Idiot bist, vielleicht lassen wir dich dann aufstehen.«

Simon schüttelte den Kopf, Tränen rannen ihm über das Gesicht. Tränen der Wut und der Erniedrigung. Er stemmte sich mit den Armen ab, versuchte, sich herumzudrehen und auf die Seite zu kommen. Aber der Wurf auf den Boden und der kurze Ringkampf hatten all seine Kraft aufgebraucht. Alex forderte die anderen drei auf, den Kreis zu schließen.

Sie bildeten einen dichten Wald aus Beinen, der Simons Fluchtweg versperrte.

»Sag, dass du ein Idiot bist«, spottete Alex. »Sag, dass du ein heulender kleiner Feigling bist, dann lassen wir dich gehen.«

Simon versuchte noch einmal aufzustehen und bekam ein Knie gegen den Kiefer, so fest, dass seine Zähne knirschten.

»Sag es!«, rief Alex.

Simon sank zusammen, legte die Unterarme auf seine Knie und ließ den Kopf hängen.

»Ich bin ein Idiot«, murmelte er.

»Lauter!«, schrie Carina.

»Ich bin ein Idiot.«

»Sag, dass du ein Verräter bist!«, brüllte Marie.

»Ich bin ein Verräter.«

»Sag, dass dein Vater ins Irrenhaus gehört!«

Simon sah auf. Seine Haare waren durchnässt, der Platzregen ließ Rinnsale über sein Gesicht laufen. Seine Augen hatten einen seltsamen Glanz bekommen.

»Sag es!«, fauchte Bruno. »Sag, dass dein Vater ins Irrenhaus gehört!«

»Mein Vater …«, murmelte Simon und sah aus, als würde er Kraft schöpfen. »Mein Vater gehört ins Irrenhaus.«

Eine Weile war es still, nur der Regen war zu hören. Simon erhob sich mitten in der Pfütze auf alle viere und stand dann langsam auf. Er starrte sie an, einen nach dem anderen, während er sich Tränen und Regenwasser aus dem Gesicht wischte. Marie machte einen Schritt zurück und sah reumütig aus. Simon nutzte die Lücke, ging langsam an seiner Cousine vorbei und weiter in den Wald hinein.

»Friends forever«, schrie er über die Schulter, und etwas in seiner Stimme versetzte Alex einen Stich in die Brust.

51

HERBST 2017

Alles lief aus dem Ruder«, sagt Alex mit leiser Stimme. »Wir waren high, betrunken und wütend. All das floss zu etwas Schrecklichem zusammen, das sich gegen Simon richtete.« Er schüttelt benommen den Kopf. »Eine totale Gruppenpsychose, ich kann es nicht besser erklären.«

»Was passierte danach?«, fragt Anna. »Nachdem Simon wieder auf die Beine gekommen und in den Wald gerannt war?«

Alex stößt die Luft in einem langen Seufzer aus. Sein Gesicht sieht gequält aus.

»Nach ein paar Minuten hatte uns der Platzregen zur Besinnung gebracht, und uns wurde klar, was wir gemacht hatten. Die Mädchen begannen, nach Simon zu rufen, sie gingen sogar in den Wald hinter dem Steinbruch hinauf und suchten ihn.«

»Und du und Bruno?«, fragt Friberg.

Alex lässt den Kopf hängen. »Wir blieben bei den Zelten und versuchten, das Feuer wieder in Gang zu bekommen, kriegten das aber nicht hin. Simon antwortete nicht, und es war zu dunkel und regnerisch, um weiterzusuchen. Wir glaubten, dass er um den Steinbruch herumgegangen war, über den Pfad an der Rückseite zum Wendeplatz hinunter und dann mit dem Fahrrad nach Hause nach Änglaberga gefahren war. Wir beschlossen, am nächsten Tag zu ihm nach Hause zu fahren und ihn um Verzeihung zu bitten.«

»Ihr habt nicht daran gedacht, zur Lichtung hinunterzugehen, um nachzuschauen, ob das Fahrrad weg war? Oder ihm sogar hinterherzufahren?« Wieder fragt Friberg, aber Anna stoppt ihn nicht. Er macht es gut. Simons Fahrrad?, schreibt sie zugleich auf ihren Block, ohne richtig darüber nachzudenken, warum.

Alex verzieht niedergeschlagen das Gesicht. »Zu dem Zeitpunkt waren wir müde und durchnässt und schämten uns wahnsinnig. Außerdem war keiner von uns in der Verfassung zu fahren, vor allem nicht bei Regen und Dunkelheit. Deshalb haben wir uns hingelegt.« Seine Stimme stockt am Ende.

»Und dann hast du nichts mehr gehört? Keine Geräusche, niemand anderen, der auf war?«

Alex schüttelt den Kopf. »Nein, soweit ich mich erinnere, regnete es so stark, dass man im Zelt kaum seine eigene Stimme hören konnte. Trotzdem bin ich sofort eingepennt. Ich bin erst am Morgen aufgewacht, als Marie anfing zu schreien.«

Er schaut auf seine Hände herab, dreht sie und spreizt die Finger, als würde er auf der schwieligen Haut nach etwas suchen.

Ohne Vorwarnung wird die Tür zum Verhörraum aufgerissen, und Henry Morell stürmt herein. Sein Gesicht ist weiß, die Augen dunkel. Jens Friberg steht blitzschnell auf und stellt sich ihm in den Weg, sodass Morell abrupt stehen bleibt.

»Was zum Teufel treibst du hier, Anna!«, brüllt Morell über Fribergs Schulter. Speicheltropfen fliegen aus seinem Mund, treffen Fribergs Gesicht und sein perfekt gebügeltes Hemd. Friberg bewegt sich keinen Millimeter.

Anna hat noch gar nicht geantwortet, da dreht sich Morell schon herum und packt seinen Sohn am Arm.

»Komm, Alexander, du brauchst hier keine verdammte Sekunde länger zu sitzen.« Er deutet mit dem gestreckten Zeigefinger auf Anna. »Wenn du noch einmal mit Alexander sprechen willst, dann müssen sowohl ich als auch ein Anwalt anwesend sein. Ist das klar?« Morell zieht am Arm seines Sohnes, damit dieser aufsteht. Aber Alex bleibt sitzen.

»Beruhige dich, Papa«, sagt er stattdessen. Der Ton ist sanft, fast liebevoll. Morell scheint nicht zu hören, was Alex sagt, er zieht ihn wieder am Arm. Der Ausschlag unter seinem Bart leuchtet feuerrot.

»Komm jetzt! Du brauchst der da keinen Piep zu sagen. Dieser …« Er wedelt in Annas Richtung, ohne sie auch nur anzuschauen. Alex rührt sich immer noch nicht, schüttelt nur traurig den Kopf.

»Ich trage das jetzt seit fast dreißig Jahren mit mir rum, Papa. Ich will es loswerden. Die Verantwortung dafür übernehmen, was ich getan habe. Was wir Simon angetan haben.«

Morell lässt seinen Arm los. »Alexander, du kannst doch …« Er fleht ihn an. »Du kannst dein Leben nicht so kaputt machen. Ich kann nicht zulassen, dass du das tust.«

Alex steht auf, klopft seinem Vater liebevoll auf die Schulter. »Das ist mein Leben, Papa. Meine Verantwortung.«

Alex wendet sich Anna zu. »Wir haben unseren Freund im Stich gelassen«, sagt er. Der Kummer in seinem Blick sitzt so tief, dass es unmöglich ist, nicht Mitleid mit ihm zu empfinden.

»Wir haben ihn erniedrigt und in den Wald gejagt. Wir haben ihn gezwungen, in Regen und Dunkelheit herumzuirren, allein, blau geschlagen und gedemütigt.« Alex holt tief Luft und wechselt einen kurzen Blick mit seinem Vater. Henry Morell ist blass, seine Arme hängen ihm am Körper herunter.

»Es war unsere Schuld«, sagt Alex, genauso zu seinem Vater als auch zu Anna. Tränen beginnen ihm über das Gesicht zu laufen. »Meine, Brunos, Maries und Carinas. Es war unsere Schuld, dass Simon starb, und es ist höchste Zeit, dass wir es zugeben.«

Alex und Henry sitzen noch im Verhörraum, während Friberg und Anna zu ihrem Büro zurückgehen, um darüber zu sprechen, was sie gerade erfahren haben. Die Empfangsdamen und drei andere Kollegen stehen in einer kleinen Gruppe zusammen und flüstern, verstummen aber, sobald Anna und Friberg auftauchen.

»Wer von denen, glaubst du, hat Henry angerufen?«, sagt sie auf dem Weg die Treppe hinauf. Friberg zuckt mit den Schultern. »Spielt das eine Rolle?«

»Vielleicht nicht.«

Anna ist froh, dass er wieder auf ihrer Seite steht.

»Also, was machen wir jetzt?«, fragt er, sobald er die Tür geschlossen hat. »Soweit ich beurteilen kann, hat Alex Morell gestanden, dass er und die anderen Simon Vidje misshandelt haben, aber nicht mehr. Glaubst du, dass er lügt? Dass er eine kleinere Straftat gesteht, um mit etwas Schlimmerem durchzukommen?«

»Nein«, sagt Anna. »Ich glaube tatsächlich, dass Alexander die Wahrheit sagt. Und du?«

»Ich auch«, nickt Friberg. »In dem Fall lautet das Verbrechen, dessen sich die vier schuldig gemacht haben, Misshandlung, möglicherweise mit Todesfolge, oder?«

Jetzt ist es Anna, die nickt.

»Ich kenne die Verjährungsfristen nicht auswendig, aber ich vermute, dass siebenundzwanzig Jahre deutlich zu lang sind, um Anklage zu erheben?« Friberg hebt fragend die Augenbrauen.

»Fünf Jahre Verjährungsfrist«, sagt sie. »Zehn, wenn die Straftat als schwerwiegend eingestuft wird. Es ist also in jedem Fall siebzehn Jahre zu spät. Wir müssen uns auf Rylander konzentrieren.«

Friberg verzieht das Gesicht.

»Das Motiv steht jetzt auf jeden Fall fest. Die Frage ist, wie Rylander herausbekommen hat, was passiert ist. Glaubst du, er und Tanja sind noch mal zurück und haben etwas gesehen?«

Sie zuckt mit den Schultern. »Vielleicht. Wobei ich vermute, dass Rylander absolut keine Ahnung hatte.«

»Nicht?«

Sie holt den Brief von Elisabet Vidje heraus und lässt Friberg ihn in Ruhe lesen.

»Ich habe lange darüber nachgedacht«, sagt sie, als er fertig ist. »Ich glaube, dass Rylander diesen Brief bekommen und darin die Gelegenheit zu einem Geschäft gesehen hat. Er setzte darauf, dass oben im Steinbruch tatsächlich etwas passiert war, wofür einer oder mehrere der vier bereit wären zu bezahlen, um ihn zum Schweigen zu bringen, und deshalb schickte er die Erpressermail und fuhr dann zum Heimkehrerfest.«

Friberg nickt und fragt nicht, warum sie ihm den Brief erst jetzt zeigt.

»In dem Fall scheint er richtig geraten zu haben, oder? Jemand wollte dafür sorgen, dass das, was passiert war, nicht herauskam, war aber nicht bereit zu bezahlen. Und schon stürzt Rylander in den Tod. Dank Alex Morells Bekenntnis wissen wir, warum, bleibt nur die Frage, wer.«

Anna macht ein zustimmendes Gesicht und hält dann einen Daumen hoch.

»Alex Morell hat ein Alibi, außerdem hat er das Ereignis im Steinbruch gestanden.«

Sie zählt mit ihrem Zeigefinger und dem Mittelfinger weiter.

»Marie und Bruno geben sich gegenseitig ein Alibi. Wir wissen außerdem, dass sie und Alex bei einem großen Bauprojekt zusammenarbeiten, dessen Finanzierung holprig ist.« Sie fügt den Ringfinger hinzu.

»Caia Bianca sagt, sie sei bei einem Konzert gewesen, aber wir haben ihr Alibi nicht kontrolliert. Rein theoretisch ist sie diejenige, die am meisten zu verlieren hat, wenn die Umstände von Simons Geschichte öffentlich gemacht werden. Ein toter Neunzehnjähriger, der von ihr und ihren Freunden gemobbt wurde, wäre für ihre Kosmetiklinie katastrophal. Außerdem hat man sie in der Vergangenheit schon einmal wegen eines anderen Todesfalls verdächtigt.«

Sie wird still, runzelt die Stirn. Dann hebt sie den kleinen Finger.

»Dann haben wir noch eine fünfte Möglichkeit. Jemand anderes hat sich Rylanders angenommen. Jemand, der alles tut, um die Umstände von Simon Vidjes Tod unter Verschluss zu halten.«

»Wer sollte das sein?«

Bevor sie antworten kann, klingelt das Telefon. Eine Malmöer Nummer. Sie ahnt schon, wer es ist, noch bevor sie die mürrische Stimme des Polizeidirektors hört.

»Ich hatte gerade Henry Morell am Apparat, und so aufgeregt, wie er war, bin ich nicht der Einzige, den er angerufen hat.« Er klingt eher müde als verärgert.

»Seien Sie so nett und erklären Sie mir, wie meine Anweisung, mit Henry Morell Frieden zu schließen, stattdessen dazu geführt hat, dass Sie ihn aus der Polizeiwache geworfen haben, in der er über dreißig Jahre Dienst getan hat, und dann seinen Sohn festnehmen ließen?«

»Alexander wurde nicht festgenommen. Wir haben ihn zur Vernehmung geholt.«

Der Polizeidirektor seufzt. »Morells Freunde werden mich den ganzen Nachmittag über anrufen, und Sie machen es mir nicht gerade leicht, Sie zu verteidigen.«

Anna holt tief Luft und fasst dann Alexanders Geständnis für ihn zusammen. Sie erklärt ihm, wie sie glaubt, dass es mit Rylanders Tod zusammenhängen könnte. Der Polizeidirektor hört zu, ohne sie zu unterbrechen.

»Zweifellos eine interessante Geschichte, und definitiv ein denkbares Mordmotiv«, sagt er, als sie fertig ist. »Ich sehe nur ein Problem.«

»Und das wäre?« Die Frage ist unnötig. Sie weiß schon, was er sagen will.

»Ich bin die Ermittlungsakte durchgegangen, und es gibt noch immer keinen klaren Beweis dafür, dass Rylander wirklich ermordet wurde. Trotz einiger Unklarheiten kann sein

Tod genauso gut ein Selbstmord oder ein Unfall gewesen sein.«

Sie hört seine Finger auf die Schreibtischplatte klopfen, während er nachdenkt.

»Im Lichte von Alexander Morells Erzählung denke ich, Sie noch eine Weile gewähren zu lassen. Bestellen Sie die anderen drei für Montag zum Verhör ein.«

»Wir müssen jetzt sofort weitermachen«, sagt sie. »Bevor Henry Morell Zeit hat, herumzutelefonieren und die anderen darüber zu informieren, was Alex erzählt hat. Wir müssen die Gelegenheit nutzen und sie überraschen.«

»Ich an Ihrer Stelle wäre vorsichtig, solche Gedanken im Zusammenhang mit Henry Morell auszusprechen. Er bezichtigt Sie bereits, einen persönlichen Rachefeldzug gegen ihn zu führen, und diese Art von Anschuldigung wäre Wasser auf seine Mühle. Ich sehe an diesem Fall nichts, was eilig wäre oder auf andere Art und Weise rechtfertigen würde, dass wir die begrenzten polizeilichen Ressourcen am Wochenende in Anspruch nehmen. Nicht zu reden von dem unnötigen Öl, das Sie ins Feuer gießen, wenn Sie drei etablierte Mitbürger mitten in ihrer samstäglichen Gemütlichkeit zum Verhör laden.«

Der Polizeidirektor schweigt eine Weile. Als er weiterredet, ist seine Stimme weniger barsch.

»Sie sind eine gute Polizistin, und es ist nicht unmöglich, dass Sie etwas auf der Spur sind. Aber der Zeitungsartikel hat Ihnen geschadet, und leider vertragen weder Sie noch dieser Fall weitere Unannehmlichkeiten.«

Er atmet tief durch.

»Lassen Sie Alexander Morell so schnell wie möglich gehen, und bereiten Sie sich auf Montag gründlich vor, dann werde ich versuchen, Henrys Bundesgenossen noch ein paar Tage von Ihnen fernzuhalten. Und, Frau Vesper … Viel Glück.«

52

HERBST 2017

Anna lässt Friberg Vater und Sohn Morell Bescheid geben, dass Alexander die Wache verlassen darf. Während sie zu Henrys Wagen gehen, steht sie an einem der Fenster im oberen Stock und betrachtet ihre Rücken. Sie sind gleich groß, haben das gleiche Bewegungsmuster, und das Einzige, was sie eigentlich unterscheidet, ist, dass Henry ein bisschen gebeugter und mit schwereren Schritten geht. Die Sonne, die zur Abwechslung mal hervorschaut, verleiht der düsteren Szene einen fast unpassend schönen Rahmen.

Als die beiden Männer in den Wagen steigen, kann sie nicht umhin, darüber nachzudenken, ob sich einer der beiden Vordersitze im Volvo auf der hintersten Position befindet.

Um drei beschließt sie, nach Hause zu fahren. Sie fährt langsam den Berg hinauf. Mit ein bisschen Herumtricksen ist es ihr gelungen, Simon Vidjes Lied auch auf ihr Handy zu laden, und sie hört es über die Stereoanlage des Wagens. Seine Stimme ist weich und angenehm, der Text schön und zugleich beängstigend.

»I'll see you by the waters. The dark and lonely waters.«

Die Bäume haben inzwischen die Hälfte ihres Laubs verloren, und die steilen Hänge sind von einem orangefarbenen Teppich bedeckt, der so grell ist, dass es fast in den Augen schmerzt. Anna biegt in die Abzweigung Richtung Tabor ein, bleibt dann aber stehen und denkt ein paar Minuten nach.

Alexander Morell hat die Wahrheit darüber erzählt, was im Steinbruch passiert ist, sie und Friberg wissen davon, außerdem der Polizeidirektor. Und Henry Morell, was wahrscheinlich bedeutet, dass der Rest der Welt bald informiert werden wird. Da ist es nur richtig, wenn die nächsten Angehörigen auch davon erfahren. Anna legt den Rückwärtsgang ein und fährt zurück auf die Hauptstraße und von dort Richtung Änglaberga.

Als sie in die Allee einfährt, entdeckt sie sowohl Kleins als auch Elisabet Vidjes Autos neben dem Torwärterhäuschen. Sie bremst und parkt am Straßenrand. Das Häuschen ist von einer Dornenhecke eingefasst, so hoch, dass man nur das niedrige Dach sieht. Neben den beiden parkenden Wagen befindet sich eine Öffnung in der Hecke, die zur Schmalseite des Hauses führt. Das Holzhaus ist grün gestrichen. Um den überdachten Hauseingang herum und über den Fenstern finden sich einige weiße Verzierungen, trotzdem wirkt das Gebäude irgendwie einsam. Als würde es sich hier hinter den Dornen verstecken, ganz am Ende der Allee, und würde am liebsten für sich bleiben.

Anna hört Stimmen von der Rückseite her und geht dorthin. Als sie um die Ecke kommt, sieht sie einen Vorratsschuppen. Die Doppeltür steht offen, und mitten im Raum hängt ein Hirsch. Unter dem Kinn des Tieres steckt ein Haken, der an einer Kette hängt, die in den Dachstuhl hochgezogen worden ist. Der Hirsch ist so groß, dass seine Hinterhufe den Betonboden berühren. Anna versucht, sich an das wenige, was sie in der Schule über Hirsche gelernt hat, zu erinnern. Sie weiß, dass es zwei Arten gibt, aber nicht mehr, wie man sie voneinander unterscheidet. Klein und Elisabet Vidje stehen vor dem Tier und scheinen es zu bewundern. Als sie Anna kommen hören, drehen sie sich um.

»Ist er nicht wunderbar?«, bemerkt Elisabet Vidje.

»Ja«, antwortet Anna. »Was für eine Sorte Hirsch ist es?«

»Ein Rothirsch«, antwortet Klein und klingt amüsiert über ihre Unwissenheit. »Damhirsche sind kleiner und haben ein Schaufelgeweih. Nicht wie dieser Riese. Ich habe ihn heute früh bei Bensige erlegt. Er war es wert zu warten.«

Klein legt die Hand auf den Hals des Tiers und tätschelt ihn ein paarmal. Seine Hände sind leicht von Blut befleckt.

»Klein wollte ihn schon letztes Jahr schießen«, erklärt Elisabet Vidje. »Aber ich bat ihn darum, noch abzuwarten. Das hier ist ein Zuchtbulle, und ich wollte ihm noch eine Saison geben, um seine Gene zu verteilen.« Die alte Dame lächelt. Ihre Augen sehen müde aus, das Gesicht, das zur Hälfte von einem Tuch bedeckt ist, wirkt bleich und zerfurcht.

»Warum haben Sie ihn überhaupt geschossen?«, fragt Anna.

»Wenn wir es nicht tun, dann wandert er früher oder später weiter nach Osten, in die Reviere von Trolleberg. Dort bezahlt dann einen Trophäenjäger viel Geld, um ihn zu erlegen, nimmt sein Geweih mit und hängt es an eine Wand in Deutschland oder Österreich. Und das Fleisch landet in einer Markthalle in Stockholm.«

Elisabet schüttelt den Kopf.

»Aber dieser Bulle ist hier oben geboren und aufgewachsen, seine Kinder und Enkel äsen bereits an den Hängen. Deshalb wollten wir ihn gerne hier bei uns behalten, bis zum Schluss.« Elisabet Vidje tätschelt den Hirsch nun auch. Zärtlich, sanft.

»Karl-Johan mochte die Jagd nicht«, bemerkt Anna, ohne richtig zu wissen, warum.

Klein und Elisabet Vidje heben beide den Kopf, als sie den Namen hören. Die Bewegung ist so ähnlich und gleichzeitig, dass es fast komisch aussieht.

»Nein«, sagt Klein und schielt zu Elisabet.

»Karl-Johan ist ein Romantiker«, sagt Elisabet leise. »Er liebt den Gedanken an die Natur, aber das Praktische fällt ihm schwerer. Er kann sich nicht richtig damit abfinden, dass der Tod eine Voraussetzung für das Leben ist.«

Sie tätschelt den Rothirsch ein letztes Mal, während ihr Mund wieder den spitzen Zug bekommt, den er meistens hat.

»Aber Sie sind sicher nicht hier, um über die Jagd zu sprechen, Anna, oder?«

»Wir könnten vielleicht hineingehen und uns setzen«, erwidert sie.

Das Torwärterhäuschen ist, genau wie Anna vermutete, Bror Kleins Wohnhaus. Eine offene Diele, geradeaus ein Badezimmer, links die Küche, die in ein Wohnzimmer übergeht, und rechts zwei geschlossene Türen.

Die Wände und das Dach bestehen aus verblichenen Kieferpaneelen und erinnern Anna an eine Hütte, die sie, Håkan und Agnes ein paarmal in den Bergen gemietet haben. Es riecht sogar genauso. Trockenes Holz und ein offener Kamin. Die Einrichtung in der Hütte ist spartanisch, abgesehen von Reh- und Hirschgeweihen, entdeckt Anna nur einen einzigen Schmuck, nämlich einen Wandteppich mit dem Schriftzug: Denn wer da sucht, der findet, und wer da anklopft, dem wird aufgetan.

Elisabet Vidje setzt sich an den Esstisch, und während Klein Kaffee macht, schlüpft Anna auf die Toilette und versucht, ihre Gedanken zu ordnen. Wie soll sie es sagen? Wie viel darf sie preisgeben?

Kleins Badezimmer ist genauso schlicht wie der Rest der Hütte. Toilette, Badewanne mit Dusche, ein Waschbecken, ein Badezimmerschrank aus Blech, in den sie natürlich hineinspähen muss. Zahnbürste, Zahnpasta und ein paar Medikamente. Eines gegen hohen Blutdruck, das andere kennt sie nicht. Sie googelt es schnell mit ihrem Handy und entdeckt, dass es ein leichtes Antidepressivum ist. Also schluckt das Steingesicht Klein Glückspillen, das hätte sie nicht erwartet. Sie stellt die Dosen zurück und schließt vorsichtig den Schrank. Als sie wieder in der Diele steht, hört sie Klein und Elisabet in der Küche miteinander reden. Noch hat sie ein bisschen Zeit, mehr über den rätselhaften Bror Klein herauszufinden. Die Tür neben dem Bad führt wahrscheinlich in den Keller. Die erste Treppenstufe ist deutlich am Boden zu erkennen, und ein schwacher Geruch nach Feuchtigkeit dringt unter dem breiten Türspalt hervor.

Aber als sie die Klinke herunterdrückt, ist die Tür abgeschlossen. Stattdessen probiert sie die Tür auf der rechten Seite und findet ein Schlafzimmer mit einem tadellos gemachten Einzelbett und ein paar Schränken. Sie geht einen vorsichtigen Schritt hinein und kann den ganzen Raum überblicken. Genau wie sonst im Haus gibt es fast keine Dekoration oder persönliche Gegenstände. Das einzig Persönliche, das sie sieht, sind ein Buch und ein Foto auf dem Nachttisch.

Das Buch ist Dantes *Die göttliche Komödie*, was sie fast genauso überrascht wie die Glückspillen im Badezimmerschrank. Die Ausgabe sieht alt aus. Sie schlägt die erste Seite auf. Das Buch wurde Anfang des 20. Jahrhunderts gedruckt. Für Bror von Karl-Johan, Weihnachten 1972, steht dort in schnörkeliger Handschrift.

Nicht von Karl-Johan und Elisabet, sondern nur von Karl-Johan. Die Widmung und die Art des Geschenks deuten an, dass er und Klein enge Freunde sind oder waren. Alte Ausgaben schenkt man nur jemandem, von dem man weiß, dass er sie schätzt, jemandem, den man gut kennt. Das Foto auf dem Nachttisch stärkt ihre Theorie. Es ist fast dieselbe Fotografie, die sie auf Elisabet Vidjes Kaminsims gesehen hat. Die Picknickdecke, die Wiese, ein zweijähriger Simon, der in die Sonne blinzelt und die Arme um den Hals seines Vaters gelegt hat. Aber auf diesem Foto sitzt nicht Elisabet neben Karl-Johan, sondern ein Mann im selben Alter mit gerader Haltung und einem strammen Zug um Wangen und Mund. Obwohl die Fotografie fünfundzwanzig Jahre alt ist, erkennt sie ihn sofort. Es ist Bror Klein. Anna hört Geräusche aus der Küche, stellt das Foto schnell zurück, eilt in die Diele hinaus und schließt vorsichtig die Tür hinter sich. Klein war also auch bei dem Picknick dabei, es ist sein langer Schatten, der auf Elisabets Foto zu erahnen ist, und aus irgendeinem Grund ist sich Anna sicher, dass er auch der Fotograf des Hochzeitsbildes einige Jahre früher ist.

Anna setzt sich an den Küchentisch, während Klein ihnen Kaffee einschenkt. Bror Klein ist nicht nur ein Verwalter, ist Anna klar, nicht jemand, der nur hinter Karl-Jos Fehlgriffen aufräumt. Er ist ein enger Freund, beinahe ein Familienmitglied. Sie denkt an die Andeutungen des Mopedhändlers. Dass Klein und Elisabet jahrelang hinter Karl-Johans Rücken ein Verhältnis miteinander hatten. Sie überlegt, ob sie offensichtliche Anzeichen dafür gesehen hat, denkt aber, dass es nicht der Fall ist, allerdings sind weder Elisabet noch Klein Typen, die Zuneigung offen zeigen. Wenn Klein in Wirklichkeit auf Änglaberga wohnt, dann dient das Torwärterhaus nur dem äußeren Anschein. Das würde zumindest erklären, warum sie so spartanisch eingerichtet ist. Aber Klein scheint seine Medizin hier zu haben, was eher darauf hindeutet, dass er doch hier wohnt. Anna dreht und wendet den Gedanken ein paarmal hin und her, ohne in ihrer Überlegung weiterzukommen.

»Ich habe mit Alexander Morell gesprochen«, beginnt sie, nachdem Klein sich gesetzt hat. Sie möchte, dass er bei dem Gespräch dabei ist, falls Elisabet Vidje die Neuigkeit nicht gut verkraftet.

»Alex hat erzählt, was an jenem Abend im Steinbruch passiert ist. Was sie getan haben …« Sie schaut verstohlen zu Elisabet Vidje. »Was sie Simon getan haben.«

Elisabet Vidje nickt langsam. Ihr Gesicht ist ein bisschen bleicher geworden. Sie legt eine Hand auf Kleins und drückt sie, als bereite sie sich vor. Anna holt tief Luft. »Es gab Streit«, fährt sie fort. »Alex hielt Simon in einem Ringergriff fest. Die anderen feuerten ihn erst an, dann machten sie mit. Sie demütigten Simon …«

Anna bricht ab, sieht Elisabet Vidjes Hand auf der von Klein. Aber keiner von ihnen verzieht das Gesicht oder sagt etwas.

»Sie waren alle betrunken und berauscht«, setzt sie fort. »Alex Morell beschrieb es wie eine Gruppenpsychose. Na-ach …«

Anna macht eine Pause, wartet das Stottern ab.

»Simon rannte hinter dem Steinbruch in den Wald. Nach einer Weile bereuten es die anderen und begannen, ihn zu suchen. Als sie ihn nicht fanden, gingen sie davon aus, dass Simon mit dem Fahrrad nach Hause gefahren war. Alex Morell beteuerte, dass sie vorhatten, am nächsten Tag hierherzukommen und um Verzeihung zu bitten.«

Sie wird wieder still und wartet auf Fragen.

»Und dann?«, fragt Elisabet Vidje. »Was ist dann passiert?«

»Alexander und Bruno sind in ihr Zelt gegangen, um sich vor dem Regen zu schützen. Alex schlief sofort ein und wachte erst auf, als er Marie schreien hörte.«

Elisabet Vidje nickt gefasst und sieht aus, als würde sie den Griff um Kleins Hand lockern.

»Glauben Sie, dass er die Wahrheit sagt?« Ihre Stimme ist gefasst, beinahe emotionslos.

»Das glaube ich, ja. Alexander wirkte sehr reumütig und fast erleichtert, als er alles erzählte.«

»Aha.« Elisabet Vidje reagiert überhaupt nicht so, wie Anna es erwartet hat. Die Frau hat gerade die Umstände gehört, unter denen ihr Sohn verunglückt ist. Die Wahrheit, nach der sie die letzten siebenundzwanzig Jahre gesucht hat, und alles, was sie sagt, ist Aha. Anna betrachtet die beiden Personen auf der anderen Seite des Tisches und sieht, wie sie einen Blick tauschen. Etwas stimmt nicht. Etwas, das sie übersehen hat.

Dann begreift sie, was.

»Sie haben das schon gewusst«, sagt sie und verbirgt ihr Erstaunen. »Jemand hat Ihnen schon von dem Streit erzählt.«

Weder Klein noch Elisabet antworten, ihre Mienen sind fast unbeweglich. Aber das reicht, Anna kann von ihnen dennoch ablesen, dass sie recht hat. Wer hat also davon erzählt? Wer hat schon vor langer Zeit seine Sünden bekannt?

»Marie«, sagt sie. »Marie hat es Ihnen erzählt, oder?«

Elisabet und Klein schauen sich wieder an, dann wird der harte Zug um Elisabets Mund ein bisschen weicher.

»Sie sind sehr tüchtig, Anna Vesper«, sagt sie, ohne im Mindesten ironisch zu klingen. »Und ja, Sie haben völlig recht. Marie hat mir im Vertrauen erzählt, was passiert war, kurz nach dem Tod ihrer Mutter. Zuerst war ich wahnsinnig wütend. Ich konnte Marie nicht einmal ansehen. Ich wollte mich ins Auto setzen, in die Stadt runterfahren und alles Henry Morell und Bengt Andersson ins Gesicht schreien.« Elisabet Vidje schüttelt langsam den Kopf.

»Aber das haben Sie nicht? Warum nicht?«

Elisabet atmet tief durch. »Weil Marie meine Nichte ist, die einzige der vier, die ihren Teil gestanden und dafür Verantwortung übernommen hat. Sie so an den Pranger zu stellen, wäre nicht richtig gewesen. Das hätte Marie ihre Ehe gekostet und sie von ihrem Vater entzweit. Ich habe für Bengt Andersson nicht viel übrig, aber er ist wichtig für Marie, sowohl persönlich als auch beruflich. Außerdem sind die anderen drei die Lügner, die anderen drei, die …« Elisabet Vidje verstummt jäh und schwankt. Klein legt seine freie Hand auf ihren Arm. Gleichzeitig wirft er Anna einen vorwurfsvollen Blick zu.

»Geht es dir gut, Elisabet?«, fragt er.

Sie nickt. »Nur ein bisschen Wasser«, murmelt sie.

Klein steht auf, holt ein Glas Wasser und steht stumm neben dem Tisch, bis Elisabet Vidje ein paar Schlucke getrunken hat.

»Danke, jetzt geht es besser. Du kannst dich wieder hinsetzen, Klein. So, wo sind wir stehen geblieben?«

»Also …«, beginnt Anna und versucht, ihre Gedanken zu ordnen. »Das Ganze, der Brief, Tabor und meine Einmischung sollten also nur dazu dienen, dass jemand anderes von den dreien gestehen sollte, was passiert war. Dass die Wahrheit über Simons Tod herauskam, ohne dass Marie in die Klemme gerät?«

Elisabet Vidje nickt langsam.

»Marie ist meine nächste Angehörige, meine einzige denkbare Erbin, und ich kann ihr Änglaberga nicht hinterlassen, ohne vorher die Vergangenheit aufgearbeitet zu haben. Ich bin Ihnen zu großem Dank verpflichtet, Anna, dass Sie mir dabei geholfen haben.«

Elisabet Vidje lächelt, aber Anna ist überhaupt nicht zum Lachen zumute. Hinter ihren Augen pulsiert die Wut, weshalb sie die Kiefer aufeinanderbeißen muss, so fest, dass ihre Zähne knirschen. Sie schaut zu Klein, begegnet seinem Blick. Sein Gesicht ist so starr wie immer, aber Anna merkt, dass irgendetwas unter der Oberfläche brodelt. Etwas, das ihn beunruhigt.

»Wir sind noch nicht fertig«, sagt sie dumpf.

»Nicht?«

»Nein, wir müssen immer noch Joe Rylanders Tod aufklären.«

»Aha, haben Sie denn etwas gefunden, was Selbstmord ausschließt?« Die Frage ist unnötig, Elisabet Vidje kennt die Antwort, und ihre Miene verstärkt Annas Gefühl, dass sie vollkommen manipuliert worden ist.

53

HERBST 2017

Am Samstagmorgen scheint die Sonne. Anna und Agnes frühstücken schweigend. Ihre Beziehung ist seltsamer denn je. Sie sprechen auf eine vorsichtige, unnatürliche Art miteinander, bei der sie sich behutsam an jedes Gesprächsthema herantasten. Sie achten darauf, dass sie bis auf Weiteres nicht auf Håkan, die Ermittlung oder den Zeitungsartikel zu sprechen kommen. Früher kam Anna ihre Beziehung wie ein Minenfeld vor, aber das klingt zu anklagend. Jetzt vergleicht sie sich und Agnes stattdessen mit zwei Wasserläufern, wie sie sie neulich im Steinbruch gesehen hat. Sie bewegen sich mit ängstlichen, äußerst sorgsamen Bewegungen umeinander, ohne zu wagen, einander zu nahe zu kommen, aus Angst, die Oberflächenspannung zu zerstören und in der Tiefe zu versinken.

Die gestrigen Erkenntnisse schwirren Anna durch den Kopf, und sie weiß nicht, was den größten Eindruck auf sie gemacht hat: die Tatsache, dass Simons Freunde ihn misshandelt und erniedrigt haben, dass Marie Sordi Elisabet Vidje schon alles gestanden hatte oder dass die Frau sie zugunsten ihrer eigenen Ziele manipuliert hat. Sie neigt zu Letzterem.

Jetzt kennt sie jedenfalls die Wahrheit über Simon Vidjes Tod. Aber es bleibt noch etwas übrig, etwas, was stört, ein loses Ende, das sie nicht richtig identifizieren kann.

Sie hat jedenfalls vor, am Montagmorgen die drei verbleibenden Freunde zum Verhör einzubestellen und sie ordentlich in die Mangel zu nehmen. Sie hatten alle einen Grund, sich vor dem zu fürchten, was Rylander vielleicht hätte aufdecken können. Caia Bianca, die süchtig nach Bestätigung ist, möchte garantiert nicht, dass ihre wertvolle Marke in den sozialen Netzwerken beschmutzt wird. Marie und Bruno könnten sich wahrscheinlich nicht leisten, Schweigegeld zu zahlen. Wobei das Motiv bei Marie vielleicht etwas schwammiger ist. Sie hat Elisabet Vidje gegenüber schließlich schon gestanden und muss sich im Klaren darüber sein, dass ihre Tante die Fäden zieht, um alles aufzudecken, ohne die Schuld auf sie zu schieben. Und Anna ist den Gedanken noch nicht losgeworden, dass es eine weitere Möglichkeit geben könnte, abgesehen von den vier Freunden. Jemanden, der sich um Rylander gekümmert hat, um die anderen zu schützen.

Ihr Handy summt, eine SMS von Liza Savic.

»Habe mir ein Fahrrad geliehen und versuche, heute zum Mörkabyer Steinbruch zu kommen. Wissen, Sie, wo er genau liegt? Niemand will es mir richtig sagen. Danke im Voraus.«

Anna bekommt ein schlechtes Gewissen. Schon zweimal hat sie ihre Treffen mit der sympathischen jungen Frau abgebrochen. Sie schielt zu Agnes, die ein bisschen zu sehr mit ihrem Handy beschäftigt zu sein scheint. Wahrscheinlich spürt auch sie die seltsame Atmosphäre zwischen ihnen, aber vielleicht kann Anna etwas dagegen tun, etwas, was schon einmal funktioniert hat.

»Hast du Lust, noch mal zum Steinbruch zu fahren?«, fragt sie. »Und vielleicht können wir uns auch den Aussichtsplatz an der Nordseite des Hügels anschauen, wenn du magst?«

Auf dem Weg nach unten sitzen sie schweigend da, aber schon fünf Minuten nachdem sie Liza Savic am Gästehaus abgeholt haben, hat sich die Stimmung deutlich gebessert. Liza schmust mit Milo und fragt Agnes nach der Fototasche, was sie schnell zu Karl-Jo führt. Agnes berichtet eifrig vom Wandgemälde und Simon Vidjes Silhouette, und Liza hört interessiert zu. Sie stellt die richtigen Fragen an den richtigen Stellen, und Anna kommt nicht umhin, von der jungen Frau beeindruckt zu sein. Liza Savic scheint etwas so Ungewöhnliches zu sein wie ein richtig guter Mensch.

Auf dem Weg zurück den Berg hinauf sprechen Liza und Agnes über die Herbstfarben an den Hängen, und als sie an die Kreuzung nach Kuhtorp kommen, hält Anna den Wagen kurz an und hebt die Hand. »In der Richtung liegt der Aussichtsplatz, wo Ihr Vater … Wo Joe …« Sie zögert und beschließt, den Satz nicht zu beenden. »Ich dachte, dass Sie vor dem Steinbruch vielleicht dorthin möchten?«

»Wenn es kein großer Umweg ist?«

»Nein, gar nicht.« Anna legt den Gang ein und fährt die schmalen Schotterstraßen entlang. Diesmal findet sie allein den Weg. Der Regen der letzten Woche hat die Löcher in dem engen Forstweg vertieft, und auf einem geraden Stück fährt sie in ein Loch, das wie eine unschuldige Pfütze aussieht, in Wirklichkeit aber so tief ist, dass der Unterboden des Wagens den Boden streift und es einen ordentlichen Lärm macht. Durch den Ruck stoßen Agnes und Milo zusammen. »Pass doch auf, Mama«, schimpft sie verärgert und krault den Hund zwischen den Ohren. Anna macht sich vor allem Sorgen darum, ob unter dem Wagen etwas beschädigt wurde. Sie wackelt am Steuer und probiert ein paarmal die Bremsen aus. Gott sei Dank scheint alles in Ordnung zu sein.

Kurze Zeit später erreichen sie den Platz, an dem Rylanders Saab gefunden wurde.

Sie erzählt Liza von dem Wagen und führt dann sie und Agnes den Hang hinunter zum Aussichtsplatz. Milo rennt durch das Laub und bellt ein Eichhörnchen an, das nur wenige Meter vor seiner Nase einen Baum hinaufgeklettert ist.

»Hier ist es«, sagt Anna und beschließt dann, nichts weiter zu sagen. Agnes' Kamera klickt, als sie Aufnahmen macht, zuerst vom Aussichtsplatz, dann von der Mondlandschaft von Glarea weit unter ihnen. Liza Savic geht zu dem rostigen Zaun vor. Dort steht sie eine Weile, während der Herbstwind ihr durch das kurze, blonde Haar bläst. Bei diesem Bild macht es in Annas Kopf klick, und fast erwartet sie, dass Håkan aufhört, sauer zu sein, und ihr sagt, welchen Schluss ihr Hirn gerade gezogen hat. Stattdessen hört sie Milo kläffen, diesmal ist es eine andere Art Bellen.

»Mama«, sagt Agnes und unterbricht ihre Gedanken. »Da kommt jemand.«

Sie hören Geräusche vom Hang aus und sehen Gestalten zwischen den Bäumen. Zwei große Schäferhunde kommen direkt auf sie zu.

Milo beginnt, wütend zu bellen, und sieht aus, als wolle er auf die beiden Hunde losrennen, aber Agnes greift nach seinem Halsband und hebt ihn auf den Arm. Milo bellt weiter wie verrückt, zappelt dabei und versucht, loszukommen. Die Hunde rennen auf sie zu und scheinen sich auf Milo zu fokussieren. Anna schiebt Agnes hinter sich, macht einen Schritt vor und versucht, sich daran zu erinnern, wie Friberg mit den Rottweilern bei der Autofirma umging. Die Schwänze der Hunde stehen beim Laufen aufrecht nach oben, aber nicht auf eine freundliche Art. Milos Bellen ist fast in Gebrüll übergegangen, er zappelt wild, schnappt in die Luft und sieht so aus, als wollte er um jeden Preis auf den Boden, um Agnes zu beschützen.

Die Hunde sind nur noch fünf, sechs Meter entfernt.

»Mama«, sagt Agnes.

Anna konzentriert sich auf den ersten Hund und merkt, dass sie bisher noch nicht mal dazu kam, Angst zu haben. Erst jetzt. Noch drei Meter, zwei.

Plötzlich hört man ein gellendes Pfeifsignal zwischen den Bäumen. Die beiden Hunde bleiben abrupt stehen, drehen sich um und springen lautlos in dieselbe Richtung davon, aus der sie kamen. Milo bellt weiter, bis sie nicht mehr zu sehen sind.

Anna, Agnes und Liza schauen sich erleichtert an. Nach einer Weile hören sie das Rascheln von Laub und sehen etwas zwischen den Bäumen. Zwei Personen in langen Mänteln und Kappen mit je einem Schäferhund an der Leine. Es sind Bruno und Marie Sordi. Milo fängt wieder an zu knurren.

»Ach, Sie sind es«, sagt Marie. »Wie haben einen lauten Knall gehört, fast wie eine Explosion.«

»Ich bin auf dem Forstweg in ein Schlagloch gefahren«, antwortet Anna.

»Oje. Ja, auf den alten Wegen hier muss man aufpassen. Mein Vater ist dieses Jahr in ein Loch geraten, als sie einen weggelaufenen Jagdhund gesucht haben, und hat sich einen Stoßdämpfer kaputt gemacht. Er musste abgeschleppt werden. Ich hoffe übrigens, dass die Jungs Sie nicht erschreckt haben?«

Sie deutet auf die Hunde links von ihr. »Um die Jahreszeit ist hier normalerweise niemand unterwegs. Zu kalt und windig für Picknicker.«

»Keine Sorge«, antwortet Anna. »Sie scheinen sie gut im Griff zu haben.«

»Castor hier ist ein Gehorsamschampion. Pollux auch.«

Beide Hunde beobachten sie mit wachsamen Blicken. Agnes hält Milo noch im Arm. Das Fell des kleinen Hundes ist gesträubt, seine Zähne sind gefletscht. Sobald sich einer der Schäferhunde bewegt, knurrt er.

»Das muss Ihre Tochter sein«, sagt Marie und nickt Agnes freundlich zu. »Was für einen hübschen kleinen Terrier du hast. Und mutig. Wie alt ist er?«

»Zwei«, sagt Agnes. »Er heißt Milo.«

»Hast du eine Hundeschule mit ihm besucht?«

»Nein. Eigentlich wollten mein Vater und ich gehen, aber …« Agnes verstummt, wirft einen schnellen Blick in Annas Richtung. »Daraus wurde nie was …«

Marie nickt, legt den Kopf schief.

»Tragische Geschichte, das mit deinem Papa«, sagt sie und schaut dabei verstohlen zu Anna. Der Blick und der Tonfall machen klar, dass sie eigentlich auf den Zeitungsartikel und die interne Ermittlung anspielt.

»Wenn ihr Interesse habt, sind du und deine Mutter herzlich im Gebrauchshundeverein willkommen«, fährt Marie fort. »Wir haben montags und donnerstags Anfängerkurse. Bruno und ich sind Instruktoren.«

Agnes' Miene hellt sich auf. »Ja, das klingt gut. Oder, Mama?«

Anna nickt und versucht, sich vorzustellen, wie willkommen genau sie nach dem Verhör am Montag sein wird.

»Und wer sind Sie?« Marie wendet sich an Liza. Der Ton ist höflich neugierig.

»Ich heiße Liza Savic.« Liza scheint zu überlegen, ob sie vortreten und die Hand geben soll, aber die Schäferhunde scheinen sie abzuhalten.

»Hallo. Ich heiße Marie Sordi, und das ist mein Mann Bruno. Sie sind nicht von hier, höre ich.«

Liza schüttelt den Kopf. »Nein, ich bin nur zu Besuch. Es ist mein Vater, der ...« Die junge Frau schaut zu Anna hinüber. »... hier ums Leben gekommen ist«, endet sie.

»Ah, wie traurig. Unser herzliches Beileid.«

»Danke.«

»Haben Sie herausgefunden, was mit dem armen Rylander passiert ist?«

Anna zögert mit der Antwort. Marie hat jahrelang auf einem Drahtseil balanciert. Auf der einen Seite hatte sie ihre Tante und Änglaberga, auf der anderen ihre Freunde, ihren Vater und Henry Morell. Aber dank Anna ist der Drahtseilakt jetzt vorbei.

»Noch nicht«, antwortet sie. »Wir arbeiten noch daran.«

»Aha.« Marie lächelt und versucht, ruhig auszusehen, aber es gelingt ihr nicht richtig.

Sie bleiben eine Weile stehen, und keiner scheint zu wissen, was er sagen soll.

»Wie läuft es mit dem Bau?«, fragt Anna und wendet

sich an Bruno, vor allem, um ihn ins Gespräch einzubeziehen.

»Es geht voran«, erwidert der etwas zu schnell.

»Für wann ist die Einweihung geplant?«

Bruno schaut seine Frau an. »Es ist wohl noch zu früh, das zu sagen. Es ist schließlich ein großes Projekt … Also, wir müssen wohl langsam nach Hause, Liebling? Die Kinder warten.«

»Ja«, sagt Marie. »Melden Sie sich, wenn Sie zum Anfängerkurs kommen möchten. Wir haben schon vor ein paar Wochen angefangen, aber Sie können noch einsteigen.«

Einer der Schäferhunde bewegt sich, und Milo knurrt wieder.

»Es war nett, Sie kennenzulernen.« Marie nickt Liza zu.

»Herr und Frau Sordi«, sagt Liza, als wäre ihr plötzlich etwas Wichtiges eingefallen.

»Jaa?«

»Sie waren doch dabei, als Simon Vidje verunglückt ist. Sie haben meine Eltern kennengelernt. Joe und Tanja.«

Bruno und Marie wechseln einen Blick.

»Ja, das stimmt«, sagt Bruno abwartend.

»Wir sind auf dem Weg zum Steinbruch«, sagt Liza, und ihr Tonfall verrät, dass sie nicht bemerkt hat, wie angespannt die Stimmung inzwischen ist.

»Aha«, sagt Marie, und ihre Stimme hat einen nervösen Klang angenommen.

»Ich bin nicht bei meinen Eltern aufgewachsen, deshalb versuche ich jetzt, mehr über sie herauszufinden«, fährt Liza fort. »Wo sie wohnten, wen sie getroffen haben und so. Es ist vielleicht eine komische Frage, aber erinnern Sie sich von jenem Abend her an Joe und Tanja?«

Marie scheint zu schrumpfen, ihr Blick irrt umher, ihr Gesicht ist blass geworden. Bruno gibt einen Meter Leine frei, sodass der große Schäferhund einen Satz nach vorn macht und Milo wieder kläfft.

»Nein, das tun wir nicht«, sagt Bruno. »Und jetzt müssen wir leider gehen. Schönen Tag noch.« Er legt den Arm um Marie und führt sie und die beiden großen Tiere weg.

»Manchmal rede ich zu viel, stimmt's?«, meint Liza.

Sie fahren zum Steinbruch. Anfangs sind sie still, aber nach einer Weile nehmen Agnes und Liza ihr Gespräch über das Wandbild wieder auf. Anna überlegt, ob sie den beiden von Alex Morells Geständnis erzählen soll. Sie hat es ja schon einmal getan, aber Elisabet Vidje ist Klägerin, und da ist der Verstoß gegen die Geheimhaltung irgendwie nachvollziehbar. Sie beschließt, es für sich zu behalten, zumindest noch eine Zeit lang.

Als sie sich der Straße zum Steinbruch nähern, sehen sie einen großen, dunklen SUV direkt vor der Schranke stehen. Anna fährt neben ihn und hält an. Es sitzen zwei Personen im Wagen, aber wegen der getönten Scheiben erkennt Anna erst, wer es ist, nachdem sie selbst ausgestiegen und das Fenster an der Fahrerseite heruntergeglitten ist.

»Ach, Sie sind es«, sagt Caia Blanca. »Stehen wir im Weg?«

»Nein, überhaupt nicht.« Anna beugt sich vor und schaut auf den Beifahrerplatz. Dort sitzt Alex Morell.

»Wir haben uns nur unterhalten«, sagt er, als wäre er ihr eine Erklärung schuldig. »Alte Erinnerungen austauschen und so.«

»Aha. Ich dachte, Sie mögen es nicht, die Vergangenheit durchzukauen«, sagt Anna zu Caia.

»Das tue ich auch nicht.«

Alex und Caia sehen beide verlegen aus, als wären sie gerade bei irgendetwas ertappt worden. Agnes und Liza stellen sich neben sie.

»Ich kenne Sie«, sagt Caia und lächelt Liza an, wahrscheinlich in dem Versuch, das Gesprächsthema zu wechseln. »Wir sind uns schon mal begegnet, oder nicht?«

Liza schüttelt den Kopf. »Das glaube ich nicht.«

»Sind Sie sicher? Sie kommen mir so bekannt vor?«

Liza schüttelt wieder den Kopf. »Ich habe Sie im Fernsehen gesehen, aber wir haben uns noch nie getroffen. Jedenfalls nicht, soweit ich mich erinnere.«

»Na, da sieht man, wie man sich irren kann. Ich treffe so viele Leute, da kann man schon manchmal durcheinanderkommen.«

Caia lächelt künstlich.

»Waren Sie dort oben?«, fragt Anna und nickt Richtung Steinbruch. Caia antwortet nicht, sondern wirft einen Seitenblick auf Alex.

»Nein«, erwidert er. »So weit sind wir nicht gekommen.«

»Wir sind auf dem Weg dorthin. Wenn ihr mitwollt.« Anna weiß nicht genau, warum sie das vorschlägt. Es ist eher ein Schuss aus der Hüfte. Bei dem Vorschlag schütteln Alex und Caia jedenfalls beide gleichzeitig den Kopf.

»Nein danke, wir müssen langsam ins Dorf zurück.« Caia startet den Motor.

»War nett, Sie wiederzusehen«, sagt sie, bevor sie das Seitenfenster wieder hochfahren lässt.

Anna bleibt stehen und schaut ihnen nach, während Caia den Wagen zurücksetzt. Unmittelbar bevor sie losfahren, begegnet sie noch einmal Alex Morells Blick. Er lächelt schief, sieht aber gequält aus.

Sie spazieren durch den Wald zum Steinbruch und nehmen den Pfad zur Steinplatte hinauf, auf der sie neulich schon standen. Der Steinbruch liegt still und verlassen da, und das unheilvolle Gefühl, das Anna auch beim letzten Mal hatte, hängt immer noch über dem schwarzen Wasser.

Liza hilft Agnes, die Kamera vorne an der Kante auf das Stativ zu montieren, und scheint interessiert zuzuhören, während Agnes erklärt, zwischen welchen unterschiedlichen Objektiven sie wählen kann und welchen Effekt das auf die Fotos hat.

Anna untersucht das Felsplateau mit neuen Augen. Es ist nicht besonders groß, vielleicht vierzig, fünfundvierzig Quadratmeter, besteht zum größten Teil aus Fels und Gestein und kleinen Grasstellen. Ein Kreis schwarz verbrannter Steine bildet die alte Feuerstelle, und Anna versucht mit diesem Ausgangspunkt zu errechnen, wo sich der Kampf in etwa zutrug. Ganz in der Nähe gibt es ein paar größere Vertiefungen, und sie schätzt, dass Alex Morell Simon Vidjes Gesicht in eine von diesen hineindrückte.

Sie stellt sich vor, dass Alex Morell den Pfad zum Wendeplatz blockiert und dass Bruno und Carina »Caia Bianca« Pedersen den Weg zu den Zelten versperren. Da bleibt für Simon nur noch eine Richtung, um zu fliehen. Nach oben in den Wald, genau wie Alex erzählt hat. Anna versucht, seinen Weg nachzuvollziehen, aber stellt fest, dass es leichter gesagt als getan ist. Zwischen dem Wald hinter dem Steinbruch und dem Plateau, auf dem sie steht, verläuft ein einige Meter langer steiler Hang, der vor allem aus losen Steinen und Rollsplit besteht, und sie braucht mehrere Anläufe, um hinaufzukommen. Am Rande wachsen Birken, aber nur ein Stückchen weiter steht der Nadelwald so dicht, dass sie sich auf ihrem Weg immer wieder bücken muss. Sie versucht, sich nach rechts auf das Wasser zuzubewegen, und sucht erfolglos einen Wildpfad, der ihr das Vorankommen leichter machen würde. Es geht bergauf, und der Boden besteht größtenteils aus verrotteten Nadeln, aber hier und dort schauen spitze Steine hervor. Sie stolpert über einen davon und stößt sich das Knie an einer Wurzel. Fluchend rappelt sie sich in eine Sitzhaltung auf. Agnes' und Lizas Stimmen sind immer noch vom Felsplateau zu hören. Sie versucht, sich vorzustellen, wie es sich im Platzregen anhören würde, und denkt, dass sie unter diesen Umständen wahrscheinlich nicht viel weiter gehen müsste, um außer Hörweite zu sein. Sie steht auf und kämpft sich um die Rückseite des Steinbruchs herum. Der beschwerliche Untergrund steigt weiter an, immer mehr lockere Steine schauen hervor, und nach einer Weile sieht sie ein, dass sie zwei Möglichkeiten hat. Entweder kann sie tiefer in den Wald hineingehen, um den Hang und die Steine zu vermeiden, oder sie kann in dieselbe Richtung weitergehen und riskieren, die hohe Klippe an der hinteren Seite des Steinbruchs überwinden zu müssen.

Sie entscheidet sich für die Klippe und kämpft sich eine ganze Weile hinauf, bis es plötzlich bergab geht und sie an einer kleinen Öffnung herauskommt, die sich hinter einem der höchsten Felsabsätze befindet.

Sie kann Agnes und Liza auf dem Plateau schräg gegenüber sehen, winkt ihnen zu, um ihnen zu signalisieren, dass alles in Ordnung ist, und geht dann vorsichtig bis zum Rand. Die Klippe ist höher, als sie gedacht hätte. Acht Meter, vielleicht mehr. Das Wasser darunter ist schwarz, aber ein schwaches Kräuseln direkt unterhalb fängt ihren Blick. Da unten gibt es einen Felsen, direkt unter der Wasseroberfläche. Wenn Simon denselben Weg gegangen war, den sie genommen hat, wenn er den kleinen Abhang zwischen den Bäumen hinuntergestolpert kam, in Regen und Dunkelheit, vom Ringkampf mit Alex erschöpft und außerdem wütend, traurig, gedemütigt, betrunken und berauscht, kann man sich leicht vorstellen, dass er über die Kante gestürzt ist. Dass er sich den Kopf an dem Felsen dort unten angeschlagen hat und dann übers Wasser trieb, genauso wie es auf dem Wandbild dargestellt ist. Auf dem Rücken, die Arme hinter dem Kopf ausgestreckt.

»Nein, das macht nichts«, sagt Agnes drüben auf dem Plateau, vermutlich als Antwort auf etwas, das Liza sie gefragt hat. Ihre klare Stimme hallt durch den Steinbruch, stößt gegen die Klippen und wird verzerrt, bis nur noch ein trauriges Echo übrig bleibt.

»nichts …«

»nichts …«

»ichts …«

Anna schaut in das dunkle Wasser hinunter und spürt einen Schauder.

Der Abstieg zur anderen Seite ist weniger steil, und die Bäume stehen weiter auseinander, sodass sie nur fünf Minuten braucht, um zum Wendeplatz hinunterzukommen. Wenn sie alles zusammen betrachtet – die knappe Untersuchung, Alex Morells Geständnis und ihren eigenen Eindruck oben im Wald –, spricht alles dafür, dass Simons Tod ein Unfall war. Sicherlich einer, der durch den Streit zwischen denen, die sich versprochen hatten, »friends forever« zu sein, hervorgerufen worden war. Aber trotz allem. Ein tragisches Ereignis, bei dem die eventuelle Straftat schon lange verjährt ist. Anna sollte sich damit zufriedengeben; damit, dass das Ereignis, wie Alex es beschrieben hat, ernst genug ist. Dass der Streit das Geheimnis ist, für das einer der vier Freunde, oder eine Person aus ihrem Umkreis, bereit war zu töten.

Caia Bianca muss an ihr Markenzeichen denken und an die alten Gerüchte um ihren ersten Mann. Bruno Sordi befindet sich mitten in einem großen Bauprojekt, dessen Finanzierung vermutlich ziemlich unsicher ist. Marie ist an demselben Projekt beteiligt, sie ist Kommunalrätin und will außerdem nicht riskieren, dass ihr Mann oder ihr Vater erfahren, dass sie Elisabet Vidje schon die Wahrheit gesagt hat. Bengt Andersson scheint von der Kommune Nedanås und ihrem Ruf besessen zu sein, und Alex Morell, der freilich seinen Teil gestanden hat und ein Alibi für die Zeit zu haben scheint, in der Rylander ermordet wurde, hat ein schwieriges Temperament und ist erwiesenermaßen gewalttätig. Und zu guter Letzt Henry Morell, der sich siebenundzwanzig Jahre lang an seinen Job geklammert hat, um dafür zu sorgen, dass diese ganze traurige Geschichte nie bekannt wird.

Es reicht vollkommen aus, wenn sie sich damit beschäftigt. Sie sollte genau das tun, was sie Jens Friberg gesagt hat: sich auf Joe Rylanders Tod konzentrieren. Trotzdem kommt ihr etwas anderes in den Sinn, als sie unten auf dem Wendeplatz steht. Das lose Ende, das sie schon früher im Kopf hatte, aber nicht richtig zu greifen bekam. Jetzt weiß sie, was es ist. Die Worte, die sie beim Verhör mit Alex auf ihren Block geschrieben hat. Simons Fahrrad.

Denn wenn Simon nun wirklich hier oben in Regen und Dunkelheit herumgestolpert und über die Kante in den Tod gestürzt ist, warum stand dann sein Fahrrad am nächsten Morgen nicht mehr hier unten? Warum wurde es nicht in Beschlag genommen oder überhaupt in der Untersuchung erwähnt?

Sie gehen zum Wagen zurück. Die Sonne ist hinter den Wolken verschwunden, und die Stimmung zwischen ihnen hat sich verändert. Anna ist in Gedanken versunken, und weder Agnes noch Liza sagen etwas. Es ist, als hätte der Aufenthalt in dem kleinen, dunklen Steinbruch sie alle nachdenklich gemacht. Agnes hat diesen Gesichtsausdruck bekommen, den sie manchmal hat, wenn sie an Håkan denkt, und Anna ertappt sich selbst dabei, dass sie zum sicher fünfzigsten Mal versucht, ein Gespräch mit ihm in Gang zu setzen, nur um erneut einsehen zu müssen, dass er sie weiter mit seinem beleidigten Schweigen straft.

Ich weiß, dass ich einen Fehler gemacht habe, okay, murmelt sie, ohne die Lippen zu bewegen. Schimpf mit mir, verdammt, sag mir, dass ich eine Idiotin bin, die ihre Versprechen nicht hält. Sag, was du willst, Hauptsache, du sagst was!

Genau wie an den Tagen zuvor schweigt Håkan.

Sie erreichen das Auto und hieven Agnes' Fotoausrüstung in den Kofferraum. Mitten im Geruch nach Herbst glaubt Anna, noch etwas anderes wahrzunehmen. Einen scharfen Geruch, den sie vorher nicht bemerkt hat. Milo scheint ihn auch zu wittern, er steht mit erhobenem Kopf da und dreht die Schnauze in den Wind. Anna meint, es könnte Benzin sein, dass der Aufschlag vorhin vielleicht den Benzintank beschädigt hat. Sie beugt sich herunter, fährt mit der Hand über das Gras unter dem Wagen und schnüffelt daran. Nichts. Sie schnuppert noch mal in die Luft, aber jetzt ist der Geruch weg.

Sie steigen in den Wagen, Liza sitzt diesmal vorne und Agnes mit Milo hinten.

»Also, was machen wir jetzt?«, fragt Anna übertrieben schnell, als die Stille im Wagen unangenehm wird.

»Wenn es für Sie in Ordnung ist, fahre ich gerne zurück zum Gästehaus«, sagt Liza neben ihr. Ihr Stimme klingt müde. »Der Zug geht morgen ziemlich früh, deshalb sollte ich anfangen zu packen.«

»Natürlich, kein Problem.«

Sie fahren an Änglaberga vorbei, und Anna sieht Kleins Häuschen. Wieder muss sie daran denken, wie seltsam unpersönlich es wirkt. So frei von allem, was darauf hinweist, dass das kleine Gebäude das Zuhause von jemandem ist. Aber so möchte Klein es wohl haben. Vielleicht lebt er sein Leben lieber wie ein Mönch, mit einem einzigen Buch auf dem Nachttisch. Ein Buch, das er seit über vierzig Jahren hegt. Aber *Die göttliche Komödie* ist nicht gerade eine Anfängerlektüre, und Kleins Art, zu sprechen und sich zu geben, macht einen gebildeten Eindruck. Er ist ein Mensch, der liest, aber trotzdem gibt es bei ihm keine Bücherregale. Wenn es sich nicht so verhält, wie bereits einmal angedeutet wurde. Dass das Häuschen nur eine Fassade ist und Klein in Wirklichkeit auf Änglaberga wohnt.

Anna holt ihr Handy hervor, sucht nach dem Song von Simon Vidje und drückt auf Play. Seine sanfte Stimme erfüllt die Lautsprecher. Der Weg führt nach rechts und windet sich dann den Berg hinunter.

»Wie schön«, sagt Liza über die Musik, und Anna will gerade erklären, wer da singt, als sie merkt, dass etwas nicht stimmt. Das Bremspedal, das in der ersten Haarnadelkurve einwandfrei funktionierte, fühlt sich schwammig an, und obwohl sie fest darauf tritt, vermindert sich die Geschwindigkeit längst nicht so sehr, wie sie es sich gedacht hat. Die nächste Kurve nähert sich schnell, und sie presst den Fuß weiter auf das Pedal. Sie steht dabei fast im Sitz.

Plötzlich hört man einen metallischen Knall, und das Bremspedal lässt sich bis zum Boden durchdrücken. Anna ist so überrascht, dass sie am Steuer reißt und der Wagen über den Straßenrand schlittert. Alle Lampen am Armaturenbrett leuchten auf, und ein Warnsignal beginnt zu tuten.

»Mama!«, ruft Agnes unruhig vom Rücksitz, aber Anna ist vollauf damit beschäftigt, den Wagen auf der Straße zu halten, und hat keine Zeit zu antworten.

Unmittelbar bevor die Räder links über den Straßenrand hinausfahren, gewinnt sie die Kontrolle wieder. Sie hört Liza neben sich keuchen. Das Bremspedal ist ganz durchgedrückt und hat keinerlei Effekt. Anna schaltet und legt einen niedrigeren Gang ein, sodass der Motor wütend aufheult und dabei beinahe das Warnsignal vom Armaturenbrett übertönt. Dann tastet Anna reflexartig nach der Handbremse hinter dem Schalthebel, findet sie aber nicht. Die Geschwindigkeit nimmt zu, die nächste Haarnadelkurve kommt immer näher, und sie versucht immer noch, eine Handbremse zu ziehen, die nicht da ist.

»Mama!«, sagt Agnes wieder. Sie klingt jetzt verängstigter, und im selben Moment fällt Anna ein, dass der Wagen eine elektrische Bremse hat. Einen Knopf, den man drücken muss, und der ist … der ist … Wo zum Henker ist dieser Scheiß-Bremsknopf?

Sie löst die linke Hand vom Steuer und tastet unter dem Armaturenbrett herum. Der Motor brüllt immer lauter, die Geschwindigkeit nimmt weiter zu, und die schmale Kurve kommt immer näher. Sie schaut auf, begegnet Lizas entsetztem Blick.

»Mama!«, schreit Agnes. »Brems, Mama!«

Ihre Finger suchen wie wild und drücken auf alle Knöpfe,

die sie findet, aber nichts passiert. Die Kurve rast auf sie zu, und Liza stöhnt auf. Anna greift das Lenkrad wieder mit beiden Händen und schlägt ein, soweit sie kann. Die Reifen quietschen auf dem Asphalt, und Anna steuert in die Kurve, so wie sie es vor vielen Jahren beim Einsatzfahrzeugtraining gelernt hat, und ist kurz davor, es zu schaffen. Sie glaubt schon, es geschafft zu haben. Aber mitten in der Kurve verlieren die Hinterreifen die Bodenhaftung. Schon bevor das Heck ausschlägt und den Halt der Vorderräder wegreißt, begreift Anna, dass es zu spät ist.

»Haltet euch fest!«, schreit sie. Der Wagen rast seitlich über den Straßenrand. Ein harter Stoß durchfährt die Karosserie, das Motorengebrüll wird lauter, und einen kurzen Augenblick lang scheint es, als stehe die Zeit still. Alle Details im Wagen werden unglaublich deutlich. Lizas schockierter Gesichtsausdruck, die Lampen, die das Armaturenbrett wie eine Lichtorgel aufblinken lassen. Das glatte Leder des Steuerrads, das sich gegen ihre Handflächen presst. Das Warnsignal, das sich mit Simon Vidjes sanfter Stimme aus den Lautsprechern vermischt.

»... dark and lonely waters.«

Der Wagen rotiert langsam in der Luft, und Anna sieht durch das Seitenfenster, wie der Boden näher kommt. Sie kann sogar noch die Augen schließen und sich vorbereiten, bevor der Aufschlag die Zeit aus der Zeitlupe in die doppelte Geschwindigkeit reißt.

Agnes und Liza schreien. Die Stimmen werden von Milos Gebell übertönt, das eher nach einem Heulen klingt, bevor das Geräusch von berstendem Metall und zerbrechendem Glas alles ertränkt. Der Wagen rollt den Abhang hinunter, überschlägt sich mehrmals, oben wird unten, und die ganze Welt verschwimmt. Sie prallen gegen einen Baum, ändern die Richtung, treffen auf einen anderen Baum.

Ein neuer Stoß drückt das Dach über Anna ein, und sie wirft sich über den Schaltknüppel, damit ihr Kopf nicht zerquetscht wird. Plötzlich sind sie schwerelos, und Anna sieht vor den Fenstern etwas glitzern. In dem Moment, als der Wagen mit einem kräftigen Ruck die Nase voraus direkt in den Fluss stürzt, wird ihr klar, was es ist.

Verdammt, denkt sie gerade noch, bevor die geborstene Windschutzscheibe nachgibt, das Wasser einströmt und sich die Welt in ein dunkles, einsames Gewässer verwandelt.

54

HERBST 2017

WACH AUF ANNA WACH AUF ANNA WACH AUF ANNA!

Håkans Stimme hallt durch ihren Kopf, und eine Millisekunde lang erfüllt sie Freude. Er spricht wieder mit ihr.

Dann begreift sie, wo sie, Agnes und Liza sich befinden. Sie sind in einem Wagen voll mit eiskaltem, dunklem Wasser. Sie liegt über dem Schalthebel, der Kopf ist schon halb unter dem schnell steigenden Wasserspiegel, und als sie versucht, sich aufzurichten, merkt sie, dass sie feststeckt. Sie strampelt, um loszukommen, und spürt, dass sich etwas um ihren Hals und ihre Schulter spannt. Der Gurt. Sie tastet nach ihrer rechten Hüfte, findet den Knopf, kann den Gurt lösen und drückt sich gleichzeitig mit den Füßen so fest ab, dass sie sich den Kopf am halb eingedrückten Dach stößt. Weißes Licht explodiert vor ihren Augen, und sie ist kurz davor, wieder bewusstlos zu werden.

AGNES, schreit Håkan. *DU MUSST AGNES HELFEN!*

Sie kneift die Augen ein paarmal zusammen und kommt wieder zu sich. Sie stellt außerdem fest, dass sie atmen kann. Ein schmales, schnell kleiner werdendes Luftloch hat sich unter dem Dach gebildet, und Anna füllt ihre Lungen mit Luft. Im Coupé ist es fast vollständig dunkel, aber sie erkennt etwas direkt neben sich. Sie tastet mit der rechten Hand und findet nach ein paar Sekunden den Knopf für den Gurt des Beifahrersitzes. Sie drückt darauf, versucht, nach Liza zu greifen, und spürt eine Hand auf ihrer eigenen. Sie packt Liza und zieht sie zum Luftloch hoch, das deutlich kleiner wirkt als eben noch. Sie hört ein lautes Keuchen und dann ein Husten.

»Die Tür …«, keucht Liza. »Sie geht nicht auf.«

»Windschutzscheibe«, sagt Anna. »Runtertauchen und nach

vorne raus.« Sie selbst ist schon auf dem Weg zum Rücksitz. Sie hebt ein Knie auf die Mittelkonsole und quetscht sich zwischen den Sitzen hindurch. Dann atmet sie im Luftloch tief ein und taucht zu dem Platz, an dem sie Agnes zuletzt gesehen hat. Sie tastet in der Finsternis umher, stößt auf ein Bein und schlägt mit der Faust darauf.

Agnes rührt sich nicht. Anna reckt den Kopf noch einmal nach oben. Das Luftloch beträgt nur noch zwanzig, dreißig Zentimeter, und sie spürt den Druck auf das Trommelfell, als die Luft vom steigenden Wasser zusammengepresst wird. Sie taucht wieder ab. An den Schläfen wird es eiskalt, während sie verzweifelt nach dem Gurt tastet. Wie lange war Agnes unter Wasser? Mindestens eine Minute. Vermutlich zwei.

Drei Minuten, sagt Håkan sachlich und zugleich beunruhigt. *Du hast drei Minuten Zeit. Nicht viel mehr.*

Sie findet die Halterung von Agnes' Gurt und drückt auf den Knopf, aber nichts passiert. Sie zieht und zerrt am Gurt und verbraucht so viel Sauerstoff, dass sie hoch zum Atmen muss. Das Luftloch beträgt nur noch zehn Zentimeter. Sie atmet zweimal ein und versucht, ihr Herz davon abzuhalten zu rasen. Dann taucht sie erneut ins Wasser. Ihre Finger sind eiskalt und gleiten von der Gurthalterung ab. Durch ihre Bewegung kippt der Wagen langsam nach vorne.

Ruhig, sagt Håkan. *Versuche, ruhig zu bleiben.*

Ohne Vorwarnung löst sich der Gurt plötzlich. Anna streift ihn von Agnes' leblosem Körper ab und zieht sie an sich. Sie drückt den einen Fuß gegen den Rücksitz und schiebt Agnes' Körper zum Dach hoch. Das Luftloch ist jetzt so klein, dass sie ihren Kopf schräg halten muss, um es zu erreichen. Sie umfasst Agnes' Gesicht und hält ihren Mund und ihre Nase über die Wasseroberfläche.

»Agnes!«, ruft sie. »Agnes, du musst aufwachen!«

Keine Reaktion. Das Auto kippt vornüber, und das Luftloch schließt sich. Es sucht sich den höchsten Punkt im Wagen, was jetzt das Dach direkt über der Heckscheibe ist.

Anna bemüht sich, Agnes dorthin zu bewegen, und presst sie an die Decke, damit sie Luft bekommt.

»Agnes!«, schreit sie wieder und versetzt ihr einen Klaps. Immer noch keine Reaktion. Anna holt tief Luft, presst ihren Mund auf Agnes' und bläst. In Agnes' Rachen blubbert es. Sie hat Wasser geschluckt, es vielleicht sogar in die Lungen bekommen.

Ihr müsst raus, sagt Håkan mit ernster Stimme. *Jetzt sofort!*

Der Wagen bewegt sich wieder, und Anna kann gerade noch einmal ihre Lungen füllen, bevor die Luftblase verschwindet. Sie kniet auf der Rückbank im sinkenden Wagen. Der einzige Weg nach draußen ist der durch die Windschutzscheibe hinter ihnen. Um sie zu erreichen, muss sie sich selbst und Agnes zwischen den Sitzen hindurchzwängen und den Teil des Daches vermeiden, der eingedrückt ist.

Es wird nicht gehen. Sie lässt Agnes los und taucht zur Seitentür. Das Auto ist voller Wasser, also müsste der Druck draußen genauso groß sein wie hier drinnen und die Tür damit zu öffnen sein. Jedenfalls in der Theorie.

Sie zerrt am Handgriff, spürt, dass das Schloss aufgeht, aber die Tür sitzt fest. Kälte kriecht in ihre Lungen, ihre Bewegungen werden immer langsamer. Sie drückt sich vom Fahrersitz ab und versucht, die Tür mit einem Fuß aufzustoßen.

Langsam geht sie auf. Weiße Flecken flimmern vor ihren Augen. Der Herzschlag verschließt ihre Ohren.

Drei Minuten, sagt Håkan wieder, mit dieser Stimme, die er manchmal hatte, wenn sie zusammen trainierten. *Letzte Chance, Anna. Jetzt mach schon, verdammt!*

Sie sammelt all ihre Kräfte, öffnet den Mund und brüllt ins Wasser hinein, während sie gleichzeitig die Tür mit dem Fuß Zentimeter um Zentimeter aufdrückt, bis sie offen ist.

Ihr Sauerstoff ist aufgebraucht, die weißen Flecken auf der Netzhaut sind in ein Farbfeuerwerk übergegangen. Trotzdem findet sie die Kraft, Agnes mit sich aus dem Fahrzeug zu ziehen. Sie tritt gegen die Karosserie und schiebt sie beide nach oben.

Weiter, sagt Håkan. *Weiter, du schaffst das.*

Aber Agnes' lebloser Körper zieht sie hinunter, und sie ist kurz davor, das Bewusstsein zu verlieren. Ist dabei, von dunklem, eiskaltem Wasser verschluckt zu werden, genau wie Simon Vidje. Anna schließt die Augen und zieht Agnes näher zu sich.

Plötzlich verringert sich der Druck um ihren Kopf, und sie ist über der Wasseroberfläche. Sie schnappt nach Luft, atmet mehrfach tief ein. Das Feuerwerk erlischt, und ihr Blick wird klarer.

Der Strand ist drei, vier Meter entfernt, und Anna versucht mit einer Hand, dorthin zu schwimmen, während sie mit der anderen Agnes' Kopf über Wasser hält. Agnes' Gesicht ist blass, ihre Augen sind geschlossen. Blut rinnt aus einer hässlichen Platzwunde über dem linken Auge.

Sie bewegen sich äußerst langsam auf das Ufer zu. Das kalte Wasser hat eine Strömung, die sie wegdrängt. Anna verändert ihre Position und schwimmt auf dem Rücken, Agnes' Kopf zwischen den Händen, wie sie es im Rettungsschwimmerkurs gelernt hat. Das geht besser, und Stück für Stück kommen sie voran. Sie hustet und schluckt Flusswasser, aber Adrenalin pumpt durch ihren Körper, sodass sie es trotz Kälte, Sauerstoffmangel und Erschöpfung schafft.

Vier Minuten, flüstert Håkan. *Ihr müsst an Land, du musst ihre Atmung wieder aktivieren.*

»Anna!« Sie schaut auf und sieht, wie Liza sich ein paar Meter vom Ufer entfernt mit einer Hand an einen großen Stein klammert. Ihr anderer Arm hängt in einem seltsamen Winkel kraftlos herab. Das Wasser dreht sich in schäumenden Wirbeln um den Stein herum.

»Ich schaffe es nicht. Die Strömung ist zu stark. Mein Arm!«, ruft Liza.

Anna ist nicht im selben Wasserwirbel gefangen, aber mit jeder Sekunde, die sie zögert, kommt sie ihm näher. Sie muss zum Ufer, jetzt sofort. Ihre Tochter hat Priorität vor der anderen.

Anna schlägt weiter mit den Beinen, wendet all ihre Kraftreserven an, um vorwärtszukommen. Plötzlich stoßen ihre Schultern gegen Steine. Sie setzt die Füße auf und kann ein paar Schritte machen, bevor sie den Halt verliert. Ein neuer Versuch, dann noch einer, bis sie das steinige Ufer erreicht hat. Sie schlägt sich die Knie an den Steinen am Grund und verdreht sich den Fuß, aber ihre Beine sind so unterkühlt, dass sie den Schmerz nur erahnt. Die Uferböschung ist nicht mehr als einen halben Meter hoch, aber als sie Agnes' Körper aus dem Fluss gehievt hat, endet die tragende Eigenschaft des Wassers, und durch das Gewicht fällt sie mit Agnes im Arm vor Erschöpfung hin. Ihr Magen zieht sich zusammen und schickt einen Schwall Wasser nach oben, der ihr im Hals brennt.

Liza ruft nach ihr. Håkan schreit in ihrem Kopf, dass sie auf die Beine kommen, Agnes ins Trockene bringen und mit der Wiederbelebung anfangen muss. Anna versucht, sich aufzurappeln, aber Arme und Beine gehorchen nicht mehr, und sie stürzt neben Agnes auf den Rücken. Jemand brüllt, laut und herzzerreißend vor Sorge und Ohnmacht. Es dauert ein paar Sekunden, bis Anna realisiert, dass sie es selbst ist.

Plötzlich packt jemand sie an den Schultern und zieht sie die Uferböschung hinauf. Sie sieht Gummistiefel, eine grüne Jagdhose und darüber eine Öljacke. Es ist Bror Klein.

Ohne ein Wort lässt er sie los, macht ein paar rasche Schritte zurück zum Wasser und zieht Agnes hoch. Deren Gesicht und Lippen sind weiß.

Die Hoffnung gibt Anna neue Kraft, sie kommt auf die Knie. Und wirft sich über Agnes. Schlägt Kleins helfende Hände weg und deutet auf den Stein, an dem sie Liza gesehen hat.

»Da draußen. Noch eine. Schnell!«

Er verschwindet aus Annas Blickfeld, während sie Agnes' Nase zukneift und den Mund auf ihren presst. Sie schmeckt Blut und pustet mit aller Kraft, die sie aufbringen kann. Sie hört das grässliche Blubbern in Agnes' Luftwegen. Sie pustet noch einmal, und noch einmal. Das Blubbern wird stärker.

Weiter, sagt Håkan. *Gib nicht auf!*

Sie bläst weiter und merkt, dass der Sauerstoffmangel ihre Sicht einschränkt. Trotzdem hört sie nicht auf. Agnes gurgelt, und wie Lava aus einem Vulkan strömt grünschwarzes Flusswasser aus ihrem Mund. Anna rollt Agnes auf die Seite und klopft ihr auf den Rücken, bis der Vulkanausbruch vorbei ist.

»Agnes!«, schreit sie.

Ihre Stimme klingt weit weg. Agnes rührt sich nicht.

»Agnes!« Ihr Gesichtsfeld wird kleiner. Sie ist kurz davor zu kollabieren.

Mit allerletzter Kraft schlägt sie Agnes noch einmal auf den Rücken, nimmt ihren Kopf zwischen die Hände und drückt ihr Gesicht gegen das der Tochter. Spürt Agnes' Blut auf ihrer eigenen Stirn.

»Agnes, Liebling!«

Und dann passiert etwas. Ein schwaches kleines Zucken in Agnes' Gesicht, ein Zusammenziehen des Zwerchfells und schließlich ein Husten. Noch mehr Wasser kommt hoch, klatscht ins Gras der Uferböschung und wird von dem wunderbaren Geräusch übertönt, als Agnes tief und stoßweise einatmet. Anna spürt den Boden schwanken, verliert fast das Gleichgewicht.

Noch nicht!

Sie drückt sich nach oben, um dem Körper unter ihr Raum zu verschaffen. Agnes hustet wieder und holt noch einmal wunderbaren Atem.

Anna sackt nach hinten. Sie nimmt noch wahr, wie Bror Klein triefend nass mit Liza im Arm aus dem Fluss stolpert.

Sie sieht sein Gesicht in einem gequälten Ausdruck erstarrt, bevor er langsam aus ihrem Blickfeld gleitet und von Baumkronen und einem hohen, klarblauen Herbsthimmel ersetzt wird.

Rasierklingen in Rot, Gold und Blau.

Sie breitet die Arme aus, schließt die Augen. Spürt, wie der Boden näher kommt, wie er sich beinahe erhebt, um sie aufzufangen.

Jetzt, flüstert Håkan. *Jetzt!* Und sie folgt seiner Stimme in die wohltuende Dunkelheit.

55

HERBST 2017

Sie und Håkan sind wieder in dem beengten kleinen Krankenzimmer. Alles ist wie immer. Die Luft, das Licht, das Summen der Maschinen und die Schläuche und Kabel, die sich wie Plastikwürmer über die Bettdecke schlängeln. Aber diesmal sind die Rollen vertauscht. Sie ist diejenige, die im Bett liegt, und er sitzt auf dem Stuhl.

Er sieht anders aus. Das hier ist der gesunde Håkan, aber doch auch wieder nicht.

Sie streckt eine Hand nach ihm aus, die Bewegung ist anstrengend, erfordert fast ihre gesamte Willenskraft.

Er nimmt ihre Hand in seine. Sie spürt die Wärme seiner Haut, spürt, wie die Tränen beginnen, ihr über das Gesicht zu laufen. Obwohl sie im Grunde weiß, dass es nicht wirklich ist, möchte sie ihm sagen, wie sehr sie ihn vermisst. Wie froh sie ist, ihn zu sehen.

»Das hast du gut gemacht«, sagt er. »Richtig gut, Liebste.«

Dann verändert sich alles.

Sie stehen Hand in Hand am Steinbruch. Ihr Krankenhaushemd flattert im Wind. Hoch über ihnen am Herbsthimmel fliegt eine Schar Gänse. Sie rufen einander klagend zu.

»Da«, sagt Håkan und zeigt zum Plateau hinauf.

Dort oben stehen vier Jugendliche, alle mit gesenkten Köpfen. Sie kennt sie vom Gruppenfoto.

Alex, Carina, Marie und Bruno.

Unter ihnen im schwarzen Wasser schwimmt Simon Vidjes Körper.

Der Wind weht durch das Herbstlaub an den Bäumen, und die Wasseroberfläche kräuselt sich.

Irgendwo in weiter Ferne spielt Musik. Eine helle Stimme, begleitet von einer Gitarre.

»I'll see you by the waters. The dark and lonely waters.«

Plötzlich ist Simons Körper weg, genau wie beim Wandgemälde, wenn man es bei Tageslicht betrachtet, und alles, was in dem alten Steinbruch zurückbleibt, ist dunkles, einsames Wasser.

»Du weißt, was du zu tun hast«, flüstert Håkan.

Sie hört ein Geräusch hinter sich und dreht sich um. Kies knirscht unter schmalen Reifen, und dann ertönt eine Fahrradklingel.

Sie wacht ruhig auf. Das Krankenhauszimmer liegt im Halbdunkel, und ihr wird unmittelbar klar, dass sie nicht allein ist. Jemand sitzt in einem Sessel in der Ecke und schläft, und einen kurzen Augenblick lang glaubt ihr Herz, dass es Håkan ist. Dann gewöhnen sich die Augen an das Dämmerlicht, und das Gehirn übernimmt wieder. Die Person im Sessel ist Liza Savic. Ihr linker Arm hängt in einem Tuch vor ihrer Brust.

Anna streckt sich nach dem Handgriff, der über ihr hängt, und benutzt ihn, um sich aufzusetzen. Die Bewegung bringt das Bett zum Knarren, die Schläuche auf der Decke spannen sich, und einer der Apparate, mit dem sie offenbar verbunden ist, gibt ein diskretes Piepsen von sich, woraufhin Liza zusammenzuckt.

»Sie sind wach«, sagt sie und steht auf.

»Agn…« Die Stimmbänder gehorchen ihr nicht richtig, sie muss sich räuspern und versucht es noch einmal. »W-Wo ist Agnes?«

Liza kommt zur Bettkante und nimmt ihre Hand, genau wie Håkan vorhin in Traum.

»Sie liegt auf der Intensivstation.«

Annas Herz beginnt zu rasen, sie zieht ihre Hand weg und versucht, aus dem Bett zu kommen. Noch ein Apparat fängt an zu piepen.

»Helfen Sie mir, ich muss aufstehen«, sagt sie, greift nach

dem Bettgitter und versucht, es herunterzuklappen. Liza probiert es von ihrer Seite aus. Das Gitter gibt nach, und Anna schafft es, sich auf die Bettkante zu setzen. Sie spürt, wie der Raum schwankt und ihre Augenlider schwer werden.

»Sie sollten lieber nicht …«, sagt Liza beunruhigt.

Die Tür öffnet sich, und eine Krankenschwester kommt herein. »Oh, Sie sind auf.« Sie kommt zu Anna und legt sanft eine Hand auf ihre Schulter.

»Wie geht es Ihnen?«

»Ich mu-huss hoch«, bringt sie hervor. »Meine To-ochter. Intensiv…«

Die Krankenschwester klopft ihr behutsam auf die Schulter. Ihre Augen schauen freundlich.

»Warten Sie, ich hole einen Rollstuhl«, sagt sie.

Agnes sieht so klein aus, wie sie da im Krankenhausbett liegt. Ihr rosarotes Haar liegt auf dem Kissen, ein weißer Verband bedeckt ihre Stirn, und eine Sauerstoffmaske verbirgt fast das gesamte restliche Gesicht.

Ihre Augen sind geschlossen, die Hand ist weder warm noch kalt.

»Wir behalten sie mindestens bis morgen Nachmittag im künstlichen Koma«, sagt die Ärztin und spricht dann von Gehirnerschütterung, Sauerstoffmangel und Wasser in der Lunge, und obwohl sich Anna äußerst anstrengt, um zuzuhören, bleiben die Worte nicht richtig haften. Alles, was sie sieht, ist Agnes, in genau so einem Bett wie Håkan, als er starb, und am liebsten würde sie einfach aus dem Rollstuhl aufstehen und ihre Tochter an sich ziehen. Sie mit nach Hause nehmen.

Es war nicht deine Schuld, sagt Håkan. *Das weißt du doch, oder?*

Sie antwortet ihm nicht. Stattdessen beugt sie sich vor und lehnt ihre Stirn an Agnes' Unterarm. Sie drückt sich so nah an sie wie möglich und atmet ihren Duft ein, so wie sie es immer tat, als Agnes klein war und einen Albtraum gehabt hatte.

»Ich bin hier, Liebling«, murmelt sie. »Mama ist da. Alles wird gut.«

Sie hört die Ärztin und die Krankenschwester die Tür hinter sich schließen. Den Kopf an Agnes' Arm gelehnt, bleibt sie sitzen, während sie langsam zwischen Schlaf und Wachsein hin- und herschwankt. Unmittelbar bevor sie einschläft, hat sie den Eindruck, dass sie nicht allein im Zimmer sind. Håkan steht direkt neben ihr, die eine Hand auf Agnes' Schulter gelegt, die andere auf ihre eigene.

Als sie aufwacht, liegt sie wieder in ihrem Bett und erinnert sich nur schwach daran, wie es der Ärztin gelungen ist, sie zu überreden, eine Weile auszuruhen. Ein großer Blumenstrauß steht in einer Zimmerecke, er muss geliefert worden sein, während sie schlief. Trotz der Entfernung glaubt sie, Nennmich-Lasses Unterschrift auf der Karte zu erkennen.

Ihr Körper fühlt sich total kraftlos an. Die Muskeln schmerzen, als ob sie zehn harte Trainingseinheiten hintereinander durchgeführt hätte, und sie muss die Krankenschwester bitten, ihr den Joghurt zu öffnen, der auf ihrem Frühstückstablett steht. Als sie fertig gegessen hat, schaut ein anderer Arzt in ihrem Zimmer vorbei, blättert in seinen Papieren und erklärt ihr, dass sie ziemlich mitgenommen und blau geschlagen ist und einiges an Flusswasser geschluckt hat, dass sie aber darüber hinaus wie durch ein Wunder keine ernsthaften Schäden davongetragen hat und daher entlassen werden kann, sobald sie sich erholt hat.

Nachdem er gegangen ist, hat sie Zeit, über den Verlauf der Ereignisse nachzudenken. Die Bremsen, die nicht mehr funktionierten, das Schleudern in der Kurve. Wie sie sich den Hang hinunter überschlugen und im Fluss landeten. Der Arzt war zu professionell, um etwas zu sagen, aber es hätte deutlich schlimmer ausgehen können. Wären sie gegen einen dickeren Baum geprallt, oder wäre der Wagen auf dem Dach im Wasser gelandet, hätte keine von ihnen überlebt. Der Gedanke hat etwas Lähmendes an sich.

Ein schwaches Klopfen an der Tür lässt sie aufschauen.

Jens Friberg kommt herein, wie immer trägt er eine perfekte Uniform.

»Wie geht es dir?«, fragt er und sieht tatsächlich beunruhigt aus.

»Als hätte mich jemand mit einer Dampfwalze überfahren.«

»Und deiner Tochter?«

»Gehirnerschütterung. Sie behalten sie bis morgen Nachmittag im künstlichen Koma.«

Er nickt kurz, unterlässt es zu sagen, wie schrecklich das sein muss, weshalb sie ihm noch einen Pluspunkt gutschreibt.

»Erinnerst du dich daran, was passiert ist?«, fragt er und holt seinen Notizblock hervor. Also ist er dienstlich hier, nicht als Freund. Sie streicht schnell den Pluspunkt, den sie ihm gerade gegeben hat, und noch einige weitere aus reiner Kleinlichkeit.

»Die Bremsen haben nicht mehr funktioniert«, sagt sie kurz. »Ich bin in ein großes Schlagloch auf einem der Forstwege geraten, ungefähr zwei Stunden vorher. Außerdem fand ich, dass es komisch roch, als wir ins Auto stiegen, um nach Nedanås runterzufahren, also wahrscheinlich hat es ein Loch in den Bremsschlauch geschlagen, und die Bremsflüssigkeit ist ausgelaufen.«

Friberg notiert, was sie sagt, aber Anna sieht, dass er die Stirn runzelt.

»Was ist?«, fragt sie.

»Sind keine Warnlampen angegangen?«

»Nein, erst als die Bremsen völlig den Geist aufgaben. Da hat das ganze Armaturenbrett geblinkt.«

»Okay.« Er notiert noch etwas und schweigt dann eine Weile, bevor er sich traut, eine letzte Frage zu stellen.

»Du kennst niemanden, der einen Grund hätte, dir zu schaden?«

Als Friberg gegangen ist, bittet sie darum, das Flusswasser von sich abwaschen zu dürfen. Sie steht lange unter der heißen Dusche, während sie darüber nachdenkt, was er angedeutet hat.

Ihr Wagen stand eine gute Stunde lang unbewacht an der Schranke, was jemandem mit dem richtigen Werkzeug und ausreichenden Kenntnissen genug Zeit gab, die Bremsen zu sabotieren. Wer wären in dem Fall denkbare Täter? Liza hatte Bruno und Marie erzählt, wohin sie wollten. Außerdem hatten sie mit Caia Bianca und Alex an der Schranke gesprochen. Also mindestens vier Leute, die sowohl ein Motiv als auch die Gelegenheit gehabt hätten.

Als sie aus der Dusche kommt, hat eine Krankenschwester ihre Kleider bereitgelegt. Sie sind sauber und trocken, aber Anna glaubt, trotzdem noch den Geruch des Flusswassers daran wahrzunehmen. Dennoch ist das bedeutend besser als das Krankenhaushemd, also zieht sie sich an und geht in Lizas Zimmer, das Wand an Wand mit ihrem liegt.

Liza hält die Fernbedienung in ihrer unverletzten Hand und zappt träge durch die Programme des Fernsehers, der in einer Ecke hängt. Sie scheint sich zu freuen, als Anna kommt.

»Hallo. Ich habe vor einer Weile bei Ihnen reingeschaut, aber da haben Sie geschlafen. Wie geht es Ihnen? Wie geht es Agnes?«

Sie berichtet, was der Arzt gesagt hat und dass sie jetzt auf dem Weg nach oben zu Agnes ist, um da zu sein, wenn sie geweckt wird.

»Und bei Ihnen?«

»Ein gebrochenes Schlüsselbein und ein paar kaputte Rippen«, sagt Liza. »Sonst geht es ganz gut.«

Ein paar Sekunden lang ist es still.

»Also«, sagt Anna, die meint, kommentieren zu müssen,

was im Wasser passiert ist. »Ich wollte Ihnen wirklich helfen, aber ich war so mit Agnes beschäftigt. Sie war schließlich bewusstlos …«

Sie macht eine entschuldigende Handbewegung, aber Liza winkt ab.

»Natürlich mussten Sie das. Außerdem haben Sie mich im Auto vom Sicherheitsgurt befreit. Wenn Sie das nicht getan hätten, würde ich jetzt nicht hier sitzen. Es gibt wirklich nichts, wofür Sie sich zu entschuldigen brauchen, Frau Vesper.«

Liza richtet sich ein wenig auf. »Gehen Sie jetzt hoch zu Agnes, und wenn es in Ordnung ist, schaue ich vielleicht später vorbei?«

»Natürlich.« Anna lächelt, merkt, dass sie Liza immer sympathischer findet. »Wollen wir uns nach alldem nicht duzen?«

Draußen auf dem Flur stößt sie beinahe mit Bengt Andersson zusammen. Er hält einen großen, schön eingepackten Blumenstrauß in der Hand, und als er sie sieht, strahlt er mindestens zwei Nuancen zu viel auf.

»Anna, wie wunderbar, Sie auf den Beinen zu sehen! Sie können sich denken, dass wir alle sehr besorgt waren.«

Er überreicht ihr die Blumen, und sie murmelt ein Dankeschön. Fragt sich, wen er mit wir alle meint.

»Hätten Sie ein paar Minuten Zeit, unter vier Augen zu sprechen?«, fragt er leiser.

Anna schaut auf die Uhr. Eigentlich würde sie am liebsten zu Agnes hochgehen, aber sie hat noch ein paar Minuten, und außerdem interessiert es sie, was er zu sagen hat. Sie führt ihn in ihr Zimmer und stellt die Blumen in eine Vase, die sie in einem Regal findet, während er sich in den Sessel setzt.

»Wie schrecklich, das mit dem Autounfall. Ich habe mit der Intensivstation gesprochen. Göransson, der Chefarzt, und ich kennen uns vom Rotary.«

»Aha«, sagt sie spitz und ist kurz davor, ihn zu fragen, ob eine Mitgliedschaft dort die ärztliche Schweigepflicht aufhebt, aber er kommt ihr zuvor, indem er abwehrend die Hände hebt.

»Also, er hat natürlich keinerlei Details erwähnt. Ich habe mich nur versichert, dass Agnes die bestmögliche Versorgung erhält, und Sie können ganz beruhigt sein. Sie ist in den allerbesten Händen.«

»Wie schön.«

»Tja«, sagt Bengt Andersson und lächelt noch breiter. »Wie Sie wissen, bin ich ja Vorstandsvorsitzender von Glarea. Die ganze Geschichte mit dem Selbstmörder. Rydell, oder wie er hieß …«

Er macht eine nonchalante Handbewegung, um zu zeigen, dass er sich kaum daran erinnert, wie Joe Rylander heißt, noch, wer er ist, aber lügt so offensichtlich, dass sie sich noch nicht einmal anstrengen muss, um es zu erkennen.

»Eine traurige Geschichte, sowohl für Glarea als auch für die Kommune Nedanås, nicht wahr?«

»Ganz zu schweigen von Rylanders Angehörigen«, erwidert sie säuerlich.

»Jaja, das stimmt natürlich«, murmelt er. »Aber wenn ich es richtig verstanden habe, war Rylander kein Mensch mit engen Beziehungen. Er hat keinen Unterhalt für die Kinder bezahlt, und die älteste Tochter kannte ihn wohl kaum?«

»Er bedeutete jemandem etwas«, sagt sie.

»Was?«

»Rylander. Er bedeutete jemandem etwas. Das tun alle.«

Bengt Andersson zuckt mit den Achseln, als wolle er nicht so ganz akzeptieren, was sie da sagt.

»Jedenfalls«, fährt er fort. »Sie untersuchen die Sache jetzt seit fast zwei Wochen, und soweit ich es verstanden habe, gibt es wohl nichts, was der Annahme widerspricht, dass es sich um einen tragischen Selbstmord handelt, oder?«

Sie widerspricht nicht, konstatiert lediglich, dass Bengt

Andersson sehr gut informiert ist dafür, dass er sich angeblich nicht an Rylanders Namen erinnert.

»Selbstverständlich ist es Ihre Ermittlung, und es läge einem Laien wie mir fern zu versuchen, Sie irgendwie zu beeinflussen.« Er hebt wieder die Hände.

Aber, denkt sie. Denn natürlich kommt noch was.

»Aber ich frage mich einfach in aller Bescheidenheit, ob es nicht möglich wäre, diese traurige Geschichte zu beenden, bevor sie unerwünschte Aufmerksamkeit weckt. Viele innerhalb und außerhalb der Kommune würden das zu schätzen wissen.«

Sein Lächeln ist aufgesetzt und übertrieben.

»Wir haben hart gearbeitet, um Nedanås einen gewissen Ruf zu verleihen, und ich bin stolz, sagen zu können, dass es uns gelungen ist. Der Fernzug kommt nächstes Jahr, wie Sie wissen, und mit ihm mehr Unternehmen und Möglichkeiten. Wir haben mehr Zuzug als Wegzug, die Kommune und die Immobilienpreise steigen. Gute Schulen und eine niedrige Verbrechensrate sind treibende Faktoren, und die ganze Geschichte mit …« Er verstummt und tut so, als suche er nach dem Namen. »… Rylander läuft Gefahr, uns einen unerwünscht schlechten Ruf zu geben. Sie müssen entschuldigen, wenn das etwas krass klingt, aber einen Menschen wie ihn zerstören zu lassen, was so viele andere jahrelang aufgebaut haben, erschcint mir nicht angebracht …«

Bengt scheint darauf zu warten, dass sie etwas sagt, aber sie schweigt lieber.

»Ich weiß, dass Sie und Henry Morell über Kreuz gekommen sind«, fährt er sanft fort. »Ich persönlich finde das zutiefst schade. Sie sind eine hoch qualifizierte Polizistin, trotz dieser traurigen Geschichte, über die etwas in der Zeitung stand, und wir würden Sie sehr gern hier in Nedanås behalten.«

Er lächelt immer noch einschmeichelnd, aber sein Blick ist hart geworden.

»Aber damit das passiert, brauchen Sie loyale Freunde. Menschen, die gut von Ihnen sprechen und mit denen Sie zusammenarbeiten können.«

Anna versucht, ruhig zu bleiben, versucht, die unterschwellige und zugleich offensichtliche Drohung in dem, was er gerade gesagt hat, zu ignorieren.

»Marie, Bruno, Alex und Carina haben Simon Vidje in derselben Nacht, in der er starb, misshandelt«, sagt sie beherrscht. »Joe Rylander versuchte, sie zu erpressen. Hat Morell das auch erzählt?«

Bengt Anderssons Gesicht wird blass. »Ja, ich habe etwas davon gehört.«

»Dann verstehen Sie sicher, warum ich die Ermittlung nicht einfach niederlegen kann, oder?« Sie begegnet seinem Blick und hält ihm einige Sekunden lang stand. Dabei stellt sie fest, dass er denselben harten Zug um Nase und Augen hat wie seine Tochter.

»Können Sie nicht, oder wollen Sie nicht?«

»Spielt das eine Rolle?«

Sie schweigen und beobachten sich einen Moment lang.

»Also«, sagt Bengt Andersson plötzlich und steht auf. »Dann will ich Sie nicht länger stören.«

Er streckt die Hand aus, und sie schüttelt sie widerwillig. »Sie möchten wahrscheinlich am liebsten bei Agnes sein, und ich selbst habe ein paar Telefonate zu erledigen.«

Als Bengt Andersson gegangen ist, geht Anna zum Fenster. Das Zimmer liegt mit Blick auf den Haupteingang des Krankenhauses, und direkt davor parkt auf dem Platz für die Einsatzfahrzeuge ein wohlbekannter dunkelblauer Volvo. Als Bengt Andersson herauskommt, öffnet sich die Wagentür, und Henry Morell steigt aus. Er und Bengt Andersson scheinen eine kurze, aber lebhafte Diskussion zu haben, bevor sich beide umdrehen und direkt zu ihrem Fenster heraufschauen. Trotz der Entfernung ist sich Anna ziemlich sicher, dass die beiden Männer lächeln.

Oben auf der Intensivstation schläft Agnes immer noch tief. Anna sitzt eine Weile bei ihr, hält ihre Hand, streichelt ihr die Wange und tut ihr Bestes, um die Tränen zurückzuhalten. Nach einer halben Stunde schaut die Ärztin herein. Es ist dieselbe Frau, mit der sie in der Nacht gesprochen hat.

»Ich habe mich mit meinen Kollegen beraten, und alles sieht gut aus, daher haben wir vor, die Narkose jetzt abzusetzen. Das bedeutet, dass sie in ungefähr einer halben Stunde aufwachen wird.«

»Gut.« Anna schaut auf die Uhr. »Könnte ich vielleicht ein Telefon benutzen?«

Da ihr Handy zusammen mit ihrem Auto auf dem Grund des Flusses liegt, muss sie die Auskunft anrufen, um die Nummer ihres Anwalts zu bekommen. Er nimmt nach zweimaligem Klingeln ab, obwohl Sonntag ist. Der Anruf entspringt einer Idee, auf die sie kam, nachdem sie Bengt Andersson und Henry Morell im Gespräch gesehen hatte.

»Anna, wie gut. Ich habe dich vorhin angerufen, aber das Handy war aus.«

Sie hat nicht die Kraft, ihm zu erklären, was passiert ist, sondern wartet stattdessen darauf, dass er zur Sache kommt.

»Einer von Santessons Leuten hat sich gerade gemeldet. Offenbar ist es ihnen gelungen, DNA-Spuren auf den Knöpfen der Infusionspumpe zu finden. Es ist eine äußerst geringe Menge, aber sie rechnen damit, nächste Woche ein Profil zum Abgleich fertig zu haben.«

»Aha«, sagt sie und spürt, wie das wenige an Energie, das sie zusammengekratzt hat, wieder verrinnt. Bestimmt haben Andersson und Morell darüber gelacht. »Warum teilt man uns das mit?«

»Taktik, nehme ich an. Vielleicht sind die DNA-Reste zu klein, um ein Profil erstellen zu können. In dem Fall möchte Santesson wahrscheinlich einen Plan B haben. Sein Angebot der Strafmilderung bei vollem Geständnis gilt jedenfalls heute noch. Denk darüber nach und melde dich bis spätestens achtzehn Uhr, wenn ich mich darum kümmern soll, okay?«

Anna legt auf, verbirgt ihr Gesicht zwischen den Händen und beugt sich über ihre Knie. Nicht auch noch das, nicht jetzt.

Sie sitzt wieder bei Agnes und hält deren Hand in der ihren. Die Sauerstoffmaske ist weg, und ohne sieht sie viel weniger krank aus. Fast als würde sie schlafen. Es ist jetzt genau eine halbe Stunde vergangen, seitdem die Ärztin die Infusionspumpe mit dem Schlafmittel abgestellt und aus dem Raum gerollt hat. Ironischerweise ist es genauso eine Pumpe wie diejenige, die Oberstaatsanwalt Santesson wie ein Schwert über ihrem Kopf schweben lässt.

Agnes' Augenlider beben. Ihre Hand drückt die ihrer Mutter. Anna erwidert den Druck und vergisst alles andere um sich herum.

Es zuckt ein wenig um Agnes' Mund, dann öffnen sich langsam ihre Augen. Der Blick ist verschwommen und scheint sich nur mühsam zu fokussieren.

»Agnes«, flüstert Anna. »Agnes, mein Schatz, hörst du mich?«

Der Blick ist leer und flackert.

Anna denkt an das Wasser, daran, wie viele Minuten Agnes ohne Sauerstoff war. Daran, was das mit ihrem wunderbaren, fragilen Gehirn angerichtet haben kann.

»Agnes«, flüstert sie noch einmal. Ihre Stimme stockt.

Agnes schließt die Augen und sieht fast so aus, als würde sie wieder einschlafen. Anna dreht sich zur Ärztin um, die gerade in den Raum kommt.

»Ich werde sie untersuchen«, sagt sie leise. »Es kann eine Weile dauern, bis …«

»Mama.«

Anna dreht sich um. Agnes' Augen sind geöffnet. Der Blick ist klarer.

»Ich habe Durst«, sagt sie mit kleiner Stimme.

Und plötzlich löst sich alles.

Nachdem die Ärztin konstatiert hat, dass es Agnes den Umständen entsprechend gut geht, sitzen sie still beisammen, während Anna Mut sammelt. Die Deckenlampe ist ausgeschaltet, die Jalousie halb geöffnet, und der Raum liegt in einem weichen Halbdunkel.

»Ich muss dir etwas erzählen«, sagt sie. »Etwas, das ich dir schon lange hätte sagen müssen. Über deinen Vater.«

Agnes richtet sich ein wenig auf.

»Über den wahren Grund, warum wir hierhergezogen sind«, fährt sie fort. »Oder geflohen, könnte man vielleicht auch sagen.«

Anna holt tief Luft und beginnt dann zu sprechen. Langsam, mit mehrmaligem Luftholen und fast ohne zu stottern, geht sie ihre ganze Geschichte durch, obwohl es das Schwerste ist, was sie je gemacht hat. Sie beginnt damit, wie sie und Håkan sich auf der Polizeihochschule kennengelernt haben, erklärt, warum sie sich getrennt haben, und zum Schluss berichtet sie, wie er gestorben ist. Sie erwähnt jedes noch so schmerzhafte Detail und lässt nichts aus, obwohl ihr die Tränen über das Gesicht laufen.

Danach sitzt sie auf Agnes' Bett, hält ihren Kopf auf dem Schoß. Sie streicht ihrer Tochter über die Stirn, bis diese einschläft, wie früher, als sie klein war.

Mein geliebtes kleines Mädchen, denkt sie.

Unser geliebtes kleines Mädchen.

Sie kann Håkan ins Zimmer kommen hören. Sie erahnt ihn als grauen Schatten im Dunkeln an der Wand. Nicht mehr in ihrem Kopf, sondern frei.

Du hast das Richtige getan, Liebling, flüstert er.

Sein Ton ist freundlich und traurig. Sie weiß, warum. Seine

Verstimmung rührt von dem eigentlichen Grund her, warum sie so lange gewartet hat, es Agnes zu erzählen. Er stellt sich dicht neben sie.

Musst du fort?, fragt sie. Oder zumindest denkt sie es. Kannst du nicht noch bleiben, nur noch ein bisschen?

Er antwortet nicht, lächelt nur wehmütig, und sie überlegt, ob sie ihn noch einmal bitten soll zu bleiben. Ihm erklären soll, dass sie und Agnes ihn noch brauchen. Aber sie weiß, dass es sich nicht lohnt.

Zeit zu gehen, flüstert er sanft und streicht ihr über die Wange. *Leb wohl, meine geliebte Anna. Alles wird gut.*

Sie zählen die Sequenz zusammen runter, genau wie beim letzten Mal.

Drei, drei, sieben, fünf, neun, zwei.

Select.

Dann, mit einem kurzen erleichterten Seufzen, ist er weg.

56

HERBST 2017

Nachdem Agnes in ein Zimmer auf einer normalen Pflegestation verlegt wurde, beschließt Anna widerwillig, nach Hause zu fahren. Sie muss etwas essen und sich umziehen, und außerdem hat sie noch einen wichtigeren Grund. Milo. Agnes hat sie nach dem Hund gefragt, und idiotischerweise ließ sie sich vom Mutterreflex leiten und behauptete, es gehe ihm gut. Eine absolute Lüge. Aber nach einem lebensgefährlichen Autounfall aus der Bewusstlosigkeit zu erwachen und dann die Wahrheit über den Tod des Vaters zu erfahren, das allein ist schon mehr, als einer Sechzehnjährigen an einem Tag zuzumuten ist.

Das letzte Mal, dass Anna Milo gesehen hat, saß er mit Agnes auf dem Rücksitz, und sie ist sich ziemlich sicher, dass der Hund bewusstlos wurde, als sie sich überschlugen, und er anschließend mit dem Auto in den Fluss gestürzt ist. Der Wagen kann erst in ein paar Tagen geborgen werden, bis dahin besteht jedenfalls noch die Hoffnung, dass Milo es irgendwie herausgeschafft und dann den knapp zehn Kilometer weiten Weg zurück nach Tabor gefunden hat, aber Anna ist selbst nicht davon überzeugt.

Sie holt ihre noch feuchte Jacke aus ihrem alten Zimmer, bezahlt die zweihundert Kronen, die sie für die Notfallversorgung zahlen muss, und schaut auf dem Weg nach draußen bei Liza vorbei. Liza scheint über die Neuigkeit, Agnes betreffend, aufrichtig froh.

»Ich bleibe noch über Nacht«, sagt sie. »Ist es in Ordnung, wenn ich Agnes morgen früh kurz besuche?«

»Natürlich!«

»Wie geht es eigentlich ihrem kleinen Hund?«, erkundigt sich Liza besorgt.

Anna zwingt sich zu einem Lächeln. »Ich hoffe, es geht ihm gut, entgegen aller Wahrscheinlichkeit. Ich will jetzt nach Hause fahren, um nach ihm zu suchen.«

Anna hat vor, unten am Empfang ein Taxi zu rufen, erfährt aber, dass schon eines an der Notaufnahme steht, und geht stattdessen dorthin. Ihr Körper ist noch träge, die Muskeln schmerzen, und ihre Bewegungen sind steif und langsam. Sie findet das Taxi und bemerkt gleichzeitig einen bekannten Laster mit polnischem Nummernschild, der in die Entladezone einbiegt. Zwei Männer springen heraus, und Anna erkennt sie sofort wieder. Es sind zwei der Polen aus Änglaberga, die ihr und Agnes beim Einzug geholfen haben. Der eine von ihnen hat einen großen, blutigen Verband am Unterschenkel. Er stützt sich hinkend auf den anderen Mann, während sie auf den Eingang der Notaufnahme zugehen. Der Lkw bleibt in der Ladezone stehen. Anna erkennt auch den Fahrer vom Umzug wieder. Als sie näher kommt, nickt er ihr zu und lässt die Scheibe herunter.

»What happened?«, fragt sie.

»Accident«, antwortet der Mann.

»Where?«

»In forest.« Der Fahrer sieht aus, als wolle er noch etwas sagen, aber im selben Moment kommt sein unverletzter Landsmann aus der Notaufnahme und ruft etwas auf Polnisch, woraufhin er das Fahrzeug startet.

»Sorry«, sagt er entschuldigend, bevor er das Fenster hochfährt.

Die Fahrt dauert fünfundvierzig Minuten, und das letzte Stück muss sie den Taxifahrer leiten. Als sie an der Kurve vorbeikommen, in der sie die Kontrolle über den Wagen verloren hat, zwingt sie sich, die Augen zu schließen. Sie möchte nicht sehen, wie nahe sie dem Tod tatsächlich waren.

Tabor liegt still und verlassen da, als sie nach Hause

kommt. Nur die Außenlampe leuchtet, und sie beugt sich ein wenig zwischen den Sitzen vor, um zu sehen, ob auf der Treppenstufe eine kleine, weiße Gestalt liegt und wartet. Sie ist leer, und Anna spürt einen wachsenden Druck auf der Brust.

Sie schickt das Taxi weg, geht dann durchs Haus und schaltet alle Lichter an, bevor sie wieder nach draußen geht.

»Milo!«, ruft sie. »Miii-loo!«

Nur das Rauschen des Windes in den Bäumen ist zu hören.

Sie lässt die Haustür offen, für den Fall, dass er auftauchen sollte, sucht dann nach dem schnurlosen Telefon und kommt nach ein paar Versuchen auf den richtigen PIN-Code, sodass sie die Mailbox ihres Handys abhören kann.

Zuerst eine Nachricht von ihrem Anwalt, die sie löscht, danach eine, die sie etwas verwundert.

»Hallo, hier ist Alex ... Morell.« Die Stimme klingt ein bisschen unsicher. »Ich wollte nur hören, wie es dir geht. Ich habe darüber nachgedacht, was du gesagt hast. Über den Jungen, der ich war, und den Mann, der ich geworden bin. Ich weiß nicht, wann mein Leben aufgehört hat, aber ich habe vor, es mir zurückzuholen. Egal, was es kostet ...«

Er scheint vergessen zu haben, was er noch sagen wollte, oder er bereut es einfach, denn der Anruf endet abrupt.

Sie wartet auf die dritte Nachricht und erkennt sofort die knarrige Stimme des Polizeidirektors. Obwohl er damit anfängt, dass er ihren Unfall bedauert, und wie froh und erleichtert er ist, dass sie alle überlebt haben, ist ihr sofort klar, was er will. Sie spürt, wie der Druck auf ihrer Brust zunimmt.

»... beschlossen, Sie auf einen neuen Posten hier in Malmö in meiner Kanzlei zu versetzen, wo Ihre einzigartigen Kompetenzen besser genutzt werden können. Bessere Karrieremöglichkeiten, höheres Gehalt ...«

Er lässt es nach einer Beförderung klingen. Einem Schritt auf der Karriereleiter. Betont sogar, dass sein Vertrauen in sie nicht erschüttert ist, und endet damit, dass es jetzt das Wichtigste sei, dass sie sich richtig von dem Unfall erholt und an ihre Familie denkt. Anna weiß sehr gut, was passiert ist, sie braucht nur die Zeiten zu vergleichen. Die Nachricht des Polizeidirektors kam knapp zwei Stunden nach ihrer Begegnung mit Bengt Andersson. Der Autounfall war der Tropfen, der das Fass zum Überlaufen brachte und den Polizeidirektor zwang, dem Druck von Bengts und Morells ehrenwerten Freunden, wahrscheinlich mit der kleinen, schicken Frau Landshövding an der Spitze, nachzugeben.

Ein paar Stunden Papierkrieg, um einen geeigneten Rückzugsposten für sie herbeizuzaubern, und dann wird sie gefeuert. Denn natürlich ist es das, was geschehen ist, auch wenn der Polizeidirektor das Gegenteil behauptet. Die alten Herren haben gewonnen, und sie wurde gefeuert. Das Atmen fällt ihr plötzlich schwer. Die Luft in der Küche scheint dicker geworden zu sein, und ihre Lungen sind viel zu klein.

Sie geht wieder nach draußen und setzt sich auf die Treppenstufe, wobei sie die Tür zum leeren Haus offen lässt. In der kalten Abendluft atmet sie ein paarmal tief durch.

Immer noch kein Milo. Morgen muss sie Agnes sagen, dass der Hund, den sie von ihrem Vater bekommen hat, der ihre letzte Verbindung zu Håkan ist, aller Wahrscheinlichkeit nach verschwunden ist. Der Druck auf der Brust wandert zum Hals, und ohne Vorwarnung beginnt sie, heftig zu weinen. Agnes und sie haben vorhin schon gemeinsam geweint, aber das hier ist etwas ganz anderes. Sie stützt die Arme auf die Knie, lehnt den Kopf dagegen und weint so, dass sie kaum noch Luft bekommt. Sie wünscht sich, Håkan wäre noch in ihrem Kopf und würde ihr etwas Tröstendes sagen, ihr versichern, dass irgendwie alles gut werden würde. Sie wünscht sich, er konnte ihr sagen, dass sie auch diesen Rückschlag verkraften wird. Aber Håkan hat sie verlassen, er hat sie und Agnes verlassen und kommt nie mehr wieder. Genau wie Milo.

Sie weint mehrere Minuten lang, bis der Druck langsam nachlässt. Etwas Kaltes berührt ihre Hand, sie hebt sie abschirmend an die Augen und schaut auf.

Da ist Milo. Der Hund legt den Kopf schief, schaut sie an, als würde er sich zwar freuen, sie zu sehen, wollte es aber nicht zeigen. Anna greift nach seinem Halsband, zieht den dummen Hund zu sich und umarmt ihn, so fest sie kann. Milo wehrt sich nicht und beginnt, ihr Gesicht abzuschlecken.

Sie hört Schritte auf dem Schotter und schaut auf. Mats Andersson kommt über den Hof.

»Ach, ihr seid wieder zu Hause«, stellt er fest und schaut in die Küche hinein.

»Nur ich, Agnes bleibt noch ein paar Tage im Krankenhaus«, sagt Anna.

»Ach so.« Er verzieht enttäuscht den Mund. »Wie geht's ihr?«

»Ganz gut, den Umständen entsprechend.«

Mats nickt. »Die Tante hat von dem Unfall erzählt, da bin ich runtergefahren, um nachzusehen. Die Polizei hatte überall so blau-weiße Bänder gespannt. Gerade als ich dastand, kam er angelaufen.« Der große Mann zeigt auf Milo. »Ihm war kalt, und er war nass und hungrig, also habe ich ihn mit nach Änglaberga genommen, habe ihn gewaschen und ihm was zu fressen gegeben.«

»Tausend Dank. Agnes wird sehr glücklich sein. Ich hatte …« Sie räuspert sich. »Wir hatten Angst, dass er mit dem Auto im Wasser geblieben ist.«

Mats schüttelt den Kopf. »Oh, nein. Nicht dieser kleine Racker. Dafür ist er viel zu tough.«

»Möchtest du reinkommen?«, fragt Anna. »Ich habe allerdings nicht viel anzubieten.«

Er schüttelt wieder den Kopf. »Nee, muss nach Hause. Hab noch was zu tun.« Er beugt sich vor, krault Milo mit seiner riesigen Hand zwischen den Ohren, dreht sich dann um und geht. Der Hund jault, reißt sich von Anna los und springt ihm hinterher.

»Warte, Mats!«, ruft sie, steht auf und winkt ihn zu sich zurück.

»Möchtest du Agnes morgen im Krankenhaus besuchen?«

Das Gesicht unter dem wilden Bart leuchtet auf. »Darf ich?«

Sie nickt und führt ihren Gedanken weiter aus. »Vielleicht könntest du sogar Milo mitnehmen. Das ist eigentlich gegen die Krankenhausregeln, aber sie würde sich sehr freuen.«

Mats' Lächeln wird noch breiter. »Kein Problem. Ich kann ihn unter den Mantel stecken.«

Er zwinkert ihr zu und öffnet seine Jacke, um ihr zu zeigen, was er meint.

»Gut, dann, abgemacht. Besuchszeit ist ab neun. Sie liegt auf Station neunzehn, Raum vier.«

Mats nickt zufrieden, er sieht beinahe glücklich aus. Anna selbst fühlt sich auch bedeutend frischer. Als hätten der kleine Hund und der große Mann ihr neue Kraft gegeben.

»Danke, Mats«, sagt sie und streckt die Hand aus.

Er schüttelt sie langsam mit seiner Pranke, die doppelt so groß ist wie ihre Hand. Er sieht immer noch froh aus, aber sie bemerkt, dass sein Blick zum Fenster des Predigtsaals hinaufwandert.

»Du brauchst übrigens kein schlechtes Gewissen zu haben, dass du Elisabet nicht erzählt hast, was im Steinbruch passiert ist«, sagt sie. »Marie hatte es ihr bereits gebeichtet.«

Der große Mann zuckt zusammen und sieht aus, als würde er nicht richtig verstehen, was sie meint.

»Deine Tante weiß schon von der Prügelei«, versucht sie, es zu verdeutlichen. »Marie hat es ihr erzählt, kurz nachdem eure Mutter gestorben war. Deshalb ist Elisabet ihr nicht böse.«

Mats verzieht unsicher den Mund.

»Es spielt also keine Rolle, dass du nichts erzählt hast«, endet sie.

Er nickt, und sein Gesicht hellt sich wieder ein bisschen auf.

»Erinnerst du dich eigentlich noch an irgendetwas, was nach dem Streit passiert ist?«, fragt sie, eher aus alter Gewohnheit.

Mats schüttelt den Kopf.

»Nee.« Er schüttelt immer noch den Kopf. »Als es angefangen hat zu regnen, bin ich nach Hause gefahren.«

»Wie bist du nach Hause gekommen?« Sie muss an Simons Fahrrad denken.

»Mit dem Moped«, sagt er und macht ihre Hoffnung zunichte, das Rätsel gelöst zu haben. »Es hat in Strömen geregnet, ich hätte es im Dunkeln fast nicht gefunden. Dann ist mir auf dem Heimweg in der Kurve jemand entgegengekommen, da bin ich eben gestürzt. Ich hab immer noch die Narbe davon.« Er klopft sich auf das Bein. »Die Leute fahren wie die Irren hier oben, das hast du vielleicht auch schon gemerkt?«

Er kratzt sich am Hals und lacht dabei erleichtert, als ob er langsam begreifen würde, was sie vorhin gesagt hat.

»Danke, dass du mir das von Marie erzählt hast. Das hat mir lange zu schaffen gemacht, aber ich hab mich nicht getraut, was zu sagen.«

»Wir müssen danken, Mats. Du hast doch Milo gerettet, stimmt's? Du bist der Held des Tages.«

Das Lächeln des Mannes wird breiter. Er nickt zum Abschied, dreht sich dann um und geht zurück in den Wald, mit Milo, der um seine Füße herumspringt.

»Dummer Hund«, murmelt Anna und ertappt sich selbst dabei, dass sie lächeln muss.

57

HERBST 2017

Sie beginnt den Morgen damit, die Versicherung anzurufen und die praktischen Details bezüglich des Unfalls zu klären. Dann fährt sie mit dem Taxi zu einem Autoverleih am Rande von Helsingborg, unterschreibt den Vertrag für einen Mietwagen und fährt zum Krankenhaus. Als sie in Agnes' Zimmer kommt, empfängt sie ein unerwarteter Anblick.

Agnes sitzt im Bett mit einem aufgedrehten Milo im Arm, der jedes Stückchen Haut von ihr abschleckt, das er finden kann. Der Riese Mats lehnt entspannt an der Wand. Auf dem Tisch neben ihm steht ein Blumenstrauß, der sehr teuer gewesen sein muss, und erst als sie die beiden anderen Personen im Zimmer sieht, wird das Bild stimmig. Elisabet Vidje sitzt auf dem Besucherstuhl, und neben ihr steht Bror Klein.

»Hallo, Mama!«, ruft Agnes mit einer Freude in der Stimme, die Anna seit Jahren nicht mehr gehört hat und die sofort alle düsteren Gedanken an den Polizeidirektor, die Arbeit und alle anderen Nebensächlichkeiten vertreibt. »Schau mal, was für schöne Blumen ich von Elisabet und Herrn Klein bekommen habe.«

Agnes scheint zu genießen, dass sie im Mittelpunkt der Aufmerksamkeit steht, und Anna gönnt es ihr.

Sie wendet sich an Bror Klein und will ihm gerade danken, als Liza Savic den Kopf zur Tür hereinsteckt. Genau wie gestern trägt sie den linken Arm in dem Tuch, aber sie sieht sehr viel munterer aus.

»Hallo, Liza«, sagt Agnes aufgedreht und wird offenbar umso fröhlicher, je mehr zu Besuch kommen.

»Hallo! Oh, hier sind aber viele Leute«, sagt Liza. Sie lächelt und nickt Elisabet Vidje zu, dann wandert ihr Blick zu Klein. Ihr Gesicht wird ernst.

»Sie sind doch derjenige, der mich aus dem Wasser gerettet hat«, sagt sie.

Klein macht eine bejahende Kopfbewegung. Liza kommt ein paar Schritte in den Raum hinein, schlingt ihren unverletzten Arm um seinen Hals und umarmt ihn fest. Kleins Steingesicht rührt sich kaum, aber es lässt sich ein kleines Zucken am Mundwinkel erahnen sowie ein kurzes Aufleuchten in seinen Augen. Nach einer Sekunde ist es wieder vorbei, und lange bevor Liza ihn loslässt, hat er seinen Gesichtsausdruck wiederhergestellt.

»Mich auch«, sagt Anna. »Wenn Sie nicht gewesen wären, würden wir jetzt nicht hier sitzen.«

Klein nickt kurz und kneift dann den Mund zusammen, fast so, wie Elisabet Vidje es immer macht.

»Ich kam aus der Stadt und habe die Schleuderspur auf der Straße gesehen und die Staubwolke zwischen den Bäumen, da war mir klar, dass etwas passiert sein musste. Jeder andere hätte das Gleiche getan.«

»Du bist wie immer viel zu bescheiden«, sagt Elisabet Vidje und tätschelt Klein den Arm. »Nimm die Anerkennung an. Du hast sie verdient.«

Klein windet sich, und eine leichte Röte überzieht sein Gesicht. Anna versucht auszumachen, ob es mit der Geste oder der Situation zu tun hat. Haben Klein und Elisabet wirklich ein heimliches Verhältnis? Das scheint ihr jedenfalls immer wahrscheinlicher zu sein.

»Sie müssen seine Frau sein.« Liza Savic streckt Elisabet Vidje die Hand entgegen.

»Nein«, sagt die alte Dame, während sie etwas unbeholfen die Hand schüttelt. »Klein und ich sind nur alte Freunde. Kameraden, könnte man vielleicht sagen. Zwei Menschen, die ein Schicksal teilen ...«

Sie tätschelt noch einmal freundschaftlich Kleins Arm.

Anna beobachtet sie weiter. Sie versucht herauszufinden, ob das alles nur ein Spiel ist.

»Sie kommen mir irgendwie bekannt vor«, sagt Elisabet zu Liza auf ihre gewohnt direkte Art. »Aber Ihr Dialekt stammt nicht von hier.«

Liza Savic schüttelt den Kopf. »Nein, ich bin nur zu Besuch.«

»Aha, so etwas. Mein Gedächtnis ist nicht mehr das, was es mal war. Wie geht es Ihrem Arm?« Sie zeigt auf den Verband.

»Das Schlüsselbein ist gebrochen. Aber es hätte viel schlimmer kommen können.«

Erst jetzt bemerkt Anna, wie müde Elisabet Vidje aussieht. Ihr Gesicht ist noch bleicher als beim letzten Mal und ihre Haut so durchsichtig, dass man an manchen Stellen die Adern durchscheinen sieht. Eigentlich ist sie immer noch wütend auf Elisabet, aber im Moment fällt es ihr schwer, solche Gefühle herauszulassen.

»Ich will nicht länger stören«, sagt Liza. »Wenn es dir recht ist, Agnes, komme ich ein bisschen später wieder.«

Agnes nickt. Liza schaut Klein noch einmal an. »Nochmals vielen Dank«, sagt sie, bevor sie zur Tür hinaus verschwindet.

Der überfüllte Raum fühlt sich seltsamerweise leer an, nachdem Liza gegangen ist, also bemüht sich Anna um ein wenig Small Talk. Sie dankt Elisabet Vidje für die Aufmerksamkeit und die schönen Blumen, was, wie erwartet, einen spitzen Mund und ein Abwinken als Reaktion hervorruft. Agnes, die ein Gespür für die Stimmung hat, lobt Mats dafür, wie schön Milos Fell ist, und fragt ihn, welches Hundeshampoo er benutzt. Das füllt eine Weile die Leere. Klein ist wie immer still und nimmt an dem Gespräch nicht teil.

Nach einiger Zeit steht Elisabet Vidje mühsam auf und bedeutet Anna, sie auf den Flur zu begleiten. Klein scheint mitkommen zu wollen, aber die alte Dame winkt ab.

»Es tut mir wirklich leid, wie es das letzte Mal zwischen uns geendet hat«, sagt Elisabet, sobald sie allein sind. »Ich habe mit Klein gesprochen, und ich versteh jetzt, dass ich …« Sie sucht nach dem richtigen Wort. »Gefühlskalt gewirkt habe. Das war absolut nicht meine Absicht, und ich hoffe, Sie können meine Entschuldigung akzeptieren. Sie waren uns eine große Hilfe, Anna, und dafür sind wir sehr dankbar.«

Anna antwortet nicht unmittelbar, und Elisabet Vidje scheint sich ein wenig unwohl zu fühlen. »Tatsache ist …«, fährt sie nach kurzem Schweigen fort, »dass Klein und ich jetzt Karl-Johan besuchen möchten. Das Pflegeheim, in dem er liegt, ist nur eine knappe Viertelstunde mit dem Auto von hier entfernt. Ich würde mich freuen, wenn Sie mitkämen.«

Anna sitzt auf der Rückbank von Kleins gut erhaltenem Pick-up. Mats hat angeboten, bei Agnes zu bleiben, und mit ihm und Milo dort gab es keinen Grund, den Ausflug abzulehnen. Außerdem will sie ihn sich nicht entgehen lassen. Sie war neugierig auf Karl-Jo, seit sie klein war, und außerdem würde das eine Gelegenheit sein, Klein und Elisabet Vidje zusammen zu beobachten. Nicht dass sie denkt, es habe mit der Sache zu tun, aber der Gedanke daran, dass die beiden eine heimliche Affäre gehabt haben könnten, ist faszinierend. Ein Geheimnis, vielleicht sogar älter als Simons tragisches Schicksal, das noch nicht gelüftet wurde.

Klein fährt, so wie die meisten Männer über siebzig, ein bisschen zu langsam. Weder er noch Elisabet Vidje sagen etwas, und auch wenn Anna normalerweise nichts gegen Stille hat, fühlt sie sich gezwungen, sie zu unterbrechen.

»Ich habe gestern ein paar von den Polen vor der Notaufnahme getroffen«, sagt sie. »Einer von ihnen hatte offenbar einen Unfall im Wald?«

Klein wechselt einen Blick mit Elisabet und scheint zuerst keinen Kommentar abgeben zu wollen.

»Das war kein Unfall«, sagt er nach einer ganzen Weile. »Pawel ist in eine von Mats' Fallen getreten. Er weiß, dass er keine Scherenfallen aufstellen darf, aber Mats hat sich in den Kopf gesetzt, einen Wolf zu fangen. Er hört nicht auf …«

Elisabet Vidje klopft Klein sachte auf das Bein, woraufhin er verstummt. Die Geste ist so vertraulich, dass Anna die Augenbrauen hochzieht.

»Jetzt sind wir da«, sagt Elisabet. »Du kannst doch da drüben parken.«

Das Pflegeheim ist von hohen Bäumen und grünem Rasen umgeben. Eine Krankenschwester führt sie in einen Aufenthaltsraum, und ihre Stimme bekommt einen weichen Klang, als sie von Karl-Johan spricht. Große Panoramafenster gehen auf den Park hinaus, wo zwei Gärtner in gelben Jacken Laub zusammenrechen. Die Arbeit geht langsam voran. Der Park ist groß, und es gibt so viel Laub, dass es scheint, als wäre die Aufgabe nicht zu bewältigen.

Karl-Johan Vidje sitzt mit dem Rücken zu ihnen in einem Sessel, eine Decke über den Knien, und scheint die Arbeit draußen im Park zu verfolgen. Anna und Klein halten sich ein bisschen im Hintergrund, während Elisabet vorgeht und ihren Mann auf die Wange küsst. Karl-Johan zuckt zusammen, nimmt sie dann aber in die Arme, als freue er sich, sie zu sehen. Elisabet wechselt ein paar Worte mit ihm und winkt schließlich Anna zu, damit diese näher kommt.

»Das hier ist Anna Vesper, von der ich erzählt habe. Sie und ihre Tochter wohnen auf Tabor. Anna war uns eine große Hilfe, musst du wissen.«

Karl-Johan Vidje ist ein gutes Stück über siebzig, aber seine Haare sind immer noch blond, nicht weiß, und er hat erstaunlich wenig Falten. Sein Gesicht ist freundlich, er lächelt mild. Eine dunkle Brille umfasst dicht seine Augen.

»Anna …«, sagt er und schüttelt ihre Hand auf eine Art

und Weise, dass Anna denkt, er würde ihren Namen leise für sich wiederholen.

»Wir hatten eine Ihrer Lithografien zu Hause, als ich klein war«, sagt sie. »Ich mochte sie sehr.«

Karl-Johan nickt, aber etwas in seinem Gesicht sagt ihr, dass er wahrscheinlich überhaupt nicht versteht, wer sie ist und was sie hier macht. Sie redet trotzdem weiter und erzählt, was die Lithografie darstellte und wo ihr Vater sie gekauft hatte. Der Alte nickt weiterhin. Trotz Brille und Demenz hat Karl-Johan Vidje etwas Anziehendes an sich, nicht nur durch sein Gesicht und sein Lächeln, sondern durch die ganze Energie, die er ausstrahlt. Anna denkt an die Fotos, die sie gesehen hat, sowohl auf Änglaberga als auch in Kleins Häuschen. Wie attraktiv er war und wie verletzlich zugleich. Sie kann sich sehr gut vorstellen, warum Elisabet ihm damals verfallen ist. Karl-Johan macht auf die Menschen, die ihm begegnen, immer noch Eindruck, obwohl er offenbar schwer senil und blind ist, und Anna bildet darin keine Ausnahme. Sollte ihn Elisabet trotzdem mit Klein betrogen haben? Oder ist es eher so, dass die beiden füreinander eine Stütze sind? Sie zieht es vor, an diese Version zu glauben, und wirft sich dabei selbst vor, dass sie Spekulationen zum Dorfklatsch anstellt, mit dem sie eigentlich gar nichts zu tun hat. Ob sie es will oder nicht, geht die Familie Vidje ihr unter die Haut, und der Besuch hier im Pflegeheim bekräftigt das nur.

Ihre Ausführungen enden, und sie weiß nicht so recht, was sie noch sagen soll.

»Anna«, sagt Karl-Johan wieder. »Anna.«

»Wir wohnen auf Tabor«, fügt sie hinzu. »In Ihrem alten Atelier.«

Das Lächeln des Mannes ist unverändert.

»Ich habe Ihre alte Ru-ut…« Sie schluckt, um das Stottern zu vermeiden, und achtet darauf, das Wort langsam auszusprechen. »Rutschbahn im Schuppen gefunden.«

Karl-Johan leuchtet auf. »Ru-utschbahn«, sagt er und bleibt an der exakt gleichen Stelle hängen wie sie, wodurch er ihr noch besser gefällt.

»Wir sind darauf gerutscht. Simon und ich, durch das Loch in der Wand.« Er nickt und lächelt glücklich. »Mein kleiner Junge.«

Ein plötzlicher Kloß im Hals zwingt Anna zu schlucken, und sie weiß nicht mehr, was sie sagen soll. Elisabet kommt ihr zu Hilfe.

»Anna und ihrer Tochter gefällt es so gut auf Tabor. Es ist sehr schön dort geworden, nicht wahr, Anna?«

»Wunderschön«, sagt sie und versucht, froh zu klingen. Aber es fällt ihr plötzlich schwer. Alles, woran sie denken kann, ist das Foto von Karl-Johan mit dem kleinen Simon. Wie glücklich die beiden aussahen. Mein kleiner Junge ...

Sie muss noch einmal schlucken.

»Tabor«, sagt Karl-Johan und lächelt in sich gekehrt, als würde sein beschädigtes Hirn ein Bild hervorholen, das nur er sehen kann. Aber nach ein paar Sekunden verändert sich sein Gesichtsausdruck, und er wird plötzlich unruhig.

»Der Hirsch«, sagt er und rutscht auf dem Stuhl herum. »Der Hirsch, der gestorben ist. Das war nicht meine Schuld. Nicht meine Schuld ...«

Karl-Johan wendet ängstlich den Kopf, als würden seine blinden Augen Dinge im Zimmer sehen, die ihn beunruhigen. Ohne Vorwarnung greift er nach Annas Handgelenk und zieht sie zu sich.

»Nicht meine Schuld«, wiederholt er. »Nicht meine Schuld ...«

Anna weiß nicht recht, was sie tun soll. Der Griff um ihr Handgelenk ist fest, und sie hat Mühe, sich loszureißen. Karl-Johan wiederholt immer dieselben Worte, lauter und lauter. Seine Stimme klingt verzweifelt, sein Gesicht verzieht sich geplagt.

»Nicht meine Schuld. Nicht meine Schuld!«

Elisabet versucht, mit ihm zu sprechen, aber er scheint nicht zuzuhören. Stattdessen zieht er Anna noch näher zu sich. Seine Finger bohren sich in ihr Handgelenk, sodass es beinahe wehtut.

»Es war nicht meine Schuld«, keucht er ganz nah an ihrem Gesicht, und sie sieht, wie Tränen unter der Brille hervorquellen und seine Wangen hinunterlaufen.

»I-Ich …« Sie schluckt, ist peinlich berührt, aber immer noch unsicher, was sie sagen oder tun soll. Karl-Johan macht keinerlei Anstalten, ihre Hand loszulassen, er leiert nur immer dieselben Worte herunter, während die Tränen rinnen.

»Nicht meine Schuld. Nicht meine Schuld …«

Plötzlich taucht Klein auf und löst Karl-Johans Griff um ihre Hand. Dann schubst er sie mehr oder weniger beiseite, bevor er sich hinunterbeugt und Karl-Johan etwas ins Ohr flüstert. Anna erhascht einen kurzen Blick in Kleins Gesicht. Die Maske ist verschwunden, stattdessen hat er denselben angespannten Ausdruck wie bei ihrer ersten Begegnung im Predigtsaal.

Sie hört nicht, was Klein sagt, aber was immer es auch ist, so beruhigt sich Karl-Johan dadurch. Klein zieht einen Stuhl heran und setzt sich. Er nimmt die Hand seines Freunds, während er weiter auf ihn einflüstert. Anna steht da, versucht zu verstehen, was er sagt, aber sie hört nur unverständliches Gemurmel. Als würde Klein summen, statt zu reden.

»Kommen Sie«, sagt Elisabet leise und führt sie weg.

»Es tut mir wirklich leid«, fängt Anna an, als sie sich ein Stück entfernt haben, aber Elisabet wehrt ihre Entschuldigung ab.

»Sie können nichts dafür«, sagt sie müde. »Karl-Johans Gedanken leben ihr eigenes Leben, und heute scheint er keinen guten Tag zu haben. Klein hat ein gutes Händchen für ihn. Wir lassen sie eine Weile in Ruhe reden, dann fahren wir zurück zum Krankenhaus.«

Als sie einige Zeit später aus dem Gebäude kommen, bläst der Wind unheilvoll durch die Bäume. Der Himmel über dem Sund wird bleigrau, und sporadisch beginnt es zu regnen.

»Hier kommt das Unwetter«, sagt Klein. Er hat wieder sein Steingesicht aufgesetzt, ohne eine Spur dessen, was gerade vorgefallen ist. »Für heute Nacht haben sie Sturm angekündigt.«

58

HERBST 2017

Klein hält auf dem Krankenhausparkplatz, entschuldigt sich dafür, dass sie nicht mehr mit hinaufkommen, und sagt, dass Elisabet sich ausruhen muss.

»Nur eine Frage«, sagt Anna, als sie gerade aussteigen will. Sie hat nun schon eine Weile darüber nachgedacht und will die Sache bestätigt bekommen. »Simons Fahrrad, das, mit dem er zum Steinbruch gefahren ist. Was war das für eine Marke?«

»Ein orangefarbenes Crescent«, murmelt Klein. »Mit Rennlenker.«

»Haben Sie es hinterher zurückbekommen?«

Klein und Elisabet wechseln einen raschen Blick.

»Nein«, erwidert die ältere Dame dann. »Jedenfalls nicht, soweit ich mich erinnere. Aber in den Tagen damals passierte so viel, deshalb bin ich mir nicht sicher. Hat das irgendeine Bedeutung?«

Anna zuckt mit den Achseln. »Ich weiß es nicht. Das Fahrrad wurde im Polizeibericht nicht erwähnt, daher wollte ich einfach hören, ob Sie wissen, was daraus geworden ist.«

In Agnes' Zimmer hat eine der strengeren Krankenschwestern Milo entdeckt, also beschließen sie, dass Mats ihn noch einige Tage behalten soll. Der Riese scheint den Vorschlag ausgezeichnet zu finden, aber Anna freut sich nicht darauf, in das leere Haus zurückzufahren.

Kurz darauf schaut Liza vorbei. Sie wurde entlassen und fragt bescheiden nach, ob Anna sie mit zurück nach Nedanås nehmen kann.

»Fährst du wieder nach Hause?«, fragt Agnes.

»Morgen, ich muss nur mein Zugticket umbuchen. Ich hoffe, dass ich noch eine Nacht im Gästehaus bleiben kann. Eigentlich hätte ich gestern schon auschecken sollen«, sagt Liza.

»Du kannst doch bei uns wohnen«, schlägt Agnes vor. »Mein Zimmer ist ja frei, und Mama ist nicht gern allein, stimmt's?«

»Hast du Lust, Liza?«, fragt Anna.

»Gerne. Wenn ich nicht zur Last falle.«

Kurz nach dem Mittagessen wird Agnes müde, und es wird Zeit, nach Hause zu fahren. Liza umarmt Agnes zum Abschied und verspricht, sich im Laufe der Woche zu melden.

Auf dem Weg nach Hause fahren sie beim Einkaufszentrum am Stadtrand vorbei, und Anna kauft sich das gleiche Handy, das Agnes neulich bekommen hat, um das zu ersetzen, das auf dem Grunde des Flusses liegt. Mithilfe des Verkäufers gelingt es ihr, ihre alte Nummer umzuprogrammieren, sodass sie zu ihrem neuen Handy weitergeleitet wird. Auf der restlichen Fahrt sprechen sie wieder über Simon Vidje. Liza hatte schon eine Vermutung, wer Klein und Elisabet sind, und will mehr über den Besuch bei Karl-Johan wissen.

Als sie nach Nedanås kommen, lässt Anna Liza zunächst beim Gästehaus raus und fährt dann zur Polizeiwache. Das Unwetter über dem Sund hat es noch nicht hierher geschafft, aber der Wind ist bereits stärker geworden. Trotzdem nimmt sie deutlich den Geruch von Glarea wahr. Wahrscheinlich versucht man, so viel wie möglich zu brennen, bevor man die Anlage schließen muss.

Ihre Passierkarte funktioniert noch, sodass sie nicht an der Rezeption vorbeigehen muss, sondern den direkten Weg vom Personaleingang zu ihrem Zimmer nehmen kann. Sie schließt die unterste Schreibtischschublade auf und nimmt alle Papiere und Unterlagen zu Simon Vidje, dem Brand in der Garage auf Änglaberga und Joe Rylanders Tod mit in den Kopierraum. Die Originale platziert sie dann in einem ordentlichen Stapel auf ihrem Schreibtisch, während sie die Kopien zusammenfaltet und in ihre Jackentasche steckt. Gerade als sie gehen will, entdeckt sie einen dicken Umschlag in ihrem Postfach.

Anna Vesper, Polizei, Nedanås, steht in krakeligen Buchstaben darauf. Sie steckt den Umschlag zu den Kopien in ihre Tasche.

Am Personaleingang stößt sie fast mit Jens Friberg zusammen. Sie flucht innerlich, weil sie gehofft hatte, gerade ihm nicht zu begegnen.

»Ach, hallo«, sagt Friberg verlegen und scheint nicht richtig zu wissen, wohin er schauen soll.

»Ich nehme an, du hast schon davon gehört?«, sagt sie.

Seine Antwort ist nur ein Nicken.

»Und der Polizeidirektor hat dich wahrscheinlich gebeten zu übernehmen?«

Keine Antwort, was dasselbe wie Ja bedeutet. Ein dumpfes Grollen lässt den Boden leicht vibrieren, aber inzwischen reagiert sie kaum noch auf die Sprengungen.

»Dann hast du am Ende bekommen, was du wolltest«, sagt sie sauer. »Deinen Traumjob.«

Friberg schüttelt langsam den Kopf. »Ich habe abgelehnt.«

»Was? Warum das denn?«

»Wir ziehen um.« Er sagt »wir«, ohne zu erklären, wen er außer sich selbst meint. Unter anderen Umständen hätte es sie interessiert.

»Wohin denn?«

Friberg zuckt mit den Achseln. »Irgendwohin, wo die Polizeiarbeit weniger … kompliziert ist. Ich habe mich auf ein paar andere Stellen beworben, mal sehen, was daraus wird. Jedenfalls möchte ich dir danken, dass du mir vertraut hast. Dass du mich in die Ermittlungen einbezogen hast, trotz unseres …« Er macht eine verlegene Handbewegung. »… unglücklichen Starts. Es war sehr lehrreich, mit dir zusammenzuarbeiten.«

Es wird still. Dieses Gespräch hat Anna wirklich überrascht, und sie weiß nicht, was sie sagen soll.

Friberg errötet, verbirgt es aber, indem er angestrengt auf seine Taucheruhr starrt. Eine Weile stehen sie einander schweigend gegenüber.

»Es war auch schön, mit dir zusammenzuarbeiten, Jens«, sagt sie schließlich und streckt die Hand aus. »Viel Glück.«

»Ebenfalls, Chefin.«

Er hält ihre Hand ein paar Sekunden extra. Dann verzieht er den Mund zu einem beinahe sympathischen Lächeln.

Anna holt Liza im Gästehaus ab und hilft ihr, ihre Taschen in den Kofferraum des Mietwagens zu hieven. Auf dem Weg nach Tabor beschließt Anna, auf die Geheimhaltungspflicht zu pfeifen, und berichtet von Alexander Morells Erzählung. Liza hört zu und stellt ein paar Fragen.

»Aber er ist sich sicher, dass weder mein Vater noch meine Mutter dabei waren, als der Streit anfing?«

»Laut Alexander hat der Aufbruch deiner Eltern alles ausgelöst. Die Wut auf Joe richtete sich stattdessen auf Simon.«

»Dann könnte man sagen, dass alles zum Teil die Schuld von meinem Vater …« Sie unterbricht sich. »Ich meine, von Joe war? Dass das, was er mit Carina machte, alles in Gang setzte?«

»Vielleicht. Aber so wie ich Alex verstanden habe, hatten sich die anderen vier schon den ganzen Abend über Simon geärgert. Außerdem hatten sie etwas geraucht, die meisten von ihnen das erste Mal, und ziemlich viel Alkohol getrunken, somit haben mehrere Faktoren zusammengewirkt. Eine Verkettung unglücklicher Umstände, könnte man vielleicht sagen.«

Sie passieren die Haarnadelkurve, an der sie vor erst zwei

Tagen von der Straße abgekommen sind, und schweigen einen Moment.

»Was für eine schreckliche Geschichte«, sagt Liza dann. »Fünf Leute, die enge Freunde waren, die sich eigentlich sehr mochten, geraten an einem einzigen Abend in Streit. Ein einziger Abend, in der ganzen Zeit, die sie sich kannten, und danach ist alles kaputt. Wie erholt man sich von so einer Sache? Dass man am Tod eines anderen beteiligt war? Von jemandem, den man liebt?«

Die Frage ist rhetorisch, dennoch berührt sie Anna, und sie fühlt sich gezwungen zu antworten.

»Man erholt sich nicht.«

Sie stellt den Wagen ab und hilft Liza, die Reisetasche in Agnes' Zimmer zu tragen. Ihr Körper ist immer noch geschunden, und obwohl die Tasche nicht schwer ist, spürt sie die kleine Anstrengung sofort.

Sie machen einen kleinen Rundgang, erst durch das Untergeschoss, dann begeben sie sich in den Predigtsaal hinauf. Anna geht auf der steilen Treppe bewusst langsam und lehnt sich an das blank gescheuerte Geländer, wo immer noch Karl-Johan Vidjes Fingerabdrücke zu sehen sind. Liza bewundert lange die Aussicht. Der Himmel über der Panoramalandschaft wechselt ins Bleigraue, und die Baumwipfel darunter biegen sich. Dabei werfen sie das Herbstlaub ab, das sich bis zum Schluss festgeklammert hat.

»Also, das ist das berühmte Gemälde?« Liza geht auf die Giebelwand zu und bleibt vor dem Gemälde stehen. »Ich sehe keinen Körper im Wasser.«

Anna geht zu der Lampe, die Agnes aufgestellt hat, schaltet sie an und wünscht sich zugleich, Agnes wäre da, um es selbst zu tun. Genau wie sonst lässt das zielgerichtete Licht Simon Vidjes Körper aus dem Wasser hervortreten. Liza schnappt nach Luft. Anna bleibt ein paar Sekunden stehen, beschließt dann aber, Liza in Ruhe schauen zu lassen und das

Essen vorzubereiten. Als sie sich umdreht, entdeckt sie etwas auf dem Boden, nicht weit von der linken hinteren Ecke entfernt.

Ein paar schwarze Striche zeichnen sich auf den Holzdielen ab. Sie stammen wahrscheinlich von einer dicken Gummisohle, die hastig über den Boden gezogen wurde. Sie kann sich nicht erinnern, sie schon früher gesehen zu haben. Aber das muss sie wohl?

Nach dem Abendessen setzt sie Liza mit ihrem verletzten Schlüsselbein vor den Fernseher, holt die Kopien der Ermittlungen hervor und legt sie auf den Küchentisch. Ein letzter Blick, dann will sie die Sache ruhen lassen. Das versucht sie sich zumindest einzureden.

Sie liest die Aufzeichnungen noch einmal durch und versucht, sie mit Alex Morells Erzählung zusammenzubringen. Wie zuvor entdeckt sie keine Abweichungen. Joe fasst Carina an, es kommt zum Streit, Simon nimmt Tanja und Joe in Schutz, Tanja und Joe fahren weg. Alle wenden sich gegen Simon. Fünf Menschen, die einander eigentlich gernhaben, genau wie Liza gesagt hat.

Die schlimmsten Streitereien hat man mit denen, die man liebt.

Das hat sie irgendwo kurz nach der Scheidung gelesen. Damals dachte sie, es ginge dabei nur um die romantische Liebe, aber jetzt, wo sie älter und weiser ist, ist ihr klar, dass diese Aussage für alle Arten von Liebe zutrifft. Zwischen Freunden, Geschwistern, Eltern und Kindern.

Sie öffnet den Umschlag, der in ihrem Postfach lag. Er beinhaltet einen Bündel Briefe, das mit einem Gummiband zusammengehalten wird. Alle Umschläge sind an Joe Rylander adressiert, und sie erinnert sich an den Anruf von Rylanders missmutigem Stiefvater vor etwa einer Woche. Rein formell gehören die Briefe jetzt Liza, aber sie beschließt dennoch, sie zu öffnen.

Rylanders Post besteht aus Rechnungen, Erinnerungen des Bewährungsausschusses und ein paar Zustellungen in polizeilichen Angelegenheiten. Außerdem Werbung von einem Kreditinstitut, das bei der Frage, wem es sein Geld gibt, nicht wählerisch zu sein scheint. Ein Brief in dem Stapel sticht heraus. Er ist von einem amerikanischen Unternehmen namens Regeneration. Der Inhalt darin besteht aus einem Formular mit verschiedenen Kästchen und aus einem Textabschnitt, den Anna schnell überfliegt.

Sehr geehrter Herr Rylander, steht dort auf Englisch.
Das Testmaterial, das Sie eingereicht haben, zeigt, dass die beiden Personen, die verglichen wurden, mit 99,9 % Sicherheit nicht miteinander verwandt sind.

Anna versucht, die Bedeutung dieses Textes zu verstehen. Joe Rylander scheint Material für einen DNA-Abgleich in die USA geschickt zu haben. Ein Test, der negativ ausgefallen ist.

Sie schaut auf das Datum des Formulars. Dort findet sie ein Feld mit dem Hinweis »sample date«, und ein Gedanke nimmt langsam Form an.

»Liza!«, ruft sie Richtung Wohnzimmer. »Weißt du noch, an welchem Datum dein Vater dich zu Hause besucht hat?«

»Um den 20. September herum, warum?«

»Du erinnerst dich nicht zufällig, ob nach dem Besuch bei dir irgendetwas gefehlt hat?«

»Nein.«

»Nichts, was du später vermisst hast oder nicht finden konntest. Was dir komisch vorkam?«

»Neein«, sagt Liza wieder, zögert diesmal aber ein bisschen mit der Antwort. »Das heißt ... Jetzt, wo du es sagst, gab es tatsächlich etwas, wofür ich nie eine gute Erklärung gefunden habe.«

»Was denn?«

»Meine Zahnbürste war weg.«

Etwas macht klick in Annas Kopf.

»Wann bist du geboren, Liza?«

»Am 24. April 1991, warum?«

Anna rechnet schnell mit den Fingern nach. Knapp acht Monate nach dem Ereignis im Steinbruch. Acht Monate, deshalb hat niemand den Zusammenhang gesehen. Erst siebenundzwanzig Jahre später, als Joe Rylander einen Brief von Elisabet Vidje bekommt und eins und eins zusammenzählt. Endlich wird ihr klar, was an jenem Abend tatsächlich passiert ist.

»Du bist zu früh auf die Welt gekommen, oder?«, sagt sie.

Einen Augenblick lang ist es still, dann steht Liza in der Tür. Liza, die nicht zufällig so heißt. Liza, eine Abkürzung von Elisabet.

»Woher weißt du das?«, fragt Liza mit gerunzelter Stirn. »Woher weißt du, dass ich zu früh gekommen bin?«

»Weil Joe Rylander nicht dein Vater ist«, antwortet Anna leise. »Sondern Simon Vidje.«

59

HERBST 2017

Anna kann es nicht fassen, dass sie den Zusammenhang nicht schon früher erkannt hat. Liza ist blond und hat ein besonderes Verhältnis zur Musik, genau wie Simon. Außerdem hat sie eine Ausstrahlung, die bewirkt, dass man sie sofort sympathisch findet, genau wie Karl-Jo. Dazu kommt noch Simons Kassette, die Tanja all die Jahre über aufbewahrt hat.

Sowohl Caia Bianca als auch Elisabet Vidje sagten, dass Liza ihnen bekannt vorkomme, und trotzdem hat Anna nicht reagiert, was sie wirklich ärgert.

Liza schweigt seit mehreren Minuten. Ihr Gesicht ist blass, und man kann fast sehen, wie die Gedanken durch ihren Kopf rasen. Anna holt ein Glas Wasser, das Liza in einem Zug leert. Langsam kehrt die Farbe in ihr Gesicht zurück.

»Wir wissen nicht sicher, ob Joe sich und mich getestet hat, oder?«, fragt sie.

»Nein, aber es ist äußerst wahrscheinlich. Wen hätte er sonst testen können?«

Liza schüttelt die Frage ab. »Was ich meine, ist, wie können wir uns ganz sicher sein, dass Simon mein Vater ist?«

»Wir müssen eine neue DNA-Probe veranlassen, die dich mit einem nahen Verwandten von Simon vergleicht, was bedeutet, dass wir mit Elisabet Vidje sprechen und ihr erklären müssen, dass sie vermutlich deine Großmutter ist.«

Liza stellt das Glas mit einem Knall ab.

»Ich weiß, dass das seltsam klingt, aber denkst du, wir könnten das schon heute Abend machen? Ich muss morgen früh zurückfahren, und ich wäre gerne dabei, wenn du es ihr erzählst.« Sie klingt aufgeregt und zugleich entschlossen.

Anna hebt die Augenbrauen und schaut aus dem Fenster.

Es ist schon dunkel, Regen prasselt gegen die Fenster, und der Wind ist so stark, dass der Dachstuhl knarrt.

»Vielleicht sollten wir lieber warten«, meint sie.

»Warum denn?«, will Liza wissen. »Da wir uns nun entschieden haben, mit Elisabet Vidje zu sprechen, können wir es doch genauso gut gleich machen. So spät ist es doch noch nicht.«

Anna überlegt, ob sie es auf das Wetter schieben kann. Das Vernünftige wäre, zu warten und erst einmal zu überdenken, was das alles bedeuten würde. Aber ein Teil von ihr ist genauso ungeduldig wie Liza, aufzudecken, was sie herausgefunden haben. Nach allem, was passiert ist, der Tragödie um Simon Vidje, wenn schon nicht ein glückliches, so doch zumindest glücklicheres Ende zu geben. Außerdem ist es mehr als rechtens, dass Liza dabei ist, wenn Elisabet davon erfährt.

»Okay«, sagt sie schließlich und steht auf, um den Autoschlüssel zu holen.

Der Wind heult durch die Baumwipfel, als sie schnell zum Wagen laufen. Die Windschutzscheibe ist mit totem Laub bedeckt. Anna startet und fährt den dunklen Waldweg bewusst langsam entlang. Keine von ihnen sagt etwas, und die Stimmung im Wagen ist zugleich angespannt und erwartungsvoll.

Als sie fast die Allee erreicht haben, die nach Änglaberga führt, sehen sie zwischen den Bäumen Blaulicht blinken. Auf der Höhe von Kleins Torwärterhäuschen kommt ihnen ein Krankenwagen entgegen, und Anna lenkt an die Seite, um ihn durchzulassen. Der Fahrer sitzt allein vorne und fährt, als ob er es eilig hätte. Sie bleiben am Straßenrand stehen und schauen sich an.

»Sollen wir umkehren?«, fragt Liza unruhig.

»Wir fahren zum Haus und fragen, was passiert ist«, antwortet Anna.

Oben auf dem Hof sind alle Lampen im Wohnhaus erleuchtet. Sie parken an der Frontseite und gehen auf die offen stehende Haustür zu. Anna klopft und betritt die Diele. Das große Haus wirkt ganz verlassen. Anna und Liza schauen sich an. Aus dem Herrenzimmer, wo Anna und Elisabet neulich saßen, ist ein Geräusch zu hören.

»Hallo, ist da jemand?«, ruft Anna durch die Tür.

Im Zimmer ist einer der großen Sessel umgestoßen. Auf dem Boden liegen geöffnete Plastikverpackungen, die Anna als solche erkennt, die Sanitäter zurücklassen, wenn sie es eilig haben.

Marie Sordi steht von einem der anderen Sessel auf, als sie hereinkommen. Ihr Gesicht ist bleich, und ihre Lippen sind zusammengepresst.

»Was ist passiert?«, fragt Anna. »Wir haben einen Krankenwagen in der Allee gesehen.«

Marie versucht, ihre Gesichtszüge unter Kontrolle zu bekommen.

»Tante Elisabet«, sagt sie leise. »Ich habe sie hier auf dem Boden gefunden.«

»Lebt sie?«

»Ja, aber es sieht nicht gut aus. Klein begleitet sie im Krankenwagen. Ich fahre gleich hinterher, sobald ich …« Marie deutet mit der Hand auf den Müll, der auf dem Teppich liegt, und geht dann zum umgefallenen Sessel, um ihn aufzustellen.

Anna hilft ihr. Obwohl sie Elisabet Vidje erst seit ein paar Wochen kennt und sie nicht immer einer Meinung waren, macht die Nachricht sie traurig. Auch Liza sieht bestürzt aus.

»Was machen Sie eigentlich hier?«, fragt Marie, als sie den schweren Sessel wieder auf die Füße gestellt haben. »Es ist schon nach acht.«

»Wir wollten Elisabet besuchen«, sagt Anna und wendet den Kopf, um Liza zu signalisieren, dass sie nicht mehr sagen solle, aber Liza ist zum offenen Kamin gegangen und sieht sich die Fotos auf dem Sims an.

»Das muss Simon sein, oder?« Sie hält das Babyfoto mit Simon und seinem Vater hoch.

»Ja.« Marie richtet sich auf und rückt ihre Brille zurecht.

»Wir sehen uns ähnlich«, murmelt Liza.

»Was haben Sie gesagt?«

Liza dreht sich mit dem Foto in der Hand um. Ihr wird klar, dass sie laut gesprochen hat. »Sie sehen sich ähnlich«, sagt sie. »Er und sein Vater, meine ich.«

Marie bleibt einen Moment stehen und nickt dann langsam.

»Ich muss los. Könnten Sie den Rest hier wegräumen, dann mache ich so lange das Licht aus und schließe ab.«

Marie zeigt auf die Verpackungen am Boden.

»Klar.« Anna kniet sich hin und beginnt, den Müll aufzusammeln, während Marie die Tür hinter sich schließt.

»Wenn wir es jetzt nicht mehr schaffen, es ihr zu erzählen«, sagt Liza. »Stell dir vor, Elisabet stirbt, bevor sie erfährt, dass ich ihre Enkelin bin.«

Anna hat bereits dasselbe gedacht. Wie schrecklich es wäre, wenn Elisabet Vidje siebenundzwanzig Jahre auf irgendeine Art von Gerechtigkeit gewartet hätte und dann stürbe, kurz bevor die ganze Geschichte eine völlig neue Wendung erfährt.

»Wir müssen die Daumen drücken, dass alles gut geht«, sagt sie leise und steht auf, um den Müll in den Papierkorb zu werfen. Direkt über dem Schreibtisch hängt ein kleines Bild. Es ist von Karl-Jo gemalt und stellt einen Luchs dar. Einen lebenden, im Gegensatz zu dem armen Tier in Mats' Keller. Anna sieht das ausgestopfte Tier direkt vor sich. Den Schmerz in seinem Gesicht, die Scherenfalle, die sich in das Fleisch gebohrt hat, bis zum Knochen hindurch. Sie denkt an den armen Polen, der neulich offenbar dasselbe erlebt hat, und plötzlich kommt ihr etwas in den Sinn. In dem ganzen Chaos nach dem Autounfall hat sie Joe Rylanders frisch verbundenes Bein fast vergessen. Eine solche Verletzung an der unteren Wade könnte sehr gut von einer Scherenfalle stammen.

Das große Tastentelefon mit den vermerkten Kurznummern steht noch auf dem Schreibtisch. Sie hebt den Hörer ab und drückt auf die Drei für Mats. Es klingelt viermal.

»Hallo?«, antwortet er.

»Hier ist Anna Vesper. Ich wollte dich nach deinen Scherenfallen fragen.«

Einen Augenblick lang ist es still. »Also, ich werde sie wegtun. Aber es ist nicht meine Schuld, dass Pawel keine schwedischen Schilder lesen kann.«

»Nein, nein, darum geht es nicht«, erwidert sie, merkt, wie verärgert sie dabei klingt, und zwingt sich, den Ton zu ändern.

»Wo hast du überall Fallen aufgestellt?«

Wieder Stille, als überlege Mats, worauf sie hinauswill. »Hier hinten im Wald«, sagt er dann. »Nicht weit von der Stelle, wo ich neulich den Dachs erlegt habe, als ihr dabei wart. Aber ich habe sie ausgeschildert.«

»Noch weitere Stellen?«

Noch mehr Schweigen.

»Also, du darfst das niemandem sagen …« Er zögert. »Sie wird verdammt sauer, wenn sie es erfährt.«

»Wer denn? Wo hast du noch Fallen aufgestellt?«

Mats seufzt schwer. »Im Wolfstal.«

»Wolfstal?«, wiederholt sie. »Das hinter Kuhtorp liegt?«

In Annas Kopf macht es klick, sie kann es fast hören. Dann klickt es noch einmal und noch einmal. Und plötzlich begreift sie, wie alles zusammenhängt.

»Es heißt jetzt Nordblick«, sagt Marie von der geöffneten Tür aus. »Legen Sie bitte auf, Frau Vesper.«

Maries Stimme ist eisig. In der Hand hält sie eine schwarze Pistole.

60

HERBST 2017

Anna und Liza sitzen jeweils in einem Sessel, während Marie mitten im Raum vor ihnen steht.

»Die gehörte meinem Großvater«, sagt Marie und dreht die Pistole ein bisschen hin und her. »Er hat sie im Krieg eingetauscht, von einem deutschen Deserteur. Meine Tante hat sie in ihrem Safe aufbewahrt. Aber bevor Sie auf dumme Gedanken kommen: Ich weiß, dass Klein einmal im Jahr damit Probe schießt und überprüft, ob sie noch funktioniert, nur für alle Fälle …« Sie lässt den Lauf kreisen. »Und jetzt ist doch so ein Fall eingetreten, nicht wahr?«

Liza hat in den letzten Minuten kein Wort gesagt, aber jetzt scheint der Schock zumindest teilweise nachzulassen. »Warum …? Was …?« Sie wendet sich an Anna.

»Änglaberga«, sagt Anna langsam. »Hier geht es überhaupt nicht um Simons Tod, sondern um Änglaberga. Deshalb musste Joe Rylander sterben, stimmt's?«

Marie lächelt schief.

»Maries Vater Bengt und Glarea brauchen ein neues Gebiet, um den Tagebau unten im Dorf zu ersetzen«, fährt Anna fort. »Maries Hof besitzt keine Ländereien mehr, aber auf Änglaberga gibt es große Vorkommen. Gestein und Kies, ausreichend für mindestens eine Generation. Das sichert Arbeitsplätze, Wachstum und Immobilienpreise. Und verschafft dem Verkäufer außerdem genügend Geld, um sein Traumprojekt fertigzustellen.«

Maries Lächeln wird breiter.

»Was man von Ihnen sagt, ist wirklich nicht übertrieben, Anna. Sie sind eine gute Polizistin. Dann erzählen Sie doch mal, worauf Sie noch gekommen sind.« Sie macht wieder eine kleine Kreisbewegung mit der Pistole.

Anna fällt das Handy ein, das in ihrer Jackentasche ist. Sie überlegt, ob sie es wagen kann, die Hand hineinzustecken und danach zu greifen. Sie verändert leicht ihre Sitzposition, um besser hinzukommen.

»Sie haben jahrelang hart daran gearbeitet, ein gutes Verhältnis zu Elisabet Vidje aufzubauen. Den Streit zu beichten, der Simons Tod voranging, diente nicht dazu, Ihr Gewissen zu erleichtern, sondern war ein kalkuliertes Risiko, um Elisabets Vertrauen wiederzugewinnen. Sie haben gehofft, dass sie Ihnen irgendwann verzeihen würde. Der Nichte, die als Einzige ins Wasser sprang, um Simon zu retten, die Einzige, die Verantwortung übernahm.«

Anna macht eine Pause, bewegt vorsichtig die rechte Hand Richtung Jackentasche.

»Aber da taucht Joe Rylander auf. Er benutzt Simons altes Lied, um Sie alle auf dem Heimkehrerfest zu provozieren, und als das besser klappt als erwartet, ist Joe sich ganz sicher, dass Sie etwas zu verbergen haben. Er beginnt herumzuschnüffeln, um mehr herauszufinden. Wahrscheinlich erst hier auf Änglaberga und danach drüben bei Kuhtorp.«

Marie hebt die Augenbrauen und bewegt leicht die Pistole.

»Ich meine Nordblick«, korrigiert sich Anna und lässt die Hand in die Jackentasche gleiten. Sie ertastet das Handy mit ihren Fingerspitzen und weiß, dass sie so lange weiterreden muss wie möglich. »Aber Joe hat Pech. Er tritt aus Versehen in eine Scherenfalle, die aufgestellt wurde, um eine andere Art von Raubtier zu fangen, und muss um Hilfe rufen.«

Anna ist sich bei diesem Teil der Erzählung gar nicht sicher, es fehlt einiges, aber sie muss weiterreden. Es gelingt ihr, die Hand noch etwas tiefer in die Tasche zu schieben.

»Und Sie finden ihn da oben, Marie, helfen ihm, sich zu befreien, und nehmen ihn mit nach Hause auf den Hof. Sie helfen ihm sogar, die Wunde zu verbinden. Dabei wird Ihnen irgendwann klar, wer er ist und warum er um Ihr Haus herumschleicht.«

Sie sieht Marie an, um ihre Theorie bestätigt zu bekommen, aber die verzieht keine Miene.

»Leider kann Joe nicht den Mund halten. Er weiß zwar nichts über Simon Vidjes Tod, aber er ist einem anderen Geheimnis auf der Spur.« Sie wendet sich jetzt an Liza. »Er ist darauf gekommen, dass Simon Vidje wahrscheinlich dein Vater ist, was bedeutet, dass es einen neuen Erben für Änglaberga gibt. Jemanden, der, egal was in Elisabets Testament steht, das Anrecht auf mindestens die Hälfte des Vorkommens hier hat.«

Sie schiebt die Hand noch ein bisschen tiefer und kann die Vorderseite ihres Handys fühlen. Hätte sie ein Tastentelefon, wäre jetzt alles klar gewesen. Zweimal die Eins drücken, einmal die Zwei. Bei einem Smartphone ist das wesentlich schwieriger.

»Also verlangt Joe Geld, um nichts von deiner Existenz zu verraten«, sagt sie zu Liza. »Aber dummerweise erpresst er die falsche Person. Marie hat ihr gesamtes Vermögen in das private Bauprojekt investiert und steckt bis über beide Ohren in Schulden. Sie kann es sich nicht leisten, Joe zu bezahlen, aber ihn aufdecken zu lassen, was er weiß, würde sie noch mehr kosten, und all die Jahre Arbeit und Aufopferung wären zunichte.«

»Dann haben Sie ihn getötet?«, wendet sich Liza an Marie. Sie klingt entsetzt, als hätte sie den Ernst der Lage immer noch nicht richtig begriffen.

Anna fährt vorsichtig mit dem Finger über die Vorderseite ihres Handys und sucht nach dem Schalter, der es zum Leben erweckt.

»Joe war ein Dummkopf«, sagt Marie plötzlich. »Heute genauso wie vor siebenundzwanzig Jahren. Er war ein Typ, der gerne andere Leute ärgert. Der einfach so zum Spaß Chaos anrichtete. Aber um Ihre Frage zu beantworten: Er hat sich tatsächlich selbst getötet.«

Marie winkt mit der Pistole. »Was das meiste angeht, hat

Anna recht. Ich habe Joe gefunden, als ich mit den Hunden draußen unterwegs war. Er lag drüben im Wolfstal in einer Senke und heulte wie ein verletztes Tier. Ich habe ihm aus der Falle geholfen, ihn in eines unserer Nebengebäude gebracht und ihn verbunden. Als es ihm wieder besser ging, wurde er frech, fing an, von Liza zu erzählen, und wollte sich sein Schweigen erkaufen. Daraufhin habe ich ihn eingeschlossen, um Zeit zum Nachdenken zu haben. Leider gelang es Joe in der Zeit abzuhauen.«

Sie zuckt mit den Achseln.

»Es regnete in Strömen, und er kannte sich hier oben nicht aus. Außerdem war er verletzt. Die Hunde haben jedenfalls schnell Witterung aufgenommen, und als wir in die Nähe vom Aussichtsplatz kamen, habe ich sie auf ihn gehetzt. Trotz seines Beins ist Joe um sein Leben gerannt. In der Dunkelheit und dem Regen hat er die Kante wahrscheinlich nicht einmal bemerkt. Und dann …« Marie macht ein abfallendes Pfeifgeräusch. »… bye, bye, Joe!«

Marie grinst, richtet sich auf. Sie scheint seltsamerweise recht zufrieden damit zu sein, ihre Geschichte zu erzählen. Anna hat ihren Daumen lange genug auf den Startknopf gedrückt, um das Telefon anzuschalten, zumindest hofft sie das. Jetzt muss sie nur herausfinden, wie sie jemanden anrufen kann, ohne auf das Display zu schauen.

»Am liebsten wären wir die Leiche natürlich losgeworden«, fährt Marie fort. »Wahrscheinlich hätte niemand ihn vermisst, wenn er einfach verschwunden wäre. Aber da Joe den schlechten Geschmack besaß, auf dem Gelände von Glarea zu landen, und dann auch noch mehrere Meter weit oben in einem Baum, kamen wir nicht an ihn heran. Also haben wir nach seinem Wagen gesucht und ihn näher zum Aussichtsplatz gefahren, damit es wie ein Selbstmord aussah. Sein Handy hatten wir schon an uns genommen – apropos!«

Sie hebt wieder die Pistole, und ihre Stimme wird hart.

»Holt eure Handys raus, schön langsam.«

»Ich habe keins«, sagt Liza. »Es ist beim Autounfall kaputtgegangen.«

Marie bewegt ihre Pistole in Annas Richtung und entdeckt die Hand, die sie in die Jackentasche geschoben hat.

»Könnte die Ex-Polizeichefin so freundlich sein, ihr Handy aus der Tasche zu holen und es dort in die Ecke zu werfen?«

Anna ist klar, dass sie ertappt wurde, und gehorcht äußerst widerwillig. Das Telefon gleitet über den Boden und bleibt beim Papierkorb liegen.

»Der Autounfall«, sagt Liza. »Waren das auch Sie?«

Marie sieht sie an und nickt dann langsam.

»Oben beim Aussichtsplatz wurde mir klar, wer du bist, und ich wollte nicht das Risiko eingehen, dass Joe dir erzählt hatte, wer wirklich dein Vater war. Da du ausgeplaudert hast, dass ihr auf dem Weg zum Steinbruch wart, brauchte ich euch nur zu folgen. Der Bremsschlauch war durch den vorherigen Aufprall sowieso schon geknickt, da reichten ein paar leichte Schläge, um ihn zum Platzen zu bringen.«

Marie wird still und lauscht in den Flur hinaus. Sie hören eine Tür aufgehen und dann Schritte. Anna ist aufgefallen, dass Marie mehrmals von wir gesprochen hat, was bedeutet, dass sie nicht allein ist, sondern einen Komplizen hat. Die Schritte kommen näher, hallen durch die Diele, und plötzlich ist Anna überzeugt davon, dass es Alex Morell ist, der da kommt. Alex Morell, der alles, was er besitzt, in den Bau auf Kuhtorp gesteckt hat. Der es als letzte Chance sieht, etwas von dem zurückzugewinnen, was er verloren hat. Ihr fällt die Nachricht auf ihrer Mailbox ein. »Ich weiß nicht, wann mein Leben aufgehört hat, aber ich habe vor, es mir zurückzuholen. Egal, was es kostet …«

Sie kann sich Alex' großen Körper auf dem Fahrersitz des Saabs vorstellen, während Marie erklärt, wohin er ihn bringen soll, kann ihn unter ihrem Wagen liegen sehen und ein Loch in den Bremsschlauch schlagen. Ihr wird schwindelig, beinahe schlecht. Die Schritte kommen näher, die Türklinke wird heruntergedrückt.

Bruno Sordi steht in der Tür.

Sein Gesicht ist bleich. Er schaut Liza an, danach Anna und zum Schluss seine Frau mit der Pistole in der Hand.

»Oh, nein«, seufzt er und sieht unglücklich aus. »Was machen wir jetzt, Liebling?«

»Ich hatte ein bisschen Zeit, darüber nachzudenken«, antwortet Marie. »Was hältst du von einem erneuten tragischen Brand, diesmal mit tödlichem Ausgang?«

Bruno seufzt wieder und nickt dann langsam.

»Wir haben wohl keine andere Wahl.«

61

HERBST 2017

Bruno hat den Kleinbus der Familie Sordi vorgefahren und neben Annas Wagen vor dem Haus geparkt. Die beiden großen Schäferhunde sitzen im Kofferraum und springen erst heraus, als Marie ihnen das Kommando dazu gibt.

»Steigt ein«, sagt sie dann zu Anna und Liza und zeigt mit der Pistole auf den Kofferraum. »Den Rücken gegen die Sitzbank, Anna, und streck die Beine aus, damit die da auf deinem Schoß sitzen kann.«

Anna tut, was Marie sagt. Liza setzt sich zwischen ihre Beine, den Rücken gegen ihre Brust gelehnt. Anna spürt, dass die junge Frau zittert, und hört sie vor Schmerz aufkeuchen, als sie den verletzten Arm an sich ziehen muss.

»Bleib ganz ruhig«, flüstert Anna ihr ins Ohr.

Es fällt ihr schwer, ihren eigenen Rat zu befolgen, als die beiden Hunde wieder hineinspringen. Die Tiere scheinen beleidigt darüber zu sein, dass sie den engen Platz mit ihnen teilen müssen.

»Die Jungs tun euch nichts, solange ihr still sitzt«, sagt Marie und schließt dann die Heckklappe. Der größere der beiden Hunde knurrt leise.

Anna schließt die Augen und lehnt den Kopf an Lizas Nacken. »Ganz ruhig«, flüstert sie wieder, diesmal auch zu sich selbst.

Marie steigt in den Wagen, startet den Motor und fährt langsam die Allee hinunter. Der eine Hund hat sich hingelegt und drückt seine Seite gegen Anna. Sie spürt seine Atembewegung an ihrem Bein. Draußen ist es fast ganz dunkel. Der Regen trommelt auf das Dach, und der Wind erfasst immer wieder das Auto, sodass es ins Wanken gerät und über die Fahrbahn hinausgedrückt wird. Anna hebt den Kopf und versucht, sich zu orientieren, aber einer der Hunde fängt sofort an zu knurren. Liza wimmert leise auf, und Anna spürt ihren Herzschlag durch ihren Körper hindurch, sodass er sich mit ihrem eigenen verbindet. Marie biegt nach links auf einen wohlbekannten Schotterweg ab. Sie fährt langsam, und nach einer Weile holt sie ein anderer Wagen ein. Es ist Annas Leihwagen, den Bruno jetzt fährt.

Bruno und Marie stellen die Autos vor Tabor ab und schließen mit dem Schlüsselbund auf, den sie Anna aus der Jacke genommen haben. Keiner von ihnen scheint es für nötig zu halten, auf Anna und Liza aufzupassen. Das brauchen sie auch nicht. Sobald sich eine von ihnen bewegt oder etwas sagt, beginnen die Hunde zu knurren. Deren Mäuler befinden sich auf der gleichen Höhe wie ihre Gesichter, und sie sind so nah, dass zu spüren ist, wie sich die Luft bewegt, wenn die Tiere atmen.

Nach einer Weile beschlagen die Autoscheiben, sodass sie nicht mehr sehen können, was Marie und Bruno machen. Liza ist zusammengesunken und reagiert kaum, als Anna vorsichtig ihr linkes Knie in ihre Seite drückt.

»Gib nicht auf«, flüstert sie. »Wir schaffen das. Alles wird gut.«

Die Heckklappe wird geöffnet, und die Hunde heben die Köpfe.

»Raus«, kommandiert Marie. Die Hunde gehorchen sofort und setzen sich Marie zu Füßen, von wo aus sie Anna und Liza mit Blicken fixieren.

Anna schaut über Maries Schulter und sieht, dass Bruno eine Plane in den Kofferraum des Mietwagens gelegt hat. Vorsichtig hebt er zwei große Heuballen heraus und trägt sie in die Diele. Marie bemerkt ihren Blick.

»Grillanzünder und Benzin kann man doch noch hinterher nachweisen, stimmt's?«, sagt sie. »Das habe ich aus dem Fernsehen.«

Anna bekräftigt lieber nicht, dass Marie recht hat. Benzin

und Brandbeschleuniger hinterlassen chemische Spuren, auch noch nach einem Brand. Heuballen bestehen hingegen aus organischem Material, von dem nicht viel übrig bleibt.

»Also, vorwärts.« Marie winkt mit der Pistole. Liza bewegt sich nicht. »Beeilt euch, sonst bitte ich die Jungs, ein bisschen nachzuhelfen.«

Anna gibt Liza einen leichten Stoß in den Rücken. Mühsam klettern sie aus dem Wagen. Auch wenn die Fahrt nur kurz war, sind ihre Körper steif, und Lizas Arm hängt außerdem in einem Dreieckstuch.

Marie wedelt noch mal mit der Pistole. »Hoch in den Predigtsaal.«

Anna schaut auf die Waffe, der Abstand ist kurz, und vielleicht könnte sie die Pistole packen, aber es reicht, einen Blick auf die Hunde zu werfen, um zu wissen, dass sie sich sofort auf sie stürzen würden. Der Gedanke an einen Hundebiss erscheint ihr fast schlimmer als der, erschossen zu werden.

»Bewegt euch!«

Liza geht schon auf das Haus zu, und Anna muss ein paar schnelle Schritte machen, um sie einzuholen. Innen hat Bruno Heuballen an der Tür aufgestapelt. Er stellt sich an die Wand und lässt sie vorbeigehen.

»Sie müssen das nicht tun, Bruno«, sagt Anna. »Rylander war ein Unfall, aber das hier ist kaltblütiger Mord. Marie ist verrü-üückt …«

»Still!« Etwas Hartes trifft Anna am Hinterkopf, sodass ihre Zähne aufeinanderschlagen. Sie stolpert vorwärts, stoppt aber den Fall mithilfe von Lizas Rücken, dann dreht sie sich schnell um, um sich gegen den nächsten Angriff zu verteidigen.

Marie hat die Pistole auf sie gerichtet. Ihre Kiefer sind aufeinandergepresst, die Oberlippe hochgezogen, sodass ihre Zähne entblößt sind. Ihre Augen sind schwarz und treten aus den Höhlen hervor. Einen Augenblick lang ist Anna davon überzeugt, dass Marie ihr direkt ins Gesicht schießen wird. Brunos entsetztes Gesicht zeigt, dass er dasselbe glaubt.

»Marie«, sagt er leise. Seine Frau antwortet nicht. Die Knöchel um den Griff der Pistole werden weiß. Anna will die Augen schließen, sich von dem Knall und dem Schmerz abschirmen, aber sie zwingt sich, sie offen zu halten. Die Hunde zu Maries Füßen knurren bedrohlich und fletschen genau wie ihre Herrin die Zähne.

»Du hast doch überhaupt keine Ahnung«, zischt Marie. »Keine Ahnung, was es heißt, immer diejenige sein zu müssen, die alles zusammenhält. Die alle Erwartungen erfüllen und die ganze Verantwortung tragen muss. Die ganze …« Sie hebt die Pistole um einige Zentimeter. Ihr Zeigefinger krümmt sich um den Auslöser.

»Liebling«, sagt Bruno, diesmal lauter. »So haben wir es nicht ausgemacht. Wir müssen den Plan einhalten, oder nicht?«

Marie bleibt noch einige Sekunden lang in derselben Haltung stehen, dann lässt sie langsam die Waffe sinken. Der wahnsinnige Ausdruck in ihrem Gesicht schwindet ein wenig.

»Sag das nie wieder«, faucht sie Anna zu. »Nie mehr, verstanden!«

Anna nickt langsam.

»Gehen Sie bitte die Treppe hoch«, sagt Bruno. Er klingt dabei so höflich, dass es fast zum Lachen ist.

Als sie oben sind, deutet Marie mit einer Handbewegung Richtung Wandbild.

»Setzen Sie sich drüben in die Ecke.«

»Glaubt ihr wirklich, dass das hier funktioniert?«, versucht es Anna. »Dass die Polizei darauf reinfällt und denkt, dass es einfach so angefangen hat zu brennen?«

Marie lächelt. »Ich bin keine Polizistin, aber ich bin mir ziemlich sicher, dass die Ermittlungen ergeben werden, dass die ausländischen Handwerker, die Tante Elisabet angeheuert hat, nicht dem schwedischen Standard entsprochen haben, was die Elektroleitungen angeht. Ein Kurzschluss, vom Sturm ausgelöst, wird zu einem Brand mit tragischem Ausgang.« Die Augen haben wieder etwas von ihrem irren Blick zurückgewonnen. »Nicht zuletzt, weil ich gut mit demjenigen bekannt bin, der die Ermittlungen leiten wird.«

Anna spürt, dass ihr die Kinnlade herunterklappt, schafft es aber nicht, den Mund zu schließen.

»Aha«, sagt Marie höhnisch. »Das wusstest du nicht? Der Polizeidirektor hat Onkel Henry gebeten, die Vertretung zu übernehmen, bis man einen Nachfolger für dich gefunden hat. Jens Friberg hat sich als fast so große Enttäuschung erwiesen wie du, deshalb wird Henry die Ermittlungen leiten. Und du weißt ja schon, was er von Tante Elisabet und ihren polnischen Handwerkern hält, die eine Konkurrenz für seinen geliebten Alexander sind.«

Sie wedelt wieder mit der Pistole.

»Also«, sagt sie dann. »Ich habe aus verständlichen Gründen nicht vor, euch zu fesseln. Selbst Onkel Henry würde es schwerfallen, bei so einem Beweis wegzusehen. Wie ihr sicher wisst, gibt es nur zwei Auswege. Ob ihr aus dem Fenster springt oder an Rauchvergiftung sterbt, bleibt euch überlassen.«

Marie geht, gefolgt von den Hunden, und verschwindet die Treppe hinunter. Eine Sekunde später hört man ein dumpfes Geräusch, dann ein Prasseln und schließlich, wie die Tür unten verschlossen wird. Anna springt auf die Füße und macht ein paar Schritte Richtung Treppe. Zwei brennende Heuballen sind unten vor die Tür geklemmt. Die Flammen sind bereits einen halben Meter hoch, sie arbeiten sich schnell durch die trockenen Halme und bilden schwarzen Rauch, der direkt zum Predigtsaal emporsteigt. Es ist unmöglich, dort hinauszukommen, und selbst wenn es ihnen wider Erwarten gelänge, würden Marie, Bruno und die Hunde auf sie lauern.

Anna rennt die andere Treppe hinunter, die zum großen Eingangstor führt. Sie erinnert sich sehr wohl an den kräftigen Eisenriegel an der Außenseite, unternimmt aber trotzdem einen Versuch. Die Tür bewegt sich nur ein paar Millimeter.

»Anna!«, ruft Liza, und sie eilt zurück in den Predigtsaal. Die Flammen haben bereits die Treppe, das Geländer und die Wand erreicht. Sie verschlingen schockierend schnell das trockene Holz, während sie weiter emporwandern. Der Rauch lässt sie husten. Sie rennt zum Kirchenfenster, reißt eine von Agnes' Kamerataschen an sich und schlägt sie, so fest sie kann, gegen das Glas. Sie schlägt noch einmal, und noch einmal. Glas und Holzspäne fliegen um sie herum, und sie spürt Wind und Regen hereinwehen. Anna holt ein paarmal tief Luft, während sie gleichzeitig hört, wie das Feuer hinter ihr gierig den Sauerstoff aufnimmt. Sie steckt den Kopf durch das Loch im Fenster und schaut sich um. Sie sucht nach etwas, worauf man klettern oder woran man sich klammern kann, und vermeidet, in die Tiefe zu blicken. Aber da ist nichts, nicht einmal eine Dachrinne, nur ein steiles Dach und Backsteinziegel, die vom strömenden Regen glatt und rutschig sind.

»Anna!«

Sie dreht sich um, und eine Hitzewelle schlägt ihr ins Gesicht. Das Feuer hat sich die Treppe hinaufgearbeitet und richtet sich wie eine orangefarbene Säule an der gegenüberliegenden Wand auf – hoch genug, um am Dachstuhl zu lecken. Das Geräusch der Flammen vermengt sich mit dem Knacken von altem Holz, das immer heftiger brennt. Der Rauch beißt in Augen und Nase.

Anna steckt den Kopf wieder hinaus, atmet frische Luft ein und versucht abzuschätzen, wie tief sie fallen würden. Joe Rylanders zerschlagener Körper taucht unmittelbar vor ihrem inneren Auge auf. Der Steilhang hier ist höher als bei Glarea. Siebzig, achtzig Meter, vielleicht mehr, definitiv zu tief, um einen Sprung zu überleben.

Das Geräusch der Flammen hinter ihr ist zu einem Dröhnen angeschwollen, und als sie sich zum Raum hinwendet, kann sie vor lauter Rauch kaum etwas sehen. Sie hustet und bewegt sich auf die Ecke beim Wandbild zu, wo Liza sitzt. Nach wenigen Metern schon muss sie stehen bleiben und auf die Knie gehen. Der Rauch ist so dicht, dass sie kaum noch atmen kann. Außerdem tränen die Augen so sehr, dass sie Liza dort an der Wand kaum noch sieht. Sie kriecht weiter, kämpft sich über den Boden. Die Hitze hinter ihr nimmt immer mehr zu.

»Anna.« Lizas Stimme ist direkt neben ihr. Sie kauern sich zusammen, schlingen die Arme umeinander und pressen sich gegen die Holzwand. Das Glas im Kirchenfenster explodiert von der Hitze, und Anna fällt nichts mehr ein. Alles, was sie tun können, ist, sich so weit wie möglich in die Ecke zu drängen und auf das unausweichliche Ende zu warten. Der Rauch macht ihren Kopf schwer, und sie sieht Agnes vor sich. Agnes, die mit erst sechzehn Jahren elternlos werden wird.

Es knackt im Haus, das Feuer hat das Dach erreicht, aber der Rauch ist so dicht, dass sie die Flammen nur erahnt. Sie kneift die Augen zusammen, versucht, die Tränen wegzublinzeln, und hustet heftig. Dabei presst sie sich selbst und Liza fest in die Ecke. Plötzlich spürt sie eine Bewegung an ihrer Schulter. Das Wandpaneel rechts von ihr wackelt und verschwindet dann nach hinten. Zuerst glaubt sie, dass das Haus schon dabei ist einzustürzen, versteht aber zugleich nicht, warum dies an der Seite passiert, die vom Feuer am weitesten weg ist. Frische Luft strömt herein und vertreibt den Rauch um sie herum. Das Sehen und Atmen fällt ihnen nun leichter. Ein Loch hat sich in der Wand aufgetan, eine perfekte Öffnung, so symmetrisch, dass es sich dabei um eine gut versteckte Luke handeln muss. Eine Luke, die für eine Rutschbahn in die Wand gesägt wurde. Anna erahnt eine Bewegung in der Öffnung, dann schaut ein großer Kopf herein. Es ist Mats Andersson.

Ohne ein Wort greift der Riese nach ihrem Arm und zieht sie zu sich. Der Ruck ist so schnell und kräftig, dass sie nicht reagieren kann, bevor sie durch das Loch herauskommt und über Mats' Schulter hängt. Ihre Augen tränen immer noch, aber sie erkennt eine alte Metallleiter, die an die Giebelwand gestellt wurde. Am Fuß der Leiter steht ein kleines weißes, struppiges Wesen mit aufgerichtetem Schwanz. Mats lässt sie direkt neben Milo auf den Boden, aber der Hund beachtet sie kaum. Er ist vollauf damit beschäftigt, zur Ecke des Hofes zu spähen. Aus seiner Kehle ist leises Knurren zu hören. Durch die Kälte des strömenden Regens kommt Anna schnell wieder zu sich, sie hustet und zeigt auf den oberen Stock, um Mats zu sagen, dass dort noch eine Person ist, aber der ist schon wieder auf der Leiter. Er streckt sich, und nach wenigen Sekunden landet Lizas scheinbar lebloser Körper auf seiner Schulter. Anna steht auf, wischt sich Regen und Ruß aus dem Gesicht und hilft Mats, Liza auf den Boden zu legen. Ihr Gesicht ist von Tränen und Ruß verschmiert, und ihre Augen sind geschlossen, aber nach wenigen Minuten auf dem Rücken im Regen flattern ihre Augenlider, und sie beginnt zu husten. Über ihnen schlagen die Flammen durch das Dach und zischen verärgert, als sie mit dem Regen zusammentreffen.

»W-Wie?«, fragt Anna Mats, ohne den Satz beenden zu können.

»Ich hab gesehen, dass du von Tante Elisabets Telefon aus angerufen hast, also bin ich zum Haus hoch. Ihr wart auf dem Platz, und Marie hatte Opas Pistole. Sie und Bruno haben euch hinten zu den Hunden gesetzt, obwohl du keine Hunde magst. Hab gehört, dass sie was von Tabor gesagt hat. Dass es brennen soll.«

Er zeigt auf die Öffnung über ihnen. »Ich bin ein paarmal nachts durch die Rutschbahnluke reingeklettert und hab Simon auf dem Bild gesucht.«

Der Riese sieht trotz der ernsten Lage verschämt aus, und

Anna begreift, warum. Er war es, den sie nachts oben im Predigtsaal gehört hat. Er ist ohne Erlaubnis eingestiegen und dort oben herumgeschlichen. Aber jetzt ist kaum der Moment, sich deswegen über ihn zu ärgern.

Milo knurrt wieder, diesmal lauter. Über das Dröhnen des Feuers und des Windes hinweg hören sie Stimmen. Marie und Bruno sind immer noch auf dem Hof, was bedeutet, dass die Gefahr noch lange nicht vorüber ist.

»Wir müssen hier weg«, flüstert sie und hilft Liza auf die Beine. »Kannst du laufen?«

Liza nickt, sie sieht überraschend entschlossen aus.

»Kommt«, sagt Mats und trottet schon auf den Waldrand zu. Anna nimmt Liza an der Hand und zieht sie mit sich.

Sie laufen zwischen den Baumstämmen hindurch und stolpern immer öfter über Wurzeln und Unebenheiten, je schwächer der Feuerschein wird. Anna will Mats gerade sagen, dass er langsamer gehen soll, weil sie und Liza sein Tempo nicht halten können, als von Tabor ein lauter Ruf zu hören ist.

»Verdammt«, murmelt Mats. »Sie haben die Leiter entdeckt. Hätte sie hinlegen sollen.«

Er bedeutet ihnen weiterzulaufen.

»Beeilt euch, Marie hetzt die Hunde auf uns. Die hören nicht auf mich.«

Er wird schneller, und Anna tut ihr Bestes, um nachzukommen. Aber Mats kennt sich im Wald gut aus, und sie selbst muss auch noch Liza helfen, deren einer Arm in einer Schlinge hängt. Nach ungefähr fünfzig Metern stolpert Anna und fällt der Länge nach hin, ohne sich abstützen zu können. Sie bekommt Dreck in den Mund, und spürt, dass ihre Stirn gegen etwas Hartes stößt.

»Alles okay?«, fragt Liza. Anna steht auf, befühlt ihr Gesicht und nickt.

»Wir müssen weiter.«

Sie schaut nach Mats, aber er und Milo sind verschwunden. Aus dem Wald hinter ihnen ist Hundegebell zu hören. Sofort gesellt sich ein zweites dazu. Anna dreht sich um und sieht die Lichter von Taschenlampen zwischen den Bäumen. Liza greift nach ihrer Hand, und sie rennen weiter.

Nach und nach gewöhnen sich ihre Augen an die Dunkelheit, und Anna glaubt, den kleinen Bach wiederzuerkennen, dem sie und Agnes mal gefolgt sind. Es kommt ihr vor, als sei das Jahre her, aber der Zwischenfall mit dem Dachs war erst vor einigen Wochen.

Wieder ist Hundegebell zu hören, diesmal näher, und Anna kann sich die beiden großen Schäferhunde vorstellen, wie sie hinter ihnen herstürmen und sie Meter für Meter einholen. Sie versucht, schneller zu rennen, aber ihr Körper fühlt sich an wie zerschlagen, sie hat ziemlich viel Rauch eingeatmet. Im Mund hat sie jetzt einen Blutgeschmack und spürt wachsende Panik aufkommen. Wieder Hundegebell, ganz nah dieses Mal. Vielleicht nicht weiter als hundert Meter entfernt. Der Weg ist steil, und ihre Waden brennen schon.

»Warte!«

Liza bleibt zurück, aber Anna zieht sie mit sich über die Kuppe, bevor sie ihr anzuhalten erlaubt. Links vor ihnen sieht sie eine kleine Senke. An einem Baum nur wenige Meter entfernt hängt etwas, dessen Konturen nicht mit der Umgebung übereinstimmen. Sie macht ein paar Schritte darauf zu und sieht, dass es ein viereckiges, selbst gemachtes Schild ist. Die Buchstaben sind so groß, dass man sie im Dunkeln lesen kann. Die Schrift ist rund und ein wenig kindlich.

ACHTUNG! FALLEN!

Das muss Mats aufgehängt haben. Innerhalb des Bruchteils einer Sekunde überlegt Anna, reißt dann das Schild ab und wirft es weg.

»Komm«, sagt sie. »Wir müssen weiter.«

Sie zieht Liza mit sich um die kleine Senke herum. Mats hofft darauf, ein Wolf würde in dieses abgelegene Gebiet kommen, und hat deshalb seine gefährlichen Scherenfallen am Boden der Senke aufgestellt. Wolf oder Hund spielt wohl keine große Rolle, denkt Anna. Alles, was sie tun muss, ist, die Tiere in die Senke zu locken.

Liza hat das Dreieckstuch abgenommen und scheint wieder etwas Energie zurückgewonnen zu haben, oder vielleicht ist auch einfach Annas Kraft am Ende, denn nun ist es Liza, die Anna mit sich zieht, anstatt andersherum.

Ihre Beine werden immer schwerer, und durch den Blutgeschmack im Mund muss sie sich fast übergeben. Außerdem fühlen sich ihre Lungen so an, als wären sie kurz vor dem Explodieren.

»Komm, Anna!« Liza zieht sie weiter mit sich, aber sie werden trotzdem langsamer. Wieder hören sie Bellen, höchstens fünfzig Meter weit weg. Hier und da leuchtet das Licht einer Taschenlampe zwischen den Bäumen hervor.

»Ich kann nicht mehr«, keucht Anna. »Lauf du weiter. Einfach geradeaus!«

Sie deutet in die Richtung, in der Änglaberga liegen müsste. Dabei unterdrückt sie einen Brechreiz.

»Nein!«, sagt Liza und zieht sie an der Hand weiter.

Anna befreit sich aus ihrem Griff. Sie stützt sich auf ihre Knie und erbricht eine Ladung Magensäure.

»Geh weiter«, keucht sie wieder. »Ich halte sie auf.«

Sie sieht sich nach einer Waffe um und entdeckt einen Stock, der eigentlich länger und stärker sein müsste, aber genügen muss. Zwischen ihr und den Verfolgern liegt die Senke, und mit ein wenig Glück kann sie die Hunde dazu bringen hineinzuspringen.

Liza steht immer noch da.

»Hau schon ab«, sagt Anna. »Ich komme kla…ar.«

Für mehr Worte fehlt ihr die Luft. Das Herz klopft ihr bis zum Hals, und ihr Mageninhalt ist auf halbem Weg nach oben. Sie dreht Liza den Rücken zu und hält den Stock vor sich wie einen Speer.

»Renn!«, sagt sie noch mal.

Die Taschenlampen kommen näher.

Sie hört das Rascheln von Laub, als Liza wegläuft. Dann sieht sie etwas vor sich zwischen den Bäumen. Ein schwarzer Umriss auf vier Beinen, der schnell auf sie zukommt. Zehn Meter dahinter ist noch einer.

Zu weit links, denkt sie und erkennt, dass die beiden Schäferhunde die Senke umrunden, anstatt direkt hineinzuspringen. Der erste Hund hat sie entdeckt und erhöht das Tempo.

Sie wendet sich ihm zu, wischt sich Haare, Schmutz und Wasser aus der Stirn. Dann ergreift sie den Stock wieder mit beiden Händen. Der Puls pocht an ihr Trommelfell und vermischt sich mit dem Rauschen des Windes in den Baumkronen. Der Hund stürzt direkt auf sie zu. Zehn Meter, fünf.

Sie sieht ein geöffnetes Maul, aufgerichtete Ohren, einen Körper, der sich zum Sprung bereit macht. Sie hebt den viel zu schwachen Stock und spannt den Körper an, um sich auf den Schmerz vorzubereiten.

Da hört sie ein Geräusch, ein Gebrüll genauso wie ein Bellen, aber nicht von vorn, sondern von links, und plötzlich kommt ein weißes Projektil zwischen den Bäumen hervorgeschossen. Es trifft den Schäferhund mitten im Sprung, mit einer solchen Kraft, dass das große Tier umgeworfen wird. Das Gebrüll wird noch lauter und dann vom Geräusch von aufeinanderschlagenden Kiefern unterbrochen. Es ist Milo.

Der kleine Terrier hat sich in den Nacken des Schäferhunds verbissen, und die beiden Hunde rollen den Hang in die Senke hinunter. Der Schäferhund gibt ein gellendes Bellen von sich und versucht, sich umzudrehen, um an Milo heranzukommen, aber der Terrier lässt nicht los.

Der zweite Schäferhund prescht heran und scheint sich überhaupt nicht mehr um Anna zu kümmern. Stattdessen rennt er in die Senke hinunter, um seinem Kameraden zu helfen.

»Milo!«, schreit Anna, aber es ist zu spät. Der zweite Schäferhund wirft sich auf den kleinen Terrier. Sie hört Knurren, wütendes Gebell und Schmerzenslaute.

Ohne nachzudenken, stürzt Anna mit hocherhobenem Stock den Hang hinunter. Sie schlägt ihn einem der Schäferhunde auf den Rücken und tritt dem anderen so fest in die Seite, dass sie es selbst bis hinauf zu ihren zusammengebissenen Zähnen spürt.

Das Tier winselt und stolpert zur Seite, und eine Sekunde lang glaubt Anna, es geschafft zu haben. Aber der Hund, den sie mit dem Stock getroffen hat, hat sich nur umgedreht, und bevor sie reagieren kann, beißt er sie in die linke Wade.

Erstaunlicherweise spürt sie den Schmerz nicht. Vielleicht ist sie so mit Adrenalin vollgepumpt, dass der Impuls nicht durchdringt. Anna hat sogar Zeit, das Gesicht des Hundes zu studieren: die schwarzen Augen, den Oberkiefer, der sich in ihre Wade bohrt. Eiskalt versetzt sie dem Hund mit dem Stock einen Hieb zwischen die Augen, der sie selbst überrascht. Der Hund lässt los und weicht ein paar Meter zurück. Er fletscht immer noch die Zähne, aber scheint nicht wild darauf zu sein, einen erneuten Angriff zu starten. Anna bemerkt eine Bewegung neben ihrem rechten Bein. Milo ist wieder auf die Füße gekommen. Er ist zerzaust, ein Ohr hängt herunter, und der weiße Pelz ist blutbefleckt. Aber sein Fell ist noch gesträubt und die Zähne entblößt. Von rechts kommt der Schäferhund, den sie getreten hat, wieder in ihr Blickfeld. Das Tier hinkt, und wie bei Milo sieht das eine Ohr verletzt aus. Der Hund fletscht zwar seine Zähne und knurrt, aber er scheint auch nicht besonders darauf aus zu sein, den Kampf fortzusetzen. Anna richtet den Stock gegen den Hund, der am nächsten steht, und macht einen kleinen Ausfallschritt. Durch die Bewegung wird der Wadenbiss so deutlich spürbar, dass sie aufstöhnt, aber der Hund entfernt sich ein Stück.

»Gut so!«, murmelt sie. »Hau bloß ab, du verdammter Köter!«

Sie macht einen zweiten Ausfallschritt auf den anderen Hund zu, und diesmal ist Milo dabei. Das Ergebnis ist das gleiche. Der große Schäferhund zieht sich ein paar Meter zurück und schaut fragend zu seinem Kameraden, als ob er nicht genau wüsste, was er tun sollte. Der Blick und das verletzte Ohr lassen den gerade noch so gefährlichen Hund fast ein bisschen elend aussehen.

»Genau. So geht es einem, wenn man sich mit Familie Vesper anlegt!«, sagt Anna, ohne zu wissen, warum. Die Schäferhunde sehen sich weiter an. Milo macht einen Schritt vor und kläfft, woraufhin sich die beiden Tiere noch weiter zurückziehen.

Anna dreht sich um, sucht den Abhang nach einem Fluchtweg ab. Sie haben nicht mehr viel Zeit. Der Schmerz vom Hundebiss macht sich durch den Adrenalinpegel hindurch bemerkbar. Plötzlich taucht am Rand der Senke ein Taschenlampenstrahl auf, der den Boden entlangwandert, an den Hunden vorbeigleitet und Anna schließlich blendet.

»Gute Jungs!«, hört sie Marie rufen. »Fasst!«

Die beiden Schäferhunde werden wieder mutiger. Ihr Knurren wird lauter, aber wegen des blendenden Lichts kann Anna sie kaum sehen und muss die Augen mit der Hand abschirmen.

»Fasst!«, ruft Marie aufgeregt, während sie den Abhang herunterkommt. Die Taschenlampe flackert, wodurch es für Anna leichter wird zu erkennen, woher die Gefahr droht. Die beiden Hunde nähern sich aus unterschiedlichen Richtungen. Milo bellt wieder, aber diesmal erschreckt er die Schäferhunde nicht.

Anna sieht Marie mit der Pistole in der einen und der Taschenlampe in der anderen Hand durch die Senke laufen. Das Licht bewegt sich hin und her, beleuchtet einen Augenblick lang das Gesicht der Frau. Triumph und Erregung sind darin zu lesen. Hinter ihr taucht ein zweiter Taschenlampenstrahl auf, der zu Bruno gehören muss.

Es ist vorbei, denkt Anna und spürt, wie all ihre Muskeln kurz davor sind aufzugeben.

Marie rennt weiter mit der Pistole auf sie zu. Das Licht der Taschenlampe reflektiert in den Regentropfen und wird zu kleinen weißen Blitzen.

»Fasst …«, schreit Marie, während sich im gleichen Moment etwas direkt zu ihren Füßen im feuchten Laub bewegt. Eine von Mats' Wolfsfallen schlägt mit einem grässlichen Knall seine zackigen Kiefer in Maries Fuß und verwandelt das Kommandowort in einen gellenden Schrei.

Maries Körper fliegt nach vorn. Die Kette, die an der Falle befestigt ist, streckt sich wie eine schwarze Schlange, die sich aus dem Laub erhebt. Sie wird immer straffer, je weiter Marie vorwärtsstolpert, bis sie ganz stramm ist und Marie zu Fall bringt. Sie stürzt vornüber, die Hände halten noch immer Pistole und Taschenlampe, sodass sie sich nicht abfangen kann.

Eine Millisekunde bevor sie mit dem Gesicht auf der Laubdecke aufschlägt, sieht Marie, was sich dort vor ihr verbirgt. Sie reißt die Augen auf, ihr Schrei ändert die Tonart, aber er endet abrupt, als eine zweite Wolfsfalle an ihrem Hals zuschnappt.

Die Pistole fliegt aus ihrer Hand, während die Taschenlampe gleich neben ihr liegen bleibt. Sie beleuchtet die schreckliche Szene, die sich nur wenige Meter von Anna entfernt abspielt. Maries Augen sind weit aufgerissen, es zuckt in ihren Armen und Beinen, und aus dem, was von ihrer Luftröhre übrig ist, kommt ein schwaches Gurgeln.

»Marie!« Bruno brüllt auf und stürzt durch die Senke zu seiner Frau. »Marie! Liebling! Nein, nein!«

Er wirft sich auf die Knie und versucht, die Metallzähne auseinanderzustemmen, aber es gelingt ihm nicht. Blut verfärbt die Laubdecke und wird gleich darauf von dem heftigen Regen weggeschwemmt, der auf Bruno herniedergeht, während er weiter den Namen seiner Frau schreit, bis ihre

Bewegungen matter werden und seine Stimme in ein Klagen übergeht.

Die beiden Schäferhunde drehen sich um, hinken zu Maries leblosem Körper und setzen sich auf jeweils eine Seite. Nach einigen Sekunden stimmt erst der eine, dann der andere in Brunos Heulen mit ein.

Anna läuft vorsichtig zu der Stelle, an der die Pistole gelandet ist. Sie hebt die Waffe auf, wischt das Laub ab und richtet sie dann auf Bruno.

»Es ist vorbei«, sagt sie.

62

HERBST 2017

Anna steht in der Tür zu Elisabet Vidjes Krankenhauszimmer. Das Kopfende des Bettes wurde aufgestellt, sodass die alte Dame sitzen kann. Unter ihrer Nase wurde ein Sauerstoffschlauch befestigt, was sie, zusammen mit dem Krankenhaushemd und den Apparaten, schwach und gebrechlich wirken lässt. Aber sie ist alles andere als schwach.

»Du hast die Augen deines Vaters. Das habe ich schon gesehen, als wir uns zum ersten Mal begegnet sind«, sagt Elisabet zu Liza Savic, die auf der Bettkante sitzt, und streicht ihr dabei über die Wange. »Und die deines Großvaters.«

Anna spürt Tränen aufsteigen und schaut zum Fenster. Einen kurzen Moment lang streift sie Bror Kleins Blick. Die Augen in dem starren Gesicht sind blank, der Mund zu etwas verzogen, was einem glücklichen Lächeln ähnelt. Sie schauen beide verlegen beiseite, als ob keiner von ihnen dem anderen seine Gefühle zeigen wollte. Anna spürt ihr Handy in ihrer Tasche surren, und sie geht auf den Gang, um den Anruf entgegenzunehmen.

Es ist Jens Friberg.

»Ich wollte dich nur darüber informieren, dass wir das meiste geklärt haben. Bruno hat alles gestanden, und es bleiben eigentlich keine Fragezeichen. Bengt Andersson hat einen Staranwalt für ihn organisiert, aber das wird ihnen Marie nicht zurückbringen.«

»Und Tabor?«

»Die Feuerwehr konnte das Untergeschoss und die Grundmauern retten. Der Regen hat seinen Teil dazu beigetragen, aber es wird lange dauern, bis es wieder bewohnbar ist.«

»Okay.« Sie denkt an ihre Sachen. Den zerschlissenen

Morgenrock, die Fotoalben, die Kiste mit Agnes' Babykleidern. Die einzigen physischen Spuren ihres gemeinsamen Lebens mit Håkan und Agnes.

»Alles in Ordnung?« Er klingt ein wenig beunruhigt.

Anna denkt an ihre Tochter. Dann an Liza Savic und Elisabet Vidje. Noch vor ein paar Tagen hätte der Verlust ihres Heims und ihrer Besitztümer ihr den Boden unter den Füßen weggezogen. Es wäre vielleicht ein Schlag gewesen, von dem sie sich nie erholt hätte.

»Es sind nur Sachen«, sagt sie und meint es auch.

»Und was passiert jetzt?«, will Friberg wissen.

»Ich weiß es nicht. Agnes wird morgen entlassen. Wir werden ein paar Tage im Hotel wohnen, dann sehen wir weiter. Und du?«

»Ich weiß es tatsächlich auch nicht«, antwortet er. »Es gibt hier noch einiges zu klären, also bleibe ich wohl noch eine Weile. Zum Glück habe ich letzte Woche einen Schnellkurs im Ermitteln bekommen, bei einer guten Lehrerin.«

Einen Moment lang glaubt Anna, fast hören zu können, wie er die Mundwinkel zu einem Lächeln verzieht.

»Melde dich und gib Bescheid, wie es für dich weitergeht«, sagt sie.

»Du auch!«

Es wird still am Telefon.

»Pass auf dich auf, Jens«, sagt Anna schließlich.

»Und du auf dich, Anna.«

Sie lässt die Familie Vidje eine Weile allein und geht in den Empfangsbereich, um etwas zu trinken zu besorgen. Die Stiche an der Wade ziehen, sodass sie sich langsam fortbewegen muss. Die Schlagzeilen der Zeitungen verkünden in großen Lettern Details zum sogenannten Nedanåsmord. Das trifft Bengt Andersson wahrscheinlich fast genauso hart wie der Tod seiner Tochter, vermutet Anna boshaft. Sie kauft eine Cola und trinkt sie in der Dämmerung vor dem Haupteingang. Es hat aufgehört zu regnen, aber der Wind ist frischer geworden. Nach einer Weile wird ihr kalt, weshalb sie wieder hineingeht.

Elisabet Vidje sitzt zurückgelehnt, mit geschlossenen Augen im Bett. Auf dem Besucherstuhl schlummert Bror Klein. Die Augen in seinem starren Gesicht sind eingesunken, und zum ersten Mal, seit sie sich begegnet sind, sieht er so alt aus, wie er ist.

»Der alte Narr hat seit Tagen nicht geschlafen«, sagt Elisabet leise. »Und er weigert sich, nach Hause zu fahren, obwohl er seine Medizin braucht.«

»Ich kann sie holen, wenn Sie möchten«, erwidert Anna. »Ich muss sowieso nach Änglaberga hoch und Milo bei Mats abholen. Ich habe Agnes versprochen, dass ich versuchen werde, ihn heute Abend einzuschmuggeln. Das Nachtpersonal ist nicht ganz so streng.«

Außerdem möchte sie nach Mats sehen. Er hat ihr und Lizas Leben gerettet, und sie will sich vergewissern, dass es ihm gut geht.

»Das wäre schön!« Elisabet Vidje klingt ungewöhnlich freundlich. »Die Schlüssel sind in seiner Jackentasche.« Sie deutet auf Kleins Öljacke, die hinter der Tür hängt. »Seine Medizin ist im Badezimmerschrank.«

Anna will gerade erwidern, dass sie das weiß, beißt sich aber im letzten Moment auf die Zunge. Jetzt ist sie überzeugt davon, dass Elisabet und Klein ein Liebespaar sind, schon seit vielen Jahren. Aber das ist ihre Privatangelegenheit, nichts, was sie oder sonst jemanden etwas angeht.

»Wenn Sie Lust haben, könnten Sie aus dem Herrenzimmer auf Änglaberga vielleicht auch ein paar Fotoalben mitbringen«, sagt Elisabet. »Ich möchte Liza Bilder von ihrem Papa zeigen, wenn sie wiederkommt. Der Schlüssel hängt auch an Kleins Schlüsselbund.«

»Kein Problem.«

Anna biegt in die Allee nach Änglaberga ein. Friberg hat dafür gesorgt, dass sie eines der zivilen Dienstfahrzeuge leihen kann, weil ihr Leihwagen bei der technischen Untersuchung ist. Sie überlegt, wo sie zuerst halten soll. Beim Wohnhaus, bei Mats oder bei Kleins Häuschen. Schließlich entscheidet sie sich für Letzteres.

Das Pförtnerhäuschen liegt im Dunkeln, das einzige Licht stammt von einer Außenlampe am Giebel. Am schweren Schlüsselbund hängen mindestens zehn verschiedene Schlüssel, und es dauert eine Weile, bis sie den richtigen gefunden hat. Die Räume wirken am Abend aus irgendeinem Grund noch unpersönlicher und trauriger, vor allem, da niemand zu Hause ist.

Anna holt die Medizin aus dem Badezimmerschrank und schaut noch einmal ins Schlafzimmer. Alles sieht genauso aus wie beim letzten Mal. Dasselbe ordentlich gemachte Bett, dasselbe Buch, dieselbe Fotografie.

Da meldet sich ihr Handy. Diesmal ist es ihr Anwalt.

»Santesson hat gerade angerufen. Der DNA-Abgleich ist fertig«, sagt er.

»Aha …« Sie spürt ihr Herz schneller schlagen.

»Es ist Håkans DNA«, sagt er. »Aber ich nehme an, das wusstest du schon, oder, Anna?«

Sie antwortet nicht.

»Santesson behauptet, es sei unmöglich, dass Håkan in seinem Zustand selbst gelernt hat, wie die Infusionspumpe funktioniert, und dass er außerdem nicht an die Knöpfe gekommen sein kann.«

Er verstummt, wartet darauf, dass sie etwas dazu sagt. Aber das tut sie nicht.

»Er meint, dass ihm jemand dabei geholfen haben muss.«

Sie schweigt weiterhin.

»Jemand hat Håkan erklärt, welche Knöpfe er drücken muss, und die Pumpe in seine Reichweite gestellt. Aber da Beihilfe zum Selbstmord nicht strafbar ist, wird Santesson keine weiteren Ressourcen dafür verbrauchen. Er hat den Fall geschlossen.«

Anna spürt, wie sich Erleichterung in ihrem Körper breitmacht, und hört den Anwalt tief Luft holen. Das Schweigen des Berufsmenschen in ihm kämpft mit der reinen, menschlichen Neugier.

»Hast du es getan?«, fragt er. »Hast du Håkan geholfen, sich das Leben zu nehmen?«

Sie legt auf, ohne zu antworten, und stellt fest, dass sie vor der verschlossenen Tür zu Kleins Keller stehen geblieben ist. Sie sollte jetzt weiterfahren, Kleins Privatleben in Ruhe lassen. Aber wie bei ihrem Anwalt vor wenigen Sekunden gewinnt auch in ihr die Neugier dieses Match.

Das Schloss und die Tür sind alt und kräftig, und sie findet schnell den passenden Schlüssel. Als sie die Tür aufgeschlossen hat, liegt eine dunkle Treppe vor ihr, und es dauert einen Moment, bis sie den Lichtschalter gefunden hat. Die Stufen sind von einem zerschlissenen Teppich bedeckt, was darauf hinweist, dass sie oft benutzt werden. Am Fuße der Treppe findet sich eine geöffnete Tür, die in eine nach Keller riechende Waschküche führt, und genau gegenüber gibt es eine geschlossene Tür, diesmal neueren Datums und aus Stahl.

Anna schließt auf. Der Raum dahinter ist dunkel, aber er riecht nicht feucht und muffig, sondern viel angenehmer. Sie tastet die Wand nach einem Lichtschalter ab

Als sie ihn findet, stellt sie fest, dass die Wände des Raums fast ganz von eingebauten Bücherregalen bedeckt sind. Auf dem Boden liegen dicke Teppiche, und in der einen Ecke stehen zwei alte Ohrensessel mit jeweils einer Leselampe. Anna kann sich vorstellen, wie Klein und Elisabet hier sitzen und lesen, ist aber zugleich verwundert darüber, dass sie einen so abgelegenen und versteckten Ort gewählt haben, um zusammen zu sein, wo doch der gesamte Änglaberga-Hof nur einen Steinwurf entfernt ist. Hatten sie wirklich solche Angst, entdeckt zu werden?

In den hinteren Regalen stehen ausschließlich Bücher, aber die drei Regale neben ihr sind voller Fotos. Im ersten gibt es nur Fotos von Simon. Simon als Baby, als kleiner flachsblonder Junge, sein erster Schultag mit einem viel zu großen Ranzen auf dem Rücken. Auf den folgenden Bildern hat Simon fast immer ein Instrument in der Hand, Gitarre, Geige, Trompete. Dann Fotos von dem, was das Studio über der inzwischen abgebrannten Garage gewesen sein muss. Zum Schluss ein Foto, auf dem Simon an einen schönen roten Sportwagen gelehnt steht, eine Abitursmütze auf dem Kopf und Blumen um seinen Hals. Anna geht davon aus, dass das Karl-Johans Sommerauto ist, dessen verkohlte Reste noch im Schuppen bei Tabor stehen.

Das nächste Regal ist voller Bilder von der Familie Vidje. Die Picknickfotos, die sie schon gesehen hat, Bilder am Strand, Bilder von Karl-Johans Atelier auf Tabor mit dem kleinen, farbverschmierten Simon oder Simon auf der blauen Rutschbahn. Bilder von Elisabet und Simon zusammen am Klavier. Das letzte Foto ähnelt dem im ersten Regal. Simon mit seiner Abitursmütze vor dem Sommerauto, diesmal allerdings flankiert von seinen Eltern. Karl-Johans blondes Haar weht im Wind, und obwohl Elisabet einen strengeren Gesichtsausdruck hat als ihr Mann, ist deutlich zu sehen, wie stolz sie auf ihren Sohn ist.

Das dritte Regal beinhaltet Fotos von Elisabet zusammen mit Karl-Johan. Das erste ist ihr Hochzeitsfoto, aber es gibt noch viele andere, die alle etwa zur gleichen Zeit entstanden sind. Klein ist auf keinem einzigen Foto zu sehen, was ihre frühere Vermutung, dass er der Fotograf ist, stärkt. Die letzten Bilder sind schwarz-weiß und zeigen einen circa fünfundzwanzigjährigen Karl-Johan, der vornübergebeugt auf der Rückenlehne einer Parkbank sitzt. Der Blick ist direkt in die Kamera gerichtet und so intensiv, dass man ihn immer noch spürt. Anna macht einen Schritt zurück und betrachtet die Regale. Über allem liegt etwas Tieftrauriges. Eine regnerische Nacht, ein einziger Fehltritt auf einer Klippe, und Glück und Liebe, die fast alle Fotos ausstrahlen, machen einer nachtschwarzen Tragödie Platz.

Sie läuft an den Regalen entlang und entdeckt, dass in einem von ihnen genau so ein Schallplattenspieler steht, wie ihr Großvater ihn hatte. Auf dem Plattenteller liegt eine LP. Sie ist nicht verstaubt, was bedeuten muss, dass Klein sie oft abspielt. Sie liest das Etikett. Edith Piaf, »Les feuilles mortes«.

Am hinteren Ende des Raumes findet sich eine kleine Tür. Darüber hängt das Halbporträt eines jungen Mannes. Es ist nicht sein gewöhnlicher Stil, dennoch ist es eindeutig Karl-Johans Werk. Der Oberkörper ist nackt, und man erahnt ein Stück Laken. Hinter ihm steht eine Balkontür einen Spalt offen, und etwas an der Tür und dem Licht dahinter sagt ihr, dass das Porträt nicht in Schweden gemalt wurde, sondern irgendwo in Südeuropa, vielleicht Frankreich.

Der Mann im Bett hat das Gesicht zur Hälfte dem Betrachter zugewandt. Das Haar hängt ihm in die Stirn, er zeigt ein schiefes, glückliches Lächeln, und es dauert einige Sekunden, bis Anna erkennt, dass sie dieses Lächeln schon einmal gesehen hat. Sie geht näher heran, um genauer hinschauen zu können, aber es besteht kein Zweifel. Der junge Mann auf dem Bild ist Bror Klein.

Eine Weile bleibt Anna reglos stehen, während sie versucht zu begreifen, was das bedeutet. Das Gemälde ist eindringlich, ein privater Moment zwischen zwei Menschen, der nicht dafür gedacht ist, mit anderen geteilt zu werden.

Vorsichtig öffnet sie die Tür unter dem Porträt. Dahinter ist eine kleine Kammer, in der eine Gitarre und ein Tonbandgerät in einem Regal stehen. Daneben, ganz in der Ecke, wo kaum Licht hinkommt, findet sich noch ein Gegenstand. Der Rahmen ist verzogen und die Gabel gebrochen, aber Anna weiß, was sie da sieht. Ein orangefarbenes Crescent mit Rennlenker.

Simons Fahrrad.

63

HERBST 2017

Anna verharrt in der Tür zur Kammer, ohne richtig zu verstehen, was sie da sieht. Sie kämpft gegen die Lust an, die Sachen darin anzufassen, stattdessen lässt sie die Tür offen und sinkt in einen der Ohrensessel. Was hat das alles zu bedeuten?

Warum versteckt Bror Klein Simons Sachen in einem heimlichen Raum ganz unten in seinem Keller? Sachen, die seit siebenundzwanzig Jahren entweder als verschollen oder verbrannt angesehen werden? Und warum gibt es von Karl-Johan ein Porträt des jungen, halb nackt im Bett liegenden Klein? Anna lehnt sich im Sessel zurück. Von hier aus sieht man alle Fotografien deutlich. Drei Leben, oder eigentlich vier. Vor den Augen der Welt versteckt, genau wie die Gegenstände in der Kammer. Auf dem Sitzkissen des Sessels neben ihr liegt eine abgenutzte Ledermappe, die sie erst nicht bemerkt hat. Es liegt nur ein Blatt darin, irgendein Brief in schöner, zierlicher Handschrift. Der Text wurde mit Bleistift geschrieben, mehrmals ausradiert und immer wieder geändert. Das erinnert sie an das Wandgemälde auf Tabor.

Liebe Elisabet, beginnt der Brief. *Ich habe etwas Furchtbares getan, etwas Unverzeihliches.*

Aber ich habe es aus Liebe getan.

Als Anna weiterliest, gerät der Raum um sie herum langsam ins Wanken. Plötzlich versteht sie, wie alles zusammenhängt: die Fotos, die Sessel, die Gegenstände in der Kammer. Und die Dinge, die sie in den letzten Wochen gesehen und gehört hat, bekommen einen neuen, unschönen Zusammenhang.

Der Regen.

»Auf dem Heimweg ist mir jemand in der Kurve entgegengekommen. Die Leute fahren wie die Irren hier oben.«

Das Fahrrad.

»Karl-Johan war immer schon sensibel.«
Der Hirsch.
»Nicht meine Schuld. Das war nicht meine Schuld.«
Das Sommerauto.
»Mein kleiner Junge …«
Der Brand.
»Ich habe etwas Furchtbares getan …«

Anna liest den ganzen Brief noch einmal, bemüht, die Hände ruhig zu halten.

Wie du weißt, liebe Elisabet, bin ich anders auf die Welt gekommen. Der einzige Mensch, der mich verstand, warst du. Dir konnte ich alles anvertrauen, meine Schwächen, meine Unvollkommenheit. Und dank dir begegnete ich der Liebe, einer Liebe, die ich für unmöglich hielt.
Genau wie du liebte ich Karl-Johan von ganzem Herzen. Du hättest mich hassen können. Aber das tatst du nicht. Stattdessen zeigtest du mir gegenüber noch einmal Verständnis. Dafür bin ich dir ewig dankbar.
Wir waren alle Simons Eltern. Als er dreizehn war, fragte er uns direkt danach, erinnerst du dich daran? Karl-Johan erklärte, dass wir uns alle drei liebten, nur auf unterschiedliche Weise. Und dass Simon das niemandem erzählen dürfte, denn nicht alle würden es verstehen. Aber Simon verstand. Er war ein fantastischer Junge.
Im Sommer 1990 wurde mir klar, dass etwas nicht stimmte. Karl-Johan hörte auf zu lesen, und es dauerte, bis ich begriff, dass er Probleme mit den Augen hatte. Als ich ihn damit konfrontierte, wurde er wütend, stritt alles ab und verbat mir, dir etwas zu sagen. Karl-Johan war immer ein liebevoller Mensch gewesen, aber jetzt wurde er abweisend und zurückgezogen. Er schloss sich in seinem Atelier ein und verließ es nur für eine Spazierfahrt mit dem Sommerauto. Er fuhr schnell auf den schmalen Straßen. Quäl-

te den Motor, ging Risiken ein, fast als wollte er, dass ihm etwas passiert.
Dann, an einem Herbstabend, klopfte er sehr spät panisch an meine Tür. Er sagte mir, dass er beim Steinbruch einen Hirsch angefahren habe, dass er vielleicht noch lebte. Er bat mich, hinzufahren und nachzusehen.
Schon als ich das kaputte Fahrrad sah, wusste ich, was Karl-Johan wirklich angefahren hatte.
So saß ich im Regen, mit Simons Kopf auf dem Schoß, und strich ihm über die Wange. Ich sagte ihm, wie sehr ich ihn liebte, wie sehr wir alle ihn liebten.
Und dann tat ich, was getan werden musste. Ich trug Simon zum Steinbruch zurück und legte ihn ins Wasser.
Es war das Schwerste, was ich jemals getan habe, aber ich tat es aus Liebe. Aus Liebe zu Karl-Johan, zu Simon und zu dir. Aus Liebe zu dem, was wir miteinander gehabt hatten und was jetzt verloren war.
Dann fuhr ich Karl-Johan nach Hause und brachte ihn ins Bett. Ich versicherte ihm, dass es ein Hirsch gewesen war und er nicht leiden musste. Ich versteckte das Sommerauto in der Garage, sah aber ziemlich schnell ein, dass es sich nicht reparieren ließ, ohne dass jemand misstrauisch werden würde. Deshalb zündete ich in der darauffolgenden Nacht die Garage, das Auto und das Studio an. Aber Simons Lieblingsgitarre behielt ich, und das Tonbandgerät mit seiner schönen Stimme. Und sein Fahrrad. Ich brachte es einfach nicht über mich, es wegzutun.
Ich bin nur ein Mensch. Ein Mensch, der bereit war, für die Liebe alles zu tun.
Ich hatte gehofft, dass ich dich nie mit meinem Geheimnis belasten müsste. Aber in dem Moment, als ich Anna Vesper sah, war mir klar, dass dieser Moment kommen würde.
Das, liebe Elisabet, ist mein Geständnis.
Meine Tat.
In jenem Spätsommer.

64

HERBST 2017

Zum zweiten Mal an diesem Abend steht sie in der Tür zu Elisabet Vidjes Krankenzimmer. Milo sitzt zu ihren Füßen, schaut genau wie sie selbst auf die drei Menschen im Raum. Liza ist wieder da, sie sitzt auf der Bettkante, während Elisabet die Fotoalben durchblättert, die Anna ihr gebracht hat.

»Schau mal, da hat dein Vater gerade seine erste Gitarre bekommen«, sagt Elisabet zu ihrer Enkelin. »Siehst du, wie glücklich er ist? Karl-Johan hat sie ihm in Kopenhagen gekauft. Du warst doch auch dabei, Bror, oder?«

Klein, der am Fußende des Bettes steht, nickt, und hinter seinem Lächeln kann man für einen kurzen Augenblick den schönen jungen Mann vom Gemälde erkennen.

»Danke, dass Sie die Alben geholt haben, Anna!«, sagt Elisabet Vidje. Sie klingt freundlich, und ihr Gesichtsausdruck wirkt nicht so hart wie sonst. »Haben Sie auch Brors Medikamente gefunden?«

»Natürlich«, sagt Anna und wendet sich an Klein. »Ich habe sie mit den Schlüsseln in Ihre Jackentasche gesteckt.«

»Vielen Dank«, murmelt er, aber sie sieht, dass sein Lächeln erstarrt.

Elisabet blättert weiter im Album und zeigt der begeisterten Liza weitere Fotos. Aber Klein schaut nur halb hin. Stattdessen scheint er Anna zu beobachten und darauf zu warten, dass sie etwas tut oder sagt.

»Bror und ich sind unglaublich dankbar für alles, was Sie für uns getan haben, Anna«, sagt Elisabet.

Sie nickt, weiß nicht genau, was sie sagen soll. Kleins Blick brennt auf ihrem Gesicht, und es fällt ihr schwer, die Maske zu wahren.

»Nur noch eine letzte Frage, bevor Sie gehen.« Elisabet Vidje richtet sich in ihrem Bett auf.

»Natürlich.«

»Der Steinbruch.«

»Jaa«, sagt sie, wartet auf die Fortsetzung, und spürt dabei Kleins intensiven Blick.

»Was, glauben Sie, ist an diesem Abend wirklich passiert?«

Ein Teil von ihr hat auf genau diese Frage gewartet. Vor nicht allzu langer Zeit hat sie Elisabet versprochen, die Wahrheit über Simon herauszufinden. Jetzt kennt sie die Wahrheit bis ins kleinste, furchtbare, tragische Detail. Wie viel soll sie jetzt darüber sagen? Sie schielt zu Klein.

Vor siebenundzwanzig Jahren fasste er einen Beschluss, dessen Konsequenzen er nicht vorhersehen konnte. Wären die Dinge anders gelaufen, wenn er die Wahrheit gesagt hätte?

Simon wäre trotzdem nicht mehr am Leben, seine Freunde hätten wegen ihres Verhaltens ihm gegenüber dennoch ein schlechtes Gewissen gehabt. Es hätte sie vielleicht sogar noch schlimmer gequält. Es war immerhin ihre Schuld gewesen, dass Simon den Steinbruch verließ und sich erregt, wütend und erniedrigt bei Nacht und Regen auf sein Fahrrad setzte.

Elisabet Vidje wäre zwar um beinahe dreißig Jahre Verbitterung herumgekommen, aber wäre ihr die Wahrheit wirklich lieber gewesen? Und Simons Vater, der sich nicht einmal vorstellen konnte, ein Tier zu töten, wäre gezwungen gewesen einzusehen, dass er seinen eigenen Sohn getötet hatte. Vielleicht ahnte Karl-Johan ja ohnehin etwas? War das der Grund, warum Simons Körper auf dem Gemälde im Wasser lag und zugleich doch nicht, je nachdem, wie man es betrachtete? Je nachdem, was man sehen wollte?

Rein rechtlich ist es sowieso zu spät. Alle Taten, die begangen wurden, sind schon lange verjährt, und niemand kann mehr zur Verantwortung gezogen werden. Jedenfalls nicht vor Gericht.

Egal, wie man die Sache dreht und wendet, ist Simon Vidjes Tod eine Tragödie, die das Dorf weiterhin verfolgen wird, vielleicht sogar noch übler, wenn die schrecklichsten Details jetzt ans Tageslicht kommen.

Darum geht es in Bror Kleins Brief. Dem Brief, der eigentlich eher eine Ansprache ist.

Ihr Verdacht bestätigt sich, als Klein sich streckt, sich über die Lippen leckt und sich ein wenig räuspert. Weder Liza noch Elisabet ahnen bisher etwas. Noch hängt Elisabets Frage im Raum.

Klein öffnet den Mund und holt tief Luft. Sein starrer Gesichtsausdruck zeigt grenzenlosen Kummer. Die Lippen formen die ersten Buchstaben seines Geständnisses.

»Ein Unfall«, sagt Anna laut, ohne den Blick von dem alten Mann abzuwenden. »Alles deutet darauf hin, dass Simons Tod ein tragischer Unfall war.«

Elisabet nickt langsam und traurig, wendet sich dann wieder an Liza und blättert zu einer neuen Seite im Fotoalbum. Ihre Stimmen vermengen sich zu einem Gemurmel, während Klein und Anna einander anstarren. Einige Sekunden lang sieht der alte Mann verwirrt, beinahe schockiert aus. Dann gewinnt er allmählich die Kontrolle über seine Gesichtsmuskeln wieder und strafft sie nach und nach, bis seine starre Miene wiederhergestellt ist. Er geht ans Kopfende des Bettes und legt erst behutsam eine Hand auf Elisabets Schulter, dann eine auf Lizas.

Gerade als Anna sich zum Gehen wendet, bemerkt sie, dass er sie anschaut. Sein Mund bewegt sich leicht. Kein Laut ist zu hören, dennoch ist sie sich sicher, welches Wort er geformt hat.

Danke.

Anna läuft mit schweren Schritten den Flur entlang, den hinkenden Milo neben sich.

»Wir sind beide nicht gerade in Topform, was?«, sagt sie

zu ihm. Milo streckt auf irgendwie lustige Art seine Zunge heraus und legt den Kopf mit dem verbundenen Ohr schief, als wollte er sagen, dass er auf jeden Fall besser aussieht als sie.

»Dummer Hund«, murmelt sie leise. »Jetzt gehen wir zu Agnes, oder was denkst du?«

Regen und Wind peitschen ein paar letzte Herbstblätter gegen die Fenster. Es sind keine Rasierklingen mehr, die sie verletzen können, sondern spröde Blätter in Braun und Rost, die an die Scheibe fliegen, bevor sie verschwinden.

Ein letzter Tanz, bevor der Winter kommt, würde Håkan sagen.

Sie vermisst ihn. Sie wird ihn immer vermissen. Trotzdem fühlt sie sich überraschend sorglos. Als wäre etwas von ihr abgefallen und mit dem Herbstwind davongeflogen, genau wie das letzte Laub, und hätte Platz für etwas anderes geschaffen.

»Alles wird gut«, murmelt sie leise für sich, als sie die Tür zu Agnes' Zimmer öffnet und das Gesicht ihrer Tochter aufleuchten sieht.

Alles wird gut.

Ein Kind verschwindet. Ein Dorf schweigt.

ANDERS DE LA MOTTE

SOMMER NACHTS TOD

KRIMINALROMAN

Seit der kleine Billy an einem Sommerabend vor zwanzig Jahren spurlos verschwand, liegt ein Schatten über dem Dorf in Südschweden. Nun kehrt Billys Schwester, die Therapeutin Vera, in ihren Heimatort zurück: Ihr neuer Patient Isak hat ihr eine beunruhigende Geschichte über einen verschwundenen Jungen erzählt, und Vera will endlich wissen, was damals wirklich geschah. Doch längst nicht jedem im Dorf gefallen ihre hartnäckigen Fragen …

»Ein meisterhafter Kriminalroman […]. Man kann ihn nicht weglegen, die Handlung ist beeindruckend, die Auflösung vollkommen überraschend.« *Tara*

DROEMER